关仁山，1963 年生于河北唐山。中国作家协会全
委会委员，河北省作家协会主席。中国作协书画院副
院长。两次获"河北十佳青年作家"称号。主要作品

有长篇小说《日头》《天高地厚》《麦河》《白纸门》《唐山大地震》，长篇报告文学《感天动地——从唐山到汶川》《执政基石》，散文集《给生命来点幽默》，中篇小说《大雪无乡》《九月还乡》《落魂天》，短篇小说《苦雪》《醉鼓》《镜子里的打碗花》，散文《塔和路的畅想》等。《感天动地——从唐山到汶川》获第五届鲁迅文学奖。另有作品获中宣部第十一届全国"五个一工程"奖、第十四届中国图书奖、第九届庄重文文学奖。

目录

红色岁月　红色历程　红色史诗　红色经典

第一章

一

雪疯了似的下呀!

一

　　过了腊月二十三，雪下疯了，雪花缤纷不开脸儿。

　　咔嚓，咔嚓，大雪压断树枝的声音。老天爷像个打滚放泼的孩子，一口气下了三天三夜，时急时缓，不挪地，整个燕山深处的白羊峪沟满壕平。大雪落在沟里头，看得见，摸不着。山让雪埋了，古长城让雪埋了，村子让雪埋了，人也让雪埋了。八十多岁的老爷子范老井出门打兔子，他顺着山谷雪路走，钻山越岭，在山坡上哧溜个跟头，没起来，让大雪捂了个严严实实。人们把他扒出来。范老井打个响亮的喷嚏，顷刻流下两行清澈的鼻涕。老爷子扯着嗓子喊："疯了！疯了！"说着端起猎枪朝着天空放了两枪。老天爷不怕枪子儿，照样把雪撒得漫山遍野。

　　这枪是放给老天的，同时也是放给京城孙子范少山的。范老井骂："小兔崽子，家里闹雪灾，也不过来看看俺！"

　　雪飘着，风像死了一样，停止了喘息。

　　范老井抓一把雪花，放在鼻子那闻了闻，啥味儿都没有，又把雪片捏化在手里，龇牙笑了笑。他哪里知晓，京城没下雪，只有隐隐的雾霾。

天空不透亮，灰暗得像一块抹布。街上车流和人走马灯似的，并没有明显的年味儿，年味儿在菜市场越发烈了，城里人像飞蝗呼啦啦往农贸市场拥，把货架上的东西"吃"光就走，一拨又一拨。这几天的生意火，范少山的菜摊儿菜卖光了，货送不进来，这让范少山心急火燎，开车去进货。堵车啊！让人尿急，范少山都快尿裤子里啦。瞅着他急赤火燎的样子，杏儿咯咯笑了。

范少山的老家是河北燕山山脉的白羊峪。五年前，范少山来北京昌平闯荡，就想混出点人样来。摸爬滚打，在菜市场有了个十几平方米的菜摊。陪伴他的那个姑娘是他的女朋友，和范少山一块儿卖菜的贵州姑娘闫杏儿。

在城里混，难啊！范少山三年没回过家，年都是在菜摊上过。前两天给家里打过电话——那电话是余来锁的，全村唯一手机，还缺俩按键。老爹说："少山，咱家里啥都好，电视播了，如今京津冀是一家了，你就好好在北京干营生吧！"范少山在电话里给爷爷和娘提前拜了年，心里头踏实了，一门心思在北京卖菜，乐滋滋数钱。为首都人民的年夜饭添几道吉祥菜，感觉心里头也挺充实的。但刚才在菜市场遇到个家乡布谷镇的熟人，说白羊峪一带下雪了，还挺大，范少山这心里就长草了。一闲下来，赶忙打开手机上网，果不其然，视频里的白羊峪，雪花席卷腾起雪浪，天地白茫茫一片。再给余来锁打电话，没了声音。

范少山愣了神儿，心想，糟了，一准儿是大雪把发射塔压坏了。

范少山心里头就犯了嘀咕，脸滚成乌云的模样了。白羊峪闹雪灾了，家里人不会有啥事儿吧？上来一股子急火：马上回白羊峪！杏儿是个通情达理的女孩。贵州的山妹子，时不时地拿辣椒打零嘴。范少山说这句话的时候，她正从菜摊儿上拿了个辣椒就往嘴里搁。她边嚼边说："放心，这里有俺呢！"杏儿亲了范少山一下，亲得啪啪响。范少山感到脸上热辣辣的，赶紧用手背擦了又擦。

范少山是开着车回白羊峪的。在北京也算混了辆车，比亚迪，红色的，哧溜溜跑，在雪地里挺显眼。到了白羊峪跟前，这时候老天也倦了，雪也不下了。燕山下的白羊峪形成了雪凇，美得耀眼。雪凇是啥呢？范少山见过，就是雪花飘落时天气有点温，落在山上、树上就化成了水，这时候再遇到寒流，雪花就被树枝上的水珠粘住了，凝冻了，越积越厚，就形成了雪凇。雪凇是好景儿，杏儿没见过。快到山脚时，范少山就停下车，掏出手机啪啪地拍了几张，发给了杏儿，他想眨眼间就收到杏儿的点赞。杏儿点赞的表情不是大拇指，是个鲜红的辣椒。但图片已经发不过去了。

山脚下有处兽医站，是布谷镇的。汽车开不上去，范少山就把车开进院子里，停下。忽然就听到马的一声长长嘶叫，顺着声音望去，只见院子里正在配种的骒马将公马掀了下来。公马正在兴头上，还要霸王硬上弓，骒马有一套防色狼术，对着公马一阵猛踢，场面霎时大乱。范少山看傻了，就像看了精彩大片，下了车还笑个不停。负责配马的第一责任人是李站长，范少山认识。他朝范少山走来，说："你小子净扯淡！好事都让你给搅了。"

李站长曾是范少山前妻迟春英老爹的下属。前老丈人迟老茂退休了，老李就当了站长。李站长对范少山好一番数落。原来，在这之前，李站长费了好一番工夫。骒马调歪，不让公马睡，李站长连哄带骗，骒马才勉强答应。待公马上位时，范少山的红色轿车开了进来。骒马见不得红色，一声嘶叫，将公马掀下身来。

李站长说："少山，你来得真是时候，俺这耐心细致的思想工作白做了。"正说着，公马许是见红色轿车搅了自己个儿的好事，跑过去尥了一蹶子，给车身留了个记号——一个深深的马蹄印儿。范少山火了，冲着撒欢的公马喊："喂喂喂！你哪个村的？"李站长笑笑："活该！"

得知范少山回家过年，老李告诉范少山："雪大，上不了山了。"

范少山说："俺咋也得回家啊！"

李站长说："你是范少山，不是范上山。"

范少山不信邪，说了一句："这都不叫事儿。"从后备厢扛起一蛇皮袋年货就走出了院子。老李点了一支烟，吧唧两口，接着对骒马苦口婆心起来。

山脚下，有两个小伙子，一个唱《最炫民族风》，一个跳骑马舞。这歌儿这舞也是混搭。两人是镇上派的，怕出事儿，不让人进山。这大雪，谁进山啊？脚下一滑，身子就往山沟里出溜儿，不要命啦？两个人守着山道没事儿，自娱自乐。闲的。

这时候，范少山就扛着口袋来了，两人没注意，还在唱，还在跳。等少山走过去了，唱歌的、跳舞的才回过神儿来。两人去追范少山，范少山也跑了起来，两人跑多快，范少山就跑多快。两人呼哧带喘，一屁股坐在雪地上。范少山一放下蛇皮袋，坐在上面，笑着看他俩。跳舞的小伙子说："同志，忒危险啊！"范少山扛起蛇皮袋就往前走。跳舞的小伙子问："出了事儿可咋办？"唱歌的小伙子信佛，就地打坐，闭起眼睛，双手合十，祷告起来。

　　白羊峪有段陡峭山路，只有三百多米。乡亲们称它"鬼难登"。"鬼难登"有四个不能走：一是老人小孩不能走，二是夜里不能走，三是雪天不能走，四是酒后不能走。这"四个不能走"是祖上传下来的，在白羊峪妇孺皆知。记得前几年，老偏头下山赶集，饭摊儿上喝了几杯二锅头，回来时候背了二十斤豆种。走到这个地段，两脚就不听使唤了。风一吹，酒劲往上冲，老偏头就犯了晕乎儿，眼前一黑，身子一歪，豆种口袋就掉了，豆子哗啦啦顺着石头往崖下滚。老偏头一迈腿，脚就踩在了豆子上，身子就随了豆子滚下了山崖。还记得有两个命大的，雪后上山的，掉下悬崖，落在松树上。一个摔断了胳膊，一个摔断了腿。

　　这一回，该范少山走上"鬼难登"了！脚下是冰雪，头上是冰雪，四周是冰雪。稍有闪失，人就挂了。范少山想，俺不能就这么壮烈了啊！该咋办啊？范少山是胆大的人吗？不是啊！从小就怕耗子，怕长虫，怕癞蛤蟆……除了这些个活物儿，还怕人，怕见生人，不敢说话……这时的范少山一步一滑，一步一颤，心悬在嗓子眼儿，冒了一身冷汗。该咋办？出绝招儿——壮胆！咋壮胆？吹牛，说大话。比如见到耗子，范少山就大声说："可恶的老鼠，人类的天敌。遇到范少山你算倒霉了！武松是打虎英雄，范少山是打鼠英雄！"这一喊，老鼠早跑得没影儿了，范少山拍拍胸口，心里也就踏实了。范少山在北京卖菜，跟人家说经营着半个农贸市场，其实就是个菜摊儿。在这条"鬼难登"上，范少山走没法走，退无路退。这时的他打心眼儿里恨那俩小伙子：唱啊跳啊，开演唱会呢？上春晚啦？咋就没把过路人拦下呢？你们干啥吃的？俺要是出了事儿，做鬼也不放过你们！

　　话说回来，范少山毕竟就是范少山啊。这些年，他有句口头语常挂在嘴边，那就是"这都不是事儿"。这时的范少山冲着绝壁大喊一声："你以为范少山怕你呀？千难万险也休想挡住俺范少山回家的路！俺就从你身上跨过去了！俺就从你身上飞过去了！你能把俺咋样？啊？！"吼完，范少山就趴下了——范少山趴在了蛇皮袋上，推着蛇皮袋一个台阶一个台阶地往上攀。蛇皮袋有点粗糙，能防滑，虽然爬得慢，但安全了。爬着爬着，范少山就想到了自己个儿刚才吹的牛皮，笑了："俺就是这样飞的。"

　　一点点爬着，范少山的后背就冒了热气——连吓带累，洗了热水澡。好一番折腾，少山总算熬过了"鬼难登"。到了山顶，一马平川，两棵高大的银杏树映入眼帘——那就是村口了。范少山一屁股坐在蛇皮袋上，大口大口喘着粗气。看着山脚下那蜿蜒的长城像裹了白色绸缎，落了雪的石头像吃草的羊群、鹿群，有个老头戴着草帽，扛着猎枪，是放牧的爷爷吧！远处大片的古树都戴上了银色帽子……范少山看得沉醉，心想，还是老家白羊峪美呀，没有一处不是景儿。范少山一时想不出赞美的词儿，脱口而出："俺操！真好看！"

范少山一时兴起，站起身冲着山谷吼了一声："白羊峪——俺范少山来啦——"那声音在山谷回荡了几回。这会儿，范少山高兴得像个孩子。

那两棵银杏树，一棵雄树，一棵雌树。这树那个高啊，一眼望不到树梢。小时候，范少山爱爬树，那些槐树、榆树、柳树好欺负，噌噌噌，一眨眼的工夫，他就坐到了树杈上。这银杏树不好惹，总是爬两下就摔下来，弄得灰头土脸。后来的一回，爷爷范老井一鞭子甩在了范少山的屁股蛋上，摸摸，鼓起一条肉，范少山哇哇大哭。爷爷凶范少山："这老夫妻俩一千三百多年啦！神树啊，你个毛孩子也敢？"范少山当即被吓住了，不敢哭了。范少山问爷爷树有多高，爷爷说："树梢接着天呢，树杈揽着云呢，树爷爷树奶奶和天说话呢！你说多高？"

范少山走到银杏树前，满眼崇敬，看着银杏树，又轻轻抚摸着斑驳的树干。范少山想起了一个人，他的前妻迟春英。他俩就是在银杏树下谈情说爱的。月光下，少山抱着雄树，春英抱着雌树，心里默念着两人的爱情像这对夫妻树一样长久。可婚后过了一年四季春夏秋冬，就没啥热乎劲儿了。那时候范少山长年在外跑生意，忙得脚不沾地儿。只有夜里的时候想迟春英，心里头空落落的，苦啊！没法子，回不去呀！好一阵子，范少山让迟春英独守空房。迟春英的日子也没了滋味儿，常常在银杏树下发呆。每当想起这个场景，作为丈夫的范少山心里就愧得慌。范少山做啥生意啊，在家守着媳妇热热乎乎多好啊！何况生意做得又是赔本赚吆喝。等戴上绿帽子，范少山后悔了！天下哪有后悔药的方子啊？俺去抓呀！

女人这心里一放空儿，男人就有了机会。马玉刚，村里的富户，搬到城里住了，时常回村看看。有钱人在城里是窝不住的，总要衣锦还乡。为啥？显摆。你有钱，城里人不眼热，不眼红，因为四周都是生人，谁认识你呀？没处显摆。要想嘚瑟，就要回老家，让乡亲们都知道：俺有钱了！那些个过去瞧不起俺的，骂过俺的、恨过俺的穷光蛋、土包子们，服不服？哈哈，这才叫眨眼打哈欠——扬眉吐气呀！马玉刚回村里也是这样，脖子上的大金项链，跟拴狗的链子似的，就差个铃铛了。这天回村，他见到了银杏树下的迟春英，愣住了。这不是范少山的媳妇吗？长得跟从画中走下来似的，又水灵，又文静啊。马玉刚的链子亮得晃眼，迟春英的心感觉被硌了一下，不疼，痒痒的。迟春英说："你属狗吧？大男人戴链子，有意思吗？"马玉刚不讨女人厌。他打着哈哈就把金链子摘了，装进衣兜里。沉啊，衣兜坠得鼓鼓的。马玉刚说："在这儿想少山呢吧？"迟春英说："想自家爷们儿又不犯法，要么还想你呀？"马玉刚涎着脸说："想俺也不犯法，就想想呗。"迟春英说："不犯法，可犯忌呀！"

后来的一回，迟春英在银杏树下想心事。她想范少山了。她搂住那棵雌树，想着头一次和男人拉手，头一次和男人亲嘴，自己个儿的身子头一次让男人摸来摸去，都是在这儿了。想着，心里头就热乎乎的，不由得看了一眼那棵被少山抱过的雄树——雄树也有人抱着。不是少山，而是马玉刚。迟春英吓了一跳，松开了两条胳膊，生气地说："你想干啥？"马玉刚笑着说："这树也不是你家的，你抱得俺就抱不得？"迟春英张口结舌，转身要走，马玉刚凑过来，吸溜吸溜鼻子，从衣兜里掏出了一个红色盒子，打开，里面的东西又硌了迟春英的眼睛，不疼，有点痒痒的。是一条金项链，一副金手镯。

马玉刚说："用那条金链子改的，送给你。"

金子真是个神奇的物件儿，它能拨弄女人的心。自打有了金首饰，迟春英就有点守不住了，时常往外跑。看到范少山的帽子越来越绿，爷爷、爹娘都心急火燎。山里人说个媳妇不容易啊！老爹范德忠几回到城里找儿子，没找到。迟春英像换了一个人，饭不做，地不下，老人也不照顾，范少山家人嘴紧，从不跟街坊邻居说句迟春英的不是，村里人都蒙在鼓里，时不时地夸迟春英是个好媳妇。

燕山里的人有句俗语："外面走的风流女，屋里坐的养汉精。"啥意思呢？就是说经常串百家门，跟男人打情骂俏的女人，看似风流，却不一定偷汉子。而见男人羞羞答答，大门不出、二门不迈的女人却不一定守规矩。早年，邻村黑羊峪有这么两口子，老婆长得一枝花，男人怕她出去惹是生非，就成天把她锁在家里。有一天男人下地回家，打开门，外屋热气腾腾，见老婆正在锅里贴玉米饼子，两手沾着面，就乐呵呵地蹲在灶坑前烧火。这时，老婆说："帮我松开裤带，我去趟茅房。"男人给老婆松开裤带，老婆扬着两只沾满面的手就跑了出去。老婆没去茅房，而是去了屋后的草垛。刚才她贴着饼子，就瞥见屋外相好的男人冲她招手。就这样，屋后草垛里一对男女干柴烈火烧了起来，丈夫还在往灶膛里添柴。完事儿后，老婆顺便抱了一抱柴草进屋，男人感动了："尿完尿还不忘抱柴草，好媳妇啊！唉，总是这么不小心。"说着，伸手摘去老婆头发上的草棍儿。就这样，一顶绿帽子飞到了男人脑袋上，不知不觉，不大不小，正合适。后来，男人就撤了锁，对老婆出门放了一百个心。

男人抵得过暗箭，挡得过飞刀，就是躲不过一顶绿帽子。范少山也被绿帽子砸中了，是马玉刚给他量身定做的。后来在城里遇到家乡人，范少山才知道。赶忙回到白羊峪，头一件事就是要找迟春英理论理论。看到迟春英像啥事儿没发生一样，范少山火了，说起她跟马玉刚的丑事儿。迟春英急了，把范少山拉杆箱里的衣物拿出来就摔！摔着摔着，就摔出一本书来，旧书，纸都发黄了。柳青的《创业史》。成立人民公社那阵子，县上来了工作组，工作组住在范老井家。走的时候，留下了这本《创业史》。范老井说："俺家人都不识字，给俺没用啊！"组长说："过些年，你们家就出识字的了，交给他，会有用。"范老井就把这本书珍藏了起来。等范少山高中毕了业，出门闯荡了，就把这本书交给了他。范少山稀罕啊！一直带在身边。看到迟春英要撕自己心爱的书，范少山一把夺过，挥起拳头就打，迟春英一躲，打在了她的胳膊上。粉嫩的胳膊霎时鼓起一大块，青了紫，紫了又青。

迟春英生性腼腆，从不惹是生非。做了范家儿媳，忙了地里忙家里，待爷爷、公婆更是知冷知热，怎么就成了"破鞋"啦？不信！说下大天来也不信！迟春英有心计，撸着袖子让乡亲们看伤，哭成了泪人："他常打我，我身上的伤多了……"迟春英说着就要解扣子，老爷们赶紧避过脸去，女人们拦住了："知道知道，我们还信不过你吗？"

这还了得！打媳妇，这是家暴啊！人们都可怜迟春英，都骂范少山挨千刀的。寡妇"白腿儿"说："俺家那死鬼年纪轻轻就走了，俺没福消受啊！他活着的时候，从没动过俺一指头，对俺那个疼啊！捧在手上怕掉了，含在嘴里怕化了，护在怀里怕摔了……"说着就流下泪来。迟春英哭声更大了，惊起了树上的一群家雀，呼啦啦飞了。迟春英说："俺要和他离婚……"乡亲们说："离！跟这浑小子过个啥劲儿，天下男人死绝啦？"这个时候，范少山就是浑身长满嘴都说不清楚了，只在心里说："没想到，这个女人这么厉害！"

范德忠脸上挂不住了，抄起一根棍子就朝范少山打来。范少山机灵，没打着。再打，就往人群里躲。人们就想看范少山挨打，就往外使劲推他，没了隔挡，范少山挨了两棍子，疼得跳脚。范少山流泪了，冲着天空大喊："老天爷呀，冤死人了！"村民小组长余来锁说："冤？像你这样的，拉出去枪毙都没冤案。"余来锁是个"半截子"光棍儿，更见不得女人遭欺负。这时候，爷爷范老井端着猎枪从屋子里出来，脸色铁青，朝着天空砰地放了一枪。见老爷子发了威，人群就散了。范德忠蹲在屋门口抽烟，便宜卷烟劲儿冲，呛得他咳嗽两声，眼里沁出了泪花，喃喃一句："我知道儿子冤啊！"不知是让烟给呛的，还是悲从心头起。娘在哭，哭声从屋子里传出来，范少山的心碎了。

范少山和迟春英离了婚。迟春英嫁给了同样离了婚的马玉刚。有人说："马玉刚这人，有情有义。"

范少山呢？打老婆的名声传出去了，人家姑娘又不是浑身痒痒，谁敢嫁范少山？再说，又是个"二婚头"，本来就难找，还指望啥？白羊峪的男人都把女人捧在手心里，最瞧不起打老婆的人。就这样，范少山顿时在人前矮了三分，范家人也在村上挺不起腰杆儿来。范少山叹口气，心一横：下山！闯世界去！

范德忠扔下一句话："不混出个人样儿别回来！"

二

三年之后的今儿个，蹬着白羊峪的大雪和年味儿，范少山回来了。

娘见了范少山一个劲儿流泪："俺的小祖宗啊，你可回来了。可想死个人了！"范少山抱住娘，只感受到娘干瘦的躯干和空空的袖管。娘叫李国芳。她是一个苦命的女人啊！自打嫁到白羊峪她就被苦水泡了，盐水淹了，她就像山地里的一棵芥菜，从下种那天起，就命中注定要做咸菜。范家穷得叮当响，范德忠婚后没出一个月，就去天津打工了。后来范少山出生了。李国芳又是没到一个月，就放下嗷嗷待哺的范少山，下地收庄稼。那回李国芳下山砍柴，半路下起大雨，她躲在了一棵大树下。突然，一道贼亮的闪电之后，一个火球儿滚了过来，接着就是轰隆隆的炸雷，在树上爆炸了，那雷声震天撼地啊！大树咔嚓一声折断，轰然倒下！李国芳也晕死过去了！后来范老井找到李国芳，李国芳已经奄奄一息。范老井把李国芳背出山林，送到了医院。等李国芳醒来时，才发现两条袖管都空了，空得啥都没了。李国芳只是流泪，不出声，心里头却有千军万马在奔腾呀！李国芳说："老天爷呀，你瞎了眼了，俺李国芳没做过一桩伤天害理的事儿啊，俺咋就遭雷劈了呢？"娘哇地哭了，范老井也成了泪人儿。

范少山是依偎在母亲双腿间长大的。从那天起，李国芳的双脚代替了双手，凡是动手能做的，她就动脚。像洗脸、刷牙、吃饭、织毛衣、褪苞米……对，她还有双肩，能挑水、扛口袋……她织的毛衣，花色多，厚厚的，暖暖的，范老井拿到镇上去卖。镇上也知道了白羊峪有个"无臂女人"，她织的毛衣抢手，有的扔下几百元钞票就走，范老井叫不住，两眼直转泪花儿。

双手干的活儿能用双脚做，这得花多大的心思和工夫啊，那是汗水搅着泪水呀，把范家这个农家院都淋透了。没有了双手，李国芳反倒练足了腿上功夫。那年，白羊峪举办运动会，李国芳赛跑拿了第三名，奖品是一条花床单，她舍不得用，给儿子范少山铺上了。

今儿个天一擦黑儿，阔别了三年的儿子，重又走进了这个院子，范少山紧紧抱住母亲，又扑通跪在雪地里，带着哭腔叫了声："娘——"

就在这时，六岁的女儿小雪跑出屋子，怯生生看着跪在地上的范少山。

这天晚上，范家点了三根红蜡烛，把屋子照得红彤彤的。屋子里热热闹闹，桌上的饭菜热气腾腾。父亲不住往母亲嘴里夹菜，母亲不好意思，还是用脚夹筷子方便。懂事儿的小雪说："奶奶脸红了。俺给奶奶夹菜，奶奶不害羞。"小雪就夹了块鸡肉送进奶奶的嘴里，又问，"奶奶香不香？"李国芳嘴里边嚼边说："香！俺的好孙女。"人们都笑了，太爷爷范老井更是乐得合不拢嘴。

和迟春英离婚后，小雪判给了范少山，少山去了北京闯荡，小雪就由爷爷奶奶拉扯着。那时小雪三岁多，活蹦乱跳，不好带呀。三年不见，小雪大了，都会背《三字经》了。一直不在身边，小雪跟爸爸生分了许多。听奶奶劝，小嘴好不容易才蹦出个"爹"字。这让范少山觉得对不住女儿，心里愧得慌。

范少山是挨着父亲坐的。父亲用左手拿筷子，"左撇子"吗？不是，他的胳膊不能打弯儿，像条木棍，右手也就不听使唤，成了个摆设。村里有人叫他

"一把手"，范德忠好脾气，不恼，只是说："一把手官最大，你们都得听俺的！"

在外打工期间，范德忠遭了一场车祸。那年冬天，纺织厂进货，他坐在一辆敞篷卡车上。冷风飕飕地刮着，冻得他耳朵跟猫咬似的。其他三个工友都坐在驾驶楼里，说着荤笑话，司机也时不时插两句，几个人嘻嘻哈哈乐翻了天。范德忠听得真切，冻得全身都快僵住了。他心里不由得骂："王八操的，忒欺负人！"看范德忠好欺负，每回拉货，领班的都让他坐在外边。汽车拐了弯儿，里面还在说笑，就在这时，只听咣当一声巨响，车被撞翻了，范德忠腾空而起，打了捆的面纱咚咚摔了出来，掉在路上，一捆面纱砸在了范德忠的右胳膊上，范德忠疼昏过去了，耳旁还能听到汽车冲进山崖的声音。

在车外挨冻的范德忠右胳膊断了，捡回一条命；在车楼子里有说有笑的四个人，死了仨，一个成了植物人。老天有时候不讲理，有时候也公平。

老板去了医院，放下一点钱，跑了。范德忠的胳膊接上了，神经线却没接上。没钱，耽误了。范德忠出车祸那阵子，正赶上李国芳失去两条胳膊。范德忠想想自己个儿，只有一条胳膊，再想想老婆，就剩两个肩膀……范德忠就流眼泪，流完眼泪又嘿嘿笑了："这两口子，就一条胳膊，不是一家人，不进一家门啊！啥愿许的？"

后来，范德忠和李国芳两口子有了一个共同的称号"神雕侠侣"。这可是人家杨过和小龙女的专利呀！这么好的名字，白羊峪的乡亲能随随便便地送吗？当然不能。这两口子的神奇故事，后边再跟您唠。

一家人正吃着饭，小雪往窗外一看，说了一声："又下雪了！"

范少山愣了。雪不是停了吗，咋又下起来了？天气预报还说明天晴呢！这老天爷翻脸比翻书都快，也忒不靠谱啦！

爷爷会观天象，晚饭前还说夜里还要来一场儿，范少山不信，还说天气预报说明天晴啊。爷爷说："明儿个是明儿个。如今这天气预报有准儿了，比过去强多了。"李国芳说："可不，那些年，公社广播气象预报笑话多了。听到远处有敲锣打鼓声，广播员就说，午后可能有雷阵雨。有人开玩笑，推门将几颗豆子丢到广播员头上，广播员赶紧说，雷阵雨夹冰雹。"听这话，一家人的笑声震得窗格子嗡嗡直响。范德忠不笑。他说："如今你说啥有准儿，俺信；就是当官的说的话，俺不信。那叫瞎子打靶，没准儿。"范少山问咋回事，妈妈说："还不是那条'鬼难登'？镇上老是答应给修给修，几年过去了，还不是老样子？"范老井说："不说这个啦，不说啦。让少山拉点北京的事儿吧！咋着，听说北京霾啦？"少山说："爷爷，是霾啦，雾霾严重呀！"范少山的心思还停在"鬼难登"上。看得出，这是爹娘和爷爷的一块心病啊！可也不光是他们的心病，自己个儿从小到大走了多少回"鬼难登"，记不清了。今儿个也是爹着胆子从梁上爬过来的。想到这儿，范少山的心里像压了块石头，坠得慌。

爷爷穿上羊皮袄，蹬上靰鞡出了门。他要去鹿场看看。

范少山也走出屋外，站在鹅毛大雪里，抬起头，看着被雪花舞乱的黑暗天空，一时回不过神儿来。

爷爷回来的时候，已是大半夜，他背回一头鹿，是冻死的。爷爷把鹿扑通往院子里一丢，说了声："好好的鹿，愣给冻成饺子馅了。"

夜里，躺在爷爷暖暖的狗皮褥子上，范少山睡不着，大雪还在下。后来，范少山想想杏儿，想想"鬼难登"，俩眼皮掐架，眯着了。

第二天早晨，大雪封了门，足有两尺多高。雪真的不下了，日头出来了，金灿灿地挂在东天边，天空瓦蓝瓦蓝的，比刚从染缸里抽出来的靛蓝布还好看。山村的空气新鲜，在北京花钱都买不着啊！

范少山握着铁锹铲雪，铲远了。一般是从自家院子铲到街上，再铲到东西邻居的分界，就中了，这样的话，整个一条街就全通了。范少山铲到东邻二槐家，见通了，就转身往西铲。本来铲到西临"白腿儿"家就该"收工"，可看到"白腿儿"家隔壁还没铲，就接着铲了下去。他俯下身去，把锹头插进雪里，端起一锹锹白雪，唰唰地抛向街边，时而向左，时而向右。一锹锹白雪在两边飞扬，他的身后，街道已经露出了石板，干干净净。就这样，范少山铲雪铲到了村西头。扔出最后一锹雪，他直起腰，拄着锹柄喘口气，转身看看身后，雪墙中开出一条长长的通道，心里头舒展，笑了。

站在村西头，范少山看着白羊峪。

靠山吃山，靠水吃水。白羊峪的人住的是石头房，走的是石板街，牛马猪羊住的也是石头圈。在这儿，看一眼是石头，再看一眼，还是石头。虽说这石头上有水有树有长城，可这景再好，又不能吃，不能嚼，又换不来钞票。在村里人眼里，每块石头上都刻了个"穷"字。一些人死了心，搬到山下讨生活去了。听说离开白羊峪，混得光景好，又有一些人下了山。就这样，走了一批又一批，丢下一座座空荡荡、破烂烂的石头房子。听爷爷说，如今的白羊峪就剩下三十几户人家了，老弱病残占了一半，他们也死心了，死死活活就守着白羊峪了。

这时候，家家户户都出来铲雪了，看到街已经铲出了一条通道，省了好多事儿。不知谁干的，都站在门口看，东张张，西望望。

村西头住的是范德安，老了，村里人都叫他老德安。老德安一个人住，四周二三十米没人家。他就像在后山顶上落脚的那一棵松树，孤天孤地。老德安家关着门，没人出来扫雪。敲敲门，没回音儿。范少山本想顺便帮老人把院子里的雪铲干净，一想老人可能还睡着，就别打扰。回家，街道两旁家家门口都站着人，等着看谁是"活雷锋"。一见是范少山，挺意外，都亲亲热热和他打招呼，都夸少山做的好人好事。范少山摆摆手："这都不叫事儿。"

范少山过去"家暴"的影子，也就这样淡了。

回到家，范老井正对那头冻死的鹿动刀子。他边剥皮边念叨："俺范老井亏待你了，没让你住上暖和房子。下辈子俺托生鹿，你托生人，你养俺……"

范少山在北京闯荡，在饭店帮过厨，很快就将鹿肉剁成了馅儿，又喊来邻居"白腿儿"和"快嘴"俩嫂子帮着包饺子。范德忠一只手也能包，饺子皮放在案板上，放进肉馅，一只手就将两边的皮卷了，嗖嗖捏起来，很快就将一个饺子包好了。李国芳用脚边往灶膛添柴边说："多包点儿，让乡亲们尝尝鹿肉馅儿饺子。"

饺子熟了，范少山提溜着送饭的笼屉挨家挨户地跑。最后到了村西头，老德安的院门还是关着。范少山敲敲门，锈透了的铁门发出咚咚的沙哑声。敲了，没人应，又敲，还是没人应。老德安耳背，腿脚不利索，再等一会儿。范少山站在门口，点支烟。笼屉里的饺子飘出鹿肉的香味儿，范少山咽口唾沫。东跑西颠，他还没顾上尝一个呢！咋回事儿？一支烟抽完了还没动静？范少山的心一沉：该不是……不敢多想，他跳过石墙，进了院子。

推开门，范少山吓得魂飞魄散！

老德安……死了！

七十八岁的老德安死在了那个大雪纷飞的夜晚，死在了大年二十八，再过两天就过年了。他不想过这个年了。过年有啥好？在他眼里，啥都不如一条绳子。那条绳子好啊！是他在后院种的麻，剥的皮，晒干，又将一撮麻劈儿固定在门闩上，搓绳子，他边搓边把一劈儿一劈儿的麻续上，绳子粗了，长了，从屋子南头到北头，够了。他拖了拖，筋道，结实。这条绳子最后派上了用场，老德安把自己个儿挂在房梁上，一了百了了。

老德安是个睁眼瞎，不识字，当然也就没留下遗书；老德安没有左邻右舍，平常里，跟村里人也很少走动，人们也就没法子知道他自杀的原因。

老德安的老伴儿前些年走了，疯病。疯起来满村跑，胡言乱语，追鸡赶鸭。老德安撵不上，只是叹气摇头拍大腿。后来老伴儿追一只野兔，一直追到悬崖边，兔子猛地刹住脚，吓傻了，站住不动。她还追，掉进了山涧。兔子没事儿，不慌不忙，蹦蹦跳跳，走了。

老德安想老伴儿，半夜里唱山歌：

> 走了一梁又一梁
> 妹妹俺等你在老地方
> 一等等到一更天
> 哥哥想妹妹心发凉

> 走了一梁又一梁
> 妹妹俺等你在老地方
> 一等等到二更天
> 哥哥想妹妹想断肠
> ……

悲凉的山歌在白羊峪的夜空回来荡去，听得人们流眼泪儿，听得猫头鹰都不叫了。

老德安想老伴儿，一颗心像是在黄连汤里泡了七七四十九天，扛不住了，干脆去找老伴儿吧！是这个缘由吗？

好像有道理。

老德安不是绝户，他是有儿子的。儿子呢？儿子娶了媳妇，早就搬到城里过日子去了。自打儿子也有了儿子，儿子就没音信了。老德安找过，找不到；别人也帮着打听过，打听不到。有人说在唐山，有人说在秦皇岛，还有人说早就漂洋过海了。儿子到底在哪儿，谁也说不准，反正，挺大一个活人，就这样没了。老德安辛辛苦苦拉扯大的儿子，娶了媳妇，离开了白羊峪，就跟他一点儿牵扯都没有了。老德安从四十多岁到七十多岁，三十年里没有人管他叫过一声爹，没有人管他叫一声爷爷。可他是有儿子、有孙子的人啊！如今他老了，一身的病，身边连一个知冷知热的人都没有，他还有啥活头儿？

好像也有道理。

白羊峪穷啊，老德安更穷！养了两只鸡，快要下蛋了，让黄鼠狼叼走了；种的苞米囤在院子里，也让耗子啃得差不多了。种了点儿土豆，卖不出去，只能上顿吃，下顿吃；白羊峪没有小麦，不种水稻，吃白面大米要下山去买。钱呢？得用鸡蛋、苹果、山楂去换。咋换呢？"鬼难登"在那横着呢！不能车运，只能提着篮子翻过那段险路去卖。老德安本来山货就少，又是老胳膊老腿儿下不了山，只能整天吃土豆，连苞米都接不上来年的。让土豆埋没的一颗心，看不到指望，上吊了。

好像又有道理。

今年秋后，镇上动员过白羊峪的乡亲搬迁，搬到山下去，搬到布谷镇。有人去看了，楼房离着镇上四五里地，孤零零一座楼，窗子还没封好，没有玻璃。眼见就要冬天了，咋住人？再说了，孤零零一座楼，跟哪儿也不挨着，明明是把白羊峪人当外人嘛！当时，村民组长余来锁领了镇上的任务，挨家挨户动员，没人去。走的早就走了，留下的也就这样了。去老德安家做工作，老德安不说话，只是一个劲儿摇头。故土难离，老德安想想自己个儿这把老骨头，搬到山下去，就在他乡立坟头了，还是死后埋在白羊峪好。

想想，更有道理。

盐从哪儿咸，醋从哪儿酸。让老德安自杀的主要来由是啥？老伴儿死了多少年了，山歌也早就不唱了。老德安把对老伴儿的念想埋在了心底，过去的苦水里已经长出了花骨朵儿，念想也就淡了。渐渐地，老德安已经习惯了一个人的日子。儿子不孝，多年都没音信了，日子久了，老德安也就只当没有这么个儿子，也犯不上去抵命。那么，穷呢？老德安一年到头吃不到大米白面，起码有土豆吃，饿不死。他都吃了一辈子土豆了，早也该"顺口"了。再说了，在白羊峪常年吃土豆的也不光他一家，老了老了，还要因为土豆拼命？还有，白羊峪搬迁，范少山家和那些老住户大多没走，又不是光剩下他这孤老头子。人家又没强拆，又没逼得你喝"百草枯"，你老德安就这么想不开？

到底啥来由呢？范少山捉摸不透。

老德安姓范，和范德忠平辈，是本家，但早就出了五服。老德安老实本分，平常三杠子压不出一个屁来，见人光是点头。老德安家成分不好，富农。"文革"时生产队分派他淘茅房，他将村里的茅房淘得干干净净，将一桶桶大粪挑到梯田，撒进庄稼地，匀匀溜溜。那时白羊峪人多，出了一帮红卫兵。红卫兵脾气都不好，看着"地富反坏右"都不顺眼。有一回，范德安挑粪走在山路上，正巧有几个红卫兵经过，一阵风刮来，臭气扑向了红卫兵的鼻子，红卫兵急了，对着范德安一顿拳打脚踢，范德安怕踢洒了粪汤，死死抱住粪桶。第二天，红卫兵押着他游街示众。范德安脖子上挂了块牌子："用臭气熏革命小将罪"。

老德安怕了，对村里人都是点头哈腰。改革开放后，他摘掉"帽子"，还是老样子。范德忠对他说："德安哥，如今不论成分了，你别老那样儿。你谁都不欠。"

范德安稀罕少山。范德安家有棵枣树，秋天树上挂满枣子的时候，小伙伴们知道范德安下地了，就翻过墙，爬上树摘枣子。那天，正巧挑粪的扁担开裂了，范德安回家取新扁担。看到范德安拿着一根扁担走了进来，小伙伴们连滚带爬下了树，四散而逃。范少山反应迟钝，还在猫着腰捡落在地上的枣子，抬头一看，范德安扛着扁担站在他的面前，范少山愣了愣，把枣子丢在地上，就要开溜。刚跑两步，范德安喝道："站住！"少山站住了，两腿直打哆嗦，生怕扁担打过来。"过来，过来。"范德安口气温和多了。少山转过身，只见范德安抡起扁担朝着枣树的树杈打去，哗啦啦，枣子如雨点般掉了下来。范德安说："捡吧，衣兜裤兜都装满。"

范德安会唱山歌，范少山爱听，就跟着学。到了谈对象的年纪，唱山歌就成了范少山的"看家本领"。唱得迟春英心痒痒。迟春英说："少山，你这一唱，俺心里乐开花了。"范少山趁机动手动脚："花儿在哪儿？让俺看看。"就去解迟春英的衣扣儿。

范少山离开白羊峪到北京闯荡之前，没少帮这个孤零零的老人。每回下山都帮他捎些个油啊米啊面的。少山也时不时地去串门儿，听范德安讲些过去的事儿。范德安跟别人不爱说话，在少山面前却是打开话匣子收不住，说到紧要处，唾沫星子乱飞。范德安说："侄儿啊，白羊峪，就你懂俺啊！"

说实在的，老德安的话，有时候少山也不太懂。絮絮叨叨的时候，他也就那么听着,听着听着就走神,想些个别的。对老德安来说,有人坐在他对面就好。

老德安的葬礼风风光光,全村人都来了,自发为老德安守灵。范少山把那碗鹿肉馅饺子供在灵堂。范少山就哭得收不住,嗓子都哑了。出殡的时候,范少山披麻戴孝,打了幡儿。范老井为侄子老德安送行,他端起猎枪,朝着天空扣动了扳机,砰砰砰……老德安院子里那棵枣树上的雪噗噗地往下落。村民组长余来锁是个"土秀才",号称白羊峪著名诗人,他现场赋诗一首:

> 你是谁?
> 因为你
> 老天爷的眼泪都冻成了雪
> 纷纷扬扬落下
> 都是悲啊!
>
> 你是谁?
> 因为你
> 乡亲们的哭声传遍了燕山
> 回回荡荡不去
> 都是情啊!
>
> 你是谁?
> 你就是老德安
> 一个白羊峪的厚道人!

朗诵到最后,余来锁浑身颤抖,止不住抽泣。乡亲们都哭成了一片。

老德安没有备下寿材。寿材用的范老井的。白羊峪一带,有个乡俗,老人到了一定年纪,寿材都是提前备好的。老德安穷,没钱备下这灵物儿。人又死得突然,咋办?总不能卷席筒下葬吧?这时候,范少山想到了爷爷的寿材。范老井的寿材十年前就备好了,每年老爷子都要上一遍漆的。每回上漆,他总要和寿材说说话的。说啥呢?"老伙计,让你等了这么多年,俺范老井躁得慌啊!再等等吧,总有一天俺会躺在你这窝窝里,咱俩一块儿到土里享福去。"范老井可怜老德安,也老泪纵横的,但就是不乐意动自己个儿的寿材。范少山知道,在爷爷眼里那可是自己个儿的亲兄热弟啊!舍不得!为说服爷爷,范少山拍下胸脯,说开春请布谷镇的徐木匠,给他打一口更好的寿材。知道徐木匠的手艺精,能雕龙描凤的,爷爷这才松了口。范老井献出自己个儿的寿材,轰动了白羊峪。人们都夸老爷子有胸怀。范老井说:"这是孙子范少山的主意,要夸夸他。"

老德安死后三天,范少山端着供品去圆坟。点燃烧纸,范少山静静地看着火苗,看着老德安坟头的新土,心里突然蹦出两个字:希望!

对!比贫穷更可怕的是看不到希望!因为看不到自己个儿活着的指望在哪儿,因为看不到白羊峪的希望在哪儿,老德安上吊自杀了!对他来说,死才是指望,死了,才是真的享福了。

一个人活得没指望,一个村活得没希望,那就是生不如死!

乡亲们的指望在哪儿?白羊峪的希望在哪儿?

三

从坟地走回的路上,范少山边走边朝着村庄大喊:"白羊峪——等超人来拯救你吧!"

田新仓在雪地里捡冻死的喜鹊。喜鹊窝让大雪封住了,喜鹊拼着命地往外飞,又让大雪拍死了。田新仓父母死得早,没有兄弟姐妹。光棍一人,懒,馋,不爱干活儿,也没啥忌口的。四条腿的不吃板凳,两条腿的不吃活人。平常一人吃饱全家不饿。后面一句是白羊峪人的歇后语:"田新仓吃饱了——连狗都喂了。"听到范少山喊,田新仓提溜着一串死喜鹊过来,四处打看,问:"少山,超人在哪儿?"

范少山咋知道在哪儿,但不想被他问住,于是拍拍胸脯:"远在天边,近在眼前。"

"你?"田新仓撇撇嘴,"除了吹牛,你还会啥呀?连媳妇都跟人家跑了,对了,会戴绿帽子。"

一听"绿帽子"仨字,范少山吃不住了。男人平生最怕绿帽子,最恨绿帽子，最羞耻的也是一顶绿帽子。范少山急眼了！上去就把田新仓摔倒在地。田新仓也不示弱，翻过身把范少山压在身下，两人就这样在雪地里骨碌起来。雪厚，两人滚着滚着就钻进了雪里，就跟鼹鼠拱地似的。洁白的雪野在波浪式滚动，煞是好看。过了好一会儿，范少山和田新仓才从雪里钻出来，各自拍打着身上的雪。范少山气不过，嘴有点儿损："戴绿帽子，也比你这辈子没尝过女人味儿的强！"这是啥话？好像戴过绿帽子的就好过单身狗似的。田新仓说："好饭不怕晚，'白腿儿'早早晚晚是俺的女人。"范少山撇撇嘴："吹吧你，人家有余来锁呢。"一听这话，田新仓像只泄了气的皮球，说："知道余来锁对'白腿儿'有意思。来锁也是光棍，可人家是党员、村民小组长、村医，还是白羊峪的著名诗人啊！俺田新仓的竞争力在哪啊？"听出田新仓的话语透出了绝望，范少山也消了气儿，想想，自己个儿也好不到哪儿去。田新仓说："你家不是和'白腿儿'邻居吗？处得又好。帮俺美言几句呗？"范少山看他提溜着死喜鹊，说："新仓，喜鹊是报喜的鸟啊，你就吃了它们，你以后还想有喜事儿？就算有了喜事儿，人家不给你报啊。"一听这话，田新仓的手一哆嗦，一串喜鹊掉在地上。他赶紧把喜鹊埋进雪里，又双手合十祷告起来。范少山偷偷乐。田新仓问："这下没事儿了吧？"范少山认真地点点头。

"那往后咋办？"

"你能听俺的吗？"

"听！你要俺干啥？"

"头一件事，要勤快。女人谁稀罕懒汉啊？你看你爹给你起的这名字多好啊！田新仓，你家哪个仓是新的？整天混吃等死不中啊。你变好了，'白腿儿'自然就看上你了。"

田新仓点点头，走了。

看着他的背影，范少山挺感慨的。和余来锁一样，都是为了一个女人留了下来。如果不是为了"白腿儿"，他们都会下山讨生活，又该续写怎样的故事呢？

说到余来锁，范少山想去看看他。

余来锁有点文艺，他家门口老早就挂了两盏红灯笼。雪后的晴天，雪一点点融化，把日头的热量都吸收了，天就显得格外冷。自打村支书费大贵进了城，余来锁就是白羊峪最大的官了。

　　他家大门锁着。范少山就在门口等。一会儿，老远就见余来锁从那边走过来，一只手捂着耳朵，冻得咝哈咝哈的。范少山凑过去，问："来锁哥，干啥去了？"来锁不冷不热地说："跑了一只鸡，没找着。不找了，大过年的，谁吃不是吃啊！"范少山说："大哥敞亮啊！"又问，"你咋捂着一只耳朵？"余来锁没好气地说："瞎呀？那只不怕冻！"范少山这才想起自己个儿说漏了嘴。

　　余来锁一只耳朵是爹妈给的，原装儿；另一只耳朵是范少山给的，胶皮的。

　　那还是前些年的事儿了。夏天的一天，范少山背了筐青草去了爷爷的鹿场。鹿吃草这会儿，范少山一眼看到了爷爷的猎枪，就戳在圈墙上。猎枪是爷爷的心爱物儿，平常都舍不得让人摸一下。一是怕别人摆弄坏了，二是担心枪走火，伤了人。这当口儿，爷爷正在屋子里听评剧，范少山心一阵痒痒，没憋住，端起枪就对着一棵树瞄准，嘴里还发出砰砰的响声。就在这时，有人从树下经过，范少山心里头一慌，不知咋地动了扳机，砰的一声，霰弹射了出去，那人啊的一声，倒在地上。少山吓傻了，愣在了原地，浑身打哆嗦。爷爷听见枪声，跑了出来，又听见有人惨叫，慌忙奔去。范少山也醒过神来，跟着走了过去，看见那人一手捂着耳朵，鲜血从指缝一个劲儿流，这人就是余来锁。

　　猎枪生猛，余来锁的一只耳朵掉了，连个渣儿都没找到。范老井抢起了枪托，打得范少山一个趔趄。"你这是闯了多大祸呀？差一点儿要了余来锁的命啊！"爷爷说话带着哭腔。他后悔把猎枪落在了外边，不由得扇了自己个儿一个耳光。

　　爷爷卖了两头鹿。范少山带着钱去看余来锁。耳朵掉了，好在听力没事儿。少山一个劲儿赔不是。余来锁说："说啥都没用，俺的耳朵找不回来了。俺还想搞对象呢，这可好，哪个女人眼瞎呀，会看上俺？"田新仓也来了，冲余来锁一个劲儿乐："这回你就没啥竞争力了。"

　　又卖了两头鹿，范少山带余来锁去了城里，医院给余来锁安了只假耳朵。假耳朵是乳胶的，白白嫩嫩。余来锁本来就黑，这样就形成了一只耳朵黑，一只耳朵白的局面。余来锁有时安慰自己个儿："全身总算有块地方白了。"

　　时间是最好的疗伤药。多少年过去了，余来锁对这件事儿也看淡了，可范少山总觉得欠他的。

　　范少山跟着余来锁往家走。来锁说："你跟着俺干啥？看俺耳朵白呀？"

　　范少山说："来锁哥，想跟你唠唠嗑，中不？"

余来锁不作声。

余来锁是个半截子光棍。有一年，媳妇下地，被山上滚下来的石头砸死了，肚子里还怀着孩子，一尸两命啊。没多久，娘出门摔了一跤，躺在炕上没起来，也死了。他是个党员，村民信得过他，选他当村民组长，这可苦了他了。镇上开会他要参加，上面的工作任务他要落实，还隔三岔五地下山，向支书汇报工作。和光棍田新仓不一样，余来锁是个勤快人，屋子里收拾得井井有条，炉子里的火烧得正旺，暖和呀！

坐下来，一时不知话咋开头。范少山看到桌上有一摞稿纸，拿过翻了翻，是余来锁写的诗歌，就说："大哥，你真成诗人了！"余来锁说："自娱自乐吧。"范少山问："发表过吗？"来锁摇摇头："投过稿，泥牛入海了，人家看不上。"余来锁又没好气地问，"少山，你啥意思，跟俺探讨起诗歌来啦？"他站起身，一本正经地打量着范少山："咋的？你不是北京卖菜的吗？当编辑啦？老师快给俺指导指导。"范少山知道来锁拿自己个儿开涮，慌忙放下稿子："来锁哥，俺哪敢啊？俺肚子里那点儿墨水，你还不知道？"来锁说："那可不一定，反正你能吹。"

范少山脸红了，嘿嘿两声。

余来锁问："你到底找俺啥事儿啊？"

少山顿了顿，说："来锁哥，老德安死了，俺琢磨了很多。你是村民组长，得帮着乡亲们找个出路啊？"

余来锁说："出路就是搬迁，上面号召了。"

范少山说："听爷爷说，走的走了，留下来的都不想搬了。"

余来锁说："那就等着领扶贫款，也饿不死，还能咋样？也就这样了。白羊峪几百年了，有几时富裕过？几辈子人磕磕绊绊都走过来了，还能好吗？还能好吗？"

范少山说："俺觉着咱白羊峪有文章做啊！山地多，森林多，还有长城呢！俺看你写了不少首诗歌呢，都是歌颂大山的。咱不守着，把它留给谁呀？"

余来锁："诗是诗，现实是现实。没人领着咱干啊。费大贵走了，就是不走，也干不动了，老了。咱白羊峪缺少有魄力的年轻人，就缺像你这样的！"

范少山说："别扯了。俺哪行啊？"

余来锁说："你走南闯北学了本事，有眼光，还有钱，就能回村创业呀！"

范少山和余来锁喝酒，唠嗑，说话都没了挡儿。

余来锁问："这几年，你在北京赚了多少钱？"

范少山说："你猜呗。反正俺是开着'奔驰'回来的。"

余来锁说："你别跟俺吹牛。'奔驰'在哪儿呢？"

范少山往东一指："就在镇兽医站院里头放着呢！俺能蒙你吗？"

余来锁说："开上大奔了，一年起码赚两百万吧？"

"两百万？"范少山拍拍胸脯，"五百万都不止！"

余来锁放下酒杯，掰着指头算起来："哎呀，一年五百万，三年多，就算一千五百万吧！"又问："买房没有？"

酒精着了，把范少山的眉毛燎开了花："俺对象有房，两百多平。"

余来锁跟范少山掰着指头算："除去买车，各种生活开销，你咋也得剩一千万吧？范少山，千万富翁啊！"

范少山摆摆手："小意思，不值一提。做人嘛，要低调儿。"

余来锁笑出了声，笑得有点儿怪。范少山不知他葫芦里卖的啥药，问："笑啥？"

余来锁突然一板脸："范少山，你不吹牛会死啊？"

范少山嘿嘿笑："……习惯了。反正就咱哥俩，吹吹牛，觉得自己个儿瞬间就高大上了。"

余来锁用筷子点着范少山说："俺说你点儿啥好呢？"

范少山说："你总得让俺保留点儿缺点吧？"

余来锁说："不管咋样，你在北京也混出点名堂来了！多大的北京啊，能容下你这山里人，没点真本事中吗？"

范少山说："窝在这白羊峪，更不容易啊！"

余来锁搂住范少山的脖子，也感慨："都不容易啊！"

范少山问："来锁哥，你为啥不走啊，听说是为了'白腿儿'？"

余来锁的眼里蒙了一层泪，喊出了声："天底下，还有俺这样痴情的男人吗？"

范少山和余来锁喝多了。范少山走路打晃儿，一迈门槛就摔了一跤。来锁扶范少山起来，又把他扶上炕，范少山倒头就睡了。半夜，一只老鼠爬上桌子，那些剩菜成了它的夜宵。这只老鼠讲究，吃饱喝足，就跑到范少山旁边在衣袖上擦嘴。整条尾巴和屁股都压在范少山的手上，老鼠的嘴在衣袖上蹭来蹭去。睡梦里，范少山突然感到了毛茸茸的东西，惊得一身冷汗，他啊的一声，起身跑出屋去。余来锁没醒。老鼠淡定，又在余来锁的衣服上擦起嘴来。余来锁打着粗鼾，拍拍老鼠脊背，老鼠就躺在来锁身边，睡了。

后来，余来锁说："俺就这一个伴儿了。"

大年二十八夜里，又下了一场雪，是小雪，又在厚厚的积雪上撒了一层，只有一指厚。

这薄薄的一层雪，就成了压垮骆驼的最后一根稻草。有两户人家的房子被压塌了。

白羊峪虽是石头房子，但房顶的料大多不结实。它守着大片山林，自古却有个规矩：无论谁家盖房，不得砍掉大树，只能选伐死树或是间伐的弱树做檩条。这样祖祖辈辈下来，才有了白羊峪的绿水青山。

一大早，范德忠就上了自家房顶，用铁锹铲雪。他是咋上去的？这还用问？上梯子呗！不是，他是蹬着李国芳的肩膀，上了房顶。那时候，李国芳站在房檐下，范德忠一只拿着铁锹的拳头按着她的肩膀，身子往上一蹿，双脚就稳稳落在了李国芳的双肩上。在丈夫的脚下，这个女人站成了一座山，挺成了一棵树，这副肩膀，就是他身体的一部分，而他的那条胳膊，也成了女人身体的一部分。他们一个都不能少。"神雕侠侣"可不是浪得虚名啊！点支烟的工夫，范德忠把铁锹欻地扔上房顶，房顶腾起一股雪烟，接着，他一只手攀着房檐又跳上了房顶。双脚落下，雪已经没了范德忠的膝盖。只见他抄起铁锹，插进雪里，用锹柄抵住肚子，推起雪来。

范德忠冲下面喊了一声："落雪了，闪开！"

李国芳朝房顶看了一眼，目光里满是爱慕。当瀑布似的白雪从房顶砸下时，李国芳咯咯笑着，像个小姑娘一样跑开了。

打扫完自家房顶，"神雕侠侣"热心肠，又去孤寡老人家帮忙了。

范少山走出家，和余来锁去救灾了。

先是救了五奶奶家。五奶奶老了，不省心，还带着一个傻儿子过日子。儿子大刚整天睡了吃，吃了睡，见人就知道乐，挺懂礼貌。天蒙蒙亮的时候，还在被窝里的五奶奶就听房顶咔嚓一声，檩条断了！老人家拉起睡梦中的大刚就跑。刚刚跑出屋子，大刚说了一声："裤子！"大刚发现自己个儿只穿条内裤，又往屋里跑。别看大刚傻，可是讲体面儿，平日穿得干干净净，在街上走一趟，生怕尘土脏了裤子，回到家总要两手拍打半天，没土也能拍出三两土来，这样一个讲究人，咋能不穿裤子呢？就这样，大刚跑进屋取裤子，五奶奶叫不住，也跟了进去，待往外跑时，外屋的房梁塌了，娘俩都被埋了。

五奶奶埋得浅，自己个儿钻了出来，就在街上哭喊："来人啊。救救俺儿子大刚啊！"范少山和余来锁来了，来锁走在前面，范少山有点害怕，腿肚子往后别。有件事儿，范少山谁都没说。当初看见老德安上吊那一幕，他都尿了，裤裆里热乎乎的。范少山怕大刚扒出来后是一具死尸，两眼瞪着，浑身是血。余来锁对范少山说："走啊？"范少山答应着，心里头却打鼓。来到门口，五奶奶哭着拉住他的手："少山啊，你快救救大刚吧，大刚总念叨你。"一听这话，范少山不知打哪儿来的一股子血性劲儿，二话不说，从五奶奶手中抽出自己个儿的手，撒腿就往屋子里跑。房子的檩条还在嘎吱嘎吱响，房顶上的泥块夹着雪还在往下漏。范少山喊着："大刚，大刚，你在哪儿？"听到那边一堆雪土有声音，他冲了过去弯腰就扒，额头上的汗水一滴一滴落在了雪泥上。很快，露出了大刚的脊背。他和余来锁把大刚拽了出来，范少山为大刚擦擦脖子上的血，问："大刚，你没事吧？"大刚笑了："没事儿，没事儿。少山，你救救俺的裤子。"范少山笑着从废墟里扒出大刚的棉裤，帮他穿上。大刚站在院子把自己个儿拍打半天，在范少山和余来锁面前笔挺站立，举起右手，大喊一声："敬礼！"

房子塌的时候，田新仓正在睡觉。他睡在炕头，炕的另一头檩条塌了，泥灰夹杂着雪块掉了下来。田新仓睡得死，梦见了娶"白腿儿"，笑出了声。直到一个枕头大的灰土块掉下来，砸破了炕洞。田新仓醒了，跑到院子里捂着棉被一个劲儿打哆嗦。见到范少山和余来锁，他哇的一声哭了起来。范少山劝他："你又没缺胳膊少腿，哭啥？"田新仓哭出了鼻涕泡，他说："冰天雪地的，俺去哪儿住啊？"余来锁说："少山已经把五奶奶和大刚安置在他家了，你就住俺那儿吧。反正俩光棍，还有个照应。等雪化一化，俺去镇上，申请救济金，帮你修房子。"听了这话，田新仓笑出声来，鼻涕流多长。范少山提醒："鼻涕！"田新仓一吸气，把鼻涕抽了回去。

天晴了，就有了暖阳了，白云也在白羊峪的银杏树上头飘来飘去了。大年三十过得还算有滋有味儿。早上，范少山来到银杏树下，在树下点香跪拜，嘴里念念有词："树太爷爷、树太奶奶，少山在这里给您二老拜年了！祝二老洪福齐天，长命百岁，不不，您二老都一千三百多岁了！祝二老万寿无疆！二老，白羊峪这一辈辈，你们二老都看着呢！现如今俺们白羊峪遇到难处了，求您二老，保佑白羊峪有好光景，乡亲们有好前程。"说完，范少山朝着银杏树磕了三个响头。往回走时，范少山想到大过年的还没洗个澡，走到被雪深埋的田野，脱掉棉衣棉裤，只剩一条裤衩。日头照在范少山的身上，古铜色皮肤闪着光泽。范少山禁不住说："这帅哥好有型啊！"范少山胳膊上有腱子肉疙里疙瘩的，看样子一刀都劈不开。菜摊儿底下有俩杠铃，他一没事儿就举几下。这时候，范少山像站在泳池边的游泳健将，身子一跃，跳进雪里。范少山在雪里打了两下"狗刨儿"，雪野上就翻腾起一波波的雪浪花，他像个夏天里玩水的孩子，咯咯笑起来。在雪里扑腾一阵儿，范少山站起身，两手搓着身上的雪渣，又猫腰抓起雪块往身上揉搓，直到全身搓得通红，身上的雪化成水，冒着白腾腾的热气。

过了"破五"，余来锁就带人帮五奶奶、田新仓修房子。房梁换了政府发的彩钢保温面板，又结实，又暖和。范少山懂安装，北京昌平菜市场的房顶就是这个材料。五奶奶说："没想到俺快入土的人了，还能住上洋房子。"范少山说："五奶奶，这算啥呀？您老就好好活着，奔好日子吧！"五奶奶问："有指望？"范少山顿了顿说："有指望！"范少山也不知哪儿来的底气。看见自家房子换了新模样，田新仓乐得合不上嘴了，他对余来锁说："这回你赶不上俺了吧！"余来锁阴阳怪气地说："可人家'白腿儿'住不惯啊！"田新仓追打余来锁，余来锁撒腿就跑，惹得众人大笑。

四

雪一点点化了，天也还不见暖和。范少山想杏儿了，手机还是打不通，他能不着急吗？想到杏儿一个人看着菜摊儿，真够她忙活的。范少山想回北京了，范老井好像看出了他的心思，说："你这一走，就不知啥时候回来，爷爷也没个准信儿，一闭眼，两腿一蹬，你就再也看不到了……"爷爷这是想让自己个儿在家多住几天啊！范少山心里一热，鼻子有点酸。

范老井扛着猎枪，守着鹿场。鹿场里头有十八头鹿，那可是范家的"嚼谷"。全家人熬日子哪儿不得花钱？再说了，鹿也不是那么好养的，喂青草，喂饲料，得精心伺候。指不定哪会儿就躺倒一头。这不，前几天冻死的那头包了饺子了嘛！

爷爷当年是个猎人。白羊峪的这片森林里流窜着野兔、山鸡、狍子、野猪，当然还有梅花鹿。那些年，爷爷把打的猎物拿下山去卖，换来布匹和家什，还盖了新房，帮儿子范德忠娶了媳妇。后来，上面就禁止打野物了。爷爷就琢磨着养野物。养啥呢？爷爷熟悉梅花鹿的脾气秉性，就从山上抓了一对，正好是公母，养了起来。梅花鹿看着温顺，也有发脾气的时候。雄兽在发情期间性情凶猛，为争夺母鹿会发生角斗。就是用两只犄角撞击情敌，当犄角们撞在一块儿时，发出咚咚的响声，有的挺不住了，撒腿就跑；有的犄角被撞断，鲜血淋漓地退下阵来，躲到犄角旮旯自我疗伤去了。爷爷养的这一对就好得多，没有竞争，雄鹿和母鹿可以天天洞房。这样一来，就有了小鹿。小鹿长大了，又洞房，就又有了小鹿。慢慢地，爷爷养鹿的圈子，也就成了鹿场。

上面禁止狩猎，也就收了猎枪，后来狼就来了。好一阵听不到枪声，狼的胆子越来越肥。它们就大摇大摆地进了村，猪啊羊啊遭了殃。狼口味儿重，专吃家畜的下水，掏空就走。那一回，鹿场里的鹿就惨死过半，老井爷爷一个劲地叹息。半夜里，他听见鹿叫，知道狼来了。自己个儿出门也没用，就又睡了。乡亲们见了自家活蹦乱跳的牲口，如今横七竖八地躺着，不由恨狼恨得牙根痒痒。这还了得，万一哪一天伤了人咋办？乡亲们联名上书镇上，要求返还范老井的猎枪。就这样，范老井的猎枪又回来了。自打爷爷重又扛起猎枪十几年，狼就没敢进过村。有人说："范老井在村口咳嗽两声，狼就打哆嗦哩。"

可立春后的这天夜里，狼来了。狼没有进村，它们去了离村几百米远的鹿场，那里，除了一群鹿，还有范老井和范少山爷孙俩。

狼没动大鹿，只是叼走了两头小鹿。爷爷火冒三丈，扛起猎枪就顺着狼的脚印去追，范少山紧紧跟在后边。昨晚上，在鹿场边上的一间房子里，炉火正旺，炉子上的水壶哇哇响着，壶盖儿缝儿和壶嘴冒着白气，范少山和爷爷坐在炕上举盅对饮，说不尽的话是最好的下酒菜，爷儿俩喝多了，躺在炕上一觉到天亮。谁想到，鹿遭了殃。

在雪地里走着，爷爷说："这狼精着呢！隔着窗子它都能闻到你喝醉了，听到你睡着了，这才下手呢！"爷爷走得急，范少山脚步有点跟不上。心想在京城里的日子久了，都撵不上爷爷的步点了。顺着狼的爪印追到山林，想到离狼窝越来越近了，范少山有点儿怕，开始后悔没有拦住爷爷。反正小鹿已经死了，你追它干啥？就算一枪把狼崩了，还能咋样？狼是狼角色，是会报复的……想想后怕呀！这也为自己个儿的全身哆嗦找到了理由。范少山说："爷爷，咱算了吧？"爷爷哼了一声："算了？那可是小鹿啊！它们正长着身子呢。可怜见的！"范少山追了两步："爷爷，可它咋也活不了啊？"爷爷说："不中！"

范少山和爷爷进了林子。走着走着，爷爷不动了。范少山看到前面不远处有三只狼，两只大狼，一只小狼。两只大狼像是两口子，小狼是它们的孩子。大狼站在小狼身边，一边一个。小狼在吃着啥东西，对，就是那头小鹿。范少山和爷爷看着狼，两只大狼也在看着范少山和爷爷，而小狼依然埋头吃着。四周是森林，一片雪国，安静得连一棵松针落下都能听到。爷爷举起了枪，两只狼看着他，没有动。小狼还在吃着。霎时，范少山的呼吸停止了，心提到了嗓子眼儿。只听"砰"的一声巨响，松树上的冰凌和雪片被震得哗哗落下，范少山的眼前只有白茫茫一片，飞舞着、盘旋着，啥也看不清了，像坠入了一个梦里。待范少山醒过来时，一片白雪铺开的森林真干净啊！狼呢？没了。

爷爷朝天空开了一枪。回家的时候，他走得慢了，步子沉沉的。他说："冰天雪地的，到哪儿去找吃的啊？"他好像对自己个儿说话，又说，"为了孩子吃上饭，大人连命都不要了。你还能咋样？只能吓唬吓唬吧！"爷爷只顾自言自语，也不看范少山。

在范少山的印象里，爷爷是个刚正的倔老头，说一不二，平日里村人都有点怕他。今儿个这举动，范少山打心眼儿里服了。想美言爷爷两句，却没说出来，只是说了句："我来吧！"范少山从爷爷手里接过了猎枪，往前走，呼出的白色雾气，往后飘着。

爷爷老胃病犯了，肚子不舒服。范少山这两年在北京打拼，总是饥一顿饱一顿，对胃有了亏欠，口袋里老装着胃药。他把胃药拿出来给爷爷，爷爷不吃。他说："那洋玩意儿不顶用，还是土的灵。"范少山帮爷爷抓药，去哪儿？余来锁家。余来锁是个"土秀才"，肚子里有墨水，吹拉弹唱样样拿得下，还会写诗。这还不算，人家还是个村医，村里谁家有个头疼脑热，都去余来锁家抓药。草药是他从山上采的，便宜又管用。余来锁常说："山里人，靠着山活着，靠着山治病，死了，还要埋在山上。这生生死死，都跟山连在一块儿了。"

余来锁院子里有几口大灶。大灶经常烧柴草、烧热水。热水不花钱，谁家都可以拿来暖壶灌满就走。沏茶、洗脸、泡脚，随便。烧火的人不是余来锁，柴草也不是他家的。谁用"伏龙肝"，谁抱柴草，谁来烧。"伏龙肝"是个啥？这是大号。说白了就是灶心土。大灶烧到一些日子，余来锁就将灶台拆掉，他把将灶心烧结成的月牙形土块取下，就是灶心土了。用它做啥？入药。还要除去四周焦黑的灶炭，取出中心红黄色的灶心，这就是药材了。每回收拾好这块灶心土，余来锁都要用门牙嗑下一绺，在嘴里吧嗒吧嗒，自己个儿 点点头，也没人问过他是啥味道，灶心土嘛，又不是巧克力。余来锁这一点头，接下来就做伏龙肝了。他把灶心土用小石磨研细，用滑石水漂过，杂质沉淀，漂上来的就是药粉了。余来锁把药粉用细笊篱捞出来，啪嗒啪嗒倒在白布上，再把白布包好，放回拆走灶心土的窝窝里，过一天一夜取出，再打开白布包时就是伏龙肝的成药了。伏龙肝看似是个土方子，不就是灶心土吗？可在余来锁那里，讲究大，有文化。这灶火只能烧柴草，不能跟生炉子似的烧煤。有一回田新仓嫌麻烦，搁了两铲子煤块，这下烧了几个月的灶全毁了，余来锁气得打了他一扁担。说了半天，这伏龙肝到底治啥病？多了。呕吐反胃、腹痛泄泻、吐血、衄血、便血、尿血，妇女妊娠恶阻、崩漏等等，在余来锁那儿，方子能开一大溜儿。

提到伏龙肝，余来锁浑身上下都来劲，说话也跟扣动了机关枪扳机似的。余来锁说："少山，你知道为啥叫伏龙肝不？这都是老祖宗的智慧啊！古人一向以食为天，对烧饭的灶台十二分敬重啊！他们相信每家的灶台都有神灵庇佑，此神即伏龙也。我爷爷和爹都是村医，都做伏龙肝，但他们没啥文化，不知它的来由。到了俺余来锁这辈儿，就从李时珍那儿弄清楚了。"余来锁的话语充满自豪感。

余来锁话锋一转，问范少山有啥新项目没有。"啥新项目？"范少山挺佩服余来锁这点的，他的思维跟过山车似的。余来锁说："少山，你说得对。白羊峪也不能这么老死气沉沉没着没落的，总得有点动静吧？你在北京卖菜，接触人不老少，有啥适合咱白羊峪发展的项目没？"他这一说，倒把范少山问住了。其实范少山也想过，只是没合适的。白羊峪种菜不中吧？运不出去呀！范少山说："起早卖菜，贪黑回家。这事儿还真没想过。"余来锁一个劲儿埋怨范少山："爱国爱家乡，你对家乡的感情不深啊。你是不是觉着离开白羊峪就一了百了啦？"范少山挠挠头："看你这话说的，俺爷爷、爹娘都在这儿呢！再说了，你前几天还和俺说白羊峪搬迁啊，没指望啊，转得咋这快啊？你真是转轴脑袋呀！"余来锁嘿嘿笑了："镇上要咱白羊峪今年的工作计划呢。"范少山看出余来锁的笑别有味道，就问："是不是'白腿儿'跟你说啥啦？"余来锁说："她不愿意搬走，心里头还恋着这山，想在白羊峪过好日子。俺觉着吧，她是不想离连生太远喽。"

连生是谁？高连生，"白腿儿"的丈夫。用"白腿儿"的话说就是"俺那死鬼"。连生就埋在后山坡，离村子就十几丈远。"白腿儿"时不时地过去看看，把心里话跟连生念叨念叨。连生死了好几年了，"白腿儿"已没了眼泪。那情形就像连生还活着，和他面对面一呼一吸唠嗑一样。有人说，有一回她和连生说："俺想往前走一步……"往前走一步啥意思？就是改嫁。这句话还没说完，坟地就起了一阵旋风，呼啦啦卷起了的枯枝败草漫天飞扬。打那以后，"白腿儿"就再也不提这事儿了。

高连生和"白腿儿"恩爱着呢！人家是白羊峪自由恋爱的头一对。自打结婚后，两口子就分不开了。下地并排走，回家前后脚。关起家门，两口子更是干柴烈火，恨不能一口将对方吞下去。在男女那事儿上，他们一天"三抢"。哪"三抢"呢？早起抢亮儿，就是在天亮之前要做一回；晌午抢晌儿，就是吃完晌午饭做一回；傍晚抢黑，吃完晚饭做一回。除了早午晚必保节目之外，夜里还有自由活动，做几回，随意。因为大白天要做，被串门的人撞上了。那人就对村上人传开了："连生媳妇的腿忒白，就跟那雪花膏似的。"这样就有了"白腿儿"的外号。"白腿儿"不介意。她说："两口子想啥时候做就啥时候做，天经地义，又不是偷人养汉。""白腿儿"看似妖媚，但却是个正派女人。在她眼里，连生是燕山最高峰，别的男人不过是山脚下的石头子儿。连生不光懂得过日子，更懂得爱女人。记得有一回"白腿儿"下地薅草，把发箍丢了，找不到，连生急得团团转，恨不得把地翻一遍。啥发箍啊？就是有机玻璃的，上面刻着朵牡丹花，女人常戴的，柱子、大山媳妇头上都箍着一个，也不值几个钱。"白腿儿"的发箍有啥特别的吗？那是！人家连生从集市上买来后，用针锥子在上面刻上了三个字："我爱你"。那三个字就在牡丹花下。这可是两人的定情之物啊！丢了！一个发箍，丢了就丢了呗！大不了再买一个。连生可不这么想，他觉着这发箍是他和"白腿儿"爱情的见证，他一定要找到。就这样，对那块地进行了地毯式搜索。时间是黑夜，没有月亮，没有星星，下着雨呀！他打着手电筒找啊找……他在这块地里找出了七根缝衣针。后来，天亮了在小河边找到了那个发箍。原来"白腿儿"是去小河边洗脸发箍掉了。就这样，浑身泥水的连生回到家，两眼深情地把发箍戴在"白腿儿"头上。

白羊峪最懂浪漫的高连生，也死在了一件浪漫的事儿上。那年开春，山头的香椿树发了芽儿，连生三蹿两蹿爬上树。自打恋爱那会儿起，连生每年都要到这棵树上摘香椿芽儿，让"白腿儿"在白羊峪头一个吃上香椿芽儿炒鸡蛋。这年儿子高辉都十来岁了，连生又来了。就在他采了一把香椿芽往兜里装时，树杈咔嚓一声折了，连生从两丈多高的香椿树上摔了下来。连生死后，"白腿儿"心里头念着他，这些年一直有人说媒，但"白腿儿"不动心，就这么守着。村里头的余来锁和田新仓都对她动了心思，特别是余来锁，对"白腿儿"掏心掏肺的。因为连生在"白腿儿"的心里没挪走，就只能等着。余来锁在诗里写道："最好的爱情，经得起等待，哪怕等到俺们都两眼昏花，已经看不清你的模样。"

为了爱情，余来锁总要为心上人做点啥。他跟范少山走，他要找范老井聊聊，范老井过去当过村干部，如今还是村民代表。余来锁叫他三爷。"镇上要咱白羊峪今年的工作计划呢，想听听您老的意见。"范老井说："上面不是让搬迁吗？这大片的山林山地留给谁呀？"余来锁说："三爷，您老是咱白羊峪的百科全书，您老提提意见。"范老井不乐意了："啥？百科全输？你是说我干啥啥输啊？干啥啥不中呗？"一旁的范少山笑了："爷爷，不是那个意思。是说呢，白羊峪的这些事儿都在您老心里头装着呢，这人这山这水这一草一木，您都明白。"范老井笑了："来锁啊，整天写那个湿啊干的让人搞不懂了，不会说白羊峪话了，你看我孙子，在京城里待了三年，从嘴里蹦出来的还是山顶子味儿。"

范老井说："要干就干点为子孙后代积德的事儿。"范老井说起十几年前的事儿。那时候费大贵刚当村支书，上头要求"村村建厂，户户冒烟"。邻村黑羊峪先走一步，开了铁矿厂，弄得机声隆隆响，粉尘漫天飞。范老井去了，耳朵震聋了，嗓子呛哑了。听黑羊峪的人说，人在家里说话都听不见声儿，只能像哑巴一样比画。家家不敢开窗户，一开窗子就满屋子烟尘，家具、被子一层土。可你总不能老在家待着吧？一介山民，你要讨生活啊！种的玉米棒子上面凝结了一层，像混凝土，要砸一砸才能掉壳；种的菜上面也像蒙了一层混凝土，去集市卖，没人要，只能洗洗自己个儿家里吃。十几个工人得了矽肺，在家里等死；五六个村民得了肺癌，还没咋等就死了。费大贵没看到这些，他只看到了铁矿财务室用蛇皮袋子装的鼓鼓囊囊的钱。费大贵在村民代表会上说："他们用蛇皮袋子装，咱们用麻袋装！俺就不信，整不过他们黑羊峪。矿若是建成了，到时候每家分半麻袋，花去呗！"会场喜笑颜开，村民代表都拍巴掌。只有范老井一个人吧唧烟袋。刚要举手表决的时候，爷爷在鞋底儿磕磕烟袋锅儿站了起来，他说："大伙别忙着举手。依俺看，这半麻袋钱到了到不了咱们手先甭说，就算到了咱的手，依俺看也没那个命花呀！你们去黑羊峪看看吧！好好的青山绿水都糟蹋了！老百姓还能顺顺畅畅地吸口气不？人都死了要钱还有个毛用啊？"范老井的一席话，把会场搅了，人们散了。费大贵把鼻子都气歪了。爷爷拍拍费大贵的肩膀说："支书，记住喽，没了绿水青山就啥都没了。"

范老井对余来锁说："你要脱了白羊峪这层穷皮，就甭想着糟蹋这山这水的。"余来锁连连点头，又和范老井谋划了种植业的事儿，连夜起草了工作计划。

第二天，余来锁去镇上，干啥？找费大贵。人家是支书啊，有啥想法得跟人家汇报汇报。范少山就伴跟了去，拎了两瓶酒，顺便给费大贵拜个年。论辈分，范少山得叫费大贵表叔。费大贵住在镇上开发的别墅区，门口不大，却放俩狮子，石头的，搞得跟衙门似的。费大贵在家里也不闲着，每天坐在办公桌前，看文件、看报纸，跟在机关上班差不多。别看人家在闹市，对白羊峪的大大小小事情了如指掌。一见余来锁和范少山就说："老喽，老胳膊老腿上不了山了。这场大雪让乡亲们受难了，俺虽然身在城镇，但俺的心和白羊峪人民同在……"听语气不是村干部，是大官儿。说着说着，费大贵哽咽了，说不下去了，眼里闪着泪光。范少山立马肃然起敬：费大贵是认真的，他说的是掏心窝子的话。费大贵连夸几句范少山："后生可畏！能在京城创业，是白羊峪的光荣！"余来锁向费大贵汇报了今年的工作计划，等费大贵点头通过，就可以报镇上了。费大贵听着，还做了笔记，末了说："很有想法，很有想法。但是——"这一"但是，但是，但是"，费大贵连用了三个"但是"。"白羊峪山高路险，生存条件恶劣，已经不适合新农村建设的要求了。县上镇上都发了文件，就是全村整体搬迁。明年的主要工作任务就是搬迁，没别的。"范少山说："表叔，我看白羊峪还有潜力可挖呀！再说了，这些村民都不愿下山。"费大贵把手一挥，像首长面对即将出征的战士，好像接下去就会说："同志们，出发！"费大贵说："不要怕打烂坛坛罐罐，离开它，俺们要建设一个新家园！"临别的时候，费大贵拿出两万块钱，让余来锁捐给村里的困难户，说了一句："白羊峪的乡亲，都是俺的亲人啊！"

范少山要走了。临走前，他又做了一件事儿，爷爷范老井派他去了趟黑羊峪，去看看泰奶奶。

先说白羊峪和黑羊峪村名的由来，相传古时候一拨人反官府，就和官军打了起来。反官府这拨人势单力薄，败了。这残兵败将就退到燕山，在这险要地带安营扎寨。山下都是官军啊，眼看粮草都没了，咋办？总不能等死吧？这拨的头头有心眼儿。废话，缺心眼儿的敢反官府吗？用说评书的词叫"心生一计"，他让人将两面鼓和两只羊挂在了绝壁的松树上。两只羊生无可恋，四蹄乱蹬，踢得鼓咚咚响。官兵听了，不知深浅，还以为这一拨要冲将下来，赶紧后退百丈。这一拨趁这工夫，用绳索从另一边的山沟转移了。这两只羊折腾了两天两夜，死了，鼓声也没了，官军这才知道上了当，晚了。这两只羊是一只白羊，一只黑羊，牺牲得壮烈呀！附近两个村子本来没名字，为了纪念羊，就有名字了。白羊峪，黑羊峪。再后来，就有了历史故事，说反官府这拨是农民起义军，设计羊擂鼓的是起义领袖，还出版了小人书。就是个传说，谁知道真的假的。

白羊峪、黑羊峪山连着山，没多远。开矿的早就走了，村里人也跑得差不多了。村里头破破烂烂，跟刚闹过地震似的。这当口，村里头就剩三四户人家了。其中一户一个老人，一个孩子。老人是泰奶奶，孩子是泰奶奶的重孙女，六七岁的小丫头，一双大眼睛，长得黑骏骏的，小名黑桃。泰奶奶人都九十岁了，还拉扯重孙女，一老一小，日子过得苦啊。

老人见了范少山，脸笑成了一朵菊花。范少山带来了油和米面，挑水装满了水缸，扫了院子里的积雪。后来，又把一包东西送给泰奶奶，说："这是我爷爷让我捎给你的。"

范老井为啥放心不下泰奶奶呢？话一说就远了。早年，范老井在地主泰满囤家扛活，就是做长工。那时候范老井才十七岁，眼瞅着泰奶奶坐着大花轿嫁进泰家门儿。泰奶奶刚刚二十来岁，在唐山上女高，和泰山松自由恋爱。泰山松是泰满囤的儿子，泰奶奶的同学。新婚不久，泰山松就闹革命去了，留下了泰奶奶独守空房。泰奶奶是个美人坯子，她穿着旗袍，风摆杨柳般在大院里走来走去，这让范老井一颗少年的心烈马般狂奔。泰奶奶从收拾院子的范老井身边走过，高跟鞋嘎嗒嘎嗒响，像踩在范老井的心上，按摩般舒服。有一回看得入神，忘了手里的活儿，还被泰满囤踹了一脚。几年后，天地变了，泰满囤被押上土台子，批斗。群众让范老井揭发被泰满囤踹了一脚的事儿，范老井却说没这事儿。这是后话。在这座地主家的大院，范老井的青春像决了堤的洪水泛滥了，淹了泰家大院，淹了泰满囤，淹了泰奶奶也淹了他自己个儿。他头一次想女人，头一次想一个漂亮女人，头一次想一个漂亮女人时带了动作。每到黑夜范老井的手就替代了泰奶奶，每回即将收工的时候总是低喊一声："我的泰奶奶啊——"范老井在被窝里喘着粗气，大汗淋漓。这样一个女人范老井能忘记吗？他惦记了她一生。多年后，范老井向泰奶奶提起在泰家扛活的事儿，泰奶奶已经不记得他。但他没有懊恼，没有后悔。他想，一个穿旗袍的漂亮女人从你身边经过，都是你的福分啊！

这回叫范少山去见泰奶奶，范老井还让他带去了一沓发纂儿罩儿。这是啥？如今全天下可能都没有这物件儿了。发纂儿是 20 世纪 80 年代以前中国农村老太太的发型，梳好发纂儿，再戴上发纂儿罩儿，既好看，又防止发纂儿散开。再说一句你就懂了。就是现如今白羊峪一带的人骂淘气孩子，还是那一句："你奶奶那个纂儿！"纂儿上都是戴着罩儿的。发纂儿罩儿是范老井早年买下的，他就想着总有一天会派上用场。

泰奶奶打开纸包，看到黑色的发纂儿罩儿时，浑浊的眼睛登时亮了。她立马坐在镜子前，拿起梳子，为自己个儿梳头。泰奶奶梳着，范少山和黑桃就在边上看着，不说话。泰奶奶将白发卷成发纂儿，戴上纂儿罩儿，再侧着脸照照镜子，泰奶奶笑了。泰奶奶说："你爷爷有心了。"说完，眼角有了泪光。

回到家，范少山跟爷爷说了这件事儿。爷爷只是咳嗽，不说话。那咳声像是掩盖了许多故事。范少山想，爷爷都八十多岁了，还有啥不能说啊？他不知道，有时候，爱，是到死都无法说出来的。

搬迁是头等大事。常言道"人挪活，树挪死"，搬呗。余来锁做了民意测验，每家每户发了张《民意测验表》，打钩。收回来时，全是打钩的：不搬。不搬？范老井说："留下的就留下了，在这白羊峪都生了根。生了根还咋走？连根挖掉？死了！"镇党委徐书记也来过，开了全村会，还是搬迁的事儿。见村里人都是"一根筋"，就对余来锁说："你是小组长，你先搬。"余来锁说："让我想想吧。"田新仓来了，也鼓动余来锁搬迁。田新仓说："来锁，你搬吧！俺那个清朝大碗给你添宅。"余来锁说："扯淡，谁不知道你那个碗是酱油汤泡出来的。你安的啥心？俺走了，你好打'白腿儿'的主意啊？"余来锁和田新仓当着徐书记的面吵了起来。白羊峪人不怕官，你书记咋啦，长着三头六臂？还不是吃五谷杂粮长大的？徐书记不爱听乡间八卦，烦着呢！范老井插话说："俺们生在白羊峪，长在白羊峪，对白羊峪有感情啊！这大片的山林、果树、山地俺舍不得。"范少山人虽在京城做生意，户口还在白羊峪呢，他也参加了村民会。徐书记问他："你是在北京做生意的范少山吧，说说你的想法。"范少山没想到徐书记点了他的名，站起来说："徐书记，如今村民的日子苦，看不到指望。俺想白羊峪还没到全部搬迁的地步，还有文章可做。比如发展种植业，具体的，我也没想好。"其实，范少山大学落榜后就外出打工，做买卖，东奔西跑的。如今在北京混了个菜摊儿，他懂啥种植业呀？徐书记琢磨了一阵儿，说："这样吧，搬迁的事儿不能一蹴而就，知道白羊峪困难，国家有扶贫资金，镇上发给你们，先把群众的生产生活安排好。"

就这样，白羊峪还留着口热乎气。

过了正月十五，范少山要回北京了。下了山，来到兽医站。他见李站长正跪着趴着鼓捣那辆车，原来凹下去的马蹄印，经他一鼓捣凸了出来。李站长说："是俺站上的马惹的祸，俺得负责任不是？"范少山说："你还甭说，经你这一美容，车好看多了。"李站长说："过几年从这儿退下来，俺就去小舅子的汽修厂打工。先练练手。"范少山气得说不出话来。马厩里的那匹公马得意地叫了一声，范少山横了它一眼。

李站长修完车就去负责配马，一脸庄严，站在一旁，看骑上去的公马心急火燎，找不到靶子，李站长说："别着急，别着急，心急吃不了热豆腐。"李站长拿起公马的物件，对准骒马靶心；公马入港后，显得不够给力，李站长说："干这事都不给力，你还想留着劲儿去耕地拉车呀？"又拍拍公马的屁股，为它加油的样子。经李站长一番调教，公马出色地完成了任务。李站长拍拍公马的脖颈儿，牵着去了马厩拴好，又端来一筲箩精料，倒进马槽，看着公马咯嘣咯嘣吃起来，李站长才舒了口长气。

范少山脱口而出："李站长，业界良心啊！"

李站长洗完手说："干啥务啥。这么多年也没当过先进，都是凭良心做事呗。就像你，在北京好好卖菜，不也混出点名堂了吗？"又问范少山，"你咋还不走？"

李站长除了配马，还要配猪、配牛。还有一摊子事儿呢。哪有工夫陪你扯闲篇？李站长刚要走，门口就闯进个姑娘，姑娘穿着大红羽绒服，脸红得像个刚摘来的苹果，透着新鲜。李站长想，这个院多少年没进过女人了，更别说姑娘，穿红挂绿的都躲着走。李站长就问："姑娘，你找谁？"

姑娘看见了汽车，问："大叔，这不是范少山的汽车吗？他在哪儿？"李站长一指。姑娘就冲了过去——

闫杏儿打开车门，把范少山拽了下来。范少山已经发动车了，刚要拐弯，被闫杏儿这一拽，蒙了，定睛一看，叫了起来："杏儿？杏儿！"在车外，两人紧紧抱住了。李站长平常看惯了牲口亲热，看见男人女人黏黏糊糊就不好意思，走了。

范少山一个劲儿地问："杏儿，你是从天上掉下来的吗？"

第二章

——

在城里讨生活容易吗?

五

　　闫杏儿守着北京昌平的菜摊,忙得脚不沾地,大过年的,谁家不准备几样菜呀!杏儿没有回老家贵州过年,就是给父母在电话里把年拜了。由于第二场大雪压断了通信设施,少山的电话打不出去,杏儿的电话打不进来。少山能料想杏儿在北京平安卖菜,杏儿呢?微信收到过范少山发的白羊峪的雪景,她送上了三只辣椒,只发出一只就没音信了。一直等到了正月十五,范少山还没回城,杏儿就急得跺脚了。她搭了一辆车,赶到了白羊峪山脚下,闯进了布谷镇兽医站,她本想打听打听去白羊峪的路,没想到范少山就在这儿。

　　范少山初次见到杏儿的时候,是在他的岗位上。正是晌午,没几个顾客,正在吃饭的时候,一个女孩过来了,买了二斤辣椒,到手就往嘴里搁。辣椒是朝天椒,辣呀!范少山不稀罕辣,看着有点揪心。他觉着一个挺好看的女孩子和辣椒总有点不搭调儿。范少山说:"妹子,吃多了伤胃呀!"顺手递给她一个馒头。女孩没接,说:"大哥,不吃伤心啊!"

　　范少山不知女孩为啥伤心,吃辣椒能治伤心?没听说过。范少山挺好奇,想问问，女孩走了。

后来过了几天，晚上收了摊儿，范少山开车回家。拐进一条胡同，少山就看见两个女人在吵架。一个男人站在一旁，无奈地抽着烟。汽车被围观的人群挡住了，范少山只得下车，本想让人群散了，自己个儿好开车过去，却不想看到其中一个吵架的女孩他认识，就是那个吃辣椒的姑娘。他们吵啥呢？听吃辣椒的女孩骂："你抢了我的男朋友！""你就是小三狐狸精！"还有比这难听的。范少山想，能吃辣椒的女孩了不得，能吵又能骂，再不劝住，接下来非动手开撕不可。范少山对那个男子说："兄弟，都是你惹下的吧？赶紧劝劝啊？"男子说："管不了，管不了！男人就是弱势群体！"那个女孩突然不吵了，走过来朝着那男人就是一耳光！走了！她没一个人走，是拽着范少山走的。

那天在小酒馆，范少山和杏儿坐了半宿，喝酒。酒是个啥？钥匙。能打开话匣子的钥匙。贵州女孩能吃辣，能喝酒，她打小就是在茅台镇的椿树村长大的。范少山点了两个炒菜，辣椒炒土豆丝，辣椒炒肉。少山不吃辣，专拣不辣的东西吃，还是辣得不住哈气。

"真是防火防盗防闺蜜呀。"杏儿说。她告诉范少山：那个男的是她的男朋友，被那个女生，她的闺蜜瞄上了，两人打得火热。今天正好碰上，她要和闺蜜评评理。后来范少山去劝，听了男朋友的话，她就给了那个男的一耳光。什么玩意儿？你反倒成了弱势群体了？渣男！范少山说："你别把俺拉上啊？"杏儿嘿嘿一乐："我下不了台了呀！"

范少山说："原来俺成了你垫脚的台阶了。"

杏儿有点高了："谢谢台阶……不，谢谢大哥。"

两人都笑。

杏儿说："说说你吧！"

范少山说："没啥说的。"

杏儿说："你保密局的吧？"

又喝了一杯。范少山的嘴也没把门儿的了。就说了白羊峪，说了爷爷，说了爹娘，又说了自己个儿离了婚，还有个女儿叫小雪。

范少山把杏儿送回家时，天快亮了。喝了酒，不敢开车，两人就走在空荡荡的街上。酒气还没消，杏儿情绪上来了，收不住。杏儿说："少山哥，我给你唱首歌吧，我们贵州的山歌：

太阳出来照半坡

金花银花多相爱

金花银花俺不爱

只爱情哥好人才

太阳出来照白岩

金花银花多相爱

金花银花俺不爱

只爱情妹好人才

……

杏儿的歌声透亮，如山涧中的潺潺流水叮咚响，那旋律幻成一只只小鸟，呼啦啦在范少山的眼前飞呀飞。自打离婚后，范少山就没有像今天这样开心过。他感觉那歌声如同一缕灿烂的阳光，照亮了他的心坎；如同一阵微微的春风，拂去了他的悲伤。这一刻，他真真切切感到了幸福就像水一样，把他的心溢满了。

他动了喜欢杏儿的念头，想去牵杏儿的手，没敢。人家是大学毕业，年轻漂亮。你是打山沟里滚出来的，虽是高中毕业，但这几年做买卖，那点墨水差不多干了，三十大几了，人又老相，一个卖菜的，又是二婚头，凭啥？范少山觉着自己个儿的想法没天理。没想到，杏儿把他的手牵住了，是十指相扣。杏儿说："做我男朋友吧！"

范少山心里一暖，但说话还是逆着："你喝多了吧？"

范少山把杏儿送到出租房门口："好好睡一觉，俺去卖菜了。"

到了中午，范少山正在从车上卸辣椒，杏儿的电话打来了，一字一顿地说："我酒醒了，不会说酒话了。做我男朋友吧！"

就这样，范少山和闫杏儿成了对象。闫杏儿辞了工作，和范少山一起卖菜。有了杏儿，范少山的菜摊延长了几米，青菜的花色也多了，生意也红火了不少。

这时候，站在兽医站的院子里，范少山紧紧抱着杏儿，眼里噙满了泪花。他是打心眼儿里想念杏儿了。他说："杏儿，咱这就回北京，回家。"

杏儿说："先别说了。回北京的事儿等两天。到了白羊峪了，我怎么也得见见未来的公爹和婆婆吧！"

范少山没想到杏儿这样懂事理，拉上杏儿的手："走，咱回家。"

拉着拽着，杏儿总算到了白羊峪村口。杏儿说："少山，你家怎么住在这儿啊？这一路也太艰苦卓绝了！"

范少山说："这里风景美呀！感觉这里有宝藏，挖掘不尽啊！"

没想到，范少山刚出了白羊峪又回家了，还带来了一个俊俏姑娘。杏儿大方，有点"自来熟"，一进门就和范老井、李国芳唠得热乎。范老井眉开眼笑："你看俺孙媳妇，多懂事儿啊！"李国芳也说："也不知儿子哪世修来的福，摊上一个这么俊俏的媳妇。"范少山说："爷爷，娘，刚处对象，叫得有点儿早了。"一句话，杏儿也害羞了。杏儿一直搂着小雪，亲亲热热的样子。小雪只是叫了一声"姨"，看样子有点不情愿。

住了一宿，范少山和杏儿回了北京昌平。在人世间讨生活没容易的，在哪儿一猫腰能捡块金子啊？范少山和闫杏儿继续天还没亮就去卖菜，天擦黑儿回家。过了元宵节，这年也就算过完了。菜生意淡了，闫杏儿就提议撤掉一部分"大路菜"，专营高档蔬菜和水果买卖：芝麻菜、薄荷叶、紫苏、法香、菌菇、青蛇果、美国提子、猫山王榴莲。高档水果娇气，还要有保鲜柜。置办这高档摊儿，摊费高啊。这两年，范少山每年都往家里寄钱，过年回家，他又撂下一万块，闫杏儿的老家过的也是穷日子，过年给家里打钱断是不能少的。咋办？范少山不乐意。他说："甭想着一口吃个胖子，先守住这菜摊儿吧，等有了钱再扩大经营也不迟。"闫杏儿说："你这是小富即安。不投入哪儿来的发展啊？"两人争得口干舌燥。后来，范少山服软了："上吧，我去找钱。"到哪儿去找？

钱可是这世上最不好找的东西了。

范少山初到北京，在饭店当过厨师，练了点儿刀工。梁老板也是燕山地区的，算是老乡。还没到饭点儿，梁老板正在后厨训斥员工，骂他们不讲卫生，把厨房搞得像猪圈："你们这样搞，顾客吃得咋能放心？这不是砸俺饭店的牌子吗？"范少山在一旁听着，心想梁老板还是一身正气啊！梁老板说着就拿起抹布擦灶台，员工们见了，赶紧过去抢过抹布收拾起来。梁老板拎起门旮旯儿的一个大塑料桶，像是食用油，让员工分装在印有名牌花生油标签的小桶里："记住喽，这可是名牌花生油。俺们一定要让顾客吃得健康，吃得放心啊！"几个员工看看范少山，有点儿迟疑。梁老板说："这是俺老乡，好好干你们的。"梁老板的老家离白羊峪四十多里地，也是从山上下来的。过去开过钢厂，赚了些钱。梁老板曾说小时候唱的头一首歌就是《我爱北京天安门》，那时候做梦都想到北京去，活到三十几岁才来了趟北京，他说自己个儿这大半生赚钱就是为了圆一个北京梦。梁老板把范少山带进办公室，问："少山，找俺啥事儿？"梁老板不改乡音，一口一个"俺"的。见范少山有点儿迟疑，梁老板说："是不是借钱啊？"范少山想说"是"，没说出口，不知咋的，想到了厨房那桶油，就说："厨房那油……"梁老板说："那是家乡本地花生榨的油，香啊！有合格证。家乡人来推销，俺能不帮吗？俺不帮还有人味儿吗？唉！北京人讲究，就得吃个名牌。"梁老板忽地犯了琢磨，"范少山你咋回事儿啊？借钱就借钱，咋说到花生油啦？你还想讹俺啊？"范少山连连摆手："老板，俺不是那意思。"梁老板问："你啥意思？缺钱直说，犯得着这么拐弯抹角的吗？"梁老板拉开抽屉，甩出几捆钞票，啪地落在桌子上："拿着吧，不用还了！"范少山脸红了："俺真不是那意思，真的不是。"梁老板还不依不饶："范少山，你说你还有良心吗？你当初到北京在工地搬砖，累得跟死狗似的，老板拖欠工资，人家工友爬上塔吊，你吓得不敢爬。后来工资发了，你被工友打了一顿。若不是俺收留你，你说不定还在立交桥下要饭呢！"

梁老板说得没错，范少山胆小、窝囊，塔吊三四十米呢！他不敢爬呀！后来工头领来工资，发给他的时候踹了他几脚，有两个工人揍了他几拳。为了缓和关系，他又拿出工资请人家喝酒。他喝多了，跌倒在马路上，差点儿让车轧死。身无分文的范少山来到立交桥底下，蜷缩在桥柱子旁睡觉，在四周捡拾废品。范少山想过回家，但一想到离开白羊峪爹对他说的那句："不混出个人样儿别回来！"他咬牙也要撑下去。就在这时候，他遇到了燕山那疙瘩的老乡梁老板。梁老板仗义啊，带他去了饭店，给了他一份工作。范少山知恩图报，把刀工做精了。他学会了雕花，用萝卜、胡萝卜、水萝卜雕玫瑰花、牡丹、小鸟、熊猫。这些成了饭店的招牌菜。顾客一进门，就点萝卜花，人家当然不光点萝卜花啊，还搭配着别的菜呢！这钱不就来了吗？后来，梁老板也不知咋想的，将饭店改成了夜总会，范少山由后厨改成了服务生，整天和露大腿的服务小姐混杂在一起，向那些男人点头哈腰，隆隆震的音响战得他脑瓜疼。他待不下去了，和梁老板告别，离开了夜总会。

这时候，范少山浑身都是嘴，再装上几个高音喇叭，也说不清了。

没借到钱，还得罪了人。范少山满嘴起了燎泡，火上大了。眼看着货都进来了，有的水果卖不完，很快就烂了，保鲜柜连个踪影儿都没有，为难招窄啊。也就在这时，杏儿借到了一笔钱，开业了。这笔钱跟谁借的？杏儿没说，范少山也没问。杏儿有心思，人家是学过营销的。在摊子前竖起了广告牌："蔬菜吃得多，药就吃得少"。这年头，谁不吃药啊？谁想吃药啊？这广告有吸引力！杏儿还设计了二维码扫描，微信支付，生意有了起色。

范少山和闫杏儿的日子就这样过。生意不过是添了点高档蔬菜，钱不过多赚了点儿，菜市场还是那个菜市场，住的房子还是范少山买的那个二手房。每晚回家，范少山就抓两把顾客挑剩下的蔬菜带回来，亲自下厨炒几个拿手菜端上桌，和杏儿一块儿吃。两人还要喝点酒，碰杯。边喝边说点什么，酒能解乏，让人睡个踏实觉。自打处了对象，两人没多日子就住在一块儿了。现如今不都这样吗？没打结婚证就在一起睡，每天出双入对的。再说了，范少山和杏儿每天赶去菜市场卖菜，东一个、西一个也不方便。他们没啥特别之处，就像很多在北京讨生活的外地人一样，起早贪黑，苦巴苦业，赚的每张钞票都浸了汗水。把范少山和杏儿撒到人堆里，不显眼儿，找不到。

两人正在吃饭，有人敲门。范少山起身去开，愣住了："梁老板！你咋找到这儿来了？"梁老板说："俩肩膀上扛着一个脑袋，打听呗！"范少山吃惊不小，他咋来了？他那饭店离这儿远着呢！再说了，他也不知道俺住哪儿啊。他这葫芦里卖的啥药啊？范少山和杏儿赶紧请梁老板入座，一块儿喝点儿。梁老板也不客套，坐下就喝。敬了两杯酒，范少山问："老板，您这回来是……"梁老板说："咋啦？你这儿我还不能来啦？"范少山赶忙摆手。梁老板说："混得不错呀，有房有车，还有了对象，长得不赖。"杏儿说："谢谢大哥。听少山说过，您是他的救命恩人。"梁老板说："啥恩人啊？这年头谁讲这些个呀？忘恩负义的多啦！背后不捅你两刀就不错了。"梁老板又赶忙解释，"少山，我不是说你啊，别多心。你是大好人，谁不知道啊？"范少山知道梁老板的话里头有东西，只能听着。梁老板说："范老板，是这样啊。前几天我说你不对，俺也做了思想斗争，把花生油从贴名牌的塑料桶里又倒了回去，就是咱本地'燕山'牌的花生油，又香又便宜。咋啦？俺还有啥想不开的！俺呢，是怕给范老板留下个坏印象，指不定哪天说出去，顾客都跑了。这还不算，工商局还要查俺。溜须一个人难，伤一个人就一句话的事儿。也省得哪天有了事儿，我疑心那个、疑心这个的。范老板，记住了，在这北京混，在这商场上混，最忌讳啥？就是对立面。多好的生意，你树了对立面，也得让人家搞黄喽。"梁老板从提包里掏出一沓钱，放在桌子上："范老板，哥这脾气不好，原谅哥啊！"范少山赶忙把钱往提包里塞："这咋好意思？"梁老板说："知道你有难处，先用着吧。不够再找我。"梁老板走了。

走就走吧。范少山不想跟梁老板解释啥了，他也解释不清了。

范少山和杏儿看着这十万块钱，发呆，足足有半个时辰。

杏儿："这梁老板是什么意思？"

范少山说："有钱人都多疑吧。原来总叫少山的，如今改范老板了。我一个卖菜的，啥老板啊？"

杏儿说："我觉着怪怪的。明天给他还回去吧。"

范少山说："那可不中啊。你不用他的钱，他心里头不踏实，觉得你会伤害他。俺不是他的真正朋友，俺是他提防的人。不管咋样，他是俺的恩人啊！"

范少山想到了上次杏儿借的钱，说："先用这笔钱把你上回借的钱还上。等咱手头宽绰了，再还给梁老板。对了，你上回借的谁的？"

杏儿淡淡地说："我过去一个同事的，你就别管了。"

附近有高档小区，高档菜有销路。高档小区住着商人和知识分子，有钱，吃得讲究。看着生意红火，范少山打心眼儿里服杏儿，若不是她的主意，能有这样的局面吗？有了高档菜，范少山也接触了一些有身份的人。孙纯英是一位。他是干啥的？人家是农业大学退休的教授，专家呀！对各种蔬菜的身份了如指掌，就跟他家后院种的似的。孙教授当年在燕山岭子地区搞过科研，种了一片苹果，对燕山的苹果改良有贡献啊。岭子跟白羊峪山连山，一听范少山的口音，孙教授就有了亲切感。孙教授的儿女都在美国，老伴儿是工业大学的教授，也退休了。孙教授笑着说："我们是工农相结合。"教授每天出来遛弯儿，顺便买点高档菜回去。孙教授说："小范啊，你这是'卖世界'啊，有魄力。"说得范少山心花怒放。他想，自己个儿卖点蔬菜，就跟世界联系上了。有两天，孙教授没出来，范少山心里头挺惦记。老夫妻快七十的人了，身边也没人照顾，不会出啥事儿吧？杏儿也不踏实，让少山去看看。少山拿了几样教授平日爱买的菜，去了。高档小区，保安守着呢，你能进得去？少山说自己个儿是孙纯英教授的外甥，来串亲戚的，这才放行。听说过孙教授住几号楼，但不知几楼啊，三打听两打听，总算敲响了教授的家门。开门的是孙教授的老伴儿，也是孙教授。要找的孙教授在床上躺着呢，病了，听说范少山来了，一下坐了起来。孙教授说："犯老病了。没事儿没事儿。还劳烦你惦记。"范少山说："教授对俺们家乡有感情，俺咋能忘了教授呢！"范少山下厨了，用带去的蔬菜做了几样，还把过去的刀工用上了，雕了几朵萝卜花，端上餐桌，孙教授马上有了食欲，非要和范少山喝几杯。范少山推说有事，回到了菜市场。后来，孙教授一来到菜市场，就直奔范少山的菜摊儿，和范少山亲亲热热地聊上几句。

这个夜里，闫杏儿忽地坐了起来，她打开台灯，说："不对啊！"范少山醒了，问："咋回事儿？"杏儿说："我刚才做了个梦，菜市场的房顶塌了。这梦不好吧？"范少山困得不行，说："梦有啥准儿，睡吧。"

第二天，真的出事儿了。不是菜市场的房顶塌了，是范少山的高档菜里发现了一只死耗子！当时，有人来买菜，挑着挑着，死耗子就出现了。那人啊的一声惊叫，惊动了半个菜市场。咋回事儿？怎么会有死耗子的？范少山报警了，警察正在追查，一时半会儿没头绪。你的蔬菜里出了死耗子，谁还买你的菜呀？工商所的来了，封了菜摊儿，停业整顿。范少山像有人当头给了他一闷棍，蒙了，傻了，天旋地转的。杏儿第一感觉就是同行使的坏，看你生意好，眼红了。这女子得理不饶人啊！当即就骂开了："缺了八辈子德的！这死耗子是你们家人啊？都上了户口了吧？怎么不好好伺候着呀？到我家串门来是啥意思啊？告诉你，死耗子的家属，你不会有好下场的！我闫杏儿一定让你付出代价！走着瞧！"杏儿在菜摊前骂了半个时辰，范少山嫌丢人，拉着她走了。

出了菜市场，范少山开车想拉杏儿回家。杏儿说："难得轻松，回家干啥，咱玩儿去！"范少山说："出了这么大事儿，你还玩得下去？"杏儿说："回家发愁管用啊？"你永远不要低估女人的抗击打能力，女人的韧劲儿就像藤条，宁弯不折。杏儿带着范少山去了游乐场，坐了趟过山车，还爬了八达岭长城。杏儿玩儿得开心，范少山却一直想着菜摊儿的事儿，走不出来。晚上回到家，杏儿早早睡了，范少山想了一宿，还是菜摊儿。男人和女人是两种生物吗？

六

范少山想起家乡白羊峪的山、蓝天，那么单纯的乡亲关系，哪有城里这么多事儿啊！他有点儿想家了。

　　第二天，有人给了信儿，范少山和杏儿又去了菜市场。派出所调看了菜市场的摄像头资料，发现死耗子是有人故意投放的。谁呀？高大姐。高大姐是个苦命人，家里上有老、下有小，老公还是个残疾人，儿子正在上高中，家人全靠她卖菜为生。高大姐在他们对面卖菜，平日里亲热着呢，家里头蒸了大馅饺子，都要拿一饭盒送给少山和杏儿尝尝，她摊上有的菜卖完了，就到这边来取，范少山也一样，两家有情有义的。咋会是高大姐呢？那么好的一个人！范少山问："会不会搞错了？"警察让范少山看了视频。视频里高大姐去了他的菜摊儿取了几根黄瓜，顺便把什么东西埋在了高档蔬菜下。"就是死耗子。"范少山不愿相信这一事实，他不想让高大姐受到处罚，高大姐进去了，一家人可咋活啊！警察来了，千万双眼睛齐刷刷盯着高大姐，高大姐将要被带走之时，范少山走上前问："高大姐，你这是为啥呀？"高大姐说："我糊涂啊——"高大姐哇的一声哭了。杏儿来了，冲着高大姐冷冷说了句："没想到是你，活该！"

　　范少山的菜摊儿重新开业。高大姐的婆婆来了，老泪纵横，颤颤巍巍从衣袋里掏出一万块钱，算是赔补损失。范少山不想要这钱，一万块，高大姐得卖多少天菜呀！这不是往人家伤口上撒盐吗？说到底，不就是一只死耗子吗？又没造成啥严重后果，人啊，哪没有一时糊涂的时候。范少山说："大娘，这钱您老拿回去吧！俺不能要。"大娘千恩万谢，抹着泪走了。

　　杏儿觉得这事儿范少山办得不对。"为什么不能要，这钱本来就是我们的！她姓高的伤害了我们，就该赔补我的经济损失和精神损失。一万块多吗？"回到家，杏儿的话像热锅炒豆子。范少山说："高大姐家忒困难，她已经认错了就算了吧！总不能得理不让人啊。人得有同情心不是？咱收了一万也富不了，不收那一万也穷不到哪儿去。你想，是不是这个理儿。"

　　杏儿说："好像就你有同情心似的，好人都让你当了。"杏儿的语气明显软了。杏儿不是没有同情心的姑娘，她只是气不过，慈眉善目的高大姐怎么能害她呢？范少山叹口气："人啊，指不定啥时候脑袋里就冒出个鬼来。"杏儿点点头，气也消了。范少山亲了一下杏儿，起身要去做饭。杏儿说："亲一下就算啦？"范少山说："那就再干点儿别的。"范少山把杏儿抱到床上，杏儿说："就知道干这个。"范少山说："那我还是先做饭去，吃饱了有力气。"杏儿说："你就这样把人家放在半路啊？"范少山笑了，刚要动作。杏儿说："戴套！"之后，床上就惊起了一阵风雷。

高大姐被行政拘留十天。出来后，市场方面给她调换了菜摊儿，搬走了。人总得活着，养着一大家子人呢！只是，再见到高大姐都没话了，双方都像不认识。一段好好的友情就这样生生断了。

日子就这么过着，不咸不淡，不冷不热的。范少山和杏儿的恋情也被日子磨得不温不火。在日子面前，有谁还能逞强啊？

一天，范少山看到了雷小军，他领着两辆大货车，给菜市场送菜来了。雷小军前年还在这个市场卖菜，如今变成种菜的了。雷小军是大学毕业生，一心想着留在北京，哪都不去。找不到合适的工作就卖菜，哪怕捡破烂也要留在北京。这是啥心情？雷小军卖菜卖出了门道，营生干得风生水起的。可有一天他就不做了，回到了家乡河北乐亭创业，种菜。范少山问过他："这是为啥呀？"他说："这几年卖菜，也攒了些钱，再回去种菜，把家乡菜打进来，自己个儿干点事业，还能回报家乡。"雷小军当然不是拍着脑袋做的决定，他是做了深入考察的。家乡是平原，一马平川，还是个蔬菜大县，各方条件都有啊！可大学毕业，好不容易留在了北京，为啥非得回家乡呢？雷小军说："人需要更大的舞台，哪里更适合，就在哪里唱戏。"如今，雷小军在县上成立了蔬菜协会，对农户实行产、供、销各个环节的服务。范少山说："看你西装革履的，哪像种菜的？"雷小军说："大哥，这你就不懂。我是经纪人，我不种地。"范少山挠挠头，笑笑。雷小军说："政府惠农补贴多啊，就像我们买车，政府送加油卡，我干得有劲儿。"范少山对雷小军由衷地羡慕，说："你年轻有为啊！俺不中，就只能在北京混日子了。"雷小军说："大哥，你咋不中？我看你脑瓜活泛，能成事儿。"范少山说："唉！也就这样了。"雷小军说："大不了回老家从零做起，咱们都是穷人家的孩子，大不了过穷日子，还怕啥？"

范少山发呆。他想想白羊峪，想想死去的老德安，想想爷爷和爹娘。又想起了苦苦支撑的村民组长余来锁……想着想着，眼角沁了一颗泪珠。世间万般事，唯有乡愁挡不住。

杏儿看出了范少山的心事儿。杏儿说："想都别想。好不容易在北京立足了脚跟，还想回去？你是雷小军吗？人家是研究生啊，人家多大资本啊？人家老家本来就是种菜的地方。天时地利人和啊。白羊峪有那条件吗？你能带着钱回去吗？"

范少山说："我知道我就是回去啥都做不了，也就是想想罢了。"

杏儿说："那就好好卖菜。"

卖个菜也不是容易的。范少山身处的光明路菜市场，就在街道旁，每天人流车流出出进进，每到上下班高峰，能馇成一锅粥。政府定了决策，要将小菜市场合并到大菜市场。去哪儿？离这里还有十来里路。说是即将建好，叫四季青菜市场。下了通知，一个月内搬清。这下还真应了杏儿做的梦：菜市场房顶塌了。范少山和杏儿不能在光明路卖菜了。光明路离家近，人情熟，范少山和商户都不愿搬，附近的居民也不乐意，原来早上遛个弯儿就把菜买了，这回去超市买去，价钱贵不说，也没菜市场的新鲜啊！不情愿归不情愿，但大伙都知道胳膊扭不过大腿，也都表示理解。北京这么拥堵，总得有人做出牺牲。况且政府对商户的补偿也合理；市场拆了，这里建一座幼儿园，附近居民都受益。好事儿啊！可开发商熬不住了。过了十来天，开发商就往外驱赶商户。你让商户去哪儿啊？新市场还没建好呢！有的商户与开发商的代表吵了起来，范少山站在人群中，也随着喊了几句。代表说："你们也推举个代表吧？"一说这个，没人吱声了。这年头谁愿意出这头啊？炒了豆子大伙吃，炸了锅可是自己个儿的。人家开发商是五百强企业，整你个卖菜的还不是小菜一碟？代表对范少山说："你是代表啊？"范少山愣了，再看周围，没人了。范少山要走。代表说："代表别走啊？"这时候商户围了过来，都支持范少山当代表，跟开发商谈判，不少人竖起大拇指："范老板，我信你！"

范少山稳住慌乱的心，说："这都不是事儿。大伙推举俺当代表，俺就当了。"范少山后悔自己个儿反应慢，没能躲开。眼下知道不当这个代表也不中了，当就当呗，你开发商就是不占理，政府说好的搬迁期限一个月，你咋不执行呢？这光天化日的，你还想要浑啊？代表说："从今天起，我就跟你这代表谈。你叫啥名字？"范少山一字一顿："范、少、山，记住喽。"不少商户们心里想：这范少山平常不显山不露水，关键时刻能挺得出来，是条汉子！代表说："范代表，我们找个地方谈吧！"范少山忽地心里有了根："俺不想跟你谈。"代表问："想跟谁谈？"范少山说："跟你们老总谈！"范少山的话一出口，引起了商户一阵惊呼。人们想：这招高啊！跟一个小混混能谈出啥道理？要谈就找一把手。范少山这个代表我们选对了。代表说："你以为你是谁？"范少山脸上没表情："光明路菜市场商户代表范少山。你和你们老总约个时间，俺去见他。在俺们约谈出结果之前，你来这个菜市场，只能买菜。"代表灰溜溜走了。商户一阵欢呼。

自始至终，杏儿都在人群中看着范少山的一举一动，开始的时候，她也为少山捏把汗，没想到少山不卑不亢，把这个雷抛给了对方，占据了主动。杏儿打心眼里喜欢有智慧、有担当的男人。看来范少山这个男朋友爱对了。

范少山去见了开发商老总。老总很准时，秘书把他领进门。老总的办公室大，装上球筐就可以打篮球了。老总和他握握手，请他坐在对面。这个中年男人开门见山："范先生，你知道一家私立幼儿园提前一周开学，是多少利润？"范少山说："老总，俺不知道，那是你公司的账本。俺们只知道俺们要卖菜，俺们要生存。眼下离开光明路，俺们没出路，家家一大摊子呢。一家老小都指望着它呢！你让俺们去哪儿，俺们还能去哪儿？就是去了新市场，也得俺们把菜卖完吧？再说了，新市场还得十几天才能用呢！"老总说："你带个头，我给你增加补偿，行吧？"范少山一笑："老总，你这不是让俺当叛徒吗？"老总说："那俺用推土机咋办？"范少山说："商户联手，护卫市场。还有，俺报警。"老总哈哈笑了。他说："你一口一个'俺'的，俺受不了了。不瞒你说，我是山西人，从大山里出来的，如今那里还住着俺爹俺娘呢！过去也是一口一个俺的。做了生意，就改了。俺俺的，人家就瞧不起你，说你老土。在我这办公室里，第一次听有人说俺，我就知道我输了，俺们山里人，最难对付。"最后，范少山答应，只要新菜市场达到营业条件，他会动员商户提前搬离。范少山回到菜市场，商户们都拥来，问他事情咋样了。范少山不急不慌，拿起电喇叭，一下跳到板凳上，先对着喇叭吹了两下，喇叭发出呼呼声。范少山脸上溢出迷人的光亮，就像涂上了一层油彩。范少山说："各位商户、各位亲人，就在刚才，本市场商户代表范少山，也就是俺，与开发商法人代表进行了友好而亲切的会晤。为维护光明路菜市场广大商户的权益，范代表表现得有理有利有节，圆满完成了广大商户交给俺这项光荣而艰巨的任务，双方均满意会谈结果。最后，开发商把俺送到了大门口。"一眨眼工夫，掌声就把菜市场灌满了。人们把范少山抬了起来，抛向了空中，一只只有力的臂膀，又把他接住了。

事情进展挺顺利。范少山帮着做工作，商户踏踏实实卖完了最后一棵菜，陆陆续续搬到了新场地，最晚的，也提前三天离开了。搬走了，有的业主回过味儿来，为啥提前搬？这里头是不是有猫腻啊？有人怀疑范少山拿了开发商的好处，要不他跑前跑后，这么积极？无利不起早啊！这三天，为开发商赢得了多么宝贵的时间啊！时间就是金钱啊！有人算了一下，起码几十万。开发商再抠搜，也得给他几万吧？没想到啊，范少山当了商户代表，捞了这么多好处，说到底，这钱可都是从商户身上搜刮的。他还有人味儿吗？商户们在范少山背后指指戳戳，见了他，都背过脸去，爱理不理的。有商户在网上发帖质疑，虽没用范少山的真名，但卖菜群的都能看得出来。有人留言，骂范少山"狗腿子"。

杏儿气不过，在网上发帖，骂商户是"一群没良心的"。还有天理吗？代表是你们"设计"逼他当的，他提出见老总，你们齐声叫好，见了老总，你们生意安稳，平稳过渡了。提前搬迁是你们答应的，何况你们早就做好了，谁也没把你们的菜摊儿扔出去啊？这好人还能当吗？杏儿有一大帮网友，力挺范少山。范少山的心比冰还凉，从里往外冒凉气。他每天在四季青菜市场卖菜，只和顾客说话，对左邻右舍的商户不理不睬的。到了新市场，商户们各自忙各自的生意，那些捕风捉影的事儿也就随风飘散了。毕竟，赚钱比啥都重要。

晚上，只有端起酒杯，范少山和杏儿才最放松，也是他俩唠唠体己话的时候。杏儿说："少山哥，你常说'这都不是事儿'，又说自己个儿挺窝囊的。有意思。"范少山说："就是吹牛壮胆，说到底还是窝囊。"杏儿说："为市场搬迁的事儿，人家怀疑这儿怀疑那儿，你后悔吗？"范少山说："不后悔。人只要办的事儿问心无愧，没啥后悔的。再说，后悔也没用。如今想想，俺不光没后悔，还觉得自己个儿挺本事的。反正中国五百强的老总，俺见了，事儿成了。想想，这可是俺有生以来办的最大的事儿了。"杏儿说："少山哥，你临危不乱，有勇有谋啊。我都崇拜你了。"范少山心头一热："杏儿啊，俺总觉着对不住你，俺年岁比你大，还有个闺女，你还这么对俺好。俺就一句话，你啥时候觉着俺不合你的意了，你随时都可以离开俺。俺没二话。"杏儿喝了一口酒，顿了顿说："有件事儿我没跟你说……"范少山口里说："你有心事，想说就说，不想说就不说。"心里却一沉：听杏儿口气，这件事儿扔起来就不是块土坷垃，是块砖头。杏儿说："那我就不说了。"范少山又后悔刚才多嘴了。杏儿说："还是说吧。咱们进高档蔬菜那会儿，不是缺钱吗？那笔钱，我是从他那里借的。"他？范少山明白了——杏儿的前男友。范少山的心感觉刺溜一下，拉了口子，流的不是血，是醋。但他心里说：许你有前妻，就不许人家有前男友？杏儿说："那天他打电话问我干什么，我就说了高档蔬菜的事儿，他就让人把钱送过来了。前些天，这笔钱我已经还他了。打他的账号，我们没见面。"范少山说："你还有他电话？"杏儿说："我没他电话，是他打给我的。"范少山说："没事儿，俺理解。俺还能不信你吗？"杏儿说："我已跟他没任何联系了。"

杏儿的前男友，前面提到过。那天他站在乱糟糟的街头，看自己个儿的两个女朋友撕架，然后说了一句名言："男人都是弱势群体啊！"这个男人生得白净，长得斯文。他叫啥名字？思文。姓思，百家姓里有。思文干啥的？北漂。杏儿的贵州老乡，初中同学。人家没上高中，早就到北京了。干啥？街头卖艺，给人画像。那时候照相机都普及了，画像没啥生意，有时候连饭都吃不起，他就饿着肚子画。地下室的墙上、走廊都画满了。这里不用花纸钱。这人一根筋，就是要当个画家。画着画着就画到了宋庄。如今都在宋庄开了画廊了。搞艺术的嘛，就像花需要水分一样，需要激情，没了激情，作品的色彩都淡了。到了思文这儿，激情已经不够了，需要刺激。他的女朋友就像走马灯似的，还时常脚踩两只船、三只船的。杏儿与他相处不到两年，先后和三个"小三儿"掐过架，你说，这样的恋爱还有结果吗？范少山知道，杏儿不会和前男友和好。但他弄不明白，为啥跟思文借钱，要是提早跟俺说一声，就是不卖这高档菜，也不求他。还有，若是思文的新女友知道这事儿，能不闹误会吗？能不找杏儿掐架吗？

范少山感到日子越发平淡了，有点儿心不在焉的。那天卖菜，他收到了两张一百元的假钞，让杏儿好一阵埋怨。范少山也不知自己个儿咋回事儿，那种假钞一眼就认出来的，自己个儿咋就这么糊涂呢？

雷小军又来了，和市场签订单，说话带着标志性的"乐亭腔"，好听啊。如今他的蔬菜占据了北京各大市场。范少山看到他就眼睛发亮，凑上前去和他唠嗑。范少山问："兄弟，如今你不在北京生活了，心里头有没有不自在？"雷小军说："刚大学毕业那阵子，我一心想着留在北京，哪怕睡桥洞、捡破烂儿。为啥呢？就为的让父母脸上有光，儿子是在北京工作啊！父母把我拉扯大不容易，我没钱孝敬他们，总得让他们自己个儿脸上有光吧？人啊，就是个虚荣心。不过，在北京卖菜，现在看来也是正确的，我起码收获了经营经验，知道北京人爱吃啥菜。如今家乡环境好，我回去干事业，还能孝敬父母，重要的是乡亲们拥戴呀！父母脸上更有光了。连我的大学女友，也跟我回了家乡，成了农村人儿。"

聊了一阵，雷小军坐着奥迪走了，去了下一个菜市场。如今雷小军北京有房子，乡下有事业，要风有风，要雨得雨，范少山打心眼儿里羡慕：这才是男人范儿啊！

杏儿看出了范少山的心思。她说："我知道，你心里还是惦记着白羊峪。你看到人家雷小军眼红啦？你能跟雷小军比吗？人家有多少钱，你有多少钱？人家的家乡是平原，蔬菜大县；你的家乡是山村，一穷二白，这怎么比呀？"范少山说："正是因为白羊峪穷，俺才应该回去。俺想啊，事业做成了，乡亲们能脱贫，俺也有收入。俺都三十的人了，再不干就老了，想干也干不动了。"杏儿说："你想把我和菜摊儿全抛下？你真是大义灭亲啊？你就不怕我把菜摊儿卖了，卷着钱找个帅哥跑了？"范少山说："杏儿，俺还信不过你吗？你就真跑了，俺也认了。俺是这样想的。先干一年试试，看有没有起色。俺在农闲的时候回来看你，帮着卖菜。可就是苦了你了，若是忙不开，就撤俩摊位，能租就租出去吧！省得把你累坏了。"杏儿含着泪说："范少山，你硬生生把咱俩分开了。"范少山心头一热，说："好像生离死别似的。北京跟河北，山连山，水连水的，我想回来，当天坐火车就赶回来了。"话说到这个份儿上，杏儿也知道留不住，就说："少山哥，等春暖花开了，我去看你。"两人紧紧抱在一起，好一阵儿没有松开。

七

范少山觉着自己个儿在北京就像一滴油花，漂在水面，看似光亮，却总也溶不进水里。而一滴油花能做什么？反而将水弄脏了。范少山是个啥人？城里人认为他是乡下人，乡下人认为他是城里人。他就像画好油彩扮上装的演员，一登台，却被观众轰了下来。

范少山坐火车回了老家，到了县城又倒汽车，下了汽车又爬山，这一趟折腾，身子像散了架。他把汽车留给了杏儿，北京卖菜，没个车行吗？

他没跟家人通信儿，反正回来了，暂时也不走了。他还生怕通了信儿，家里人不让他回来，倒不如先斩后奏的好。

　　他知道自己个儿几斤几两，像雷小军那样风风光光他做不到啊！他觉着自己个儿是来还债的。爷爷、爹娘、乡亲们过苦日子，他心里头也不得安生。他总怕有一天他正在卖菜，有人捎信儿给他：爷爷快不行了。等他赶回家时，也没能看到爷爷最后一眼。

　　走进家门之前，范少山去看了老德安的坟头。大地回春了，泥土像刚刚出炉的面包，松软又芳香。他捧起一抔，撒在老德安的坟头。又起身望望不远处的白羊峪，他心意已决：留下来！和乡亲们一块儿奔白羊峪的好日子。

　　范家人对范少山的到来有点意外。出啥事儿啦？该不是和杏儿闹矛盾了吧？还是生意赔本儿啦？"都不是。"范少山把话儿挑明了。

　　"你算老几呀你？"

　　吃着饭，刚说了自己个儿的想法，范德忠就把碗往桌上一蹾。母亲李国芳说："让孩子把话说完嘛！""说啥说呀？不知天高地厚的东西！人家费大贵是村书记，都撇下白羊峪进城了。要不是惦记着白寡妇，余来锁也早走了！你还想留下？这穷山恶水，神仙也救不了，你还能搞出啥名堂来？"范少山说："爹，咱也不能就这样没指望地活着呀？德安叔不就是个例子吗？"范德忠说："祖祖辈辈都是这样过来的，还能咋样？"

　　儿子在北京做生意，一直是范德忠脸上有光的事儿。范家人自打少山离婚后，有些日子，范家不是下雨，就是阴天。少山在北京做上了生意，范家才有了拨云见日的光景，在人前可以仰着脸走路了。说实在的，范德忠也没指望儿子挣啥大钱，搬进城里，一家人跟着穿金戴银，山里人没福消受。人活着，不就图个名声吗？

　　范老井说："年轻人自有年轻人的想法。俺都土埋到脖颈的人了，就听孙子的。留下来也好，万一俺哪天不中了，还能见上孙子一面呢！"

　　李国芳不说话。她自然支持儿子留下来，可又怕老伴儿生气。这一家人，老的老，残废的残废，是得有个人支撑着呀！

　　小雪乐了，她听不懂大人们争来争去，觉着爸爸能守在身边，每天的日子都像蜡笔画。

　　夜里，范少山和爷爷躺在一条炕上，都睡不着，索性坐起来，披着棉被唠嗑。爷爷又吧唧起了老烟袋，说："少山，我琢磨了半晌，你真的想留下来？"

　　范少山转过身："爷爷，您常说一句话，开弓没有回头箭。您老不是挺支持我吗？"

爷爷说："爷爷老了，考虑问题多了。孙子成了北京城里人了，咱老范家光宗耀祖啊！我和你爹腰杆子也挺得硬了。"

范少山说："爷爷，俺哪是北京人啊？没北京户口，却吸着北京雾霾，有间房子还是二手的。再说了，你孙子堂堂正正做人，您老有啥在人前矮半截的？我留下来了，和大伙一块儿奔好日子，有啥不好？"

范老井笑了："道理是这道理呀！你爹那一关我就帮不了你了。你自己个儿想办法。"

范少山想：反正俺就留下来，爹你还能赶我走？

咋就不能呢？第二天早上，范少山走到银杏树下，范德忠就在村口迎着他，手上拖着那个拉杆箱，那是范少山的几件衣服。

范德忠说："小子，回去吧！你爹不会让你走窟窿桥。"

爷爷范老井在少山身后。少山想求助爷爷，爷爷却装作没看见，头也不回地进了村。

范少山问："爹，俺娘知道不？"

范德忠说："她知道不知道，你都得走。"

范少山说："爹，俺怎么也得见俺娘一面吧？"

范德忠把包裹一递，说："走吧，天不错，早赶路。"

范少山接过包裹，说："爹，你就这么不想俺留下来？"

范德忠说："哪个当爹的不愿儿子有个好前程？啥都不说了，走！"

范少山接过拉杆箱，说："俺走了。爹和娘多保重。"

范少山仰头看看银杏树，鞠了个躬，从它的身边走了过去。范少山的眼睛模糊了。

事情来得太突然了。范少山知道爹的脾气，他不可能拗得过爹。他本不想和爹当面锣对面鼓，能混过去，等村里有点起色，老爹也就默许了。范少山没想到爹这么执拗，二话不说，就让他走人。范德忠是个倔柄头，在白羊峪是出了名的。

记得范少山小时候爹和娘怄气，爹不吃饭，娘把盛满米饭的碗递到他手里都不吃，爹饿了三天，后来就晕了过去。

范少山走了，他没有回头。他没想着爹会叫住他，咋可能呢？他走出老远，回过头，看见村口空荡荡的，爹已经走了，范少山委屈的泪水呼啦啦往外淌。范少山心里说："还能咋样？也只能这样了。"

说实在的，范德忠进了村子没走多远，又折了回来。他琢磨着儿子不会走远，他若是往回返了，他也就不说啥了，留下就留下，等天暖和了再走也不迟。还有让他最不踏实的，就是咋跟老婆交代。儿子让他赶走了，连娘的面都没照，连句热乎话也没说，老婆李国芳能饶过他？她不能用手打你，用脚也能把你撂翻哩。

一阵春风吹过，大地冒起了白腾腾的地气，范少山消失了。范德忠嘟哝着骂了儿子几句，回村了，没敢回家，去田新仓家串门了。

再说这范家。爷爷范老井看到儿子要逼孙子走，装作没看见，他是没办法。他想孙子能留在身边，多个知冷知热的人还不好吗？可范家就指着少山光宗耀祖呢！你范老井土埋到脖颈的人了，能断了孙子的前程？回到家，范老井一个劲地吧嗒烟袋嘴儿，抽了一袋又一袋。儿媳李国芳问他少山咋没回来，范老井说："国芳啊！你知道，少山打算留在白羊峪，这里穷山恶水，没年轻人的天地，他是要奔前程的人。"

李国芳说："他走啦？这个没良心的，咋就不吱一声呢？"

范老井说："走就走了，吱一声不也得走吗？"

李国芳忽然想到了什么，说："爹，不对呀！是不是德忠赶走的？他多半晌没照面，一准是怕见我，躲出去了。这死鬼，看回来我不收拾他！"

李国芳抹起了眼泪："少山……我儿子……"

范老井烟抽得更凶了。

小雪在边上听得明白，不说话，只是流眼泪。

范德忠躲了出去，在田新仓家一待就是半天。春耕还没开犁，正没啥事儿，田新仓召集一帮人玩牌。大伙没啥钱，说是赌场，更不如说是玩游戏。范德忠兜里头装着五块钱，输干了，就在人家后边看热闹。范德忠不敢回家，怕老婆闹。晌午饭也是在田新仓家吃的。光棍儿田新仓没啥好吃食，散白酒有一大塑料桶。两人就喝起来。喝着喝着，范德忠就说了逼走儿子范少山的事儿。田新仓竟然哭了，他说："少山跟我说过，要我勤快点儿，别做懒汉。你看我这屋子收拾得是不是干净多了？他来了，我就有指望了。德忠叔，你这事儿办得不地道。"

范德忠没想到儿子范少山竟然把田新仓的心给暖了，不易呀。一块石头能焐热吗？范少山就焐热了。他心里头挺佩服儿子的，毕竟是能在京城闯天下的人啊！越是这样想，他就觉着自己个儿"逼"走儿子这招棋高明，能唱大戏的人，就得有大戏台，不是白羊峪石头蛋蛋垒的台子，是北京描金画银的大戏台啊！

想到这儿，范德忠说："咱有咱的活法。北京也不是一猫腰就捡块金子，都难都难。"

再说范少山。走到半路，范少山越琢磨心里头越不是滋味。这一腔热血，咋被爹泼了一盆冷水就浇回来了？范少山，你不是说"这都不是事儿"吗？你咋啦？

范少山知道，自己个儿长这么大，最怕爹。从小到大，因为淘气，因为考试分数低，因为没考上大学，因为做生意赔本，因为离婚……一个字：打！通通地打！根据情节轻重，时而大打，时而小打，时而真打，时而假打。一旦惹范德忠生了气，他除了对儿子动拳头、抄棍子，也想不出啥法子来。如今老了，打不动了，还能动脑子，设计把儿子逼走，还有呢？吹胡子瞪眼。

话说回来，范少山就是要留在白羊峪干事业的，也不能说走就走不是？他心里头有小九九，先在村外转个圈儿，再到爷爷的鹿场落脚。虽说这也不是长久之计，可也算吹喇叭的跌倒——缓口气儿。

他躲在一棵树后，坐在拉杆箱上歇一会儿。他瞅着爹在村头朝这边瞄，他有意躲好，让爹看不见。爹看那干啥？看俺是不是真走了？

就在范少山想往鹿场去的时候，遇见了一个人，这个人可来得忒是时候，他好像就是来帮范少山解围的。谁？白羊峪身兼多职、大名鼎鼎的余来锁。余来锁下山去了镇上开会，啥会？搬迁会。余来锁对徐胜利书记说："俺都挨家挨户走访调查了，没一户愿意搬的。热土难离啊！再说了，安置房盖得四不着天，也没人愿意住。反正，俺们白羊峪也就这样了，保持现状吧。"徐书记说："怎么保持现状？就这么穷下去，吃救济？"余来锁说："白羊峪人少，可山地呀不是没指望。那里还有好多棵果树呢！现在都荒了，得开发开发。"徐书记说："白羊峪不能这么不死不活的，一点儿生机都没有。如果你能干出一片生机来，我就给你留着，否则，今年不搬，明年也得搬，早早晚晚得搬！"

回来的路上，余来锁心里乱得像蚂蚁搬家。他想自己个儿搬下山算了，不管"白腿儿"了，一个四十多岁的老娘们儿，有啥可爱的？而且还是个不好追的老娘们儿，还有情敌田新仓呢。人家年轻啊，谁不喜欢小鲜肉啊？余来锁想，离开了白羊峪，自己个儿下了山，在镇上开个诊所，写写诗，说不定还能找一个文艺女青年呢！俺离开了，也就没人熬制伏龙肝了，也就没人上山采药了，也就没有村医了。这会出啥事儿？事儿大了！白羊峪生病没人会看，就得小病挺着，大病挨着，重病躺着。总不能等死吧？这下乡亲们就下山了。对了，这就一了百了了。就这么干！

还是我余来锁聪明啊！余来锁想着，边上山边朗诵诗：

你的白腿儿，俺在梦里枕过

你的小脸儿，俺在梦里摸过

你的小手儿，俺在梦里攥紧

你的腰肢儿，俺在梦里搂过

啊！那个俊俏的寡妇

俺梦里醒来都是你

人间最苦是相思

打明儿起，俺要离开你

离开生俺养俺的白羊峪

寻找世上的甜蜜果

唱一出人生新本戏

咚咚锵，开锣——

一"开锣"，余来锁就登上了上顶，与范少山迎面撞上。

范少山问："来锁哥，你这是要唱哪一出啊？"

余来锁愣了愣："少山？你咋回来了？"

范少山说："回来听你唱戏呀？"

余来锁脸一红，赶紧说："这不刚从镇上回来嘛，走累了，闲得没事儿，作点儿破诗。"

范少山说："俺昨天就到了，想留在白羊峪跟你干，被我爹轰出来了。"

余来锁脑子有点儿不够使，上上下下打量着范少山。范少山被他看得心里头有点儿发毛。

余来锁问："范少山，你疯啦？"

范少山问："你说俺的药不能停吧？来锁哥，俺是真的想留下来，和乡亲一块儿，给白羊峪找指望。你也不留俺？"

余来锁说："刚才镇上开会，还是动员白羊峪搬迁的事儿。俺说了，搬不动。俺这单枪匹马的能干啥？白羊峪还能添点彩儿吗？俺就想着俺自己个儿搬下去，光棍一人，一了百了。我不想为那个女人活了，我要为自己个儿活。"

范少山说："来锁哥，连你都下山了，我还留个啥劲儿啊？俺爹是赶俺走的，正好。"

范少山想试探试探余来锁的底，他是不是真的打算走。余来锁问："你玩儿真的？"

范少山问："你玩儿假的？"

余来锁梗了一下脖子："这还有假？明天就搬。我那点儿家当，就一担行李的事儿。"

范少山问："你舍得下'白腿儿'？"

余来锁顿了顿："就是一段盲肠，割了更健康。我要奔新生活了，就凭我余来锁多才多艺，还讨不上一个女人？"

范少山说："女人跟女人能一样吗？你爱'白腿儿'这么多年，为了她在白羊峪生了根，这一走，连根都拔了，你不疼啊？"

余来锁果然是诗人，感情动物。范少山知道他的心底起了褶皱，没有"白腿儿"的手是抚不平的。诗人一想到心爱的女人，疼到眼泪飞迸："我的相思装满了白羊峪，打算把她卖给你，你不收啊！我就让相思开出漫山遍野的花朵，把你熏倒在相思里——我既要你的身，也要你的心。"

范少山和余来锁说好，两人一块儿回村，一块儿去范少山家。这会儿，天都快黑了，范德忠见实在躲不过，只得硬着头皮回到家。李国芳冲他瞪眼睛："范德忠，你把我儿子弄到哪儿去了？"范德忠支支吾吾："我是为他好。"李国芳说："咋的也让俺们娘儿俩告个别吧？你这算哪门子？你是亲爹，我是后娘啊？"范德忠说："少山是城里人，不能老窝在这白羊峪，当爹娘的，哪有坑儿害女的心啊？"老两口正掰扯着，范少山和余来锁进了屋。范德忠和李国芳都愣了。李国芳白了范德忠一眼，说："俺说嘛，俺儿子哪能说走就走啊？咋也得在家多待几天吧？"范德忠看见范少山回来了，心里头反倒踏实了，这下可以和老婆有个交代了。可他又一想，这事儿不能这么拖着，铁定让这小子死了这份心，白羊峪留不得！紧溜儿给俺回北京去。想到这儿，他对着范少山一阵劈头盖脸，叭叭叭打出一梭子子弹："你小子疯啦？这白羊峪有啥盼头？老老实实种地能发财吗？！你爷爷、俺和你娘都老了，死就死了。你光棍一条，小雪长大了要嫁人，你老了咋办，也跟老德安那样上吊啊？"范德忠唾沫星子乱飞，飘飘洒洒，装满了一屋子，湿漉漉的。

余来锁帮着做范德忠的工作。进了家门儿，这当口儿，他却故意不搭话，他就是要看看范少山踢头三脚，实在不中了，他再接着。再说范少山，进屋还没说上半句话，就被老爹一顿劈头盖脸整蒙了，这可咋好？范少山笑了，给老爹倒了杯水，端了过去。范德忠能喝吗？不把水杯打翻就不赖啦。范少山说："爹，您老喝点水，润润嗓子再接着骂！"范德忠只是气得哼哼。李国芳不怕儿子留下来，就怕儿子的对象吹了。她埋怨："少山啊，俺们替你看着小雪，回城里跟闫杏儿卖菜去吧！多好的对象啊，要不然杏儿也跑啦！"范少山说："俺跟杏儿都商量好啦，先干一年，蹚蹚道儿，实在不中，就回去了。她连一年都等不了，俺还能指望地久天长吗？再说了，俺不信她，就不配和她在一块儿。"

范老井抽烟袋，一锅接一锅，将屋子抽得云山雾罩，还时不时地吭两声，就是不发表意见。他知道少山犯了倔脾气，十头牛拉不回，说了也不顶用。

范德忠依旧不依不饶："你干一年，就是糟蹋三百六十五天！"

眼看着车往后倒，余来锁觉得该推一把了。他说："大叔，婶子，俺问问你们老公母俩，眼下咱白羊峪最缺啥？"范德忠抢答了："这还用问？钱呗！"余来锁说："钱是缺。可这不是最突出的。"李国芳问："还有啥比钱还突出？"余来锁说："最突出的就是缺人，缺能人！没有能人，就算有了钱，钱也是无源之水，不经花呀。你们看，俺白羊峪这些年，前前后后哩哩啦啦走了多少人，那些个有点儿本事的，早把白羊峪给甩了，谁还在这儿扯哩格啷啊。我觉着吧，这些人走了不是坏事儿，人家在城里头摔打，就跟经了风雨的树苗似的，长得越来越壮实，他们一旦回到白羊峪，带着乡亲们干，白羊峪就拨云见日啦，乡亲们就有奔头啦。这不，少山就是这样的人，他回来了！少山可不是脑子进水了，他心里头自有打算，他的脾气秉性你们都懂，他要不是铁了心能回来吗？咱白羊峪是得有道闪电劈开这死气沉沉的天空了。俺觉着应该给少山一个机会。"范德忠已经油盐不进了："余来锁，你小子站着说话不腰疼。俺家少山在北京做买卖好好的，咋就非得回家呢？是不是你小子鼓捣的？你在背地里没做好豆腐吧？"

范少山说："爹，是俺的主意，俺觉着人活着就要有梦，我的梦就走白羊峪；人得越活越明白，稀里糊涂不中啊！"范少山动了感情，眼泪吧嗒吧嗒往下掉。他从老德安的死说到白羊峪家家户户的苦处，又从范氏祖先范仲淹的"先天下之忧而忧，后天下之乐而乐"说到了自己个儿的小小抱负。范少山说："祖先范仲淹心里头装着全天下，那叫大胸怀啊！我范少山心里头装个白羊峪，我想有点小胸怀中不？我先发个誓，就干一年，干完一年，有变化没变化我都走。"范德忠说："看你能的！你一个人就是浑身是铁，能碾几个钉？"范德忠气儿没消，但语气明显软了些。

范少山说得有点狠："我就是碾成一颗钉，也要钉在这白羊峪！"

爷儿俩话都说到这份儿上，范德忠还能咋样呢？余来锁买来了酒，晚上和这一老一少喝了半宿。范德忠醉了，用筷子点着范少山的脑袋说："小子，这辈子，我就拿你没辙呀！"

第三章

山野里的春天才叫春天啊！

八

小雪的心里头乐开了花，春天还没到，她就像只在花丛里飘来飘去的花蝴蝶，每天蹦蹦跳跳的。这还用问吗？范少山留在了白羊峪，她就可以整天看见爹了，可以听见爹憨厚的笑声，呵呵的像老牛没打出来的喷嚏；她可以伏在爹的背上，在山岭上看奇石，看大树，看长城；她可以听爹讲北京故事，北京那些事儿好听啊，她总是忽闪着大眼睛，听不够。

小雪该读书了，去哪儿读？白羊峪巴掌块地方，没学校；布谷镇倒是有，不能住校，那"鬼难登"上上下下的，一个六七岁的孩子能走吗？每天接送，大人还能干营生吗？眼瞅着小雪噌噌拔节，范家人也跟着长心事儿。范老井想到了一个人，泰奶奶。靠谱吗？泰奶奶都八十多了，老眼昏花，还能上课吗？再说了，就算能上课，能教孩子新知识吗？泰奶奶读书那阵儿是啥年代啊？就算都合适，老太太愿意来吗？范少山想来想去觉着有点儿悬。爷爷范老井说："老太太带着个重孙女，过得不易啊！"范少山懂爷爷的心思，爷爷这辈子就放不下这个女人了。爷爷是想把泰奶奶和黑桃接过来，在跟前有个照应，也少份牵挂。这不应该吗？范少山跟余来锁商量，村里头除了小雪，还有四五个一般大的孩子，得让孩子们读书啊！余来锁同意把泰奶奶接过来："就让泰奶奶当校长吧！暂且先教孩子识字，总比满山乱跑强。听说当年扫盲，泰奶奶在布谷镇编过识字课本呢！"

范少山约爷爷去请泰奶奶，爷爷却说："俺就等你的好信儿！"爷爷脸洗得干净，刮了胡子，换了件新衣裳。这当口，他正在学校转悠。课堂都收拾好了，白墙贼白净，黑板黑透了。范老井看着，一个劲儿夸好。他站在讲桌前，清清嗓子："啊——这个啊，娃娃们，你们可得跟着校长好好学啊！校长教哪儿，你们就学哪儿，校长指哪儿，你们就打哪儿。"去了隔壁的校长室，也是泰奶奶的房子，看房子收拾得干净，炕上铺的新炕席，做的新被子，范老井伸手摸摸，满意地不住点头。范少山和余来锁去了黑羊峪。这里剩下的人家越来越少了，泰奶奶家变得孤天孤地儿。走进泰奶奶家，泰奶奶正在教重孙女黑桃写毛笔字，"山石田土、日月水火"写得端端正正。范少山见了，一个劲儿竖大拇哥。范少山说："泰奶奶，您和黑桃就跟俺们走吧！到了白羊峪，俺们养着您、敬着您。"余来锁说："泰奶奶，从今儿起，您老就是俺们白羊峪小学校的校长了。校长，俺们是来请您老回学校的。"泰奶奶笑了："你们不是拿俺老婆子开玩笑吧？"范少山说："泰奶奶，俺们哪儿敢呢？俺们是真心请您老人家出山的。俺们把老学校的房子都修好了，还有您老住的地方，您去了，俺们都孝敬您。对了，黑桃也一块儿去，入学当学生。"黑桃一听，高兴地蹦起来，嚷嚷着泰奶奶快收拾东西。泰奶奶眼睛里的光亮，像熬干的油灯渐渐暗了，火苗跳了一下，熄了，说："老了，不敢误人子弟呀。再说了，多少年了，我只会写繁体字。这咋行呢？"范少山说："泰奶奶，孩子认繁体字，也比不识字强啊！"余来锁说："您老先教着，等有了合适的再说。不管咋着，这校长您得当。"泰奶奶说："教书育人是一百年的事儿，哪敢凑合。"泰奶奶不依，两人只得回到了白羊峪。

得知泰奶奶没来，范老井叹口气，撅的撅的，回鹿场了。

山野的春天也不是说来就来的，咋的也得冷几天热几天，热几天再冷几天，人们穿几天棉袄再穿几天毛衣，穿几天毛衣再穿几天棉袄，等到一连热上半个月，春天就来了。春天来了，地气上升。野草野菜先露出头，探头探脑看看这个山里的世界，就像躲在幕布缝隙看戏的孩子，总想着拉开大幕看个够。春天一旦来了，她就不管不顾了，直接蹿了出来，跑上台唱戏。就这样，野草野菜先开场预热，那些个柳树就绿了，桃树就开花了，山地里的花儿都像施了粉黛，在台上舞起了腰肢儿。春天的白羊峪比春天的城里正宗，接地气，有味道啊！

范老井说："春天是个妖怪。"

一年之计在于春。范少山要在白羊峪站住脚，就得先从这块春天的画布画起。说实在的，范少山自打拿定主意留下来就没少折腾，一门心思想着在白羊峪的山地里刨出一块"狗头金"来。过去那些个老玉米啊、大高粱啊、土豆啊，他都不想种了，不赚钱啊！他要引进经济作物，给乡亲们家家户户发一把搂钱的耙子。种啥呢？范少山和余来锁去了布谷镇的农业技术推广站，刁站长说："要说经济作物，还是种药材合适。你想啊，人吃五谷杂粮，哪有不生病的？药这东西，谁也离不了。白羊峪这样的山区土质，适宜中药材生长。"刁站长还掰着指头算了一笔账，他说，"就拿板蓝根来说吧，一亩地能产六百斤，现在的市场价是每斤七八块钱，就是四千七八呀！你若是种玉米，撑死也赚不了一千块。"刁站长的话，说得范少山心里百爪挠心，他一把抓住刁站长的手："俺白羊峪打算种，帮俺们指导指导。"刁站长吸溜吸溜鼻子："咱布谷镇没有种植药材的传统，站上暂且也没有这方面的推广技术。俺自己个儿也是从报纸上看的。"余来锁不乐意了："老刁你这不扯淡吗？"刁站长说："眼下还没有种植、销售的门路。只要你们找得到，到时候俺们推广站一定帮你们。"人家刁站长说得没错，你光种不中，还得有人收。若是没人收，你卖给谁去？总不能家家户户上顿下顿熬药材吧！

余来锁在中药材上有点门道。他知道白羊峪山上长的几种药材，能治常见病。但要想换成钱，那可不中，都是些野花野草的。他说要种就得种点儿名贵的，赚钱多啊！刁站长来了，看了准备种药材的梯田，又抓一把山土，看看土质。说了一套山地土壤形成的环境特征，范少山听得云里雾里。余来锁不耐烦了："老刁，别整那没用的，你就说种药材吗？"刁站长说："你们做第一个吃螃蟹的人吧！你们成功了，俺们就向全镇推广。干吧，俺帮你们申请农业补贴。"

种药材得先有种子，种子发芽、出苗还要拾掇，等结了果实还要有人收购，这就齐了，缺了哪一环都不中。范少山在北京卖菜尽在市场里混了，他明白着呢。可就是隔行如隔山，种药材这事儿谁懂啊？爷爷范老井说："没听说过。咱这山上树啊草啊，能入药的多了，还用得着专门开园子？"范少山说："爷爷，咱种名贵药材，赚钱啊！"范德忠说："你得干你懂行的呀！种药材，中吗？可也是，你都没种过地，种啥你都不懂。"范少山说："爹，不懂就学嘛！种药材也不是非得三头六臂才中啊！"李国芳说："儿子，这年头骗子多，可别让人给骗喽。"范少山说："这都不叫事儿！"他知道，这年头的骗子比夏天山沟里的蚊子还多，自己早已百毒不侵了，"俺不把他们骗了就不赖了。"

先得找门路啊！两眼一抹黑咋成？范少山想到了二槐。二槐也是白羊峪人，姓余，是余来锁的亲叔伯兄弟。如今也在北京呢！干啥？穿一身制服，脑袋上顶着大盖帽儿，警察？税官？吃官饭的？都不是，就是个保安。二槐是个练家子，当年村头扔着个石锁，传说是古时候哪个将领留下来的，将领每天带头操练，举起这百八十斤重的石锁轻飘飘的，胳膊上的腱子肉刀砍不动。二槐看见石锁着了迷，也练，石锁沉，开始就两手搬，渐渐地就两手举，后来就改一条胳膊了，从左胳膊到右胳膊，也能举个三四下。二槐身体壮实，也能有饭吃。这不，人家医院专招壮汉，能对付"医闹"啊！二槐一到北京就找到了份称心的活儿。有一回来俩"医闹"，二槐一不骂二不打，两条胳膊一边夹一个，送出了院外，还没忘给人家鞠了一躬，说了一番道理，俩"医闹"就这样闹不下去了。当然，现实中可没这样好糊弄。这是二槐自导自演的，他请了俩民工，后来给了人家出场费。不过，这一场景把副院长给镇住了。副院长看见一粗壮的保安两臂夹着"医闹"走出医院，像老鹰夹小鸡一样，不，没有那样的杀气腾腾，就像一个大人夹着两个淘气的孩子。保安不失温柔，不仅鞠躬致歉，说起话来还春风化雨，有勇有谋啊！二槐的形象在副院长那里眨眼的工夫就高大了。副院长是主抓医院保卫的，觉得二槐是个稀缺型人才。那些个学历高的不顶用，关键时刻站不出来呀！没几天，二槐就当上了保安部的副队长。二槐说："这年头，越是当官的越好糊弄，认假不认真啊。"范少山问："你就不怕让人家知道啦？"二槐说："在医院，都知道俺是个憨厚人。说是我作的假，鬼都不信。你要想在北京城站住脚跟儿，光靠蛮力不中，还得用巧劲儿。不管啥年头，胳膊粗力气大都有用，但光这还不够，得有搭配，啥？脑子。没脑子，你能挖山也干不过挖掘机。"二槐不是虚漂儿的，人家知道自己个儿的身心往哪儿投奔。与二槐比起来，范少山显得自己个儿矮了半截。他说："俺这些年小有收成，半个菜市场是俺的，不算个事儿，不就有俩糟钱嘛！"二槐说："吹牛，遭雷劈。人啊，就是再聪明也不能外露，你得装傻。你装傻，人家都信你。这年头啥最贵？信任。"二槐不会吹牛，只会装傻充愣。副院长是握手术刀的，不知咋的，让他抓了后勤。二槐很快和副院长成了拍肩膀的，有事儿没事儿常去副院长的办公室，沏茶倒水擦桌子。副院长的办公室有清洁工打扫，本用不着他，可他每回去副院长都眉开眼笑。见办公室没别人，二槐就脱了上衣躺在沙发上，让副院长"动刀"。有日子没动手术了，副院长手痒痒，就在二槐身上比比画画，嘴里还念念叨叨："今天我要做的这台手术是胆囊切除。"副院长的指甲在二槐的肚皮上划了一下，二槐激灵一下，好像手术刀真的在上面开了口子。副院长在二槐的肚皮上时而划来划去，时而指指戳戳。过半个时辰，"手术"完成了，二槐坐了起来，二槐看到副院长额头上沁着一层密密麻麻的汗珠。副院长说："手术很成功，安心静养吧！一周后出院！"每次"手术"后，副院长总是紧紧握握二槐的手，说："在你身上，我才找到了做医生的感觉啊！"副院长给二槐做了多少回"手术"？二槐记不清了，数数自己的五脏六腑都挨过刀子了。二槐挺满足，他想，副院长这样器重自己，自己就是"死"在手术台上也心甘情愿。

范少山要去见二槐。这事儿因为牵扯到全村每家每户，他不能单枪匹马地去，得带着余来锁，有了余来锁，他就有了"主心骨"了。找二槐也不是那么好找的，找了好几家医院。都天黑了，还没找到。为了省钱，他们找了家最便宜的地下室小旅馆住下。这让范少山想起了《创业史》中买稻种的梁生宝。他敬重梁生宝，那是他心目中的英雄。当他决定离开北京，回到白羊峪时，《创业史》更是成了他的口袋书，时常揣在怀里，特别是梁生宝买稻种的章节，已经被他翻烂了。梁生宝艰苦奋斗的精神，始终鼓舞着他。这时候，夜深了，隔着一层薄板，外间的呼噜声响成一片。范少山睡不着了，他从包里拿出《创业史》，读起来："现在离家几百里的生宝，心里明白：他带来了多少钱，要买多少稻种，还要运费和他自己来回的车票。他怎能贪图睡得舒服，多花一角钱呢？……'不！我哪怕就在房檐底下蹲一夜哩，也要节省下这两角钱！'生宝站在席棚底下对自己说，嗅惯了汤河上亲切的烧稻草根的炊烟，很不习惯这车站小街上呛人的煤气味。做出这个决定，生宝心里一高兴，连煤气味也就不是那么使他发呕了。度过了讨饭的童年生活，在财东马房里睡觉的少年，青年时代又在秦岭荒山里混日子，他不知道世界上有什么可以叫作'困难'！他觉得：照党的指示给群众办事，'受苦'就是享乐。只有那些时刻盼望领赏的人，才念念不忘自己为群众吃过苦。而当他想起上火车的时候，看见有人在票房的脚地睡觉的印象，他更高兴了——他这一夜要享福了，不需要在房檐底下蹲下。嘻嘻……"两人找了几家，最终找到了二槐，提到种药材的事儿，二槐说："你们就算找对人了。"余来锁问："医院里种药材呀？"二槐说："医院里不种药材，可用药材呀！中药房里抽屉连着抽屉，你数得过来吗？药材海了。"二槐自打成了副院长眼里的红人儿，人人都对他高看一眼。立马带两人去了中药房。中药房的主任也是热心肠，介绍了一个中药材提供商。主任说："这个孙前原先给医院供过货，听说现在大发了，从美国引进一批西洋人参，正发展客户呢！"一听这话，范少山和余来锁兴奋得直蹦高。主任翻了半天名片，给了范少山："你们联系吧，我就不横插一杠子了，免得有人怀疑我拿了回扣。"二槐也懂："那也没俺啥事了。"

孙前穿着睡衣，一副懒洋洋的模样，头发却是油光水滑，亮晶晶的。坐下来就打开一个厚厚的文件夹，里面是啥？照片。全是孙前跟当官的、有钱的还有明星们的合影。孙前不说话，就看着他俩翻相册，不用解说，照片下都有文字说明。范少山说："孙总，这里都是人，药材呢？"孙前开口了："要做生意，先得了解对方是个什么样的人。你买方对卖方不了解行吗？万一对方是个骗子怎么办？你们可得擦亮眼睛啊！"余来锁说："老板，俺们信你。你要是骗子，这么多名人能跟你合影吗？"孙前说："那倒不一定。这年头，拉大旗作虎皮的多了，指不定哪步都迈坑里头。这些年我的奋斗史，就是被骗子骗来骗去的血泪史啊！直到我去了一趟美国——"孙前两眼放光，拿出一张彩色广告纸，上面的红色大字像电闪般劈进了范少山的眼里，他禁不住喊出了声："美国西洋参一号！"孙前的声音像在砸石头："对！美国西洋参一号！"

孙前拿出了工商经营许可证、种子证书，还告诉范少山和余来锁，美国西洋参一号是他和专家从美国考察引进的新品种，是高端的保健品，最适合中国北方地区生长。这些都在广告上写着呢，范少山不想多花心思。最想知道种子多少钱一斤，一亩地能赚多少钱。孙前不急，他说种子金贵，少了不卖，他只供代理商。余来锁问他咋代理，孙前说："五千斤种子起，起码种它五百亩吧。"范少山倒吸了一口凉气："一斤多少钱啊？"孙前拿出了计算器，按得哔哔响，嘴里念叨着："每斤种子八十块，每亩用种四十斤就是三千二百块，加上化肥、人工每亩成本不超过五千块……"余来锁有点急："等等，孙总，一亩地光成本五千块，这是种金子？"孙前微微一笑，提高了嗓门儿："一亩地产多少西洋参呢？稳保三百斤！晒干之后呢，就算二十斤吧！一斤西洋参多少钱呢？三千八百八十块！多少钱？"余来锁脑子快："七万七千六百块？"孙前又拿出一个厚一点的资料："上面都有。你们可以看一下，不是代理商，我们不送。"余来锁被数字吓住了，两眼不时地看范少山。范少山心里头只冒泡，都是一个一个问号。他说："孙总，这么大的利润？那不比贩毒还快啊？"孙前说："我跟你说句掏心窝子的话，经销商说话哪个不是云山雾罩？理想总是很丰满，现实呢，很骨感啊！事实上，我们收购的时候人参还要分等级，一等品才是三千八百八十八块，其他的价格低一些。每亩平均也就三四万块。我这话实诚吧？"范少山听孙前的话说得实在，可不就这样吗？孙前说："对于客户，我们是保姆式服务，包技术、包收购。只要你们有五千斤的购买量，我们马上签合同。"孙前去了卫生间，洗澡去了。像是有意留了空当儿，让范少山和余来锁商量商量。余来锁说："俺看中，一亩地起码能赚两万块。咱不懂技术，人家全包了，还包销路，好事啊！"范少山说："五千斤种子，咱买得起吗？咱砸锅卖铁才带来多少钱啊？"说话间，孙前洗漱出来了，换上了西装革履。孙前问："两位商量得怎么样了？"范少山说："这项目不赖。说实话，俺们是个穷山村，祖祖辈辈种玉米、红薯和土豆，只能填饱肚子，当不了钱花，俺们就想着靠药材打个翻身仗。可俺们当不了代理商啊，没那么多钱！"孙前问："你带了多少钱？"

临来前，余来锁主持开了村民会，动员村民入股，种药材。听说有钱赚，村民们五百、一千、两千的都交给了余来锁。余来锁在白羊峪人缘好，乡亲们都信他。加上村上的扶贫救济款项，也就两万块钱，这些钱都带在余来锁身上呢！这能买多少种子啊？这可不是种两畦韭菜呀！范少山随身带了银行卡，卡里还有一万多点儿，两人加在一起也就三万块。"开玩笑。这怎么行？我可不是小卖部卖棒棒糖的。这样吧，等你们筹集到了钱，再联系我。对了，明天我去西安，你们到那里去找我。"余来锁急出了哭腔："乡亲们不容易啊，就想着通过药材过上好日子，他们正苦巴苦业盼着呢！"孙前摆摆手，忽然落下两行泪："不瞒你们说，我也是从山沟里出来的，对大山有感情啊！这样吧，我就破破例，卖给你们五万块钱的种子，不能再少了。你们现在就筹钱，马上签合同。"范少山和余来锁一听，就像黑暗里看到了光亮。范少山马上给杏儿打电话，让她立马往自己银行卡里打两万块钱，急等买药材种子。杏儿知道范少山打算种药材的事，前几天还通过电话。这会儿，杏儿急急忙忙离开菜摊儿，朝着附近的银行去了。

带着一蛇皮袋美国西洋参一号种子，带着一文件袋种植资料合同书，范少山和余来锁回家了。两人像接回了新娘子，一路上范少山抿着嘴乐，余来锁即兴朗诵诗：

它来自西方

名字叫西洋参一号

它将扎根在白羊峪的山冈

就在这个春天，一个中国的小山村

有了美国亲戚

洋亲戚

俺把你捧在手心

待你像亲人

……

到了白羊峪，余来锁把西洋参种子扛回了家，放在地上怕冻了，搁在炕上怕热了，就在屋子里搭了个架子，悬空放在上面。余来锁夜里睡不着，就摸一把种子一粒一粒数，从左手数到右手，又从右手数到左手，边数边嘿嘿笑，就像数金豆子。范少山也睡不着，半夜爬起来和爷爷说西洋参的事儿。范少山说："爷爷，等西洋参长成了，就给您老炖一碗，看着您老悠悠然然喝下去，老病没了，身板壮了，返老还童了。"爷爷呵呵笑："还返老还童呢！那俺不成妖怪啦？"范老井支持孙子种药材，拿出了两千块的体己钱，交给了余来锁。老爷子是头一个拿的钱。范老井明白，说是村民组长余来锁组织种药材的事儿，可说白了还是孙子范少山顶着呢。你孙子干大事儿，你都不帮钱场儿，谁还信这件事儿啊！老爷子带了头，有十来户都拿出了压箱底儿的钱。老爷子不指望能分多少红，就指望孙子能在白羊峪搞出点儿名堂来。范老井没听说过啥子西洋参，就知道金贵，他说："俗话说，新官上任三把火。头一把火必得烧旺。你虽不是啥子官儿，可乡亲们都看着你呢！可得好生拾掇，赚了钱，让乡亲们稀罕稀罕。"

　　这一说，范少山更睡不着了。听见爷爷的呼噜声，就起身穿衣服。他悄悄走出门，眼前一团漆黑。他看看满天星斗，再看看四周，世界就有了灰色的轮廓。他要去找余来锁，再看一眼西洋参种子，和余来锁商量商量何时开犁下种。春天到了，总得选个红彤彤的日子。想着想着，范少山的步子就加快了，快到了村口，路过老德安家，范少山跑起来，吓的。范少山胆小，想起老德安吊死的那一幕，范少山的头发根根竖成了钢丝刷。范少山一口气跑到余来锁家门口，啪啪拍门。等在屋子里平了喘息，范少山说："人注定是怕黑的。俺白天从老德安家门口过，从没胆突儿过。"余来锁说："咋不说你胆小。"

　　两人又说了一会儿药材的事儿，商定开犁的时候，请镇农技站的刁站长给把把关。天亮的时候，下起了小雨，两人一头倒在炕上，睡了。

　　刁站长来了。药材还没下种，没人请他，他不请自到。刁站长曾推荐白羊峪种药材，后来就没了消息。后来听说范少山和余来锁从北京淘换到了西洋参种子，就来看稀奇。这玩意儿若是能成，说不定有推广价值。刁站长是正经八百的老农大毕业生，是个肚子里有墨水的"庄稼把式"。一进余来锁家的院门，见范少山和余来锁都在，就说："听说白羊峪来了洋种子？俺开开眼。"余来锁问："你咋消息这灵通呢？不瞒你说，这回俺们白羊峪要唱新戏，唱大戏。"范少山说："站长，你帮着看看，这西洋参种子发芽率有多少？"进了屋，余来锁把口袋里的种子捧了一捧放在桌子上，就见刁站长的眼睛直了。余来锁说："开眼了吧？没见过吧？"范少山见刁站长的神情，有点不对劲儿，心一沉就没了底儿："难道错啦？"刁站长问："这是西洋参种子？"余来锁说："你光见高粱玉米了，哪见过这个？"范少山的心像被攥了一下。心想，是啊，闹了半天，俺俩谁也没见过西洋参种子？难道真的被人家宰了一刀？他赶紧拿出广告资料："站长，你看看，这种子不和照片上的一样吗？是假的？"刁站长不说话，仔细看看种子，再看看资料。余来锁见气氛不对，蔫了，看看刁站长，又看看范少山。屋子里只有彩色铜版纸摩擦的声音。一会儿，屋外飞来两只麻雀，落在了窗台上，啄着散落在窗台上的麦粒儿，不时发出啾啾声。

　　刁站长放下种子，撇了资料。说："联系卖家。"范少山马上掏出手机，按照已经保存的号码给孙前拨了过去，很快传来一个女人的声音："您拨打的号码是空号……"

　　刁站长说："假种子。"

余来锁说："有资料啊！"

刁站长说："假资料。"

范少山说："有合同啊！"

刁站长说："假合同。"

余来锁说："有……"

刁站长说："一切一切都是假的！"

范少山又急赤白脸地拨打手机，都是："您拨打的号码是空号……"他一下瘫坐在椅子上。

余来锁问："这是啥种子？"

刁站长说："先不告诉你。反正不是西洋参。没吃过猪肉，还没见过猪跑吗？"

余来锁问："老刁，照你说我们上当啦？"

刁站长像家长教训淘气的孩子："你们能不上当吗？我问问你俩，你俩谁懂啊？一个出了校门就去外面闯荡，没种过地，认得几样庄稼？后来到了北京，也只认识萝卜白菜；一个乡村医生，就见过山里几味野药，认得正经药材吗？就你们俩，见过西洋参长啥样吗？都敢买西洋参种子？幸亏你们带的钱不多，要是钱多，我看你们敢买它一百万的，还以为捡到狗头金了！俺问问你们，你俩是二还是傻？"刁站长越说越来气。昨晚上，他因为买了注水猪肉被老婆臭骂一顿，心里头正窝着火呢！正好在这儿撒撒，挺解气。

范少山耷拉了脑袋："都怨我，脑袋一热。"余来锁也像霜打了的茄子，说："若是受骗，我也有份。我咋看那人也不像骗子，说到山里人，都掉眼泪了。说不定哪天人家就把电话打过来了。"刁站长说："眼珠子盼蓝喽，也没那事儿。"范少山前思后想，感觉孙前是一步步引你上钩的。他和官员、名人的合影，起一个让人一惊一乍的名字"美国西洋参一号"，帮你算经济账，能赚钱，对里面的水分人家认账，真骗子能承认吗？咬定非代理商不卖，而且，明儿个就去西安推销了，你要买就得今儿个买，你总不能明天追到西安去吧？何况人家还没说卖你呢，你还得求人家。知道你没啥油水，人家就借机多诓你俩钱，不薄不厚，五万块。人家对山里人有感情啊！都流泪了，你还不得感恩戴德吗？

范少山的心有点慌，手有点凉。问："这到底是啥呀？"刁站长说："图片是西洋参，种子不是西洋参种子。"余来锁来了兴致："啥种子？咱就种呗。说不定

67

比西洋参还值钱呢？"刁站长说："你买瓦块，人家给你金条，那还是骗子吗？那是你看花眼啦。告诉你们，这是高丹草，一种牧草，用高粱和苏丹草杂交的，就是喂牲口的。"余来锁问："多少钱一斤？"刁站长说："不超过十块吧！"说着，刁站长像想起什么，就搬起口袋，哗地把种子倒在了炕上。范少山和余来锁一块"啊"了一声。口袋下半截的种子都长毛了。整口袋种子，只有三四斤是好的。五万块钱，就这样打了水漂，倒是听见响儿了，倒口袋"哗"的一声。刁站长能看透骗子的把戏，就是看不透注水猪肉。

愤怒出诗人。余来锁来了激情，挡不住：

> 此时，俺的胸膛点燃了愤怒的火焰
> 此刻，俺的怒吼化作了复仇的利剑
> 骗子，你别跑，俺追你追到天涯海角
> 骗子，你别猫，俺找遍犄角旮旯

骂完骗子，余来锁又对着刁站长瞪眼睛："老刁，当初不是你向我们推荐种药材的吗？你也没说跟我们出去买药材呀？"

刁站长向上翻了翻白眼，没说出话来。

九

月牙挂在银杏树上，像爹磨快了的镰刀，范少山越看越像。爹常常磨镰刀，磨刀石旁放着水盆，爹边磨边不时地往磨刀石上撩水。随着欻欻的响声，镰刀研磨的石粉又让清水变成了泥浆，顺着磨刀石一溜一溜下淌。一袋烟工夫，爹用大拇指肚蹭蹭刀刃，快了。他把镰刀往水盆里一泡，一会儿又拿了出来，洗去污浊的镰刀锃亮，一闪一闪冒着寒光。一个人有啥样的心情，天上就有啥样的月亮。心情好的时候，看月亮温柔可人，恨不能抱一抱，亲一亲；看月亮就像波板糖，甜甜的，恨不能舔一舔，咬一口。今儿晚上，再看月亮就像镰刀了，是爹磨好的镰刀，在他头顶悬着，指不定哪会儿就会掉下来。买了假种子，他还瞒着爹娘和爷爷，爹知道了会咋样？谁叫你不好好在北京卖菜，非得回家乡的？爹就算不用镰刀砍他，也得抡他两镰刀柄。娘呢？少不得埋怨，爷爷也要多吧嗒两袋烟。

明儿早起他要去北京报警。这个黑天里，他来到了银杏树下，和雄树雌树老公母俩说说话。范少山说："都怪俺，有点立功心切。恨不能一夜之间就把药材种上，让乡亲们搂上聚宝盆儿，骗子把俺的心理摸透了。俺知道，这是二老在考验我哩。干成事儿哪有那么容易的。就这点沟沟坎坎，不算个事儿，我能扛得住。就是这心里头觉着对不住乡亲们。乡亲们都是穷苦人，劳碌命，口挪肚攒，他们图个啥？不就是想赚点儿钱吗？这下可好，乡亲们的集资款也打了水漂，我肠子都悔青了。明儿个俺就去北京报案，您二老保佑，早点儿抓住骗子，把骗走的钱给俺们吐出来，让他遭报应！"

范少山去了北京。他要先找二槐问个明白。二槐和中药房的主任与那个卖假种子的孙前是不是伙穿一条裤子？三人联起手来坑人？范少山越想越不地道。去了医院，一进门就大骂二槐："你连兔子都不如，兔子还不吃窝边草呢！俺问你，你还是吃白羊峪饭、喝白羊峪水长大的吗？你个忘恩负义的白眼儿狼，啥事儿都敢办，啥钱都敢花，那里面有父老乡亲们的集资款啊！你个混蛋！"二槐被骂蒙了，站不稳，身子大脑缺氧般晃了两晃。二槐好半天才搞明白，范少山挨骗了。二槐拍着胸脯说："你范少山屈枉好人！俺二槐要是跟这件事儿有联手，天打五雷劈！"二槐带范少山去找中药房主任，主任也是一脸委屈："过去挺好的，好几年都没联系了，谁知道他干起行骗这行儿啦？都说世界变化快，还是不如人快！"主任要和范少山一块儿去报案。到了派出所，警察说："已经有好几起报案了，都是这个美国西洋参一号惹的祸。有五百万的，五十万的，就你这个少；有张前的、郑前的、李前的，就你这个孙前，估计都是一个人干的。等五百万的破了，你这个五万也就水落石出了。"范少山问："和他们比起来，五万虽不多，可那是乡亲们的救命钱啊！能追回来不？"警察说："这个不好说，万一他都挥霍了呢？"

走在街道上，汽车嘀嘀响着喇叭从他身边过。满大街的车，满大街的喇叭声，雾霾来了，眼光放不远，车开不动，后车催着前车，前车催着头车。人们心里头都急，都拿世界没法子。人们像密密麻麻的蚂蚁在爬，谁都不知道哪一会儿会降下瓢泼大雨。范少山走在人行道上，看着那些个车流一点一点地往前淌，他就像一个咣当从天上掉下来的人，不知道自己的身子落在了哪儿。他恍恍惚惚走着，不知不觉就走到了自己和杏儿住的小区。这时候，天已经黑了。

少山和杏儿搭伙做生意，虽说处了对象，人住在一块儿，可毕竟还没领证儿，不是两口子。秋末冬初，范少山偷偷炒股搭进去不少，他不想花杏儿的钱，就说钱还是各管各的。年根前，他过年回家，回北京折腾些日子又回家，都需要钱，这回买种子，他是提前吹过风的，说要向杏儿借钱。杏儿痛快答应了："花呗，还分得那么清？"杏儿在北京有年景了，过去在厂子入过股，分红没指望上，闹了几年，前些日子才返还了本金。有多少？范少山没问过，他也不想知道。你个男子汉帮不上姑娘的忙也就算了，还花人家的钱，有脸吗？这会儿，范少山站在家门口想：绝不能让杏儿知道自己买种子受骗的事儿，也不能再跟人家张口要钱了。因为，他要把一万块钱带回去，还给乡亲们，他们还等着种药材呢！可这事儿就像秋后的蒲公英，让一阵风吹得无影无踪了。

站在杏儿面前的范少山一身疲惫，杏儿一声声埋怨："你怎么不事先打个电话啊？我好开车去接你啊！看你累的，先洗个澡吧！"

吃晚饭的时候，杏儿问起这些天范少山在白羊峪的情况，又问药材啥时候下种。范少山一一作答，说得顺风顺水。范少山能说大话，说假话嘴皮子也溜。杏儿说："你不是前天回白羊峪了吗，怎么又回来了？"范少山说："就是想跟你说，俺们村上财力有点吃紧，这回买药材种子借了你的钱，一时半会儿还不上，别着急啊！"杏儿说："就为这事儿？你打个电话不就结了？咱俩谁跟谁呀，你说这个不就远了吗？告诉你，你是我男朋友，我们就不分彼此。你用钱就跟我说，我没有给你借去。哪一天你如果背叛了我，我们分手了，就是一分钱也不行！欠一分钱要用钢镚儿还。"闫杏儿就这个性，敢爱敢恨，说得出，做得到。范少山嘿嘿笑："你这是说的啥话呀？"杏儿越看越觉得范少山哪不对劲儿，说："是不是出啥事儿啦？"范少山说："没有。就是想你了。"杏儿说："你看我眼睛。"范少山看了一眼："你眼睛挺好看。"就又把头低下去了。杏儿一字一顿地说："我希望从今后我们就是一个人。"

瞒不住了。范少山把买种子挨骗和回来报案的事儿从头至尾说了一遍，又说出了自己的心里话："杏儿，还得用两万，俺想把乡亲们凑的钱和救济款还回去。"杏儿说："我领到的股金卡里还有十万，咱俩一人一半。还了钱，剩下的留着你用。明天我去银行取。"范少山鼻子一酸，差点儿落泪。他紧紧抱着杏儿："杏儿，你真好。"杏儿说："咱俩一对傻子。"

范少山只拿了两万。他知道杏儿进菜还要钱，紧日子自己个儿能过。范少山没把钱放进公文包里，忒招摇，怕摩托车抢夺，他干脆就把钱直接装衣兜。想着不能鸡蛋放到一个篮子里，搞不好让小偷一锅端了。他把钱分开放在两个衣兜，一个揣在袄上兜；一个装进袄下兜。说实在的，衣兜小，一个装下两万块钱鼓绷绷的，容易露馅儿。范少山街上走，打算搭班车去火车站。他边走边摸摸衣兜，一会儿摸摸这个一万，一会儿摸摸那个一万，生怕钱长了翅膀飞了。快上班车的时候，人多，乌泱乌泱的。他提心吊胆，不摸了，干脆用只手捂住了上口袋。然而，就在他一只脚刚踏上车门的时候，有人挤了一下，范少山一个趔趄，手不听使唤，松开了。就在身子站稳，他重又把手捂住衣兜时，衣兜已经瘪了！他脑子嗡的一下，赶紧去掏，空的；他又去摸另一个衣兜，钱还在。狗日的小偷！俺用手把钱捂住都防不住你呀！又一想，范少山犯"二"了：幸亏把钱装两个兜里了，不然就一锅端了。俺范少山智商不低吧？在派出所，警察说："就你这智商？捂着口袋就等于告诉小偷了，人家不偷你偷谁？你带卡不就安全了吗？"范少山说："俺住在山村。没有柜员机呀！"警察说："农村的就更好办了。你拎个蛇皮袋，装点破烂儿，把钱藏在里面，小偷想都想不到，保你安全。"案子也不是说破就破，得等着。范少山留了电话，走出了派出所。

范少山来了一趟北京昌平，两天报了俩案子，一个挨骗，一个被偷。被骗的种子钱是五万块，其中两万是乡亲们的钱和扶贫款，其余的有他自己个儿一万，借杏儿两万块。杏儿两万块没还，又跟人家要了两万，这两万让小偷拿走一万，就剩下一万了。也就是说拢共有七万块，最后就剩下兜里的一万了。一万不够还饥荒啊？再回去管杏儿要？没脸啦！就这样回村子？咋跟余来锁和乡亲们交代呀？范少山想：俺这回乡算哪门子？人家雷小军卖菜赚到盆满钵满，带着钱回乡创业的。你一个穷光蛋，能为乡亲们做个啥？不光没帮上忙，还添乱了。人就是这样，得意的时候觉着能玩儿转地球，就差个撬杠了；低落的时候感到啥都不是，连一片风中的树叶都不如。人家树叶多自由啊。

硬着头皮，范少山去找饭店梁老板。自打上回还上十万块钱后，范少山还没跟梁老板联系过，平常连个短信也没有，范少山也觉着自己个儿不地道。梁老板有点儿想歪了，从上回"花生油事件"起，就再也信不过范少山了。他觉得范少山是拿自己开涮："一万块？你堂堂范大老板向我借一万块？开国际玩笑吧！"范少山说了事情的前因后果。梁老板有点动容："没想到，你志存高远，令我感动啊！现如今经济不景气，饭店冷清，也没多少进项，为了表达对你创业的支持，我捐助五千块。"范少山表示要还，梁老板连连摆手。梁老板送走范少山，气哼哼对副总说："这人有病！下次再来给我拦住，我不见！"

开口借一万，人家给你五千，不用还了！啥意思？一是担心借你一万，不还了，还不如干脆给你五千省钱；二就是不想再和你打交道了，就此掰了，倒也体面。范少山就是再缺心眼儿也悟得出。范少山想，不管咋说，账总是要还的。眼下最要紧的，再去找五千块钱。范少山的一根筋越抻越长，就像遇到了山西拉面师傅。他认定，没有两万断断是不能回白羊峪的。这不是跟自己个儿过不去吗？先拿一万五回去呗！剩下的慢慢再还，也是人之常情啊！若是别人，也就这么做了，可他不是别人，他是范少山。

前面一座楼前围了好多人，再往楼上一看，楼顶站着个小伙子，不对啊！这是要自杀呀！范少山赶紧跑去。刚到跟前，那人就从楼上落了下来。范少山吓得啊了一声。那人落在了气垫上。还好，没受伤。一个男人却站了起来，大声说："跳得不行！副导演，赶紧换人！"明白了，人家是剧组，拍电视剧呢。副导演也喊："制片，赶紧找一个会跳的，加钱。"制片说："换了仨了，都不行啊？"副导演说："必须找。这样吧，这一跳，八千！有人没有？"跳楼，八千块？下面还铺着气垫呢！这不等于中彩票吗？范少山举起手："俺来！"他赶紧挤过去，对副导演说："俺能跳。"副导演上下打量一下范少山，又拍拍他的肩膀："像，有点意思。"又问，"你能跳？你是干什么的？"范少山说："俺是燕山那疙瘩的农民。跳一回是不是真的给八千？"一句话，把剧组人员和围观群众都逗乐了。副导演说："你跳过水吗？"范少山说："你不是让俺跳楼吗？"人们又笑了。副导演说："我给你讲讲这场戏啊。剧中男主人公是个跳水运动员，因感情问题自杀，最终从楼顶跳下了他生命中最完美的一跳。就是说，你不能直上直下地跳，得跳出花样来。"范少山说："俺的感情戏还拍不拍？"现场又是一片笑声。副导演说："你就是男主人公的替身。其他戏没你事儿。你行不行？"范少山说："真的给八千块？"副导演说："如果导演喊 OK，现场就发现金。"范少山说："我们村边上有个小瀑布，下面的水清亮着呢……"副导演不耐烦了，打断他："我不想听你的家乡美。你到底能不能跳？"范少山说："俺中！"

范少山上了楼，站在楼的边缘。每到夏天，他和小伙伴们在小瀑布下的清潭里洗澡。从小洗到大。那个悬崖有二十米高，孩子们总是爬上峭壁，从上面往下跳。范少山胆小，不敢。有个熊孩子把他拽上峭壁，说了一声："谁不跳，烂鸡鸡。"说完，自己个儿先跳了下去。范少山不想烂鸡鸡，孝着胆子，伸出双臂，像一口袋玉米从高处掉下来，折下去了。范少山水性好，落入水里就成了一尾鱼儿。后来，小伙伴们变着花样地跳，跳出了三四种姿势。眼下，范少山站在了六楼楼顶的边缘，他就要从这里跳下去。听到导演的"预备——"他头朝下，面朝里，用两条胳膊撑起了身体，两条腿慢慢向上，形成了一副"拿大顶"的模样。现场人员都惊呆了！导演愣了三秒，沉沉地喊了一声："开始！"范少山两腿向前一屈，飞身落下！导演大喊一声："OK！"现场响起一片掌声。

范少山落在了气垫上，没砸到中心，起身时滚到了垫下，额头磕了个包。导演走了过来，握住他的手，说："太精彩了，这才是跳水运动员的最后一跳！"范少山说："一想到跳水，俺就敢跳了。跳楼谁敢啊？钱呢？"导演说："没想到你还真是跳水运动员。选你选对了！"范少山又问："钱呢？"

去副导演那里领钱，就不那么顺了。副导演说："还不够理想。你应该加上旋转的动作，什么一周半两周半的，最好三周半。既然你完成得不够圆满，我就只能给你一半了。"范少山急眼了："啥？还旋转动作？俺是老鹰呀？俺是超人啊？俺是天外飞仙啊？人家导演喊 OK 了，你就得给钱，一个子都不能少！"范少山冲着围观群众喊："大伙评评理，刚才这位同志是不是说的八千块！"观众看热闹不嫌事儿大，起哄："是！我们都听见了！"范少山说："俺跳完了，导演都喊 OK 了，他却说给俺四千，中不中？"大伙儿都喊："不中！"范少山就想着咋凑齐两万块钱的事儿，说好的八千，你给五千也好啊，合计是一万九千，剩下那一千块钱俺哪儿找去？这时候，人群中有人喊："大家一起喊！八千！八千！"这个声音熟悉而亲切，那是杏儿。范少山心头一热，眼睛湿润了。不敢顺着声音的方向看，只听得喊声一片："八千！八千！八千！八千！"

范少山拿到了足额的酬劳。他不敢见杏儿，见了咋说？这前前后后的折腾，说出来就像编的，连他自己个儿都觉得不像真的。这年头，真实发生的事儿像假的，胡编乱造的事儿倒像真的。他要赶紧去车站，回白羊峪。怀里揣的二万三千块钱，足够了。他正要走，有人拦住了他，是杏儿。

再说闫杏儿。自打范少山回了村，杏儿就忙得脚不沾地儿。又卖菜，又进菜，恨自己不能七十二变。她正忙着，就有人来到菜摊儿前。一阵言来去语，她接了单生意，给剧组送菜。剧组的后勤说："导演吃盒饭闹肚子了，非要剧组自己开伙。"杏儿一口答应。送就送呗！有钱赚就行。按照约定好的钟点儿，杏儿开车拉着菜，去了剧组。卸完菜，她就看见有人站在了楼顶上。再仔细瞧，是范少山。咋回事儿？一不留神儿，多了个演艺圈儿的男朋友？

"大明星，别走啊，签个名吧！"杏儿点着了火锅，对范少山开涮了，"你行啊？拿着大顶跳楼的，我没听说过，这次不仅听说了，还亲眼见了。艺高人胆大啊！"范少山挠着后脑勺，嘿嘿笑："你咋来了？"杏儿："来看你跳楼呗！"说完，杏儿给了范少山一拳，扑哧笑了。听了事情经过，杏儿气不打一处来："拿我当外人？找别人去借钱？还跳楼玩命？你这办的都是什么事儿啊？丢人不丢人啊？"杏儿的火大了，一连串的问号。范少山也不解释，他知道杏儿是为自己好。末了，杏儿带上钱，两人换着开车，去了白羊峪。

白羊峪这几天不消停。乡亲们听说要种药材，都忙着收拾梯田。药材那是个金贵物儿，不是萝卜土豆，胡乱往地里一扔，就结果生崽儿，咋也得拾掇得精细些。乡亲们知道余来锁和范少山从北京买药种回来了，下种也就几天了。听说还是美国种儿，有赚头。田新仓人虽懒，没啥钱，平常还是省吃俭用的。不能老打光棍啊？他惦记人家"白腿儿"，娶媳妇过日子没钱咋中？别看田新仓平日里吊儿郎当的，说实话，人挺有心眼儿。听说种药材能赚钱，他拿了一千块钱给余来锁，入股买药材。这天，田新仓收拾完梯田，就来找余来锁，干啥？看药材种子。真是哪壶不开提哪壶，余来锁能让看？范少山进京报案，带了点儿样品，剩下的都让他搁在厢房的大缸里了。余来锁嘴紧，他和范少山买了假种子这事儿，被他瞒得密不透风。看着乡亲们整理梯田，等着下种，他都没敢声张。怎么也得等范少山回来再说。反正拾掇田地不吃亏，种啥都受益。你一个庄稼人，不拾掇地拾掇啥？人误地一时，地误人一年哩。田新仓不依，非要看看："听说是美国药材，种子长得啥模样啊？让俺开开眼。"余来锁说："种子正在休眠，不能打开。"田新仓说："扯啥淡啊？还休眠呢？没听说过。"余来锁说："这是名贵药材种子，你哪听说过呀？"田新仓说："那我看看包装啥样？"余来锁说："包装有啥看头啊，就跟你家装玉米的袋子差不多。"田新仓的好奇心就像冬天的茅草地，遇到火星，腾地一下着了："俺就看看包装就不中？用得着这么神神秘秘的吗？"田新仓闯进里屋，翻箱倒柜，找来找去，眨眼间，余来锁像是被抄了家。余来锁火了，上去就给了田新仓一耳光："到俺这儿耍光棍来了！滚出去！"

　　田新仓可不是省油的灯啊！他这人连死猫烂狗都吃，就是不吃亏。他走出余来锁院子嚷嚷开了："余来锁打人啦！余来锁骗大伙的救命钱，根本没买药材种子，都让他祸祸了！乡亲们，都上余来锁家要钱啊——"田新仓是啥嗓子？站在崖前冲着山谷喊两声，再躺在青石板上眯一会儿，醒来还能听到回音儿呢！这一喊，把村子里干家务活儿的娘们儿喊来了，把山上修梯田的爷们儿喊来了。人们都聚在了余来锁的家门口。

　　这是要出事啊！

十

　　余来锁家热闹了。院子里是人，门口也是人。人挤人，人挨人，白羊峪就那几十口子，差不多都来了。

　　范老井和儿子范德忠、儿媳李国芳来得早。说起药材种子的事儿，那可是范家少山和余来锁一块儿干的，如今，乡亲们都奔着这事儿来了，少山能脱得了干系吗？一家人知道少山上了北京，干啥？少山说去看杏儿，没说药材的事儿。你刚从北京回来，又折回去看杏儿？如今想来说不通啊！少山到底干啥去了？是不是药材的事儿啊？药材种子到底咋回事儿啊？咋见不到了呢？围着余来锁，范老井问咋回事儿，范德忠问咋回事儿，李国芳问咋回事儿，"白腿儿"问咋回事儿，那么多人都问咋回事儿。余来锁只说："咋回事儿？没咋回事儿。"人家问："种子呢？种子在哪儿？"余来锁说："被镇上农技站的刁站长拿去化验了。"田新仓说："他胡说！昨个儿俺见到刁站长了，他出村的时候啥都没带。"这下炸了锅了："俺们辛辛苦苦把攒下的棺材本钱都给你了，你把它祸祸哪啦？"田新仓说："指不定到哪个足疗店找小姐了。这半截子光棍憋了这多年了，见到小姐能不撒欢儿吗？"一听这话，余来锁的心火嗖地蹿到了脑瓜顶儿，差点儿把头发烧着了。余来锁扑向田新仓，那架势要把田新仓撕个粉碎。"白腿儿"吃不住劲儿了，说："余来锁不是那样的人，俺信得过他。再说了，这事儿他也做不得主。""白腿儿"的意思这不明了嘛，根子在范少山。这一点拨，人们都拥向了范老井、范德忠和李国芳。见不到种子，他们要把钱讨回来。余来锁大喊一声："钱是俺收的，跟范少山没关系。你们冲我来！"人们就又转向了余来锁。余来锁有点儿扛不住了。他说："这回去北京，俺把乡亲们集资款丢了，没能买成药材种子。最多三天，俺会一分不少地还给大伙！对不住乡亲们了！"余来锁说完，人们愣住了，现场静了。田新仓气没消，还得再踩余来锁两脚："就算你说的这事儿是真的，你拿啥还账啊？你个穷光棍拿啥还？对了，还有一块儿是村里的扶贫款呢？你还不上就是贪污！俺要去告你！"范老井咳了两声，田新仓不说话了。范老井说："买药材种子这事儿，我孙子少山也有份。钱丢了，俺们家和来锁一块儿担着。看乡亲们急，就不三天了，明儿个吧！乡亲们的钱是汗珠子摔八瓣换来的，欠了谁的俺都不落忍啊！"范老井边说边心里盘算，哪头鹿还能变钞票。范老井吐口唾沫是个钉儿，他的话信得过。这药材种子的事儿，余来锁自己个儿一直瞒着，一直扛着。他答应过少山，先守着秘密，他就不能说破；他比少山年岁大，做大哥的，就得护着小兄弟。范少山是白羊峪的指望啊，他一心要留下来，俺就得让他留得住啊，受点委屈算个啥？

就在人们打算散去时，这个节骨眼儿上，范少山来了，他身后还跟着杏儿。范少山说："乡亲们，俺一进村就朝这儿来了。这儿人多。人奔群儿，钱奔堆儿嘛。正好，有件事儿是俺对不起大伙儿，俺买的药材种子，受骗了，是假的。是俺先不让来锁大哥告诉乡亲们的，没别的，就是怕乡亲们着急。这事儿是俺的主意，责任在俺，俺来负。"余来锁说："俺也有份啊。"范少山说："来锁大哥，让你受委屈了。我这趟进京，一是去报案，要抓住骗子；二是取钱，把乡亲们的集资款和村里的扶贫款还清。俺在这儿，向乡亲们赔不是了！"余来锁打开厢房，从大缸里找出那袋假种子，欻地把种子倒在了院子空地上："大伙儿不是要看药材种子吗？这就是！"范少山说："就当买个教训吧！俺娘还嘱咐俺小心骗子，俺还想俺这脑瓜灵光，一不留神儿就被骗子骗了。结果呢？不说了。来锁大哥，拿出账本，把钱还给大伙儿！下回找准好项目，再请大伙集资。"范少山回头看看跟娘在唠嗑的杏儿，说："这是俺的对象闫杏儿。这件事儿得到了她的大力支持！"大伙儿一听都拍起了巴掌。这场闹腾，田新仓是针对余来锁的，看到余来锁这几天跟"白腿儿"有点儿黏糊，他气都顶到嗓子眼儿了，有点儿存心找茬。他跟范少山心里头没梗儿，如今咋下台阶啊？他就把目标转到了杏儿身上。他说："依俺看，在发钱之前，先请来自京城的美女、我未来的少山嫂子讲话！大家欢迎！"杏儿不怯场，人家在城里大街上跟男友的"小三"唇枪舌剑，那多少观众啊？杏儿说："乡亲们，你们可能不知道，这次买药材种子被骗走了五万元，其中三万元是少山自己的。"这一说，乡亲们都挺意外，和范少山的心挨得近了。杏儿又把少山遭了小偷、拍戏跳楼的事儿说了一遍。乡亲们都不住唏嘘。杏儿这趟来白羊峪，除了带钱，还要把范少山的"先进事迹"说出来。这事儿，范少山自己好意思说吗？就得别人说，你不说谁知道啊？谁念你的好啊？人可以吃亏，但得吃在明处；人可以不图财，但得图个名声。杏儿认定了这个理儿。

就在余来锁家的院子里，杏儿把钱给了余来锁，余来锁又按着账目发给了集资人。最后，范少山又把富余的三千块钱发给了乡亲们，算作大伙修筑梯田的务工补偿。人们自然眉开眼笑，回家了。

杏儿没有留下，范少山送她到银杏树下。杏儿对范少山说："少山哥，这事儿我帮你，其实也是帮我。你在家里好好陪陪爷爷，陪陪爹和娘，过两天就回昌平吧！你不是在农村干大事儿的料儿。你如果真放心不下乡亲们，等咱挣了钱，多给乡亲们贴补贴补。"杏儿背过脸去，流泪了。

看着杏儿走远，范少山一屁股坐在银杏树下，靠着银杏树，发起呆来，心里头不住地骂自己个儿："废物！废物！"

天擦黑儿的时候，范少山回到家里。范老井吃完饭去了鹿场，范德忠因儿子被骗走了钱生闷气，不想见儿子，也出去溜达了。李国芳正在油灯下用双脚织毛衣。李国芳说："儿子，锅里热着饭呢，端来吃吧。"她没有抬头看儿子，也没有看正在织的毛衣，她像是在想啥。范少山悄悄坐在炕沿儿上，看着娘的熟练动作。娘的左脚右脚各握着一根毛衣针，两脚相互配合，一会儿向上挑一针，一会儿向下挑一针，毛衣针在娘的脚趾间轻盈跳舞，就像游龙戏水。毛线团呢？在娘的身边跳跃着、滚动着，就像一只乖巧的小猫陪着娘戏耍儿。忽地，范少山看见了娘映在墙上的佝偻背影，他鼻子一酸，流下泪来。俺那苦命的娘啊！俺少山一定让你过上好日子！

李国芳抬起头，看着少山一笑："儿子，饭凉了，俺再给你添把火。"李国芳要下炕，被少山拦住了。他去了外屋端来饭菜，吃起来。李国芳继续织毛衣。她说："还乡亲们的钱，都是人家杏儿的吧？真是打着灯笼都难找的好闺女啊！人家一个人回去了，她心里头多难受啊！这白羊峪啊，在你的心里头真的比杏儿的份量还重吗？"

范少山不知说啥好。他回答不了这个问题啊！

白羊峪都是山地，贫瘠，但地多。因为好多人家搬走了，地带不走，只能抛下，撂荒了。剩下的村民也不愿多种地，打点粮食，收点儿土豆，能吃饱肚子就中。就凭这山地，还能种出金子来？搬走的人家，都签了字，这些个"责任田"自愿放弃。要那破地干啥？躲还躲不及呢！

范少山觉着地多是宝。他和余来锁商量，这些个地连成片，拾掇拾掇，种试验田。试验成功了，全村推广，大伙都沾光。说干就干，范少山和七八个壮劳力一起出工，很快，几大块试验田就像画儿一样描出来了。"春雷响，万物长"，眼瞅着惊蛰就要到了，该春播了。范少山和余来锁去了镇上，要来了种子和肥料，发到了村民家里。往年村民都是用自家留的种子。有的人家粮食不够，就吃种子，开春时剩多少就种多少，一年下来稀里糊涂。"会哭的孩子有奶吃。"有的事儿就是这样，你不提不道，人家能想着你？范少山向余来锁提到了向上面要种子的事儿，去了，也没费多少口舌，人家就给了。一些村民老弱病残，种不了地，范少山和余来锁就组织人去帮工。五奶奶家的玉米和土豆，都是少山和来锁种的。大军从家里拿来了热茶，给少山和来锁倒上，蹲下身，笑嘻嘻看着两人喝。又噌地站了起来，欻地立正，大喊一声："敬礼！"把一个标准的军礼送给了帮助他家的好心人。

种子埋进土里，就等年景了。长了庄稼，能让白羊峪人吃饱肚子，最好还能换点零花。

庄稼人，土里刨食，还能咋样？

第四章

——

梦里的金谷子，你在哪儿？

十一

范少山可不这么想。白羊峪是得在土地上做文章，还要做大文章。要不，俺回来干啥？

这天夜里，睡在爷爷的鹿场，范少山做了个梦。梦见自己睡在金黄的谷子地里，谷子的叶子被风吹得沙沙响，叶子像猫尾巴撩拨着他的脸，小米的香气把他熏醉了。他多想看看这个天地，一个鲤鱼打挺爬了起来，不禁啊了一声。这儿就是白羊峪！谷子簇拥着那两棵银杏树，包围了乡亲们的房子，拥向了山野。谷子像流水一样在撒欢儿，像万马千军在冲杀，很快，满山遍野都长满了金灿灿的谷子。他蹦啊跳啊，追着谷子的潮头奔跑，却怎么也追不上，脚下一绊，扑倒在了谷海里……范少山醒了，天还没亮，他就看着黑洞洞的房梁，再也睡不着了。咋会做这个梦呢？那么好的金谷子，你在哪儿？

天亮了，他才跟爷爷说起自己的梦。爷爷想了想，一拍大腿："这就对了！就在咱脚下这片山地，当年种的都是金谷子啊！"

金谷子有稀奇，那是白羊峪一带的特产。白羊峪早年就是种谷子的，这儿出产的金谷子名声在外啊！不就是小米吗？还能好吃到哪去？范老井说："了不得！当年皇宫里的小米都是白羊峪供着。皇上都稀罕这口儿。那叫御膳啊！"说到金谷子，范老井也搂不住话了。他说："孙子，不瞒你说，前两年俺还梦见咱白羊峪又长出了金谷子！"

范少山说："爷爷，俺咋没听说过啊？种子呢？"

范老井说："没啦，没啦！"范老井摇摇头，叹一声。

金谷子祖祖辈辈传了下来，到了"文革"咯噔一下断了。从布谷镇上来一帮红卫兵，在白羊峪破"四旧"。白羊峪一个兔子不拉屎的地方，能有啥"四旧"啊？随你们一帮臭小子找去。不想红卫兵个个"火眼金睛"——找到了！啥？金谷子！金谷子过去是皇帝老儿的好嚼谷儿，这不是"封资修"是啥？红卫兵冲进仓库搬出两麻袋来年种的金谷子种子，放在当院就点着了。范老井那时候年轻，是生产队长，为了救出金谷子，拼了性命往火里冲，火烧得金谷子噼噼啪啪响，小米爆裂出的香气飘满了白羊峪。红卫兵都背着枪呢！有人抡起枪托朝着范老井的腰打了两下，范老井被乡亲们给拽了出来。他望着苍天呼喊："俺的金谷子啊——"乡亲们只得眼睁睁看着谷种烧成了一堆灰儿，一阵风刮来，灰儿被卷起，飘上天空，黑了白羊峪半边天。因为保护"封资修"，范老井去公社办了三天"学习班"，生产队长也给撸了。

说起来是个寒心的事儿。老辈人都不想再提起，小辈人被蒙在鼓里，谁又知道金谷子的事儿呢？知道了又能咋样？有用吗？

范少山这一梦，觉着金谷子就在他的心里头发芽了。他刨根问底，要知道咋回事儿。他去县城图书馆，搬着一大摞书查资料。翻了又翻，看了又看，后来在《金安县志》上找到了。上面说康熙年间，康熙帝策马郊外巡游，突见万顷谷田中有一片与他处不同。咋不同？其他地方的谷子是土黄色，只有这片儿黄得耀眼，黄得高贵，就像铺了一片黄灿灿的金子。黄色是啥？这讲究多啦！在"五行"学说里，它代表中央方位，因为中央属土，土为黄色。这就得从古代农耕民族的"敬土"思想说起，长啦。黄色作为最高贵的颜色，当然得君王独有。你看皇帝穿的龙袍是黄色的，圣旨是黄色的，皇宫里的装饰摆设也大都是黄色的。一句话，黄色就是君权神授，神圣不可侵犯。老百姓你敢穿件黄色衣裳吗？你这是谋反，那可是杀头之罪呀！咱再说康熙见了这片金灿灿的谷子，能不龙颜大悦吗？他走到近前，伸手掐下一小朵谷子，在手心搓了搓，轻轻吹去谷壳，黄澄澄的小米便呈现在皇上的眼前了。康熙低下头，将鼻子凑近掌中的小米，闻了闻，一股沁人的清香涌入了他的心底，他情不自禁地说了声："真香啊！"好米啊！康熙把一撮小米搁进自己的嘴里，尽情地嚼着，不住地说："香！香！"你说这谷子，有皇上稀罕的颜色，又有皇上夸奖的口感，这出息大了，就成了贡品了！就像一个乡野的小黄毛丫头，昨个儿还挖野菜呢，今儿个就进了皇宫了。且慢！不是说康熙是在郊外策马见着的金谷子吗？这郊外咋说也是个一马平川的地方吧？打八竿子也跟燕山的白羊峪不挨边啊？这金谷子咋就落户到了白羊峪呢？这里头还有事儿呢！那金谷子不是长在平原吗？平原上五里一乡，三里一村，人多眼杂，一村的寡妇偷男人，全乡都知道了。皇上要吃的金谷子，哪能让土老百姓知道呢？再说了，平原上，一眼能望出七八里地去，皇上围起的贡米，谁看不见？草民见惯了：就这个呀？俺家前几年常吃。皇上能吃你草民吃过的米吗？皇上的事儿，还能让你小小草民知道？有人买了那片金谷子，出的高价，卖家也不知咋回事儿，反正多了几倍的银两，偷着乐。皇宫要把金谷子的营田选在一个有风水、宜生长的僻静处。风水师、农业专家等在离京城三百里内寻找，最终选定了白羊峪。白羊峪有山有水有长城，土质适合谷子种植，这里民风淳朴，三面是山，中间是平地，既僻静，又安全啊！就这样，金谷子在小小的白羊峪扎根、拔节、抽穗了。

这都是老辈子的事儿了。皇上得意金谷子，那小米能不好吃吗？但说有啥营养元素，没记载。那时候还没如今这手段，皇宫里也没有化验室。范少山复印了资料，回到家就去找余来锁。余来锁说："金谷子听说过，没见过。从中医来说，小米味甘咸，有清热解渴、健胃除湿、和胃安眠等作用。《本草纲目》里讲，小米治反胃热痢，煮粥食，益丹田，补虚损，开肠胃。按说金谷子应该比一般的小米的营养价值高。对了，你问这干啥？"范少山说："这么好的东西可惜了。俺想找到金谷子，重新种在咱白羊峪的土地上。"

余来锁说："梦话！"

范少山的"一根筋"又弹了起来。他为啥非要找金谷子呢？这事儿还要从认识农大的孙教授说起。前面说过，少山在北京昌平卖菜时和孙教授结了"忘年交"，两人无话不谈。有一回范少山提起外国种子食品，老人一听，两手不住哆嗦，一向说话慢条斯理的他声调高了："太可怕了！我看了资料，中国百分之七十的大豆，百分之九十的蔬菜是从国外公司购入的，这些种子大多是外国的！外国种子种的水稻、大豆、玉米中的各种农药含量都远远高于天然农作物的千百倍！甚至更多！种子坏了，人能好吗？这样的食品能引发癌症等多种疾病！真让人既气愤又痛心啊！"范少山还是头一回看到孙教授这么激动，头一回听说外国种子这么坑人。后来，范少山问："啥种子好？"孙教授说："还是咱中国的老种子好，养了咱中国人五千年啊！"在白羊峪，范少山开了试验田，就是要种老种子，种咱自己种子的庄稼。这回春耕，给村民去镇上要种子，他打听到不是外国种子的才能装车。就是这样，他的心也悬着呢！是不是外国种子你看得出来吗？还不凭着刁站长上嘴唇碰下嘴唇？范少山觉着刁站长是农业部门"圈子"里的，往后找种子的事儿不能告诉他。

范少山非要把金谷子的事儿弄清楚，再去找种子。他隐约觉着金谷子的种子能找到。那你先找种子不中吗？你查来找去，得知金谷子比唐僧肉还营养，结果呢？种子没找到，有啥用啊？再说了，这都几十年啦，就算找到还能发芽吗？俗话说：陈谷子烂芝麻，能保存个三年五载的就不错了，你这不瞎耽误工夫吗？范少山就是不按常理出牌，他有他的道理：他得先知道金谷子金贵不金贵，值不值得去找。他给孙教授通了电话，让孙教授帮忙提供金谷子的有关资料。孙教授是"中国反外国种子联盟"的成员，听范少山提到老种子，自然高兴，一头扎到了大学图书馆。三天后，范少山在山下布谷镇接到了孙教授发来的一份传真。这是一九六五年的资料，上面显示了对金谷子小米的检测结果。上面说，色氨酸含量比普通小米高多啦！色氨酸是啥？管调节睡眠的。金谷子含铁量高，是大米的三到四倍，含磷、钾也不含糊，能补血、能健脑、能降压。这儿还有呢，金谷子有益五脏健康，充津液，壮筋骨，长肌肉，有补肾气、益腰膝的功效。最后说，特别是体弱多病的老人、虚寒体质的产妇，喝金谷子小米粥胜过喝人参鸡汤，是最好的滋补佳品。

拿着这份资料，范少山蹦蹦跳跳，像个拿到压岁钱的孩子。到了村子，他就挨家挨户问："五奶奶，您家还有金谷子吗？"五奶奶说："啥？金谷子？有那玩意儿我没牙少口的还用嚼玉米子？""七爷爷，您老知道谁家还有金谷子吗？"七爷爷看看天："飞啦，飞啦！""飞啦？金谷子还能飞？"七爷爷淡淡一句："化成灰不就飞了嘛！"

范少山在银杏树下哭了一场，哭得鼻涕都下来了。他说："这么好的金谷子咋就说没就没了？这可是中国老祖宗留下来的好种子啊！这帮败家的红卫兵祸害人，祸害文化，还祸害种子，你这不是让百姓的嚼谷断了根吗？"银杏树听了他的哭诉，哗啦哗啦甩着叶子。

一年之计在于春。春天是不等人的。土地像张着小嘴要吃奶的孩子，你总得给它喂点吃食。在范少山看来，种子绝不能是外国种子的，就像奶粉不能含三聚氰胺一样。春雷响起，惊了万物，也惊了范少山的心。

他打电话给杏儿。上回假种子闹的，杏儿心里头不快活，但这个贵州姑娘了解范少山，知道他认准的事儿九头牛也拉不回，只能依他。再说了，她也稀罕上范少山这人儿了，认定他就是一匹撒欢儿的小马驹，在外面跑两圈儿，尥尥蹶子，还是要回到马厩里来。杏儿想起了自己个儿当初在北京工作时，在三里屯的俄罗斯饭店打过工，那里的土豆原产地就是俄罗斯，绝对的非外国种子。范少山一听，乐了，眼下正当种土豆的季节。来了瞌睡，正好飞过来一枕头。

范德忠也来了。范德忠为啥来？他琢磨琢磨就明白了。他拗不过儿子，那就干脆帮他把事情干成。毕竟北京的家业没丢，还在呢！还有，乡亲们都看着呢！他当爹的能眼睁睁看着儿子把事情搞砸了？余来锁没来，他接到一个通知，说是有出版社要出他的诗集，跑到镇上打印稿子去了。到了北京，范德忠的两只眼睛不够用了，看啥都新鲜。长这么大，进城只去过两趟唐山，那还是生产队的时候，买过化肥。北京，只是梦见过天安门。站在广场，杏儿用手机给未来的公爹照了不少相，范德忠龇着大牙笑，门牙少了一颗，另一颗也被迎面的风吹得晃荡。

在三里屯俄罗斯餐厅，范少山他们见到了俄罗斯原种土豆，确实不一般。那土豆颜色深，表皮疙里疙瘩，就像年轻小伙儿脸上长了粉刺。削皮时，看到内瓤还是黄的，一转眼的工夫就变了，成深颜色了。范少山随身带了个外国种子土豆，一比较，就看出来了，这土豆油光水滑，生得好看，像个"小鲜肉"。削了皮看，还是那个颜色。范德忠说："假的东西，总是好看。"这一幕被老板看到了，惊得张大了嘴巴。他没想到自家的东西这么好。老板是俄罗斯人，也是个有心人，全程录了像，他要在大厅的大屏幕上播放，招徕顾客，报酬是请范少山他们在这儿吃一顿。伏特加酒烈，范德忠的话多了，就跟白羊峪夏天山谷里的蚊子似的。当爹的能干啥？私下里对儿子连呲带数落，当外人的面能夸成一朵花。老板说："老同志，你不是为了向我赞美你的儿子来的吧？"这老板六十多岁了，还有着苏联那个劲儿，一口一个"同志"的。范少山接过话，说明了来由。人家俄罗斯老板对你白羊峪乡亲的贫苦，对你范少山回乡创业，对你买了假种子等等，都不动心，人家就对自己个儿的餐厅花心思。我家乡的土豆这么好，卖给你做种子，弄得遍地开花，能不耽误我的生意吗？对不起，到了俄罗斯餐厅才能吃得上俄罗斯土豆，在别处，你想吃也吃不到，想去呗！"土豆不卖！"老毛子四个字，把范少山怼了回去。杏儿不依了。非要老板把录像销毁，不能播放。老板笑了，指着饭桌说："同志，我已经付了酬劳。这也有录像。"杏儿也笑了："老板，我们拼酒怎么样？我赢了，你就卖我土豆。"老板说："我不喝酒，只喝白水。"杏儿说："你不喝酒还算男人吗？你不喝酒还算战斗民族的男人吗？"一听杏儿说自己个儿不是男人，老板火了，嗖的一下站了起来："这位女同志，不，你不是同志。你不能这样侮辱我！请你出去！"杏儿没想到这老毛子不仅霸道，还开不起玩笑。"我说你不是男人，你就变成老太婆了？这哪儿跟哪儿啊？"范少山连忙道歉。不想上来两个保安，就把杏儿往外拖。杏儿在挣脱中崴了脚，哭了。老板也慌了，大声呵斥保安："你们懂不懂尊重女同志？"杏儿岂是省油的灯？崴了脚，还掀翻了一张桌子。

不欢而散。土豆没买到，还多了个伤员。范少山送杏儿回了昌平的住处，范德忠却留了下来。死皮赖脸了，反正你不卖俺土豆，俺就不走。干啥？不说话，扫地，擦桌子，抢了小服务生的活儿。老板不理他，也不敢让保安轰他，怕影响形象，还给了他一套工作服。俄罗斯土豆疙疙瘩瘩，削土豆机削不利落，毛毛糙糙。范德忠就进了后厨拿起刀子手工削。范德忠一只手咋削啊？他用下巴抵着土豆，斜着眼睛削土豆，一只手来一只手去，干净利落，就像玩儿杂耍，老毛子都看呆了。

再说范少山和杏儿，回到家，范少山帮着杏儿热敷崴肿了的脚腕子。少山心疼杏儿，眼里转泪耗子。他说："俺真是废物，啥都干不成，还连累了你。"杏儿说："我真拿你没办法，只能依你。唉！爱情是什么？就是没病找病。"范少山想着老爹咋样了，他知道多嘴皮子不利索，却有着软磨硬泡的本事。每回惹娘生气，都是觍着脸向娘讨好，捶背、洗脚的事儿没少干，总是哄到娘开心为止。这回爹要留在俄罗斯餐厅，也是爹的计策。爹对他说："土豆的事儿就交给我了，你好生照顾杏儿。"

杏儿崴了脚，不能出门。范少山又去了菜市场卖菜。在这里，他又见到了乐亭县的雷小军。雷小军问他："听说你回老家了，怎么又回来啦？"范少山没说那些糟心的事儿，嫌丢人，就随口说："进城待两天。"雷小军说："如今大学毕业生回乡创业有政策啊，可以申请小额贷款和享受税费减免，你得把政策用好。"范少山挠挠头："我就一农民工，没上过大学，哪能跟你比呢？"雷小军说："那你也得寻求政策支持。不然没钱怎么办事儿？"这句话倒是提醒了范少山。他想，自己个儿靠卖菜那俩子儿，乡亲们手里也没钱，咋办啊？能贷款当然好。

范德忠在俄罗斯餐厅干了七天，削土豆下巴肿了。老实巴交的范德忠心里有主意，就是演一出苦肉计，让老毛子瞧一瞧。老毛子也不是铁石心肠，也有动情的时候。最后，他握住了这位中国残疾农民的一只手："同志，我服了！"老毛子讲理，你做工我付你报酬，给你最想要的。两箱子土豆多少？一百斤！范少山激动地抱住了老爹："爹，你真是我亲爹啊！"范德忠说："用验那啥不？对了，DNA。"回到村，乡亲们把土豆种在试验田里，乐乐呵呵地等着结成果实。范老井说："也不知老毛子的土豆面不面。"范德忠说："爹，我吃了，又面又香。"

十二

种了土豆，还有田空着。范少山牵挂金谷子，缠着爷爷范老井回忆金谷子的事儿。范老井叼着烟袋，一口接一口抽，后来就吧唧得欢了。范少山知道，这是爷爷想起啥事儿来了。爷爷就这习惯，一激动，抽烟的速度就加快了。范老井说："当年你老姑奶奶出门子，带走了十来斤金谷子，那是嫁妆。"范少山忙问："老姑奶奶嫁到哪儿啦？"范老井说："虎头村，对，虎头村。""虎头村在哪儿啊？"范老井又说："涉县，对，涉县。"涉县？那是太行山区啊。一个燕山，一个太行山，远啦！老姑奶奶出嫁后就没走动了，也没个音信，是死是活都不知道，更不知道那金谷子能不能传下来。老姑奶奶嫁的也是穷人家，或许早就熬了小米粥喝了呢。

范少山就这邪性劲儿，要去虎头村。余来锁心情不好，那边说是给他出诗集，寄了诗稿，汇了两千块钱，这事儿就没影儿了。打那边电话是空号，气得他把那破手机摔了。得知自己个儿上了当，余来锁的嘴唇起了一圈儿燎泡，不敢出门。他本想跟范少山一块儿去，这下倒好，见不得人了。范少山从镇上买了个新手机，给了他。眼下，余来锁是白羊峪的"定盘星"，没手机咋和他联系？范少山宽慰了几句，出门了。

范德忠又跟来了。范少山不想再劳烦老爹，可也不好说啥。你范少山没爹成吗？俄罗斯的土豆能种在白羊峪的地里吗？爷儿俩坐火车去了涉县。火车上，范少山问爹："老姑奶奶咋嫁得这老远啊？"范德忠说："当年咱村的山下驻着军营，你老姑奶奶年轻，水灵，长得俊，也爱打扮，常常下山去买个针头线脑，买个胭脂雪花膏啥的，那些个兵蛋子看到她眼都直了。后来，老姑奶奶就跟一个当兵的好上了。再后来，当兵的复员回家，就把你老姑奶奶带走了，去了涉县。"范少山说："那是哪年？"范德忠说："'大跃进'那年份吧？对，军营里头也炼过钢铁。老姑奶奶没有嫁妆，是拎着半口袋金谷子走的。"范少山说："爹，您老说这金谷子还在不？"范德忠说："难说！有也烂了。俺就是看你咋死了这份心！"范少山知道爹对他找金谷子的事儿不乐意，可爹还是陪他来了，他能理解当爹的一片苦心。

虎头村不难找。范少山从网上搜了，就在山脚下，好像涉县的村庄都在山脚下。这里四面环山，随便抬头看一眼就是石头。老姑奶奶还在，身板硬朗，都快八十岁了，说话弦儿还高，还是白羊峪口音，还认得范德忠，叫他小名"忠头"。范少山买了糖炒板栗，送给老姑奶奶，老姑奶奶牙口好，一个没掉，一连吃了好几个，一个劲儿地说好吃。范少山对老姑奶奶毕恭毕敬，看着老人一张菊花盛开的脸，想着当年那个白羊峪的姑娘，死死活活爱上了一个军人，不惜和他远走他乡。老姑奶奶最懂爱情，白羊峪人最懂爱情。可老姑爷爷呢？却没能陪她走完一生，八年前被埋在了山冈上。说起丈夫，老人说："老了，谁先走谁享福。"老人指着挂在墙上镜子里的照片说，"你老姑爷爷，年轻时挺精神的吧？"照片上的老姑爷爷穿着军装，手握冲锋枪，望着远方。老姑奶奶摸了一下老姑爷爷的脸，笑眯眯地说："你在那边孤零零的，不知道过得好不好，啥时想我了，叫我一声。"

金谷子呢？有！范少山的心怦怦乱跳，像被老鹰追着的兔子。老姑爷爷也是个多情人。媳妇过门，唯一的嫁妆就是半袋子金谷子，他能舍得吃吗？那可是他和老姑奶奶的爱情信物啊！他就把这金谷子种在了自家院子里，把院子染得金黄金黄的。每年留下种子，一家人吃小米，做小米粥，小米南瓜粥，小米红薯粥，小米干饭。第二年又种下了一院子的金谷子。就这样，种了一年又一年，金谷子只有一院子。有乡亲要种子，老姑爷爷只给小米。种子自己留着。那是他和媳妇的定情物件儿，能随便给别人吗？就这样自己种，几十年都没跑到别人家的地里去。乡亲们也习惯了，反正能吃到小米，谁还种地呀？老姑爷爷和老姑奶奶恩爱，当金谷子长起来的时候，两人坐在谷子地前，拉着手听谷子的拔节声儿，看风吹过摇晃的谷穗，听着看着，这日子过得舒坦。有了儿女，又有了孙子外孙子，老姑爷爷老了，头发白了，背驼了，他还在种金谷子。儿女不懂，孙子不解。好好的院子种点黄瓜、茄子、西红柿多好，能吃个新鲜，谷子有啥用？能值几个钱？有两年他不种了，院子交给了蔬菜。老姑爷爷睡得不安生，时常半夜醒来，坐在门口，看着院子里的景儿，他看到了一片沉甸甸的谷穗，走过去摸摸，却是一根黄瓜。老姑爷爷种金谷子，就是经营爱情，就是经营幸福。后来，老姑奶奶对儿孙发话了："俺的院子俺做主，种金谷子！"就这样，老姑爷爷种了一辈子金谷子，金谷子也一辈子没离开他家院子。后来，老姑爷爷种不动了，死了。老姑奶奶把金谷子都给老姑爷爷带了去，埋在了坟地里。老姑奶奶说："他稀罕了一辈子金谷子，就随他去吧！俺不想见了，也不想吃了。"

这么说，金谷子成了老姑爷爷的陪葬品？这可咋好？牛成是老姑奶奶的儿子，有点憨，三杠子轧不出一个屁来。牛成说："还有一点小米，你们要不？"老姑奶奶说："都拿去，眼不见心不烦。"范少山偷着问牛成："就没剩下金谷子？"牛成说："都给俺爹了。俺娘不让留。""金谷子是咋埋的？""装进瓦罐里了。"范少山想种子刚埋了八年，而且在瓦罐里，一准儿没有腐烂，还能发芽。范少山想干啥？开棺取种？听了这主意，早就不耐烦的范德忠急了："你疯啦？那是人干的事儿吗？自古挖人家坟就是缺德冒烟儿的事儿，你想让你爷爷、俺和你娘不得好死啊？"范德忠一把拽过范少山，要他滚回家，"别在你老姑奶奶跟前丢人！"

范少山掉泪了，对老姑奶奶说："老姑奶奶，俺不是为了自己个儿，俺是为了咱白羊峪的父老乡亲。俺知道，老姑爷爷爱了一辈子金谷子，他爱的是您老人家。让金谷子回到家乡，回到你们相爱开始的地方，他在九泉之下也会点头的。"老姑奶奶挺平静，看不出心里头有啥波澜，她对儿子牛成说："牛成，你爹死的时候，陪着你爹去的是小米不是？那可不是种子，种子带着皮儿呢，多糙啊？你爹没牙少口的嚼得动吗？为了你爹吃着香，我还把小米放进锅里炒了。

记得不？"牛成的脑子不会转弯儿，不懂娘的意思，说："不是小米吧？"见娘冲他使眼色，忙说，"对，是小米，还炒了。"范少山明白，这是老姑奶奶拿话给他听呢。用金谷子陪葬，让老爷子带上天堂，是老姑奶奶的主意，她要让金谷子从此在人世间绝种，只留给一个爱了她一生的人，这是多大的情分啊！你范少山能拿得走吗？

"趁早死了这份心！"回来的时候，范德忠数落儿子一路。范少山一个劲儿地跟爹解释："爹，俺跟你提起过农业大学的孙教授，他跟我说，外国种子祸害人，还是我们中国人自己的老种子好，绿色、环保。今儿个俺们白羊峪人要吃饱，明儿个有钱了要吃好！绿色环保的东西最金贵，祖宗留下的金谷子更金贵。"

范德忠说："吃好环保是人家城里有钱人的事儿，俺们白羊峪人吃啥不行，能护住心口就念佛啦！"范少山说："凭啥俺们白羊峪人就低人一等？俺们不仅吃好的，还要把粮食高价卖给城里人！爹，跟你这么说吧，若是金谷子能重新生长在白羊峪，那就是一项重大发现，说不定能上报纸呢！"范德忠说："你就吹吧！不就是谷子吗？又不是金矿。"范少山说："就是金矿。"

春天走得慢，夏天来得急。夏天就像个物件儿，咣当一声掉下来了。老天爷眷顾白羊峪，夏天一来，雨水不断。地里的俄罗斯土豆秧喝得欢实，玉米苗也都解了渴。范少山站在雨中，看着俄罗斯土豆秧的绿叶被雨水淋得油光油光的，想着地下的土豆一圈圈长大，嘴里禁不住哼起了歌。他用手机拍了照，发给杏儿。杏儿回复他一篮子辣椒。

自打那场梦之后，范少山就再也没放下金谷子，心里头老想着虎头村，想着老姑奶奶，总想着再去一趟。夏天田里活儿多，要锄草，要施肥，爹娘老了，只有一只手，你当儿子得为他们分担不是？况且俄罗斯土豆来得不易呀，你得看着它长啊。还有五奶奶和大军的地，他也要伸手，不然就荒了。对了，白羊峪还有果园，每家都有几棵果树，就是结的果蔫巴巴的，人们也不愿意拾掇，反正也卖不了几个钱。今年不同了，范少山找来刁站长，帮着管理，树上结了不少果儿，乡亲们笑得嘴都合不拢。顺便插一句，刁站长也看了试验田里的俄罗斯土豆，前头说过，这事儿是瞒了他的。他说："当初你们没找我就对了，我只能给你们外国种子。"又说，"少山你有心了，俺不如你。"

一立秋，风就凉了。凉风一吹，催着庄稼熟。白羊峪是山地，石头满地跑，庄稼有的地块好，有的地块赖，就跟人的脑袋长了斑秃似的。好在今年种得多，加上雨水好，看样子能吃饱饭。范少山按捺不住，先挖了两个俄罗斯土豆，还带着泥土呢，就装进口袋往家跑，他要给爹看看。这老毛子的东西能在白羊峪生根，毕竟是老爷子的功劳。老爷子在俄罗斯餐厅熬了七天，容易吗？

秋雨沥沥。阴雨天爹娘都遭罪，丢掉了的三条胳膊这老天还对老公母俩不依不饶，膀子隐隐作痛。咯噔一下，膀子和胳膊断了血肉联系，它们是亲人，能不疼吗？爹是条"死"胳膊，疼劲儿小，但两条腿有风湿，也不轻松。娘呢？她得强忍着，忍着忍着，多少年头过去了，也习惯了，坐在热炕上，照样做活儿。这当口儿，娘正靠着叠好的被织毛衣呢。范少山问："娘，俺爹呢？"娘说："在西屋呢。那屋炕热。爆着老寒腿呢！"娘看到少山高兴地捂着口袋，说："捡到金镶玉啦？"小雪跑过来，缠着范少山，要看口袋里有啥好玩的。少山两手从口袋里掏出两只泥乎乎的东西，小雪吓得躲到了一边："这是啥呀？真脏。"娘说："这就是俄罗斯土豆啊？怎么长得跟泥似的？"范少山把土豆洗干净，露出了一张老毛子的脸。他要去给爹看看。娘说："让你爹消停会儿吧。"范少山一愣："娘，咋啦？"娘说："听见你爹喘粗气了，正疼着呢。"范少山没说话，出了门去了余来锁家，抓药。余来锁说："你爹是老风湿了，知道不好治，也不用药，硬扛着。庄稼人，哪像城里人得个伤风感冒都去打吊针？小病拖，大病扛，危病等着见阎王。"余来锁拿出了自制的膏药，让范少山回去给爹贴上，能缓解疼痛。范少山掏出土豆让余来锁看，余来锁不好意思了："这都是你们爷儿俩干的，我这村民小组长也没帮上忙，惭愧呀！"

帮着爹贴膏药，爹有点难为情："真是老了，哪块儿都得用人。"范少山说："爹，你这是啥话，这不是俺分内的吗？"安顿好爹，范少山就把口袋里的土豆掏了出来："爹，这是您弄来的俄罗斯土豆，长了一地，天儿一放晴，咱就收了。"范德忠伸出一条胳膊，一把抓住土豆，喃喃说："一模一样，一模一样。"范德忠一准是想起了当初在俄罗斯餐厅削的土豆，他紧紧攥住土豆，放在鼻子下闻了闻。闻着闻着，范德忠眼里闪了泪光，他忍住泪水，不能在儿子面前流下来。范德忠说："谢天谢地，谢天谢地！让白羊峪安康吧！"范德忠把土豆放回范少山的手里，土豆已经热了，上面一层汗水。范德忠问："这土豆打算咋处置？"范少山说："给乡亲们分一部分，留足种子明年扩大种植，把这非外国种子土豆打到市场上去。下一步，俺想接着种非外国种子的庄稼，关键是找老种子……"范少山赶忙收住话，差一点儿把金谷子三个字秃噜出去。老爹膀子疼腿疼，你还能让他再心疼吗？反正范少山心里头已打定主意，再去一趟虎头村，这事儿不能让爹知道。

这阵子，范少山常常抽空下山，到山下的几个村打听金谷子的事儿，连个影子都没有。都说毁了，绝了。收了秋，就是寒露。没几天，早起就见了霜。这转眼就进了冬天的门儿。冬天能干啥？闲了，串门，猫冬。范少山说是进城看看杏儿，看看生意咋样，走了。到了昌平，直接奔菜市场。天一冷，城里人也不愿出门，菜都备下几天的。杏儿的菜摊前没啥人，她正坐着看书，《神雕侠侣》。杏儿喜欢武侠作品，小说、影视都爱看，这本关于杨过和小龙女的故事，她看了十来遍了，看不够。有一回，生意上的事儿搅得杏儿心事不宁，对范少山说："咱俩闯江湖，走天涯吧，就像杨过小龙女那样。"范少山说："哪都好。就是杨过一条胳膊，俺家又得多个残疾人。"杏儿被逗笑了。在北京，杏儿一有烦心事儿，范少山就说话逗她，杏儿一笑，烦恼就没了。过日子不就是这样吗？哪有那么顺风顺水的。每天都有烦心事儿，你得想开喽，一笑解千愁。女孩有一个逗你笑的男朋友，运气差不到哪儿去。

杏儿一愣："吓我一跳，跟从天上掉下来的。"范少山嘿嘿笑："想你了呗。"杏儿说："我正看到小龙女等杨过回家呢，你就到了。也不打个电话，搞突击，你是来查岗的吧？看我身边有没有高富帅？"范少山又笑："哪儿？手机没电了。"这可是实情。白羊峪没电，咋用手机？范少山带了十个充电宝，平常关机，有事儿才敢打开，和杏儿通话也不敢超过三分钟。有时下山，就在畜牧站把充电宝充满。在电都到不了的白羊峪，享受点儿现代文明容易吗？

收了摊儿，回家。天还没黑透，两人就亲热了一番。完事儿了，杏儿才闻着有味儿，踹了范少山一脚，催他去洗澡。范少山说："刚才你咋不嫌？"杏儿羞答答地说："刚才哪顾得上啊……这都好几个月没见面了。"范少山带来了家乡产的俄罗斯土豆，带来了一小袋金谷子小米，那是从虎头村带过来的。回来的第二天，全家人吃了一顿小米干饭，香气飘满了屋子。范老井连说："多少年的老味道，找回来了。你这老姑爷爷真是个好人啊，走了，可惜。"剩下的小米，李国芳让少山带到北京给杏儿尝尝。杏儿抓了一把米，看看，又放在鼻子尖，闻闻。说："奇了，这就是当年皇上吃的？我们吃了不成皇上了？"范少山说："你是皇后。"杏儿说："你是皇上啊？看把你美的。"杏儿舍不得吃。后来她给远在贵州的父母寄去了。她说："吃了又不能多块肉。"范少山说："你就怕多块肉，还得减肥。"

范少山回昌平看杏儿，正处对象，亲热亲热，唠点嗑儿，这都不是正事儿。正事儿是啥？他要从这儿去涉县的虎头村，去看老姑奶奶，去找金谷子。这事儿不能让爹知道，他还想着你进了北京城呢！哪知道咵溜儿一转身去了太行山了。范少山要一个人去，杏儿要跟着。反正这几天生意寡淡，正好出去看看，顺便也能照应照应少山。反正范少山在跟前，杏儿心里头踏实。范少山给老姑奶奶带了白羊峪苹果和北京烤鸭，城乡结合。当然，还有别的。

这一趟，能找到金谷子吗？那是开棺啊！老姑奶奶能答应？

十三

范少山想好了。这回去不演苦情戏了，就是哄老姑奶奶开心，啥都顺着老太太，只要她高兴。她高兴了，兴许就答应开棺取种的事儿了。

老姑奶奶稀罕啥？看驴皮影，听大鼓书。这些，难不住范少山。燕山一带谁没看过唐山的驴皮影啊？谁没听过乐亭大鼓书啊？这都是山乡古老的文艺活动。范少山小时候还去布谷镇看过、听过，他稀罕，记住了。这些年，唱皮影的、说鼓书的没了，都去干了赚钱的营生。少山在小时候记住的几段，还没丢。范少山带来了几个皮影人儿，借着灯光，在白墙上耍来耍去，嘴里还冒出几句皮影道白。围了一屋子的人看热闹，逗得老姑奶奶前仰后合。范少山带来了一副铁板，那是乐亭大鼓的道具，打起来当当响，他敲着老柜板唱了一段《双锁山》：

> 陈桥兵变炎宋兴，南唐北宋起战争
>
> 赵匡胤兵伐寿州地，就与南唐大交锋
>
> 两军阵前打了一仗，南唐败阵北宋赢
>
> 不料想中了南唐的空城计，只困得里无粮草外无救兵
>
> 有一位东床驸马高怀德，匹马单枪苦战争
>
> 寡不敌众难取胜，失机败阵退回城
>
> ……

老姑奶奶听得如痴如醉，一个劲儿抹眼泪儿。

第二天，老姑奶奶对牛成说："挖坟开棺！"

老姑奶奶发话，一家人谁敢说个不是。儿子儿媳、孙子孙女都点头。

挖坟开棺，这讲究大了。死者入土为安，哪是坟头说挖就挖，棺材说开就开的？范少山说："老姑奶奶，一切按咱这儿的风俗来。花销俺们出。"按照虎头村一带的风俗，要出一头活羊祭奠亡灵，要在坟前高搭灵棚，要亲属戴孝，要吹鼓手吹吹打打。

老姑爷爷的坟在山上。山上有棵老槐树，坟头就在树下。这天，喇叭响起，先是一头山羊被尖刀刺穿了脖子，山羊咩的一声，倒在了老姑爷爷的坟前，一股子鲜血喷在坟上。喇叭骤然停了。老姑奶奶喊了一句："老头子，今儿个惊动你啦！你种了一辈子金谷子，走了，我都让你带去了。本来就让它随你去，一了百了。可我娘家白羊峪的孙子、孙媳妇来了，他们要帮你接着把金谷子种下去。就答应吧。今儿个他们都来看你啦！"穿着孝衣的范少山、杏儿和牛成一大家子人齐刷刷跪倒，哭声一片。喇叭吹得更烈了。在喇叭的如泣如诉声中，雪花飘落下来。

来的时候，北京天还不怎么冷，毕竟还没数九呢！范少山和杏儿穿得都不多，却赶上了太行山的第一场雪。范少山能撑着，杏儿顶不住了，身子不住发抖。但她咬紧牙关，跪着，哭着。老姑奶奶看到杏儿一个劲儿抹泪儿，动心了，赶紧让人找来大棉袄给杏儿穿上。老太太说："孙媳妇，号两句就中了，你还真掉泪了。"杏儿眼泪又下来。先是跪着，膝盖疼，后是下雪，冻得她打哆嗦，一个姑娘家，哪儿受得了啊？能不哭吗？范少山也没干号，眼泪哗哗的。他想着金谷子，想着一个男人为了爱情种了一辈子金谷子，这才没让这金贵的老种子绝迹，这动人的中国故事，让范少山感动了，在这样的氛围里，范少山一哭就收不住。哭声震动了虎头村，咋回事儿？乡亲们还以为牛成的老娘死了，都往山上拥。人死了也不停尸？咋的也得让乡亲们吊唁吊唁哭两声儿啊？有人边走边念叨："老太太好人啊，死了也不想给人添乱。"

村里的白事儿大操不嫌事儿大。之前说是大闹三天，先热闹两天，等到第三天再挖坟、开棺、取种。眼下雪越下越大，这帮人多是老人孩子妇女，还不把他们熬个好歹的？就是哭到明年开春，死人也听不见，咋也活不了了，活人还得接着活呢！老姑奶奶是个明事理儿的人。她跟大操说："别等了，立马开棺！"

喇叭响起，几个拿着钢镐和铁锹的人喝下了一碗白酒，嘴里呼呼冒着白气，抡起家伙就要动土。这当口儿，有人大喊一声："慢着！"这叫半路杀出个程咬金啊！谁呀？老姑爷爷的弟弟，老姑奶奶的小叔子。小叔子鼻子不好，常年流着两行鼻涕。范少山一眼看去，那人的鼻涕都快流进嘴里了，上面还沾着两朵雪花，不难看。

老姑奶奶扛得硬："柱子，是你说了算，还是我说了算？"这个叫柱子的抹了一把鼻涕，说："嫂子，俺哥的魂儿不能惊动啊！"一句话，鼻涕又流下来了。老姑奶奶说："柱子，昨儿个夜里，你哥给我托梦了，说金谷子还得有人种下去，让种子还乡。这么大场面，都是我娘家人出的钱，你哥他又风光了一回，值了。俺们老公母俩过了大半辈子，俺懂他，他懂俺。这事儿，他不怪罪谁。"柱子说："他是俺哥，一奶同胞，俺不同意。埋得好好的，不能说挖就挖呀。嫂子，有人刨你家房你乐意吗？"范少山躲不过去了，这事儿都是自己引起的嘛！他对柱子说："这位长辈，让金谷子传下去，对俺白羊峪，对咱们虎头村，乃至对国家都有好处，习总书记都说了，中国人吃饭要端自己的碗，碗里要装自己的粮食……"柱子说："俺不管破谷子的事儿，俺就知道不能惊动俺哥。"老姑奶奶急了："老牛家的事儿，还轮不到你做主！"眼看叔嫂就要吵起来，范少山赶忙解劝。范少山问柱子："您看这喇叭也吹了，丧也哭了，也算把老姑爷爷惊动了。只要让俺取出金谷子，您老提啥条件，俺都答应。"柱子用衣袖擦了擦鼻涕，说："那好，领牲！"

领牲？这是哪一出啊？说来可话长啦。这可是太行山一带老辈子祭奠死者的习俗，到了新社会，移风易俗，没那讲究了。谁想到这几年出了一帮有钱人，牛鬼蛇神跑出了笼子，这习俗又回来啦。要不咋有"三十年河东，三十年河西"这话呢！咋领牲？就是向死者献上猪羊。孝子献全猪，孝女献全羊。要选一等一的肥猪肥羊，让死者受领，也就是把猪羊的魂给亡者。一般是把猪羊赶在院里死者灵前，点上香纸，孝子跪在灵前向亡灵念叨几句。宰杀前，在猪羊脑门、脊梁上洒凉水，牲畜本能地就把洒在身上的水抖落了，对于这带毛的动物来说，不挺正常的事儿吗？不，这里有讲究。猪羊若是全身抖动，就代表死者对献上的牲灵满意，这叫"浑身大领"；若是牲畜只是先甩头，再甩腰，后甩尾，或是按别的次序来，或是只甩了一部分，这问题就大了，说明啥？死者对祭品不满意，这时候孝子就要连声祷告了，祈求死者的亡灵来受领。这都哪儿跟哪儿啊？迷信这玩意儿还跟你讲道理吗？

范少山答应了，重重吐出俩字："领牲！"像两块石头，咣当咣当，砸在了坟地里。

第二天，虎头村大集。大操、牛成带着范少山和杏儿去买猪和羊。大操当家，说牛家有儿有女，猪羊也要双全。花钱这事儿当然落在了少山和杏儿的身上。少山带的钱少，哪知道这么大动静啊？杏儿的钱也花得差不多了。杏儿的手机绑着银行卡呢，卡上有钱。卖猪的是个小伙子，用的手机是苹果，杏儿把钱打到他手机里去了。范少山想，这虎头村一带，一边享受现代文明，一边还热衷封建迷信，这话咋说呀？牛成开着小拖拉机，直接把猪羊运到了山下，一帮小伙子揪着踩着把俩畜生拎到了坟跟前。一群人就把猪羊围了，它们成了真正的主角。猪羊哪儿见过这阵势啊？它们哪儿知道自己个儿是带着使命来的？猪慌了，四处乱窜，若不是被人围着，早掉山谷里去了。两个小伙子上来，一个按住猪头，一个踩住尾巴，总算把猪制服。猪就剩下哭号的份儿了。羊呢？吓傻了，像个见了陌生人的小姑娘，傻愣愣地站着，连咩咩地叫都不会了。

喇叭停了，人不哭了，猪不叫了，万物静了，雪停了，日头出来了。猪好像有了感应，不用人按着，就乖乖地站在那里，和羊站成一排。两个牲畜，就这样站成了标本。所有人都屏住了呼吸，傻傻看着它们。范少山也愣了，难道，老姑爷爷显灵了？猪羊成了老姑爷爷的化身了？

一瞬间，范少山、杏儿和一帮孝子贤孙扑通一声跪在了坟前，跪在了猪和羊跟前。老姑奶奶在他们的身后站着，说："老头子，你可都看到了。俺本不想打扰你，但俺思来想去，答应了俺娘家孙子，把金谷子给他。这灵棚是咱孙子搭的，吹鼓手是咱孙子请的，祭品也是咱孙子孝敬你的。咱孙子、孙子媳妇儿都哭成了泪人儿，你可满意不？"

羊不动，没出声；猪哼哼了两声，哼得惬意。老姑奶奶说："你俩不管谁出声，就算答应啦。"猪不哼了，羊还是没动。

老姑奶奶走到坟前，跪下抚摸着坟头，叨叨着："你走了这几年，家里都挺好，你就放心吧。你哪天想让我陪你了，你就给我托个梦，我就来找你个老东西。"

猪没哼，羊这回动了，两前蹄子扬了扬，朝前扑了两步。

老姑奶奶让牛成说两句。

牛成憨憨地说："爹，俺们都想你。今年山上那果园子也结了不少果，老母猪下了一窝小猪仔……"

老姑奶奶瞪了儿子一眼，插话说："你这孩子，跟你爹一样憨，说话老跑题儿，今天求他不就是为那两罐谷种吗？"

猪和羊都不吭声了。

柱子用袖子擦了两行鼻涕，他的袖口让鼻涕抹得更亮了。他说："哥，给你领牲，老嫂子问你话呢，赶紧说话啊！"

猪和羊还是不吭声。老姑奶奶说："这老东西答应啦。俺听见了。"

老姑奶奶挥了一下手，这是要给猪羊泼水呀！两桶水早就备好了，天冷，水面都起了冰花。两个小伙子各拎起一桶水，走过去，哗的一声就泼在两头牲畜身上。这大冷天，冰凉的水浇一身，搁谁受得了啊？猪羊全身的毛都爹了，跳了起来，全身抖动，水珠飞溅。猪哼哼，羊打喷嚏，四处乱窜。

全身抖水，这是老姑爷爷满意啊！老姑奶奶一挥手："起——""坟"字还没有下，停住了。老姑奶奶的眼睛落在了那只羊的屁股后边，愣住了。这当口儿，屠夫的尖刀已经对准猪的脖子了，就等老姑奶奶一声令下，就下刀子了。老姑奶奶一个"起"字，有点凄厉，赛过猪的号叫声。猪好像有了预感，叫也是白费力气，不如省口唾沫。干脆就不叫了，闭上眼睛等那一刀。紧接着，老姑奶奶喊了一声："停！停下！"出啥岔子啦？老姑奶奶忽然就看到那只羊不对劲儿，咋回事儿？是头母羊。老姑奶奶眼神不赖吧？这要在平常，隔着三五步远，分不清是牛成还是儿媳，常常把烧火棍当成自己个儿的拐杖，拄着出了门。今儿个给老姑爷爷起坟，不知咋的，眼亮了，隔着十来米呢，羊都分清公母了。老姑奶奶炸了："这羊谁挑的？谁挑买的？"原来，为男死者领牲，得用公牲口，为女死者领牲才用母牲口呢！你看，两码事儿。范少山不知这乡俗，猪羊都是他和杏儿花钱买的，可不是他俩挑选的。谁选的？牛成。牛成也不知这里头有啥讲究，就挑肥的壮的。得知是牛成，姑奶奶气更大了："牛成，咋回事儿，你打算把你爹领到女儿国去呀？你个不孝的东西，你想给你爹找小三儿啊，啊？"一听说这样，大伙都笑了，连范少山和杏儿都止不住地乐。老姑奶奶的孙子牛小山凑过来说："奶奶，我看我爹做对了，给我爷爷多找几个女人伺候着，才是真孝顺呢！"老姑奶奶骂了一句："王八犊子！"当下，大操赶紧找人把母羊装上车，送回集市，再换回一只公羊。母羊懂了，咩咩地叫，像唱歌。猪以为羊被释放了，自己个儿也快了，睁开眼睛，看着蓝天，就想，多好的天啊，兴许往后还能看得见。它不知道自己个儿是公的，等到公羊一到，还得先拿它开刀。

公羊来了。这公羊像是知道了自己个儿的使命，小宇宙爆发了。哪里有压迫哪里就有反抗。公羊发挥羊角的威力，自打往坟前一放，就拉开架势，低了脑袋，扬了犄角，顶人！先是把屠夫顶了个跟头，后来又冲着老姑奶奶去了，范少山一看，赶紧挡住，老姑奶奶折身颠着小脚就跑，范少山被顶了个趔趄，场面乱了。生命的力量在于不顺从啊！牛成问老姑奶奶："娘，这可咋好？要不再换一只？"老姑奶奶说："不！就这只了！我看这只羊像你爹，平日里老实，挨欺负了他不干，脾气大！"老姑奶奶喊了一声："浇水！"大操拎了一桶晃着冰碴儿的水，追着公羊就泼。哗的，冰水一上身，公羊没脾气了。公羊也纳闷，要杀要剐随你们，这大冷天，你泼我一身凉水干啥，比较好杀呀？公羊悲壮，成了一尊塑像。顶人的力气都没有了，你得抖一抖啊！大操上去就踢了公羊一脚，报一"角"之仇。公羊这才抖了抖身上的冰碴儿。大操推着公羊的屁股，将它推到坟前，和猪站成一排。羊抬头看看蓝天，想想，这么好的蓝天，再也见不到了，用尽全身力气，咩咩地叫了两声。

这回，老姑奶奶喊了一声："起坟——"话音一落，屠夫就拎着刀把猪宰了，猪血喷在坟土上，红了一片，很快就冻成了血冰溜。接着，宰羊了，这就有讲究了。柱子把事先带来的脸盆放在了羊脖子下，柱子兜里头掏出一把盐，哗地撒进脸盆里。这啥意思？有了这把盐，羊血眨眼间就凝成一块了。携带回家，下锅做菜都方便。屠夫照准了脖子一捅，羊血就汩汩流进了脸盆里了。这当口儿，人们就往跟前凑，眼睛放着光，想看看羊是咋死的？不是，都是奔着那盆羊血去的。自古留下令儿，说是被领了牲的羊血能驱灾治病。前头，为啥柱子提出为大哥领牲呢？多半不是为了告慰大哥的灵魂，而是想到了羊血的用处。他家小孙子得了肺结核，听说吃了领牲的羊血，一准儿能好。听听，这都哪儿跟哪儿啊！你柱子知道这令儿，村里人能不知道？你家有病人，谁家还没有个头疼脑热的？就算没病人，那还不是能驱灾避邪呢嘛！反正这羊血没坏处。这不，羊血刚流进脸盆里，人们就拥过来了，有拿着碗的，有拿着杯的。柱子一看，大事不好，端起羊血就要跑。人们哪里容得，上去就抢。有没拿家什的，用手抓了就往嘴里填。脸盆从那个人手里夺走，又从这个人手里夺去，羊血洒洒丢丢，很快就被几双鞋子踩了。有人不怕埋汰，在地上捡起就吃。这当口儿，羊虽说流尽了最后一滴血，可还没咽气呢！就两眼直直地看着人们抢来抢去，那是它的血。争抢中，有一小块血溅到了羊的脸上，羊闻着自己个儿的血腥，闭上了眼。

抢夺半天，脸盆翻了，羊血洒了，柱子哭了。老姑奶奶骂："这是唐僧肉啊？抢啥抢？你们就这点儿出息！都过来，起坟！"

在小伙子们抢起镐头之时，老姑奶奶一撅一撅地走了。她老人家是不想看到这一幕啊！看到老姑奶奶的背影，范少山热泪扑簌簌往下流，身子不由得跪了下去。

坟开了。家族人跪地一片，大哭起来。范少山俯下身去，双手轻轻地扒拉棺盖上的浮土。就在这当口，只听咔嚓一声，一根大树枝唰地落了下来。这边，范少山正猫着腰一只手拨着棺材板上的浮土呢，树枝就落了下来！正好盖住坟口，把范少山盖住了。只觉得一个黑影黑压压盖了下来，眨眼间啥都看不见了。范少山不知出了啥事儿，吓得一阵腿软，呀地瘫在了棺材板上。外边的杏儿也乱了，大声呼喊着少山名字，跑过去就拽树枝。牛成等人过来，一起把树枝拽开了，又伸手把范少山拽了上来。这树枝落下来，还带着雪呢！呼啦啦，扬起一阵雪雾。范少山上来了，两腿还在打战。这下，人们有点后怕了，纷纷闪开，往后退。

范少山定定神儿，紧紧拉住杏儿的手。杏儿也怕，死死盯着那根老槐树的树枝，树枝就像刚刚被拨动过的琴弦，还在打战，还有余音。这可咋好？这几天，为了取出坟里的金谷子，闹出多少事儿啊！范少山咬咬牙，豁出去了。他走过去，看看树枝，说："没事儿没事儿，是大树跟俺开玩笑，也想跟俺抢金谷子呢！"说完，就要往坟口里跳。就是火坑也得跳啊！谁再出个啥主意，金谷子就取不出来了！就在刚跳没跳这工夫，柱子说："亲戚，别动别动。"柱子将范少山拽到一旁。老姑奶奶走了，柱子说了算，发话了："大伙都看到了吧，大哥显灵了！他不想让人动他的房顶，打扰他的日子。俺大哥一个人过，一个人睡，容易吗？咱们打扰他，他能干吗？咱活着的人得将心比心啊！这事儿，老天爷都看不公了！啥都别说了，天意不可违。填坟！"

几个小伙子过去，就往坟里填土。范少山急了，大喊一声："慢着！都给俺

红色岁月 红色历程 红色史诗 红色经典

慢着！你们是俺老姑奶奶请来的工，但钱是俺花的，饭是俺管的！这事儿没办完，俺咋管饭管酒啊！"铁锹停了，人们都看着范少山。范少山说："刚才俺看了这棵树，树枝上有很厚的积雪。这根树枝落下来，一是被大雪压的，二是树枝已经被虫咬过，早已腐烂了。"范少山拿起树枝，让大伙看着折断的树杈儿，果然糟透了。范少山说："俺老姑奶奶答应了，已经领了牲了，钱都花了，就不能说填了就填了，必须开棺！俺们白羊峪也有说法，叫'领牲不开棺，日子过不欢'。咱能让这事儿影响后人的日子吗？在场的乡亲们，有谁不想过好日子啊？"牛成过去对柱子说："叔，咱不能不讲信用啊！开棺吧！"柱子说："兴许是那头公羊脾气太硬，起坟不顺当，依我看再买一只羊去。"你看柱子这心眼儿，还想着他孙子的肺炎呢！牛成拧劲儿上来了："叔，你听说谁家领牲杀两只羊的，这不成笑话啦？"柱子再也想不出啥理由来了，可就是不发话。牛成说："大伙都听着，坟里埋的是我爹，我当家，开棺！"

范少山扑通跳进了坟口，心里说着："金谷子，俺来了！"

原来金谷子没有在棺里，而是在椁里。就是说，老姑爷爷的身边，还有小棺材，这里面就是陪葬品。在椁里，范少山先是看到了一个大瓷罐，上面用一层油纸封着，范少山按捺不住，小心翼翼解开油纸，黄灿灿的谷种唰地映入眼帘，他捧起金谷子，放在鼻尖闻着，放在嘴边亲着，哽咽了："金谷子，俺可找到你了！"这金谷子就像刚收割的，才脱粒的，谷壳金黄。不光它存在瓷罐里，还在老姑爷爷的坟头哩！山冈上，干燥，大树枝繁叶茂，阴凉，遮风挡雨啊！金谷子埋在土里，就是个恒温恒湿，金谷子还是那个金谷子。范少山查过资料，人家从千年古墓挖掘出来的种子还没烂，种在地里还能开花呢！老姑爷爷的小棺材里，除了金谷子瓷罐，还有一个瓷罐，还是金谷子？不是，是黄豆、绿豆、玉米、高粱和豆角种，这可都是好东西啊！范少山和杏儿把金谷子装箱，自己个儿的心立马安稳了。他和杏儿拿过铁锹，一锹一锹，给老姑爷爷的棺材填土。填完土，两人又在坟头磕了三个响头。

猪羊祭奠了老姑爷爷，自然是人要吃肉。老姑奶奶院子里搭起了大灶，流水席猪肉炖粉条，满满一大锅，一群人开吃。柱子把羊藏了起来，众人嚷嚷着要吃羊肉，找不到。找柱子要，柱子说跑了。你听听，这叫啥话，羊死了还能跑吗？有人向老姑奶奶告状，说柱子把羊藏了想吃独食。老姑奶奶知道小叔子爱占便宜，睁一只眼闭一只眼，随他去，就说："一头整猪还不够你吃的？扒开肚皮可劲造！"柱子吃了三碗猪肉炖粉条，外加四个大馒头。他问范少山："亲戚，'领牲不开棺，日子过不欢'真是你们白羊峪一带的说法？"范少山说："俺们白羊峪一带，根本就没有领牲的习俗。"柱子说："那就说你是随口编的？"范少山说："不编，金谷子能取出来吗？"柱子嘿嘿笑了两声，鼻涕下来了，赶紧把鼻涕吸了回去。酒足饭饱，柱子走出门口，从草垛里翻出那只羊，扛在肩上，回家了。

杏儿自己个儿回了北京，范少山带着种子回了白羊峪。得知少山把金谷子种子带回来了，范老井笑得合不拢嘴："看这样子，金谷子又能在白羊峪生根了。往后俺隔三岔五就能吃上小米饭啦。"听儿子说了事情原委，又是披麻戴孝，又是领牲，范德忠觉得尽了礼数，也就没说啥。听说金谷子回来了，乡亲们都来看新鲜。范少山早有准备，让他们看放在桌上的几个水碗，里面泡着种子呢！两个碗是谷子，两个碗是大豆，一个是非外国种子，一个是外国种子。非外国种子的谷种是暗黄色的，谷粒不那么规整，外国种子的谷种是浅黄色，米粒圆润规整，就像一个模子刻的。再看大豆，非外国种子大豆有点扁，是浅褐色；而外国种子大豆滴溜滚圆，是黄褐色的。非外国种子大豆水泡三天就发芽了，外国种子大豆却没发芽。范少山顺便说了外国种子的坏处，有乡亲说："这玩意儿那么怪古，咱吃它做啥？"范少山说："咱把老种子种在地里，往后咱都用自己的种子，不吃那害人的东西！"范德忠捶了范少山一拳："儿子，真有你的！"在一旁的李国芳咯咯笑了。

来年春天，金谷子下种了。那天，乡亲都来了。地头摆上了供桌，有各家各户端来的苹果、花生、红薯，还有玉米棒子。范老井点了三炷香，高声说："土地神，您老好吧！俺白羊峪失散多年的金谷子又回来了，它就像俺们的亲人！今儿个，俺们要把它种在这片土地里，敬请您老保佑它生根发芽，拔节抽穗，有个好收成！"朝着土地拜了三拜。拜完土地，范老井忽地想起一件事儿来，还得拜谷仙。拜完谷仙，开犁了。

谷仙是谁？就是管谷子的仙女。仙女嘛，玉皇大帝的闺女，在天上不好好待着，到人间管谷子干啥？谷仙稀罕谷子。人家也不是哪里的谷子都稀罕，人家稀罕好谷子，天下的谷子哪儿块好，人家能不知道？白羊峪的谷子是打头阵的。自打金谷子搬到了白羊峪，谷仙就来了。谷仙就住在谷子地里，看着谷子长，闻着谷子香。在谷子地里飘来飘去。那时候，祖辈人都见过。范老井说：

"我太爷爷说，谷仙还和他打过招呼呢！"范少山说："问你吃了吗？"范老井说："人家仙女，能问你吃了吗？反正就是打招呼呗！"听范老井的语气，谷仙是真真的。"到了俺这辈儿，俺还见过一回呢！谷仙漂亮啊，头上插着谷穗，穿着白色衣裙。"范少山说："仙女下凡不都是找人间的小伙子婚配吗？"范老井说："人家仙女日子过得多滋润啊，人间男的谁有资格？谁配得上人家啊？再说白羊峪的男人，土啦吧唧，歪瓜裂枣，大字不识半拉，谷仙能看得上？牛郎织女啊，天仙配啊，那都是骗人的。"反正，谷仙来过白羊峪，住过白羊峪。谷仙来了，白羊峪风调雨顺，谷子连年丰收，家家户户安康。范少山问："后来谷仙咋走了？"范老井说："说是被天兵天将捉走了。玉皇大帝也想闺女啊，不能让她老守着谷子地呀！谷仙这一走，白羊峪人就没了主心骨。人心散了，砍树，赌钱，偷盗，村风败了。有人说，这是玉皇大帝点化的。那是俺闺女守护的地方，总得让他们不安宁。后来，康熙皇上写了《白羊峪村训》，村风才渐渐好了。可谷仙呢？再也没回来过。记得闹'文革'那年份，白羊峪上来一帮红卫兵，捉妖。天刚擦黑儿，他们埋伏进了谷子地，要捉谷仙。夜里，谷子地下了一场大雨，把他们浇得透心凉，上牙磕下牙，浑身打战。你说怪不怪，那夜白羊峪除了谷子地，哪儿也没下雨。后来，红卫兵就把金谷子彻彻底底给毁了。没金谷子了，谷仙还能来吗？"范少山说："谷仙美，传说好。"范老井急眼了："咋是个传说呢？俺看得真真的！你说俺眼瞎啊？"

　　开犁的时候，范少山给黑牛的头上戴上了大红花，田新仓牵牲口，喊了一声："驾！"牛就慢条斯理地往前走，范德忠"一把手"扶犁，一片片沃土慢慢地翻了过来……范老井挎着斗子，攥起一把金谷子，匀匀溜溜地撒在地沟里。范少山、余来锁和乡亲们都忙活，施肥的，掩土的。"白腿儿"送茶来了，倒了一碗又一碗，送给耕种的人。田新仓牵牲口，岗位重要，比余来锁先喝到了茶，他边喝边看干活儿的余来锁："这茶，真香啊！"余来锁看看他："撑死你！""白腿儿"见了，抿着嘴儿乐。大伙都笑。种下了，范少山每天都往地里头跑，看看钻出苗来没有。暖阳照着土壤，种子就像躺在被窝里，舒服，一伸懒腰就发芽。种地时墒情不赖，就怕老天不下雨，白羊峪可是靠天吃饭啊！范老井也惦记着金谷子的事儿，来得不容易啊。他是老庄稼把式，年轻的时候就种过金谷子。老爷子来了，从田埂抓把土，看看天，不见云彩。对范少山说："眼下还中，还能挺上三天，三天后再不下雨，就悬了。"范老井每天听收音机，听气象预报，总是晴。范少山急哭了："爷爷，咋办？"范老井说："担水抗旱！"范少山带头挑水，一桶一桶地倒进地垄里，余来锁、田新仓也来了，人们把金谷子地透透地浇了一遍。范少山没干过农活儿，肩膀让扁担压肿了，像发面馒头。

范老井说："待上五六天，它就发芽了，一发芽，欢实着呢，人家就想拱出地皮，看看外边是啥世界。"一连几天，范少山天天守着，眼巴巴望着。第六天的天擦黑儿，土地还是干干净净，没有芽儿，没有丁点绿色。范少山的心悬了，他双手扒开土壤看，还是一粒一粒的金谷子，播下去啥样儿，还是啥样儿。忽地，范少山眼前一黑，倒了下去。

那一刻，范少山啥都不知道了，就直挺挺地躺在大地上。一个白羊峪的农民，躺在几天前播种过金谷子的田地里。这时候，还没发芽的金谷子就在他的身下。再过几天不发芽儿，金谷子就烂了，化作泥土了，他范少山梦中的金谷子就永远是梦了。躺倒的范少山，也像播进地里的金谷子，沉睡在荒野，若是不拱出泥土，就变成了泥土。

天还没黑，范老井来看金谷子，有没有出芽儿，范老井看得见。叹了一口气，又走两步，差点绊个跟头。啥东西，大活人。范老井定睛一看，自己个儿的孙子！咋回事儿？睡着了？这几天忙活金谷子的事儿，也忒累了。可再累也不能睡在这野地里呀！老爷子用拐杖轻轻敲了两下，"少山，快醒醒，醒醒……"范少山没动。范老井又俯下身拍拍范少山的脑门儿，"起来，起来……"范少山还是没动。范老井愣住了。他欻地朝着村头大喊："余来锁——余来锁——你死哪去啦？"

"叔——叔——俺来了——"余来锁撒腿就跑。他也惦记着金谷子呢！恨不得早点儿飞过来。可就是因为田新仓给耽误了。田新仓不知从哪儿捡了只流浪猫，病了，非要缠着余来锁给猫治病，余来锁看了看，给猫打了支青霉素。田新仓觉着余来锁态度不好，就跟他理论。若是"白腿儿"找你看病你是这态度吗？余来锁说："它又不是'白腿儿'。"田新仓说："你啥意思？你说这只猫不可爱？你不爱护小动物？你不维护生态平衡？你不保卫世界和平？"你看看，这都挨得上吗？扯远啦！余来锁赶听到了老爷子的喊声。这还了得？有急事儿啊！老爷子啥时候动过高的嗓门儿啊？余来锁呼啦啦，扑棱着翅膀朝着金谷子地飞。

老爷子这一嗓子，喊余来锁，半村子人都来了。这当口，范少山醒了。余来锁说："急火攻心。"问起发生了啥事儿，范少山摇头，说不知道。身子还软，不能动。田新仓也来了，背起范少山就走。到了余来锁家，喝了一碗汤药，清醒多了。范少山哇的一声哭出来："俺的金谷子啊……"

金谷子没发芽儿，全村人都知道了。有的叹气，有的抹泪儿。李国英看到儿子熬成这样，咿咿呀呀地哭。

这时的范少山，躺在余来锁家的炕上，睡了。

人们走了。范老井、范德忠和余来锁商量金谷子的事儿。范老井说："过去俺也种过金谷子，五天不发芽，六天准发芽。今儿个这种子，俺也摸不准它的秉性了。"范德忠说："那还用问？这是啥种子？十来年了。不发芽就对了。这小子就是瞎整。依俺看，那块地赶紧种别的，还能有收成。"余来锁说："依俺看，先别着急。这种子是陈种子，兴许还睡着呢！咱们再等两天。少山拿它当命啊！不能说毁了就毁了。"

范少山在余来锁家睡了两天两宿。醒了。他做了两天两宿的梦。就是金谷子地里露出了芽芽，嫩绿嫩绿的。芽芽唰唰地走着，又有一丛一丛的芽芽从地里蹿出来，汇成绿色的队伍。白羊峪的梯田里长满了芽芽。芽芽又成群结队地往白羊峪的村庄涌，村庄到处是金谷子的芽芽。芽芽又成群结队地往村外涌，村外长满了芽芽，芽芽们拉着手，唱着歌，扭动着身姿，呼啦啦往前涌，涌向金安城。金谷子芽芽砰砰拱破地皮，噌噌往外蹿。漫天遍野的金谷子芽芽啊，全世界成了它们的海洋。范少山随着"芽流"奔跑，跑遍中国，又去美国，又去英国、法国……他就跟着芽芽们唱啊、扭啊、跳啊……范少山的眼泪哗哗地流淌。

醒了。愣了一个神儿。范少山蹦下炕，拔掉门闩，推开门朝着村外奔跑，朝着金谷子地奔跑。到了地头，一看，满地的绿芽芽，个个头上顶着晶亮的露珠。范少山怕是做梦，狠狠在自己脸上拧了一把，疼！他喊出了一个长长的"啊——"字，在地头扭了起来。他不知道，他没顾上穿鞋，是光着脚的。脚被石头划了个口子，正在渗血呢！

金谷子发芽率达到了百分之八十。为啥发芽晚呢？刁站长说了，是陈种子，当然发芽晚了。人要是老月子，孩子还得晚生个把月呢！金谷子发芽了，绿苗苗蹿出了土！发芽率达到了百分之八十。范少山乐得一蹦老高，谷子长出了秧苗，他就在地头搭了棚子，没事儿就在这儿歇歇脚，坐在棚子里看着秧苗，也怕猪啊羊啊闯进地里，糟蹋了金谷子。他拿金谷子当心尖儿，当成了命根子。

怕啥来啥。这天，范少山正在地里头除草，一头猪跑进了谷子地，范少山一见，急眼了！赶忙轰赶，这当口儿，有人也来追猪，谁呀？大虎。大虎也是白羊峪的，二十啷当岁，是个愣头青，虎头虎脑的。这猪是他养的，本来放养在山林里，跑出来了。甭看大虎有点儿愣，可心里头有道道。他把家猪放进山林，当野猪来养，野猪的价格高，他将猪圈里的猪养到八十斤左右，就放到山林里。山林里的野猪长大了，杀了，卖给山下的野餐馆。你说，这小子还有点儿经营头脑吧！你把家猪当成野猪养，范少山早就看不惯了，也没理他，这回你的猪跑到金谷子地里来了，咱可得另说说了。少山当即就和大虎吵起来了，让大虎赔补青苗损失。大虎脖子一梗："不就是破谷子吗？值几个钱？你惊了俺的猪损失就大了，俺这是纯种野猪，卖三十多块一斤呢！这头猪就四千多块，你赔得起吗？"范少山气得脑瓜顶冒烟了，就这么眼睁睁看着大虎用绳子牵了猪，走了。

范少山回头扶起被猪踩倒了的谷子秧，越想越气。回村去找余来锁。余来锁说："这小子俺能管，可他娘俺管不了。大虎说了，不让放野猪就去城里打工，大虎娘舍不得儿子，不放儿子走啊！"

范少山说："我管！他的猪糟蹋俺们的金谷子就不中！"

范少山来到了大虎家，说他非法经营，欺骗顾客。大虎不紧不慢，拿出了生猛野餐馆签订的合同。范少山接过合同看都没看，就把那张纸撕了个粉碎，纸片扔在地上。

大虎气得说不出话来："你，你！"

大虎娘也急了眼："少山，你咋能砸我家大虎的饭碗呢？"

大虎吼："人家来锁都不管，你是组长还是村主任啊？再说，村里这么干的不仅是我，还有田新仓啊！"

范少山早就打定主意，今儿个不提金谷子的事儿了，就从根子上来，让你野猪养不成！金谷子地紧挨着林子，今儿个跑出一头，明个儿跑出两头，这谷子受得了吗？他说："田新仓也没有长三头六臂，都得停。你们得把放进山林里的猪抓回猪圈来！"说完，甩手走了。就这么走啦？虎子不干啦，你把合同撕了，俺还咋做生意啊？

范少山走出大虎家院子，一出溜儿就是田新仓的家。门口，田新仓吃饱喝足正在晒阳儿。范少山让他把猪抓回来，田新仓只是不好意思地嘿嘿笑。田新仓对范少山有几分敬畏之心，不跟他顶牛儿，也不表态。大虎追了过来，冲着范少山就吼开了："姓范的，你凭啥把我的合同撕了？告诉你，俺的猪，俺做主，就在林子里养着！"

范少山也高了嗓门："你这是犯法的事儿，别给白羊峪丢人！"

大虎说："白羊峪人咋啦？还不是照样受穷啊？你要是把俺们的猪卖个野猪价，我们还往树林里撒个屁呀？如果叫狼叼了，还得赔钱呢！"

范少山说："少扯淡。赶紧把猪抓回来。"

大虎瞪着眼睛吼："俺就不抓，俺就当野猪卖，不就是影响了你那破谷子吗？"

范少山火了。

大虎指着自己个儿耳朵："你小子不是外号范大胆吗，能把俺咋样，有本事拿你爷的枪把我耳朵也崩喽！"

范少山脑袋"嗡"的一响，一种无言愤怒冲上头顶，他走过去一拳就把大虎打趴在地了，大虎嘴角流着血，颧骨也青了。

大虎爬起来，抽冷子给了范少山一拳，范少山扑来用腿压住大虎的脑袋，大虎吓得像杀猪般号叫起来。

招来一群人看热闹，人们哄笑。大虎这小子平日里霸道，遭人恨，看他挨打，解气。田新仓也跟着笑。

大虎伸着脖子骂："田新仓，你小子还看老子热闹，快上啊！制服不了他，往后我们的财路就断啦！"

田新仓不动，嘿嘿笑着："好，平常你没少欺负我，俺正愁没人收拾你呢。"

范少山喊："你小子服不服？还卖假野猪不？"

大虎垂下了那颗光光的脑袋，咧嘴喊："不啦，不啦……"

人们又是一阵哄笑。

整治大虎，制止了售卖假野猪，也保护了金谷子，范少山在村里脚跟站得更稳了，但他却开心不起来。田新仓看到这几天"白腿儿"和余来锁走得有点儿近，想想自己的爱情没啥指望了，他就卖了猪，整天把自己睡成了猪。范少山劝他："新仓，你也不能老这样啊，咱白羊峪有的是事儿干呢！"田新仓伤心，下山打工去了。大虎呢，自己养猪清闲，没多少事儿，他也不愿种地，心就收不住了。跟娘打了声招呼，也进城了。大虎从小娇生惯养，长这么大没离过娘的身边，这一走，娘受不了了，整天不吃不喝，哭哭啼啼。少山打了大虎，李国芳和范德忠都没责怪儿子，觉着就该有人治治那混账小子。李国芳想到大虎娘，心里头觉着对不住她，就拿了东西去看望，连声宽慰："嫂子，都怪少山这兔崽子，我已经打他了，骂他了。依俺看，大虎大了，闯一闯不是坏事儿。我家少山不也是从城里回来吗？"大虎娘哭着说："大虎有少山那两下子吗？他在城里能活吗？他要有个三长两短，我依靠谁呀？"大虎是个愣头青，当娘的怕他在城里惹事儿。在小小的白羊峪，乡里乡亲的，人家不说啥，到了外边，谁吃你这一套啊？李国芳让范少山把大虎找回来，范少山不乐意。范德忠骂了儿子一句，自己个儿去了。他知道大虎去了天津，范德忠在天津打过工，那地方熟悉，有一条街上的打工者都是白羊峪一带的，大虎肯定奔着老乡去。在天津，范德忠很快找到了大虎，正和工友们运水泥呢，乐乐呵呵的。范德忠说了大虎娘的情况，让大虎回家。大虎不回，说："这儿不错，工资不少。您老回去跟俺娘说，让她放心，我不惹事儿，外面没人惯着俺。俺就窝里横。"范德忠给了他一拳："你小子倒有个自知之明。"范德忠让他把电话打在范少山的手机上，这边正在帮大虎娘喂猪的范少山，赶忙把电话给了大虎娘，大虎娘听到了儿子的声音，得知儿子安好，安心了。大虎还说，再回家时给娘买一件人造貂皮大衣，暖和。和儿子说完话，大虎娘抹了一下眼泪，把李国芳端上来的一碗热汤面吃了个精光。范德忠从天津回来了，给大虎娘买了一盒子十八街大麻花。大虎娘不好意思了，说："俺和那没出息的儿子，给你们一家添麻烦啦！"

　　林子里没人养猪了，没有牲畜窜进谷子地，金谷子安静悠然地长身子，越长越高，越发让人怜爱了。

第五章

——

生活，会把人心磨成茧子

十四

比起心累，这身子累，不算个啥。这一阵子，范少山脚不沾地儿找金谷子，种金谷子，拾掇金谷子，护着金谷子，累不？累！年轻人，睡上一觉就歇过来了，第二天照样接着干。可这一回，要操心了，要累心了。你躲得了吗？

这天，迟春英来了。前面说过，她是范少山的初恋，她是前妻，小雪的亲娘。迟春英是从深圳来的，来干啥？要带女儿走！

女人有了钱就得捯饬自己个儿，美美容，做做头发，买点儿新衣服、新鞋子。迟春英嫁给了有钱人，出落得年轻又漂亮，小脸白嫩白嫩的。范少山忍不住多看了两眼，心想：跟了马玉刚就是比跟俺强啊！迟春英给女儿带来了新衣服，又给了一沓钱，大张的，不老少。要带小雪走，去深圳上学。范少山梗脖子，范德忠和李国芳舍不得。小雪呢？更是脑袋摇得像拨浪鼓。迟春英打开手机，让小雪看深圳小学校的图片，被绿树鲜花包围的校舍，孩子们花一样的笑脸，漂亮！迟春英说："想不想到那里去上学？"小雪说："俺不能离开爷爷奶奶。"任迟春英说破了嘴皮子，小雪还是没松口。迟春英急了："范少山，小雪判给你抚养，算是把孩子给耽误了！你抚养什么啦？你以为养孩子就是吃饭穿衣啊？小雪长大了，她要受教育！知道不？这村里有啥教育设施？有块黑板吗？有张课桌吗？有支粉笔吗？你说你，在北京卖菜好好的，本来有了钱可以把小雪接过去读书。这下可好，小雪愣是窝在这儿了，每天在山上瞎跑，有你这样当爹的吗？"范少山没想到迟春英嘴皮子这么厉害，以前可是没说话先脸红的女人啊！有钱人就是底气足啊！话说回来，人家迟春英话重了点，句句可在理儿上啊，范少山能不羞得慌吗？这三年，小雪都是爷爷奶奶照顾着，你又做了点儿啥？还像亲爹吗？

心里有愧，说话就软。范少山说："春英，你说得对。千错万错都是我的错。请放心。我一定让小雪读书，受到好的教育！"

晚上，迟春英在范家住下，和李国芳住一屋。她拍着女儿睡了，就和李国芳唠嗑，一口一个娘。这让李国芳有了错觉，那个温柔贤惠的儿媳妇又回来了。迟春英说了许多歉意的话，又感谢前公婆照管小雪。话说得真切，李国芳也打心眼儿里原谅了迟春英。女人啊！谁知道走到哪一步啊！迟春英放下一万块钱，算是小雪的生活费。左推右推，李国芳还是收下了。迟春英搂着小雪睡下，到了半夜，小雪醒了，她找了一根红辫绳儿。天快亮的时候，迟春英起身，发现自己的胳膊已和女儿的胳膊被红绳儿捆在了一起。这会儿，小雪睡得很香。她明白了，这是女儿不想她离开。忽地，迟春英的泪水扑簌簌掉了下来。迟春英悄悄解开红绳儿，含着泪走了。范少山送迟春英到村口，两人望望银杏树，这是他们当年爱开始的地方。春英把孩子用红绳缠胳膊的事说了，范少山没吭声，心中像打翻了五味瓶。

小姑娘发脾气了。小雪嘴噘得能拴住驴，眼泪哗哗流。哭着哭着，冲着范少山蹦出一句："你为啥要跟俺娘离婚啊？"范少山一时说不出话来，为啥？俺跟你讲了，你小孩子能懂吗？俺能跟你说你娘的坏话吗？奶奶李国芳赶紧打圆场："雪儿，你娘是好娘，爹也是好爹，就是性格不合，过不下去的。"小雪梗着脖子："不，我爹有了杏儿，才不喜欢我娘了。"范德忠生气了："这孩子，你听谁说的？"小雪说："那北京的阿姨不是追到山上来了吗？"李国芳说："你可记好了啊，你娘离了，你爹才认识杏儿的。"范少山一把将小雪搂在怀里，哽咽了："孩子，都是爹对不住你，爹从今往后，一定当个好爹。"

一家人就商量孩子上学的事。如果让小雪在布谷镇读小学，只能走读，每天来来回回，上山下山，小孩子家受得了吗？商量来商量去，还是把本村那所已经修缮的小学校用起来。前头说了，为了请泰奶奶当校长，把学校修了，但泰奶奶不来。这回谁当老师？余来锁中不？能写诗，肚子里有墨水啊！去找余来锁，余来锁说："不中不中，俺写的诗歌不少错别字，别把孩子耽误喽。再说了，俺又当村民小组长，又当村医又当兽医哪儿顾得过来呀！"范老井说："还是去请泰奶奶，一来，人家当年就当过老师，底子厚。二来，她和重孙女孤苦伶仃的，到了白羊峪，也有个照应。"这回，范老井要亲自去，他要把这个一辈子没从自己梦中走开的女人请到白羊峪，他能每天看见她，空闲的时候还能唠唠嗑，偷着数数她脸上的皱纹。范少山说："加上泰奶奶的重孙女黑桃，村里就有六个孩子了，都让他们入学。能成。"

两人去了，泰奶奶正发愁。黑桃跟太奶奶赌气，故意在雨中淋着，发烧了。这是为啥？黑桃想爹娘了。爹娘说是在南方打工呢，把一个几岁的孩子丢给奶奶，两三年没照面了，连个音信都没有，还有比这心狠的吗？黑桃烧得烫手，躺在炕上昏迷了。还顾得上说请泰奶奶的事儿吗？赶紧救人呀！范少山打电话给余来锁，余来锁下山去了县城，开农村工作会。上百里呢？指望不上。咋办？这当口，黑桃抽搐了！泰奶奶哇地哭出了声。

范少山要送黑桃去布谷镇医院。咋去？山后有座简易桥，去年发洪水，冲垮了，再也没人修了。连接河对岸，有道溜索。就是根钢丝绳，人能顺着绳索滑到对岸的村庄，从那里去医院，就近多了。可这索道他还是小时候和小伙伴滑过一回，当时看着脚下的滚滚河水，吓得要死。再说，这索道已经十多年没用了，还能用吗？顾不得那么多了，救人要紧。范老井对索道熟，帮着少山将绳索紧紧捆在腰上，又把黑桃固定在范少山的怀里头。范老井喊了一声："少山，抓紧！放！"范少山闭上眼睛，只听索溜子滑动钢丝绳的声音，咔咔作响，还有耳边呼呼的风声，掺和在一起，也不知过了几分钟，索溜儿停下了。范少山睁开眼，已经到了山冈上，跟前下地的农民跑过来，把范少山和黑桃解了下来。听说是为了救人，村民忙开了，发动了小拖拉机把范少山和黑桃送到了镇医院。白羊峪一带，生活着一群群厚道人啊！

送走了少山和黑桃，这边泰奶奶又躺下了，重孙女有病，急的。泰奶奶手脚冰凉，浑身打战。范老井赶紧回去放了鹿血，让泰奶奶喝下去。一袋烟工夫，泰奶奶的手脚暖和了，身子也不抖了。范老井说："泰奶奶，放心，我是眼瞅着少山抱着黑桃滑到对面的，这会儿早就到了医院了。黑桃一准没事儿，过两天就给你送个硬硬朗朗的重孙女来。泰奶奶，您就放心吧！"泰奶奶缓过劲儿来，说："老井啊，你咋还管我叫泰奶奶呀？你说你，旧社会叫，新社会叫，俺年轻叫，俺老了，土都埋到脖颈了，你还叫，你就不兴叫俺老姐姐呀？"土改那阵子，斗地主，分浮财。范老井十八九，过去给泰奶奶家扛活儿，这回翻身了，斗争会上，工作队让老井控诉泰奶奶，人家都是一口一个地主婆，他却一口一个泰奶奶，被工作队长赶下了台。后来泰奶奶的丈夫泰山松回来了，人家是当了解放军的副团长。那泰奶奶为啥不说呢？多年没音信了，她哪敢说啊？万一投错了国民党呢？她这地主婆不算，还得扣上顶反动家属的帽子，这不罪上加罪了吗？工作队这才知道，泰奶奶斗错了，不是地主婆，是光荣军属，你说这事儿整的。工作队又登门给泰奶奶道歉，又夸那个小青年有政治觉悟。小青年呢，回到老家白羊峪了。副团长泰山松呢？转业到了地方，当了副县长，工作忙，常年不回家，搞上了办公室的小姑娘，和泰奶奶离了婚。泰奶奶在镇上教书，拉扯着一双儿女，苦巴苦业，日子难熬啊！后来就走了一家，男的是公社修造站工人，有一回焊接钢梁，从上面掉了下来，死了。后来，泰奶奶就再也没找。一晃两晃，也就老了。老了，需要人的时候，身边却没人了，大女儿远嫁他乡，前几年得了癌症，也死了；儿子儿媳外出打工了，还把年幼的孙女甩给了她。有时候，泰奶奶也想，也幸亏身边有个孙女做伴，要不也孤独死了。因为当过民办老师，泰奶奶每月还能拿几百块的退休金，和孙女黑桃过活。范老井知道泰奶奶的情况，这么多年常常跟人打听，时常一个人叹气："泰奶奶，咋这命呢？"范老井吧嗒着烟袋，对泰奶奶说："老了老了，就不改口了，还是叫泰奶奶吧！"

黑桃病好了，回家了。小雪也去看她，两个小姑娘投缘，很快成了好伙伴儿。这回再请泰奶奶当校长，就顺当多了。说实在的，可不是泰奶奶端着，难伺候；是老人家担心给白羊峪添麻烦。啥麻烦？这不，她跟范少山提了俩条件。泰奶奶说：一个呢，俺把黑桃托付给你们。他爹娘是死是活都不知道，就是活着也指望不上了，我哪天闭眼了，这孩子咋弄啊？

范少山抢嘴说："您老放一百个心，下了山，黑桃就是我们范家的人了，就是我的亲闺女，是小雪的亲妹妹。"

泰奶奶说："这二呢，你得给俺备一口大棺材，等我死了，还想埋在黑羊峪青山关的古长城垛下，俺爹娘就在那儿等我哪。"

范老井说："泰奶奶啊，您身子骨这么硬朗，别老说不吉利的话。"

泰奶奶说："老井啊，你别说俺，你也算着，哪天睡觉第二天都不保准能不能睁开眼。"

范少山说："棺材的事好办，俺请好木匠打好，天天让您瞅得见。"

泰奶奶微笑地说："中哩，中哩！瞅着棺材教书，俺就踏实啦！"

选了好日子，清爽天儿。白羊峪人用轿子去接泰奶奶，泰奶奶的头梳得油亮油亮，一丝不乱，干干净净。朝范老井笑了一下，悠悠地上了轿。这让范老井想起了当年泰奶奶走下大花轿的那一刻。范老井喊了一声："起轿——"余来锁和田新仓就抬起了轿子，轿子吱扭吱扭响，范少山跟在后面，扛着泰奶奶的行李。再后边，有人扛着椅子，有人端着铜盆，有人背着书。反正，泰奶奶那点儿家当，都捣动得差不多了，留下一间孤零零的破石头房子。范德忠和李国芳不能搬东西，干啥呢？金谷子吐穗了，招鸟儿，一群鸟呼啦啦飞过来，落在谷穗上就啄，连鸟也知道金谷子香啊！这还了得？老两口扎了几个稻草人，扛到地里头，隔那么远就插上一个，鸟们一见，呼啦啦飞进林子吃草籽了。忙活了地里，范德忠忽地想起来，还有事儿呢！他昨晚上做了个小滑轮，要固定在杆子上，对，旗杆，眼看要开学了，孩子们得升国旗啊！耽误不得。旗杆子早就有，还是当年建校时立的。二三十年了，随着村民的流失，前些年学校也撤了。如今那白桦树做的旗杆还硬朗朗地戳着，就是光秃秃的。范德忠要在旗杆顶上拴上滑轮，再穿上绳子，让国旗顺着滑轮升上去。这滑轮咋固定啊？把旗杆放倒？不中，根部是筑在水泥台子上的，不能动。"神雕侠侣"有办法，李国芳牢牢站在水泥台子上，范德忠拿着滑轮的手扶住旗杆，往上一蹿，两脚就站在了李国芳的肩膀上。范德忠的一只手慢慢蹭，直到蹭到旗杆顶端，把固定滑轮的铁丝套在旗杆上，又用头抵住旗杆，从口袋里掏出钳子，身子贴住旗杆，仰起脸，对着铁丝拧起来，一下，两下，三下……拧紧了。范德忠屈下身，从李国芳身上跳了下来。范德忠心思细，绳子早就穿在滑轮里了。国旗呢？范少山早就从镇上买来了。这当口，范德忠从包里拿出五星红旗，日头照着，红得耀眼。他把事先准备好的短木条穿进国旗的边布内，用细绳儿一圈一圈缠紧，这下，国旗就平展展的了。最后，把短木条用细绳儿绑在穿过滑轮的长绳子上，再把长绳子的一端在旗杆根部固定好，全部工序就完成了。范德忠大声说："同学们，升旗仪式，现在开始！"空荡荡的操场上，只站着白羊峪的女人李国芳，她的双肩拽着空荡荡的袖管，哼着国歌，安静地看着国旗徐徐上升。升旗的是只有一只手的范德忠，女人的丈夫。他用一只手升旗，边拉动绳子，边唱国歌，当唱完"前进，进！"的时候，他把国旗升到了旗杆顶上。范德安把绳子拴紧。国旗在旗杆上呼啦啦飘扬。范德忠朝着台下的李国芳望了一眼，笑了。李国芳也笑了。

小雪和黑桃上学了，除了她俩，还有四个孩子。白羊峪小学，六个学生，开学了！泰奶奶是校长、老师，还是班主任。泰奶奶是老教师，离开讲桌多年了，一看教科书，就激动。开学前，老人还备了三天课。孩子们小的七岁，大的十一，由于没上过学，都得从一年级学起。课本、书包、作业本、铅笔，都是范少山从镇上买来的。这帮孩子平常也有调皮捣蛋的，但一背上书包，都变成了温温顺顺的小羊羔，老老实实听泰奶奶讲课。别看学生少，又是一年级，泰奶奶也不轻闲，又教语文，又教数学，还教音乐、美术、体育。每天早上，学校头一件事就是升国旗，小雪成了升旗手，高兴地跟爹说，跟爷爷说，跟奶奶说，跟太爷爷说，在全家人吃饭的时候，又跟大家说。全家人都跟着高兴。升旗的时候，泰奶奶也直溜溜站着，看着国旗，和孩子们一起唱国歌。有一回，歌声亮了，是范少山来了，他嗓门响，震得教室玻璃直呼扇。

过了几天，范少山抽空去了趟布谷镇，去找徐木匠，要订两口棺材。咋两口啊？不是答应的泰奶奶吗？前面说了，老德安死的时候，用的是范老井的棺材，范少山也答应爷爷了，送他一口好棺材。正好，一块儿做了。他跟徐木匠说，用上等的好料，一口，雕龙，一口，画凤。又过了几天，徐木匠派人送来了两口棺材，雕龙的，放进范老井的鹿场。描凤的，搁在小学校。两位老人，都看着棺材笑了，这料儿实诚，活儿细，看着遂心。

金谷子正在灌浆，三顾茅庐，请来了泰奶奶，学校也响起了读书声，范少山该吹喇叭的跌跟头，缓口气了吧？偏不，这不，田新仓和余来锁撕巴起来了。咋着？田新仓不是因为养假野猪事儿，外出打工去了吗？是去了，可没几天又回来了。为啥？想寡妇"白腿儿"。在村子里倒不觉得，因为天天能看到，觉着"白腿儿"就在身边，跑不了。这一出门，心里就悬了，想得夜里睡不着，老梦见余来锁搂着"白腿儿"睡呢！就这样，第二天也没个力气上班了。后来，因为打瞌睡，让老板骂了一回。田新仓火了，干脆不干了，回家！

这天，"白腿儿"的儿子高辉回来了，还带来了儿媳妇小兰。人家是在北京打工认识的，两人在城里落了脚，有房有车，成亲了。结了婚，总得回老家吧！对了，高辉是带着新媳妇认门儿来了。也就是说，就如今这风俗，你在城里头办完了婚礼，到了家乡，还要办一回。范少山和余来锁帮着，"白腿儿"办了几桌，乡亲们都来了。

在这酒桌上，田新仓酒喝高了，酒高了，胆儿就肥了，眼睛就离不开"白腿儿"了，一个劲儿地朝"白腿儿"乐。余来锁见了，醋坛子打翻了，就用酒灌。"白腿儿"来敬酒，田新仓干了，说："俺在外边想你想得苦啊！想你想得睡不着觉啊！"说着说着，就哭了。儿子结婚，"白腿儿"也不好说啥，只是劝他少喝点儿。余来锁早就醋着他呢，腾地一下火了，冲上去，一把抓住田新仓的脖领子就往外拽，田新仓的身子不听使唤，跌跌撞撞跟着往外走，到了院子里，刮来一阵风，田新仓酒醒了一半儿，一见余来锁抓着自己个儿，能干吗？立马就抓住了余来锁的头发。这架打的，一个抓脖领子，一个抓着头发，是大老爷们吗？这都啥画面啊！两人都喝多了，可能是回到小时候的打架了。范少山过来，好一阵才把两人松开。田新仓还嚷嚷："余来锁，你小子没安好心！哪个女人也不会往火坑里跳！"余来锁内心脆弱，自卑，也没还嘴，走了。

范少山送田新仓回家，一路对他连呲带数落。从田新仓家回来，少山又去了余来锁家。余来锁正坐在炕沿上抽烟，脸色铁青。范少山给他倒杯水，让他醒醒酒。余来锁不喝。他眼睛直愣愣看着屋地，说："田新仓说对了，没有哪个女人跳我这火坑。一个二婚头，当小组长，糊弄；当村医，不精；写诗歌，被骗。你说我这一大把年纪了，还能干啥呀？哪个女人能看得上我呀？"范少山知道田新仓的话，戳疼余来锁的小心脏了，这疼，三天去不了。范少山说："田新仓的醉话你还往心里去？那是故意气你的！你往心里去了，就上了他的当了，他正巴不得呢！连句话都扛不住，'白腿儿'能稀罕你这样的吗？"余来锁想想，也对。想开了。问："你说俺跟'白腿儿'有戏吗？"范少山说："有戏，这不刚敲锣鼓点儿吗？"

十五

一转眼，范少山和杏儿好些日子没见面了。电话里杏儿跟他算了一笔账。从买假种子到找到金谷子，范少山花去了四万多块，这样下去，菜摊儿也没法支撑了。杏儿口气挺硬。她说："我真的撑不住了。我能做的，都已经做了。"范少山听到了杏儿的哭声，刚想安慰几句，对方挂了电话。再说杏儿，在虎头村，为了金谷子，杏儿在冰天雪地里跪着，花光了身上的钱，这是一心一意地为了自己个儿爱的男人啊！回到北京卖菜，到了月底，人家供菜户来结账，杏儿傻啦。没钱，还不上。还不上账，人家还能让你进新菜吗？进不了新菜你还卖啥呀？为了不打扰范少山忙金谷子的事儿，杏儿只得向人借钱堵窟窿。虽说不是两口子，可也是生活在一块儿的恋人啊？你说，这日子可咋过啊？

范少山本想回北京，可走不了，眼瞅着谷子都熟了，他得天天在地里守着。谷子一黄，插在地里的稻草人就不管用了。鸟不傻，慢慢就知道了那是假的，就飞进地里啄谷粒，这还了得？咋办？范老井说："鸟儿怕声响儿。"就翻出一面锣，抢起锣锤敲了一下，满屋子的声音，震得少山的耳朵嗡嗡响。这锣还是当年村上演样板戏时留下的，范老井负责敲锣，喊社员看戏。走进谷子地，范少山当当敲了起来，吓得鸟儿四散而逃。不过一会儿工夫，鸟儿又飞来一拨，范少山又敲，敲着锣，在地里从南走到北，从东走到西。这么折腾，谁受得了啊！范德忠、李国芳干着急，一个拿了锣，拿不了锤；一个，连锣都没法拿。范少山叫来了余来锁、田新仓三班倒，这才喘口气。这鸟就这么难对付？谷子是鸟的美食啊！吃惯了草籽的鸟，肚子里没油水，乍冷儿闻到谷子的香味儿，能不向前冲吗？

就在这当口，刁站长来了。真是及时雨啊！刁站长带来了防鸟的农药。农药，等等，有毒不？刁站长说："低毒。"范少山说："那可不中，俺的金谷子是无公害的。没别的法子？"刁站长说："只能敲锣打鼓放鞭炮。对了，还有防鸟网，就是造价高点儿。"打听了价儿，想想自己兜里的钱，再想想杏儿电话里的哭声，范少山心凉了。听说不用农药，刁站长也不急，人家不是做买卖的，这农药是支农专项，免费的。刁站长拍了金谷子几张照片，带着农药走了。锣还得这么敲下去，反正还有个十天半月，金谷子也就收割了。

一天，范少山换衣裳，柜子里放了樟脑球，味儿冲。他忽地想到，人都膈应这味儿，小鸟受得了吗？范少山找出柜子里的两只樟脑球，用纱布包好，拴在木棍上，插在谷子地里。果不其然，那块地几步方圆，成了无鸟区，有的小鸟，刚想落在谷子上，忽地折身飞走了。范少山一看，乐得直蹦，这法子好啊，既不污染谷子，又能赶走小鸟。他立马下山去了布谷镇，买了几袋樟脑球，没几个钱。回来后，带着余来锁、田新仓把包好的樟脑球插进了谷子地。一亩来的地方，插了三十多个樟脑袋。这下清静了，鸟没影了。偶尔飞来俩胆大的，喊一声，也就飞了。治了鸟，还要防人偷，晚上，范少山就住在棚子里，半夜起来，在谷子地里走一趟。每回都躺在谷子地里，想杏儿。他给杏儿发了微信，向她说了对不住。还说，眼下亏了点儿，将来会是有收益的。等乡亲们温饱了，他会跟村委会签订协议，是按比例提成还是承包啊，再商量。那时候，损失不就补回来了吗？做事要看长远。杏儿没有理他，范少山的心乱了。

那天晚上，他回了一趟家。娘还在织毛衣，织了爷爷的，织老伴儿的。织了儿子的，眼下织谁的呢？看儿子有心事，李国芳说："你这么多日子没见杏儿了，她又为咱白羊峪花了不少钱，杏儿能乐意呀？杏儿是个好闺女，依俺看，你配不上人家。你要想留在白羊峪，就别耽误杏儿了。"范少山说："这些日子，人家赚的钱都让俺花了。还能让人家打心眼儿里头乐啊？说实话，她是真心对俺好，俺要是对不起她，那不成畜生啦？"李国芳不乐意了，"你是俺生的，俺是啥？猪啊？羊啊？"李国芳瞪了少山一眼，少山挠挠脑袋，嘿嘿笑了。李国芳说："你要真的想对得起杏儿，你就回城里去。要不，俺就托人给你在十里八村的找一个。"范少山说："那不中，爱一场是那么容易的吗？说散了就散了？"李国芳叹口气："爱啊情的，俺不懂，俺就知道男人女人相中了，都得想着对方，好好处。"李国芳的双脚熟练地扭来扭去，两支毛衣针也在轻盈舞蹈。李国芳说："孩啊，你在北京，三年没回来，娘这心啊，天天悬着，知道你在外边闯荡不易，生怕你有个好歹儿的。如今你回来了，当娘的还是放心不下，又怕你在白羊峪的事儿干不成，回城了；又怕你把事儿干成了，不走了。还有呢，还惦记着杏儿，一个闺女家做买卖多难啊，怕她吃不好，睡不安；又生怕那么好的一个闺女，被别的好男人抢了去。你说，当娘的，哪天不操心啊？哪天不操心了，也就躺棺材里了。"说着说着，李国芳的眼圈儿红了。范少山见了，心里头不好受。他说："娘，儿子大了，您就把心放在肚子里吧！俺在北京干得不赖，还买了二手房，一辆便宜车。这阵子，没俺帮衬着，卖菜的生意是不忒好，加上俺又花了几万，杏儿手里头也没钱了。可生意还在呢！做买卖借钱是常事儿，俺都劝杏儿了。俺在白羊峪，生意没丢，丢了，哪儿有钱干事儿啊？您老也瞅见了，乡亲们庄稼长得不赖，金谷子大穗像猫尾巴。今年，白羊峪人不愁吃了，你儿子露脸了。甘蔗哪有两头甜啊？城里受点儿损失，村里头得了实惠了。再过两三年，乡亲们吃好了，穿好了，住好了，用好了。俺就得挣钱了。你儿子也不是活菩萨，也不是活雷锋。俺爷爷、俺爹娘俺得养啊！俺得让亲人们过好日子啊！还有杏儿，俺也不能苦了她，俺要娶她，俺要让她爱得值呀！"范少山说完这番话，娘儿俩都抹泪儿。范少山催儿子赶快去北京，好好对杏儿说些宽慰的话，陪陪人家。

这天早上，日头还没冒头，范老井来到了谷子地。范少山正在窝棚里睡着。不打扰他。范老井就想在谷子地里走一走，看一看。还早，鸟儿还没醒呢！走着走着，范老井老眼一亮，看见了啥？谷仙！谷仙还是那么年轻，那么漂亮。她头上插着谷穗，穿着白色衣裙，正在金谷子地里飘呢！范老井扑通跪倒、磕头，嘴里说："谷仙奶奶，你老人家可好啊！您终于回到白羊峪了！看你稀罕的金谷子来了！是啊，金谷子又回来了！谷仙奶奶，求您老人家保佑啊！让金谷子长得好好的，让老百姓过上好日子！"过了一会儿，范老井起来，这才发现天地和金谷子都静静的，谷仙飞走了。

范少山还是走不了。谷子熟了，要开镰了。就在家家户户磨镰刀，要进地收割的当口儿，刁站长来了。前头说过，刁站长送农药，范少山没用，临走的时候不是用手机拍了几张金谷子的照片吗？是啊。人家把照片发到了报社，还写了篇文章《昔日御膳金谷子，今朝重现白羊峪》。市报、省报都登了，互联网上也转发了。范少山猫在山里，哪知道啊？这回，刁站长不光带来了报纸，还带来了一帮电视台记者采访。记者扛着长枪短炮，还没顾上采访呢，就被金黄色的谷子吸引住了，忽地跑进地掐谷穗，往包里装。一旁的田新仓急了！让记者把谷穗掏出来，又喊乡亲们围住地头，谁也不准进。范少山也生气了：这么点儿金谷子，多金贵啊，是你想掐就掐的？还记者呢！啥素质啊！俺要全部留种子的！明年俺要大面积种植！你们懂不懂？啊？范少山压住心底的火，没把心里话说出来，人家好歹是客人，能不和气点儿嘛！范少山说："各位记者，实在对不起！这金谷子忒少，全部留种还不够呢！等明年大面积种植了，金谷子就多了，到那时候，俺把脱去谷壳的小米给各位送到家里去！"几句话，化解了一场尴尬。记者们也觉得不好意思了。记者对着金谷子地拍了一阵，又采访了范少山、余来锁，田新仓也跑过来，说了几句。他说："在轰鸟的关键时刻，俺把锣敲得震天响，鸟儿吓得屁滚尿流。俺是金谷子保卫战的功臣啊！"余来锁把田新仓拉到一边，气哼哼地说："就你功臣？别人啥也没干啊？"田新仓嘿嘿一乐："气死你。"这时候，范少山忽地想起一件事。他拉着记者说："听我爷爷说，谷仙又回到白羊峪了。金谷子一定会壮壮实实地长，年年是好年景啊！"记者一听是谷仙的事儿，没兴趣，连连摆手。这都啥年月了，谁还信啊？

记者走了。范少山说："赶紧收割！要不再来一拨记者，咱的金谷子就遭殃了。"半天就割了，先把谷穗藏在了支书费大贵家的空房里。费大贵家房子是铁门，玻璃上焊着铁栏杆呢！既安全，还能开窗透气，防潮，金谷子放在这里最保险了。范少山让换了新锁，钥匙交给了余来锁。

果不其然，第三天晚上，白羊峪就来了七八个人，不是记者，是山下不知哪个村的。都拿着镰刀，拎着袋子，直接扑向金谷子地。这是来偷金谷子的。到了地头，只看见了一地谷茬子，傻了。这当口儿，范老井正扛着猎枪出来，发现几个鬼鬼祟祟的黑影，大吼一声："谁呀？"几个人唰唰地跑进了玉米地。范老井眼花，像是看见了啥怪物，从后边轰地放了一枪。那几个人跑下了山，累得躺下了。有人说："看看空谷子地，就开枪啊？要是偷到谷子，那还不得扔炸弹啊？"

上了电视，白羊峪没电，谁也看不到，一场空欢喜。可人家山下有电，各村都能看得到。看到电视里金谷子熟了，还没收割，几个起了贪念的人，摸着黑儿到了白羊峪。

秋收忙完了，范少山去了北京昌平。在菜市场，范少山让杏儿在一边歇着，自己个儿卖菜，就是讨好人家哩。杏儿见了他脸子不是脸子的，范少山把白羊峪的苹果塞到杏儿的手里，杏儿把苹果放在一边，待他不冷不热的，不咸不淡的。坐了一会儿，杏儿就发现少山把几样菜都卖便宜了，他还当是去年的价呢！杏儿说："你一边凉快去。照你这样做买卖，咱俩都得喝西北风！"回到家，范少山把金谷子种植成功的报纸给杏儿看，又打开电脑，从网上搜索金谷子的视频，果然有。如今电视台一播放，就都到网上了。范少山让杏儿看，杏儿说："早就看到了，看到视频里的你，当农民有模有样的。"范少山说："俺本来就是个农民嘛！"杏儿心里头佩服少山，嘴上不说。对一个爱情中的姑娘来说，这重要吗？范少山有点儿愣，不懂女人，他以为杏儿是因为钱的事儿。哪光是为了钱啊？在北京好好一场恋爱，肩膀挨着肩膀卖菜的，睡在一张床上，这就活生生给拆成异地恋啦！一开始还觉得没事儿，后来两三个月见不到人影儿，还不能经常通话，怕没电，范少山哪舍得开机啊？写信呢，邮递员不上白羊峪，白羊峪人只能到邮局问问："有俺的信吗？"范少山去布谷镇的时候，顺便问过，接到过两封，都是杏儿写给他的。上山下山，忒不方便啊！杏儿也想到了，干脆不写了。这时候，钱还是事儿吗？杏儿就是想让范少山陪着自己。对！情深都不如陪伴啊！钱是借口，那回电话里说到钱的事儿，杏儿哭了，不是为钱哭，是为范少山不在自己个儿身边流的眼泪。越想少山，自己个儿就越孤独，心里头空落落的。这回，范少山回到了北京，回到了家。杏儿说："我想结婚，你不向我求婚吗？"范少山愣了一下，说："杏儿，咱不是说好了吗，结婚的事儿先放一放。"杏儿说："你不向我求婚，我向你求婚行不？"说着，就要单腿跪地。范少山赶忙把她扶起来，说："都老大人了，还要小孩子脾气。好了好了，我答应。早晚是你的人。今儿个俺就以身相许成不？"范少山紧紧抱住杏儿，朝着她光滑的脸蛋儿强吻上去。杏儿挥着拳头捶范少山的后背，吃力地想挣脱开，后来，两人的嘴唇碰到了一块儿，亲吻起来。

两人亲热了好长时间。累了，躺在床上说说话。范少山说："这事儿，比割谷子还累。"杏儿说："那你还干。又没人逼你。"范少山说："杏儿，这些天，真难为你了，就没找个帮手？"少山说"帮手"俩字的语气有点重，还拖了长音儿，杏儿一听，这是话里有话，她知道，范少山有点小心眼儿，就说："有人喜欢我。"范少山差一点就猛地坐了起来，他克制住了，还躺在那儿淡淡地问："谁？"杏儿也淡淡地说："原来公司的一个同事。姓高，年轻，人也帅。如今也不在公司做了，自己干装修呢，到菜摊来了几回，有时赶上了，帮着卸菜，和我说说话。有一回晚上收摊了，走出去，他在门口站着呢……"杏儿装睡，故意不说话了，心想，急死你。范少山有点急，还是按捺不住了，问："后来呢？"语气有点迫切。杏儿心里笑了，说："后来，后来，我刚才说到哪儿了？"范少山赶紧提了个醒儿。杏儿说："哦，想起来了。他在门口等我，请我吃饭。我去了。他有司机，喝多了。说喜欢我，让我做他女朋友。你说，我该怎么办？"范少山心里头醋海起了浪头，说："你就答应人家呗。反正人家年轻，比俺帅，又比俺认识得早。"杏儿说："你猜对了，我答应了。"范少山终究还是躺不住了，坐了起来："答应啦？你可别骗人家，你有对象啊！"杏儿也坐了起来，说："我答应他，我不喜欢你。"范少山心里的一块石头落了地。笑了："俺说嘛，俺说嘛……"杏儿说："我就看看你怎么装！"范少山挠挠脑袋，嘿嘿笑。杏儿拧了一下少山的大腿，少山嗷地叫了一声。杏儿发狠地说："范少山，你听好了！我闫杏儿是贵州姑娘，敢爱敢恨。如果哪一天我爱上了别人，我会第一时间告诉你，绝不藏着掖着。你也不能骗我。晚点儿结婚可以，但你要是敢把我半路抛下，去找别的女人，看我怎么收拾你！"

再说这边白羊峪。小学校那个十一岁的孩子叫栓子，人家原来上过两年学，在镇上大姨家读的，后来大姨死了，栓子没了着落，又回到了白羊峪奶奶家。泰奶奶了解情况后，觉得不能耽误孩子，应该直接让栓子读三年级。这样的话，泰奶奶的课堂就成了复式班。教了一年级，还得教三年级。啥都好，就是没有书，栓子有点不乐意。没书，泰奶奶讲课也摸不准。要去买书，就得去县城，范少山又不在，余来锁也感冒了，发烧。咋办？孩子读书的事儿，是大事儿，等不得。范德忠和李国芳一商量，两人一块儿去。就是买两本书，还用得着去两人？前头不是说了吗？人家两人才是一人，要么咋叫"神雕侠侣"呢！带上两百块钱，那是政府发的残疾人补助，两人上路了。课本是教科书，都是教育局定制，按着学生人头发下来的，书店买不着。上回的课本，范少山还是请县城的同学淘换来的，咋办？去了教育局，没有。老两口想到学校可能有富余的，就去实验小学。等到放学，孩子们排着队出来，见范德忠和李国芳的模样，有孩子笑起来。领队的是一个扎着羊角辫的女孩，好像是班长，呵斥道："要讲文明礼貌，不许嘲笑残疾人！"孩子们走了，范德忠和李国芳要进学校，却关了电动门，想跟门卫打招呼，门卫理都不理，夹着饭盒打饭去了。

天黑了，老两口买了两个烧饼，蹲在街头，吃了。想找小客栈住下，没有，都改成大宾馆了，一问价，吓了一跳，兜里有一百多块，不够啊！再说了，不就是睡一宿觉吗？这一百多块，俺们白羊峪人要活好多日子呢！干脆，就在街上蹲一宿。秋后了，天凉了。夜风刮来，透过了肉，扎进了骨头。顶不住了。老两口得找个背风的地儿，找来找去，找到了桥洞子里，背风是背风了，可臭烘烘的。里面还睡着俩乞丐呢！乞丐挺友好，给他俩挪了挪地方，还把头下枕的一条破毯子给了老两口，又睡了，边睡边叨咕："又多俩战友，可以组团了……"

在桥洞偎了一宿，天一亮，两人就猫腰走出桥洞，透透气。两人上了桥，商量着找书的事儿，就看见那边公园空地上有小孩放风筝。范德忠叹口气："今儿个是礼拜六，孩子们不上学啊。这可咋好？"李国芳说："还要等到礼拜一？还得两天啊？"范德忠说："既来之，则安之。找个卖炸油饼豆腐脑的地方，先垫补垫补肚子。"走到桥对面的公园，老两口见到了一个放风筝的小姑娘，正是在校门口见的那个扎着羊角辫的。风筝呢？羊角辫一拽，线断了，风筝飘飘悠悠下来了，落在了树杈上。小姑娘跑过去，蹦着高，够不着。旁边的一个老人，是羊角辫的爷爷吧，也来帮着够，够不着。范德忠、李国芳来了。李国芳往地上一蹲，范德忠双脚踩着国芳的肩膀，国芳缓缓起身，范德忠的身体就起来了，他的一只胳膊就够着风筝了，风筝就被他取下来了。范德忠嘿了一声，国芳缓缓蹲下来，眨眼间，就从她的肩上蹦下来。范德忠将风筝递给羊角辫。羊角辫呆住了。她爷爷呆住了，公园里的游客也都看呆了。醒过味儿来，人们都拍巴掌。羊角辫一眼就认出了这对男女，正是昨天校门口被同学嘲笑的残疾人。爷爷和老两口唠嗑，得知两人是山村的，为了学生的课本而来，羊角辫和爷爷都感动了，爷儿俩立马回家，去找羊角辫用过的课本。一顿饭工夫，爷儿俩回来了，拿来了两套三年级课本，另一套是羊角辫找同学要的。范德忠和李国芳连声感谢。这下好了，泰奶奶一套，教书；栓子一套，读书。齐了。范德忠和李国芳乐乐呵呵地回了家。

秋后的白羊峪，地里空荡荡的，人们忙着玉米脱粒，装进大缸里，把它和土豆、白薯藏进窖里。还有点苹果，下山赶布谷镇大集，卖了换点钱花，买衣裳，割点肉，置办点农具，也就这样了。

十六

范少山的前妻迟春英嫁给了有钱人马玉刚，见了世面，三年时间，从深圳到北京，干挣钱的事儿。啥生意啊？开始的时候，马玉刚在县城就是干些个粗活儿，卖建材，经营水泥、瓷砖啥的。后来就做了光伏发电板代理，业务从南方做到了北方。马玉刚有眼光，看得远。做生意，超前；做人，原始。啥叫原始呢？就是有点动物性。手臊，打老婆。一言不合就出拳头。马玉刚当初稀罕迟春英，不就是因为人家柔情似水吗？可迟春英想着自己个儿的闺女小雪还窝在白羊峪，那里山高皇帝远，兔子不拉屎，心里头就急，就躁。孩子是娘身上掉下来的肉啊！迟春英能不惦记吗？马玉刚人干干巴巴，出手却重。那天迟春英在家里上网，看到了金谷子视频，高兴地喊马玉刚来看，马玉刚正好看到范少山接受记者采访，火了，上去就给了迟春英一拳，这一拳正好打在了迟春英的鼻梁上，血从鼻子里流了下来。马玉刚还有理了："你心里头还放不下他，是不？你找他去呀？你说，你贱不贱啊？你自己个儿偷着看就得了，还拉着我看？这是你自找的！"马玉刚就像戴了绿帽子，气得呼呼喘气。迟春英捂着鼻子去了医院。鼻梁骨折了。

这事儿让范少山知道了。他咋知道的？真是无巧不成书。范少山不是在北京昌平吗？对呀！这天在菜市场搬菜，腰扭了一下，龇牙咧嘴，有点疼。医院就在跟前，杏儿催他去看看。扭个腰，就去医院？白羊峪人谁不扭腰啊？忍忍，就过去了。范少山不去。杏儿说："那我陪你去！"范少山看杏儿心疼自己，又怕耽误生意，去了。医生给他开了点止痛膏、止痛药，走了。路过病房的时候，房门开着，看到一个女人在病床上躺着，鼻子上捂着纱布，打着吊针。谁呀？这么面熟？范少山想着，走了过去。忽地，他又折了回来，走进病房。这不是迟春英吗？你不是在深圳吗，咋到北京啦？就为住院来啦？不像病啊？是受伤了。咋回事儿啊？迟春英都说了，就是不说鼻子是被马玉刚打的，她说是不小心撞在墙上了。迟春英说得轻描淡写，范少山就觉着不对劲儿了。你编都编不圆，就算不小心，也没碰鼻子的，就算碰了，也不至于骨折呀！瞒不住了，迟春英说了实情。范少山气得肝疼，就你这家庭环境还想接小雪读书？你连自己个儿都保护不好啊！当初为了和俺离婚，你要心眼儿，说俺家庭暴力，俺忍了，这回你尝到家暴的滋味了吧？范少山这样想着，嘴上没说。人家迟春英正疼着，你说这些，不是往人家伤口上撒盐吗？迟春英流下了眼泪。她能不悟到这一点吗？她说："当年，是俺对不住你。"

马玉刚打完迟春英，后悔了。凡是家暴的，完事都说后悔，都求媳妇原谅，说是痛改前非，可没几天，还是抡拳头。家暴就像吸毒，说是不吸了，但扳不住。成瘾了。马玉刚买了一大抱玫瑰，来看望迟春英。走进病房，傻了。范少山坐在床边呢。这咋回事儿啊？范少山是从天上掉下来的吗？不是，一准是迟春英打电话叫来的。马玉刚刚想发作，但忍住了。他把鲜花放在床头，说了一句："老婆，你看你总是这么不小心。"咋回事儿？你那意思，鼻子是自己个儿碰的？范少山说："马玉刚，我跟你在外边说句话。"马玉刚说："背人没好话。有话就在这儿说。"范少山说："别打扰人家病人。就两句。"马玉刚跟着范少山往外走。迟春英心里头打鼓：可别出啥事儿啊？来到医院外的一僻静处。范少山说："男人做的最不像人的事儿，就是打老婆。"马玉刚说："俺的老婆俺管教，碍着你啥事儿啦？你心疼啦？醒醒吧，迟春英不是你老婆了！"范少山骂了一句："王八蛋！早知道你是这混账样儿，俺就死活不和春英离婚。"马玉刚说："俺就知道，你是鞋子里的豆子，垫（恬）着呢！你放不下春英是不？可你没法子，他是我媳妇！"范少山一把抓住了马玉刚的脖领子，举起了拳头。马玉刚吓得闭上了眼睛。范少山喝道："你要是再敢打春英，俺绝不饶你！"范少山一拳头打在了树上，树叶哗哗直落。

在北京待了十几天，范少山惦着金谷子的事儿，回了白羊峪。这金谷子先是用手工脱了粒儿，留了种子，又装了一袋，还有，脱去谷壳，成了小米，每户分了二斤，让乡亲尝尝鲜。又给孙教授寄了几斤，感谢他的帮助。还装了一面袋，那是给虎头村的老姑奶奶的。滴水之恩，涌泉相报啊！

范少山去了虎头村。老姑奶奶已经死了。看到墙上挂着的老姑奶奶遗像，范少山眼泪唰地流了下来，那么好的老姑奶奶，说没就没了，让人咋不想呢？没有老姑奶奶，就没有金谷子重见天日啊。给老姑奶奶上坟，供上金谷子，给老姑奶奶烧了纸，哭了一场。范少山提出给老姑奶奶领牲，牛成说："不中不中，俺当了村主任了，不能搞封建迷信了。"牛成当了村主任了？范少山没想到。不是说牛成憨厚吗？还能当村主任？原来，虎头村前任村主任有点儿钱，是个村霸，贪财不说，还隔三岔五在大喇叭上骂人，操妈日娘，谁都不敢惹他。最终把村民们逼急了，把他罢免了。这回村民们改了主意，要选就选老实厚道人。有人推举牛成，加上牛家是虎头村大户，牛成就这样选上了。别看牛成憨厚，能干事儿，人家行得正，走得直，村民背后都竖大拇哥。范少山说了白羊峪种金谷子的情况。他说："明年大面积种金谷子，还种大豆、蔬菜等非外国种子，打造中国北方的种子库。"牛成听了，打心眼儿里稀罕这个远来的亲戚，想得远啊！他说明年去白羊峪参观取经。范少山说："咱这亲戚还得走啊，越走才越近啊！"

范少山和余来锁商量，每年种一点儿，也要打造"中国的种子库计划"。白羊峪山高地远，良种不会和别的种子杂交，还能防盗，这是天然优势。孙教授来信了，他夸赞金谷子小米味道好，还在信上说："远离外国种子，多种些纯正的种子，把安全健康的种子传下去。"

一晃儿冬天了。杏儿来了，她把菜摊儿交给表妹管着，来白羊峪看看。粮食进仓，大伙高兴。余来锁组织了一场庆丰收晚会。村小学操场，点燃了篝火。

全村男女老少都来了，热热闹闹的。大伙先请泰奶奶表演个节目，泰奶奶唱了一首燕山民歌《捡棉花》：

年年都有七月二十八，姐妹二人去捡棉花。要问大姐怎么打扮，列位不知细听我来夸。大姐梳了一个油头小纂，小妹梳了一个辫子一把撒；大姐穿了一个白布小汗褂，小妹穿了一个刚改的小汗褂；大姐的裤子本是葱心绿，小妹的裤子赛如粉桃花；大姐拿着一个竹篮子，小妹手里把棉花兜子拿。先过了张家谷子地，后过李家一块好芝麻。大姐拾了棉花一大堆，小妹拾了一兜好棉花；大姐言说棉花拾完了，小妹言说咱们就回家。

虽说有的调调上不去，可泰奶奶都九十了，别说唱了，能说下来就不简单了。大伙把巴掌都拍红了。接下来，范少山和杏儿演出了男女对唱《兄妹开荒》，范德忠和李国芳唱了《夫妻双双把家还》，"白腿儿"唱了《谁不说俺家乡好》，轮到余来锁了，他五音不全，唱歌跑调，就拿出了最拿手的，朗诵自己个儿写的诗《白羊峪，俺亲亲的白羊峪》。

白羊峪，俺亲亲的白羊峪
你的天那么蓝
云那么白
俺看不够啊！看不够！
你金谷子那么美，苹果那样甜
俺吃不够啊！吃不够！
你的女人是那样美
孩子是那样乖
俺疼不够啊！疼不够！
……

田新仓明眼看着呢！余来锁朗诵"你的女人是那样美"的时候，瞟了一眼"白腿儿"，眼睛贼亮。你啥意思？你还疼不够？还拿"孩子那样乖"作掩护，就差一句"你的腿是那样白"了。"白腿儿"过去说过，啥时候儿子结婚了，她再想改嫁的事儿。如今儿子早办了喜事儿了，也就是说眼下正是时候。想着想着，田新仓上场了，要唱一首歌。田新仓带着家伙什儿呢！人家在外打工，用工资买了个小放音机。打开了，挺响。是伴奏音乐，啥歌？《知心爱人》。白羊峪人大多在收音机里听到过，音乐一响都跟着哼哼。田新仓好嗓子，参加过布谷镇青年歌手大赛，得过亚军。

让我的爱伴着你直到永远
你有没有感觉到我为你担心
在相对的视线里你才发现什么是缘
你是否也在等待有一个知心爱人
……

田新仓唱得情真意切，人们的心都化了。本来是男女声二重唱，人们知道"白腿儿"唱得好，就往场上推她，也有看热闹的，就想看看余来锁有啥反应。人家"白腿儿"倒也大方，不就唱首歌吗？"白腿儿"跟着音乐，接下来就唱：

把你的情记到心里直到永远
漫漫长路拥有着不变的心
在风起的时候让你感受什么是暖
一生之中最难得有一个知心爱人
……

田新仓和"白腿儿"深情对唱，不少人却盯着余来锁。这余来锁心里虽然醋火儿噌噌往上冒，但他心里明镜似的，不能要脸子。这乡亲们都看着呢！依然坐在那儿，听着，乡亲们喊好，他也喊好，乡亲们拍手，他也拍手，心里头却恨不得冲上去踹田新仓两脚。俺朗诵"白羊峪的女人俺疼不够"，你就和"白腿儿"唱《知心爱人》，你这不是明摆着整俺吗？心里头另一个声音劝自己：不就唱首歌吗？"白腿儿"就嫁他啦？男人得有格局，得有气场，像你这小家子气，"白腿儿"跟了田新仓就对了。唱完了，余来锁站起来带头鼓掌，走过去，紧紧握住田新仓的手，说："唱得忒好了，真是人才呀！"田新仓不知他葫芦里卖的啥药，愣愣说："你还想打俺呀？"大伙都笑了。

山里人，一到冬天没了农活儿，就开始"猫冬"，这一"猫"就是三个多月。范少山觉着可惜了的。他脑子里琢磨着白羊峪一个大谋略。修路！这么多个年头了，白羊峪日子越过人越稀，日子过得冒穷气，为啥？就因为没有路！因为没有路，孩子们不能去镇上上学，要么搬走，要么上了中学才能下山；因为没有路，阻挡了人们和外界的交往。外面的姑娘不愿嫁到白羊峪，村里过去人多时，娶的都是本村姑娘，再往后就和黑羊峪"换亲"。白羊峪人多，黑羊峪人少，等到没亲可换，就只能打光棍，姑娘都嫁到山下去了，小伙子们有的搬走了，有的外出打工不回来了，活了上千年的村庄，就一点点的没了血色，没了精气神，没了筋骨，就剩下一口气了。紧挨着白羊峪的黑羊峪呢？连口气都没剩下，自打泰奶奶和黑桃搬下来，黑羊峪就没人了。

白羊峪与山外的通道，只在绝壁上几乎直上直下的几百个台阶，台阶最窄处只有半步宽，咋走？要不咋叫"鬼难登"呢？这天梯是一条高低不平、宽窄不一的石阶，有的是长城砖搭建的，在高高的悬崖峭壁边上蜿蜒曲折，两边没有栏杆，稍不留神就闪了，还能去哪儿？两边是悬崖啊！白羊峪人用的家什么得肩背手提运上去，想卖点钱的苹果、土豆得肩背手提运下来。容易吗？不是上面动员搬迁吗？可故土难离啊！白羊峪不是没有生存条件，那么多土地，守着长城，茂密的树林。差在哪儿？就是没有一条走得舒心的路。范少山跟余来锁说了这件事，余来锁上来了诗人的激情："这是历史给俺们白羊峪最后的机会，俺们一定把路修好，只有路通了，才能留住俺们的古长城，留住俺们的亲人，留住俺们的金谷银山！"

听说要修路，泰奶奶激动了。她抹着眼泪说："俺们黑羊峪和白羊峪祖祖辈辈都走这条'鬼难登'，多少人掉进山涧里丢了命，有的连尸首都没背回来，如今要修路了，俺老太太死也闭上眼啦！"范少山拉着泰奶奶手说："您就是咱白羊峪东山顶上那棵不老松啊！您且活着呢！是咱村子由盛到衰，再由衰到盛的见证人啊！"

范少山与余来锁一商量，得开个会。修路这么大的事儿，能一两个人说了算吗？余来锁说："按理说，应该先开个党小组会。可咱村里就俺和你爷爷范老井了。你要是党员就好了，咱三人就能成立党小组了。"范少山说："别拿俺开涮了。俺哪儿够格啊？"余来锁说："少山，你干得不赖，比俺强得多。到时候，俺当你的介绍人。"范少山说："等咱们村的路通了，村民富裕了，我就入党啊！"余来锁感觉到了范少山的真诚。他说："是啊，咱先说修路的事儿。"

那就开村民会，听听乡亲们有啥想法。范少山主持，余来锁讲话。听说修路，都说好是好，就是修不了。咋修不了？范德忠说："这不明摆着吗？路早就该修，可祖祖辈辈哪代修好过？学大寨那年份，俺们也炸过山洞，不是也没修好吗？再说了，就凭咱们这几个人手，还不得修到猴年马月啊？"父子是天敌，范少山就知道爹不同意。他在饭桌上提起过修路的事儿，爹气得摔碗："种个金谷子就不错了，你还想往里搭钱啊？人家杏儿是你的钱匣子啊？想拿就拿，想拿多少拿多少，有你这样的吗？"若不是当着杏儿的面儿，指不定巴掌扇过去了。

杏儿呢？她也不同意修路的事儿。当初范少山承诺过，干一年，若是白羊峪没啥起色，就回城。一年下来了，金谷子还乡了，村里人吃饱了，你能说白羊峪没起色吗？还得由着他。他那性子，啥骑手能驯得服？杏儿也不跟他急赤白脸的。你有钱，你就干事儿，你没钱，就别再惦记着卖菜那点儿进项了。一句话：没钱！范少山，你有法子，使去呗！会上，范德忠打了头炮。在他这儿，就行不通了。儿子的主意，当爹的都不支持，谁还说话呀？范少山想：爹这招做得绝，俺不是他对手啊！范少山想了想，先是引导大伙说说走"鬼难登"的苦。这下打开闸门了，苦水哗哗流。有的说，俺二叔就是掉下悬崖摔死的。有的说，俺三爷爷，赶集掉了下去，摔断了腿。有的说，俺娘抱着弟弟下山，娘儿俩都掉下去了。说着说着，有人哭了，这一哭，人们就都抹眼泪。范德忠说："说起这没路的苦啊，三天三夜也讲不完。记得俺小时候，俺全有叔带着俺去赶集，爷儿俩赶完集，在街上吃了碗饸饹面，回来了。上山的时候，全有叔背的东西多，大包小包的。走着走着，包袱让树杈刮住了，走不了，也放不下来。我个子小，够不着。咋办？全有叔就硬扯，树杈断了！脚下一擦冷，人啊的一声，掉下去了。全有叔就这样没了。打那以后，俺没吃过饸饹面，看到饸饹面就想起全有叔，难受……"范德忠眼里含着泪花，说不下去了。范老井不说话，只是吧唧吧唧抽烟。范德忠说的全有叔，那是他的亲弟弟，死的时候才十九。这一忆苦，大伙都同意修路。范德忠忽地想到，自己个儿不知不觉地就上了儿子的套儿了。比他爹技高一筹啊！田新仓说："国家给钱不？大伙上工有没有钱？就算没钱也得管顿饭吧？"余来锁说："就你小子没觉悟。"范少山说：

100
1921-2021
红色岁月
红色历程
红色史诗
红色经典

"田新仓说的是现实问题。这钱的事儿,积极争取政府资金。不能增加农民负担,绝不让大伙花一分钱。如果有缺口,俺想办法。还有,参加上工的,吃顿晌午饭,猪肉炖粉条!"

话音一落,会场响起了一片掌声。

十七

山里不比平原,人家那里一马平川,想咋修咋修,轧路机一过,铺上沥青,齐了。山里呢,你得跟石头较劲儿。一是不走直道,修盘山路,三里地远,你得走出十几里来。二是走直道,就是开山,凿通隧道过去。反正,哪个法子都不易。

修路要有图纸,要有人力,要有钱,要有炸药。白羊峪有啥?一穷二白。余来锁的表弟是唐山政府部门工程师,请来了,围着村庄转了转。表弟说:"修路是大事儿,凭你们白羊峪完不成。我不能出图纸,出了事儿要负责任的。"表弟也不是一推六二五,表弟指着峭壁说:"不能修盘山道,曲里拐弯的,麻烦。不如从这儿凿开一条隧道,直接通往布谷镇的公路。不过,就算一支专业工程队,有凿岩机,也得干三年。你们白羊峪人干,十年也不一定。"范少山说:"那俺们就每年干一点儿,十年八年的,不就打通了?"表弟说:"如果那样干,你们真成了愚公了。打通隧道,可能是个神话。"表弟说了几句,走了。人家是公职人员,不往深里摊。你们一帮村里人,就想开山?笑话!出了事儿算谁的?表弟虽然没留让人有证据可抓的图纸,但毕竟人家给你指了条明路,那就是开凿打通外界的隧道,这也是范少山的想法。要说图纸,范少山和余来锁成了土专家,山前山后地走了走,简单的图纸画出来了。

政府的资金在哪儿?猪肉炖粉条好说,杀两头猪就齐了。没钱能开山吗?别的不说,安全帽、工作服、劳动鞋、钢钎、铁锤不都得添置吗?你就是一锤子一锤子砸,也得置办家什啊!再说了,没炸药,砸得动吗?炸药,也得花钱买呀!

余来锁心思细,连夜写了个方案,带着范少山去找支书费大贵汇报。费大贵还是主张搬迁,范少山和余来锁说了大伙的心情,都想留下啦,都想修路。费大贵说:"既然这样,咱就尊重民意。刚才你们说开山管饭,猪肉炖粉条,实实在在呀！这猪肉炖粉条俺出了。"费大贵拿了一万块钱，交给余来锁，又握住范少山的手说，"小伙子，好好干吧！你是白羊峪的未来和希望！"说到"希望"的时候，费书记握范少山的手用力顿了两下，另一只手又挥了一下。

去了镇上，徐胜利书记眼睛很眨了眨，接着，像是倒吸了一口凉气："开山修路？"范少山和余来锁也跟着眨眼睛，听徐书记发话。徐书记说，"我问你们，白羊峪还有保留的必要吗？"余来锁都说有必要，都说有意义。金谷子不能没人种，古长城不能没人守，将来还要建成金谷银山呢！没人哪成？有人，有金谷银山，没路哪成？徐书记笑了："理解你们对家乡的深厚感情。我家就是南山北岭村的，搬迁，谁都不愿意走，故土难离。大多数都搬下来了，至今还有两户在村里呢！人家说了，就守着村口那块石头过日子，石头上刻着北岭村呢，搬下山，就叫团结小区。北岭呢？没了，永远地没了。"徐书记有点伤感，摘下眼镜擦了擦。范少山说："徐书记，俺们求你，把白羊峪保住吧！"徐书记说："白羊峪开山修路的事儿，没法报上去，报上去县里头也不会批。因为白羊峪已经纳入搬迁计划了，人家还批准你修路？还给你资金？这样吧，镇上给你们两万吧。对了，项目没县里的批文，公安部门就不批给炸药，你们只能靠人工了。也好，安全。"

这一趟，要了三万块钱，算是有了启动资金。这钱，不是每年都有，你开完山也就这么多了。范少山说："钱先花着，就是炸药的事儿，难了。没有炸药，等路通了，我的胡子也白了。"杏儿听说有了一笔资金，心里头有了着落。正好菜摊需要人手，起身回北京了。范少山还是想炸药的事儿："到哪儿去搞炸药啊？"余来锁说："炸药这事儿紧着呢！听说好多地方开山都禁止使用炸药了，怕出事儿。你别老想这个，把自己个儿送进去。"范少山说："没炸药那真成蚂蚁啃骨头了。有啥新法子没？"余来锁说："表弟说了，有开山机，又没声响，又没污染，就是贵，一百多万呢！"范少山说："去！就这么办吧！就算一锤一钎，也要把这个洞凿出来！"

山前，搭起了几间棚子，上面就挂了一个红底白字横幅"白羊峪修路指挥部"。范少山、余来锁买来了铁锤、钢钎、安全帽、手套、胶鞋、工作服，还有运石块的手推车。"白腿儿"和几个妇女负责伙食，杀猪，做饭。一帮男人上阵了。冬天，西北风刀子似的刮，割得人脸生疼。男人们端起了女人倒的壮行酒，一人一碗，一口干了。范少山喊了一声："开凿！"抡起了第一锤。吭当打在了余来锁扶着的钢钎上，青石上，留下一个白点儿，第二锤下去，裂开一条缝儿。再抡两锤，一块石头裂开了，落在了地上。工地上，很快响起了一片叮叮当当的声音。

范德忠没来。大公鸡都开始打鸣了，范德忠还在被窝里。虽说在会上说了"鬼难登"的苦处，但那是让少山那臭小子勾引的。知道少山和余来锁搞来点钱，三万两万，哪儿够啊？还不得儿子掏？这可不是一年半载的事儿啊，得多少钱啊！那可是无底洞啊！再说了，就算你割舍得起钱，指不定哪一年，上面不让干了，留下个半拉子工程，乡亲们不戳你脊梁骨啊？败家子啊！就图自己个儿出名！拿乡亲们当劳工！这话都出来了。一句话，费力不讨好。大冬天的，在被窝躺着多好，受那罪去！李国芳不乐意了，她把范德忠喊了起来："快去工地看看！少山带着大伙干呢！你当爹的在被窝里孵小鸡啊？快看看去！干不了活儿，帮个场面也好啊！你是他爹，你不帮他，谁帮他？"

范德忠去了。他想着自己当年开过山，懂行。别让少山那小子干瞎工，光费力，不出活儿，让人笑话。到了跟前，看到人们干得热火朝天，已经凿了一块鸡窝大小的地方。按照余来锁的图纸，要在山上凿出一条高五米、宽四米的石洞。那地方施展不开，只能由三四拨大锤，轮番上阵。窝工啊？这多耽误事儿啊？范德忠让大伙先歇歇，给他们端茶。田新仓掏出录音机，放歌曲《明明白白我的心》。田新仓拿着录音机就朝大灶走去，情歌唱得真切。"明明白白我的心，渴望一份真感情……"田新仓问"白腿儿"猪肉粉条炖好没有，他说话的声儿却比歌声响。这会儿，范德忠正把余来锁拉到一边，问他开山的事儿呢，余来锁的眼睛往这边使劲儿。范德忠骂他："问你话呢，知道不？"余来锁打了个直愣儿，说："知道知道。叔您老有啥高见？"范德忠说："没炸药咋中啊？"这会儿，范少山也凑了过来。范德忠说："你们真想愚公移山啊？子子孙孙无穷尽啊？"余来锁说："上面不批炸药，也想不出啥办法来。这可是犯法的事儿啊！"范德忠说："这跟蜗牛差不多啊！"范少山说："爹，先这么干着吧。大伙的积极性上来了，这就好。说不定明年咱上开山机呢！"范德忠瞪了儿子一眼："净吹牛！"起身帮厨去了。

晌午饭了。猪肉炖粉条，白米饭，可劲儿造。"白腿儿"暖心，又给大伙做了一锅鸡蛋汤，喝了暖和。就在喝汤的时候，不远处传来了轰的一声爆炸声。那是黑羊峪后山的采石场，人家有正规手续，正常用炸药。白羊峪人都听惯了，该吃吃，该喝喝，该睡睡。范德忠觉得这里面有门道。啥门道？他放下饭碗，走了。范少山忽然一拍脑门儿，觉得这里面有门道，也放下了碗，去追爹了。余来锁和乡亲们都不知咋回事儿，笑着说："这爷儿俩，搞啥名堂？"田新仓又盛了一碗米饭，让"白腿儿"盛了一勺子猪肉炖粉条，蹲在那儿，呼啦呼啦吃起来。余来锁过去踢了他一脚："小心别撑死！"

范德忠和范少山爷儿俩去哪儿啦？他俩去了黑羊峪后山的采石场，是奔着炸药去的。一打听，场长姓杨，是黑羊峪人。认识？不认识。范德忠就提泰奶奶。泰奶奶人缘好，谁不认识。范德忠和范少山爷儿俩你一句，他一句，夸泰奶奶好。场长一头雾水："你俩啥意思？"范德忠说："俺们白羊峪正开山呢，想从你这儿匀兑点炸药。""炸药？"场长跳了起来，"你以为是白菜萝卜呀？啊？匀兑点儿炸药？听说过吗？那是危险品，知道不知道？匀兑给你们，出了事儿，我要吃牢饭，你们也别想在牢外边哼小曲儿。"范少山说："白羊峪和黑羊峪祖上一家人，走的是一条路。那条路你肯定走过，坑人啊！如今俺们要凿通一条山道……"杨场长说："俺知道。你就是那个种金谷子的范少山吧！俺在镇上住，看过电视。你们修路，县上不批，拿不到炸药，俺都知道。可我这炸药，都是定量来的。有规定啊，既不能外借，也不能外卖。"范德忠说："俺们把炸下来的石头给你中不？"杨场长说："你那地方连条道都没有，俺咋运出来呀？"范少山说："大哥，俺知道，这不合规矩。可按规矩来，这隧道单靠一锤一钎能打得通吗？白羊峪和黑羊峪山连着山，树连着树，都是从一条羊肠小路上爬下来的。如今，你们黑羊峪人都搬下山了，泰奶奶搬到了白羊峪，她老人家给俺们村当校长呢！你说，咱俩村该有多亲啊！俺就想从你这里走个后门，帮帮俺们。出了事儿，你就说炸药是俺偷的，俺去坐牢！"杨场长不说话，在办公室里踱了两步，提出去工地看看。范德忠和范少山嘴都乐歪了。有门儿！走着走着，离老远就听见了咣当咣当砸钢钎的声儿。杨场长站住了，停下脚步，闭起眼睛听着咣当声儿。睁开眼睛，他加快了脚步，范德忠和范少山差点儿撵不上他。

杨场长看了施工现场。这里烧着冬天里的一把火。膀子甩开了，胳膊抡圆了，大锤稳稳砸在紧握的钢钎上，钢钎抖了抖，岩石扑扑掉下了碎片。杨场长就这样看着，耳边尽是钢铁的铿锵。看了一会儿，杨场长走了，没说话。这是咋回事啊？看热闹来了？范德忠也拿不准："这杨场长葫芦里卖的啥药啊？"范少山说："俺觉着，他不会就这么走了吧？"

　　晚上，范少山和余来锁住在了工棚里。棚外挂了盏马灯。工棚冷，范少山和余来锁就挤在了一个被窝里。没人咋中？工具、米面和猪肉都在这儿呢！半夜冻醒了。范少山和余来锁干脆守着火盆喝酒。说说修路的事儿，一天的进度还没两步远，越说越冷，越喝越冷；再说说女人。越说越暖和，越喝越暖和。余来锁提到"白腿儿"，话密了，酒高了。范少山想杏儿了，就冲着北京的方向喊了两嗓子："杏儿——俺想你——"余来锁问："你小子，说实话，你和杏儿睡了没有？"范少山拍拍胸脯："俺的，俺爱她，俺就睡她！"余来锁说："你小子真流氓。"范少山说："你和'白腿儿'睡了没有？"余来锁说："俺俩是纯洁的无产阶级感情。"范少山说："要不要俺当一把媒人，给你俩牵牵红线？"余来锁说："俺要自由恋爱，你能和杏儿自由恋爱，俺为啥不能？"范少山说："人家田新仓表现不赖呀？年轻，会唱歌，更讨女人喜欢。"余来锁不乐意了，咣地把酒杯一蹾："你就不会拿话哄哄俺？"两人说着说着，睡了。

　　醒了，好像是有人喊醒的，睁开眼，天刚亮，乡亲们还没上工呢！范少山的眼前站着一个人，看不清，揉揉眼睛，看清了。他从炕上跳了起来："杨场长，咋这么早啊？"他的心怦怦跳，隐约感到，有好事了！杨场长说："顺着日头升起，放第一声开山炮！"范少山连声道谢。杨场长没说话，他走出了屋子，直奔工地。这时候，修路队都上工了。杨场长指挥两个工人搬运炸药，工人把炸药放进洞内，很快长长的引线轮在转动，在延伸。杨场长晃着红旗，用电喇叭喊话："所有人，马上撤离，马上撤离！这里很快就要爆破了，马上撤离一百米之外！"一听说爆破，人们早就躲起来了！杨场长撤到了树林里，还能听见他的读秒声"四、三、二、一，起爆！"轰的一声巨响，接着是哗哗碎石坠下的声音。白色的粉尘升腾而起！白羊峪的乡亲们蹦啊跳啊！能不激动吗？

　　送来了炸药，还帮着炸山。这位杨场长，可帮了白羊峪大忙了。范德忠和范少山登门感谢。村里分的几斤金谷子小米，没舍得吃，送给杨场长了。杨场长说："这么多年，俺才知道了啥叫震撼。就是俺听了大锤砸钢钎的声音，叮当叮当！就是看了你们甩开膀子开山凿石的场面。数九寒天，热汗流淌呀！俺就想，这都啥年代了？还有这样一拨人，他们用一锤一钎，劈山修路。路能打通吗？他们信能打通。若是不信，连一锤都不会去砸。俺想，这还是有一种精神，能震撼俺心底的精神。说实话，俺是被感动了，才来帮你们的。"听了杨场长的夸赞，爷儿俩都不好意思。杨场长悄声说："这事儿可不能声张，让村里人嘴紧点儿。"范德忠说："俺想好了，外人问起，就说前几年开山的时候，剩下的炸药。"杨场长又说："过年前，再给你放几炮。炸药和专业人员随时过去，这样安全。"提到钱的事儿。杨场长说："再说吧。对了。你们说的泰奶奶，也是俺的亲人。俺出生的时候，是她接的生。如今白羊峪把她老人家当上宾敬待，俺也得报点儿恩不是？"

　　用上了炸药，大多工夫是把洞里的碎石用小车推出来。炸药炸得洞口不齐溜，跟狗啃的似的。你就得一钎一钎，修成拱门的模样。修隧道看似粗活儿，有时候细的像绣花。余来锁要求严，一点不到位，就得返工重来。范少山也讲："百年大计，质量第一。"说白了，还是不能一口吃个胖子，你得一点一点往前挪。这都不打紧。他们面前还横着只拦路虎呢！这眼瞅着，没钱了！原本还想着干他仨月，顶到年根儿，两个月不到，就剩不点儿了。三万块钱，买家什，备粮草，哪儿不用花项？为了省钱，猪肉粉条供不起了，换成了豆腐粉条。这哪儿成啊？干重活儿，不吃肉哪来的力气？好几个人撂了挑子。凉锅贴饼子，蔫溜儿了。范少山觉着对不住乡亲们，当初猪肉炖粉条，那可是自己个儿夸下的海口啊！荤菜改成了素菜，这咋交代呀？说实在的，余来锁和他算过一笔账，这些钱，也就撑这么多天。可范少山觉得，离过年还早，还得再干个十天半月的。就算停工，也得吃顿散伙饭啊。范少山想，看来爹说对了，这开山修路真是个无底洞啊！还能到哪儿去找钱？政府这条道堵死了，要钱，人家就要你搬下山。和乡亲们凑？说好了不向乡亲们伸手的。就只有一条道了，向杏儿求援。

　　范少山下山，去了兽医站，带了一大嘟噜充电宝，充电的时候，他打了电话，绕了老多弯子，才说到钱的事儿。杏儿说："我就知道你缺钱了！你有钱的时候，连个电话都没有。"杏儿脸子不是脸子，发了一通火。是啊，人家卖菜赚钱你花，凭啥呀？就算有你的股份，你也得花到过日子上吧？你在北京卖了这么多年菜，你一家人的日子有啥起色啊？爷爷穷，爹穷，娘穷，你，还是那个穷光棍吧？李站长说："要么这几个月俺站上电费高呢！都是你的充电宝惹的祸。"范少山说："白羊峪要是有电，你请俺还不来呢！"范少山和李站长玩笑开惯了，说话都不介意。李站长说："你啥愿许的？放着北京好好的日子不过，放着漂亮的姑娘不搂，偏要到这穷山沟来。"李站长嘴里啧啧两声。范少山说："以你的能力，理解不了。"李站长说："又没钱了吧？"范少山说："没钱干事儿，干事就得手心向上，你说咋办？"李站长说："毛主席说过一句话：落实资金再办事。没钱不如搬下来，住楼房，有电有水，有啥不好？你这不是新媳妇守寡，想不开吗？"范少山说："李站长，俺让你想钱的事儿呢。"李站长说："在媳妇那儿碰钉子了吧？人家谁不过日子，拿钱砸这无底洞？依俺看，只有纳入政府项目，就有资金了。不仅有资金，人啊、挖掘机啊、炸药啊都来了。"范少山叹一声："难啊！"又问，"你兽医站得支持支持俺们啊？要饭的来了，你也得打发打发吧！"李站长想了想："对了，俺就疼顾疼顾你们，昨儿个半夜一头牛跑了出来，撞倒了羊圈，把一头羊砸死了。你说啥仇啥恨？你把那头羊扛去吧！"

范少山乐得不要不要的，顾不上充电，一手拎着一嘟噜充电器，一手扶着肩上的死羊，就往山上走。早早赶回去杀羊，给乡亲们炖羊肉，煮羊杂汤。走着走着，手机响了，范少山边走边打开看，原来是银行短信，已经接收两万元！这是杏儿往自己卡里打的。杏儿是刀子嘴，豆腐心。关键时刻还是她帮咱呀！这才是重情重义呢！范少山眼泪下来了。晌午，羊杀了，做了好几道菜，全是羊的零件儿。范少山让人把那几个走了的乡亲也叫了来，吃羊肉。吃完了，愿意走的走，愿意留下的留下。又放了话："打明儿个起，天天猪肉炖粉条。"这句话一撂，哪还好意思走啊？

杏儿的两万块剩下七千，不能全抖搂了。眼看就要过年了，咋也得让乡亲们开开心心过个年啊！停工的时候，范少山给修路工人每人发了三百块钱，买年货。剩下几百自家留着过年。

工地都收拾停当，余来锁和范少山又去了一趟隧道。隧道里黑咕隆咚的。两人头戴矿灯，将隧道照得雪亮。余来锁用步子蹍着，到了尽头，余来锁说："一百零二米。"余来锁步子有准儿，跟用皮尺差不多少。当初村里头分责任田的时候，都是他用脚量的。余来锁关了矿灯，躺在隧道里。范少山也关了矿灯，躺了下来。隧道里黑乎乎的，伸手不见五指。余来锁说："少山，你咋想的？"范少山说："高兴啊。掘进一百多米了，不容易啊！"余来锁笑了，笑得有点儿瘆人，笑声在隧道里嗡嗡响。余来锁说："两三个月，二三十人，就干了这么点儿。这啥时才是个头啊？你知道，表弟跟俺咋说的吗？照你们这么干法，起码三十年，三十年啊！到那时，俺老得都走不动了，抡不起大锤了，握不住钢钎了。还干啥呀？俺无儿无女，谁能替俺接着干啊？你能，就忍心年年都把杏儿抛下，凿石头凿到老吗？俺不想干了，不干了。过了年，俺就下山，到布谷镇住去。一个人过个清清静静的日子。不干了，不干了。忒苦啊！"黑暗中，余来锁放声大哭。范少山心里头像打翻了五味瓶，不是滋味儿，一个劲儿抹眼泪。他知道余来锁心里头苦，从来都是在人前乐呵呵的，好多苦楚都在心里头积压着呢？谁受得了啊？就让他在这黑灯瞎火的地方哭一场吧！

　　回到家，李国芳这个当娘的，都快认不出儿子了。破烂的军大衣，棉絮都出来了，一疙瘩一块的。范少山的脸被冷风吹得像树皮，一点光泽都没有，干裂的嘴唇，一道道小口子。再看他的手掌，虎口也裂开了，渗着血。范少山叫了一声娘。李国芳愣愣地端详着儿子，跟丢了魂儿似的说："老天爷啊，你把俺儿子咋啦？"李国芳的眼泪扑簌簌落了下来。她的身体紧紧贴着儿子，儿子用双臂抱着娘。娘喃喃说："儿子，咱不干了，不干了。"

第六章

——

春天，你总是不让人省心啊！

十八

过了年，又是一个春天。大年初二，范少山回北京了。他要多陪陪杏儿，帮着卖卖菜，踏踏实实地过一个礼拜。想着村里的事儿，心不在焉的。杏儿也不留他，知道留不住，随他去。杏儿想，这场恋爱谈的，搞得像穿越剧似的。

这会儿的白羊峪，老范家正赶上一桩糟心的事儿，爷爷范老井的鹿场让狼围攻了。两头鹿死了，被咬断了脖子吸光了血，又被掏空了，只剩下了骨架。范老井眼里转泪。那几头鹿是他的命根子啊！看了梅花鹿的惨相，范老井心里头就点着了仇恨的火苗，噌噌往上蹿。这梅花鹿不光是家里的"土银行"，重要的是范老井跟它们的心近着呢。每天喂草的时候，都去摸摸它们的鹿角，跟它们唠唠嗑。鹿能听得懂，范老井讲开心的事儿，就站在那儿安静地听，跟小学生听老师讲课似的。末了，还用嘴亲亲范老井的脸。范老井讲糟心的事儿，鹿就用前蹄子刨土，鼻子里咴咴直叫。你说稀奇不？前一阵子修路，范老井牵着梅花鹿往工地运水，从村上打两桶水，驮在鹿身上，牵着它走山路，稳稳当当的，水不洒不晃。那阵子，范少山住在工地，只有梅花鹿陪他，听他说话。这鹿，有灵性啊！在范老井的眼里，是朋友，是家人，是知己，老爷子能不心疼

134

吗？范老井仰脸朝天喊了一声："天杀的！"

狼把鹿拆巴了。啥时候的事儿啊？早起。早起范老井有个习惯，遛弯儿。遛弯，扛着猎枪走了。狼正瞄着呢！这可是作案的最佳时机。就这样，三只狼跳进鹿圈，大开杀戒，吃饱喝足，走了。鹿也不是等着它吃，人家鹿角厉害，可吓住了。这可是大白天啊！狼都不像狼了！这也忒不把范老井放在眼里了，人家是猎人啊！反正，等范老井回来的时候，鹿死了，狼跑了。范老井肺都气炸了！你吃了我的朋友，也就算了，还要大白天来，抄我的后路，耍俺！那不中！俺是一名猎人！范老井的脸色铁青，眼眶子抖了抖。他将短粗的枣木烟斗插进烟袋里，装满烟，叼在嘴上，发狠地抽一口，死死闭住两眼，肩胛就有了种被撕裂的感觉，像被狼爪狠狠抓了一下，疼。

范老井要去打狼。跌跌撞撞就扑进了林子里，林子里飘着雾气，一层一层的。小雪在后边跑："爷爷——俺跟你去打狼。"范老井回过头，喊了一声："小雪，快回家做作业去！打狼，你以为是打球啊？回去——"看着李国芳把小雪带走，范老井又深一脚浅一脚地走，让雾给蒙了。出来前，范德忠说："爹，要是少山在就好了，和您老一块儿去打狼，也省得您这老胳膊老腿的不方便。"范老井说："少山的枪法中吗？打哪儿指哪儿。当年还不是他把人家余来锁的耳朵打掉的？跟狼叫板，白羊峪还得是你爹，范老井！"这会儿，范老井走在林子里，踩得树叶欻欻响。范老井一想，乱了。这树叶响成这样，狼能听不见吗？它等着你的枪口啊？真是老了。心思疏了，忘性大了。想自己个儿年轻的时候，闭着眼睛，都能闻到狼的气味儿，脚踩在树叶上，一点儿声儿都没有，就跟脚没沾地儿似的。跟蜻蜓一样，在林子里飞，悄没声儿地，出现在了狼的身后。那啥成色？范老井扛着猎枪悄悄走着，踅摸狼的影子。前面出现了目标，范老井赶紧端起枪，刚想扣动扳机，却是一根半截木头。雾又大了。老眼昏花的，还能看几尺远啊？狼，俺先让你嘚瑟两天，你的命，早晚是俺范老井的。哼！

小雪在村口等着太爷爷。黑桃也来了，两人一块儿等。在孩子的眼里，范老井就是老英雄。一个白胡子老头，大高个，整天扛着猎枪走，要多威风有多威风。英雄是谁？就是扛着枪的人嘛！太爷爷打猎去了，一准拽着死狼回来，雄赳赳，气昂昂的。小雪仰慕太爷爷。在她眼里，太爷爷就是个大英雄。等着太爷爷，看着小雪一脸的欢喜，黑桃想想自己个儿，有点眼红。黑桃说："小雪，你看你多好，有太爷爷，有爷爷，有奶奶，有爹，有人疼，有人爱的。"小雪说："你太奶奶也还好啊，那么大年岁了，给咱们当老师，晚上还戴着老花镜批改作业呢！"黑桃说："可俺没爹没娘了。"一听这话，小雪吃了一惊："黑桃，你咋这样说话呢？你爹娘活得好好的，不是在南方打工呢吗？你听谁瞎说的？"黑桃说："俺做的梦，真真的。"小雪一听，打了黑桃一下："吓俺一跳！"黑桃说："是真的。要不哪个当娘的会丢下自己个儿的孩子呢？"黑桃这样一说，小雪不说话了。想到自己个儿说走了嘴，黑桃忙呸呸两声："不说啦，接太爷爷去。"

泰奶奶老了，还给孩子们教书。乡亲们就不让老人动火，她和重孙女挨家挨户号饭。轮到谁家，不用说，都做好吃的。今儿个，轮到范德忠家了，早早就把泰奶奶接过来了。换了新炕席，烧了热炕头。虽说昨个儿闹了狼，丢了鹿，可也没影响饭桌的气氛。泰奶奶是贵客啊！昨个儿没腾下空，一大早，范老井就把死鹿埋了，又加高了鹿圈，添足了饲料，锁上了院门，扛着枪进了村。这会儿，李国芳和范德忠正做早饭，范老井和小雪就去请泰奶奶和黑桃。小雪问："太爷爷，昨个儿您把狼打死了吗？"范老井说："先留它一口热乎气吧。"小雪问："狼心狗肺是啥？"范老井呵呵笑了："狼心狗肺，骂人的话。狼心黑乎乎，脏，太爷爷见过，吃不得，会中毒。人黑了心了，就被人家骂狼心狗肺。"小雪说："人心黑了，就是坏蛋。"范老井说："就是坏蛋。"小雪说："俺要当好蛋。"范老井笑得胡子一撅一撅的。

吃了早饭，范老井就坐在炕上，陪泰奶奶唠嗑，说些过去的事儿。还没开学，小雪和黑桃在外面跳房子。日头射进窗户，洒在范老井和泰奶奶的身上，暖洋洋的。泰奶奶看着窗外的重孙女，入神了，像是在想啥。范老井叹一声："这俩孩子，命都不甜啊！对了，黑桃的爹娘还是没个信儿？这打工就不要娘和闺女啦？就让钱毁了人性？"泰奶奶流泪了，眼泪顺着皱纹曲里拐弯地爬。范老井的心被戳了一下："咋啦？"泰奶奶说："黑桃至今还不知道呢，她娘她爹都死了。"范老井端烟袋的手哆嗦了，蓝色的烟气也颠簸了。咋回事啊？黑桃爹和娘不是外出打工了吗？是打工了，去了南方。两口子在一家公司上班，生产再生橡胶颗粒。老板是个啥人呢？小雪问的那句话对他最合适：狼心狗肺。处处刁难工人。一个字：罚！那天黑桃娘闹肚子，在厕所多蹲了一会儿。罚！规定上厕所不能超过五分钟，你都十分钟了，罚五十。黑桃娘想解释，解释吗？再罚五十。因为上了趟厕所，让人家罚了一百，黑桃娘总在心里头憋着。时不时地嘴里念叨："一百，一百……"黑桃娘念叨着，脚就在入料口生了根，不敢动了。废旧轮胎切割了，气味呛人，缠头。黑桃娘每天总要咳嗽几阵。她请求经理调个岗位，经理不理。后来，黑桃娘的鼻子流血了。经理正在跟前，眼瞅她的鼻子淌出两道血，像蚯蚓在爬，刚要滴下来，被黑桃娘接在了手里，殷红殷红。这是病了！经理怕摊上事儿，当场就把黑桃娘开除了！黑桃娘去了医院。一检查，白血病。咋办？厂子不管，你不是厂里的人！有劳动合同吗？拿出来！黑桃娘拿不出，当初她找过经理，签合同。经理不乐意了："你还信不过我吗？我还能亏待你？这厂里的东西，有你一半，你随便搬，拿走！"听这义气！谁还好意思找他签合同啊？这回可好，出了事儿了，甭说厂子有你一半了，人家都不认识你！黑桃娘不念叨"一百"了，念叨着"白血病"，爬上了厂房，跳了下去。媳妇死了，黑桃爹不说话。半夜起来，把厂房点了，救了，只烧了半个旧轮胎。黑桃爹呢？纵火罪，判了。因为切碎的破轮胎，孙媳妇病了，死了。因为半个破轮胎，孙子判了。三年半。在牢里，孙子也死了。咋回事儿？犯了心脏病。死的时候，手里头还握着黑桃的照片呢！你说，人世间的事儿，到哪儿讲理去。你说，人世间的人，还有比这命苦的泰奶奶吗？

范老井深深的眼窝里藏了颗泪珠儿，稳稳地，卧在那儿，流不下来了，就等风干了。老爷子有啥法子？多说些宽慰的话儿，多唠些暖心的嗑儿。泰奶奶问范少山啥时回来。范老井说："快了。就这两天吧！白羊峪还有好多事儿等着他干呢！"泰奶奶为啥打听范少山呢？这小半天，打听两回了。范老井忽地想起了一件事儿，当初请泰奶奶到白羊峪，范少山答应泰奶奶收留黑桃做干女儿的。说实在的，范少山拿黑桃和小雪一样待。过年买新衣裳，都是两套，鞋子都是两双，啥都是一对一对的，就像双胞胎。泰奶奶就想有个仪式，看着范少山正式认黑桃干闺女，这样心里才踏实，死的时候能合上眼。范老井说："泰奶奶，黑桃的事儿，等少山回来，立马就办。反正您和黑桃都是俺家人。"泰奶奶说："老井啊，你有重孙女，不缺。给你们范家添麻烦了。"老井说："这是啥话呀？别说让少山认个干闺女，就是亲的，他也答应。"范老井这一说，俩老人都愣了，你看着俺，俺看着你。是啊，这里头有事儿呢。泰奶奶说："老井啊，你这话倒是提醒俺了。能不能把黑桃当作少山抱养的？就随你们范家姓，户口也落在这儿？……俺忒贪心啊。"范老井说："那就更好啦！可就是咱不知上面啥政策啊？这样吧，能办抱养的，咱就办抱养的，不能办抱养的，咱就认干亲。"泰奶奶拍着手，笑了。

晚饭的时候，范老井和泰奶奶喝了点酒。范德忠给斟着。泰奶奶老说自己个儿不会喝酒。范老井说："泰奶奶，当年你穿着旗袍，在泰家大院，走来走去。那时候，少爷投奔革命了，俺就看见你喝过酒，就花生仁，拿一颗放在嘴里，嘎嘣脆，再抿一小口酒。就那个范儿。"泰奶奶笑着说："你咋记得这清楚呢？俺都忘了。"范老井说："记得记得，就像昨儿个。"泰奶奶喝得有点高，被范德忠留着住下了。黑桃和小雪做伴儿。范老井扛着猎枪，回了鹿场。

到了鹿场，范老井就找鹿。黑灯瞎火的，看得见吗？鹿看得见他。范老井走到鹿圈，鹿就伸出嘴巴舔他的手。那个亲啊！今儿个晚上，范老井撒草料的时候，就觉着缺了点儿啥。啥呢？少了两头鹿。范老井酒醒了，是啊，昨儿个一大早，狼来了，两头鹿没了。那两头鹿，跟范老井最亲了，通人性。狼啊，你专动俺的心尖儿啊！范老井气堵脖颈，一宿没睡好。

第二天，日头老高了，范老井才从被窝里拱出来。范老井想，这是老了，喝这么点儿酒，至于吗？想想还有大事儿等着呢，范老井喘了粗气。他洗了把脸，拿过前几天的烙饼，啃了一口，嚼不动，一看，牙粘在上面。范老井赌气把烙饼扔了，扛起猎枪，出了门，打狼去！

范老井往林子里走，小雪和黑桃在后面跟。这俩小丫头咋来啦？小雪老想着看太爷爷打狼，放在心上，搁不下。打狼那是闹着玩的？丫头片子不是添乱吗？知道太爷爷轰，俩孩子悄悄跟着。小雪胆大，黑桃心里头胆突的，拉着小雪的衣袖，劝她回去。小雪说："要不，你回去吧。"人都到了林子里了，黑桃迷路了，咋回去？黑桃只能跟在小雪后头走。小雪人小鬼大，在太爷爷后面十几米跟着，人没事儿，太爷爷有猎枪啊！黑桃越胆小，越出事儿。不小心，被脚下的树桩绊了个跟头，摔了个四仰八叉。这下惹事儿了！只见范老井转过身，把枪口对准了这边！小雪吓得惊叫："太爷爷——"范老井放下枪，叹口气："你俩小丫头，不要命啦？"黑桃一抬头，正好看见范老井把枪口对准了这边儿，吓得不敢睁眼，更不敢起来。范老井走过来，把黑桃搀起来，帮她拍拍身上的草叶，说了一声："走！别出声儿。"范老井往前走，俩丫头后面跟。小雪给太爷爷装了个馒头，还热乎着，悄没声地递给太爷爷。范老井的嗓子眼儿嘿嘿两声，咬了一小口，慢慢嚼着，嘴里找位置。刚才掉了一颗牙，不得劲儿。

身边是林子，脚下是山冈。沟沟坎坎，磕磕绊绊。范老井的腿灌了铅，走不动了。这一路，也没见到狼的影子。范老井坐了下来，小雪和黑桃也坐了。黑桃小声说："太爷爷，可以说话吗？"范老井说："说吧，反正也看不见狼。不是太爷爷不让说话，是狼不让说话呀！"小雪和黑桃都笑了起来。小雪说："太爷爷，可以大声说吗？"范老井呵呵乐了，说："你们把狼招来才好呢！"一听这话，小雪撒欢儿了，冲着山谷大喊："狼——你在哪儿——"黑桃也喊："你过来，俺保证打不死你——"范老井笑着，从腰间掏出了旱烟袋，又想，林子里不能抽烟。咽口唾沫，把烟袋锅放在鼻子上闻了闻，又别在了腰带上。

小雪和黑桃没见过狼。小雪问："太爷爷，狼和狗长得差不多吧？"范老井说："不一样，不一样。单看尾巴，狗的尾巴细，是向上卷的，会摇会摆。狼的尾巴短，往下垂，夹在两腿中间，不会摇，不会摆，蓬蓬松松。耳朵呢？狗耳朵平常老是耷拉着，狼的耳朵竖得直直的。再说嘴巴，狗的嘴巴又粗又短，狼的嘴巴又尖又长。"黑桃问："狼怕啥？"范老井说："狼怕火。点上一堆火，狼就不敢近前。狼怕响器，啥叫响器呢？可以敲敲打打的钢啊、铁啊、铜的东西。你这一敲，那家伙也怕。还有，狗怕猫腰，狼怕蹲。啥意思呢？就是说，遇见了狗，怕它咬你，你一猫腰，它以为你捡石头砸它，跑了。遇见了狼，你就唰地蹲下，两手平托，眯起一只眼睛。它会以为你举枪瞄准灭了它。狼，忒狡猾，不会轻易以身犯险。这时候，它就停止进攻了，再见机行事。"小雪说："太爷爷，爷爷总说，舍不得孩子套不着狼。狼叼小孩吗？"范老井说："说这话几十年了，还是俺年轻的时候，白羊峪狼多啊！日头刚一落山，家家户户就赶紧关门闭院，更不能让小孩外出。记得一个六月天的晚上，村西头的老张家媳妇，抱着孩子在院子里乘凉儿。一只狼就悄没声儿地来了，忽地咬住孩子就跑，活生生把孩子从大人怀里掠走了！你说这狼，真是畜生！这狼啊，一般不敢对付大人，专门对付孩子，好欺负。你俩啊，真敢闯祸啊！记住喽，可不能离俺左右。明白不？"

范老井决定往回走，不打狼了。有两个累赘呢！等太阳落了山，就走不出林子了，那就麻烦了。一听太爷爷说回家，小雪觉得有点儿扫兴，一个劲儿喊："狼，出来呀——"真的，狼来了！范老井打了一个冷战，赶紧把小雪和黑桃推到大树后，藏好。他趴在草地上，揉揉眼睛。心里一惊：四只狼！范老井想，还真是小雪的高喊把狼招来了。狼分辨得清大人孩子的声音，八成以为有孩子在林子里迷路了，在大声呼救。狼不会错过任何机会，就奔着声音来了。范老井死死盯着狼，狼也不动了。范老井想到那两头心爱的鹿，心里头发狠。心里说：今儿个你们就遭在俺手里了！狼东张张，西望望，心里头可能想，孩子呢？明明有小孩的呀？好像闻到了人的气味儿，四只狼来了，朝这里包抄过来。糟了！先打哪只？范老井想到了两个孩子就在树后面呢，他不想把狼打死了，他要赶紧把它们吓唬走！保护孩子要紧，他的枪口瞄准了一头高大的灰狼。应该是领头的。顾不得多想，砰！范老井的枪口喷出一股火苗子！砰！砰！砰！范老井又接连开了几枪！

再说小雪和黑桃，躲在树后，缩成了一团，一个劲儿发抖。老人咋打的狼，没看见。只听见了几声枪响。大灰狼倒下了，死了。其他狼呢？没影儿了。一时间，林子出奇地安静。范老井从地上爬起来，从口袋里摸出扁扁的小酒瓶，拧开盖子，仰起脖子往嘴里灌了几口，一张老脸泛起猪肝色。真安静。世界就是咕咚咕咚灌酒的声音。忽地，范老井丢下酒瓶子，端着枪朝树后冲去！小雪和黑桃还在蜷缩着，不敢动。而就在距她们两三步远，另外三只狼正悄悄接近两个孩子！看到头狼死了，狼急红了眼，它们一定要报复！它们发现了树后的两个孩子，就悄悄地绕到了后面。正要对孩子发起攻击！你吃了俺的鹿，还要伤俺的亲人啊！范老井枪响了！一股子火苗之后，蓝烟儿散了。狼不见了。

不能停！赶紧走！要赶在天黑前走出林子。更要紧的是，范老井知道，猎枪里已经没有子弹了！范老井越是着急，两腿越是不听使唤。两个孩子拽着他小跑。日头下山了。林子在范老井眼前转了一圈儿，就像电影镜头在晃。范老井知道迷路了。走不出去了！天黑了下来。范老井像是看见了几双幽蓝幽蓝的眼睛，他怕了。自己个儿一把老骨头，扔在这儿就扔在这儿，一了百了。可有孩子呢！俩小丫头，正是长个儿的时候，那么招人稀罕。可不能就这么没了啊！俩孩子吓得躲进范老井的怀里，浑身抖个不停。范老井赶紧划拉一堆柴草，划了根火柴，点燃了。有了火光，孩子们才放松下来。刚才太爷爷说过，狼怕火。范老井把火堆周围扒拉干净，免得火苗引过去，烧了树林。他又捡来干树枝，添在火堆上。脱下老羊皮袄，披在小雪和黑桃的身上。坐下来，守着火堆，点了一袋烟，吧嗒着。范老井喘口气，对俩孩子说："看来要在这儿过夜了。饿了，忍忍，睡觉倒成。放心，狼不敢过来。天一亮，咱就走。熬吧。"

这夜，黑黢黢的，没有月亮，没有星星。长长一宿，该咋熬啊？小雪和黑桃又饿又怕，不敢哭，怕狼啊。连句话都不说了，只是猫在老羊皮袄里，偷偷抹眼泪儿。守着火堆，范老井心都焦了。后悔当初没把俩孩子送回家，打狼，报仇，有那么重要吗？像是老天爷存心刁难祖孙仨，下雨了！这下惨了，人挨浇事儿小，火堆可不能浇灭啊！怕啥来啥，雨越下越大，火冒了最后一股子青烟，灭了。世界一片黑暗，一片死寂。范老井听得见自己个儿的心咚咚地跳声。他拉两个孩子躲在树下，两个孩子嘤嘤哭。范老井压低声音，发狠地说："别哭！"他两眼死死盯着前面，几双幽蓝幽蓝的眼睛似乎在移动，寒光逼人。范老井只有把枪口对准它们——但，已经没有子弹了。狼，似乎知道枪里没有子弹了，慢慢往前凑。范老井把两个孩子掩在身后，决计抡起枪杆，和狼拼了！

"爷爷——小雪——黑桃——"远处传来了喊声，是范少山的声音。范老井眼前亮了，心头暖了，是孙子来找俺们了。小雪紧紧攥住黑桃的手："是爹来了！"她高喊一声："在这儿呢——"声音有点儿颤，因为狼更近了。一阵马达声传来，林子里出现了一道雪白的亮光。马达越来越响，亮光越来越近。范老井看得真切，亮光中，三只狼离他们只有三四步远。瞬间，狼跑了，消失在了黑夜里。

小雪喊了一声："爹——"

十九

这个黑夜里，雨淅淅沥沥的，没完没了。范老井、小雪、黑桃回家了，他们坐在摩托车后座上，范老井的胳膊紧紧搂住两个孩子，看着车灯里密密实实的雨滴，晶亮亮的，范老井恍惚是在梦里。白羊峪何时有过这么亮的灯？一路颠簸一路雨，范少山的摩托车总算进了白羊峪。村口，雨里，站了全村的人，听说范老井进林子打狼去了，小雪和黑桃也不见了，范家上下找翻了江。范德忠去林子找，没找到。那时范老井领着俩孩子走远了。这会儿，正好范少山回家了。他坐车到了布谷镇，正赶上大集。想到以后在白羊峪出入方便，就买了一辆二手摩托车，呼哧呼哧推上了山。后来，就骑着摩托车冲进了树林。在车灯的照耀下，他是眼瞅着几只狼在往祖孙仨跟前凑，就想撞上去。狼怕光，眨眼间就跑了。村里人跟着摩托车走进了范家院子，对着范老井问情况。泰奶奶和李国芳则哭成了泪人，泰奶奶捧着黑桃的脸，边流泪边说："俺的心尖尖啊！"

李国芳则跪下了，用额头抵住小雪的额头："宝贝啊，你跑哪儿去了？"哭得没腔调儿了。

范老井和小雪、黑桃都发烧了。余来锁给输液，泰奶奶和范家人都守着。范老井不住埋怨自己个儿："当初把俩孩子送回来，也就没事儿了，谁承想会是这样。老了老了，净帮倒忙了。"范德忠话也冷："爹，算了，别打狼了。都多大岁数了？要是没你孙子，你老命都丢了！还得把俩孩子搭进去。值吗？"这会儿，儿子说啥话，范老井也只能听着。要搁在平常，范老井早骂了。小雪说："太爷爷，打狼一点都不好玩儿，俺再也不去了。"范老井说："不去了，不去了……"范老井嘴上没说再打狼，可心里头放下了吗？就算他放下了，狼的心里头能放下他吗？毕竟，你一枪崩了人家的领头的啊！

爷爷和小雪、黑桃三人退烧了，小雪、黑桃接着活蹦乱跳，范老井又继续拾掇鹿场。接下来，还有一件重要的事儿，就是前头泰奶奶和范老井商量的，收养黑桃做女儿。饭桌上，范老井说起了黑桃可怜的身世，把真实情况跟范少山说了，范少山心头一颤，没想到会是这样。范老井把泰奶奶的想法说了，问几个人有啥意见。小雪抢着说："俺没意见。"范家都是厚道人，都同意收养黑桃。李国芳有点顾虑，担心杏儿不同意。是啊，人家还没过门儿呢，知道你有一个闺女，也就算了，咋还又冒出个闺女来？人家一进门，就要当俩孩子的妈呀！范少山决定先去镇上，打听打听再说。民政所长认识范少山，当年他和迟春英的结婚证就是他给办的。听了情况，所长说："孩子是可怜。可你不够格啊。你不是有个闺女吗？"所长随手从桌上拿起了一份文件，戴上老花镜，读着："中华人民共和国收养法第六条规定，收养人应当同时具备下列条件：（一）无子女，（二）有抚养教育被收养人的能力，（三）未患有在医学上认为不应当收养子女的疾病，（四）年满三十周岁。"放下文件，摘掉老花镜，说："你看你，哪条都合适，就是头一条不合适。咱别违反国家政策不是？"从镇上回来，范少山直接去了学校，眼瞅着开学了，泰奶奶戴着老花镜正备课呢！范少山说了情况，提出认黑桃做干闺女。范少山说："干的，收养的，都是个形式。没真感情，就是亲的，也好不哪儿去。泰奶奶，你老要是信得过俺，俺就做黑桃的干爹，保证待她和小雪一样亲！"当天，范家做了一桌好吃的，黑桃给范少山跪了，叫了一声爹。泰奶奶和范家人笑得合不拢嘴。范老井一欢喜，又喝多了。打这以后，黑桃就一口一个爹叫，比小雪叫得还亲。有一天，她俩比赛谁叫得多。范少山吃不消了，不住地答应，嗓子冒烟儿了。

范老井接着养鹿。狼呢？老狼死了，它们的家人能善罢甘休吗？让你猜着了。狼已经对鹿不感兴趣了，它要报仇，仇家就是范老井。一连几天，范老井总觉着背后有几双蓝眼睛在盯着他。俺这都老腊肉了，又柴，又难啃，又塞牙，你们不嫌，俺这条老命就给了你们。可俺有孙子呢！他能干吗？他得灭了你们啊！范老井和鹿念叨，几头鹿凑过来舔他的手背，蚯蚓一样的青筋，湿亮湿亮的。这天晚上，嗖地吹来一股子夜风，范老井被吹醒了。咋回事儿？他坐起一看，吓得汗毛倒竖，黑暗里，狼趴在外窗台上，窗子是它用爪子挠开的！它想咋样？闯进屋子吃人？没错！一只狼跳进屋子，朝范老井扑上来。砰的一声，猎枪响了，狼倒下了。这时，窗口又蹿进来两只狼，朝范老井猛地扑了过去——春夜，风大，呼呼地刮，拍打着窗子，啪！啪！这天晚上，范少山和余来锁商量村里的事儿，喝了点酒。范少山的住处没准儿，陪爹娘几宿，陪爷爷几宿。想到这些天闹狼，就过来陪爷爷住了。一进院子，就听见爷爷屋子里闹腾，范少山脑子嗡的一下：狼来了！他抄起镐头就闯进了屋子。这当口儿，两只狼正扑到爷爷身上！爷爷的枪口咋也掉转不到狼身上，朝墙上开了一枪。少山抢起镐头，朝着狼头就砸！一下！两下！狼血四溅，满屋子腥臭腥臭的。砸死一只，另一只蹿出了门外。范少山问了声："爷爷，您老没事儿吧？"爷爷低声地说："活着。"范少山从地上捡起枪，朝门外扑去！那只狼朝着林子方向逃。范少山发了疯，两条腿像踩了风火轮，脚底下噌噌冒了火花。近了，范少山站定，朝着一条黑影，开了一枪，黑影栽了个跟头，又爬起来，消失在了林子里。范少山追不动了，坐在一块石头上，呼哧呼哧喘着粗气。想到爷爷，又赶紧跑回了鹿场。

黑咕隆咚，范少山叫着爷爷，顺手一摸，湿漉漉的，黏糊糊的，是血。范老井成了个血人儿，咳儿咳儿地喘气。范少山赶紧背起爷爷朝村子跑。爷爷，您老要挺住啊！都怪俺啊！俺回来晚了！俺不配当您孙子啊！范少山一路哭一路说。范老井不说话，只是喘气。范少山直接来到余来锁家，咣咣敲门。门开了，范少山一只手抓住余来锁："快救救俺爷爷！"进了屋，把范老井放在炕上。余来锁端过油灯，一看，啊的一声。只见范老井的衣服都让狼爪挠撕烂了，身上、胳膊和脸多处受伤，还在渗血，幸好是皮外伤。余来锁赶紧给老爷子包扎，又输了消炎液。老爷子晕晕乎乎，睡了。余来锁说："老爷子没事儿。没伤筋动骨，得养几天。"范少山说了打狼的事儿，一个劲儿地说后悔，没早点儿回鹿场。余来锁说："也怪俺。少唠会儿嗑，少喝点酒，你不就走了吗？俺有感冒药，止疼药，就是没有后悔药啊。老爷子命大，且活着呢！"范少山说："你说这狼，光动爪子，没动嘴呀？"余来锁说："狼狠着呢。慢慢折腾你，最后再吃了你。幸亏你到得及时。"范少山怕爹娘着急，要余来锁先留爷爷几天，不要把爷爷受伤的事儿说出去。余来锁说："你爷爷留院治疗，放心吧！"

天蒙蒙亮，范少山见爷爷没事儿，回了鹿场。爷爷的小屋里，躺着两头死狼，狼血溅得墙上、炕上都是。几个时辰前，范少山正抡着镐头打狼，想想都后怕。自己个儿可是个胆小儿的人啊！当你和你的亲人身处险境时，你才会迸发出惊人的胆量，赶紧收拾，别让人看见。范少山把两只狼装进手推车，推到山崖边，把死狼扔了下去。又回来收拾屋子，把狼血擦净，打开窗子，散散血腥味儿。又找出一套衣裳，打算回到余来锁那儿，给爷爷换上。收拾停当，范少山抱着衣服刚要走，有人来了。谁？范德忠。范少山心里头咯噔一下，糟了！范德忠平日里很少来鹿场。他一条胳膊，干活儿要和李国英搭伴儿，缺一不可。鹿场就是给鹿喂喂草、喂喂料，不用登高，没有重活儿，就由老爹范老井包了。那今儿个他为啥来了？他和老婆做了早饭，都凉了，还没老爹和儿子的人影儿，不对劲儿啊！李国芳心里头犯了嘀咕，催着范德忠到鹿场去找。这不，一进院门，就看见儿子范少山抱着衣裳往外走。儿子脸上有血，衣裳上有血，抱的衣裳是他老爹穿的。范德忠像是有人从他背后给了一闷棍："咋啦？出啥事儿啦？你爷爷呢？"范少山躲不过，只得道出实情。这下范德忠跳了，抓起棍子朝范少山就打："你是咋照顾你爷爷的？你爷爷若是有个三长两短，俺饶不了你！"

范德忠转身往外走，回村，去看老爹。范少山疼，龇牙咧嘴，跟在身后。范德忠一把夺过衣裳，说："去屋子洗把脸，把衣裳换了！你想吓死人啊？"范德忠走了。范少山回了屋，照照镜子，这才发现自己个儿脸上、身上血赤糊拉的。赶紧洗了个凉水澡，换了衣裳。又抱了草喂鹿，才回村看爷爷了。

听说范老井受了伤，全村人都来余来锁家看老爷子。有的带着鸡蛋，有的送来了大枣。老爷子恢复得挺好，能坐着说话，一顿能吃一个鸡腿。泰奶奶来了，看了一道道伤，泰奶奶一只手拉着范老井的手，一只手不住地抹眼泪。泰奶奶说："你这把老骨头，就想喂狼啊？人家咬得动吗？俺还没走呢，你也别想走。得好好活几年。"范老井笑了："这回不死，想死还就难了。少山俺这大孙子，天生就是来保佑俺的，救了俺两回命。"听这样一说，范德忠对儿子的气儿消了。泰奶奶说："黑桃她爹好啊！是个勇敢的好男人啊！"范少山一听泰奶奶叫他"黑桃她爹"，心里暖暖的。他把身边的黑桃紧紧搂住。小雪吃醋了，也跑了过来。范少山干脆，一个胳膊搂一个。俩小姑娘嘴都合不拢了。

范老井养了几天，能走动了，又回到了鹿场。从狼吃鹿，到人打狼，再到狼吃人，再到人打狼。闲下来，范少山老想，狼的报复心咋这么强呢？人和狼算咋回事儿呢？想想那只受伤的狼，也可怜，也不知道它活得咋样。有一回，范少山去镇上，正赶上大集，买了几只鸡，几只兔子，开着摩托进了林子，把这些活物儿放了。这事儿，他是偷偷干的，谁也不知道。要是让爷爷知道了，会不会骂他呢！

二十

又冷了。倒春寒。既然按照季节，春天到了，就是因温度没到，这时候能干点啥？比冬天暖，比春天冷，不能种地，不能踏青，耍点儿钱吧，又觉着日子不对，早就没过年的气氛了，玩了也没劲，就像你平常放个炮仗，就是没有过年放的炮仗喜庆，有味道。这段日子，咋熬？得有爱情陪着。

春风没来，田新仓心上长了草。他找到范少山，请他保个媒。不用问，想娶"白腿儿"当媳妇。田新仓想来想去，怕自己个儿在"白腿儿"跟前碰钉子，你当面碰了钉子，再找媒人就不好说了。你先找媒人，没说成，自己个儿还可以追她，有退身步。爱情是大事儿，你不讲究个策略中吗？田新仓心眼不赖，说话有腔调，唱歌有嗓子。除了懒点，没啥别的毛病。就算懒点儿吧，人家日子也是过得中不溜的，种金谷子，开山运石，哪儿样活儿没他呀？再说了，没个媳妇，他整天忙前忙后个啥劲儿？最要紧的，是田新仓年轻，比"白腿儿"小六岁。年轻就是资本啊！这就对了，城里正时兴姐弟恋呢！说来说去，田新仓也不是没条件。他想，说啥也要比余来锁抢个先，晚了，黄花菜都凉了。其实，范少山心里的草也长疯了。他想杏儿了，想和她长长久久地厮守在一块儿，对，结婚。就结婚吧！为啥不呢？对了，就在秋后，金谷子丰收的时候。范少山想杏儿想得心里头苦，被黄连汤泡了。这是病，得治。药方就是结婚啊！这还是田新仓提的醒儿。田新仓说："俺就不明白了，你有对象咋还不在一块儿？要是我早就形影不离了。大白天插上房门，也要睡觉。"范少山被田新仓说得心痒痒，想回北京。这当口儿，田新仓请他做媒。

论关系，范少山当然是和余来锁铁。你明明知道余来锁爱着"白腿儿"呢，却把"白腿儿"介绍给田新仓，这也忒不地道了吧？范少山得先把这话递给余来锁。若是余来锁恼了，这事儿就算了，那没办法。毕竟亲戚有远近，朋友有厚薄嘛！余来锁咋说的呢？他也恼了："人家'白腿儿'脑门上刻着余来锁仨字呢？一个光棍，一个寡妇，拉媒名正言顺。你问我干啥？"这一说，范少山倒不好意思了。范少山说："要不，俺给你保媒。"余来锁说："你这办事儿不厚道了。你先答应的人家，回头给我办事儿，还是你范少山吗？再者说了，我早说过，不找媒人，就想自由恋爱。活半辈子，还没尝过自由恋爱的滋味呢！"范少山听出余来锁的腔调，心里头还是不乐意。你把情敌介绍给俺的心上人，俺能开心吗？俺是没理由反驳呀！范少山想：谁让你整天装模作样，扭扭捏捏呢？你还以为十八呢？自由恋爱？你整天猫在屋子里想，还等着人家女人找你呀？

范少山去找"白腿儿"。"嫂子，大哥也走了这么多年了，高辉也结婚成家了，你也该往前走一步了，你是咋想的？""白腿儿"脸有点红，白里透红，好看。这都快五十的人了，还有俩男人追呢！"白腿儿"问："谁找你来的？""你猜。""俺猜不到，也不猜。"范少山看得出，她心里头是有数的。她说："这都啥年代了，自己找俺说嘛！"

范少山说："这事儿，他不好意思。"

"白腿儿"停下针线："谁？"

范少山说："田新仓。"

"白腿儿"没说话，把针线活儿放下了。

范少山说："田新仓你也了解，人长得周正，爱好文艺，家境也不赖。"

白腿儿说："就是岁数忒小，俺觉着跟个小弟弟似的，不稳重。算了吧。"

"不中？"

"不中。"

范少山去找田新仓，说了情况。"女人这是咋啦？有嫌人家岁数大的，还有嫌人家岁数小的？哪个岁数合适啊？俺小她五六岁不好？身强力壮啊！能养她啊！人家做美容往年轻里做，俺做丑容去中不？做的满脸褶子，老你十岁，你跟俺不？"田新仓说着说着就流泪了。他想，啥都能改变，就是年岁的差距改变不了。这下完了，一点余地都没了。田新仓一气之下，下了山，去找他老姑。老姑托人给他找了个姑娘，没几天就带上了山。姑娘后面还跟着娘家人，七大姑八大姨呢！这有谱吗？咋没谱呢？人家是老闺女，刚二十五，早就听说过白羊峪，稀罕这儿。这姑娘也奇葩，白羊峪有啥招稀罕的。媒人、娘家人都说田新仓长得一表人才，家境不错。姑娘找他算是找对了。天上掉下个林妹妹！田新仓还有这样的艳福！白羊峪人都啧啧称奇。范少山也打听了情况，没发现啥问题。你想啊，骗婚的，能到这儿来吗？白羊峪，跑不出去啊！交了彩礼，三万。老姑给了一万。田新仓有点积蓄，没有拉饥荒。办喜事的时候，没钱了，范少山掏钱办了两桌，齐了。这下田新仓乐得嘴都咧到后脑勺去了。晌午的酒席，人都来凑份子。余来锁来了，"白腿儿"也来了。田新仓有意把新娘子领到"白腿儿"跟前，敬酒。"白腿儿"也一个劲儿地祝贺。散了席，日头还没落山，就插了门，入了洞房。三天后，田新仓打开门，摇摇晃晃，扶住了门前那棵柳树，说了三个字："真累呀！"新媳妇也出了门，脸红扑扑的，看看鸡窝，有蛋没有，鸡就跑了出来。鸡憋久了，敞开门就往外跑，新媳妇就往外追。这当口儿，田新仓正哼着小曲收拾屋子，做饭呢！

　　鸡回来了，媳妇没回来。走了，没了。田新仓家在村东头，离山道不远，走了，下山了。田新仓找的时候，已经晚了。他找了村东找村西，不敢声张，丢人啊。到了天黑，一个人在院子里哭，边哭边说："三天三万啊。"后来，有人来看新媳妇，才知道跑了。范少山直拍大腿，演得真真的，谁想到会是骗子啊？再说了，范少山那智商能识破骗子吗？让人家骗好几回了。余来锁也来了，说："往宽处想。好歹你也破了处男之身。三天三宿没出屋，你也值了。"田新仓说："三万块，三天三宿，有这个价吗？"范少山陪着田新仓去镇派出所报了案。所长问："结婚证呢？"田新仓说："没办。"所长说："那事儿办了吧？"田新仓说："办了。"所长说："这明显就是骗婚嘛！那些个扮演爹娘，扮演七大姑八大姨的都是骗子。"所长又问范少山，"你走南闯北的，这都看不出来？"范少山说："俺智商低，俺也被骗过。"

　　春寒里，范少山去了趟北京昌平。公安局通知他假种子案破了。范少山到那儿后，就听人家介绍案情，那个孙前抓住了，孙前也不叫孙前，叫孙钱。啥意思？好像孙前更像真名儿啊。范少山不想听案情，就想知道被骗的钱哪儿去了。钱有。三千块。咋这么点儿啊。钱大部分被挥霍光了，剩下的给被骗者分了，就这点儿。好歹能补点损失。范少山又去了派出所，问案子破了没有。警察告诉他，破了。钱没有，都让小偷花光了。范少山不解："一万块，挺厚的一摞。眨眼间就没啦？"警察说："把他往看守所送的时候，他还把我的手机给顺走了。"去看杏儿。杏儿说："住店的来了？"范少山说："住套房，双人间。"杏儿说："住几天啊？"亲热的时候，范少山说："今年秋后，咱俩就结婚。"杏儿说："真的假的？做完了别不算数啊？"范少山说着真的真的，就扑了上去。半夜，杏儿又问："真的？"范少山说："真真的！"杏儿说："你原来可不是这么想的。"范少山就说了田新仓的事儿。人家想找一个女人那么难，可找到一个，跑了。咋把一个女人拴住，拴得牢牢的？就得结婚。婚姻就是那根绳子。杏儿不乐意了："那感情呢？没感情的婚姻能维系吗？"范少山说："感情是另一根绳子。两条绳子拴紧了，这叫双保险。"住了一宿，范少山就回来了。他得筹划金谷子的事儿了。

范少山要大张旗鼓地推金谷子，把这盘棋做大。范少山查了资料，粟，古人亦称稷，即谷子，是五谷之中最早为中国古人所熟识的庄稼和吃食，后来，人们就以"社稷"代指国家。"社"指土地神，而"稷"则指主管粮食的谷神，你看，粟对早期中国人来说，那是多重要啊！以至于有学者把夏代和商代称为"粟文化"。古代有"粟文化"，到了俺范少山这里，也讲个文化，就叫"金谷文化节"。

"金谷文化节"？这是哪一出啊？余来锁不懂，说："咱种子多了，多种些地不就结了？"范少山说："你不懂，金谷文化丰富着呢！咱得宣传出去。今年咱成片连田地种。金谷子多了，明年咱就找土地了，下山种去。"余来锁吓一跳，下山去种金谷子，他想都没想过。范少山这小伙子，你不服不中啊！范少山说："来锁哥，咱种这么多金谷子，最终是为了啥？"余来锁说："吃不了，就得卖钱。"范少山说："对了，推向市场，卖大钱。推向市场靠啥？媒体啊！电视、报纸上呗！"余来锁说："上回记者上山，你不是忒不高兴吗？"范少山说："上回是偷着干，为了留种子。等谷子多了，咱还发啥愁啊？这不是活广告吗？"

说话苹果花开了，鲜艳艳的。一阵风吹来，花瓣飘飘洒洒，直往人们的头上落。这个时候，白羊峪又开犁了。这回播种金谷子，热闹。路边挂了红色横幅："白羊峪金谷文化节——播种仪式"。还是范老井主持仪式，对土地、谷仙烧香祭拜后，秧歌扭了起来，鞭炮也跟着噼里啪啦响。全村人都来了。余来锁和田新仓扮成胖娃娃，拿着纸板画的谷穗，蹦蹦跳跳，在人群中，串来串去。范少山请来了电视台记者，扛着机子一个劲忙活。费大贵也来了，对着镜头说了话。费大贵知道这事儿跟他没啥关系，讲了两句白羊峪历史，就把话筒给了范少山。范少山激动了，有点收不住。人家问到大学生回乡创业时，他没说自己个儿不是，也没说是，说了句："反正都得干事业！"听那意思，他就是大学生了。为啥没否定自己是大学生呢？这有原因。前头说道，那回在北京菜市场，范少山遇到了乐亭县的雷小军，人家提到大学生贷款有优惠政策。范少山想啊，往后用钱的地方还多呢！能以大学生创业的名义，贷到款多好啊。说不定哪个头头脑脑看了电视，就给批了。这里，范少山留了点儿鬼心眼儿。最后，记者问起金谷子的未来时，他吹牛的劲儿上来了，说："可以肯定的是，金谷子将从白羊峪走向世界！"走向世界？这不扯吗？毛孩子不知轻重啊！费大贵一赌气，饭没吃，没吱一声，走了。

这天半夜，范老井睡不着。人老了，瞌睡少了，躺不住，就满街转悠。范老井转到了银杏树下，靠着站了一会儿，又往树杈上看。树杈上的叶子黑漆漆一片，还能看到啥？忽地，范老井又跪下了！谷仙在树上呢！谷仙坐在树杈上，俏皮地摇着两腿，手里头拿着一穗黄澄澄的谷穗，正在闻香呢！这回，范老井不错眼珠儿，看得真真的！这一准是今天"金谷文化节"，俺范老井把谷仙给拜回来了！原来还想着，谷仙住在哪儿啊？原来就住在银杏树上啊！范老井想着，倏地一下，谷仙不见了，飞走了。范老井闷闷往家走。他想，这事儿我谁也不告诉了。没人信。

白羊峪办了个"金谷文化节"，县电视台播了。县农业局的领导看了，有点儿蒙。咋回事儿？不是说好的搬迁吗，咋又种上谷子啦？领导到了布谷镇。徐胜利书记说了情况。一个北京做生意的小伙子回村创业了，还找到了失传多年的金谷子，乡亲们都愿意跟他干，不想下山，咱总不能往下赶吧？局领导说："当然要尊重农民的意愿。不过，我当初都考察了，主要是出行问题，没有路啊，怎么生产生活？"徐胜利带着局领导去了白羊峪，看了金谷子，大片大片的，都长出绿苗苗了。看了苹果园，苹果花开得好看。最后，去了隧道口。范少山一直陪着。领导问："这条隧道是怎么开的？"范少山不敢说用了采石市场的炸药只是说一锤一钎凿的。徐书记心里头明镜似的，也没说破。领导感叹一声："活愚公啊！"又对徐书记说，"你们镇上得支持啊！这一锤一钎的，得干到啥年代啊？"徐书记说："你们总嚷嚷搬迁，我们哪敢支持？这都是人家偷偷干的。"局领导对徐书记说："搬迁的事儿，我们回去研究研究。若是决定白羊峪留下来，咱们共同给政府打个报告，尽早把隧道纳入支农项目，这样就有资金了，就有开山的炸药了。"徐书记说："那当然好。"范少山在一旁听了，乐得蹦了起来。

范少山和余来锁把局领导的话说了，两人兴奋地喝了半宿酒。范少山说："这会儿地里活儿少，干脆咱拉上乡亲们，到隧道里再炸它两炮，将来有了炸药，再还给杨场长。"两人一拍即合。第二天乡亲们就去了现场。这回方便多了，啥都是现成的。大锤、钢钎、手推车等工具都在山洞里藏着呢！采石场那里有电，矿灯也充好了。杀了猪，接着猪肉炖粉条。人们冬天干的啥，眼下还干啥。跟冬天不一样，如今春暖花开了，干活爽快，利索。

杏儿来了。杏儿想着范少山答应跟自己结婚的事儿，就越来越想少山，整天心里头惦着，想着自己个儿秋天就是白羊峪的媳妇了，总得帮着婆家做点啥。来了，正赶上开山，她就分到了后勤组，和"白腿儿"她们做饭。杏儿干活儿麻利，和人儿，和女人们有说有笑的，就是当女人们说起男人们时，不插话，偷偷听着，脸一红一赤的。这天放炮，杏儿出事儿了。杏儿不是做饭呢吗？离现场远着呢。对啊。这回药量大了，飞进的石头落在了离灶台一丈远的地方，把一棵松树砸折了，松树哗地倒了下来，杏儿也倒下了。

送到了医院，大夫给输液。乡镇医院，一有病就输液。杏儿的头让树梢扫了一下，后脑勺磕了个包，范少山后悔，让人家管理员多加了炸药，险些出大事儿。范老井、范德忠、李国芳都来了，看着杏儿抹眼泪。范德忠狠狠瞪了儿子一眼："都是你惹的。"这当口儿，杏儿醒了。大夫说："主要是吓的。"一听杏儿没事儿，人们走了，各忙各的，开山的事儿不能停。慢，不能走。杏儿不对劲儿啊？死死拽住范少山的衣袖，不让走。心有余悸啊？范少山带她到镇上公园转转，两人在排椅上坐着说话。杏儿好像只记得她和少山卖菜的事儿，对这两天事儿不记得了。失忆了？范少山要送杏儿回北京，到大医院看看。杏儿还是死死拽住他的衣袖，让少山陪她说说过去的故事。少山就说了两人认识的经过，说相爱的故事，受的那些累，尝的那些苦。说自己个儿回到白羊峪干的那些个事儿。范少山说："俺虽然身在白羊峪，可哪天不想你啊？俺心里装着你，就有了奋斗的动力。俺要让乡亲们过上好日子，俺要让自己个儿成为值得杏儿爱的男人。"范少山动了感情，眼泪就像打开了阀门儿，说："你可千万不能失忆啊。好好想想俺俩那些开心的事儿。"杏儿扑哧一声笑了，说："谁失忆啦？范少山，化成灰我都认得你。"范少山笑了："你骗俺啊？"杏儿说："就你好骗。要不然你会陪着我散步？你会陪我说话？早跑到工地去了。说实话，你陪我说话，我真幸福。"说到最后，杏儿也流泪了。

第七章

这人生啊，就是一场奔跑

二十一

　　今年的白羊峪，不光种了金谷子，还种了不少蔬菜。青椒、西红柿、黄瓜、萝卜，都是范少山四处淘换的种子。这些个菜，不光让乡亲们吃新鲜，还能赚钱的啊，比土豆、玉米强多了。

　　再说孙教授。就是范少山卖菜时认识的那位。人家一直惦记着白羊峪呢！范少山也经常和孙教授通电话，两人唠唠嗑儿。白羊峪的金谷子、苹果、蔬菜，孙教授都尝了个遍。连声夸白羊峪好山好水，种出来的果实就是好吃。孙教授要范少山搞订单农业。范少山不光注册了"白羊峪金谷子农业公司"，还在互联网上开了网页："中国白羊峪"。很快招来了一批客商，下了金谷子订单。范少山够狠，别的谷子最多四块钱一斤，金谷子一斤二十块，还要交定金。签协议的是做粮食贸易的沈老板，他走高端路线，把金谷子推到五星级酒店和富人区，还想请一位专演皇上的明星代言。就这样，白羊峪有了第一笔进项，三十万块。看到白羊峪没电，沈老板赞助了一台发电机，能供着全村照明用。沈老板也不是完全慈善，人家安排了代表常驻了白羊峪，监督金谷子生长。代表的手机要随时通话吧，没电咋中？不能老是下山去充电吧？发电机不赖，起码白羊峪把油灯、蜡烛甩了，就是不稳定，一闪一闪的。总好过油灯了。范少山不是没想过电的事儿。他知道，一没电，二没路，白羊峪还有存在的必要吗？跑过几趟电力局，人家说地形条件恶劣，电杆架不上去。如今有了发电机，他知道也不是长久之计，还得想万全之策。起码，他手机充电不用去兽医站了，晚上可以和杏儿煲电话粥了。

今年，金谷子是白羊峪的头等大事。范少山盖了个简易房，把铺盖卷搬到了地里。你都签了协议，收了定金了，能不把金灿灿的谷子交给人家吗？前头提到过，镇农业技术推广站的刁站长，范少山请他作指导。刁站长人不赖，就是怕老婆。老婆凶，容不得他做错一点事儿，隔三岔五地骂他，正好，他把行李卷也搬到了白羊峪，和范少山住一块儿，躲个清静。谷子从小到大，从矮到高，从绿到黄，范少山一天天看着长。

这中间发生了一件事儿，为了谋划将来，范少山下山选地。地点就是布谷镇的大王庄。这里没山，是平原，是种地的好地方。只是他选的地段不中，是个废弃的土地，过去是企业的料场，三百亩。企业倒闭了，这儿就大片大片地撂荒了。眼下土地流转，土地是香饽饽啊，这土地咋没人要啊？为啥？这土地看着心窄，石头乱砖，坑坑洼洼，能种地吗？按国家规定，工矿废弃后，得复耕，恢复成基本农田。大王庄村有土地所有权，是复耕单位。村里头吵吵嚷嚷，没人动。就算复耕成功了，三五年也不能种地啊！土壤都污染了。按照政策，个体复耕，可以优先使用，这钱，要所有权单位出。范少山找国土局化验了土质，人家给了化验报告，说里面含有害物质，不适合种粮食。范少山把报告寄给了孙教授，孙教授看了，寄了一份翻译的日本资料过来，是咋改造工业用地的。范少山一看，心里头有了底。

范少山和余来锁商量，以村集体的名义做。这件事儿可不能只看眼前那丁点儿利益，要看长远啊。三百亩土地，短时间不能种地，咱得让它休养生息，承包它三十年，那得收获多少金谷子啊！这道理，得跟村民讲清楚。村民呢？祖祖辈辈在山里面住惯了，眼光望不到山外去。能吃饱了，还有零花，知足了。还到山外边折腾个啥呀？如今守着金谷子，过几年山洞也通了，出来进去都方便，知足吧。范德忠说："咱村里没家底儿，你范少山有多少钱，俺当爹的能不知道？几百亩的地方，先撂几年再种，拖得起吗？那得多少钱啊？你小子开银行啦？"

提到钱的事儿，范少山不是没想过。复耕，对方答应给三十万，测算了，不够，还得有七八万的缺口。能省则省吧。找推土机、旋耕机等设备，花钱先由他们自己个儿垫着。拆破墙、清石块等整理费用，一律请当地村民，按人头给钱。这事儿，比不得凿山洞，地段集中，路又近，村里人干中。到了大王庄，大片的地，一眼望不到头，白羊峪人放进去，看不见啊，咋干活？再说了，有几个壮劳力啊？这不是"愚公移山"的事儿。凿山洞，那是逼得咱们没法子。这回，咱可以变着法子使，得算好经济账。等耕地修复好了，再种地的时候也不用咱白羊峪人。白羊峪人来这儿下地，还没到地边，天都黑了。咱还用白羊峪的名字，叫白羊峪农场。一水儿的机械化作业，聘当地的农民上岗。范少山掰着指头跟村民讲。村民们听明白了：不用从自己个儿兜里头拿钱，就能等个好前程。好事啊！都举手。范老井也举手。李国芳没手，说了声："俺同意。"范德忠有一只手，可以举，但他没举，对范少山冷冷地说："你就败家吧！"范德忠走了。他怕儿子搞砸了，往里头白搭钱啊！范德忠边走边说，"上辈子你欠了白羊峪多少债啊，今生今世你还得上不？"

村民大会通过，范少山就和余来锁去找费大贵，汇报情况。费大贵觉着形势发展忒快，自己个儿虽然每天看报，还是觉着跟不上趟了。小小的白羊峪，刚种下金谷子，就要到山下开新地了。范少山这小子，厉害。虽说对范少山有时看不上眼，但费大贵不挡年轻人的路，心里头明白，干吧，你们腿跑细了，还不是给我书记干吗？费大贵不能让别人看出自己落伍，得让人家觉着，你做的事儿都在他的掌控之中。费大贵说："好好好！这事儿我早就想到了。干得好。抓紧办吧！机会不等人啊！"

折腾了一个月，和大王庄办了各项手续。白羊峪农场的复耕开始了。机器撒着欢儿地跑，隆隆叫。余来锁和田新仓是监工。范少山留在了白羊峪，因为，金谷子就要熟了。这个季节，白羊峪一片金黄。收割，脱粒，晾晒，装袋，过磅，都是传统做法。一袋袋扛下山，一袋袋装上车，一车一车，贸易商拉走了。"白腿儿"有文化，范少山跟费大贵通了话，让"白腿儿"当会计，管账。"白腿儿"不收沈老板的钱，她跟着沈老板来到布谷镇储蓄所，眼瞅着他把钱存到了本本里，放心了。她拿着本本回到了白羊峪。这是范少山的主意。收了钱放在哪儿啊？不安全。进了存折里就放心了。

这会儿，大王庄那边的土地复耕好了，翻耕的新鲜土壤正等着呢！种个啥？范少山下令把收来的草籽撒上，就跟种菜似的，匀匀溜溜地撒上一层。草籽是从当地村民那里买的，早就在村里大喇叭上广播了。买啥的都有，就是没听说过还有买草籽的。村民觉得新鲜。买草籽？这不败家吗？两块钱一口袋！草籽撒上了，很快就齐刷刷长出来了。土地这东西就是怪，能长草的地方，长不好庄稼；能长庄稼的地方，长不好草。草长出来了，村里的牲口就往那里跑。主任慌了，就赶。人家花钱种的草，你想吃就吃啊？没想到白羊峪来人了，在村大喇叭上又喊：欢迎到地里放牧！不收费，牲口随便吃。这下就像洪水泛滥了。牛啊、羊啊都来了。大王庄的来了，小王庄的也来了。这些个牲口就像进了自家厨房，可劲儿地造。大王庄、小王庄的人就想，还有比这稀奇的吗？花钱耕了地，不种粮食，种草，种了草，"请"邻村的牛羊来吃，天下还有这样的傻瓜吗？这到底是咋回事呢？范少山看了孙教授寄来的资料上说，深耕土地后，撒上草籽，让荒草自然生长，然后放牧。牛羊吃草，留下粪便营养土壤，慢慢地，土壤就苏醒了，散去了有害物质，增加了地力。三五年后，就可以种粮食了。

在村民会上，范德忠走了。他压根儿就不同意承包土地的事儿。那天，他想了想，去了大王庄，他要看看儿子复耕的土地是啥样子。啥样子？大片大片的土地，长满了荒草，上面牛呀羊呀正在啃青呢！这咋回事儿啊？问了一个放羊的，放羊的说："人家故意种的草，就是给俺们养殖户搭建个平台，好人啊！听说姓范，你认识不？"

气堵脖颈，回了家。范德忠干豆角，炸了。抄起棍子就追打范少山，范少山丈二和尚摸不着头脑，俺咋又惹你啦？范德忠大骂："败家不等天亮的玩意儿。那么多土地，一眼望不到边啊，你给种上草了！看俺不打死你！"一听是这事儿，范少山心里头有了底，谁让你村民会没开完就走了？会上俺都说得明白的。不容解释，范德忠就是用棍子说话。范少山挨了两下，扛不住，跑到了余来锁家。

余来锁来找范德忠，范少山也跟了回来。余来锁跟范德忠说了缘由，又怪范少山没跟老爹把事儿说清楚。范少山也觉着自己个儿不对，平常和爹说的话忒少了。这个晚上，范少山和爹范德忠喝酒说话，范德忠话不多，酒多。这就是理解了。你让范德忠这样老实巴交的山里人，当面跟儿子认错，做不到；当面夸儿子，也难。他的表达方式，你不懂。

　　金谷子熟了，满地金黄，遍野飘香。这回又办了"金谷文化节——收割仪式"比前面的播种仪式场面大，热闹多了。这回由贸易商和白羊峪共同主办。报纸电视都来了，四邻八村的来了，县里的篓子秧歌队也来了。镇书记徐胜利讲了话，挺高兴，还拿起篓子扭了起来。接下来，就要办大事儿，喜事儿！范少山说好了，等丰收了，和杏儿结婚啊！不能再拖了。范少山和杏儿定了婚期，去了一趟贵州。范少山登门拜见岳父、岳母，请他们到北京参加婚礼。在那儿，待了三天，顿顿有酒，吃辣。范少山有点儿吃不消。杏儿跟他说："入乡随俗。你是贵州女婿，别丢份儿。"贵州茅台镇，人家这边发达，在北京的时候，范少山就和杏儿的爹娘微信视频，早就熟络了。风水先生和杏儿商量好，办两场婚礼，北京这边一场，白羊峪一场。先办北京昌平这边，范少山和杏儿的朋友们都来了。两人在这儿打拼了好几年，人脉不薄。杏儿披上了婚纱，幸福的泪水把妆都冲花了。在北京昌平这一场，是副场，啥叫副场呢？就是说不是主要的。都是朋友，除了朋友情分儿，还有就是钱的事儿了。你结婚的时候，我去了，花了钱的，这回我结婚了，你得来，你得花钱，这都正常。杏儿把过去公司的同事都叫来了，有的三五年都没联系了，也没啥情分儿可以延续了。花了钱，喝了酒，就断了。城市就是这样，有的人孩子结婚，能叫的人都叫来了，等喜事儿办完了，手机号码换了。反正自己个儿也没大事儿了，你的孩子结婚，再找我，找不到了。说白了，在北京昌平这边办个仪式，就是"要账"。请的人，都是来还债的。

　　白羊峪这边，那个喜庆的味儿，把全村淹了。先是收拾房子。原本范少山和迟春英是有三间新房的，也是石头砌的，独门独院。自打范少山去了北京，就再也没进过屋子。他和迟春英在那儿过了段日子，那是他的伤心地啊！回到白羊峪，他在爹娘房子睡，在爷爷鹿场睡，就是没踏进过这个院子半步。这回，余来锁带着人收拾得干干净净，修缮得漂漂亮亮。房子粉刷了一遍，地面新铺了地板砖。"白腿儿"带着几个女人擦得窗明几净。新褥子新被早就准备好了，被角里还藏了大枣和栗子。这房子，都快认不出来了。

　　这天，范少山和杏儿来了，车停在了兽医站。李站长得知范少山带着新娘子来了，自是要讨杯喜酒。范少山从后备厢拿了两瓶酒、一袋糖给了李站长。李站长有心，送一对新人送子观音，他自己个儿用牛角雕的。俩新人往山上走，穿的中式婚礼服装，都是大红色的，抢眼。忽地就看见一队花轿下山来，是余来锁带来的迎亲队伍。花轿到来了，队伍高唱《九九艳阳天》。到了近前，余来锁高喊一声："请新娘子坐轿——"杏儿不依："使不得，使不得。我自己走。"范少山把杏儿的红盖头放在轿子里，轿子就抬着往前走。听明白了吧？抬轿子就是个形式，走在山路上，轿子是斜的，新娘子根本就坐不住。为啥还要抬轿子呢？讨个喜气。自古白羊峪娶媳妇，新娘子都是跟着轿子走上山的。这就是白羊峪的最高礼仪了。余来锁和田新仓抬着红盖头，唱着《大花轿》，上山了。

按着白羊峪的令儿，婚礼定在了黄昏。为啥在黄昏呢？黄昏是吉时，所以就在黄昏行娶妻之礼。老辈子管娶媳妇叫"昏礼"，后来，就演化为婚礼了。婚礼上最重要的是程序，那就是拜堂：又叫"拜天地"，经过"拜堂"，女方就正式成为男家的一员了。余来锁是主持婚礼的司仪，他大声地说："一拜天地，二拜高堂，夫妻对拜，齐入洞房。"这里面有讲究。拜天地呢，代表对天地神明的敬奉；拜高堂呢，就是体现孝道；夫妻对拜，那是代表夫妻相敬如宾。

这婚礼还有个插曲儿。迟春英来了。啥意思？前夫举办婚礼，前妻凑啥热闹啊？她是咋知道信儿的呢？原来是小雪给娘写了一封信。信上说爹又给她找了个后娘，定的啥日子办喜事儿。小雪的眼泪把信纸打湿了。爹娶了杏儿，就表示和娘再也不可能在一起了。当娘的，能不理解孩子的心吗？就赶在婚礼这天来了。人家说来看闺女，赶巧了。还祝福了范少山和杏儿。这事儿，乍一看，没毛病。实际上，暗里较着劲儿呢！迟春英这女人心思密啊，你范少山不是又娶了新媳妇吗？你可不能忘了俺闺女，你两口子得对小雪好。俺来了，就是给你俩提个醒儿。还有，你范少山办喜事儿，别想心里头干净，就是给你添点儿脏儿。再有呢？自打上回马玉刚打了她，范少山帮她出了气，让她又念起了范少山的许多好，她看见杏儿穿着大红的喜服，不舒服，硌眼睛。你说，这女人，到底是咋想的呢？她连自己个儿也说不清楚了。

反正，范家人觉得迟春英来得不是时候。你这不搅局吗？你忘了你当初是咋离开范家的？看着文文静静的，脸皮咋这厚呢？大喜事儿，不能闹翻。反正范老井、范德忠、李国芳都没咋搭理她。"白腿儿"把她领到了自家，安顿好。小雪也来了，守着娘，有了笑脸。刚才婚礼上，她可是老板着脸的。司仪余来锁让她管杏儿叫娘，这孩子咧开了嘴，乐乐呵呵地叫了一声阿姨。

洞房里，范少山和杏儿累了一天了，没心思干该干的事儿，主要是谈了另外两人，迟春英和小雪。迟春英，一个不该来的人，来了。小雪，该叫杏儿娘的人，叫了阿姨。对小雪，杏儿理解，孩子嘛，乍冷的，管一个半生不熟的人叫娘，谁乐意啊？你得培养感情，感情到了，自然水到渠成。对迟春英的到来，范少山能想到的，是小雪写了信。可写信让你来，你就来？这让范少山有点儿脑瓜疼。杏儿是个爽快人，没心思琢磨这个。她说："我把话放这儿，她要敢打你的主意，我掌她的嘴。"范少山说："你想啥呢？"杏儿说："你要是敢打她的主意，我打断你的腿！"说着，朝范少山的大腿踹了一脚，睡了。

　　白羊峪种了金谷子，年景不错，能糊住心口了，就有人回来了。谁呢？费来运。支书费大贵的本家。俩儿子搬下了山，老头就跟下去了。到了城里，费来运不能种地，赚不来钱，就不得烟抽了。在儿子眼里，老爹成了累赘。小儿子不养他，大儿子也往外推。有一回，儿媳骂了公公，还把他的行李被窝从楼上扔了下去。费来运都七十啦，老了老了，没人养了。想到白羊峪还有自己个儿的地，又听说范少山回来了，白羊峪这两年的日子挺滋润，就回来了。范少山给老人安置好了住处，又开了个欢迎会。他觉着这是个好兆头，添人进口，白羊峪的日子才有奔头。

　　婚后三天，杏儿回了北京。范少山还有大事儿跟着他呢，走得开吗？在农村，百姓心里头最惦着的事儿，就是村级财务，也就是村集体的钱。白羊峪村子都快没有了，集体还有钱吗？过去，白羊峪的账本是空的，账本就睡在村委会的抽屉里。这会儿，金谷子不是有收入了吗？"白腿儿"还成了村会计。白羊峪干的这些个事儿，都是范少山征得村民同意，以村集体的名义干的。比如种金谷子，开凿山洞，复耕。前头也提到，好多钱都是范少山自掏腰包。要说收入，只有一项，金谷子。金谷子收入二十来万。一块儿给村民分了红；另一块儿，办"金谷文化节"花了些；还有一块儿，给了采石场的杨场长，你不能白使人家炸药吧！这五支六兑，就剩十来万了。这是白羊峪的第一笔积累，范少山和余来锁商量，不到万不得已，不能动。有了这笔钱，白羊峪就等于有了"主心骨"。复耕呢？大王庄给了二十万的复耕费，没钱了，不够，再要就没有了。这还欠着拖拉机手的柴油钱呢！这十多万根本不够。接下来，还有冬天的开山，哪儿不花钱啊？范少山想起了雷小军，决定去银行贷款。

　　银行的钱是那么好动的？你想跟雷小军一样，要大学生创业贷款？想得美！拿证明来，起码你得有毕业证书吧？你连高中毕业证书都弄丢了。就算你有文凭，还得七八个部门审核盖章呢！想起那回接受采访，想蒙混过关，承认自己是大学生，范少山就觉得臊得慌，脸热。那么普通贷款呢？得抵押。白羊峪一件值钱的东西也没有，拿啥抵？破石头房子？人家不要啊。这几天，白羊峪总有人上山来，要账。俺的推土机自己个儿加着柴油，把地都给你耕了，你种的草籽，草都老高了，虽说俺不知道你们搞啥名堂，可活儿给你做了，你得把油钱给俺吧？啥？大王庄欠你的，那俺管人家要不上，俺给谁耕地，俺向谁要钱。十几个开拖拉机、旋耕机的都来了，要钱。使横不中，就装可怜；装可怜不中，又使横。人家垫着钱干活儿，也不容易啊！范少山跑贷款的事儿，跑不来。他干脆去了北京，要拿自己的房子作抵押，打算贷款五十万。在杏儿跟前，不好张口。咋办？万一贷款还不上，你和杏儿连个住的地方都没了，你得睡在大马路上了。可眼下要还账，要修路，没钱就挪不了窝儿啊！末了，还是跟杏儿说了。杏儿的眼泪唰地涌了出来："你干脆把我也卖了吧。"你说杏儿图你个啥？你花人家卖菜的钱还少啊？还能说啥？范少山灰溜溜回来了。这边，余来锁顶不住了。拿出钱，把机手的大部分账结了。账上也空了，范少山的心也空了，就像舍不得花压岁钱的孩子。余来锁说："村集体账上没钱了，你也是为村上干事儿啦！村民秋后还分了红呢。一户三千块钱，那是大风刮来的？往后，走一步看一步吧。"

金谷子熟了，白羊峪也醉了。咋运下山？这好办。白羊峪早年是种过金谷子的，那些金谷子能运到皇宫，现如今金谷子运下山，也不费事儿。过去是用辘轳，一袋一袋往下放，放到崖下的平路上，再装马车，就奔了紫禁城了。这回，沈老板动了脑子，在崖上面安装了绞盘。比辘轳大啊，绞盘上缠满了大粗绳子，绳子上系好了木箱。这木箱能装一千多斤，用轮慢慢往下放，到了安稳处落了草儿。这下，不到两天，齐活儿。沈老板爽快，帮忙的，猪肉炖粉条可劲造，外拿五百块补助。

冷风下来的时候，范少山和余来锁又去找徐胜利书记，问修路的事儿，纳入政府计划没有，上回农业局长和你说话，俺全听见了。徐书记告诉他，没纳入。报告打了，没批。"你也知道。上面要你白羊峪搬迁的精神没变，政府的钱也不是大风刮来的，都有考量。实在没办法，你们就搬下来。"余来锁说："徐书记，你这样说的话，俺们金谷子白种了，山也白开了。俺们不甘心啊！徐书记，你最体恤民情了，最懂白羊峪百姓的苦处。冬天不能闲，俺们还想着开山。"余来锁软磨硬泡，就是要钱。"去年给了两万，哪够用啊？镇政府修个大门，也得十几万吧！"这一说，徐书记一个劲儿嘿嘿，赶紧批钱，给了三万。你还能说啥？你凿山洞，上面不批，人家徐书记暗地里顶你，够意思了。

二十二

"白腿儿"当了奶奶。进了城，看孙子。孙子小，才十个月，丢了。丢了？在哪儿丢的？在网吧。咋回事儿啊？十个月的孩子去了网吧？别着急，事情是这样的。

"白腿儿"的儿子高辉结婚了，媳妇叫小兰，住在北京顺义，有房有车。房是有，二手的；车呢？电动的。为了攒钱，他把二手房租出去了，住网吧的房子。再说这二手房，咋来的？你一个在网吧打工的，能在北京买二手房？人家在工地搬着砖，躲到网吧玩一玩，一玩儿，收不住了。网吧老板就发现了这个网游天才，电玩高手，人家还拿过金奖呢。这顺义的二手房就是奖金买的。要不人家能在网吧当陪练？网吧老板还给你提供宿舍？电玩玩的是青春。到了二十多岁，手指头不灵了，玩不动了，就剩经验了，陪练的活儿就是给你准备的。说白了，除了六十平方米的二手房，高辉啥都没有。两口子回白羊峪，光鲜着呢！这都正常。没点虚荣心，你咋在城里混啊？还敢回来家吗？高辉年岁不大，在北京打拼，家里还有个守寡的娘呢，这么早结婚干吗呀？早结婚也就算了，还早早生了孩子，还不让生活给拖累呀？男女之恋是不能计划的。爱情来了挡不住，孩子来了呢，也挡不住。高辉和小兰同是工友，好上了，结婚了，有孩子了。就这么简单。可生活不简单啊！小两口在网吧打工，高辉当电玩陪练，小兰当勤杂工，能有多少进项？网吧老板心肠热，给了小两口一间宿舍。有了孩子，谁照看啊？自然是当奶奶的"白腿儿"。

"白腿儿"来了。还指望着能看到天安门呢？老远了。就是住的吧，还不如白羊峪。白羊峪地方差，可房子宽绰啊，可以打着滚儿地住。这儿就一间房子，儿子给她在大床旁边加了个小床，四口人就挤在一块儿中间隔道布帘儿。儿子儿媳年轻，半夜回来，就干那事儿，床铺嘎吱嘎吱响，布帘儿呼哒呼哒生风。"白腿儿"守寡多年，哪儿受得了啊？这还不算，每天夜里起三四回，哄孩子，喂奶粉。小兰也不是不管，可她产后焦虑、烦躁，奶水没下来。加上年轻人觉多，照看孩子这事儿基本上就"白腿儿"担着，能不累吗？

　　这天夜里，两口子网吧值班，"白腿儿"把孙子哄睡了，自己个儿也上来了瞌睡，倒头就睡了。等醒来一看，糟了！孩子没有了！孩子咋就没有了呢？赶紧找。高辉和小兰知道了，网吧上下都找遍了，没有。"白腿儿"瘫坐在地上，哇哇大哭。这事儿让范少山知道了，他咋知道的？这当口儿，他正在北京昌平呢！"白腿儿"急得哭，就想起了范少山。电话里跟范少山哭诉，孩子丢了。这时候，除了警察，她觉着范少山还能帮她，他对白羊峪人贴心啊！警察来了。还好，网吧最多的就是摄像头，这还有跑吗？调了半晌，没有。孩子住的地方在后院，偷孩子的抱着孩子从大厅路过，人家傻呀？再说了，大厅还有高辉和小兰值班呢！警察一看，后院墙不高，嫌疑人是翻墙过去的。这案子，就是拐骗儿童。赶紧封锁车站，以防嫌疑人外逃。后院墙外是一条胡同，有摄像头，不太清晰，半夜一辆车停在网吧的后院墙根儿，一个男人下车，翻墙跳过去，一会儿，又翻墙跳过来，怀里抱着个孩子。上车，车开走了。让高辉和小兰认人，都摇头，不认识。以车找人，查车牌，号是假的。沿着嫌疑车辆行驶的方向，调看监控，找到了。

　　就在这天，警察把孩子送回来了，把陶姐带走了。咋回事儿？这不明摆着吗？嫌疑人能那么快从墙内把孩子抱出来，肯定有内应啊！内应是谁？陶姐，他俩的工友，平时处得近乎，陶姐热心肠，有时看"白腿儿"忙，还帮着给孩子喂奶、换裤子。孩子丢了，她着急啊，帮着四处找，还一个劲儿地劝"白腿儿"，劝高辉和小兰别着急，孩子会回来的。又骂偷孩子的狼心狗肺，挨千刀的。这回弄清楚了，敢情人家是最佳女主角啊！她对高辉一家的底细了如指掌，看到"白腿儿"睡了，就把孩子抱出来，交给了跳墙过来的男人。男人是谁呢？她的弟弟。弟弟和弟媳不生养，全家上下都着急。想来想去，陶姐想出来这个法子。风险小啊。她进了屋子，若是"白腿儿"醒了，人家说看看孩子。她要是抱到外面，"白腿儿"追出来，人家可以说抱孩子看看月亮。危险不到一分钟，就是弟弟跳墙翻墙的那会儿。

　　范少山来了。天天跑公安局，一直到孩子找回来。孩子找到了，高辉病倒了。在网吧做游戏陪练，熬夜。困了咋办？不能睡呀？一招儿，掐大腿。激灵一下，瞌睡虫吓跑了。卷起裤管儿，高辉的腿上青一块，紫一块的。该睡觉的时候呢？睡不着，得靠安眠药催着。这谁受得了啊？加上孩子差点丢了，又看清了陶姐的另一面，高辉寒心了。范少山打算请高辉回村，先帮忙照顾着农场。

别看当下一片荒草，等个三年两年，那里可是果园、菜园、金谷子啊！高辉懂电脑，可以发展电商啊！高辉想想，这几年自己个儿过的啥日子？干脆回去。他喊了一声："城市套路深，俺要回农村！"

小兰呢？人家本来就是从大山里出来的，还跟你回山沟？再说了，不是还有一套二手房呢吗？北京这边得有人。小兰留了下来，回到二手房，把自己个儿的爹娘接了过来，照顾孩子。"白腿儿"后怕，再也不敢照看孙子了，回了白羊峪。小兰给杏儿打工，卖菜。这样一来，范少山和高辉就差不多了。都在北京有房子，媳妇都卖菜，两人都挺超脱，都能在村里头干一阵儿，在城里头待一段儿。两头跑着。

这两天，范德忠犯了琢磨。老头每天听广播，听到鼓励农民进城，推进城镇化的事儿，有点儿闹心。为啥呢？推进城镇化了，你白羊峪就得下山了。下山了，你种的金谷子，就没了。你开到半截的山洞，白做了。这可都是汗水泡出来的，心血喂养大的。儿子少山为了白羊峪，把北京的生意都抛下了，图个啥呀？你不能瞎干啊。瞎干等于白干，白干不如不干。范德忠不同意儿子的一些做法，但儿子是他的儿子，他的种儿，能不为他着想吗？范德忠去找余来锁，想听听他的说法。余来锁看他心里头有事儿，就问："德忠叔，你找俺有事啊？"范德忠说："咱村支书费大贵，那是聋子的耳朵，配搭儿。村里没主任。你是组长，还是党员，就是最大官了，所以俺有话只能找你说，你的话管用。"余来锁笑了："有些事儿你就问少山，一样。"范德忠说："那不一样，俺问他，是私对私。俺问你，就是跟公家说话了。"余来锁说："你这讲究还不少。说吧。"范德忠说："来锁，你叔俺也是去过大城市的，也在外面打过工的。"余来锁说："知道，你这一条胳膊不就是个记号嘛。"范德忠说："今儿个俺没跟你说胳膊的事儿，俺说的是大事儿，别打岔。俺虽说在外打过工，眼下这两脚站在这白羊峪，就得按庄稼人心思说话。眼下，搞城镇化，提倡农民进城买房。俺们待在村里的人好像过时了，少山你们这通折腾，上头让这么搞吗？"余来锁嘿嘿笑了："大叔，是这样。按照上面的指示精神，没有生产生活条件的地方，搬迁。按计划，俺白羊峪也属于搬迁村。可咱们不是种出金谷子了吗？还凿了半条山洞，乡亲们都能活了。上头也就不嚷嚷着搬迁了。俺和少山也找了徐书记，徐书记答应维持现状，还派了工作队驻村。人家都把行李卷搬到村委会去了。大叔，你看，少山这路子走对了吧。"范德忠嘴角挂着一抹笑，不作声。余来锁又说：

"少山说了，路和电是白羊峪的两只拦路虎，不把这两只虎除掉，白羊峪就没有生存的理由。如今，路的问题已在半路了，电靠发电机，还是人家买金谷子的老板赞助的，只能照个亮儿。要想把咱白羊峪建设好，路还长着呢！少山说了，咱们的目标，就是让别村人羡慕。就是眼热，甚至眼红。"

范德忠一听，嘿嘿笑了，他觉得来锁说话挺受听。范德忠说："来锁，俺是担忧啊，搞农业经营，也是做生意，商场如战场。战场就得有生有死的。自古以来，个人只为个人担风险，不为旁人担风险。个人出了什么事，出了啥事都好了结。"余来锁明白了："少山的计划大、目标远。他的脚步想迈出白羊峪，你心中就没底了，是这意思吧？"范德忠说："你也知道。少山回来了，干的事儿都是为了乡亲们。他说过，赚了是乡亲们的，赔了俺担着。这事儿，他也做了不少。多多少少的往里搭点儿，还中，俺就怕他捅出个大窟窿来，到时候给白羊峪添乱。你比他年岁大，多吃了几年咸盐，可得替他把好方向盘啊。"余来锁说："大叔，少山有思路。就拿三百亩农场这事儿吧，要是换了俺，连想都不敢想。这要不在城里闯几年，谁敢啊？俺觉着，人家那才叫魄力。人家哪件事儿不是摆在桌面上，开会研究通过啊？没一件事儿是蛮干的。就是你时常拖人家的后腿。"范德忠不好意思，像少山那样，挠挠后脑勺。李国芳老说，少山一举一动随他爹。范德忠说："随俺就对了，说明没差种儿。"余来锁说："有件事儿俺没跟别人说，少山也不知道。少山这两年为村民办事儿，往里搭的钱俺都偷偷记上账了。等白羊峪彻底翻身了，得把这些钱还给少山。俺白羊峪人懂得感恩啊！"

一席话，把两人的心都说热了。余来锁拿出酒来，这就喝上了。白羊峪三大家族，姓余的，姓费的，姓范的。姓余的和姓费的吵来吵去，争斗不断，搞得几十年不通婚。姓范的不争不斗，和和气气，和姓余的好，和姓费的也不赖。余来锁说："大叔，你看如今，白羊峪还得是你们老范家。老井爷德高望重，你范德忠宅心忠厚，国芳婶子乐善好施，范少山呢，俺就想把好的成语都给他搁上：光明磊落、一身正气、有勇有谋、有胆有识、斗志昂扬、壮志凌云、为民除害……"余来锁掰着指头算，范德忠嘿嘿乐，灌了一口酒，说："你把字典都给他了。对了，这咋还有为民除害呢？"余来锁是随口秃噜出来的，赶紧给自己个儿找辙，啊了几声说："这为民除害呢，明白了吧？对，是这样，在咱白羊峪，穷就是大害！铲掉穷根，就是为民除害。明白了吧？"

白羊峪的秋天，凉爽的风在山野撒欢儿，时而奔跑，时而打滚儿。

这个时候，孙教授来了。这可能是白羊峪历史上来的第一位教授，最高学历的人。孙教授为金谷子而来，为红苹果而来，更为白羊峪的乡亲们而来。孙教授啥人物，农业专家啊，能到你这小小的白羊峪来？对了，不光来，还要住上一段日子，好好地接接这里的地气。前几天，范少山和杏儿去看孙教授，带去了结婚喜糖。孙教授高兴，道喜。孙教授含了块糖，脸一沉："少山，你这是看不起我呀，结婚为什么不通知我？"范少山说："孙教授，您老年岁大了，没敢劳烦您。"孙教授跟一般知识分子不一样，不虚头巴脑。人家纯，像个孩子。当即拿出一对花瓶送给少山和杏儿。这可是晚清的，起码十来万啊。这哪儿使得？两人像烫了手一样，不收。孙教授打定的主意，能改吗？老人急了，最终少山他们还是收下了。这礼物一收，你还咋好意思说事儿啊？范少山还想着请孙教授去白羊峪呢！孙教授说话了："少山啊，你师母去了美国儿子那儿，我正好离得开。我有个课题，是金谷子的。打算去白羊峪考察考察，欢迎不欢迎啊？"这孙教授，总是你想啥，他说啥。孙教授喜欢秋天。他说一年四季，有三季身体有恙，就是秋天舒服，像躺在浴盆里洗澡的婴儿。孙教授登上"鬼难登"，到了山上，万千景色，尽收眼底。醉了。孙教授奔放啊，唱歌，就对着山野、森林、长城亮开了嗓子。

《在那桃花盛开的地方》。孙教授这一唱，也让范少山吓了一跳，谁听过孙教授唱歌啊！还扬着胳膊，那么有范儿。教授唱了一段儿，连说不行啦，年轻的时候，本来是要考音乐学院的，上面号召支援祖国建设，就认为唱唱跳跳的没劲，就考了农业。

孙教授来了，一块儿来的还有欧阳春兰，孙教授的学生。这天晚上，村里举行了欢迎晚会。田新仓添了件新物件儿，吉他。边弹边唱，还时不时地跳来蹦去。欧阳春兰唱了两首流行歌曲，范少山唱了乐亭大鼓，余来锁朗诵了诗歌，连范老井都演唱了评剧《夺印》。这会儿，大伙儿欢迎孙教授来一个。孙教授也带着家伙什儿呢，啥？二胡。孙教授来了一段《赛马》，好听啊，教授拉得如痴如醉，人们听得目光迷离，都骑上骏马，跑到大草原去了。最后的节目，狂欢。全体扭秧歌，一闹就闹到深夜。

孙教授住进了范少山的房子。范少山和孙教授住东屋，欧阳春兰住西屋，对面屋，方便。反正这阵子，杏儿也不回来。回来了也好，让她陪着欧阳春兰。一大早，孙教授和欧阳春兰就去了村外，看金谷子，看苹果园。回来的时候，去了小学校，看了升旗仪式。孙教授和欧阳春兰都被震撼了！一个破旧的校园，一位满脸皱纹的老太太，一帮高高矮矮的孩子。他们面对升起的国旗，唱着国歌，眼睛里迸发出的神采，亮晶晶的。欧阳春兰拿着手机拍照，直播，激动得眼泪都下来了。走进教室，欧阳春兰看到了一口棺材，不时有调皮的孩子爬进爬出。欧阳春兰猜到了，那一定是这位老奶奶给自己准备的，老奶奶上课的时候，看着学生们，看着教室后边的棺材，是个啥心情？带着学生们朗读课文的时候，老奶奶是要在课桌间走的，走到后面，伸手摸摸棺材，像是随意的，两眼一直看着课本呢。老奶奶伸出手去，就像摸摸孩子的头。欧阳春兰的眼泪流得稀里哗啦的。她跟孙教授说："老师，我想帮帮老奶奶，给孩子们上课。"孙教授也感动了，深深地点点头。

孙教授认识了泰奶奶。两人聊起了读过的书，话题挺多。孙教授比泰奶奶小二十来岁，还能聊到一起。孙教授感叹："您老这么大年岁了，还在教学生，我自愧不如啊！"孙教授年轻时下过乡，在燕山地区做过种子研究，对白羊峪、黑羊峪一带不陌生。他还聊到了当时的县长泰山松，正值中年，英姿勃勃的。为啥记住了他呢？因为这个名字印象深刻。见了他，有人就唱京剧《沙家浜》"要学那泰山顶上一青松啊——"满满的正能量啊！泰奶奶说了句："不认识。"把话岔开了。她没说那人是她丈夫，一个负心人，早就死了。这都多少年了？不提也罢。

白羊峪的小学除了外表破烂点儿，还是有个学校的样子的。金谷子赚钱后，范少山给学校安了篮球筐，买了不少教具，还有手风琴呢！泰奶奶年轻的时候拉过，如今拉不动了，就挂在教室里，这个孩子按一下，那个孩子摸一把。听听响声。孙教授见了，稀罕得不行，抱在身上，就拉了一段。孩子们都拍巴掌。孙教授跟泰奶奶商量，每周开一节音乐课，由他来上。泰奶奶乐了，巴不得呢！这回，泰奶奶真的当上校长了。欧阳春兰当班主任，孙教授当音乐老师。可问题是，你们师生俩干啥来了，不是农业调研来了吗？孙教授说："我告诉你，无论是在白羊峪，还是在中国，教育第一！"

孙教授每周一节音乐课，大部分时间就在田间地头，重点研究金谷子。孙教授要写论文，要写金谷子起死回生的传奇，要写金谷子的养生价值。再说做粮食贸易的沈老板，把金谷子推向市场后，精品小包装，一斤、两斤一袋，装礼盒。专供五星级酒店，做鲍鱼小米粥。你用麻袋装，跟装沙子似的，谁要啊？人家皇上专业户，明星啊！龙袍一穿，端起小米粥一喝："金谷子做的小米粥，我的最爱！"又冲着太监喊了一声，"再来一碗——"在电视上轮番播啊，能不火吗？市场上金谷子小米都炒到天价了，沈老板能不赚吗？白羊峪和沈老板订了三年的合同，这三年都是同一个价格收购，而且不能卖给别人。范少山觉得亏大了。孙教授说："按照市场规律，有涨就有落。这样下去，指不定哪天，金谷子就不值钱了。"范少山问："那咋办啊？"孙教授说："找商机啊！趁着现在火，赶紧抓机会。不光金谷子能赚钱，开发副产品能赚钱，点子也能赚钱。比如说，金谷子白酒就不错。"范少山说："好是好。可没钱办厂啊？"孙教授说："没让你掏钱啊？"

在孙教授的点化下，范少山开窍了。他跑去了北京，一口气注册了好几个"金谷子"品牌。金谷子酒，不用说啦，小米酿酒嘛！还有金谷子粉，就是把金谷子小米磨成粉，冲着喝，能降血糖。还有金谷子小米油，也对健康有益啊。有些东西，范少山只听说，没见过，这不耽误注册商标。注册完了，沈老板就找上门来了。对范少山说："范老板，你也太精明了！我本想开发金谷子酒，没想到商标被你注册了。你这白羊峪，也没条件建酒厂啊？"范少山说："俺没条件建酒厂，俺就倒腾倒腾商标。谁敢用，俺就跟他打官司。"说完，坏坏地笑了。沈老板说："厉害了，范老板。我想着想着还是让你抢了先了。"范少山说："没事儿。你可以注册红高粱、黄玉米嘛！"沈老板说："那哪儿成啊？我这酒设计都想好了，就叫'金谷子'，酒瓶是金色的，瓶盖是金色的，连标签也是金色的。高大上啊！"范少山说："听起来不错。抓紧干吧！"沈老板说："我没有商标，怎么办？范老板，你得帮我啊！"范少山一笑："这个忙好帮，从俺这儿买。"沈老板说："我还能去哪儿买呀？看在我是你的第一个客户的情分上，能不能便宜？"

正式谈判的时候，是在县城酒店，双方都是三人。白羊峪这边是范少山、余来锁和孙教授。买的想多省钱，卖的想多赚钱，就看那个平衡点在哪儿。争来论去，沈老板拿了二十万，交易成功。这二十万，全是孙教授的功劳啊！范少山和余来锁商量，拿出五万奖励孙教授。孙教授不要，他说把钱用在教育上，那是白羊峪的未来啊！范少山就用孙教授的名义，设了个奖励基金，奖励白羊峪的大学生。

再说泰奶奶。欧阳春兰不是搞了个网络直播吗？火了！泰奶奶教书、带着孩子们升国旗、教室后边还有一口棺材……这图像都上了网，点击率几百万了。人们称泰奶奶为"中国最美老奶奶""中国最美乡村教师"……反正还几个最美。范老井听说了，去看望泰奶奶，说："听说网上说你最美？好事儿啊。"泰奶奶说："一老脸褶子，走路颤颤巍巍，有啥美的？老了老了，都成丑八怪喽。"范老井说："年轻的时候，你长得那叫美，十里八庄挑不出来。俺知道，他们没见过。人家不是说你长得美，而是说你这儿美。"范老井指指心口。泰奶奶笑着说："老井啊，你也拿俺打趣儿。老没正形儿的。"这几天，每天有人上山来，三三两两的，唐山的，天津的，东北的，哪儿的都有，都是小青年。他们来到白羊峪，就是为了见泰奶奶。来了，带来了当地土特产，和泰奶奶合几张影，发朋友圈儿。

这当口儿，白羊峪出了件新鲜事儿，你想都想不到。啥事儿？田新仓上学了！他不光上学，他管打扫操场，给学校挑水……反正，凡是有关学校的事儿，田新仓都热心，凡是有关老师的事儿，田新仓都关心。凡是……等等，学校就一位老师啊，对呀。欧阳春兰。过去，也没听他咋关心泰奶奶呀？他光棍一条，没孩子，对学校也是有一搭，没一搭。没见他这么上心过。咋关心老师呢？就是人家欧阳春兰女孩子，肯定就爱吃个零食啥的，田新仓就跑到山下去买，一买一大包，巧克力啊，饼干啊，蛋糕啊，都有。欧阳春兰给他钱，不要，跑了。欧阳春兰想，白羊峪的村民真好啊！不能欠人家的啊，就给了他一支钢笔，新的。欧阳老师送了钢笔，让田新仓兴奋得一宿没睡好。第二天，欧阳老师上课，一进教室，吓了一跳：田新仓端端正正坐在教室里，就差一条红领巾了。学生们都笑了。田新仓没有书包，就拎个公文包，里面放着作业本，崭新的。田新仓听得认真，还不时记下来。动脑筋的时候，歪着头，皱着眉。如果不看他的年龄，完全就是个小学生，认真听讲的小学生。欧阳春兰也是该咋上课，还是咋上课。欧阳老师把田新仓上学的事儿跟泰奶奶说了。泰奶奶说："这是好事儿啊。谁学习，咱都欢迎。"谁也不傻，田新仓到底啥意思，还看不出来吗？

余来锁找到范少山，跟他说田新仓的事儿。范少山说："田新仓人不赖，就是稀罕女人。"余来锁说："瞧你这话说的，谁不稀罕女人啊？你得管管，千万别出事儿。"范少山笑了："你咋不管？"余来锁说："那小子跟俺对着干，你又不是不知道。"说实话，范少山每天都挂记着学校的事儿，田新仓上学的事儿他能不知道？反正田新仓也没咋上过学，地里没活儿的时候，闲着也是闲着。范少山也没多想。看余来锁挺在意，范少山就找了田新仓。咋说呢？说深了，怕伤了田新仓的自尊心，说浅了，又怕田新仓没领会。范少山说："新仓啊，是这样啊。有些事儿是不能扯到一块儿的，比如说，一个是白羊峪的山头，一个是喜马拉雅的山峰……"田新仓说："没错，都是石头。"范少山被闷住了。又说："再比如说，一个是小家雀，一个是白天鹅……""没错，都是鸟类。"范少山急了："俺这么开导你你不懂啊？你还是揣着明白装糊涂啊？俺想说啥你小子不知道吗？俺看透了，跟你这路的，装不了斯文。"田新仓嘿嘿笑："俺还以为你让俺抢答呢！"范少山说："俺问你，为啥想起上学来了？"田新仓说："知识改变命运啊！"范少山说："为啥泰奶奶教书的时候，你没上学？"田新仓说："泰奶奶年岁大，俺怕她累着。"范少山上去踹了田新仓一脚："直说了！你要是敢动欧阳老师一指头，俺劈了你！"

　　这一说，田新仓流泪了，抽抽搭搭哭了。范少山说："你小子还越来越像个小学生了。"田新仓说："范少山，你把俺当成啥啦？俺田新仓是飞禽啊？俺田新仓是走兽啊？人家欧阳老师给咱白羊峪的孩子上课，那是活菩萨啊！俺能动那心吗？俺能跟人家比吗？人家是块美玉，俺是块土坷垃啊！说实话，俺就是喜欢看到欧阳老师，稀罕听她的声音。俺来上学，从不迟到早退，上课认真听讲，考试还能得一百分，有啥不对？再说了，学校操场是俺扫的，学校水缸是俺挑的，有啥不对？"范少山拍着田新仓的肩膀，安慰几句，说了自己个儿的不是，心里头却说：这小子真是滚刀肉啊，浅了不是，深了不行。

二十三

　　再说范老井，在家养好了伤，就在家里头歇着。鹿场呢，就由范德忠管。范德忠一把手，干活利索。铡草喂鹿，用刀用一只手铡，续草呢？用脚。一刀一刀，不比用手续得差。两只手的时候，范德忠是个利索人，一只手了，范德忠还是个利索人。有两回，范德忠看见了那只瘸腿狼，在鹿场周围绕。范德忠没理睬它。他知道，狼也不会理他。狼是来找范老井的，范老井欠着人家狼命呢！这样一来，范德忠就更不敢让老爹来鹿场了，干脆，自己住进了鹿场里。

老爷子经折腾，狼口底下活了，孙教授来了，还唱了评剧，这不成精了吗？老爷子好喝两口儿，顿顿不离酒，老爷子也好吹两口。啥？吹两口？对，吹牛。比如说有人问他打狼的事儿，他说着说着就成了武松打虎了。范少山对爷爷笑："怪不得俺爱吹牛，原来是从您老这来的。"除了喝两口，吹两口，老爷子不讨人嫌，不给人添乱。没事儿，自己个儿转悠。也不是瞎转悠，有事儿，他在找一块石碑呢！啥石碑？老了，康熙年间的，上面刻着白羊峪人的祖训呢。

白羊峪的祖训？对了。前头不是说到金谷子吗？康熙皇上发现的，引入了白羊峪。那块石碑，就那时候立的。有了御田金谷子，种金谷子的村庄得民风淳朴吧？种金谷子的人得老实忠厚吧？可偏偏就出事儿了。就在金谷子成熟的时候，金谷子被盗了！这可是皇上吃的东西啊！这还了得？赶紧追查。原来是白羊峪人伙同外村人，里应外合干的。走黑市，卖高价，很快就被法办了。这时候，白羊峪人种金谷子，吃香了，虽没有成皇粮，可拿着朝廷补贴呢。这下可应了"远嫖近赌"了。有了钱，就在村子里赌，就跑到外面嫖，输了钱，就偷，就抢，就砍树，一时间，白羊峪乌烟瘴气。新来的里正，就要正风纪。里正是啥？就像如今的村主任。里正不是村里选的德高望重之人吗？咋还外边来的？种皇粮的村庄，体制跟一般村能一样吗？本来人家就是管金谷子来的，老族长非得推人家当里正，压压邪气。也赶上看谷子的好说话，就当了里正。秋收，里正进宫送金谷子，巧了，见到了皇上。他认识皇上，皇上不认识他。按理说，皇上从他身边走过去，也正常。他跪倒，也就只能听皇上和太监的脚步声了。可皇上的脚步停住了。皇上从他的辫子上摘下一小瓣谷穗芽儿，说："今年收成好吧？"里正不敢抬头，也不敢说话，因为他不确定皇上是不是在问他。太监过来踹他一脚："皇上问你话呢。"里正这才敢说话。那回，皇上心情不赖，像蓝天上飘着的那朵云。皇上问了金谷子，还问了村民、村风。里正一开始有点结结巴巴，后来嘴皮子就溜了。又扑通跪倒，求皇上赐《白羊峪村训》。皇上给你个小小的破山村写村训？你疯了吧？人家皇上整天多少事儿啊？从天下大事儿，到后宫女人，哪桩哪件不操心啊？太监不干了，还要上去踹两脚。皇上却说："我写。"皇上真的写了，用汉白玉大理石刻了，戳在了白羊峪银杏树下。这下，真的把邪气镇住了。皇上的话就是圣旨，谁敢不听啊？就这样，白羊峪的村风变了，就跟春风吹了的嫩柳，绿了，发芽了。

　　这石碑上到底刻了啥字啊？范老井见过，但不识字儿。可早就背过了，刻在心里了。《白羊峪村训》："长城脚下，白羊峪村，三十二家，村旁四方，葱绿燕山，百树护村，做善积福，毁木霸地，作恶招祸，天地有眼，会有报应，好人好报，恶人恶报，厚德养灵，福为善庆，子孙万代，永远传承。"康熙的墨宝，就真真地矗立在小小的白羊峪了。这碑一立就是几百年，白羊峪几辈辈人传下来了，都记住了。可后来的一天，没了，找不见了，谁也不知道去哪儿了。四五十年过去了，范老井忽然想起了那块石碑，神神道道地要把它找回来。

　　说实话，这么多年，都有人找这块石碑。国家、省市文物部门的没少来，连半个字都没看见。人家专家说："那可是国家文物啊！康熙皇上写过家训、写过国训，为一个村写过村训的，只有白羊峪。"可石碑去哪儿了呢？谁也不知道。挺大的一块石头，咋说没就没了呢？你还能跑得出白羊峪吗？范老井就满村子找，边找边念叨："善为美，勤为宝，俭为德，和为贵。"看遍了每家的石头，都不是。

　　范老井想鹿了，那天早上，他去了鹿场。有些日子了，没看到鹿，心就悬着，非得看它们一眼，跟它们说句话，才踏实。雾散尽了，鹿场里一派祥和，他唠唠叨叨说了很多话，鹿们好像听懂了，踢踢踏踏地奔跑，向范老井点头致意。山风不那么硬了，山上挑着春日里少有的暖阳。柳絮在鹿鸣声里从容地落着。范老井竟被纯粹温和的世界给融化了，他懒散地躺着，有气无力地吸着烟袋。那只瘸腿狼远远地望着他。范老井是个猎人，能闻不出狼的气味吗？他看着那朵白云，吧唧一口烟，喊："爷们儿，过来吃俺呀？"来了，脚步近了。是范德忠。范德忠说："爹，你闹哪样？"

　　这些天，范德忠守着鹿场，就有人上山来买鹿。范德忠没有他老爹的话儿，不敢卖。依他的心思，别说卖鹿，他还想把整个鹿场都卖了。老爹老了，哪还有精气神养鹿啊？俺自己个儿也不年轻，扛不住啊！范德忠跟范老井提起卖鹿的事儿。范老井说："鹿还小，等等。"范德忠说："您老了，拉扯不了了。"范老井说："能拉扯。再说了，你也能搭把手。"范德忠说："爹，俺就剩一只手了。"范老井说："俺知道，你不易，还得照顾家，还得下地。就俺自己个儿，顾得过来。"范德忠说："爹，还有狼啊！"范老井说："俺有枪。"范德忠说："爹，别打了。"范老井说："好，那就不用枪，赤手空拳，这才公平。"范德忠说："爹，你就非得打狼？"范老井噌地坐了起来，指着远处的狼说："它吃了俺的鹿，那是俺的朋友，他还要吃小雪和黑桃，那是俺的亲人。你说，俺能放过它吗？"远处的狼没动，还看着他。范德忠说："那俺看着鹿场，您就别来了。狼不吃鹿，不吃俺，专吃你。"范老井说："冤有头，债有主。狼讲理，它吃俺就对了。可俺不能因为它要吃俺，俺就尿了，俺就不敢来鹿场了。俺这辈子没让人笑话过，还能让狼笑话俺？万一俺让狼啃了，你们别打狼，这就了了。"

礼拜天，小雪和黑桃也来鹿场了。孩子们忘性大，记吃不记打。前些日子差点儿让狼拆了，如今忘得差不多了，整天嘻嘻哈哈的。范老井说："有些事儿，小时候忘了，等老的时候，你才能记起来。"小雪会甜话人，专拣大人爱听的话说。她跟太爷爷说："太爷爷，俺们校长夸你了。"范老井一听泰奶奶夸他，高兴，赶忙问夸啥了。小雪说："夸你是大英雄。"范老井嘿嘿乐了，胡子撅得老高。范德忠不让小雪、黑桃来，怕狼把她俩伤了。小雪说："狼瘸了，跑不过俺们了。"

范老井老了，日头一照，暖和，就犯困。小雪就说："太爷爷，你困啦？"

黑桃说："太爷爷伤还没好透，让太爷爷多歇会儿吧！"范老井斜靠着身子，眯眯瞪瞪，喊了一声："去把圈里的鹿轰起来，不跑不动的，跟猪有啥两样？"黑桃去轰鹿群。鹿们站起身，乖乖地躲着。黑桃又拿棍子赶，鹿群还是没跑起来。范老井爷爷笑了，喔喔牙花子，高声说："这些鹿啊，跟人一个德行，越待越懒啊，牵着不走，打着倒退！"

没隔几天，山梁又起雾了。雾把绿树染成苍褐色。鹿场里的棚子、草垛和槽子在滴水，雾水和鹿粪搅和着，泥泥水水，范老井脚下一滑，摔了。范德忠将老爷子搀到屋子里。范德忠没好气地说："您老就在家里歇着，别跑了。养鹿累，您也不让人省心。"范老井横了儿子一眼，嘴唇动了动，想说啥，没说出来。转身又去看鹿，有两头已经长大了。他跟范德忠说："把那两头大的，卖了吧。给小雪和黑桃一人添一件衣裳，剩下的钱给了少山，让他置办开山的炸药。"范老井说完，扛着猎枪走了。他想去林子里采点儿药，泡水喝。摔了一跤，腿有点儿疼。采着采着，一抬头，他看见了狼。一只狼，一只瘸腿的孤狼，一只他熟悉的狼。狼在雾里，人也在雾里。范老井看着狼，把猎枪吭当扔了，笑着说："老伙计，来吧。"狼静静地看着他，又看看丢在草地上的枪，转身，一瘸一瘸地走了。

范老井想起泰奶奶说过的话："俺黑羊峪也有狼。可俺的村庄走到这份儿上，狼可能不是最坏的了，猎人该歇一歇了。"

范老井把猎枪给了范少山，让他交给上面。上面禁猎禁枪，警察来过白羊峪，范老井把枪藏了起来，没交。风头过去了，再没人提了。范老井笑着说："这叫缴枪不杀。"范少山说："爷爷，你真的不打猎啦？"范老井说："就剩一条瘸腿狼了，也吃不了鹿了，留它一命吧。人啊，不能赶尽杀绝。"把猎枪递给范少山之前，范老井还用袖子擦了擦枪托。范老井说："老伙计，咱俩分开了。三十多年了，还有点儿舍不得。"范老井叹一声，转身，撅嗒撅嗒走了。三十多年了，枪就像长在了范老井的肩膀上，成了他身体的一部分。范老井走在街上，肩膀上空荡荡的。范老井有点儿不像范老井了。

白羊峪的范老井，一个猎人的时代，就这样结束了。

泰奶奶病了。浑身没劲儿，躺在炕上，起不来。范老井去看她，泰奶奶强撑着，坐起来，吃力地笑笑，说："俺头发乱，老井你没笑话俺吧？"范老井心头一热，说："不乱，不乱，你总是那么好看。"范老井想给泰奶奶把头梳好，看见纂儿罩破了，就回鹿场他的小屋去找。前头说过，纂儿罩那物件已经淘换不到了，是范老井当年特意留下来，送给泰奶奶的。上回他送泰奶奶两个，都破了。范老井就想着小屋的别处是不是还有。范老井翻箱倒柜，终于找出了一个小红口袋，打开一看，里面还有两个。他回到学校，给泰奶奶梳好头，戴好纂儿罩。泰奶奶照照镜子，笑笑："老井，你有心了。"范老井不说话，眼前浮现出一个穿着旗袍的女人，高跟鞋嗒嗒踏响了泰家大院的石板，嗒嗒，嗒嗒。泰奶奶，你就是永远的泰奶奶。

范老井扶着泰奶奶去了教室。礼拜天，校园里空荡荡的。一帮麻雀落在操场上，啄着散落的花草种子，没有学生，欧阳老师也去了镇上买东西。一切都很安静，只有范德忠和泰奶奶在走，他俩的身影也在走。阳光很好，时间仿佛凝固了。走进教室，泰奶奶走向棺材。日头透过窗子，落在棺材上，鲜亮鲜亮。泰奶奶扶住了棺材板，摸着，脸上笑靥绽放了。她说："老井，打开。"范老井掀开棺盖，现出淡红色的木质，细细密密的纹理，一股松树的香气扑鼻。这是上等的红松啊。泰奶奶扶着范老井的手，迈进了棺材里，躺下了。泰奶奶说："还是躺在这儿，最舒服。"范老井站在棺外看着，看着看着，眼里就有两条浑浊的蚯蚓爬了下来。范老井说："泰奶奶，不到时候，老天爷都不收你。好好活着吧，你还不到一百岁呢！"泰奶奶说："老井啊，你不知道俺心里头苦啊？男人没了，儿子没了，儿媳没了，闺女没了……老天爷啊，你把一个现世的老太婆留在世上干啥呀？"范老井说："泰奶奶，你还有重孙女啊！"泰奶奶说："黑桃已经交给少山了。这些日子俺也见了，他对黑桃就像自己个儿的亲闺女。把重孙女托付给他，俺能合上眼了，两腿一蹬，舒舒服服地走了。"范老井陪着泰奶奶唠嗑，从白天唠到傍晚。一个棺材里，一个棺材外，一个老爷子，一个老奶奶。这中间，范老井拿来了鹿血，让泰奶奶喝了，又用鹿茸炖了鸡汤，给泰奶奶吃。泰奶奶全身暖了，有劲儿了，爬出了棺材，到办公室备课去了。

范老井坐在办公室门口，点着烟袋锅，一个劲儿地吧唧着。

泰奶奶念叨，孙子孙媳的一张合影找不到了，可能是丢在黑羊峪了。范老井想着照片是泰奶奶的念想，就去了黑羊峪。这时候的黑羊峪已经没有人家了，都搬走了，到处是破败的房子，破烂的家具，散散落落着。一只鸡没被主人带走，在街头溜达。范老井叹一声："一个叫黑羊峪的地方，说没就没了。"范老井去了泰奶奶家，在屋子里翻来倒去，终于找到了一张照片，是一张男女合影，年轻啊，都笑着。这就是泰奶奶的孙子、孙媳，黑桃的爹娘了。年纪轻轻，也说没就没了。这人世间啊，就是个血盆大口，一不留神儿，一口就把你给吞了。范老井把照片擦干净，揣在兜里，往外走。忽然，他愣住了。厢房屋子的炕上，卧着那只狼，那只瘸腿的狼，那只和他交过手的狼。他看着狼，狼也看着他。看得出，村里还有散落的鸡，狼的日子混得不错。范老井说："老伙计，俺的枪没了，上交政府了。你想吃俺就吃俺，别嫌味儿重。你若是不想吃俺，俺想跟你做个朋友。中不？"狼走了出来，从范老井身边走了过去，卧在了日头下，懒洋洋地眯起了眼睛。

范老井说："愿你和俺都好好的。俺走啦。"

范老井走了。

老狼喷着气，突然站了起来，目送着范老井的身影远去

走着走着，范老井抹了一把眼泪，念叨着："俺流的哪门子泪呀！"

第八章

———

山风，刮个不停

二十四

　　孙教授走了，欧阳春兰留了下来。这个女孩喜欢上了白羊峪，她要留下来，做一名支教老师。孩子们和欧阳老师有感情，都不愿她走。由于不在支教老师编制，欧阳老师没有工资。欧阳老师不在乎，她是个追梦人，年轻，做几年自己个儿喜欢的事儿。

　　范少山和余来锁商量，咱能让欧阳老师白辛苦吗？人家留在白羊峪图个啥呀，还不是为了咱的孩子，咱能对不住人家吗？两人商定，每月发给欧阳老师一千块钱，就是一点儿心意。欧阳老师用这些钱，给孩子们买作业本。据说欧阳老师家境殷实，在城里开厂子。听说欧阳老师留了下来，田新仓乐得直蹦，走道都哼着歌。余来锁提醒他："应该知道自己个儿几斤几两，没你啥事儿啊！"田新仓问："你啥意思？"余来锁说："别揣着明白装糊涂了，也不撒泡尿照照自己个儿？"这下捅了马蜂窝了。田新仓跳着脚骂余来锁："余来锁，你个臭光棍！一辈子娶不上媳妇。"啥意思？你也是个光棍啊？还轮得上骂人家？余来锁知道吵不过他，惹不起，躲得起，走了。

这天，山下来了个年轻人，帅气，小鲜肉啊。干啥的？进了欧阳老师的宿舍，没出来。白天没出来，晚上没出来，夜里也没出来。田新仓的心凉了，结了冰花。他明白了，那是欧阳老师的男朋友。尽管知道自己个儿配不上欧阳老师，可他还是希望欧阳老师是个纯纯净净的姑娘，不懂男人，没谈过恋爱。退一步说吧，就算谈恋爱了，有男朋友，拉拉手也就算了，也不能住到一块啊？田新仓想不通。他在校门口的大石头上坐着，弹吉他，唱歌，倒着单相思的苦。

孙教授走得不忒高兴。为啥？因为孙教授提出搞不打农药的苹果，做私人订制的苹果，走生态、高端路线。孙教授在白羊峪住了一个多月，教孩子们学音乐，走访乡亲，看金谷子，看苹果园。教授搜集了大量资料，原本打算写一篇农业方面的文章，这回他改主意了，要写一部书，书名就叫《乡村中国：白羊峪》。这部书，除了农业，还囊括了白羊峪的社会、民俗、教育等等。再回到不打农药的苹果，没听说过啊？苹果树最招虫子了。除了专门吃春嫩叶和花芽的褐卷蛾，还有啃食叶子的尺蠖、蚜虫、叶螨，以及危害果实的螟蛾幼虫和介壳虫。虫子多了，苹果春天都不能开花，更别说能结什么苹果了。你要搞不打农药的苹果，这不是大白天做梦吗？孙教授人家是专家，说话能不靠谱吗？可不打农药的苹果，谁种得出来呀？白羊峪的山地薄，结的苹果本来就是歪瓜裂枣，不打农药，果树早让一层层的虫子啃了，还能挂果？人们议论纷纷。孙教授说话了："古代没有农药吧？古人难道没吃过苹果？"是啊，古代是咋种苹果的呢？那时候不可能有农药啊。孙教授说："我们的祖先，当然吃过苹果，我们的祖先，当然种过苹果树。早在一千多年前，我国就有苹果栽培繁殖和加工的记载，只是当时不叫苹果，因为果熟后，能招来好多飞禽，所以俗称'来禽'，可见古人起名，很是讲究，形象不说，还要有诗意。我告诉你们，为什么后来用了农药呢？是因为，现代农业对农药已是全面依赖，苹果是最典型的'依赖症'。在近代引入农药之后，所有的苹果品种都是人工培育的结果，一旦停止农药，对苹果树而言就是灭顶之灾。现在，绝大多数果农，为了让苹果树保证产量，产出漂亮的苹果，首先就是洒药。这样结出的并不是自然的苹果，切开后，遇风即烂。苹果树也变得羸弱不堪，需要更多的农药和养分支撑。不洒农药的苹果是什么样子呢？放上两年都不会烂，只会慢慢枯萎，越缩越小，最后变成带有淡淡红色的干果，散发出像水果干般甜蜜的香味儿。"余来锁问："孙教授，那虫子咋办？就靠人捉啊？"孙教授说："要想种出高品质的苹果，就得用笨办法，当傻子。现在当傻子，过几年再看，全国的苹果都得看白羊峪！"虫子用手去捉，能捉得过来吗？你孙教授站着说话不腰疼啊！范少山是咋想的？他想做，但不敢下决定。毕竟果树是乡亲们的，万一虫子捉不尽，那可要耽误一年的收成啊。白羊峪的果树都在村民名下，不想撂荒地，可以开垦试验田。再说了，你在试验田现种果树也来不及啊？没法子了。全体村民举手决定吧。除了范少山，都反对。

孙教授，就是这样走的，有点遗憾。

这阵子，范少山也没闲着，他在为白羊峪村办沼气。前头提到的沈老板，就是金谷子贸易商，人家不是给村里一台发电机吗？就是给家家户户照个亮，烧柴油还得村里花钱，不解渴啊！最起码的，得让乡亲们用上几件家用电器吧？还有，白羊峪做饭、取暖都是上山砍柴，每天烟熏火燎；人方便，进茅房蹲坑，味儿冲；牲口方便，院子里、街上，赶哪儿算哪儿，哩哩啦啦，忒不讲卫生。上面号召建设美丽乡村；再看白羊峪，硌碜的地方还不少。办沼气，政府层层补贴，还派技术人员，村里人就干点儿粗活儿，搭把手。很快，沼气建成了。先是，家家户户用上了沼气灶。做饭的时候，"啪"的一声，打开沼气阀，眨眼间，蓝色火焰从锅底冒出"吱吱"作响。一袋烟工夫，水就烧开了。余来锁乐了，出口成诗。

不见炊烟升起，却闻饭菜香气。

吸引神仙下凡，做客连声称奇。

学校头一个通了沼气，泰奶奶屋里头也通了沼气灶。虽说泰奶奶和黑桃是村里人请吃饭，但奶孙俩半夜饿了，咋办？这下就可以打开沼气灶，煮碗挂面，卧两个鸡蛋了。欧阳老师不习惯号饭，总是自己开火，这回就方便多了。安装沼气灶的时候，范少山特意给盖了间厨房，厨具碗筷一应俱全。人家欧阳老师是客人，咱得懂待客之道啊！欧阳老师在白羊峪支教，每天发微博，也成了网络红人。很快，欧阳老师把范少山拉进了微信朋友圈。

欧阳老师长得可人，看着是个小女生，其实是个女汉子。性格开朗，心直口快，这也就对了。若是文文弱弱，羞羞答答，孤身一人，敢在这儿待吗？想不开的，生生孤独出病来。欧阳春兰的家住在一个小县城里，考上农大当了孙教授的学生。研究生也是孙教授带的，毕业了，正式找工作之前，就想干点自己个儿喜欢干的事儿。跟孙教授来到白羊峪，她惊呆了！没想到山村里竟是这样：陡峭的山路，石头垒成的农家房子，石头垒成的小学校。看到校园升起的五星红旗，她激动。看到泰奶奶这位老教师，她感动。看到泰奶奶守着棺材教书，她心颤，热泪双流。对了，这就是她一颗心要停留的地方。欧阳老师的爹娘开着一个厂子，螺丝厂。在那个街道，是最有钱的。爹娘让她回家，毕竟他们只有这一个闺女。她想，我一个学农业的，你让我守着一堆螺丝干吗？欧阳老师想在白羊峪待两年，待够了，再干点别的。兴许，她去农业部门做农艺师，兴许，她回家摆弄螺丝。人生就是走走看看，想那么多干啥？

欧阳老师是有男朋友的，大学同学。她留在了白羊峪，男朋友追了过来。男朋友说："你怎么能留在这儿呢？你留在这儿，我怎么办？"没说拢，住了一宿，走了。害得田新仓在校门外，弹了半宿吉他。欧阳老师知道弹吉他的是谁，也知道他的意思，就是偷着笑。这样，欧阳老师和对象就闹掰了。欧阳老师也不怎么伤心。她想，若是真的爱我，他应该理解我，等我。男生想啥呢？若是真的爱我，你就应该跟我走。在爱情上，男的，女的，是两种动物。后来，欧阳老师想，我可能不够爱他。自打两人处对象，就是清汤寡水，没有电光石火的感觉。欧阳老师想，爱情就该是雷电，得噌噌地冒火花啊！

范少山进了欧阳老师的朋友圈，两人时常用微信聊天。有一回，欧阳老师叫范少山：沼气灶堵了，帮忙修修。范少山去了，三下两下修好了。欧阳老师当即打着火，炒了两个菜，留范少山吃饭。范少山要走，欧阳老师说："你就不能祝我生日快乐吗？"范少山没想到那天是欧阳老师生日，有点儿不好意思："你看，没生日礼物送你。"范少山搓着手。欧阳老师说："你陪我吃个饭，就是礼物了。"范少山说："那好，俺把余来锁也叫过来，一块坐坐。"范少山想，不能和欧阳老师单独在一块，怕村里人说三道四，这眼看着天都黑了。正要给余来锁打手机，欧阳老师低了眉，说："那你走吧！"范少山尴尬了，把手机揣进了口袋，说："好！欧阳老师，祝你生日快乐！"范少山用微信发了一束鲜花，一个蛋糕，一个红包，六块六。六六大顺。欧阳老师说："大哥，你也太抠了。"范少山说："俺穷，没钱啊。"欧阳老师嘴上这么说，心里头高兴着呢。范少山毕竟留下来了，陪自己个儿过生日了。两人喝着酒，欧阳老师说："你敢炸山修路，敢找金谷子，怎么就不敢和我吃个饭？"范少山嘿嘿乐，打岔："欧阳老师，感谢你为俺们村教育事业做出的贡献。"两杯酒下肚，欧阳老师的女汉子劲儿上来了："大哥，你不是村干部，也不是书记，别说那官方话。"欧阳老师撸起袖子，又干了一杯。范少山夺了欧阳老师的酒杯，说："别喝了，别喝了。明天还得上课，早点儿歇着。"欧阳老师有点儿醉了，趴在了桌上。范少山赶紧收拾了桌子，给欧阳老师倒了杯白水，让她喝了，又安顿她躺下。欧阳老师攥住他的手："还想和你聊会儿天。"范少山感觉嗓子被堵住了，心咕咚咕咚跳，赶紧把手抽开了。欧阳老师喃喃说："你走吧，再也不要来了。"看欧阳老师睡下，范少山蹑手蹑脚地出了门。这会儿，他有了做贼的感觉。敢弄出动静来吗？这黑天里，你咋从女老师宿舍出来了？说不清啊。范少山将校门插好，从墙上跳到了墙外。脚下一个黑影儿，吓了他一跳，差点儿砸在黑影儿身上。范少山啊的一声，酒醒了。

黑影儿是啥东西？人。谁？田新仓。他蹲在这儿干啥？人家田新仓正要问你呢，你跳墙干啥？大晚上的，说话音儿高。这街上也不是说话的地儿啊。范少山赶紧把田新仓拉到了自己个儿住处。孙教授走了，欧阳老师早就搬去了学校，清静。坐在屋子里，范少山说："新仓，你听俺解释啊……"田新仓说："你就别编啦。"田新仓指着范少山和杏儿的结婚照问："这女子是谁？"范少山说："俺媳妇啊！"田新仓说："你拍着胸脯问问自己个儿，你对得起你媳妇吗？少山哥，在白羊峪，俺田新仓服过谁呀？就服你范少山！你这人，行得正，走得直，白羊峪那点指望，都是你给带来的。你不能弄脏了你自己个儿啊。你弄脏了你自己个儿，就是弄脏了白羊峪……"范少山赶紧打断他："不是你想的那样。俺和欧阳老师就是吃了个饭。俺俩啥事都没有。"

"真的没有？"

"真的没有！俺就是有那贼心，也没那贼胆啊！"

"你看，承认有贼心了吧？"

"俺这就随口一说。"范少山想，糟了，落在这滚刀肉手里了。赶紧掏出一盒烟，塞到田新仓手里。"这事儿你可不能瞎说啊。'白腿儿'她们那帮女人嘴快着呢！村里人的唾沫星子还不把我淹死？"

田新仓拆开烟，抽了一颗，又把烟递给范少山。田新仓说："俺可不是讹你啊。没事就好，你在俺心里头还是正面形象。这回俺再说，俺为啥蹲在那墙根下。咱这学校偏，一到晚上，就剩下泰奶奶、黑桃和欧阳老师，俺就怕出点啥事儿，每天都出来绕绕。说实话，过去，俺没绕几回，自打欧阳老师来了，俺就想让她平平安安的，不能受到一丝一毫的伤害。俺就成了欧阳老师暗中的保镖了，俺就是护花使者了。俺不想让她知道，这是俺乐意干的。今儿个晚上，俺去了，就听见你们说话。俺就等着你出来，俺再走。没想到，俺没听见你的脚步声，一下跳过墙来了。俺就以为你心虚了。"范少山拍拍田新仓的肩膀："你说的都是掏心窝子的话，俺听得出。学校的事儿，让你费心了。"学校是得有个正式人员看管着，田新仓毕竟是捎带一脚的事儿。泰奶奶老了，管不了；欧阳老师是个闺女家，更需要护着，起码每天晚上关关大门也好啊。范少山跟余来锁商量，安排费来运老爷子在校园打更。费来运身板硬朗，被儿子儿媳从镇上赶了回来，正没着没落的，每月给老头一些零花，正好。

　　这天，杏儿回了家，杏儿是范家的儿媳妇了，时不时地回来。她在北京的菜摊儿，专门设了个"白羊峪果蔬专柜"，打白羊峪的牌子，这也是范少山的主意。她这趟回来，看看家里老人，陪陪范少山，还要带一些白羊峪的农产品回去。回到新家，范少山见了媳妇儿，猴急。杏儿让他先去洗澡。正在洗澡的当口儿，电话来了。杏儿喊范少山，范少山让她接一下。杏儿接了，是余来锁找少山，明天去镇上的事儿。接完电话，杏儿随手翻看起范少山的手机。能是无意的吗？就是好奇心驱使着，她看到了微信朋友圈的欧阳春兰。微信上的欧阳春兰有头像啊，美美的。范少山和欧阳春兰的聊天记录上，有鲜花、蛋糕，还聊了不少话题，情感的，家庭的，看着亲亲密密。咋回事儿？杏儿心里头咯噔一下。要搁在恋爱那阵子，杏儿早就点了炮捻儿了，澡也别洗了，你范少山给我坦白交代。结了婚，杏儿就稳重多了。做了夫妻，得有起码的信任吧？稍有风吹草动，就闹个鸡犬不宁，日子还能过吗？杏儿把手机放回原处，心里头一边说："没事儿，没事儿。"另一边又说："欧阳春兰，欧阳春兰……"

　　第二天一早，杏儿去地里看蔬菜。路过学校，看见了欧阳春兰在校园里跑步。高挑儿的身材，那么阳光，就像鹿场里奔跑的小鹿一样。杏儿知道白羊峪来了个支教老师，叫欧阳春兰，没见过面。杏儿停住脚步，站在校门口看着她跑。忽地，欧阳春兰也站住了，看着杏儿，惊呼一声："你是嫂子吧？"欧阳老师是认识杏儿的，在照片上。前头说过，欧阳老师和孙教授来到白羊峪，就住在了范少山和杏儿的新房里。少山和教授住在东屋里，欧阳春兰住在西屋里。东屋里挂着范少山和杏儿的结婚照呢！欧阳春兰白天少不得出入东屋，给孙教授沏茶倒水，帮孙教授整理材料，能看不见杏儿吗？杏儿喜欢直脾气的人，敞亮。她不稀罕拐弯抹角，一肚子弯弯肠子，就跟范少山的前妻迟春英一样。她觉着，欧阳春兰透明得像水晶啊，就像活脱脱的自己。欧阳春兰说："大哥是个暖男啊，就想借个肩膀靠一靠。那次喝酒，有一秒钟，我就觉着爱上他了。一秒钟后，认为他就是大哥，可以无话不谈的大哥。想想，我也不会找一个结过婚的男人啊，不吃别人嚼过的馍。横刀夺爱，你就多了个仇人，你说是不是？嫂子，你要是对我不放心，我就离开白羊峪，若是放心，我还在这里教书。"欧阳春兰提到了她的爹娘，两人整天吵，吵了多半辈子，没停。欧阳春兰说："你们离婚吧。"离了三回，又合了三回，还吵。习惯了，也就这样了。男人和女人，每一对都不一样。谁会喜欢每天吵吵闹闹过日子？真不愿意看见他们这样。这也可能是欧阳春兰不愿回家的原因之一吧。走在山冈上，两人说着，心就近了，后来，两人就成了闺蜜。

高辉看着那片复耕地，盖了几间房，挂了牌子："白羊峪农场筹建处"。范少山和余来锁商量，就让高辉当场长。高辉那脑瓜转得快，毕竟是拿过电玩大奖的。你放牧涵养土地，让别村的人把牲口赶进来干啥呀？干脆咱自己个儿养不就得了吗？他把农场用铁丝网围了，买了一百多头牛放进去，白天撒欢儿，晚上关进圈里头，还有，投放些精饲料。牛羊能不长膘吗？这事儿，范少山也想过，可没钱啊！把自己个儿圈在原地了，打转转。高辉说："没钱，你找有钱的。和他合伙办养殖场，咱出地，他出钱。签三年合同，三年后咱的农场就可以用了，到时候，该种金谷子，种金谷子，该种大棚菜，种大棚菜。"找谁呀？杨场长，采石场的。前头说过，杨场长帮了白羊峪大忙，开山修路的炸药是人家提供的。杨场长有钱，采石场不怎么景气，堆着大量石头，卖不出去，他就想着别的投资渠道。做了前期考察，养肉牛不赖，正愁没场地呢！正是要啥来啥。

顺风顺水的日子，过了几天，出事儿了。有人举报，白羊峪占用基本农田养牛。上面来人了。这里是基本农田，不能搞养殖。有人开来了推土机，要推房子，推牛棚。咋回事儿啊？俺这是在破厂区复耕的耕地啊，咋就成了基本农田啦？范少山研究过，啥是基本农田，那是国家划定的保护区，永久性耕地，不得随随便便占用的。你不能建房子，不能挖鱼塘，不能搞养殖，只能种庄稼。

人家卫星遥感监控呢，你就是垒个鸡窝，都能发现。轻者拆除罚款，重者把牢底坐穿。那可是"高压线"啊，碰不得。眼下这三百亩地，只能算普通耕地，你这耕地有危害元素，根本不能种庄稼，还谈啥基本农田啊？将来土质变好了，长出金灿灿的金谷子，国家看得上眼，划归保护区还说不定呢！你这半路杀出了程咬金，啥意思啊？不让你们随便放牧生气啦？看着俺们养牛眼红啦？想撕毁协议啊？白羊峪人都来了，挡在推土机前，不让进院子。田新仓拿着镐头站在前头，高喊："田是俺的！地是俺的！誓与土地共存亡！"人们都跟着田新仓喊，范老井嗓子都哑了。他想若是自己个儿还有猎枪，咋的也要冲天上放一枪，杀杀他们的气焰。

范少山报警了。警察来了，先让双方冷静，以免发生冲突。徐胜利书记也被惊动了。徐书记知道这事儿，把前因后果都说清楚了，余来锁也拿来了各种手续和合同，有关人员才走了，说是一场误会。大王庄的书记、村干部让徐书记狠狠训了一通："你俩干不了说话，有人干！你俩懂法不懂法？一对法盲！大王庄的工作能开展吗？先停职反省，接受组织处理！"如今，村庄的书记、村干部都是香饽饽，每月政府拿工资的。有了这顶小小的乌纱帽，家人族人都沾光。所以说，镇书记能把村干部训得跟小鸡子似的，这还当着在场的乡亲们呢。大王庄村的不敢说啥，白羊峪的人可乐颠儿了，一个劲儿地叫好，鼓掌，田新仓还扭起了大秧歌。

眼下，白羊峪是抱团取暖，走的是集体化的道儿，村民们都入了经济合作社。杏儿在北京的菜摊儿，有白羊峪的金苹果专柜，销路还是没打开。实体店不中，那就走电商，小兰帮着跑，末了，与"利民汇"电子商务建立了合作伙伴关系，这可是大好事儿啊！可头没开好，没能进入销售榜单，挂了。听了这信儿，范少山的心气儿咣当掉下来了。还有一张牌，那就得看"私人订制"了。"私人订制"是咋回事儿？这还是孙教授提出来的，这有讲究。说白了，一句话，就是客户要啥样的苹果，你就给他种啥样的苹果。再细说，就是在苹果的包装上做文章。今年，客户预订的是带字的苹果，有让你苹果上印"福、禄、寿、喜、恭喜发财"的，是给老人祝寿；有如"幸福""吉祥""快乐""牵手一生"的，是送给小情侣的。是杏儿从婚庆公司、养老院抢来的订单。这事儿，对白羊峪人来说，是大姑娘坐轿，头一遭。这可是个细致活儿啊！从疏花、疏果起，你就要想着优先培育好果儿，再从好果儿中选出优果儿。然后，将印有客户指定文字的膜贴在苹果上。接着呢，你还要定期转果，保证苹果受光均匀，这才能把贴上去的字，清楚地"长"在苹果上。苹果长出字来，也就长出钱来了。价格高出没字苹果的一大截。可到了白羊峪这儿，没经验啊。找了农技站刁站长，他也不懂，指导不上去。结果呢，字儿有的清晰，有的模糊。关键是，苹果有的大，有的小，结账时，人家没给你想的价儿。苹果这事儿，一年白忙活了。咋办？范少山打定主意，把苹果"放养"，一年里，不管了，随你去。

高辉当着农场场长，眼下管着养牛，担子不轻，而且人家干得有声有色，明眼人都看出来了。村里要给高辉开工资，也是最高的。这工资的事儿，也是村民代表同意的，可有人背地里就说三道四了。余来锁是村民组长，"白腿儿"是会计，高辉又是"白腿儿"的儿子，这事儿有没有勾连啊？关键是余来锁跟"白腿儿"明铺暗盖，这里面说得清吗？你范少山肯定溜须余来锁啦，为啥呢？你当年用猎枪打掉人家一只耳朵，亏欠人家嘛。你听听，这都啥理由啊？范德忠护犊心切，听不得别人说儿子半句不是，当下跟人吵了起来。这个老实巴交的汉子，这辈子跟谁红过脸啊？就是因为儿子啊。少山因私能回老家吗？北京好端端的日子啊！你拍拍良心，还有吗？没了，让狗吃啦。

回到家里，范德忠一肚子气没消。范少山得知情况，就软言细语，哄着老爹："说啥就让人家说嘛。嘴长在人家脸上，随他去。咱白羊峪的账目清楚着呢！镇上都知道。俺再说说农场，眼下养着肉牛，赚钱。咱和杨场长五五分成，多好的事儿啊。人家高辉整天操操持持，他拿的工资是从养牛场出的，是应得应分的。总不能又要马儿跑，又要马儿不吃草吧。大王庄那片地，是通过复耕做的土地流转，签好合同了。咱通过养牛，先把土地养肥了，到时候种金谷子，全国全世界独一份，您说赚钱不赚钱？"范德忠听得心里头热乎。心想，儿子懂事儿了，说话中听了，就说："日头从西边出来啦？会哄你老爹了。"范少山嘿嘿笑："您开心就好啊。"范少山想，爷爷、爹娘都老了，老小孩了。往后的日子，就是多哄哄他们。

二十五

田新仓有了件好事儿，他被骗婚的案子破了，三万块彩礼返还了。这就是说，田新仓操持娶媳妇没赔钱，就是范少山掏钱办了两桌酒席。田新仓没花钱，却睡了三天三宿女人，便宜啊！你田新仓是个光棍，三十多岁了，毕竟你这处男的身子是破了。不过，警察告诉他，那个新娘子不是二十一，而是四十六了。人家全凭化妆打扮呢！这让田新仓觉得有点儿懊糟，天下的便宜是那么好占的吗？余来锁问他："这二十一的和四十六的能一样吗？你都没感觉出来？"田新仓说："你这不明知故问吗？我哪儿知道啊？"余来锁说："不管咋说，你也睡过女人了，不花钱，值了。你知道有句话吗？天下没有白睡的女人。到你这儿，打破了。"田新仓说："俺的头一回给了中年女人，俺也不想提高条件了，就脚趺了吧。思来想去，还是'白腿儿'最好。"余来锁气得差点儿背过去。这小子，你非得跟俺争是不？

余来锁觉着不能这样干耗着了。耗来耗去，人老了，爱不动了，咋办呢？去找"白腿儿"？眼下高辉在家啊，你能去找"白腿儿"干点啥？高辉本来就对你爱答不理的，知道你打的主意，谁会上赶着找个爹呀？余来锁后悔下手晚了，要是在高辉回来之前办了就好了。男人追女人，一座山；女人追男人，一层纱。你把话揣在心里头，人家知道吗？还等着人家女人上赶着找你啊？余来锁想，先下手为强，后下手遭殃。眼瞅着，田新仓就要抄后路了。男人，做啥事都可以斯文，就是在爱情面前不能斯文。余来锁记起范少山提到杏儿的时候说过一句话："俺爱她，俺睡她。"余来锁的血流就加快了，从头涌到脚，从脚涌到头，哗哗地响。晚上，就去敲"白腿儿"家的门了。他知道，高辉今晚睡在养牛场里，不回家。

"白腿儿"问："谁呀？"

余来锁压低嗓门儿说："俺，来锁。"

"白腿儿"的声音也压低了："你来干啥？"

余来锁说："俺来，俺来是想给你读一首诗，刚写的，你给提提意见。"余来锁的口袋里真的装着诗歌呢。这都是套路。大半夜的，找人家寡妇，总得有借口吧。

"白腿儿"把门打开了，伸出头，看看街上，没人。"进来。"

院子里黑，两人往屋里走。余来锁想抱住"白腿儿"，亲她，下死劲儿里亲。可，没敢。

"白腿儿"问："读诗？"

余来锁说："读诗。"

进了屋子，黑着灯。"白腿儿"说："开灯不？"

余来锁说："看不见稿子……"

灯开了。余来锁肠子都悔青了。余来锁想，咋就冒出了这句话呢？恨不得搋自己个儿的脸。这灯都开了，你还能不朗读诗吗？余来锁掏出一张纸，歌颂白羊峪的，也不知咋读的，完了。

"白腿儿"问："完了？"

余来锁说："完了。"

"白腿儿"说："你走吧。"

余来锁说："俺走了。"

余来锁走了，走在黑夜里，走在空荡荡的街上，眼泪哗哗地流。他想自己个儿老了，不会爱了，爱不动了。他把诗稿撕了个粉碎，扬在夜风里了。

杏儿没怀孕。两人同居这么些日子了，结了婚也常常操练。杏儿的肚皮平平的，还是没有孩子。

这咋回事儿啊？杏儿着急了。"少山，咱俩怎么也得要个孩子吧！"范少山一开始没在意，要个孩子还不简单？咱这男子汉，不说是正当年，也没到夕阳红的年份啊？让女人怀孕还不简单？就像吹个泡泡嘛！哪知道，不简单。开始他还以为杏儿吃了避孕药呢？哪知道，他压根儿就不中。范少山不信邪。俺能找到金谷子，俺能开山修路，俺就不能让杏儿怀孕？俺就不能让杏儿做母亲？范少山在北京淘换到了"驴三件"，吃。管用。夜里床吱呀吱呀响，范少山的汗水滴滴答答，气喘得像拉风箱，杏儿的肚子还是没起来。范少山边擦汗边说："不中，不中啦。"杏儿说："我从网上看了，东北一带的转基因玉米，猪牛吃了都不下崽儿，那个玉米喂养的猪牛卖不出去，谁敢买呀？这能不传染给人吗？你是不是吃多了转基因玉米喂大的猪肉牛肉啊？"范少山说："你说转基因这玩意儿，毁了非转基因种子，毁了牲口种子，还要毁人的种子啊！你说这啥玩意儿啊？"杏儿说："真是细思极恐"。范少山说："也不一定俺倒霉。可谁摊上也不是事儿啊！"杏儿说："往后我就把雪儿当亲闺女，不要也行。"范少山说："你不想要儿子？"杏儿说："我就把你当亲儿子吧。"虽是玩笑话，范少山却鼻子一酸，想哭。他紧紧抱住杏儿："俺一定得给你种个儿子……"

养精蓄锐。往后进城，范少山睡沙发。免的惹是生非。养了一个月，范少山觉得又饥又渴，扑了上去，又是汗洗身，累得粗喘，呼呼生风。厚厚的窗帘呼呼哒哒。男欢女爱，在范少山这里，成了累赘。

　　转基因多厉害？范少山非得弄个明白。他上网，抠扯不大懂，就找明白人。昌平这边的种子公司的总经理叫方大平。范少山不认识，就自我介绍，说明来意，还带来了五斤金谷子。方总一见范少山，就好像见到了久别的朋友。方总是专家，对种子懂啊，就像妇科专家懂胎儿。说起转基因，讲起来，方总眉毛嘣嘣直跳。"我这么跟你说吧，基因的信息会沿着食物链传递。什么叫一方土养一方人？就是说人吃的食物中所包含的信息，能写入人的生殖细胞，并且代代遗传，若是草的DNA信息坏了，影响的不仅是草，还有吃草的兔子，代谢生殖繁育都会受到影响。转基因技术人为地对种子基因进行粗暴结构，导致基因信息发生了不可想象的紊乱，真是胆大妄为！"方总的眉毛密集地跳着，伸手啪地一拍桌子，吓了范少山一跳。范少山说："方总，人吃了转基因的种子，真能影响生育啊！"方总顿一顿，眉毛接着跳了起来，说："这正是转基因的可恶之处。人体吃了转基因种子，会发现胚乳的蛋白质不对，胚芽的DNA结构也变了。尽管这些蛋白质进入身体之后，分解成了多肽链，却发现不能用。如果身体无法把这个多肽链敲碎成氨基酸，重新组成自己需要的多肽链，那么，受精卵的发育就无以为继了。所以吃转基因，因为蛋白质的变异，让受精发育成为'半拉子工程'，停孕流产就成必然的了。你看看，现如今的中国，不孕不育，停孕死胎的人多普遍啊！我老婆是妇产科医生，常在我耳边唠叨，她说，照这样下去，人种就危险了。"听了方总的话，明白了转基因，范少山的心里的石头没有放下来，又扔了几块砖头。范少山说："方总，咱总得自己想办法吧！"方总说："转基因声名狼藉，它连自己的种子都不能发育，何以在江湖立足？人的精子一定要和大自然相通，和太阳的秩序协调统一，而吃了转基因，这一信息就彻底中断了。不能生育的种子，不安全，不人道，违背自然秩序。自留种子，可代代传承的种子，才是真正立足于江湖，经受丛林法则检验的种子，就像金谷子一样！"自留种子，非转基因的种子。这事儿，在范少山的心里头扎下了根。

　　范少山对造人有点稀里糊涂。顺其自然吧，还能咋样？

　　杏儿的心灯没熄。这天，他对范少山说："我们做'试管婴儿'吧！"

　　"试管婴儿"？啥意思？就是体外受精和胚胎移植。这项特殊技术是把卵子和精子都拿到体外来，让它们在体外人工控制的环境中完成受精过程，然后把早期胚胎移植到女性的子宫中，在子宫中孕育成为孩子。范少山觉着自己个儿不能让试管占了便宜，咋也得努把力吧。"驴三件""伟哥"齐上，风卷残云，大汗淋漓，杏儿还是没怀上。范少山长长叹口气："那就试管吧。"

做"试管婴儿"好比找金谷子，哪儿那么简单啊？范少山和杏儿去了北京一家试管婴儿医院。医生说得吃药调理身体，经过一个月的吃药调理，才能取精取卵。这俩人，一个卖菜，一个种金谷子，哪有闲人啊？总不能躺在家里调养吧。范少山回了白羊峪，边干活儿边吃调理药，人家问他吃的啥，他就说营养药，长精神的。还能告诉人家要做"试管婴儿"的？丢不起这个人啊！你堂堂范少山，连造人都不中了，还能干啥？这脸上挂不住啊！田新仓这两天有点儿蔫吧，一听有长精神的药，他夺过药瓶，倒了半把，一下折进了嘴里。这天，终于来了。办好了手续，量了血压，杏儿先被推进了手术室，取卵。范少山心里头打扑腾，追过去跟医生说："大夫，俺老婆对麻药过敏着呢，你们可得小心着。"范少山还不放心，干脆闯进手术室。这当口儿，大夫护士正准备手术。杏儿还没麻醉，看着范少山笑。范少山冲她竖起大拇指，点赞。护士过来，不客气地："先生，手术重地，闲人免进。请出去！"外边就有人喊范少山的名字，范少山自讨没趣，赶忙闪了出来。

取精了。范少山心一沉，没底儿啊。女护士带他去了取精室。一张小桌儿，桌上一台电脑。墙上贴着各种女人的裸体画报。打开电脑，可看视频。有点儿黄。从小窗口接过一个小塑料盒，范少山就要操练了。咋办，你得先入境吧。门外有些嘈杂。一男一女正为取精的事儿吵来吵去。男的说："我有点怕啊。"女的说："怕啥呀？你就当我给你把着呢！"范少山心烦意乱，手忙脚乱，鼓捣一阵子，汗都下来了，像是到了高潮，可东西一点也没有。这可咋办啊，人家杏儿的卵子就快出来了，还等着呢。越想越着急，越着急越没了章法。忙不迭地看了视频看画报，看了画报看视频，手动着，家伙儿却蔫着。这一折腾，汗水变成了热气，呼呼冒白烟儿。范少山坐起身，从衣兜里头掏出两片"伟哥"，吞了下去。这"伟哥"厉害，15分钟见效。范少山正迷迷愣愣时，裤衩挑起来了。范少山抓紧时机，大干一场。正在这时，听到门外喊："范少山，你爱人取卵手术快结束了，你抓紧啊！"范少山感觉自己变成了一棵树，壮实啊！斧砍不动，锯拉不断。结实啊！他闭起眼睛，节奏强劲地大动起来。金谷子开犁啦！犁头深深插进泥土，一声"驾！"老牛便走，犁头也走，泥土翻卷着，开出了大朵大朵的土花儿，真好看啊！白色的地气呼呼冒了出来，香气缭人。土香和地气缠绕在一起，熏得全世界都醉了，摇摇晃晃，跌着跟头……天下还有这么美的事吗？范少山像烈马一声嘶吼："来啦——"

这一刻，范少山回到了十八岁。

杏儿故意问范少山："听说你在小屋动静挺大的。干啥呢？"范少山说："我给你破个谜语，你猜。"杏儿说："这还有谜语呢？"范少山说："独坐书斋手作妻，此情不与外人知。"杏儿说："你还会儿这么文绉绉的？"范少山说："你猜呀。"杏儿给了他一拳："就是你们男人都会的事儿呗。"范少山说："啥事儿啊？"杏儿红了脸："你心里知道。"这谜语是当年工地打工的时候，一个老师傅告诉他的。背过多少唐诗宋词，忘了。这闲篇，范少山倒记得门儿清。

范少山取精成功。杏儿却只活一个卵，另几个是空卵。范少山急得脸都黄了。白羊峪还有一摊子事呢，哪总有闲工夫应承这个呀？医生说他的精子成活了，就是卵子不够。杏儿吃了两个月的药，再次进行取卵手术，终于活了五个卵，医生给配成了三个胚胎，剩下的就是往杏儿肚子里植入了。一共植入了三个胚胎，过了一个月，医院让杏儿到医院复查，结果活了两个，这就是说，可能是双胞胎。范少山高兴地给余来锁打去了电话，正巧爷爷范老井在那儿。范老井一个劲地乐，他说："双胞胎？三胞胎也不怕，多子多孙才是福啊！"

过了一段时间去复查。就剩下一胎了。一胎就一胎吧，一定要保住啊！按院方的说法，没问题。这回，杏儿是实打实地怀孕了！从医院回来，把这个信儿告诉了还在睡懒觉的范少山。范少山一听，激灵醒了，愣了几秒钟，忽地从床上跳了下来，抱起杏儿抢了一圈，喊了一声："俺们有孩子了！"

范少山笑了，哈哈地笑，杏儿笑了，咯咯地笑。两人的笑声，震得天花板嗡嗡响。

人啊，谁能为一件事儿笑三分钟啊？笑完了，范少山再一想，笑不起来了。啥事儿？眼瞅着小雪和黑桃快读完三年级了。读完三年级，在白羊峪，就算到头了，就得下山到镇上去读。到镇上去读，没有宿舍，没人照顾，又不能走读，咋办？范少山和杏儿原先商量过，把两个孩子接到昌平来读书。俩孩子到了城里，就轮到杏儿操心了。可眼下杏儿又怀孕了，她能有几双手啊！那儿还有一摊子生意呢？刚刚笑过的范少山，和杏儿商量，能不能缓缓，明年再要。男人能体谅一个女人的心情吗？一个即将做母亲的女人，一个杏儿这样性子的女人，你让她把孩子拿掉，你就站在了她的对立面，你想让她跟你拼命吗？再说了，外地孩子，进入北京昌平读书，也不是那么好进的。你得有"五证"：家长或监护人持本人在京暂住证，在京实际住所居住证明，在京务工就业证明，户口所在地乡镇政府出具的在当地没有监护条件的证明，全家户口簿等证明、证件。这"五证"，缺一不可，一时半会儿，哪凑得齐啊？五分钟前的笑声还在屋子里回荡，可笑的人的喜气，嗖的一声，没了。

再说范老井。鹿场卖了，狼也不来了，范老井也没啥事儿了，整天心里干巴巴的，活得没滋没味儿。人家和家人都忙，没专人陪你说话。泰奶奶当校长，一大摊子事儿呢。再说了，身板儿也走下坡路了，说话也没个精气神儿。原来有鹿场，可以和鹿唠唠嗑儿，他懂鹿，鹿懂他，那滋味，美呀。眼下呢？啥都没了，身边没个说话的人，也没有听话的牲畜。只能到了晚上，一家人坐到炕上，吃晚饭的时候，说话的人全到了。端起碗，范老井的话匣子就拧开了。家里人知道他想找说话的人，就都陪着他说，东家葫芦西家瓢，陈谷子烂芝麻，说得人家打盹了，打哈欠流眼泪。白天，范老井就满街走，还是找村训的石碑，喃喃道："长城脚下，白羊峪村，三十二家，村旁四方，葱绿燕山，百树护村，做善积福，毁木霸地，作恶招祸，天地有眼，会有报应，好人好报，恶人恶报，厚德养灵，福为善庆，子孙万代，永远传承……"念叨着，念叨着，就有点儿魔怔了。

有一回，他去了黑羊峪。石碑是白羊峪的，你去黑羊峪干啥？他去了。说话也颠三倒四了。范少山找到他时，他正坐在石板上打盹儿，身边站着一只狼，头靠着他的肩膀，也打盹儿。乍冷，范少山吓了一跳，刚要赶狼，忽地发现，远不是那么回事儿。这啥意思？老爷子和狼打了大半辈子，打来打去，还打出感情来啦？惺惺相惜啊？人狼情未了啊？范少山掏出手机，拍照，发微信。相机一响，狼发现了，一瘸一拐地走了，躲进了院子。范少山走过去，范老井还在打盹儿。这石板上凉啊，范少山推推爷爷的肩膀，范老井醒了。范少山扶起爷爷，说："爷爷，你咋与狼共舞啦？"范老井说："狼？狼在哪儿啊？"原来，狼靠着他的肩膀打盹儿，他没察觉到。范老井流泪了，说："那条狼可怜啊！俺打死了他的老伴儿和孩子。俺这辈子，干的最光彩的事儿，就是打狼。俺这辈子，干的最后悔的事儿，也是打狼。"

范老井一阵儿明白，一阵儿糊涂，关键是乱跑，有时能找回家，有时找不回家。狼翻毛转性的主儿，把你吃了咋办？你掉进山沟咋办？桩桩件件，都是要命的事儿。范家开了个家庭会。决定李国芳全勤照看老人，不用下地。范德忠从来都是拿老伴当梯子，这回他用木头打了个梯子，扛着梯子到果园干活了。

秋天，站在田野上，范少山凝视着白羊峪的梯田，这里的梯田非常漂亮，犹如仙境一般。四季变化多端，春天果园鲜花怒放，夏天清水河川，秋看丰收稻谷，冬看山峦起伏，层林尽染。如果山路通了，白羊峪就可以发展旅游业了。那时候，白羊峪就不一样了，真的火了。

今年冬天咋修路？反正纳不进政府规划，全凭自己干，三年五载进展不大。人家专家说要干三十年，范少山和余来锁算了算，三十年，晃上晃下的事儿。原来范少山还想，几十年都不怕，祖祖辈辈，挖山不止。如今想，不行了。这发展旅游业的机遇不等人啊，你得抢抓啊，你不抢抓，谁能送你啊？一代完成这一代的事儿，你就别拖累子孙了，子孙还有子孙要干的事儿呢！范少山和余来锁在山顶绕来绕去，想着这隧道咋抄近。范少山问："加大炸药量中不中？"余来锁说："不中。"范少山说："咋不中？"余来锁说："这还用问吗？把山顶炸塌咋办？"范少山说："山顶炸塌？"他一拍脑袋："对！塌了正好。咱就开天窗。"余来锁说："开天窗？"范少山指着脚下："你看看，假如在这里开一道天窗，与隧道连通了。我就把道路引上来，从山顶直接下山，山下就是一条公路，接上了。你看啊，这山坡度多缓啊，咱把它铲平铲平，省工多了！"范少山兴奋地搓着手。余来锁比画着："这样，从山洞往上做个斜坡，凿上一级一级的台阶，到了洞口，就是山顶了，这山顶往下，直到公路，是个斜坡，咱们再开凿一级一级的台阶，就齐了。"范少山说："对，就是这样。"余来锁说："好主意！不过得找好位置，在山下坡的地方开天窗。"两人当时就寻找炸点，范少山搬了块石头，放在那儿，做标记。这儿离隧道最近的地方，还有多远啊？起码还要几百米。不过，比原来的图纸，近了小一半的路。这方案到底中不中啊？你一个山里人，不懂道路工程，万一出个闪失咋办？那可是炸药和石头啊！可不是随便玩儿的。

余来锁和范少山去了市里，去找工程师表弟。前头提到过，表弟帮忙看过隧道地形，就是人胆子小，怕担事儿。表弟听了他们的介绍，看了图纸，说："这个方案胆子太大了，不过也是神来之笔，可以达到事半功倍的效果。如果把山顶炸塌，需要多少炸药，必须要有专业人员把关。你们干，就是估摸着，不中。闹不好要出事儿，出事儿就是大事儿。记住，一定要讲科学，一定要安全生产。"范少山说："表弟，你是专家，那就请你给我把把关吧？"表弟连连摆手："不行不行。我忙我忙。"余来锁说："老表，你这就不够意思了。"表弟说："不够意思就对了。出了事儿我得吃牢饭，犯不上啊。表哥，咱亲戚还是好亲戚。"范少山打开手机，让表弟看微信里的一张照片。照片上的余来锁和表弟在看隧道图纸。上面一行文字："市交通局工程师李成功和俺村领导余来锁在研究工程图纸"。这是刚才看图纸时，范少山偷偷拍的。"啥意思？"表弟火了！"你们这是在要挟我呀？马上把照片删了，这是污蔑！"范少山说："表弟，这咋是污蔑呢？你是不是叫李成功？是不是交通局工程师？照片上是不是你和你表哥在研究隧道图纸？不就看个图纸吗？看把你吓的。俺把自己个儿微信删了，可转发的俺管不了啊。你看看，已经有一百来个点赞的了，还让俺向李工程师问好、致敬、鲜花、敬茶。还有人说你帮白羊峪修路，是最美工程师，最帅工程师。"范少山把手机交给表弟，表弟翻看着。范少山说："俺们开了两年山了，都安安稳稳的。没事儿。还得感谢表弟当初给俺们指了条明路，要不俺们都找不到出村的方向啊！表弟，你就是俺们白羊峪人的恩人，俺们能让恩人走窟窿桥，背黑锅吗？"表弟说："别怪我发脾气，这事儿，确实是个私活儿，出了事儿，没人给我担着。你们知道，我熬个小科长，容易吗？我也是从山沟里头出来的。这样吧，我偷偷去几趟，可不能让我们局里知道。"

回来的路上，余来锁说："你小子不厚道，够鬼的。"

范少山说："有时候，要办成事儿，你就不能按常理出牌。"

这回开山，村集体有了点儿积累，不用范少山自掏腰包了。村民们手里也攒了俩钱，主动带伙食。有的赶来了羊，有的捆来了猪，有的挎来了鸡蛋，反正挺丰盛。牛成来了。就是前头提到的老姑奶奶的儿子，虎头村的村干部。当初说过，要到白羊峪走亲戚，参观取经。人家可不是当客人来的，还带来了六个壮汉，直接参加开山。这是多重的情谊啊！山坡下，工地上，灯火通明，杀猪宰羊，招待太行山的客人。太行山人重情重义，大碗喝酒。范少山说起金谷子，连声感谢老姑奶奶，感谢牛成。感谢伴着酒，让肠胃火辣辣的。过去牛成话不多，老实巴交，有主意，埋在心里头，不说。如今当了村主任了，话多了，有脾气了，敢担当了。你说干啥最锻炼人？当官。牛成说："俺们看到了白羊峪的丰收景象，俺们学到了白羊峪的宝贵精神。俺们就把这种精神带回去，把虎头村建设好。"范少山说："白羊峪能有今天，那是托了老姑奶奶的福啊！俺们得向革命老区太行山人学习啊！俺们燕山人也有格局，将来，俺们白羊峪发达了，一定好生报恩！"范少山一饮而尽。

这当口儿，杏儿的预产期到了。范少山赶回了北京。范少山两头忙，杏儿也不得闲，忙生意，把一件事儿给耽误了。做了几次产检，都是小医院做的，等生产时，想去大医院，不中。人家医院没有你的档案。也就是说，你想在北京生孩子，从怀孕起都得建档备案，要不，你挺着大肚子来了，人家不接。范少山要找熟人疏通，发现人家号码都换了，想想，你老在白羊峪，这边的朋友你理睬过吗？别说两三年，就算半年，也断了。就要生产了，小诊所哪行啊？杏儿额头冒汗，冲范少山发火了："都怪你！整天泡在白羊峪，把北京的朋友走丢了，生个孩子都找不到人！"范少山叹一声，心想自己个儿在白羊峪人五人六的，在北京，你啥也不是，连你的孩子都不能在这儿出生。范少山跟医院大夫吵了起来，管用吗？末了，拉着媳妇去了河北燕郊的医院。

孩子顺利降生了。范少山得了个儿子。杏儿给孩子取名范明，孩子生下来的时候，东方升起了启明星。范少山在医院一直守着，他把电话打给了爹范德忠，范德忠刚买了手机，这是他接到的头一个电话，就是当爷爷的好消息。他把手机贴在李国芳的耳朵上，帮老伴儿擦着泪水。李国芳问孩子几斤，杏儿奶水咋样。小雪懂手机功能，不一会儿，就和范少山、杏儿聊上了天。老两口稀奇呀，恨不得打开手机看看。范家人添丁进口，门口挂上了红灯笼。范老井这几天明白，嘴里头念叨："俺当太爷爷了，俺当太爷爷了。"范少山把喜信儿传给了余来锁，工地上杀了一口猪，大伙乐和乐和。

冬天里，最闲的就是白羊峪的农场了。为了涵养这些土地，养的那些个牛都长大了，卖了，第二批牛要等来年春天再进。这一年，白羊峪和沈老板都有收入，场长高辉每月领工资，还领了奖金。拿出来，给了娘"白腿儿"，给了媳妇小兰。剩下的，自己装了起来。土地还在，还有不少东西呢！离不了人。这边，就有沈老板那边派的小齐和高辉看着。两人一对一天。干啥呢？没事儿，说白了，就是睡觉。你一个养牛场，没牛了，谁来偷啊，偷啥啊，扛个牲口槽子走啊？高辉觉得无聊，值班的时候常溜号，去镇上，买东西，看电影，上网吧。那回，玩游戏时，突然跳出来一个页面，是澳门六合彩的。高辉好奇，就进了。注册了账号，赌了。开始，只是想玩一把。咱是游戏高手，玩儿这个是小意思，还能输吗？输了，高辉不服气，继续玩儿，又输了。输了咋办？高辉没想收手，而是想着翻本。人家六合彩，你能控制啊？说赢回来，就赢回来？高辉把自己攒的体恤都折了进去。

账户没钱了，兜里也干了。俺是游戏高手啊，丢人啊！高辉要雪耻。哪里能搞到钱呢？先是说手机坏了，管小兰要了两千，没了。又说手表丢了，管娘"白腿儿"要了三千，没了。又找农场合作方杨老板，说有一批饲料便宜，农场先进来，等开春养牛的时候，咱用得上。末了，还补了一句："是范少山让我来找你的。"沈老板直率，人家高辉是场长，场里头用钱，向他要理所应当。更别说有范少山的话啊！多少钱？十万。也没了。这下，高辉急眼了！这时候，他已经输了十三四万了。咋交代？自己个儿的钱输了，小兰的钱输了，娘的钱输了这也就算了，知道是赌也无所谓，毕竟是一家人，总能原谅你。你把杨老板的钱输掉了，还是以范少山名义骗来的钱，还是用于赌博，这性质就变了。咋办？得把钱赢回来啊！高辉想到了村委会的办公地儿，里面有个保险柜，里面一定有钱，卖金谷子的钱，开山买炸药的钱，钱钱钱！高辉满脑子就剩下钱了。夜里，他蹿进了村委会的院子。扑通，双脚落地之际，他耳边响起一声："谁？"高辉的头皮都炸了！赶紧嗖地一下，又翻了出去。那人密如鼓点的脚步声，咣地打开大门，就往外追。高辉吓得小腿像安了弹簧，跑飞了。后边的人追得急急风。高辉往村外跑，那人往村外追。扑通，高辉不跑了，不见了。追的那人也不跑了，蹲下仔细一看，眼前是一口枯井，高辉掉井里了。

村委会是三间石头房子，人家搬走村民丢下的，村上修了修，粉刷粉刷，就成了办公室。自打村委会有了办公地儿，余来锁常去坐坐。反正光棍一人，有时就睡在那儿。这天，余来锁在村委会看了看报纸，写了一首诗，想了一阵儿"白腿儿"，就困了，想睡上一觉。熄了灯，躺下，感觉尿憋得慌，出去把身子放净。刚走到门口，就听扑通一声，一个黑影儿跳了进来。他吓了一跳，一声："谁？"那黑影灵巧，又跳了回去。余来锁一想：贼！哪里跑？撒腿就赶，赶着赶着，贼就掉井里了。这时候，黑天黑地，井底一个，井上一个。余来锁骂："你谁呀？放着好不学，做贼。活该你掉井里。"余来锁知道，这是口枯井，没水，也没多深，人没事儿。井里的高辉听出了余来锁的声音，赶忙说："叔，你可要救俺呀！"余来锁心里一惊："高辉？"这可是自己个儿日思夜想的女人"白腿儿"的儿子，早晚俺们是一家人啊！余来锁赶忙说："放心！叔救你。"

余来锁胳膊短，试了几回，咋也够不着高辉的手，就赶紧给范少山打手机，让他出来一趟。这等人的当口儿，余来锁就问了到底咋回事儿。高辉说："叔，俺家的猫跑了，俺去找猫的。"余来锁说："你还让俺救你不救？你们家根本不养猫，你妈皮肤过敏。就算你家养猫，跑村委会院里来了，你不是光明正大的事儿吗？你跑啥？找猫犯哪条子法啦？犯得着你跑得跟兔子似的？"高辉说："叔，不是找猫。"余来锁说："是找狗啊？"高辉说话带了哭腔儿："叔，你就别问了。俺求求你……"余来锁说："高辉，你这会儿一口一个叔的，过去，你可对俺爱答不理的。俺告诉你，你身上肯定有事儿。你瞒得了俺，你瞒得了范少山吗？他就在半路上，你先把事儿告诉我，还有余地。看着俺跟你娘的情分上，俺一准帮你。你若不说，俺就把全村的人喊来救你，到时候，你当着全村人的面说。"这席话，入情入理啊，高辉就竹筒倒豆子，把赌钱的事儿说了。余来锁叹一声："你看赌棍多荒唐，多可怕。你娘是会计，你要撬她管理的保险柜，这不是给你娘找事吗？这年头，谁会把大量现金放在保险柜里呀？里面都是些个票据、合同啊！幸亏俺在那，要不然，你这一辈子就毁了！"高辉呜呜地哭了。

说话间，一阵摩托车响，一道白色光柱朝这边扫过来。范少山来了，打电话的时候，人家还在开山的工地呢！范少山下了摩托车，问余来锁："出啥事儿啦？"余来锁指指井口。摩托车灯照过去，井口有点黑，里面传出哭声。范少山问："谁呀？"高辉赶忙说："少山叔，是俺是俺。"就这样，高辉哭着把自己个儿的事儿，一五一十说了。自打一开说，就像点着了药捻子，说完了，范少山像炸药桶，也炸了。"高辉！俺这么信任你，让你当场长，你给我玩儿这个？你在北京，俺帮你找儿子，俺给你找出路，拿着高工资，领着奖金，俺和余来锁有啥？你这个忘恩负义的东西！喂不熟的白眼狼！俺不救你！俺打110，让警察来救！有话，你跟警察说！"范少山掏出手机，就要打电话，被余来锁一把抢了过来。余来锁说："少山，你消消气。高辉本质不坏，又有一技之长。这事儿，就是一念之差。过去，你一直帮他，眼下，你更应该帮他呀！他出了事儿，你就光彩啦？依俺看，撬保险柜的事儿，没发生，没发生就不成立。他也就是骗了人家杨老板的钱，杨老板也不知道这事儿，咱给他处理好了，也就过去了，不算违法。"范少山气得呼呼直喘，不说话了。余来锁说："咱先把他救上来再说吧。"范少山取下摩托车后架上的绳子，抛了下去。一会儿，和余来锁两人，把高辉拉了上来。高辉灰头土脸，还没能站稳，就扑通跪下了："两位叔，俺错了！从今往后，俺再也不赌了！你们就放俺一马吧！少山叔，来锁叔，你们是俺的恩人。这事儿，你们千万不能让俺娘和小兰知道啊！求求你们啦！"

范少山说："往后再不好好做人，俺就用这口枯井，把你埋了！"

二十六

范少山和余来锁商量，把高辉的农场场长给免了。余来锁说："人家场长当得好好的，咋就免啦？这不就露馅了吗？咱说好的，给人家保密嘛。"范少山说："便宜这小子了。"余来锁说："经过这件事儿，他会更加好好做人，好好干事儿。"范少山说："那十万块钱，俺已经筹集好了，尽快给杨老板送过去。"余来锁说："这更不中了。你想啊，钱是高辉拿的，你送去算哪门子？人家会说，你不跟高辉说了嘛，用这笔钱买饲料，咋又送回来啦？"范少山说："明白了。"范少山去了农场，把钱交给了高辉，让他马上去进饲料。高辉感动得眼里转着泪耗儿，带着人，开车走了。

高辉觉得，自己赌博带来的耻辱，只能靠劳动去洗刷。他对白羊峪的忠诚，要靠劳动来体现，他对范少山和余来锁的感恩，要靠劳动来表达。他向范少山请战，到最艰苦的地方去，去开山梁，去修隧道。他安排好看守的员工，去了工地。在工地，高辉拼力砸着钢钎。虽说有了炸药，只能炸个大糙儿，细活儿还得钢钎铁锤。高辉的胳膊都肿了。三天后，范少山说："俺们理解了你。马上回去，把开春农场的事儿安置好。"

高辉回来就对了，又来了帮闹事儿的。一帮老头老太太登场了，有的吹胡子瞪眼，有的软泡硬磨，有的打滚撒泼。这是干啥？要地。村里换届，原村委会主任下去了，村书记也换了新的。有人提出，要将这片土地转到村民手中，让白羊峪和每个村民签合同。啥意思？这片土地原来是废弃的工厂，村集体的土地，范少山复耕后承包，都是和村委会签的合同，这下要和每家每户签，是这意思吗？不是，人家就是收回去。有的说，要搞房地产，有的说，要建发电厂。你这不胡来吗？这白纸黑字的协议不管用啦？俺养牛的时候，你说是基本农田，这回你又要盖房、发电，就不是基本农田啦？再说了，这片地，可透着白羊峪人的心血呀！这涵养土地，不得花钱啊？高辉压不住阵脚，叫来了范少山。范少山拿着合同和他们解释，口干舌燥。不中，只得报警。警察来了，只能劝返。人们骂骂咧咧地走了，范少山觉着这还没算完，平地起风波，这里面有事儿。他想找镇书记徐胜利，徐书记调走了，当卫生局长了。新来的书记人家不了解情况，你又不认识，找了，估计也顶不大用。范少山决定先去大王庄了解情况。

范少山在大王庄有个亲戚，八竿子打不着的，早就不走了。晚上，他开车去了。对了，范少山又买了一辆汽车，平日放在兽医站，下山办事开着。在山上，他开摩托车。下了山，开汽车。车上拉着两箱苹果，去了。是傍黑儿，大白天的惹眼。进了表姐家，表姐不认识他。范少山认识。表姐脸上有胎记，好认。范少山说："你不记得俺了？俺是白羊峪的范少山，你姥家不是白羊峪的吗？前些年，你去姥姥家拜年，俺还见过你。"表姐说："俺姥姥都死了十多年了，难得你还记着表姐。"总算拉近了。两人说话。提到了那片地，表姐说："这有啥奇怪的？人就是个利字。比如说，你想卖这张桌子，有人给八十，有人出一百，你看肯定卖给这个出一百的。你说是不是这个理儿。"范少山说："表姐，听你这话儿，是有人出高价啦？"表姐说："可不。"范少山说："那也得有个先来后到啊？俺有合同啊，咱得讲诚信，讲法律吧？"表姐说："如今这农村，就讲钱，啥都不好使。你若是不搬一箱苹果，你这表弟，俺也不认。"范少山这就尴尬了。他连忙说："表姐，你若是喜欢吃，俺白羊峪有的是，下回俺多拉几箱。"表姐说："村上来过一个日本人，是他要出高价租那块地。这不，村里热闹了。"

了解了情况，范少山就得从根儿上刨，找大王庄的村书记。新书记姓许。人家开门见山，不避讳，那片地就是日本商人看上了。那你也不能一女嫁二夫啊？许支书说："俺是书记，就得为村民争利益。"范少山说："可咱们签了合同啦！你不能新官不理旧账啊？"许支书说："俺跟你说，如今是法治社会，村干部办事都得按照法律来。因为随便拽出个村民都比你懂法。你不伤害他的利益，他不吱声，你要动他一分钱，他就要跟你讲法律。白羊峪和大王庄村集体签了协议，合理合法。眼下，村民主张把那片地分了，算作承包地，家家有份儿，也没毛病。俺咨询过律师，合法。反正这片地是大王庄的，不是你白羊峪的吧？按照手续走，你要开垦这片地，就还得和农户再签一回。至于费用，你和农户代表还得再协商。"范少山说："村委会不就代表村民吗？合同有公章啊？"许支书说："现在当官的，谁敢压制民意啊？何况人家也是合法的。眼下，村民就觉着日本人财大气粗，一准儿出高价，比你穷白羊峪强。你要想重新得到这片地，就得出的钱比他高。"

这是哪门子道理？范少山把这事儿跟杏儿说了。杏儿马上咨询北京的律师朋友。杏儿回话说："这事儿，不合情，但合法。解决办法有，一是你手中的协议还是有效的，你和村委会的协议不废除，日商也不能再和村民签协议，因为一块地，不能有两份合同。二是和日商合作，就能降低土地承包费。"听了杏儿的话，范少山的心里头有了底儿。你手里头攥着这份合同，你日本人就没法种地，你种地，俺就和你打官司。可这样一来，你也种不了地呀？日本人像猫守着鱼盆，村民们做着发财梦，只能双方都拖着，两败俱伤。眼看就开春了，不能等。范少山要会一会这位日本人。

日本人叫田中二喜，比范少山还年轻些。田中二喜是个大老板，在承德有旅游公司，还有一家食品厂，经营了好几摊儿。在那里，他种了大片土地，都是用日本方法，把"生地"，养护成"熟地"。这种方法，让大片荒地变成了良田。他田中二喜就想用自己个儿的土地，种自己个儿的果实。这样的果实，他放心。原来，公司都是从当地收购原料的。结果，原料大多不合格，比如，果品农药残留多，无机蔬菜冒名有机蔬菜，防不胜防。这样一来，就影响了公司产品和声誉。于是，田中就决定设立"自家菜园"。白羊峪一带，与承德同属于燕山山脉，他就在这一带发展了几块"自留地"。县招商局的官员带他到大王庄考察时，村书记向他介绍村里的大片土地，他都看不上眼。不是土质不中，就是元素不够。当他看到了这片地，愣了。这块地咋回事儿？用放牧方式修复土地，这是日本最传统，而又是当今农业最先进的手段。这是谁做的？村书记就告诉他："这儿原来是废旧的厂区，没人要。白羊峪就把它复耕了，还在上面放牛，也不知他们咋想的。"村书记告诉了他一个名字：范少山。人家检测了土质，还差，但有潜力啊。再有半年就达标了。关键是，这个对手，有意思。大王庄的许支书也犯了琢磨。放着这么多地你不要，非得要承包人家白羊峪签了协议的土地，你啥意思？有病啊？这破地，还有潜力？田中说："我出高价，志在必得。"

出高价承包一块地，当然不是为了和对手争个高下，人家田中二喜是商人，又不是搞政治的，可以不计成本。这块土地有矿物质呢，有害元素可以消解，矿物质不会跑掉。当然，如果商场上能遇到一个对手，较量一下，有啥不好？田中这人，傲得很，谁也不服。尤其不服中国人，俩字：不服，四个字：就是不服。

范少山联系上了县招商局，约田中二喜见面。地点在哪儿？白羊峪农场，也就是田中要争的那块土地。这厉害了，分明是以土地主人自居嘛。养牛场常有人来，有个餐厅，里面装修挺光鲜的。眼下没有养牛，没有粪味儿，餐厅里有炉子，暖和。隔壁，就是厨房。余来锁、高辉在做饭。在这儿请客，人家会来吗？来了。陪同的是招商局一位副局长，范少山还请了大王庄的许支书。

走进院子，田中二喜和范少山握手，目眺远方，说："我喜欢这里，有家园的味道。"这话，这不挑战吗？范少山说："那就好好感受，这位远道而来的尊贵客人。"这话，又给抛回去了。针尖对麦芒，有点儿味道了。菜，都是白羊峪特产，酒，是沈老板研制的金谷酒，饭，是金谷子小米饭。田中二喜坐得端正，夹菜几乎是不猫腰的。范少山向田中敬酒，连干三杯。田中喜欢金谷酒，第一次喝到，连说好喝，范少山说："这是用白羊峪的金谷子酿的。爱喝，走的时候，送你一箱。"田中说："范先生，你为什么选择了这片土地？"范少山说："为了心中的梦想。"田中问："赚钱？"俩字吐得有点轻蔑。范少山一笑说："也是，也不是。俺们白羊峪穷，需要钱，改善物质生活。但俺们有底线，有操守，有追求。"田中怔了怔："种地还有底线，有操守，有追求？"范少山说："对！俺们白羊峪种的粮食、蔬菜都是非外国种子、无公害的。"田中两眼泛着怀疑的目光："范先生，难道这里有一片净土吗？你们中国农民不就见利忘义吗？"这句话说完，满屋子静了。人们看看田中，看看范少山。招商局副局长打着哈哈敬酒，想化解尴尬局面，范少山摆了一下手，示意副局长停下，他站了起来，说："田中先生，你可能遇到过那样的农民，他们因自私伤害过你，但他们不能代表中国农民的形象。中国新时代的农民，他们播种庄稼，也播种梦想。他们收获果实，也收获希望。就像俺们白羊峪，不仅山野有一片净土，每个人的心中也有一片净土！"话音刚落，桌边响起了一片掌声。范少山又端起酒杯，"咱们共同敬田中先生一杯！欢迎田中先生有时间到白羊峪做客！"范少山这一招儿，漂亮！既对田中的话做了有力反驳，又不失礼节。田中说："范少山，你这样的农民，我佩服。"他端着酒杯，踱步到窗前，望着空旷的原野，地里，一群麻雀在啄食。他说："明年秋天，我希望在这里看到一片绿色，闻到瓜果飘香。"范少山说："你一定要来，这儿迎接你的一定是一片金黄。金谷子的香味儿，会把你迷倒的。"田中说："中国有句话，买卖不成仁义在。我喜欢。这次不管谁胜谁负，我都尊重你这个中国对手。冥冥中觉得，下次我们还有交手的机会。"范少山说得意味深长："那就来日方长。"

燕山一带，每个村里都有经济合作社，是农民自己的组织。田中二喜认为，这帮农民太闹腾，合同不能一户一签，没完没了啊。他要和合作社签。对！你范少山不是和村委会签了吗？俺和合作社签。同时，启动召开村民代表会，再废除范少山手里那份合同。难吗？钱就是润滑油，有了它，车轮嗖嗖往前跑。田中把合作社的几个头头拉到了市里的五星级大酒店，在那里谈。许支书是领导，当然要去。吃喝桑拿KTV，一阵子过后，签了。比范少山签订的承包费，提高了百分之二十。田中就不必说了，人家是商人。你许书记就不够意思了吧？口口声声兄弟，一有风吹草动一准告诉你。有你这么办事儿的吗？在范少山不知不觉中，签了。村委会大院贴了告示。大伙掰着指头一算，比白羊峪给的钱，高出不老少，都挺满意。接下来，许书记就召开了村民代表会，把和白羊峪签的合同，废了。范少山手里的合同呢？还在范少山手里，不过，没用了，一张废纸了。关键是，没人告诉他，他连影子都不知道，因为北京律师告诉他，那张合同是有用的。他还等着开春大干一场呢！没想到，田中来了，直接把车开进了农场，找到范少山，谈补偿问题。范少山丈二和尚摸不着头脑："田中先生，啥补偿啊？"田中说："你看，你帮我们管理了这片土地，这两年用牛羊粪便涵养得很好。我一定要补偿你，你说个价吧。"范少山笑了："俺的土地，俺涵养的，你还要给我补偿？你是慈善家呀？"正说着，门咣地推开了。范少山在大王庄的表姐闯了进来，呼哧带喘地说："表弟，不好啦！这地让日本人给包走啦！"表姐看到田中坐在那里，又指指说，"就是他……"

二十七

杏儿回到了白羊峪，带来了孩子范明，小名明明。明明大眼睛，小腮帮粉嫩嫩，就是瘦点儿。一家人见了孩子，高兴得不得了。范老井只是念叨："俺当老太爷了，俺当老太爷了……"范德忠只是嘿嘿乐。李国芳没法抱孩子，杏儿把明明抱过去，贴贴奶奶的脸。李国芳都幸福得流泪了。村里人都来看明明，带老母鸡，带鸡蛋，带红糖，这么小的孩子哪吃得了啊？这都是给杏儿补身子的。欧阳春兰来了，买了一箱子进口奶粉，还买了尿不湿，小衣裳。这让杏儿感动得不轻。欧阳说："咱俩是闺蜜嘛。你儿子也是我儿子，长大要认我做干妈的啊！"

人都在，就差范少山。人呢？着急上火，嗓子哑了，说不得话，没法见人，在自己和杏儿的房子里猫着呢。这还用问吗？都是地的事儿闹的。这两天，他就老想着那块地，想着因为那块地，出现的那些个人，那些个事儿。越想，就越弄不明白，越想，就越觉得不真实。余来锁过来给他熬草药，骂了田中，骂许支书。又问范少山下一步咋办，范少山嗓子乌拉拉的，听得出仨字："打官司。"余来锁说："对了！打官司，告他们。俺治好你的嗓子，好出庭。"昨儿晚上，杏儿已经联系了北京的那位律师朋友，律师听了，说要免费提供法律援助，过几天就过来了解案情。范少山要余来锁先起草诉状，状告大王庄村委会单方毁约，到时候，让律师看看。

几天后，律师来了，住进了布谷镇宾馆。张律师，叫张震，没想到是个女的。张震当过法律顾问，就是杏儿过去上班的公司，两人从那儿认识的，挺投缘，一直联系着。张律师帮着写好了起诉书，要范少山递到县人民法院。人家要等待开庭的时候再来。开庭的这天，这边，范少山、余来锁、高辉、田新仓来了。那边，许支书、新当选的村主任、经济合作社副主任、田中二喜来了。律师，一男一女。那架势，兵来将挡，水来土掩。两人争得面红耳赤，互不相让。这边女律师张震，说话像炒豆子，叭叭叭的，又像白羊峪南山的瀑布直泻而下。几番下来，驳得男律师有点儿张口结舌了。田新仓一个劲鼓掌，叫好，差点儿让法庭工作人员轰了出去。案子这不明摆着嘛，可人家对方律师总能找出点儿理由来。打官司就是打证据，可人家说，大王庄经济合作社和田中二喜签的合同代表了农民利益，表现了中日两国人民的友好情谊，这都哪儿跟哪儿啊，外交部吗？最终，法庭判大王庄村委会和白羊峪村委会签订的合同真实有效。范少山、余来锁和田新仓抱住，跳了起来。张震律师要走了，范少山说了许多感谢的话，又送了一袋金谷子小米。张震说："小官司，知道有把握。"范少山深深感到了法律的力量，想聘请张震为白羊峪的法律顾问，又怕请不起，没敢张嘴。

田中二喜官司输了，他要离开这地方。走的时候，来看范少山。这让范少山多多少少有点诧异。一场官司，你输了，你和俺没结梁子？你还来找俺干啥？再说了，俺也有点儿膈应你。可人家毕竟是客呀！范少山带他看了村庄，看了山野。刚开春，土地还没播种，地上飘着一层乳白色的雾霭，曲曲菜、蒲公英钻出了地皮，顶着金黄色的小花，开得漫山遍野。田中痴痴地看，说了一声："真美啊！我的家，也在山冈上，就像这里。"范少山说："这哪叫美啊？等你秋天再来，金谷子熟了，那才美呢！"范少山还带着田中二喜参观了长城，去了村民修隧道的工地。田中说："白羊峪农民，我服了！"范少山笑着说："应该是，中国农民，你服了！"范少山送了田中一袋金谷子小米，田中走了。

范少山赢了官司，大王庄村村民少了收入。有村民觉得，你这不相当于从俺手里抢钱吗？从俺手里抢钱就不中。有人在农场绕来绕去，把铁丝网剪了，在里面放羊，让范少山轰了出去，重新修好铁丝网。有人把他的车胎扎了，范少山私下骂两句，只得去修车厂去补。在人家门口种地，抬头不见低头见，范少山不想把关系弄僵，总想着和和气气的。范少山去见许书记，去了他家。许书记的房子是不起眼的房子，老婆是不起眼的老婆，养的狗却起眼，藏獒。许书记说："它是俺家人，特听话。当个村干部也不容易，哪天不得罪人啊？前几天，还有人半夜砸了我一块玻璃。连藏獒都不怕。关键是，你都不知道得罪了谁，你说，图个啥？当个普普通通的小老百姓多好。这还不光得罪村里人呢，还得罪了外村人。你看，因为打官司，俺把你得罪了吧？俺把你们白羊峪全村人都得罪了！"范少山说："许书记，瞧你说的。都是公家的事儿，俺还怕得罪了你呢。"许书记说："理解就好。俺不是为了让乡亲们多得几块钱嘛！又不能装进俺兜里。"两人喝酒，就在许书记家。菜是现成的，范少山带来的。三杯酒下肚，范少山提到了农场的事儿，老有人捣乱。许书记说："俺知道，就是个心里不平衡。那块地还是破厂区，还那么撂着，谁也不说啥，看开垦出来了，就有人争了。看能挣钱了，就要打架了。如今的村民，不好管了。过去的村书记，可以在大喇叭上骂娘，现在谁敢啊？给你上网，给你举报。这样吧，俺在俺们村微信群发个帖子，让他们少添乱。还有，抓住捣乱的，若是小青年，你打电话给俺。若是中老年，你就直接报警。"范少山问："这为啥还有区别呀？"许书记说："那些生瓜蛋子，大多是晚辈，你骂他几句，踹他两脚，他再也不敢了。若是中老年，哥哥、叔叔、大爷，你咋管？他听吗？得罪他，会恨你一辈子，所以，你就直接报警，俺也装不知道。"

　　过了几天，有人把范少山的汽车挡风玻璃给砸了。这小子让高辉给抓住了。高辉要报警，吓得这人连连求饶。范少山打电话给了许书记。许书记来了，上来就给那小子两脚。原来这小子叫元宝，是许书记没出五服的侄子。元宝是个财迷，整天掰着手指头算账。想想，自己比日本商人包地，少了两百多块，就想着让范少山赔，咋赔？人家又不欠你的，能给你钱吗？那就让他损失钱。就砸了挡风玻璃，不想让高辉抓了个正着。许书记将元宝臭骂一通，又掏出两张大钞来，往范少山手里塞："范总，这小子也是一念之差，你就原谅他。他家里穷，这损失俺来赔。"这钱能接吗？范少山赶忙往外推："算了算了。俺来修，俺来修。"许书记把钱装进兜里："那就不好意思了。人俺领走了啊？"两人走了。这叫骂哭了，哄笑了。受了骂，挨了打，元宝还得感激许书记。没有人家，你早就让警察抓走了，蹲几天不说，你还要赔人家损失呢！当村干部，你得先笼络住年轻人的心。范少山想想，这才明白了许书记的话，年轻人惹了你，告诉俺！这都是领导艺术啊！俺若是真的收了钱，那就糟了。可那钱能收吗？两百块！挡风玻璃一千多啊！

　　范少山去了趟国土局，化验土质，有结果了，完全适合农作物生长。范少山兴奋得不得了。农场的规划图，早就做好了。上面的大片是金谷子农田，除了金谷子区，还有大棚菜区、养殖区。养殖区就还在原地。刚开春，农场就打破了往日的宁静，热闹了。先是高压线架了过来，变压器也安上了，农场通电了。接着，打井队也开进来了，三四架打井机转个不停，在农田隆隆响。春光正好。

　　咋这快呀？有钱当然快呀。可钱从哪来呀？白羊峪有点积蓄，都开山洞了。还是，你没钱，就找有钱的合作。有了意向，开了村民会，都拍巴掌。咋合作的？范少山又拉上了采石场的杨场长。规模大，腰力不够，范少山就让收购金谷子的沈老板追加投资，成为合作方。沈老板做的金谷子酒风生水起，金谷酒厂就缺原料，很快就答应了。还有，范少山想的是，先让村民手里有股份，让乡亲们手里有活钱。乡亲们认准了，跟着范少山，这股份还不噌噌地涨啊！就这样，白羊峪农场筹建处的牌子摘了，换了一块牌子："金谷农业有限公司"。沈老板占股份多，他又想推金谷子，名字是他起的。公司推举范少山任董事长，沈老板沈雄任总经理，杨场长杨平安和高辉任副总经理。农场用工，全部从大王庄招。元宝也排在队伍里，高辉见了，把他拉了出来："不要你！"元宝流泪了。范少山走了过来，对元宝说："你不用排队了，直接进场上班。"元宝抹抹眼泪，笑了。

再说泰奶奶。欧阳老师探亲了，泰奶奶作为校长，就给孩子们上课。教室后边那口棺材，孩子们把棺盖揭了，盖上，盖上，揭了，藏猫猫。泰奶奶心疼，就叫人把棺材挪进了自己的屋子里。虽说窄点儿，可毕竟稳妥啊。孩子们不懂事儿，把油漆都刮花了。莲花也掉了瓣儿。课余时间，泰奶奶就端着油漆，描莲花。泰奶奶一辈子干干净净，利利落落。走了，不能少个花瓣儿啊。晚上，黑桃和小雪住在范家，欧阳老师回老家了，看门的费来运老头也躺下了。这时候，泰奶奶也要睡了。她爬进棺材，躺下。眼皮就粘，很快就粘住了。泰奶奶在床上总是睡不着的，挪了窝，睡得香啊。泰奶奶想，自己个儿真的要走了，要不咋会这样呢！泰奶奶的寿衣早就备好了。二十年前就差一口气，穿好寿衣，停放在床上，就等挺尸了。可她又活过来了。就这样，二十年里，每三年五载，就死一回，却始终没有死成。这回，泰奶奶觉着就这样睡过去了，等第二天，人们一来，把棺盖盖上，当当当钉上钉子，抬出去埋了，就得了，一了百了。还有啥放不下的？黑桃有她干爹范少山照顾着呢，就要离开白羊峪，去北京上学了。往后就算见不着了，也安心了。天亮了，泰奶奶睁开眼，还是自己个儿的小屋，还是白羊峪小学。泰奶奶没有死，她爬出棺材，换了衣服，讲课去了。

这是泰奶奶为小雪和黑桃讲的最后一课。老人颤颤巍巍，在黑板上写下了四个字："落地生根"。落地生根是啥呢？是泰奶奶盆里栽的绿色植物，肉肉的。范少山见了这四个字，就从泰奶奶屋里把那盆落地生根搬来了。这盆花，小雪和黑桃都见过，并不起眼，也不招人稀罕，也没问过它叫啥名儿。这盆花是泰奶奶从黑羊峪带过来的。那时，觉得好奇，就问，泰奶奶就讲给他听。这会儿，泰奶奶写完字，已经讲不动了。范少山扶泰奶奶坐下，自己个儿往讲台上一站，指着落地生根说："你们别看它长得不起眼，却有个有气势的名字：落地生根。它生命力超强，在沙漠里能长，在平原上能长，在山地里也能长。它的小芽芽落在地上，马上就能生根，长出许许多多落叶生根来。它的全草都可入药，可解毒消肿，活血止痛，还可拔毒生肌。"范少山举起教鞭，一指黑板上的"落地生根"，"你们泰校长为啥要在黑板上写下这四个字呢，为啥你们在白羊峪的最后一课，要讲落地生根呢？俺想，她老人家是想你们到了新的地方，要尽快在那里扎根，踏踏实实生活，认认真真地学习。茁壮成长，长大后做一个对国家、

对社会有用的人！泰奶奶，您老是不是这个意思？"老人深深点点头。泰奶奶
用心良苦啊，她担心孙女惦记奶奶，担心小雪惦记爹、惦记爷爷奶奶、惦记太
爷爷，担心姐俩学习不踏实，就讲落地生根。黑桃、小雪，你俩明白了吗？

　　小雪和黑桃要离开白羊峪了。她俩去北京昌平一所小学，读四年级。外地
人上学需要的"五证"，杏儿那边都跑下来了。为了这些证儿，她心都操碎了。
如今，她又开车来接两人进城。走的时候，孩子在范老井、泰奶奶、范德忠、
李国芳面前跪下了，俩孩子都哭了。大人们也跟着掉泪。两人又到杏儿跟前，
齐声叫了娘。这还是小雪头一回改口。杏儿的泪水涌了。村里人都说，杏儿是
天底下难找的媳妇儿，人家还是头婚，过了门就当两个孩子的娘，如今又添了
自己个儿的，仨孩子了。还要把小雪、黑桃接进城，一般人，谁做得到啊！

　　范少山去送俩孩子进京上学，下了山，到了布谷镇兽医站，坐上车，一路
开往北京昌平，开到北七家。北七家这地方，地处北五环外，在昌平的东南边，
隔壁就是朝阳区和顺义区。有汽车城，有建材城，还有未来科技城。这个镇子
越来越繁华了。繁华的标志是啥？拆迁。过去，少山在城里租平房，一拆迁就
得搬家，拆了几回，搬了几回。后来聪明了，凑了钱，把房子买下了。再拆，
不用租了。搬到了住宅楼。住宅楼占的耕地，是小产权。三室一厅，早已被杏
儿收拾得干干净净。小雪和黑桃那屋子，都是新的，新家具，新被褥，还有新
电脑。这些新物件儿，正扬着双臂，等着小主人呢！

　　迟春英就在隔壁。那里是别墅，她和马玉刚住在那儿。人家马玉刚是搞建
材的，当然要来北七家。反正就这么巧，范少山也住这块儿。双方抬头不见低
头见？哪啊！俩地儿就像穷亲戚、富亲戚，肩膀不一般齐，一点儿走动都没有。
这回来，范少山先把小雪叫到房子里，打了"防疫针"："咱家紧挨着你娘住的
别墅。可你要记住，往后照顾你的，是你新娘。你杏儿娘不容易呀，给你安排
了在北京上学，她还拉扯着你的小弟弟，还要打理菜摊儿。你要记住，听你新
娘的话，让她少操点心。还有，过礼拜可以去看你娘，平常打个电话就中了。"
小雪一口答应："俺知道。"范少山说："对了。以后要说我，我们，别说俺，俺
们，要说普通话。到了北京，别让人家笑话。你爹老了，改不过来了，你一定
要改。"小雪说："俺知道……我知道。"范少山笑了，说："俺听说泰奶奶教你们
我这个字的时候，我，三声我，你们念的时候成了俺，三声俺了。"小雪笑，身
旁的黑桃也笑。范少山说："一定要改！"小雪和黑桃异口同声："我们知道。"

学校里离小区不算远。一人一辆自行车，骑车去。一切都顺顺当当。

范少山又回到了白羊峪。

二十八

得知小雪来了，迟春英能不高兴吗？这天，和马玉刚一道，来看小雪。知道范少山认了干闺女，也一道过来上学，迟春英带来的书包、文具都是两份。这天，俩孩子还被接到了迟春英的别墅，去玩儿。因为周末，杏儿也没说啥。可是，小雪回来后，杏儿感觉有点儿不对，跟小雪说话，只是嗯一声。杏儿那脾气，不吃瘪子。下回迟春英来接小雪，杏儿以孩子正写作业为由，挂了电话。客厅里的小雪听得清楚，不言语。杏儿火了，对小雪和黑桃说："你俩给我记住，我是你们的妈，是法定监护人。想去哪儿，必须经过我的允许。少看电视，都给我写作业去！"为啥要挂着黑桃啊？人家安安静静的，这话主要是说给小雪听的，黑桃就是捎挂一脚。杏儿想，过去我跟你客客气气，那是离得远，我掏心掏肺地待你，你就在我眼皮子底下，我能随你任性吗？迟春英又来一招儿。这天，迟春英从学校直接把小雪接走了。黑桃是自己个儿回来的。黑桃眼圈儿红红的，像是哭过。看着人家小雪和娘亲亲热热，她能不羡慕吗？想想自己的亲娘，也不知道在哪儿，哭了。黑桃懂事儿，不能让杏儿这个娘知道你哭过，在娘面前，还是装出笑脸的。杏儿喝了一杯凉水，肺有点裂纹儿，气的。她给范少山打电话，说了小雪被迟春英接走的事儿，末了说："她迟春英有什么权利？凭什么跟我连个招呼都不打，就把小雪接走了？我是孩子的监护人！我两个女儿，不能让她拆散了！她要不把小雪给我送回来，我报警！"杏儿啪地把电话撂了。

范少山在农场，也是手忙脚乱，没个停闲。但他知道，杏儿最不易。咋办？不能因为这点儿事儿就跑趟北京吧？范少山给迟春英打了电话："迟春英，你咋不按常理出牌呀？你把小雪直接从学校接走，合适吗？你别忘了，杏儿才是孩子的监护人！气得人家都要报警了！"迟春英不紧不慢、不冷不热："瞧你找的这媳妇，脾气真火爆啊。我这是亲妈呀！还不让我们母女见面啦？还要报警？天下哪有这条子道理？难道我这亲妈，对女儿补偿点母爱，还犯法啦？"范少山气得跺脚："迟春英，你啥意思？你如今谈母爱了？你早干啥去了？"迟春英说："不管怎样，小雪的生活里不能没有我这个亲妈吧？我问你，亲妈和后妈能一样吗？"范少山说："是不一样。起码后妈没有抛弃过她！"这句话，击中了迟春英的小心脏。她在电话里哽咽了："你不能总抓住人家的小辫子不放啊。现在，我是真心想对小雪好啊！"范少山说："你看小雪，俺们不拦着。但你得讲规矩，得经过俺们同意。现在，你把小雪给杏儿送过去，马上！"

你不是不让我去接吗？那我就到你家里去看。有人敲门。杏儿开门，是迟春英，满脸笑容，语中歉意："杏儿，我来看看小雪。行吗？"抬手不打笑脸人。你能不让她进吗？进了屋，娘俩就做游戏，拍手歌。世上只有妈妈好。杏儿一看，气得瞪眼："迟春英，往后你来，得提前预约，知道吗？"迟春英说："不好意思，我思女心切，忽略了。其实啊，我来你家看女儿，是她爸答应的。还有，小雪给我打了电话，说想吃我做的饭。还是亲妈做的饭香，那是妈妈的味道。"杏儿笑了："哎哟，你看看，你真是亲妈。我问你，小雪长这么大，吃过几顿你做的饭啊？她喜欢吃什么菜？你说！"杏儿这横插一杠子，扫了小雪的兴，嘬着小嘴，抢着两条胳膊，耍着走了。迟春英摆这场面，就是故意气杏儿。杏儿的脾气，点火就着，就中招儿了。说实了，杏儿也是吃醋了，心想：小雪呀，亲娘把你抛弃了，你还对她这么好。我这做后妈的，把心都掏出来了，你咋不领情呢？迟春英被噎住了。她知道，自己在杏儿跟前，只能耍耍心眼儿。动嘴、动手都不是人家的个儿。这样下去，你再来看孩子，杏儿还会给你开门吗？不拿拖把把你赶出去就不错了。再说了，她要把这事儿捅给少山，少山能饶了她吗？想到这儿，说："杏儿妹妹，你消消气，我不会说话。咱俩这关系，不跟亲姐妹一样嘛！"迟春英打开包，拿出一个手串，海南黄花梨的，看着不便宜。"妹妹，你看啊，你们结婚，我也没送你东西，这个你就收下吧！我想，以后咱们多亲多近。"杏儿接过手串儿，戴在胳膊上，笑笑："真不错。送我的？"迟春英说："送你的，你戴着多好看啊！"杏儿说："收了！我这人收礼没原则，来者不拒，可办事有原则啊，得讲规矩。"迟春英也笑笑："那不成收了礼也不给人办事的贪官啦？"杏儿哈哈笑了："这个比喻恰当。对了，往后，你敢给，我就敢收。看孩子，两周一次，可以带出去，玩一天，傍晚前，给我送回来。若行，咱们就这么办，若不行，那就算了，手串儿不还！"迟春英遇到茬儿了。你这不是霸王条款吗？想到可以接出去，母女玩儿上一天，迟春英答应了。那个手串一万八呀！

可是，就这口头协议，没履行多久。杏儿不干了，不让迟春英见孩子。啥原因？迟春英接了几回孩子，杏儿发现小雪就变味儿了，不理她了。有时还发脾气，说她两句，顶嘴。有一回，娘俩吵起来了。末了，小雪抛出了"撒手锏"："我恨你！是你拆散了我爸和我妈。如今，我妈这么可怜，你还要拆散我们母女，你的心太狠了！我最恨女人当'小三儿'！"杏儿气晕了，身子抖成了大风中的小树。你迟春英还要点脸吗？竟敢把黑的说成白的？明明是你"小三儿"起家，却把自己个儿说成了受害者呀！你向孩子说这些鬼话，往后，我在小雪面前还怎么做人，怎么当妈？

杏儿去找迟春英。正赶上马玉刚开着车，从小区门口出来，迟春英坐在边上，副驾驶。杏儿把车拦住了。迟春英下车，笑着对杏儿说："妹妹，有事儿啊？"杏儿掏出那件手串儿，朝迟春英砸了过去。迟春英躲闪不及，手串砸中了她的额头，一线殷红的血慢慢流了下来。杏儿指着迟春英的鼻子，咆哮起来："你这个坏女人！你是怎么跟孩子说的？明明是你婚内出轨，而你却说别人是'小三儿'，你是个什么东西！"这下场面大了，招了不少人看热闹。马玉刚不知咋回事儿，下来劝架。这下围观群众明白了，原来是"小三儿"大战原配，都拿出手机拍照，发网上了。

杏儿不省心啊。丈夫在老家，自己个儿要卖菜，照顾不满一周岁的孩子，还要拉扯小雪和黑桃。黑桃懂事儿，不让她操心。可小雪误会她，硬让她心都结冰了。有时候，想跟人说说话，跟谁说呢？谁是个知冷知热的人啊！最让她难受的是，儿子明明体格不好，经常闹病，发烧。她照看孩子，就顾不上生意。菜摊上，就剩小兰。她不爱说话，生意寡淡。一些个老主顾，她也不认得。杏儿是个要强的女人，卖菜的生意不能垮啊。一大家子，都等着用钱呢！咋办？她让小兰照顾明明，自己一头扎进了菜市场。

有时候，杏儿觉着自己是个无依无靠的孩子，被行驶的汽车抛在了半路。路上，没车，没人，风沙呼呼吹打着她。更要命的是，天色黑了，每个人内心都有一个死角。她不想把啥话都跟少山说，人家在白羊峪呢，你能一天打十个电话吗？你能说你前妻说我是"小三儿"，我跟你前妻大吵一通吗？没用。说不定你还得挨埋怨。再说了，杏儿也不想让范少山操心。白羊峪的事儿够多的。卖完菜，她常常把车开到附近公园门口，进去坐一会儿，一个人，坐在椅子上，看看人，看看树，看看水，发一会儿呆，回家。

这天，她正坐着，有瓶水就递到了她的眼前。她一愣，看看，她旁边坐了一个人。谁？思文。就是前头提到过的思文，杏儿的贵州老乡，中学同学，前男友，北漂画家。杏儿为了他，和这个男人的新女友撕过架的。咋回事儿，他咋冒出来了？北七家这地方，是有地热的，就是温泉。有了温泉，就有人开发，就生出了大大小小的温泉城，就有了大大小小的老板。有个老板是个画家，和思文熟，一块挤过地下室的。人家这边有亲戚，亲戚看他日子苦，就让他过来经营温泉生意。做了老板，比当画家的日子滋润，还当画家干啥？干脆挣钱呗！老板就把画笔扔了。直到有一天，他在网上看到了思文，看到他的画，想起了那段地下室岁月，感慨了一阵儿。思文成名啦？也不是，大凡在网上开网页，说自己是个著名画家的，都不著名，大多是画卖不出去的。人家真正的著名画家，没那工夫。反正有点儿想这个人。联系上了。请他过来泡泡温泉，四处走走，写写生。这当口儿，思文正被新交的小女友甩了，小女友以为遇到了著名画家，后来发现，没几个钱，远不是那么回事儿。思文的心情有点糟，时常照照镜子，心里说，年老色衰了。回头想想自己爱过的那些个女人，十个还是八个，忘了。印象最深的，还是闫杏儿。他知道杏儿去了昌平，嫁了。好长时间没联系了，号码也换了。你只知道她在昌平，可昌平这么大，到哪儿去找啊？这个自己曾经爱过的女人，就这样消失了。思文正想杏儿的时候，过去的室友找他了，去哪儿？昌平。正好，可以在杏儿生活的地方走走。思文晚上住在温泉城，白天就跑出去，写生，摄影。这天傍黑儿，当他的照相机对准一个景物儿的时候，就发现，边上，坐着杏儿。思文的心怦怦跳。他想，这是命运的安排吗？我怎么会在这儿见到杏儿，巧得有点儿不可思议。于是，他悄悄走过去，坐在了一边。

杏儿吓了一跳："你怎么在这儿？"思文说："我来这儿写生。巧吧？"画家的长发和温柔的目光，撩拨得杏儿的心绪有点乱。思文说："你过得好吧？"杏儿说："挺好。老公待我挺好的，我儿子叫明明，对了，我还有两个女儿，都上四年级了，挺招人喜欢。"思文说："你好，就好。能见到你，是我的福分。过去，我一时糊涂，把你弄丢了……"杏儿说："都过去了。现在还说这些，有意思吗？"思文有点尴尬，说："就想和你说会儿话，可以吗？"跟前有间咖啡店，去了。坐在对面，两杯咖啡，店里放着音乐，肯尼基的《回家》。杏儿的心头一热，想起那年，也是这个季节，也是在一间咖啡店，也是两个人，两杯咖啡，也是《回家》，那是两个人第一次约会，杏儿觉得会忘掉和这个男人有关的一切，不想都还埋在心底，稍有波澜，它就会浮现出来。而思文呢？他还记得吗？在这样的场合，面对这样的人，杏儿很想说说心里话，就像过去一样。她说起她的爱情，她的婚姻，脸颊泛着幸福的光泽。提到了丈夫范少山，还有他的金谷子、试验田、隧道、农场……津津乐道啊。杏儿啥都说了，说了体弱的儿子明明，说了女儿小雪和黑桃，还说了和范少山前妻吵架……有日子，没向人说过这么多话了。说完了，心里头痛快。思文也挺佩服范少山，说他挺汉子的。接下来，杏儿就想听听思文，结婚了没有？画画成名了吧？思文只是摇头。思文只是慨叹时光，那么年轻的杏儿，白净细腻的双手，如今，一张脸，似乎没啥变化，可双手呢？看得出，已经粗糙了。一双卖菜的手，你还指望它细腻到哪儿去？思文说："杏儿，记得我们第一次约会，是在烧烤摊儿……"啥？烧烤摊儿？不是咖啡店吗？是啊，杏儿的初恋，她一辈子都不会忘。可思文呢？他已经忘了和多少女孩约会了。他记得杏儿，却把约会的地点，放在了和别的女孩约会的地方。对，就是这样。杏儿还指望着，在钢琴曲中，回忆回忆那些过去的事儿，虽是往事如烟，一切成空。她已经不恨这个男人了，但她毕竟爱过他。她希望能成为他心头的一块疤，想起的时候，会隐隐作痛，但她没能做到。她觉得，自己很无趣。她站起身，走了。在《回家》的乐曲中，回家了。思文不知咋回事儿，愣愣地端着咖啡杯。

再说白羊峪。这天，范少山正在农场忙活，田新仓跑了过来，在他耳边嘀咕几句，范少山愣了。田新仓打开手机翻看，范少山就发现了一段视频。画面上，小区门口围了好多人，中间，两个女人在吵架，其中一个女人的额头在流血，一个男人，在中间劝了这个，劝那个。推出大字幕："小三儿"打原配。范少山脑袋炸了：这不是杏儿和迟春英吗？咋打起啦？劝架的是马玉刚啊！还"小三儿"打原配？这啥鬼呀？田新仓说："俺刚才通过手机上网，忽地看到了这段儿，这不是俺的旧嫂子和新嫂子吗？你得知道啊！就跑过来让你看看。"在白羊峪这才几天啊，没想到北京出了这么多事儿？真不让人省心啊！二话不说，范少山开车去了北京。

杏儿就想瞒着范少山，来个先斩后奏。你跟范少山说，我要去跟迟春英打一架，他能同意吗？再说了，她再也不想让少山操心了。知道这事儿早晚瞒不住，没想到，网上传开了，自己成"小三儿"了，也不知哪个网民，打了这行字幕，杏儿的生活乱成一锅粥了。这两天，接到不少朋友电话。夸她威武，问是不是真的，气得她恨不得把电话摔了。她知道，这下闯祸了。

范少山没有回家。他安排了一家饭店，把杏儿叫了过来，请迟春英、马玉刚两口子。看了视频，他知道杏儿是找迟春英打架去了，当然不是马玉刚的"小三儿"。他想，这件事儿不解决，他在白羊峪就待不踏实。后院都起火了，你还有心思干活儿吗？他就想着杏儿和迟春英两人好好的，让小雪健康成长。你俩打来打去，受伤害的可是孩子啊！

半路，范少山把电话打到家，问小兰咋回事。他不想问杏儿，又怕她发脾气。直到杏儿来到饭店，他才告诉杏儿，他要请迟春英和马玉刚吃饭。他对杏儿说："老婆大人，你受委屈了。小雪那儿，我会跟她解释。但是，你做事儿太冲动，人家额头也受伤了，你就道个歉吧。"杏儿说："我也不想这样。我就是不喜欢这样虚伪的人。"范少山说："你知道就中了。何必惹自己个儿一肚子气呢？事情出了，就得面对。她是小雪的亲妈，你是小雪的新妈。俺希望你俩相安无事，别让小雪受伤害。"杏儿说："不知怎么的，自己的脾气越来越糟了。"范少山说："这次回来，俺多陪你几天。"杏儿说："又扶贫来了。"杏儿的脾气来得快，走也快。看到迟春英来了，额头上贴着一条创可贴，气早消了。马玉刚在这一点上，还是明事理的。他说："我也批评了春英了。你咋能这样骗孩子呢？你是受害者，那我不成大骗子了？这事儿搞的，好多人以为我有'小三儿'呢！"马玉刚笑着，瞥了杏儿一眼。杏儿站起来，跟迟春英鞠了一躬："大姐，我不该用手串砸你。对不起。"迟春英说："我也就随便说说。哪个当娘的不想在孩子面前有个高大形象啊？"范少山急了："你这话就不对了。你可以不告诉孩子真相，但你不能骗孩子，伤害杏儿！"争来争去，也就这么回事儿。范少山说："这事儿就此打住。往后你们看小雪，还是按原来定的办，别影响孩子学习。"这顿饭，没吃多少菜，就散了。

回到家，范少山对小雪说："小雪，你相信你爹不？"小雪说："相信。"范少山说："俺告诉你，你爹没有抛弃你娘，从来没有。俺认识你杏儿娘的时候，和你娘早就分开了。也就是说，你亲娘对你说的那些个话，都是错的。为啥你长这么大，你太爷爷、你爷爷奶奶，俺都没有跟你说过你亲娘和俺分开这事儿呢？因为你小，不该知道这些。"小雪皱着眉头说："你说我亲妈撒谎？"范少山说："小雪，有些事儿，等你长大了就知道了。俺只能跟你说，你杏儿娘，是个好人。她是真心真意待你的，你不能伤害她。俺和你杏儿娘，都爱你。"小雪还是挺懂事儿的，她相信爹的话。跟杏儿道了歉，杏儿把她搂在怀里，亲了她一下腮帮儿。小雪想：我相信爹的话，那娘就是撒谎了。娘为啥要撒谎呢？还是快快长大吧！

第九章

好好的，做一个苹果

二十九

在城里，范少山家的生活费越来越高了。范明一周岁了，还没断奶。国产奶粉不敢吃，要吃进口的。还有俩孩子上学，要供养。要给保姆小兰开工资。范少山在白羊峪干的是公事儿。余来锁也劝他包一块土地，自己干，村民给他打工。他没应。他过去也想过这事儿，可又一想，这样做，就违背了自己的初心了，你来白羊峪是带着乡亲们奔指望的，不是来发财的。眼下，你若是想着发财的事儿，那乡亲们谁信你呀？再说了，想发财，你就在北京卖菜了，回白羊峪干啥？这样下来，村民代表会通过，范少山和余来锁一样，每月领八百元工资。八百块，能干啥？这个家全凭杏儿操持。起初，白羊峪干事儿，几乎都是杏儿卖菜的钱，而今，虽说往里搭得少了，可又多了明明、小雪、黑桃三张嘴呀！手头，有点紧巴。杏儿得像上紧了的发条，钟表上的秒针一样奔跑，不得不把生意做大，比别人多付辛苦。范少山啥时候回来卖菜帮她呢？范少山说："快了。"快了，是多长时间？说长也长，说短也短，就是给你点儿指望。快了。

这次回北京，范少山多待了几天，帮着卖菜，看孩子。喂孩子进口奶粉的时候，范少山忽然问："为啥要喂孩子进口奶粉？"杏儿说："这还用问？安全营

211

养呗！"范少山说："对了！品质高，用着放心。"杏儿说："你想说啥呀？"范少山说："这让俺想起了白羊峪的苹果。"杏儿说："三句话不离白羊峪。"范少山说："是这样，俺想啊，白羊峪苹果为啥卖得不好，因为是大路货，你这样的苹果，路边小摊儿，有的是。姥姥不疼，舅舅不爱。想当初，孙教授让俺们搞特色苹果，大伙都不听，没通过。眼下看，后悔了。"小兰问："叔，啥是特色苹果啊？"范少山说："简单说，就是不打农药的苹果。"小兰说："我家乡产苹果，总是农药洒个不停啊。"杏儿说："若是有特色苹果，我的生意就火了。不打农药，白羊峪的乡亲们干吗？乡亲们不乐意，你就迈不过这道坎。你可是老说尊重民意的。"范少山说："今年一定要把这个硬骨头啃下来。民意是需要引导的。"这事儿，还是要听听孙教授的意见，听说孙教授去了美国儿子家。那里清静，他在写白羊峪的书稿呢！杏儿说："我给教授发个邮件吧！"

孙教授很快回了邮件。他说，他的那部书《乡村中国：白羊峪》已经写完，交出版社了。眼下，就等出版的消息了。他对不打农药的苹果，很支持。说就靠人工捉虫子，没啥好法子。他让范少山大胆地试，大胆地闯。孙教授还说了自己的新鲜事儿。他在美国加入了婕斯会员，自己用着保健品，还发展了一批新会员。他告诉杏儿，人家都按老法子卖菜，你要想比他们赚钱，你就得用新法子。啥新法子？你先成为一个出色的消费商。就是说，自己是消费者同时还是销售商。如今，已进入信息经济时代，过去，产品利润都被生产商流通商瓜分了，以后要实现一个环节，叫消费商。联络、组织和管理消费者，这环节也是劳动，应该有收益，消费商是谁？就是你杏儿啊。你本身消费这些产品，在推广中才有说服力！这封电子邮件，给力啊！范少山和杏儿知道了一个新名词，消费商。范少山说："对了，白羊峪有金谷子，不打农药的苹果，就叫金苹果。这金苹果就先让你杏儿消费。因为上回在电子商务上失利，人家已经有了偏见，咱们要暂且避开'利民汇'电子商务这个平台。就像孙教授说的婕斯保健品一样，走一种订单式的滚动消费。"杏儿高兴地说："那我们就说定了！"

范少山怀里头像揣着只小兔，那个兴奋啊！第二天，就赶回了白羊峪。还是开会。还是为不打农药的苹果开会。这回，范少山打定主意，一准要把乡亲们的心思扭过来。范少山说："大伙都知道，白羊峪的苹果不好卖。不光是苹果啊，梨子、桃子好卖吗？"田新仓说："知道。咱这果子长得砢碜，都跟余来锁似的。"大伙都笑。余来锁说："你俊，你水灵，还不是没人要。"范少山急了：

"余来锁，这儿开会呢！一会儿你再说！"田新仓和余来锁都不吱声了。范少山说："俺接着说啊！刚才田新仓说了，长得硌碜。没错。就是苹果的品相不好。但这只是一方面的原因。还有啥？像咱们白羊峪这样的苹果，长得再好看，也卖不快。你们看到了，去布谷镇赶集，满大街都是啊！俺告诉大伙，一个好的苹果，不仅看长相，还要看品质！就像一个姑娘，光心眼儿好，可长得像猪八戒他老姨，不中吧？田新仓看不上吧？可这姑娘长得像仙女，就是心地坏，害人，不中吧？来锁大哥不要吧？"大伙都笑。田新仓说："他不要介绍给俺，俺喜欢。"余来锁说："那是美女蛇，咬死你。"范少山说："俺们都知道选媳妇，挑俊的，拣好的，俺们为啥就不能种出一个人见人爱的苹果呢？这又回到了苹果打不打农药的事儿。俺问问大伙儿，打不打农药谁说了算？"田新仓说："大伙说了算呗！"范少山说："错！你说了不算，俺说了也不算。吃苹果的人才说了算。谁能打动买苹果的人，赢得买苹果人的心，谁就能赚钱！"人们争论一阵，"白腿儿"头一个表态支持。"俺听少山兄弟的！大伙想想，少山啥时候带大伙走过窟窿桥？听他的，没错。啥时候抓虫子，一句话，俺一准到！"范少山为"白腿儿"鼓掌。李国芳说："没问题，俺和少山他爹都参加。"范德忠笑了。田新仓说："敢情你们二老'神雕侠侣'。最高的树梢都够得着，连梯子都不用带。"范德忠说："抓虫子这事儿，俺俩只有一只手，两人顶半拉人。反正慢慢抓呗，不信虫子抓不完。"田新仓说："德忠大伯，日头从西边出来啦？以往少山哥说啥，你可是反对啥呀？"大伙都笑。范德忠说："小子，人总是要进步的嘛！"争来议去，大伙都举手，一致通过不打农药，给苹果捉虫子。范少山听孙教授说过，这事儿若是有一户不同意，也不成。必须在白羊峪形成一个独特的生态系统。这边，你捉虫，那边，打农药。农药飘来飘去，你这边就白瞎了。

按照孙教授寄来的资料，头一项，剪枝。这事儿，果农都知道。果树很容易长枝条呀，密密麻麻的，这一年下来，能长得密不透风。这就坏了。最后连阳光都透不进去，果实咋能长好啊？这剪枝还有预防病虫害的作用，你得把枯枝、病枝都剪掉。只有这样，才能减少病虫害。布谷镇农技站的刁站长来了，听说范少山要搞不打农药的苹果，挺新鲜。虽说头一回听说，但人家毕竟是农艺师，在剪枝方面还是一把好手。范少山请刁站长做指导，剪枝进展挺快的。今年，老天爷不高兴，开春到如今，一个雨点都没掉，苹果树的处境不妙了。前头不是说白羊峪山清水秀吗？又有山泉又有河流的？咋又干旱啦？你干旱缺水，属于没有生活条件，按照中央精神，就得把村子搬下去，不能死守。事实上，白羊峪跟前是有两条河，也打过井。平常年景，靠天吃饭，日子过得去。可今年大旱啊！两条河干了，别说是给庄稼浇水了，就连人吃水也够呛了，村里头有口吃水井，水位低了，打不上水来了。过去的日子，白羊峪也不老是风调雨顺，旱年头不少。为这事儿，每家每户都建了水窖。除了这，家家户户房檐下，都装了排水管儿，用半劈儿的竹管做的。这水从房檐流下来，通过竹管再流进水缸。今年，这老设备派上了用场，虽说水不好喝，可烧水做饭都中。白羊峪人，渴不着了。可果树没有水吃啊！咋办？你只能眼睁睁看着果树低头，树叶打蔫儿。越是天旱，日头越大，越毒，照得你头昏眼花。范少山躺在苹果园里，树杈的影子，落在他脸上、身上。他眯着眼睛，想事儿。他看见了跟前有处高冈，是不是在那里建个蓄水池，蓄满水，就可以浇灌果树了。一想，不中。蓄水池你也得靠下雨储满啊。眼下关键是不下雨。你就算建了蓄水池，下了雨，还要铺设管道，几个月下来，果树等得及吗？

范少山拿着手机，天天看天气预报。晴、晴、晴……暴雨？对了，大后天，有暴雨！老天爷你啥意思？存心要俺们白羊峪呀？要么就让你渴死，要么就把你灌死，有权任性啊？下雨，对果树是好事儿，倒是能缓解旱情了，可就怕雨太大，引发洪灾。这下，范少山坐不住了，马上找余来锁，商量对策。特别是靠北边的低洼地段的人家，都要搬出来，到地势较高的小学校去，暂且安身。等暴雨过后，再搬回去。驻村工作队的小李也跑来了，带来了镇上的通知，预防洪灾。雨来了，不像是暴雨，像是中到大雨，下的时间有点长。洪水没下来，倒是有几家的房子塌了，由于人们躲到了小学校，都没伤着。雨停了，范少山、余来锁带着乡亲们抢修房子，范德忠和国芳也都加入了。有一家房顶过高，找不到梯子，没胳膊的国芳往地上一蹲，德忠双脚踩着她的肩膀，上了房顶，用一只手加固瓦片。地面抛上来瓦片，被范德忠一片片接住，就跟玩杂耍一样。泥灰、瓦刀，也是有人抛上来的。他用瓦刀铲起泥灰，把块块瓦重新挂好，熟练，洒脱。当初进城打工，人家可是靠要瓦刀赚钱的。

这场雨，下透了。地里滋润了，村里的吃水井，水位上来了。家家户户的储水罐，也满了。眼瞅着，苹果也快开花了，得赶紧捉虫啊！要不虫子把花吃了，还咋结果啊？这可一愣神儿的空儿，虫子就把叶子啃了个千疮百孔。若是这时候，给果树洒上波尔多液，虫子差不多能死个精光。可不能啊！不是定好的捉虫子吗？范少山一声令下，全村捉虫。范少山胆小，从小怕毛毛虫。可主意是你出的，你不带头谁带头啊？他戴了手套，把毛毛虫捏得都是绿汁，毛线手套都湿了，范少山恶心，干呕。余来锁笑："你的胆儿呢？当年你敢用猎枪轰掉俺的耳朵，原来你连毛毛虫都怕啊？"范少山说："可不？你还不知道俺？天生胆小。当年不是玩儿枪走火了嘛，要不你借俺十个胆儿也不敢啊！"余来锁说："俺跟你说啊，你怕毛毛虫，就是小时候，心里头有阴影了。"范少山说："可不！记得小时候，在一棵大树下睡着了，醒来后，毛毛虫爬了俺一身，吓了个半死。"田新仓走过来，说："这好办。有个法子，专治毛毛虫恐惧症。"范少山说："啥法子？"田新仓从树上随便逮了只毛毛虫，放进嘴里，吧唧吧唧嚼了，咽了。范少山看呆了。田新仓说："这叫以毒攻毒，你吓俺，俺就吃了你。"田新仓又吧唧吧唧嘴："就是酸点儿。"范少山哇地吐了出来。

一连十来天，人们在苹果地里捉虫子。就像凿山洞，人们过上了集体生活。捉虫子，累了，中间歇一会儿，都聚拢过来。田新仓抱着吉他哼一段，"白腿儿"唱一曲，余来锁朗诵一首诗。十几分钟过去了，人们也解乏了，再干。泰奶奶从棺材里爬出来后，身板好了，和欧阳老师带着孩子过来了。干啥，教孩子们写作文，《记一次愉快的劳动》，让孩子们观察生活。胆大的孩子们，干脆去捉虫子了。欧阳老师是农大毕业的，知道捉虫子的意义，撸了袖子，和乡亲们一块干。田新仓看欧阳老师过来了，心里头舍不得，就让她在一边待着，自己儿在树上捏虫子，捏得虫子扑扑冒绿浆儿。欧阳老师掏出手机，拍照，又竖起大拇指，点赞。田新仓激动了，爬上树梢，捉虫子。很快，一棵树上的虫子就一扫光了。欧阳老师发了微信朋友圈，夸田新仓是白羊峪捉虫能手。朋友圈一个劲儿点赞，还给他起名"虫虫克星"。欧阳老师是和全村有手机的都加了微信的，对田新仓，大伙都点赞。田新仓高兴，下班了，他走在回家的路上，唱了一首《毛毛虫之歌》。毛毛虫，毛毛虫，你吃光了俺的苹果树，你是虫，你是虫，你让俺们不消停，为了长出金苹果，俺一定把你消灭尽……词儿是他信口编的，顺口溜儿，曲儿也是他胡编的，有点意思。欧阳老师给录了视频，发网上了。一旁的"白腿儿"也说好听。"白腿儿"这一说，余来锁踢倒了醋瓶子，说："哼哼唧唧的，这啥玩意儿啊，一点儿艺术性都没有。比诗歌，差了不止十个档次。"田新仓听说了余来锁夜里到"白腿儿"家朗诵诗的事儿，说："你的诗歌写得再好，可没人听啊！"余来锁气得呼呼喘气，加快脚步，走了。

这一天，整个世界都静了，虫子真的捉干净了。真的干净啦？干净了。苹果园，一个虫子都没有了。不会吧？就这么简单？咋会呢？人们刚喘口气，第二拨毛毛虫出场了，人家前赴后继了，人家要自杀式袭击苹果树了。这一拨，来得更凶猛，一层一层地往上糊。眼看着叶子都啃光了，连个花瓣的影子都没有。范少山心里说："俺这是朝着地狱奔跑啊！"范少山发现有不少鸟在吃虫子，就想去捉鸟，放在树林里，让鸟去捉虫子。怎么捉鸟？用网粘。田新仓去了树林里，放了网。一下逮回来百八十只，撒在了果林里。别说，真管用，苹果上蠕动的虫子，很快就被鸟给吞了。尺蠖这种虫子，善于伪装，能蒙骗人们眼睛，但人家鸟是干啥吃的？能瞒得了它？上去就是一口。鸟吃饱了，会老老实实待在原地吗？人家只喜欢这里的美食，就跟人下饭店一样。吃饱喝足，人家得回家。范少山把网拉在了树林里，这回又去取鸟，鸟没逮着，让人给逮了。咋回事儿？人家森林公安的一次巡查，偶然发现白羊峪林子里有人放了捕鸟网，上面好几十只鸟正在扑腾呢！这是非法经营野生鸟类啊！警察就埋伏在周围，等着有人来抓鸟。来了，嘴里哼着歌，提溜着两个大笼子，笼子随着歌声一摆一摆的，《纤夫的爱》。到了网的近前，放下笼子，嘴里还念叨着："小宝贝们，让你们久等了，俺老田解救你们来了。"伸手就去抓粘在网上的鸟。这当口儿，警察冲了出来，田新仓被抓了。

这边范少山、余来锁，左等右等，见不到田新仓人影儿。虫子不等鸟，已经对着树叶发起总攻了。余来锁说："这小子也忒不靠谱了，抓个鸟抓哪儿去了？不会是让鸟给抓跑了吧？"不能等，组织人继续捉虫。这时候，范少山就接到了公安局的电话。电话里说，你们村的田新仓已经在这儿了。让他也过去，了解一下情况。范少山一听，傻了。抓个鸟，出事儿了。田新仓让森林公安抓走了。范少山胆小了，怕田新仓出事儿。余来锁说："别着急，贩卖野生鸟犯法。咱贩卖了吗？咱是请人家吃喝啊！吃饱喝足，给你自由啊！"范少山说："别忘了，你可是把人家给绑来的。"余来锁也吓了一跳："不会是绑架罪吧？"这森林公安在县城呢！两人下山，范少山开车，拉着余来锁就往县城跑。警察向范少山了解情况。因为田新仓告诉警察，这事儿是范少山让他干的。范少山就把生产不打农药苹果的事儿说了。范少山说："俺们就是想借鸟儿使使，并没有伤害鸟儿。下回，俺们连惊动也不想惊动它老人家了。"余来锁说："警察同志，俺们白羊峪有爱鸟的传统，这回也是逼不得已。俺们一定要汲取教训，改邪归正，把爱鸟护鸟的优良传统发扬光大。"警察了解清楚了，人家捕鸟不是为了卖钱，也不是为了自己吃，而是让鸟们去吃虫子。这样的缘由，警察还是头一回听说。警察训了一通，三人一块回来了。一路上，田新仓哭哭啼啼，说自己个儿为了白羊峪的金苹果，都让警察戴上手铐了，天大的委屈啊！起码给俺发个奖吧？到了布谷镇，范少山在大饭店给田新仓压惊。端起酒杯，啃着鸡腿，田新仓说："俺光荣，俺自豪！为了白羊峪大业，就是蹲个三年五载，俺连眼皮都不带眨的！"

三十

杏儿来了，人家是不打农药苹果的经销商。若是成功了，她得全面收购的。若失败了呢？她要包赔一定比例的损失。按常理看，这是个只赔不赚的买卖。可你总得给乡亲们点儿亮光吧？这没影儿的金苹果，除了杏儿，谁会花钱买啊？杏儿来到果园，看到了捉虫子的人，还有虫子，心头就罩上阴云。远远见到范少山，有点急躁，甚至还朝树干踹了一脚，虫子呼啦啦往下掉，他就发狠地用脚去踩。杏儿过去说："实在不行，打农药吧！"范少山看见杏儿，一愣："你咋来啦？"又笑笑，笑得尴尬。杏儿掏出毛巾，给他擦去脸上的汗水。少山说："这几天，俺这心里头总有两种声音，一会儿，一个声音高；一会儿，一个声音低。"杏儿说："此起彼伏吧？"范少山说："对了，就是这成语。一个声音说，打农药！打农药！另一个声音说：不打！不打！就这样此起彼伏。就在刚才，俺就恨不得背起喷雾器，把这些毛毛虫一扫光得了。可是俺又想，农药一洒，这不打农药的苹果就得等明年了，今年就没有机会了。俺等不起呀，白羊峪等不起啊！这个险，再大也要冒啊！"杏儿说："你刚才提到喷雾器，我就想咱们不装农药，装别的，看能不能杀死害虫。""对呀！"范少山跳了起来："不打农药的苹果，不是啥都不能打，只要没毒的，环保的，只要能消灭虫子，咱都可以试试！"

会开完，这下热闹了。人们对捉虫子早就厌烦了，整天满眼毛茸茸，黏糊糊的，谁受得了啊？有人在水里兑了酱油，有人兑了醋，有人兑了大蒜水，有人兑辣椒油。反正，只要摆上羊肉，都可以开涮了。前头说过的五奶奶和孙子大军，虽说脑子有点儿不够用，可捉虫子还需要多少智商啊？况且五奶奶家还有三棵苹果树呢！这些天，大军没少捉虫子。看到人们又背着喷雾器喷酱油、醋啥的，他对这事儿也上了心，大军煮了一锅鸡蛋汤，倒进喷雾器，背着去了地里，就往果树上喷。你想啊，那鸡蛋汤，蛋花和西红柿啊，哪能从喷头喷口出去呀？叫田新仓来修，田新仓一看，笑得岔气了。笑完，舀了一盆鸡蛋汤，从那个喷雾器里要点儿酱油，从那个喷雾器里倒点儿醋，又从那个喷雾器里取了点儿辣椒油，四平八稳坐在哪儿，不紧不慢地喝了两盆鸡蛋汤。

试验证明，这些个摆在锅台上的东西，不咋管用。你人想吃的东西，虫子还能讨厌到哪去？这时候，白羊峪苹果园里的毛毛虫，都不再吃叶子，它们都离开了果园。去了哪儿？它们爬上了范少山的全身，爬进了范少山的心里。他是肉体，他的内心都被毛毛虫啃噬着，范少山感到，从来没有过的难受。他去爬长城，一步一步向上，一步一步向前，站在了古长城垛上，望着白羊峪方向。以往遇到困难，他总要去给老德安上坟，总要去拜银杏树老公母俩。这回，他登上了古长城，他要从这里汲取一种力量。这个时候，他知道，对付一个小小的毛毛虫，比开凿大山的隧道，还要难。

这天一早，范少山起来在院子里伸懒腰。院子两边的白菜长得可人，绿油油的。昨天，还给菜苗追了沼气液，一低头，忽地发现，几条菜虫死了！范少山压抑住兴奋的心情，马上给刁站长打电话，问这是咋回事儿。刁站长说人畜的粪便发酵后，形成的白色液体，不仅是肥料，还能消灭有害病菌，也能杀死一些害虫。范少山打开沼气池，把沼气液灌满了喷雾器，骑上摩托车就往果园奔去。到了果园，朝着果树上的虫子就喷。一连喷完几棵树，做上记号，走了。去了金谷农场，这些天，光顾着忙活果园了，那边还有一摊子事儿呢！第二天，范少山上山，兴冲冲来到果园。他看到喷洒过沼气液的果树下，害虫死了一地，没死的，也在叶子上打蔫儿呢！这可是天大的好消息啊！沼气液能杀死害虫！而且，刁站长说，沼气液的发酵是在严格的厌氧环境下进行的，大量的病原菌都会被杀死，这就是说，对人体无毒无害，这东西，完全是有机的。

白羊峪的沼气液，派上了大用场。它成了不打农药苹果的一件利器。可今年，生让虫子给拖累的，耽误了季节，花开得少。为了减少损失，范少山带领村民深耕了果园，又把沼渣撒进地里。就这样，果园又起死回生了。得知范少山找到了不打农药苹果的"药方"，杏儿欢天喜地的，来到果园查看情况。虽说果子有点少，有点小，但毕竟是个好的开头，来之不易啊！心血不能白费呀，杏儿要联系客商，像上回贴字儿苹果那样订购。提起贴字儿苹果，没经验，做得不好，第二年就再没人订了。想起来，杏儿心里头就不舒服。这回，可得打个翻身仗了。

这时候，二槐在北京医院成了红人儿，副院长还给他介绍了个医院后勤的玲玲。玲玲也来自农村，在医院也不是正式工。她看管电梯，长得还算水灵。年轻姑娘，无论俊点儿，丑点儿，都水灵。玲玲也来自乡下，是副院长的亲戚。这个很重要。二槐二话没说就答应了。他想，自己个儿不也来自乡下吗？没有副院长哪有俺的今天啊？二槐和一般人不太一样，对爱情没想得过高，当官的事儿，想得不少。他觉着，当官儿的人生才滋润啊！上回市里的卫生局长到医院检查工作，前呼后拥，那阵势，那派头！美女啥的，还有啥滋味啊？一心想着当官的二槐，当了保安副队长，又当了队长。二槐和玲玲进展得挺快，没多日子，结婚了。医院还给安排了两间宿舍，一间住，一间做饭。租房费、电费、水费都省了。在宿舍里二槐和玲玲生下了儿子，小名青蛙。为啥叫青蛙呢？二槐说他打小稀罕青蛙，呱呱学青蛙叫，学青蛙跳水、游泳。这名字好啊，有意义。玲玲有点不乐意，怎么能叫这个名字呢？多难听啊。二槐说："总不能叫蛤蟆吧？"青蛙青蛙的，叫惯了，二槐干脆给孩子起了大名：余青蛙。

青蛙长到三岁，副院长出事儿了。腐败呗。这年头，凡是当官儿的出事儿，哪有离了这俩字的？副院长进去了。这下还有二槐和玲玲的好果子吃吗？没两天，有人就举报二槐这队长，是弄虚作假、溜须拍马得来的。查实了，开除！玲玲是副院长以权谋私上的班，开除！俩人住的宿舍违反规定，搬离！一宿之间，夫妻俩被抛在孤天孤地，租了间便宜房子，蜗居了。那些日子，玲玲去街上摆摊儿，卖小商品，被城管追得东跑西颠。二槐干啥呢？家里带孩子。孩子哭，他也哭！想想自己个儿，堂堂的保安队长，说撸就撸了。俺能出去摆摊儿，被城管追着跑吗？俺丢不起那个人！玲玲想跟随二槐回老家白羊峪。二槐还是那句话：俺丢不起那个人！青蛙大点儿了，省点儿心了。二槐想，自己个儿老在家里头耗着也不是事儿，总得干点儿啥，出去练摊儿，丢不起那个人啊！咋也得干点儿来钱快的。思来想去，掂量再三，活儿重，干不了；活儿轻，给钱少。这天底下，除了在哪家医院当保安队长，就再也没有合适的工作了。一天，他忽然想到了范少山。咋的？想回白羊峪。那可不是。他想到范少山挨骗的事儿，花了好几万，买了一堆假种子。对了！这主意来了！他把白羊峪的老爹叫了过来，看孩子。自己个儿捯饬得油头粉面，走出了房子。

　　二槐有个表弟，到医院找过他，要当黄牛，票贩子，跟二槐说，给他抽头，两人里应外合，把钱赚了。那时候，二槐当保安队长，挺一身正气的。当时就把表弟轰了出去。他手下有个保安，和票贩子有勾连，他上去两脚，开除了。表弟是啥亲戚啊？人家跟黑羊峪有点亲戚，跟白羊峪的二槐连不上。那回表弟让一帮讨债的人打了，来住院。在病房里，又来了一拨讨债的，要对表弟动手，这当口儿，二槐把讨债的人打了出去，再也没来。表弟感激二槐，没话找话。二槐堂堂的保安队长，咋能看得起欠债不还的混混呢？没理他。表弟出院了，拿了不少东西看二槐。二槐在医院大小是个干部，挺讲究，不要。表弟说："表哥，我是你表弟啊！"表弟，咋就冒出个表弟来啦？原来，这表弟早就打听了，二槐家住白羊峪，离他叔伯大姨家黑羊峪住得不远。这辈分，也论不上来，就叫表哥吧。既然有亲戚，还是表弟，你再不收礼物，就有点儿装了。可过了几天，表弟又来了，就提到要当票贩子的事儿。二槐这个气呀！原来在这儿等着俺呢！打这儿以后，就没再搭理这个表弟，也没再见过他。好事儿，可以一个人做；骗人，你就得有同伙儿。起码你得两人，一唱一和的吧？干这事儿，你就得找熟人，找不正经的人了。二槐翻遍了电话本，本本里只有一个不正经的，那就是表弟。联系上了，在一家面馆请他。表弟一看，这档次哪中啊！就可劲儿造啤酒。表弟听说二槐不当保安队长了，被扫地出门了，差点儿跳起来："你不当队长啦，被开除了，你找我干啥？你这不浪费我金钱，浪费我生命吗？"二槐知道表弟整天游手好闲，生命正在浪费着，金钱是一个子都没有。二槐说："金钱马上就有了，到时候你可着劲儿地浪费。"二槐就提了两人合伙儿的打算。表弟把啤酒杯往桌上一蹾："好事儿啊！上啥手段啊？"二槐说："俺想了，电信啥的咱玩不转啊。依俺看，还是别好高骛远，做事儿，得脚踏实地，从底层做起。低调，低调。"表弟说："对了，一定要深入基层，深入群众，接地气。"二槐说："表弟呀，对了，高调做人，低调做事。俺看你有理想，有抱负，善于和人民群众打成一片啊！咱们就到农村去，到农民群众中去，把温暖，把幸福送给老乡们。"

　　谋划半晌，方案出来了。二槐和表弟开了辆破车，车上拉着一堆便宜货，走了，去了偏远的河北农村。到了村里，车停了，货物摆上了，大红的条幅挂上了，喇叭广播了。这是唱的哪一出？"七天幸福购"。啥意思？这就是传说中的放长线钓大鱼：头一天，免费领塑料盆。第二天免费领鸡蛋。第三天，讲课送礼品，价值1970块的驼绒被，预付定金20块。第四天拿1950块买东西，然后说，1970块原封不动，红包返给你。第五天，继续宣传，利用电解水，耍点手段，说："你们这边水污染严重，为了你们健康考虑应该买净水机！明天买净水机给大家返红包！"第六天，进入正题：就卖净水机，每台2000多，总共能收十几万。第七天返红包，里面是啥？礼品卡、驼绒被、挂坠。这些东西全部成本三四百块，净水机也没净水效果，假的。这七天，却骗了每个人两三千块，二槐扮演的是净水专家，教授。人家还打着"家电下乡"的旗号呢！所到之处，先说党中央关心三农，我是带着任务，从北京来看望乡亲们的。二槐在北京待了几年了，说话能带点儿京腔京韵，挺唬人。这偏僻农村，谁不信啊？就这样，七天换一个地方，这净水机老乡们都是依依不舍，送他们走的。一点儿都没露馅儿。二槐和表弟也绕了六七个村，刨去本钱，赚了三四十万。表弟吃不得苦。每天风餐露宿的，熬人啊！想分钱散伙。二槐不乐意。才几个月啊，就赚了这么多，还嫌少，想贩毒呀？表弟说："太累了！俺想找个躺着赚钱的活儿。"二槐说："要不咱俩在街头演胸口碎大石？你躺着。"表弟一是嫌累，二是有点儿怕，想见好就收。这事儿哪有长久的？指不定哪一会儿，就得出事儿。两人说好，最后一回，精彩收队。

这天，正在一个村表演时，出事儿了，因为表弟每回介绍时，都说二槐是带着任务下来的，扶持三农，"家电下乡"，是专家、教授。哪个大学的教授呢？当然大学有名儿，人也有名儿，有鼻子有眼的。这当口儿，正是暑假，这个村有个大学生，正是二槐说的那所大学的，一听是自己个儿学校的教授，大学生拉着去自家吃饭。坏了。这能不露馅吗？二槐执意不去，我们来这儿是为老百姓送温暖的，不能给人民群众添麻烦啊！大学生本来没怀疑，可二槐吓跑了。半夜跑的，发完鸡蛋就跑了，还赔了。大学生左思右想，不大对劲儿啊？就报案了。警察一调查，这俩小子事儿不少啊！抓。二槐和表弟知道风声不对，跑。拉着的货掉了一地，饮水机、毛毯、挂坠啥的，隔不远就能看见。你这不是给人家警察留下路标了吗？抓住了。判了。诈骗罪十年。二槐自打离开家，也没回去，也没寄钱。钱呢？舍不得吃，舍不得花，都攒着呢！等到时候，给媳妇玲玲一个惊喜。这下好了，都让法院没收了。玲玲支撑不了了，出走了。

对，就自己个儿，把孩子青蛙扔下了，家里头就剩下了二槐他爹和孙子青蛙。这在北京，可咋过啊？

范少山后来见过一回二槐，领着青蛙，认识这孩子。青蛙爷爷好多年没见了，只知道人家辈分大，忘了名字，也忘了辈分。咋称呼？就叫青蛙爷爷吧。这当口儿，范少山正在昌平的家呢。这儿是北七家城中村，他想看看市场上有没有替代农药的食品。这儿离他和杏儿的菜摊儿挺近。这条等待拆迁的街道，市场嘈杂凌乱，私人货摊和卖小吃吆喝的小贩挤在一块，自行车和汽车混搭，人群拥挤嘈杂。这时候，他就看见了青蛙爷爷。干啥呢？提溜着一个蛇皮袋，捡废品呢，身后跟着一个脏乎乎的孩子，青蛙。这一老一少，到底咋回事儿啊？范少山刚想跟他搭话，青蛙爷爷的目光，先和范少山的目光，撞上了！

"青蛙爷爷，这，到底咋回事儿啊？"

"俺爷俩命苦。啥都不说了。少山啊，你这儿有啥没用的破烂儿，给俺。谢谢了。"

范少山拉着青蛙，带着青蛙爷爷，去了菜市场跟前的一家饺子馆，吃饺子。两碗煮饺子很快上桌了，爷孙俩，一股劲不歇气，吃得那个香啊。范少山看着爷孙俩吃。心里在流泪。

青蛙爷爷说："二槐进去了。诈骗罪。他媳妇也跑了。"

范少山惊了："是这样啊！他不是在医院当保安呢吗？"

青蛙爷爷就说了二槐的前前后后，左左右右。一听说，二槐搞诈骗，还专门诈骗农民，范少山气得大骂。老百姓辛辛苦苦一辈子，攒俩钱，容易吗？都让你小子骗光了。你还是人吗？你有本事骗那些贪官去。青蛙爷爷说："上了邪道了。没法了。前两年，俺还说，在白羊峪，俺们老余家，祖祖辈辈没有出过坑蒙拐骗的。这回打脸了。出了。俺这靠捡垃圾过活儿，就是给二槐赎罪呢！"范少山说："您老这话说得不对。二槐的罪，他自己扛着。您有啥罪啊？就算您有罪，青蛙有罪吗？孩子这么小，咋能过这样的日子呢？"青蛙爷爷叹口气，说："俺爷俩原来还能租个房子，如今租不起了，就在过道睡。青蛙他娘摆摊儿留下的小物件，俺拿出去摆，也让城管给抄了。这城里，哪是乡下人讨生活的地方啊？乡下人来，就是影响市容啊！"

范少山说："青蛙爷爷，那你就回老家白羊峪吧？"青蛙爷爷说："回白羊峪也得饿死，找条活路哪儿那么容易啊？"范少山问："您老这都几年没回村里了？"青蛙爷爷说："五六年了吧。"范少山说："不一样，大不一样了。咱们村啊，种了俄罗斯土豆，种了金谷子，还有不打农药的苹果。家家有了沼气，可以点灯做饭啊！还有，道路也快修通了。"青蛙爷爷的眼睛亮了，像两盏烛火："真有这事儿？"范少山点点头。青蛙爷爷说："这谁干的？你？"范少山说："大伙干的。"青蛙爷爷说："俺和孙子回去，能活不？"范少山说："不光能活，青蛙还能和村里的孩子一样，上学呢！"一听能上学，青蛙高兴起来，吵着我要上学，我要上学。青蛙爷爷流泪了，说："少山，你就是俺的救命恩人啊！"范少山带青蛙和爷爷洗了个澡，换上了新买的衣服。拉上爷孙俩回了白羊峪。白羊峪这边，余来锁带人早把他家的破房子修好了。青蛙还不到上学年龄，泰奶奶让他旁听，每天早早背着书包去上学，放学了，就回家找爷爷。在城里这个跟在爷爷屁股后头捡破烂的孩子，一笑，脸上就有光了。青蛙爷爷去了果园，发现自家的三棵树还在，范少山早就帮他管理了。挺感激。老爷子就整天泡在里面。

　　听说这果园不打农药，打沼气液。沼气液对虫子管用，对别的病害呢？没辙了。青蛙爷爷是老果农，果树的事儿，都瞒不过他的眼睛。人家当年还参加镇上的果树剪枝比赛，还得了第二名。这天，青蛙爷爷找到范少山，说："虫子生了一代又一代，一代又比一代强。沼气液也要不管用了。还有，又染上了黑星病。这可咋好？不打农药，没有收成啊！再不打农药，咱白羊峪就成了笑话了。"青蛙爷爷说得没错，眼下白羊峪就是一个笑话。农药生来就是让人打的。你果树不打农药，蔬菜打不打？青蛙爷爷说："少山，俺谢谢你收留俺和青蛙。可俺得把这果树保住喽，还得靠它过活儿呢！"

　　青蛙爷爷退出了，第二天就买来农药，喷上了。"白腿儿"也退了，背上了喷雾器。还有几户，也要撤。眼看着，人们都顶不住了。这当口儿，范德忠、李国芳老公母俩还在果园捉虫呢！李国芳犯了头晕病，一个趔趄，倒了。肩膀上的范德忠重重摔了下来。范德忠扭了腰，躺在炕上起不来。想想这些天，干的都是啥事儿啊？一点儿用都没有。范德忠大骂儿子范少山，胡来！不打农药的苹果，在哪儿呢？

三十一

　　看着金苹果没丁点儿起色，看着父母遭的这些个罪，看着有人退出了金苹果。范少山有点儿顶不住了。这天天擦黑，他一个人在苹果地走，走了一圈又一圈。走着走着，他又拐走到了村边，围着村子绕圈圈。绕着绕着，不知不觉就进了小学校。泰奶奶的屋子灯亮着。范少山走过去敲敲门，屋里传来泰奶奶的声音："谁呀？"范少山说："泰奶奶，我是范少山。"泰奶奶说："进来吧。"范少山推门进去，泰奶奶正坐在炕上，戴着老花镜，看书。范少山说："泰奶奶，您老好吧？"泰奶奶放下书，摘下老花镜，看看范少山。愣了一下："是少山啊？哪阵风把你吹来了？"范少山说："泰奶奶，这两天净忙金苹果的事儿了，对您老照顾不周啊？"泰奶奶说："瞧你说的，三天前你不是来过吗？"范少山说："这不有两天没来了吗？"泰奶奶笑呵呵地说："哪阵风把你吹来了，是客气话。你倒当真了。"泰奶奶惦记白羊峪的事儿，娘俩说起金苹果，拉了一阵子。泰奶奶说："没有过不去的火焰山。凡事儿过了一坎，又过了一坎，总会有出路等着你。这叫天无绝人之路。"范少山不住点头，又盯着泰奶奶的棺材看。泰奶奶说："我老了，土埋多半截的人了。有些事儿，有些人，我至今想不通，常常钻牛角尖儿。你看看，就差一口气了，多让人笑话呀！我就躺在棺材里，躺着躺着，啥都想明白了。人，大不了生死嘛！"

　　范少山说："泰奶奶，让俺躺一躺中吗？"

　　泰奶奶笑了："求啥的都有，还有求着躺棺材的？"

　　范少山说："泰奶奶，俺也有些事儿想不开嘛。"

　　泰奶奶像哄小孩："好。躺吧，躺吧。"

　　棺材在墙角，墙角有点暗。范少山走过去，看着黑洞洞的棺材口，心里头咯噔一下。他迈进棺材。躺下。四周黑洞洞，只有棺口有灰蒙蒙的亮色。范少山闭上眼，能听见自己个儿的心跳得咕咚咕咚响。棺材里静静的，像是有水银在慢慢灌进他的身体，身体沉沉的，挪不动。脑子像是被清洗了，清晰啊！啥事儿都浮现出来了。范少山想着金苹果的事儿，不漏掉丁丁点点。孙教授的苦口婆心，劝乡亲们种不打农药的苹果，乡亲们没应准儿，孙教授就带着遗憾走了。他和余来锁接着给乡亲们开脑筋。苹果树生了虫子，乡亲们一回回捉虫。

试着喷醋、酱油、大蒜水……直到喷沼气液。刚松口气，新一代的虫子又冒头了。这啥是个头啊！有人退了，重新打农药。爹病了，娘倒了。这可咋好啊？难道真的要退回去？不！泰奶奶说了，没有过不去的火焰山，人生大不了生死。俺范少山就算真的死了，躺进棺材里了，也要爬起来，从树上摘下一个金苹果！

想了两个时辰，范少山忽地坐了起来。他满脸泪水。

泰奶奶眯起眼睛，说："少山，这棺材不是白躺的。"

范少山说："泰奶奶，这寿材有人给你焐热了。你老且活着呢！"

范少山和杏儿打定主意：苹果坚决不打农药。大不了没收成。没有失败，哪儿有成功啊？明年再干呗。开弓没有回头箭。俩人商量，又和乡亲签了份新协议。按照协议，没有收成，杏儿就要赔补果农损失。这两口子做出的决定，多难啊！需要多大勇气啊！这样一来，村民就把农药桶丢了，不管了。等着领补偿呗！

昌平拉菲特城堡别墅有一个富商，姓徐。占据着别墅区的大楼王。杏儿与这家保姆认识了，保姆就是要无农药蔬菜。杏儿经常过去送菜，这天，杏儿给别墅区徐家送菜的时候，保姆让她坐了一会儿。忽地，她差点儿叫了起来：不打农药的苹果！佛堂前的供桌上，整整两盘儿。杏儿为啥一眼就断定这苹果没打农药呢？感觉不一样。她听孙教授讲起过，那苹果的样子，就是这般。你看苹果已经萎缩了，就是不腐烂，而且有一股香气，香得沁人心脾。保姆告诉她，是徐太太从日本进口的无农药苹果，六十八块钱一个。杏儿的眼睛唰地亮了。也就是说，孙教授说的是真的，世界上确实有无农药苹果。杏儿想买一只带回去。保姆不敢。她说主人说过，不能跟佛祖抢东西吃。主人去了美国，等她回来，我告诉你一声。杏儿回家跟范少山一说，范少山高兴地把杏儿抱了起来，原地转了三个圈儿。

这天上午，保姆给杏儿微信，说主人徐太太回家了。杏儿以送菜的名义，去了别墅区。范少山也来了，他就想看看苹果。人家不让他进，他只能在外边等着。徐太太是个通情达理的女人。听保姆说，这个卖菜的女子，对无农药苹果感兴趣，就想问问咋回事儿。杏儿就把她丈夫在白羊峪培育不打农药苹果的事儿说了，提到那些个难处，泪水哗哗流。徐太太问："外边那个是你丈夫吗？叫他进来。"保姆把范少山叫了进去。徐太太说："你们白羊峪的蔬菜挺好。有野生的感觉，接地气。你们要是把无农药苹果生产出来，往后，我就买你们的苹果！"范少山和杏儿，连声感谢。徐太太走到佛堂前，点上三炷香，跪在莲花垫子上，双手合十，念念有词，起身，对少山和杏儿说："我佛慈悲。苹果在这儿，你们喜欢拿哪个就拿哪个吧！"

　　出了门，走出院子。忽地，邻居家的一只藏獒，挣断了绳索朝杏儿扑来。少山一见，猛地把杏儿护在身后，和藏獒打起来。不到十几秒，藏獒被主人喊住了。少山被藏獒咬伤，伤口哩哩啦啦淌血，他一头跌在石头台阶上，门牙磕掉一颗，手里还紧紧攥着一个苹果，一个苹果干儿。杏儿哭着喊少山的名字，又大骂藏獒的主人，你们是怎么养狗的？！藏獒的主人自知闯了祸，赶忙打了120，把范少山送进了医院。杏儿在病床前守着，藏獒的主人押了张支票，买了营养品，叫范少山安心养伤。杏儿说："太不像话了！有你这么养狗的吗？"藏獒主人说得轻松："我赔你钱不就行了嘛。"杏儿急了："有钱任性啊？我把你打个半死，再赔你钱行不行？北京的城区有规定，禁止养大型犬和烈性犬。我报警。"藏獒主人赶紧作揖："妹妹，妹妹，我错了，错了。大错铸成，已无法挽回，我只能用钱来弥补，一定让你们满意。"后来听说，那条藏獒，八十多万。范少山胳膊上被撕了一条口子，缝了二十多针。好在，没有伤筋动骨。住了几天，出院了。藏獒主人赔了几万块。范少山对杏儿说："无农药苹果万一搞不成，你就拿这笔钱赔补乡亲们的损失。反正，俺受伤，得赔偿款，都是因为苹果的事儿。"杏儿要带他去找牙医，把门牙镶上。范少山说不补了，这就是自己个儿为金苹果而战的见证。啥时候，无农药苹果成功了，再把这颗牙补上去。

　　少了一颗门牙的范少山，说话有点漏风。范老井笑了："跟俺差不多了。俺孙子也老了。"范少山把一个新鲜苹果、一个干瘪的苹果干儿放在桌子上，说："这就是不打农药的苹果，不管多久，它只会干瘪，不会腐烂，这样的苹果论个卖，一个六十八块钱！俺告诉大伙，在未来的市场上，农药产品，将越来越失去竞争力！"村民们一阵惊呼：这么金贵啊！原来世界上真有这样的苹果啊？杏儿也来了，她说："这个苹果的消费者是一位徐太太。我通过徐太太给的地址，上网联系上了日本方面。那边没有给什么灵丹妙药，有些核心技术不会给的，一方水土一方虫，只能是研究虫子产卵，以及果树土壤、水、风等大自然条件，要让无农药苹果融入大自然生态体系中，才能获得最后成功。只要大伙把无农药苹果培育出来，俺就高价收购！"大伙都乐了，使劲儿拍巴掌。

范少山买了好多苹果栽培书籍，打算从基础做起，研究苹果病虫害的起源。他找到刁站长，刁站长说："不打农药的苹果，听起来就烦。那可是专家们搞的实验，在白羊峪有点悬。"刁站长虽然自己无法参与，但对范少山的那股子"傻劲儿"还是挺钦佩的，把农技站的一套设备借给了范少山。啥设备？就是农业技术科研的。刁站长说："俺们都玩儿不转，你拿去吧。给俺打个借条。"范少山高兴啊，这好几台东西呢，电脑、显微镜啥的。范少山在村委会设了专门的实验室。他肚子里那点墨水，哪懂啊？欧阳老师人家是农大科班出身，听说白羊峪有了农科设备，就跑来了。这些，对人家来说，都是最基础的。欧阳老师讲完课，就过来教范少山掌握仪器。范少山生怕人们误会，自己个儿就下苦劲儿钻研，从果园取来土壤，化验；取来虫子，观察。还要找虫卵产在哪儿。可这样的努力，离一个无农药的苹果还有多远呢？

这阵子，范老井也没闲着，老了，一时糊涂，一时明白。可也一根筋了，整天念叨一件事儿，找石碑。这石碑哪是好找的？白羊峪到处都是石头。房子是石头，街道是石头，猪圈鸡窝都是石头，就跟从平原的田野里找一块不一样的土坷垃，哪儿那么容易啊？因为找这块石碑，范老井在村里转悠好几个月了。边找边絮絮叨叨石碑上刻的村训。范老井由开始粗粗拉拉地找，到后来仔仔细细地找，找了一遍又一遍。老爷子走了一家又一家。到了这儿，看墙壁，看锅台，看鸡窝，看炕沿儿。老爷子没那么多讲究，直接进门，拿着拐棍儿，敲着石头，敲了一块，又一块。

这天，田新仓正在家相对象，女方是大王庄的，离婚的，带个女孩儿。比田新仓大两岁，和余来锁有点儿亲戚。余来锁想，先把田新仓的婚事促成了，他就可以踏踏实实去爱"白腿儿"了，也就没人围追堵截，横插一杠子了，横看竖看，左看右看，都是好事儿啊！这天，女方进了田新仓家，相看门户。正拉着，范老井去了。一进屋，范老井不看新媳妇，光看石头。人家找石碑来了。介绍人余来锁正坐着呢，让老爷子坐会儿，喝点茶水儿。老爷子椅子不坐，茶水不喝，找石碑。老爷子把大家伙都轰了出来："都去院子里，俺找石碑。"没办法，都出了屋子。老爷子用拐棍儿敲石头，敲得咚咚响，墙角有两只耗子蹿了出来，跑到屋外，从那女的腿边跑了过去。女的呀的一声惊叫，跑了。范老井你这是存心坏田新仓的好事儿啊？范老井不管那些，见这儿没有，又去隔壁找石碑去了。得知这件事儿，范少山去找田新仓赔不是。田新仓说："赔啥不是啊？俺还得感谢老爷子呢！就余来锁给俺介绍的对象，长得还能再砢碜点儿吗？他那点小心思俺还看不出来？他是想早点儿铲除俺这眼中钉，肉中刺。说实话，俺压根儿都没瞧上那女的。老爷子来得正是时候。"

　　这天，范老井找着找着，就到了老德安家。老德安死后，这院落就荒了，没人来。别说到这屋子里来，就是路过他家门口，就觉得胆突的。范老井不怕，一进院子，范老井就说："老德安啊，你小子可别吓唬俺。别忘了，你的那口棺材，还是俺送你的。"进了屋子，还有只破板柜，也成耗子窝了。墙上都是蜘蛛网。范老井一说话，震得尘土直落。范老井说："德安啊，咱白羊峪，康熙皇上给咱立过一块碑啊，闹'文革'的时候，找不到了。这几十年过去了，这块碑藏在哪儿啊？你知道不？"话音一落，轰的一声，老德安的炕塌了，屋子里腾起一股子尘土，灌得满屋子都是，呛得范老井走出屋子，在院子里一个劲儿咳嗽。咳嗽完，范老井点着一袋烟，吧唧起来。这炕忽地一塌，范老井清醒了。这不瘆得慌吗？俺一说石碑，炕就塌了，难道老德安知道这事儿？难道石碑和炕有关系？老爷子的脑子清楚啊，就像一个孩子。他冲进屋子，去扒炕坯，把一块一块的泥坯甩到一边，在炕洞里，在黑灰里，范老井抠出来一块石板，搬出来，在院子里的水池里，洗掉黑灰。正是白羊峪村训碑的一角。上面还刻着一个"白"字。范老井洗了脸，洗了手，搬着那块石碑一角，往外走。走着走着，范老井又糊涂了：俺这是搬的啥？从哪儿搬来的？俺这是要干啥呀？他得找孙子去问问。范少山看见爷爷搬着块石头过来，赶紧去接。一看，震惊了："白羊峪的村训石碑？爷爷，您在哪儿找到的？怎么才一个角啊？快告诉俺，俺再去找找。"范老井回答不上来，他已经不记得了。范老井知道，自己个儿没有找到完整的石碑，又满村去找了。嘴里神神道道的，还是《白羊峪村训》。

第十章

把土地捧在手心里

三十二

有日子没来了。范少山这天去了金谷农场。这里，他是董事长，做的是股份制。白羊峪人少，老弱病残多，搞农业，不可能自己人搞。人家沈老板种金谷子，杨老板搞养殖，都是雇的大王庄附近的人。今年，金谷子长势好，谷子秧苗绿油油的，节秆儿粗壮。人家沈老板种金谷子，就像养自己的孩子。啥时候用水、啥时候用肥，用多少，都有标准，对金谷子"保姆式"服务。县种子公司来人了，找范少山，打算在全县推广金谷子，以替代外国种子品种。可金谷子也有缺点，谷穗比外国种子的小，产量比外国种子的低。农民愿意种吗？还有，眼下，金谷子被沈老板垄断了。人家走酒店高端路线，还要做金谷酒原料。哪有剩余的金谷子种子呢？这就不符合范少山当初的想法了。起初，范少山就是为了和外国种子作战，去找的金谷子。让老百姓种上非外国种子，吃上非外国种子。而今白羊峪，基本上吃上了非外国种子庄稼。可光白羊峪不中啊，还得推广啊！咱这县，是谷子大县，需要种金谷子的地方多着呢！也让老乡们沾沾光啊！

范少山找了沈老板，说出了自己个儿的想法。沈老板笑了："范老板，我问你。金谷子多少钱一斤？是普通谷子的五六倍！这也是当年我们通过谈判定的价儿。这个价格，也就注定了，一般老百姓吃不起，一般农民也种不起。还有，想种，除了我的公司，你找不到种子！我推向市场的是小米，是金谷酒。这些都是成品啊！长不出苗来。这么好的金谷子，我自己还不够用，能让别人去种吗？在商言商，我没有推广非外国种子的义务，我没你那胸怀，我也做不到以天下为己任，我只想合法地赚钱。有错吗？"范少山被噎住了，脸腾地红了。人家沈老板说得没错，按合同，人家全部收购白羊峪的金谷子。也就是说，你白羊峪只有种植权，没有拥有权。范少山一想，挺可怕的。万一哪天金谷子都变成了小米，种子不又绝了吗？幸亏他储了一屋子。

范少山一板一眼地说："沈老板，有一条你别忘了。金谷子地不用农药，不用化肥。这一条是写在合同里的。"沈老板说："这和叫我让出种子是两码事。你不一直在监督着吗？你放心，我们一定按合同办事。你在农场的田野走走，看不见一个农药瓶儿，看不到一个化肥袋儿。这在全中国有吗？你还说推广金谷子种子。不洒农药，不施化肥，老百姓能听你的？"范少山想想，也是这么回事儿。说不定，非外国种子品种，推广着，推广着，就变成外国种子了。这年头的事儿，有啥准儿啊！弄不好，你这寻找金谷子的心血，就白费了。范少山让现实社会糊弄怕了。常常想法多，既想吃，又怕烫。想想，谁都这样。谁对谁放心啊。沈老板是个较真儿的人，最怕别人不信他，还带着范少山去了地里。谷子正抽穗，风一吹，摇头晃脑的，像满嘴之乎者也的老先生。沈老板边走边说："最近我进了一批鸭粪，不是化肥吧？真正的农家肥呀！我叫人把它撒了一畦，试试，效果绝对错不了。"沈老板用手一指那个方向，愣了。那小块地的谷子发黄，精瘦。沈老板往前跑，范少山后面跟。到了近前，发现好多金谷子，已经枯死了。这到底咋回事儿啊？

马半山来了。这人卖农药化肥的。在布谷镇，他的门店最大。人家生猛，在田间地头，推销农药化肥，当着农民的面，抡起农药就喝，这是低毒的；抓起化肥就吃，这是生态的。啥意思？你咋没说养胃的呢？谁不知道，喝农药会死人啊？吃化肥也得闹肚子吧？其实呢，人家全是套路，看得真真的是农药，真不是；看得真真的是化肥，也真不是。他又不傻，为了赚俩钱，犯得上拿命拼吗？那都是假的。马半山学过魔术，会变戏法。喝完了，吃完了，捂着肚子，疼。俺都拿命证明农药化肥的质量了，你们还不信？非得让俺死给你们看吗？

这一吆喝，农民们都买他的货了，生意也越做越大，号称布谷镇农资经销界的"半壁江山"。马半山这个外号就是这么来的。后来的一回，马半山摊上事儿了。你不是表演喝农药吗？也就肚子疼，没事儿。这就有人模仿了。镇上小两口打架，女的就喝了农药。这女的以为也就是闹个肚子疼，就是想吓唬吓唬男的。男的想，你还能吓唬住俺吗？俺还没见过马半山喝吗？不怕肚子疼，你再喝点儿。走了。等男的再回来的时候，再看女的，死了。这男的就报警了，抓马半山。马半山被关了半个月，补偿了人家几万块钱，这事儿才了了。有了这件事儿，马半山再也不敢喝农药，吃化肥了。也因为有了这件事儿，马半山的形象毁了，生意淡了。又听说金谷子农场不用农药化肥，心里头更不痛快了。你都不用农药化肥，俺这买卖咋做啊？今儿开着车过来看看真假，能不能推销点儿货，就碰到沈老板和范少山正在看一片枯黄的谷子。

隔着铁丝网，马半山搭了腔："两位老板，这谷子是受了病了，赶紧地洒农药啊，再不洒，把整片地都得扩散了！对了，先洒农药，后施化肥，保你金谷子噌噌地长。"马半山多少回上门推销农药化肥，沈老板、范少山都认识他，讨厌他阴阳怪气。范少山说："马半山，少幸灾乐祸的。俺问你，你是不是搞破坏啦？"马半山说："少往俺头上扣屎盆子啊！俺可是遵纪守法的模范。能干那下三烂的事儿吗？"沈老板说："问题可能出在鸭粪上。要不然，别的地块咋没事儿呢？"范少山叫来了刁站长。刁站长一看就明白了，就是鸭粪惹的祸。鸭粪下地之前，那是要经过发酵的。不发酵就往地里送，烧根烧苗。是谁把没发酵的鸭粪卖给你的？这不坑人吗？沈老板摇摇头，还庆幸自己没把鸭粪都使上，要不然损失就大了。

这鸭粪哪来的呢？这农场边上有条河，河的上游不远，有个养鸭场，养了一万多只鸭子，这得多少啊？海了。这些鸭子就守着河边，就在河里洗澡，把河水全都污染了。站在这谷子地里，都能闻到阵阵恶臭。过去清清的河水，由于被鸭粪搅和了，浑浊得不像样子。最难受的是附近居民，六月天，都不敢开窗子，日子难熬啊！这谁干的？板寸。一个留着板寸头的，大伙都管他叫板寸。咋就没人管呢？板寸有人啊！他老婆的姨夫是县政府的一个小头头。平日，板寸在街上，横着膀子走。这事儿，没人敢管。养鸭场的污染，金谷农场也受了牵连。不光影响金谷子生长，还耽搁了大棚菜的生意。人家菜贩子来进菜，嫌味儿臭，呛鼻子，不来了。为这事儿，高辉找过板寸，还打过一架，没管用，臭味儿照放，工人们都得戴着两层口罩干活儿。范少山越想越气，今儿个，他要去会会板寸。

还没到养鸭场，臭味儿已经熏得范少山捂住了鼻子。河道里，鸭子聚积得像石子，密密麻麻。无数个嗓子呱呱乱叫，无数翅膀啪啪乱拍。养鸭场里，到处堆满了鸭粪，范少山每走一步，就嗡地轰起一片苍蝇，嗡嗡嗡乱飞。范少山走进院子，看见了板寸和媳妇正在搅拌鸭饲料。几个蛇皮袋明晃晃地放着。范少山看清了，全是添加剂、激素、抗生素。二十五天鸭子出笼，全靠药物催肥呢！来的这路上，范少山就拿着手机录像了，这饲料能放过吗？正录着，板寸看到了，愣愣地问："你是谁？"范少山说："俺是做熟食的小贩。来你这儿看看鸭子。"板寸乐了。赶紧请范少山坐，靠墙一条破沙发，里面没海绵了，范少山一坐，吮地，坐在木板上，硌疼了屁股。就这当口儿，又轰起一片苍蝇。范少山说："老板，你这环境，是人待的地方吗？"板寸说："哪是人待的地方啊？臭气熏天的，但凡有点钱，谁干这个呀？"范少山说："这么大养鸭场，没钱谁干得了啊？"板寸说叹口气："唉！别提了。这不一万只鸭子吗？原来三万只，死了两万。你不知道有句庄稼话吗？家财万贯，带毛的不算。不定哪会儿就死了。也就是说，根本没赚钱。"范少山说："你那亲戚权势大呀，要不然由你这么瞎糟蹋。"板寸愣了："你不是来买鸭子的吧？"范少山说："你看呢？"板寸说："环保的？也不对。有些闲事儿，还是少管。"板寸的话头有点冲了。范少山说："俺也不跟你绕弯子了。俺叫范少山，是白羊峪的。在跟前包了一片地，种金谷子，种大棚菜。你养鸭子，成，可这条河不是你的，你不能把它污染了！你养鸭子，成，可这片空气不是你的，你不能把它弄臭喽。俺劝你早点收手，要不俺告你！"板寸嘿嘿一声，说："范少山啊，听说过你，在北京卖过小白菜儿。俺跟你说啊，俺这人就不怕横的。你要是跟俺说个软和话，求求俺，俺还没准儿就关了。俺爹娘见了俺就骂，说俺祖上积的那点儿阴德，都让俺败光了。俺正想着转行呢！听你这一说，俺还就把根儿扎下去了。你凭啥呀？你叫俺关，俺就关？你不就跟俺一样，一个小老百姓吗？俺听你的？"范少山没想到，这小子是个滚刀肉，横竖不好下刀。范少山不紧不慢地说："俺管不了你，你的客户管得了你吧？"范少山站起身，拍拍屁股："俺走啦。"板寸直愣愣地看着范少山走了出去，不知范少山葫芦里卖的啥药。想想，追了出去。板寸喊："哥，有事儿好商量。你回来啊！"范少山说："俺就不信没法子治你。你这卫生环境，你用激素饲料，俺可都给你放网上，看谁还买你的鸭子。"板寸一听，急了，喊了几个人追范少山。离老远，范少山说："俺已经报警了，你们来吧。"板寸扑通跪下了。范少山也晕了，鸭粪熏的。

在金谷子农场，范少山和板寸说话。板寸说："哥，说实话，俺老婆的姨夫确实没管过俺。那就是拉大旗，作虎皮。老百姓怕官，都不敢管。开了养鸭场，农牧、环保哪个部门不管啊？都是罚点钱走人。过一阵儿，又来了。俺赚的那点钱，他们罚得差不多了。他们也知道，越罚款，俺这养鸭场就得越赚钱，要不然，咋交罚款啊？所以说，鸭子催肥，就得用激素。自打开了这养鸭场，乡亲们都戳俺脊梁骨，骂俺八辈祖宗。这回俺想透了，手里这点鸭子出了栏，再也不养了。还清贷款，好好种地。哥，你拍的视频，也就别网上发了，中吗？"范少山说："俺就信你这一回。"范少山掏出手机，当着板寸的面，把视频删除了。板寸说："哥，俺再求求你，能帮俺推销推销鸭子吗？听说俺嫂子在北京，往'全聚德'卖卖，中不？"范少山说："想得美！就你那鸭子？还不把'全聚德'的牌子砸碎啦？"板寸说："就是想加点儿添加剂，想让它们尽快出栏。这不刚买来嘛，还没喂呢。"范少山说："这样吧，俺给你推荐一家食品加工厂，人家会检测的。你们谈吧。"范少山想起了田中喜二，人家是开食品厂的。联系上了，田中派人来看鸭子，检测合格。和板寸谈得不错，交易成功了。没几天，鸭子被多辆大卡车运走了，养鸭场没了，变成了空荡荡的土地，河水变清了，臭味儿消失了。有关部门来了，没看到鸭子，也没看到板寸，走了。

白羊峪山地上，几乎都成了非外国种子作物的试验田。这里有俄罗斯土豆、金谷子，还有玉米。玉米的名字叫"白马牙"。多年以前，白羊峪一带的"白马牙"玉米，就像莫言笔下高密乡的红高粱一样，充满了传奇色彩。玉米棵子高耸、挺拔、粗壮、魁梧，在庄稼家族透着一股十足的霸气。它棒子硕大，籽粒像骏马的牙齿一样，饱满、圆润、洁白，它们是北方玉米的代表，是真正的庄稼之王。小时候，爷爷领着少山的小手，在玉米地走。他抬头往上看，看不到玉米秸顶的花穗儿。爷爷就把他扛在肩上，让他看花穗长得啥样。那花穗，漂亮啊！就像一朵朵礼花。阴历九月，花粉正香。一阵风吹来，玉米棵子扭起了大秧歌，满眼的花粉纷纷扬扬飘落，在日头的照射下，金光闪闪，那个美呀！那个画面，范少山从小记到大。"白马牙"是个大块头，在所有庄稼里，有一种老大的范儿。那身子骨硬朗，有根基啊！三层"护茬根"，深深扎进泥土。刮大风，高粱倒了，谷子倒了，就是"白马牙"不倒，就像个北方的硬汉。"白马牙"的叶子密实，厚重，那隆起的叶脉，清晰可见，能看到绿色汁液，在叶面深处流淌。每当雨后天晴，深绿色的大叶子，就像人的手臂，在打节拍，在微风中，有节律地摆动着，它们相互摩擦，那声音，就是天籁了。那时候，"白马牙"是庄稼人当家的粮食。收获时，捧着沉甸甸的大棒子，乐吧。推动石碾子，把风干的新玉米磨成面粉，银白色，做成馍，那味道，鲜香啊。记得爷爷说过："'白马牙'是庄稼人的天！"可这么好的玉米，没了。天塌了。自打 20 世纪 90 年代，白羊峪的土地上，就是外国种子玉米的天下了。外国种子总是能花样翻新，黏的、甜的；紫的、花的；蔬菜味儿的、水果味儿的……可俺的"白马牙"去哪儿啦？金谷子试种成功后，范少山决心找回"白马牙"。他寻了白羊峪，又寻布谷镇。从人家墙上摘下了一嘟噜一嘟噜的老玉米。这"白马牙"有的牙都黑了，发霉了，还能种得出来吗？范少山想，就算种出一棵，也要种！要想多收获，就得种子多。他又上网求购，找了几百斤的纯种"白马牙"，种在了梯田里。玉米苗出来了，稀稀拉拉，出苗率不足三成。这范少山已经很高兴了。下雨了，他带人把零零散散的玉米苗，移栽到一块地里。让"白马牙"排着队，齐刷刷地一块长。"白马牙"长高了，那身材，高大魁梧啊！还是小时候的那个"白马牙"。小时候，爷爷扛着少山在玉米地里走；今儿个，少山背着爷爷在玉米地里走。范少山说："爷爷，俺把'白马牙'找回来了。"爷爷说："庄稼人的天啊！庄稼人的天啊！"

结结实实的"白马牙"，也有病的时候。就像一壮汉，平常三棒子打不倒，病一来，就躺下了。人和万物一个理儿，都怕病。这"白马牙"怕啥？玉米钻心虫。这虫子，是蛾子变的。为杀灭蛾子的虫卵，在玉米播下去，封垄后，就得喷洒乐果。这样下来，也就高枕无忧了。可为啥还得了钻心虫了呢？范少山怀疑这农药有问题。因为是从马半山那里买的，那小子不厚道。若是马半山不来，范少山也就只能疑心一下，有啥证据啊？可马半山偏偏来了，还来推销农药，正是灭杀玉米钻心虫的。你啥意思？不是乐果杀死蛾子虫卵了吗？咋还又来卖治钻心虫的农药来了？你小子卖假农药！来回来去赚黑心钱！范少山急眼了，一把抓住了马半山的脖领子。马半山能承认吗？人家还说范少山含血喷人，要打官司呢！范少山肺气炸了。当场打手机，向农业部门投诉。马半山蔫了，提出农药不要钱，免费打。这不正好说明，心里头有鬼了吗？范少山还能相信他吗？马半山一看不中，要打手机，被范少山一把夺了过去，想往回溜。他得赶紧回去，把假农药转移。范少山就跟着他下了山。马半山忽地坐在地上，不走了。干啥？抱着范少山的腿，一把鼻涕，一把泪，哭成了泪人，马半山说："大兄弟，俺求求你，放俺一条生路吧。再打个电话，给他们，就说报错案了。"范少山说："你卖假农药的时候，为俺们农民想过吗？你坑害农民一整年啊！你说，俺能饶过你吗？就算俺饶你，那些个用了假农药的农户，也得剥了你的皮！"马半山说："俺知道，俺有罪。"说是解手，去了大树后。眼瞅着，一线尿液射着。没了，以为系裤子。再一眨眼，去树后看，人没影了。马半山跑了。范少山后悔，直拍大腿。去了马半山的门市，见门口围了一群人，都是买了假农药，找马半山算账的。公家来人了，从门市里面搜出几十箱假农药。马半山的媳妇被带上了警车。马半山媳妇哭了，说了句："俺们糊涂啊！"可不糊涂吗？你是布谷镇的坐地户，还卖假农药，出了事儿，往哪儿跑啊？一般卖假农药的，都是流动贩子，卖完就跑，上哪儿找人去？

　　跑了马半山，还得治钻心虫。让马半山害的，范少山不敢随便用农药了。这回钻心虫，厉害了。它变异了，虫子尝的农药多了，练就了百毒不侵的金刚不坏之身。范少山发现，这钻心虫表层，化出了一层隔离液态的蜡质毛，一般的农药，打不死它。就连刁站长也摇头，说："没办法，就让它们吃吧，咋也得给你剩点儿。"范少山不乐意了。你这当农技站长的，这像话吗？刁站长说："已经把情况上报了，新农药还没研制出来呢，科技总是比病害晚一步。"范少山上网，跟孙教授联系上了。孙教授对钻心虫有研究，但他在美国呢，回不来。要马上知道变异的虫子属于哪种类型，光看照片还不中，还得土办法，尝尝味道。啥意思？孙教授也学会恶搞了？你当是刚出锅的红烧鱼呢？刚摘下来的西红柿呢？这虫子有尝尝的吗？人家孙教授真没开玩笑，他不在跟前，没法判断，就得这个办法，尝尝。范少山想起一个人，田新仓。春天，捉苹果树上的虫子的时候，他时不时地往嘴里扔一条，就跟吃花生米似的。捉来几条虫子，肉肉的，蠕动着，看着麻心。田新仓抓起两条，放进嘴里就嚼。范少山问："啥味道？"田新仓吧唧吧唧嘴："淡点儿。"没办法，这虫子，范少山只能自己个儿吃。第一条，一咬，噗的一股汁液，滋进了口腔。范少山哇地吐了一地。啥味道？没尝出来。硬着头皮，再吃。赶往嘴里放，被杏儿发现了。杏儿不知内里，说他变态。范少山说："俺这不是为了治虫子吗？要么你替俺尝尝。"范少山拿着虫子去追杏儿，杏儿吓得撒腿就跑。虫子嚼了，味道尝了。啥味儿？只有范少山知道。他把味道写了，发给了孙教授。孙教授让照片和味道说话，给出了配方，两种农药配比，六比四。农药洒在了"白马牙"地里，钻心虫都死了。想到白羊峪外边的玉米，也闹钻心虫呢。范少山赶忙打电话给刁站长，把农药配比给了他。刁站长赶忙通知各村，组织农民为玉米喷药。

忙过这一阵儿，范少山还是惦记着金谷子的事儿。为了国产种子，俺许过愿的。在老姑爷爷的坟头，许过；在老姑奶奶的遗像前，许过；在金谷子开播仪式上，许过。咱得让它开枝散叶啊！悄悄地，和余来锁扛了两麻袋金谷子，到了兽医站，装上了范少山的车。两人开车，出远门，太行山。为啥还要悄悄地？怕让沈老板的人看到，多费口舌。眼下，沈老板一粒金谷子，都不想流出去，都不想给别人。范少山和余来锁到涉县的虎头村走亲戚，去看老姑奶奶的儿子牛成，送金谷子。这路远啊，两千里地。范少山就开车去了。自己个儿开车，起码你能把金谷子放在车的后备厢。坐火车，搬搬弄弄，不方便啊！这一路上，两人，有人陪你说话。不困，不累。路长，话多。说啥？说女人，提神儿。余来锁就说"白腿儿"。说了那回去了"白腿儿"家，朗诵诗的窘事儿。范少山哈哈笑，还说要给余来锁保媒拉纤。余来锁说："俺不跟你说了吗？俺这辈子，一定要一回自由恋爱。俺这自由恋爱，就这最后一回了，就是'白腿儿'。"范少山说："小心田新仓还没死心呢！前天晚上，俺还看见他抱着吉他，在'白腿儿'家门口弹唱呢！"余来锁说："对付'白腿儿'，俺心里头有谱。那回晚上，俺要大胆点儿，就把她亲了。俺要再大胆点儿，也把她睡了。"范少山说："马后炮。问题是，你的胆儿呢？"余来锁急了："俺堂堂一个大男人，连自己个儿稀罕的女人都不敢爱，不敢睡，俺还是男人吗？"范少山摇摇头，说："这个问题，只能问你自己个儿了。"

到了太行山，到了涉县，到了虎头村，见到了牛成。由于事先没给信儿，牛成惊喜啊，紧紧抱住范少山不松开。牛成把两人安顿在自己家里。心热，酒香，话稠。牛成捧起一捧金谷子说："俺娘是白羊峪的人，金谷子也是她当年带过来的。在俺家院子里种的，俺爹每年一茬一茬地种。后来，金谷子在白羊峪失传了，少山又来到俺虎头村寻金谷子。从俺爹的坟里找到了，带回去，又种在了白羊峪的土地上。这回，你们又把金谷子送到了虎头村。来来回回，折折返返，这就画成一个圈儿了。这圈儿多好看啊！用书上的话讲，那就是传奇呀！用庄稼话讲，那就是一部大戏呀！"范少山说："这传奇还得续下去，这大戏还得唱下去。"牛成说："这话对喽，这话对喽。"牛成当了村主任，人家还有大谋划呢！

虎头村这片地方，"八山半水分半田"。这儿的人们，祖祖辈辈是吃糠咽菜的。一个"穷"字，压得人们翻不过身来。这些年，日子虽说好过了，可守着这山，守着这田，土里刨食，也是没着没落的，发不了家啊。这虎头村，离八路军一二九师司令部旧址不远。刘邓大军在这儿指挥过抗战啊！那知名度，高了去了。天南海北的，都来红色旅游，成了国家 4A 级景区了。牛成想，守着这块风水宝地，你不能老种地瓜吧？对了，搞乡村旅游，农家乐。说动就动。牛成拓宽了道路，找来了优惠政策，支持乡亲们搞"农家乐"。如今，已经开起了三四家。牛成带着范少山和余来锁走访了几家农家乐，都是地地道道的山村风味，野生的。范少山和余来锁感叹：旅游这事儿，人家虎头村走在咱前头了。咱将来也要走这条路。回来的路上，两人拉了一路虎头村。真应了那句话了："士别三日，当刮目相看。"范少山说："咱哥俩，摽起膀子干吧！"

第十一章

山村的房顶银行

三十三

布谷镇的新书记是从镇长位子提起来的，姓葛。葛书记和徐胜利不忒一样。咋不一样呢？对白羊峪，徐胜利一直的主张就是一个字：搬！眼看搬不动了，也不说不搬了，你开山洞，俺也出点钱，支持，你种金谷子，俺也鼓劲儿。但对外，一直说搬迁。就这样，挡来遮去，明搬暗不搬，睁一只眼，闭一只眼。说实话，徐书记也挺疼顾白羊峪，人不赖。葛书记就不一样了，干事儿不瞻前顾后，拖泥带水。上任没多日子，就去了白羊峪。明确表态：白羊峪不搬了！享受国家政府各项扶贫政策。这就让白羊峪欢天喜地了。

过去的白羊峪，就像"黑户"，如今可算有户口了。如今，县上，镇里，都落实国家精准扶贫的政策，项目下来了，光伏发电。白羊峪不是有沼气点灯吗？前几年，沈老板还送过发电机呢。说实在的，这都不是长久之计。就说沼气吧，冬天冷，池里头温度低，就有了产气、不产气的问题了。忒冷的时候，沼气池冻裂了，跑气，还不安全。管理、维修还有好多麻烦事儿呢。沼气电灯，电压忽高忽低，电灯忽明忽暗。还有电视啊、冰箱啊、电扇啊，带不动，成了摆设。你说，这还咋建设新农村啊！光伏发电到底是个啥？说白了，也就是太阳能发电。如今这社会，煤贵、气贵、油也贵，只有日头不收费。光伏发电，是项扶贫工程，列入了国家精准扶贫十大工程啦。就是在居民的屋顶，铺设太阳能电池板，发的电量并入国家电网。除了自家用，多余电就卖给供电公司了。靠日头还能赚钱？咋不赚呢！一般农户一年下来，都有三千多块的发电收入，看着都眼热。可电池板，你得买呀，四千多块呀。国家补助有限，每户五百块。每户四千多块，不少人家拿不出来呀！虽说去年金谷子收入，每户分了三千，可这一年下来，早已花得差不多了。再说了，就算有钱，你也得听听大伙乐意不乐意啊！范少山和余来锁商量，从村集体积累里给大伙补一些。积累也没多少钱了。农场修路，是村上花的钱。算了算，每户只能补六百。加上政府补的，每个农户，还要三千出头。可想想，一年后，每户就能赚三千了，电视能看了，冰箱能用了，电扇能转了，俺觉得值啊！范少山这一动员，村民大会都通过了。凑钱时，五奶奶、费大贵等几户，还是钱不够。不能把人家抛下啊！这几万，范少山为了难。苹果园里的苹果树，最终没开花，更没结果，杏儿要赔村民损失，她还为钱发愁呢！你咋跟人家张嘴呀？余来锁看着宣传单说："泛美阳光科技，这不是马玉刚开的吗？"范少山夺过一看："可不？找他！"

这阵子，泛美阳光科技公司转战燕山一带，为山区贫困村安装光伏发电。公司就设在了县城。马玉刚、迟春英就住在那儿。两口子看到了名单，上面有白羊峪。迟春英高兴："白羊峪也过上有电的日子啦，真好。"马玉刚不冷不热地："当年你这白羊峪，没电的时候，每天黑灯瞎火的，干点啥？"迟春英生气地说了声："神经！"马玉刚继续说："没电，没有电视，不能看书，就只能干一件事儿。啥事呢？干那件事，不用照亮儿。你说是不？"你说你马玉刚，无聊不啊？你和你前妻的时候，不干那事儿啊？说这些，有意思吗？马玉刚就觉得有意思，忒有意思。又说："这一夜夜的，黑呀，干几回才到天亮啊？这小日子过得，真美呀。"迟春英说了句："变态！"马玉刚说："我有钱，任性，我有钱，变态，我想怎么变，就怎么变，好玩不？对了，讲讲当年，夜里的故事吧！"正说着，范少山进来了，问："啥故事啊？"这一说，迟春英羞得躲进里屋去了。马玉刚站起来，和范少山握手："正说着你，你就来了。"范少山说："马总，听说你来搞光伏发电了。俺们白羊峪要沾光了，俺就是找你说这事儿来的。"马玉刚还陷在刚才的话题里，说："范少山，我正想让春英说故事呢。你来了，你说也行。"范少山眨眨眼："啥故事？"马玉刚说："你和迟春英，夜里的故事。"范少山愣了愣，回过味儿来，大骂："你变态呀！"冲过去要打马玉刚，被保安拉了出去。范少山肚子气得鼓鼓的，开车走了。迟春英听到了一切，她冲出屋子，对着马玉刚喊道："姓马的，你太过分了！"马玉刚说："少跟我左一个白羊峪，右一个白羊峪的。白羊峪有你什么人啊？你爹娘都没了，你哥哥在城里，小雪也在城里，你还有谁？不就是有范少山吗？你虽是跟了我，心里就是装着范少山！"迟春英喊："范少山怎么啦？过去我看不上他，不靠谱，不自重，自从他回到白羊峪，真对他刮目相看了。他是有良心的汉子！"醋就像汽油，马玉刚火了："我就知道你总想着他，既然这样，你走啊，跟他复婚啊！"说着，冲上去要打迟春英，被两个保安拉开了："马总，您消消气。您不总跟我们说，家和万事兴嘛！"

在泛美阳光科技，迟春英没有进入核心层，甚至连个员工都不是。她经常跟着马玉刚走南闯北，东奔西走，除了总经理老婆，啥衔儿也没有。这说明啥？要么迟春英没多少文化，给岗位，担不起；要么就是马玉刚防着她。家里的钱，是马玉刚管着。每月给迟春英五千块的零花。大的花项，你得求人家，看人家脸色。这样一分析，马玉刚十有八九是防着迟春英。他怕有一天，迟春英跑了，去找范少山。这不多余吗？人家范少山结婚了啊！他是这样想的，迟春英跟我的时候，她跟范少山还没离婚呢。迟春英也不是没努力过，她想跟马玉刚要个孩子。可马玉刚没点头，他拗不过他的闺女娇娇。娇娇脾气大，不让他再要孩子。说你再要孩子，我就死。后来，不说自己死了，说我把你们的孩子掐死。迟春英就是在这样的环境里讨生活，别人看着挺风光的，其实都是装的。有时候，迟春英想想自己个儿，这叫啥命啊？

迟春英和马玉刚吵完架，走了。去了哪儿？白羊峪。女人下一步想干啥，你永远不知道。比如，你迟春英去白羊峪干啥？还有啥意思？闺女小雪也不在那儿，连个借口都没有。想起来了，光伏发电。人家是代表泛美科技公司的，范少山就得陪着。范少山和迟春英满村走，指指这家房顶，望望那家房顶，说电池板的事儿。其实她也不懂，随口说。拐角处，迟春英低沉地说："马玉刚不是人。"范少山想想在县城闹的那一出，就说："这人，让俺说他啥好呢！"迟春英说："他还家暴，上午你刚走，若不是保安拦着，又得让他打了。"范少山呼呼喘气，气的。他说："这个混蛋，欠扁！没想到，因为白羊峪，让你受委屈了。"迟春英说："反正俺欠你的，欠小雪的，能为你们做点啥，值！"迟春英的话，范少山听了，心里头热乎乎的。迟春英看出了范少山的心动。她说："俺真后悔呀！悔不当初。俺想跟他离婚。"范少山说："依俺看，你这日子过得不舒心。"迟春英说："不舒心，有啥办法？反正，世上也没有卖后悔药的。"范少山岔开话，说："光伏发电是个好项目，老百姓既能用电，又能赚钱。可你知道，白羊峪穷啊。俺们凑不齐这个钱，电池板就使不上。俺找马玉刚，就是想让他能不能给俺们便宜一些。"迟春英说："这一闹，他还能答应啊？你去找庞大辉吧！"

迟春英在范家住了一宿，跟李国芳睡一屋。这个晚上，范家人都闷闷的，吃饭的时候也不说话。吃完饭，各去各的屋子，睡了。这屋，就剩下李国芳和迟春英。迟春英给李国芳温被子，亲亲热热地叫着娘。李国芳睡不着，就那么坐着。她说："春英啊，小雪呢，在北京挺好的，你也知道。你和少山过去的事儿，谁对谁错，就不提了。现如今呢，你俩都是有家的人，应该是井水河水两不犯。俺的话，你懂吧？"迟春英说："俺懂。俺再也不能做您的儿媳妇了。俺往后再也不来了。"迟春英流泪了，用手背一个劲儿地抹。李国芳说："若是咱娘俩有缘，那就别断了。俺是说，怕村里人说闲话。还有儿媳杏儿常回村子，让她撞上，少不了闹误会。多一事，不如少一事，你说是不？再说了，你如今穿金戴银的，过的是富贵日子，就好好过吧。"迟春英说："娘，俺肠子都悔青了。"李国芳说："唉，人活这一辈子，谁还不办几件后悔事儿啊！有些个事儿，办了，就认了，就不能后悔，后悔也没用。俺被雷劈掉两只胳膊，俺后悔不该那天下山砍柴，有用吗？胳膊还能接上吗？"

天亮的时候，迟春英连饭都没吃，走了。范少山从他和杏儿的新房过来，吃早饭。一进屋，范德忠就给了他一耳光，把少山打蒙了。范德忠说："昨晚上俺就该打你个浑小子！迟春英在跟前，俺没动手。"范少山捂着脸说："爹，俺咋了？"范德忠说："你想干啥？放着好好的日子不过，作呀？昨个白天，你带着迟春英在大街上走来走去，全村人都看见了，你想干啥呀？非得让乡亲们的唾沫星子把你淹死啊？你还把她带到家里头来了，你疯啦？"范德忠还要打，被李国芳挡在了中间儿。李国芳用肩膀搡了范德忠一下，肩膀硬，范德忠一个趔趄，差点儿跌倒。李国芳说："这么大儿子了，你说打就打，没轻没重的，有你这样当爹的吗？"娘这一说，范少山泪耗在眼眶里转儿。范少山的半边脸红了，李国芳走到跟前，用嘴吹着热气，给他"热敷"："胡噜胡噜毛儿，吓不着。"一阵委屈，一阵感动，范少山的眼泪流了下来。以往，范德忠打儿子总要拿根棍子等家什的，一拿家什，范少山就跑。这回范德忠气急了，也想好了，直接给他个冷不防。范少山正想着跟爹咋解释，娘说话了："老东西，这事儿俺知道。人家春英来白羊峪，是为那个啥伏，对了，光伏发电的事儿。这事儿是少山操持的，他能不陪着吗？春英来咱家，是来看俺的，前婆婆，不中啊？这里头有你啥事儿啦？啊？"范德忠说："人家把你甩了，你还往上靠，像个爷们儿吗？再说了，人应该知道避嫌，你叫余来锁陪着不中啊？"范少山说："俺这就是坦荡，躲着，避着，不正好说明心里有鬼吗？"范德忠说："庄稼人有庄稼人的想法。谁会像你那样想？你还想让杏儿多心啊？让她离开你，是不？刚才那一巴掌，俺这是给你提个醒儿，往后该知道咋做！"

范少山去找余来锁，给自己的腮帮子消消肿，他还要出门呢！余来锁给他用热毛巾热敷。范少山说："俺爹就是这样的爹，还能咋样？你得按照他的活法儿活。俺咋可能呢？最起码的，俺不能做一个像他那样的爹呀。骂孩子，打孩子，俺可干不出来。"余来锁说："你爹是怕你做对不起杏儿的事儿。老爷子给你娶了两房媳妇，容易吗？"范少山说："俺心里头有根。杏儿那脾气，俺敢负了她？不要命啦？"范少山出门了，去找庞大辉。庞大辉又是谁？亮晶晶公司的董事长，马玉刚的顶头上司。庞大辉是黑羊峪人，农民企业家。把黑羊峪糟蹋了，青山绿水毁了个遍，赚了第一桶金，拍拍屁股，走了，进城干事业去了。这黑羊峪一毁，人都活不了了。走的走，逃的逃，连泰奶奶和黑桃也来到了白羊峪。如今的黑羊峪，就剩一只瘸腿老狼了。

紧挨着黑羊峪的北山有铁矿石，庞大辉就开采了。那时候，钢铁火。庞大辉的挖掘机就可劲儿挖，那可都是钱啊。挖着挖着，就挖到黑羊峪村庄脚下了。这是庞大辉家乡啊，看有几家房子墙壁都裂了，乡亲们能不骂他吗？他就赔钱。补偿了房子受损户，又补偿房子没受损的户，反正，用钱挡你的嘴。这点钱，对他来说，毛八七的事儿。庞大辉掉转方向，又往北挖。北边，含铁量高，资源多。庞大辉想着，子子孙孙挖下去呢！上面让停了。钢铁压缩产能，铁矿污染严重，活不下去了。反正庞大辉钱也赚足了，不干就不干。上面让他的企业转型，他就瞄准了新兴产业，光伏发电。这年头，想赚钱，还得看看长远。人们说："庞大辉就是发财的命。铁矿火的时候，人家赶上了；这回光伏发电火了，人家又抢在前头了。"如今的泛美阳光科技公司，在北京呢！庞大辉经常出入大饭店，出手阔气，听说人家都入了美国籍了。

范少山要找庞大辉，人家见吗？不是人家见不见的事儿，是他不愿见庞大辉。你不是有求于人吗？咋还不愿见呢？是他有愧人家，敢情他俩认识啊？认识，还挺熟呢！前头说过，多年前，范少山玩儿爷爷的猎枪走了火，把余来锁的一只耳朵削掉了。这事儿在白羊峪、黑羊峪传开了。传着传着，就说范少山和余来锁有仇，本来是要余来锁脑袋的，被他躲开了。这一传，不得了，都以为范少山好勇斗狠，是个厉害角色。庞大辉开铁矿，身边得有跟班的，就是领导保镖。为了领导，你得挡子弹啊！选来选去，不是胆儿小，就是没眼力见儿。庞大辉叹气："咱这穷山沟，最缺的是啥？人才！"忽地，他想起了有个叫范少山的小子，敢打敢杀，俺身边就缺这样的！赶紧派人去了白羊峪。范少山听说矿上请他当保安，开钱不少，来呗。来了，每天跟着庞大辉，进进出出。范少山有眼力见儿，看得出眉眼高低。庞大辉上车，先拉车门；庞大辉进办公室，先沏茶水；庞大辉找女人，他装看不见。养兵千日，用兵一时，这天，用人的时刻到了。来了一伙夺矿的，手里拿着家伙呢，跟矿工们打成了一团。范少山一见，吓得直哆嗦。庞大辉大喊一声："保护俺！"就见有几个朝庞大辉扑了过来，范少山冲了过去。脚下一滑，扑通跌了个嘴啃泥。耳边听见庞大辉的惨叫声，浑身瘫软，不敢起来，也起不来了。庞大辉的脑袋被打破了，在医院躺了两天。范少山呢？等他爬起来时，战斗早就结束了。他一瘸一拐，战战兢兢，回家了。回了家，他再也没敢回去，半个月工资也没敢去领，也再没见过庞大辉。

你说，这种情况，范少山还咋见庞大辉啊？你若是当初挺身而出，三拳两脚，将对手干倒，那啥成色啊？可话又说回来，范少山有那胆儿吗？有那身手吗？他要上去，脑袋早出窟窿了，说不定人也没了。范少山年纪轻轻，犯得上为老板卖命吗？后来，范少山想起这件事儿，既觉得自己丢人，又为自己庆幸。反正，不是件光彩事儿。

打听到庞大辉住昆仑饭店，范少山硬着头皮，去了。庞大辉问秘书："范少山？这小子还有脸来见我？他就不怕给他一板砖啊？真是耗子胆儿。当年我怎么找的他呀？眼瞎呀！"秘书问："董事长，见不见啊？"庞大辉说："今天本来心情挺好的，让这小子给搅了。"秘书听庞大辉这样一说，还不明白吗？就跟范少山说："你走吧，董事长不见你。"范少山知道庞大辉还记恨着自己，也没底气闯人家办公室。就在大门口等着。庞大辉出来了，周围四个保镖，近不得身。

他就喊："庞总，俺跟你说两句话。"保镖人高马大，往外推搡范少山。庞大辉站住了，对保镖说："别动别动，你知道他是谁吗？你们的前辈啊。我的第一任保镖。当有人冲过来打我的时候，他先吓趴下了。至今我的头上还有个白印儿。让人家砍的。你说养这样的保镖，哪像养一窝耗子？"四个保镖哈哈大笑。范少山想找个地缝儿，能钻就钻，能跳就跳。他手里拿着半瓶矿泉水呢，想狠狠砸向庞大辉那张胖嘟嘟的脸。可是……你是干啥来的？打架来的？连两句话都吃不住，还能干事儿吗？还能干成事儿吗？范少山说："庞总，俺对不住您，这回来，俺就是来登门道歉的。想跟您说两句心里话。"庞大辉笑了，说："少山啊，这事儿过去这么多年了，算了。要是想找你麻烦，当时我就让人到白羊峪掏你去了。你以为我还老记着别人的不是啊？那我还不累死？我还能干成这么大事业吗？刚才我就是跟你开个玩笑。白羊峪、黑羊峪连着，怎么说咱俩是老乡。走吧，先吃饭。我就知道，你不是为道歉而来的。"

庞大辉请范少山吃了一顿饭。桌上，范少山喝茅台，庞大辉喝红酒。如今人家有钱人谁喝白酒啊？都喝红酒，养生啊。吃完饭，喝一口红酒，不咽，漱口。爽啊！庞大辉说："当下啊，我最不敢得罪的是谁？老乡。我要是不见你，不请你吃饭，你回去就得嚷嚷，庞大辉那小子没人味儿。一传十，十传百，那我这名声在老家一带就臭了。"范少山笑笑："哪能呢。"庞大辉："听说你在北京卖了几年菜，又回白羊峪了，带着乡亲们干得有声有色。说实话，我这方面不如你，把好生生的黑羊峪给毁了。我挺佩服你的。"听这话，庞大辉也是从心窝子里头掏出来的。范少山就把自己的事儿说了。当保镖那阵儿，他小屁孩，还没结婚呢！一说，就拉到十几年前了。跟春英结婚、离婚，去北京闯荡，卖菜，回乡，种金谷子，修路，搞无农药苹果，老事儿、新事儿都说了。庞大辉说："没想到，干保镖不合格，干别的，挺出彩儿。对了，你前妻是我们马总的老婆吧？"这一问，范少山想，可以切入正题了。说："是啊。你说你的这位手下，给俺戴了绿帽子，俺也忍了。现如今他又吃起俺的干醋来了。"一听这话，庞大辉来了兴致，忙说："快说说看。"范少山说："俺们白羊峪定好了，要上光伏发电项目，就是你们的产品。"庞大辉说："好事啊，搞啊！这可是房顶银行啊！"范少山说："庞总，您知道，白羊峪穷啊。国家补贴又不多，俺们没能凑够钱。俺去县城找他，想让他给俺们垫上，等明年发了电，收了电费，俺们再还他。还没等俺开口，他就说些个咸油淡醋的话，气得我差点打他。保安把俺轰出来了。你看看，这条路就堵死了。"庞大辉说："所以说，你就来找我是不是？"范少山看着庞大辉那张胖嘟嘟的脸，点点头。庞大辉："就你们白羊峪才几户人家啊，别说收钱，我就是全免，才几个钱啊？可话不是这么说的。马玉刚是公司总经理，他有决策权，他的意见我还是要尊重的。这样吧，我马上打电话，听听情况。"庞大辉拨通了手机，离开了桌子。人家是怕马玉刚说些没用的，范少山听到尴尬。

一会儿，庞大辉回来了。对范少山说："事情是这样的。白羊峪安装光伏发电的情况报到了马总那儿，当时批了。可后来，马总派人一调查。因为有段'鬼难登'的路，电池板进不了村，没法安装，所以说，光伏发电这个项目，就不能落在白羊峪的房顶上了。"听了这话，范少山脑子嗡地一下大了！原以为庞大辉能免点儿钱，家家户户把光伏发电安上，这下好了，你就算出钱，人家也不给你安了！范少山说："咋会这样呢？马玉刚是想报复俺。"庞大辉严肃了，说："情况明摆着，道路陡峭，设备运不上去。你要相信科学。马总报复你干啥？他也是白羊峪人，虽然早搬走了，但你能说他对家乡没感情？儿女情长的事儿，是商人大忌。我想他不会因为吃醋就把项目取消了。我告诉你，每个商人都是计算成本的，要把那么多电池板搬上山，得多少钱啊？出了事故算谁的？"范少山急了，啪地一拍桌子，站了起来。这当口儿，门外冲进保镖齐声问："董事长！"庞大辉冲他们使了个眼色，保镖退了出去。范少山说："这些年，俺们白羊峪抽水机、柴油机都上了山，哪个不比电池板大啊？姓庞的，这点事儿你当不了马玉刚的家？谁信啊？当年，俺是对不起你，没能保护你，俺是心里头愧得慌。可俺爹俺娘早把你欠的债替你还清了！"庞大辉眨着眼睛，没听明白。他连范少山的爹娘都没见过啊？

这到底咋回事儿呢？庞大辉不是开了铁矿吗？把黑羊峪好山好水给糟蹋了。他又拍拍屁股，到北京发财去了。黑羊峪的人活得没啥滋润劲儿了，走了。留下那些个穷山恶水破石头，大片的山地没了树木，每年泥石流，水土都冲走了。这样下去，村子没了，土地也没了。黑羊峪的人可怜啊，黑羊峪的土地也可怜。这人走了可以活，土地走了，成了流沙，就不知流到哪儿了，没了。范德忠和李国芳看着心疼啊！两口子一商量，去种树！种树？树苗呢？那得花钱买呀？没钱。他俩就把树枝砍下来，锯下来，再栽到地里。这可是俩残疾人啊！他们只有一只手！李国芳在树边蹲下身，等范德忠的双脚蹬上她的肩膀，她缓缓起身，站成了一棵挺拔的树。范德忠先用握镰刀的手扶住树干，两眼寻觅合适的树枝，然后，他抵住树干，两眼向上，那根树枝，就被他盯死了，他挥动镰刀，咔咔几声，树枝哗的一声落地了。他再次仰望树枝，又挥起镰刀，朝一个新的树枝砍去。下巴磨破了，出血了。他就改用那半个膀子，牢牢贴紧树干，像是把整棵树嵌了进去。膀子疼啊，不能动了，他又改换下巴。为了一个支撑，他就这样换来换去。从一个伤口，到另一个伤口，而他的脚下，始终是稳固的磐石。

树杈、树枝就成了树苗。有了树苗，又该咋样栽到山地里呢？你会说，挖坑呗！对一个健全的人来说，两条胳膊，握紧铁锹柄儿，一脚踩住锹头，用力一蹬，铁锹就唰地刃进了土里，锹柄有力一提，端起来，就是满满一锹土。甩出来，地上就出现了一个小坑儿。就这样，再挖几锹，一个树坑就出现了，也就一袋烟的工夫。这老俩挖坑儿就难了，甚至比砍树枝还难。砍树枝，两人能合作。挖坑儿，李国芳就帮不上啥忙了，咋拿锹啊！只得凭着范德忠的一只手，两只脚。一只手拿锹，挖土，咋都使不上劲儿啊！一回只能挖出一点点儿。挖一个树坑，有时需要半响。脚下的土地，若是好好的土壤，还好挖。哪儿啊，土里头都埋着石头呢。也就是说，挖一阵，还要停下，捡石块儿。这当口儿，李国芳使不上劲儿，只能干着急。直到树枝下坑，李国芳才有活儿干了。她用双脚蹬土，掩进树坑。然后，把土踩结实。范德忠拿过搭在脖子上的毛巾，给李国芳擦去脸上汗水，自己又擦了擦，然后，看着树苗笑了。

老两口要种自家的地，要做一日三餐，要照顾老人。种树这事儿，他们只能抓空闲。这一年，他们种下了一百来棵树，因遇到干旱，只活了一棵！还有比这还难的吗？没有人叫你俩这么做，你俩也没这义务。你俩不干了，也没人说啥。但是，老两口打定主意，接着干！每栽下一棵树，都要浇一桶水。水是李国芳取来的，她用绳子把塑料桶套在脖子上，来到两三里外的河里，来到河边，李国芳蹲下身，让水桶挨着水面。水桶漂着，装不进水，咋办？李国芳就用脑袋顶住水桶，让水桶口吃进水里，将桶装满。她挣扎着站起身，用自己的脖颈拎着一桶水，往前走。刚栽下的树苗，还等着喝水呢！有一回，没站稳，用脖子拎水桶的时候，身体前倾，一头栽进了河水里。没有双臂的人，掉进河流里，那有多危险啊！她被冲出去老远，幸好被一棵倒下的树木截住了。她借助双脚，才将自己弄上岸。这事儿，被范德忠知道了，打那以后，再也不让她取水了，都是自己去河边提溜。因为种树的事儿，两人少不得拌嘴。你说从那边种，他说从这边种。拌完嘴，谁也不理谁，可树还是照样种。只要李国芳蹲下身，范德忠就踩上她的肩膀，一声不吭地砍树枝，天地间，只有镰刀砍树的咔咔声，树枝哗地从树上跌落的声。

范德忠和李国芳，种树种了八年。八年里，他俩种了三千多棵树，成了一片树林。这些个山梁，牢牢地让树根霸住了，水土再也不流失了。而今，他俩老了，种不动了，有时候，他俩回去那片树林，用手抚摸着粗壮的树干，坐在树荫里，看细碎的阳光透过树叶，听树叶窸窸窣窣的声音。偶尔，有一两片树叶悠悠荡荡地落下了，落在他俩的头上、脸上。他俩也不去摘，不去动。他俩觉着，那就是扑向自己怀抱的孩子。

范少山打开手机，找到父母种树的照片，给庞大辉看。这些照片，是他几年前，流着眼泪拍摄的。庞大辉惊得张大了嘴巴。他哪儿想得到啊？自己欠下的债，是范少山的爹娘在还，而且一还就是八年！那一棵一棵的树，都是他俩捧着一颗心种出来的，都是他俩用生命种出来的。说实话，这些年，想想自己个儿的第一桶金，想想自己家乡，败落不堪的黑羊峪，庞大辉也有过不安，也有过愧疚，但一眨眼，就过去了。大潮推着他走，赚钱最重要，哪儿容得他想那么多事儿啊！庞大辉说："少山，你们白羊峪的光伏发电项目，我们公司无偿赞助。"啥意思？这下你觉得有愧啦？要给白羊峪施舍啦？俺爹俺娘栽树不是图回报啊。他俩觉得人欠土地的，总得有人还。你不还，那就俺来还。就这么简单。俺要是答应了你，你出了钱，一点愧疚心都没了。爹娘知道了，还要骂俺。俺就是让你有愧疚之心，让你想起这件事儿，就惴惴不安，让你没机会还账，没机会报答。范少山说："赞助这事儿就免了。只要庞总答应给白羊峪安装光伏发电，俺就谢天谢地了。若是再答应先给垫付一部分钱，让俺们拿电费去还，俺就感恩戴德了。俺们白羊峪认账，还钱的时候，包括利息。"庞大辉说："惭愧呀！"

三十四

范少山回到北京的家，和杏儿说起和庞大辉见面的事儿。杏儿嚷嚷开了："你脑子进水了？人家提供赞助你都不要？你装大款啊？这事儿你和余来锁商量了吗？村民们答应吗？别忘了，白羊峪是个贫困村！"范少山说："那片林子，付出了俺爹娘多少汗水和心血啊？那是无价的。俺没权利拿它做交易。"杏儿知道公婆为黑羊峪栽树的事儿，知道里面的艰辛，也由责怪改为赞许少山了，说："咱爹娘种下的林子，那是无价之宝，哪是用金钱可以收买的？"范少山住了一宿，晚上，他检查小雪和黑桃的作业，板着脸，有模有样。说实话，有的题，他也不会做。但他又怕两孩子做题不认真，得给她俩点儿压力。他翻着作业本，忽地指着一道数学题："小雪，这道题你是咋做的？对吗？"小雪愣愣看着，说："爸，对呀！"黑桃也凑过来："爸，对呀！"范少山心里头踏实了，赶忙说："是对。你老爹眼花了。"心想，再诈下去，就露馅了。

按理说，有了董事长庞大辉的话儿，马玉刚应该是服服帖帖，蔫不唧地把光伏发电事儿给白羊峪办好喽，你再任性，总不能连顶头上司的话都不听吧？听是听了，协议签了。可人家按兵不动，咋回事儿？你还得交一笔运输费。人家有人家的理由，你白羊峪车能开进去吗？设备上山，肩扛人抬不行，还得雇运输工具，没钱谁干啊？你找了董事长，董事长的话俺听，给你安装。可董事长没说给你免运输费呀！你不能说俺马玉刚刁难你们吧？这下，范少山和余来锁都傻了。运输费，三万块。范少山直觉得是，马玉刚没做好豆腐，可心里头又说不出来哪儿不对。余来锁翻看公司的资料，说："不对呀？这里面没有运输费呀？就是设备费和安装费。依俺看，马玉刚这小子是故意的。他和迟春英闹矛盾，把一股子邪火撒到你身上了，撒到白羊峪来了。"范少山急了："这小子不厚道，咱去找他！"

范少山拉着余来锁，去了县城。在安装公司，马玉刚在，迟春英也在。马玉刚说："你俩交运输费来啦？"范少山说："马总，俺俩查了你们的资料，根本就没有运输费这一说。轮到白羊峪，咋就出来运输费了？"马玉刚说："我作为公司总经理，有权决定特事特办！"余来锁说："马总，你们收费的标准和依据是啥？不能忒随意吧？"马玉刚说："来锁，特事特办，还要啥标准啊？这是特例！"范少山说："没标准，你就是讹人！俺们不给！"迟春英插话说："公司生意也不好做，人吃马喂的，哪儿不需要钱啊？"范少山说："这话不对，你赚的每一个钢镚儿，都应该在日头底下晒晒，让消费者心服口服啊！实话说，这三万块钱俺们也掏得出来，可你不能蒙俺们。该花的钱，不论多少，俺们花。不该花的钱，就算一分，俺们也不花。"余来锁说："少山说得对。马总啊，你也是白羊峪人，虽说早就搬出去了，可你也是喝家乡水长大的啊？就对白羊峪人这么没感情？"马玉刚说："有啥感情啊？我在白羊峪过的啥日子？穷得叮当响啊！我家若是不搬出来，早就饿死了。我就不明白了，那个兔子不拉屎的地方，有啥好留恋的？你们看我出来了，过的啥日子？迟春英也离开了白羊峪，挣脱了枷锁，跟了我，投奔光明啊！你们白羊峪，还搞啥光伏发电啊？有意思吗？弄来弄去，你们能摆脱一个'穷'字吗？你们有钱就办，没钱呢，也别装大尾巴狼！"马玉刚的话，句句像刀子，往范少山的心窝里戳。他知道范少山自尊心强，故意挑事儿。上回吵过一架后，范少山让保安赶跑了。因为范少山，他还和迟春英闹了一场。马玉刚自打看了光伏发电名单，心里头就不痛快了。因为上面有"白羊峪"仨字。他忽地想起了小时候那无边无际的夜晚，饿得睡不着，出去偷萝卜，让人家打了。想到老婆迟春英，曾经在无边无际的夜里，和一个叫范少山的人睡觉，心上就长了草。那挨打的画面，那迟春英和范少山睡觉的画面，就在眼前晃来晃去。马玉刚钻了牛角尖。他睡范少山老婆的事儿，忘了。总想着是范少山睡了他的老婆，这他能干吗？这不，就在光伏发电的事儿上砸砖头儿。

马玉刚摸准了范少山的脉，范少山果然跳了起来："马玉刚，你算个啥东西。白羊峪白养了你了！你的良心让狗吃啦？小时候，你在俺家吃过多少顿饭啊？"范少山一脚踢翻了茶几，茶杯碎了，茶杯盖儿满地跑。迟春英皱了眉头："范少山，你也太过分了吧？你有话好好说啊，不能来了就闹事儿吧？何况，在白羊峪安装光伏发电，要运输费也是合理的！"上回，迟春英和马玉刚赌气，去了趟白羊峪，住了一夜。回去的时候，开车直接去了县城，给马玉刚买了个名牌皮带，回来了。她说去表姐家散散心，气也消了，觉着还是老公好。说着，就把皮带递给了马玉刚。这女人啥意思？她去白羊峪，跟范少山控诉马玉刚，还说自己个儿后悔了。假的吧？那是她的真心话。可回白羊峪，她也回不到范少山身边了。她还得回到马玉刚身边。回到马玉刚身边，日子过得顺当，你就得先讨好他。马玉刚乐呵呵地换上了新皮带，忽然想到迟春英的零花钱不多，就说："每个月，给你一万吧。"说实话，马玉刚还是挺稀罕迟春英的，长得那么可人儿。就是一想到她跟范少山睡过，心里头不舒服。零花从五千，涨到一万，迟春英自然开心，当然要帮马玉刚了。女人的心思，谁猜得透啊！这会儿，马玉刚把要动手的保安制止了，余来锁搬起茶几，收拾残局。边打扫边说："冷静，冷静，都要冷静，不冷静，气出了，啥事办不了。"可不办不了嘛，范少山赌气走了。

　　可你想安装光伏发电，就绕不开马玉刚这一关，人家公司，在全县是蝎子拉，独一份。余来锁对范少山说："你就是忒冲动。咋样，事儿没办成吧？"范少山说："这两年跟你学的，遇事儿冷静多了。他要是说白羊峪穷，无所谓，白羊峪是穷，能不让人家说吗？可他说迟春英投奔了光明，俺的火就蹿上脑瓜顶了。"余来锁说："人家当然是你哪儿疼，打你哪儿啦。"下一步光伏发电的事儿，余来锁打算不让范少山来了。来了两回，打了两回，事儿没办成，你还来干啥？这不耽误事儿吗？

　　这当口儿，费大贵回来了。关于费大贵，镇党委找他谈话了，忒严肃。上面要求健全农村党组织，你白羊峪的党支部书记长期住在镇上，像话吗？若是想当，就回去。不想当，写辞职报告。费大贵还想着自己个儿当年挥挥手，村民们向前冲那阵势，舍不得。就自己搬了回来，家里人还在镇上，隔三岔五还回去。主要落脚点，就在白羊峪了。费大贵回来，是带着精神和任务来的。看到以前那个不死不活的白羊峪，活过来了，活得精精神神的，像个二十啷当岁的小伙子，打心眼儿里高兴。费大贵一来，就开了个村民会。会上，先是传达了上面精准扶贫的精神，他说，国家、省里、市里、县上、镇上都开了会，要求层层落实。习总书记说了，建立精准扶贫工作机制，扶到点上，扶到根上，扶贫扶到家。还说，眼下最重要的一件事儿，就是把光伏发电的事儿办好。接着，费大贵表扬范少山、余来锁，还说要发展范少山入党。按说，这话应该在支部会上说，他在村民会上说了，就是让乡亲们都知道，俺费大贵识才，范少山就是俺培养的。眼下，民心在范少山这儿，俺推举了范少山，民心就丢不了。果然，费大贵这话一说，人人都拍巴掌。费大贵说："俺老了，身板儿也二五眼，往后咱白羊峪的事业，就得靠年轻人了。俺也就是出出点子，给年轻人站站脚，助助威，喝喝彩。"这会开的，那效果，村民们都说好，都夸费书记好人。可话说回来，光伏发电的事儿，马玉刚还横着呢！在村委会办公室，余来锁和范少山向费大贵汇报情况。费大贵火了："这王八犊子，咋乱收费呢？数典忘祖的东西！白羊峪是他的根啊！"范少山和余来锁偷偷高兴，这下有法子治马玉刚了。马玉刚叫费大贵表叔呢！可接下来，费大贵说了："这小子，不买俺的账啊！当年他半夜去地里偷萝卜，被俺逮个正着，揍了一顿。打那以后，看见我，就用眼横俺。这都多少年过去了，一回都没理过俺。"余来锁跟范少山说："事情还是庞大辉说下的，你问问庞大辉，交通费俺们该不该出，他若说应该，咱就出。光伏发电这事儿，不能再等了。"范少山有庞大辉的手机号码，打过去了。人家说，正开会。再打，关机了。范少山想，前天听了俺爹娘植树的事儿，还感动半天呢！这会儿已经忘了。费大贵说："这些个商人们，没啥好玩意儿。依俺说，咱们出了吧！各家各户摊一摊，实在拿不出来的，俺出。"范少山说："俺觉得，咱不能花冤枉钱。"余来锁说："虽说他公司没明文规定，可他把东西运上来，是得花钱。若是你不花这笔钱，事情就回到原点了，人家不给你安装。俺同意费书记的意见。"人家书记和村民小组长都同意了，你还能说啥呀？可是，三万块钱，每户均摊，一户就要拿两千块，这是小数目吗？走了几户，都说拿不出钱来。难了。

杏儿带着小雪、黑桃回了白羊峪。俩孩子看范老井太爷爷，看泰奶奶，又看爷爷和奶奶。小雪、黑桃带来了她们的奖状，给老人们看。奶奶李国芳看得抹眼泪，说："这比啥礼物都好。"泰奶奶拉着俩孩子说："来了，来了就好。俺老了，见一回，少一回了。"俩孩子搀着泰奶奶在街上走。去哪儿？有事儿。泰奶奶去了村委会。这时候，范少山、余来锁、杏儿都在。他们说的光伏发电是事儿。泰奶奶见了，颤颤巍巍地掏出一沓钱，三千块钱，要捐给光伏发电。泰奶奶自打当上网红，网友们都来看她，这些个钱，都是网友给她留下的。范少山说："泰奶奶，您的钱俺们不能收。留着您养老吧。"泰奶奶不依，说："老了，钱没用了。俺九十一了，一辈子没有过钱，都过来了。眼下俺黑桃，有少山和杏儿照看着，俺放心。俺就更不留钱了。"大伙都挺感动，余来锁就把钱收下，登记上了。这阵子，泰奶奶挺硬朗，耳朵一点不背。听少山他们提起庞大辉这个名字，眼亮了。泰奶奶说："黑羊峪的庞大辉吗？这胖小子，屁股上有个胎记。把黑羊峪糟蹋完了，听说去了北京。让他来看看俺，就说泰奶奶想他！"泰奶奶说完，拄着拐杖走了。小雪、黑桃在后面跑。

泰奶奶这底气，足啊！泰奶奶为啥要见庞大辉呢？为了光伏发电的事儿？不是。要为这事儿，她还捐款干啥？就是听范少山说起这个名字，泰奶奶想起点啥，就说了，她知道庞大辉一准来看她，说完就走了。这老太太，不拖泥带水。泰奶奶在黑羊峪，还有一个身份，接生婆。采石场的杨场长、庞大辉那一代人，都是她接的生。生庞大辉的时候，他娘难产。好不容易，庞大辉落了地，脸色苍白，没有呼吸。这是因为婴儿产期延长了，宫内缺氧，羊水、胎粪都卡在了婴儿的嗓子眼里了。泰奶奶抱起婴儿，自己的嘴，对着婴儿的嘴，吸着。婴儿嘴里的东西，一下吸进了泰奶奶的嘴里。就这样，孩子逐渐恢复了知觉，醒了过来。再晚一点儿，这世界上，也就没了庞大辉了。庞大辉的娘感动啊！当时就拉着泰奶奶拜了干姐妹。这就是说，她是庞大辉的干娘啊！那时候，庞大辉常常去见干娘，知道泰奶奶是自己的救命恩人，亲热呀！后来，大了，当了企业家，走动少了。再后来，他去了北京，又成了美国人，在美国置办了家业，把老娘和全家人送到美国去了，这干亲，也就断了。可能，泰奶奶也忘了，可就在范少山提起这个名字的时候，泰奶奶脑子里灵光一显，对，庞大辉，屁股上有胎记，是俺救的他。他嘴里的羊水、粪便进了俺的肚子，如今还能泛起酸臭味儿呢！

范少山不知内里。他抱着试试看的心情，给庞大辉打电话。庞大辉有点烦。有钱人戒备心重，有人找他，他总觉得是来讨便宜的。他说："我不是已经跟马玉刚说好了吗？光伏发电的事儿，一定给你们白羊峪安装。其他的，我就不管了。"范少山生气了："庞大辉，在光伏发电上，俺再也不会求你一个字。是泰奶奶要见你！"庞大辉愣了一会儿："泰奶奶？黑羊峪的泰奶奶？"范少山说："她老人家已经被俺接到白羊峪来了。"庞大辉说："老人家年纪大了，你就别拉上老人家了。光伏发电的事儿就直接跟我说吧！"范少山说："庞大辉，你给俺们白羊峪人留点儿尊严好不好？"庞大辉说："真的假的？"范少山说："你看着办吧！"把电话撂了。范少山说："这啥玩意儿啊！"一会儿，手机响了，是庞大辉。他咋又打回来了？一准儿是想起了啥。庞大辉说："我一定要见泰奶奶。她是我干妈，我的命是她给的。下周我就去。不，明天。"

第二天早起，杏儿就去了学校，为泰奶奶洗脸，梳头。泰奶奶要去村口接庞大辉，范少山背上她，来到银杏树下，泰奶奶手搭凉棚，往上山的道路看。就见庞大辉走了上来，身后跟着几个人，扛东西的。庞大辉看见泰奶奶，离老远就跑了过来，嘴里叫着"干娘"扑通跪在了泰奶奶脚下。后面的几个人，都跪下了。泰奶奶说："大辉，起来吧，地上脏。"庞大辉起来了，两眼是泪。泰奶奶说了声："回家。"庞大辉说："干娘，我来背你。"庞大辉背着泰奶奶回了学校。在泰奶奶宿舍，庞大辉看见了棺材，泪水像拧了开关，流得哗哗的。他说："干妈，没想到您老日子过得这么苦，是我不孝，没能照顾好您。昨天少山跟我通电话，我才想起您，您是我的干娘啊！您是我的救命恩人啊！这怎么能忘呢？想想小时候，您对我多亲啊！就跟俺亲娘一样。我就是个混蛋！我就是个畜生！我亲娘没了，今后您就是我的亲娘，我要好好照顾您！"庞大辉给泰奶奶买了好多保健品，北京特产。东西忒多，炕上放不下，干脆放进了棺材里。庞大辉让范少山带他去看望了范德忠和李国芳，也留了不少东西。范少山没跟爹娘说见庞大辉的事儿，爹娘不知道范少山把他们种树的事儿告诉庞大辉了，说啥也不收东西。庞大辉说："您二老的恩情，我无法回报，就是一点心意，收下吧。"老两口这才明白。李国芳说："种树的事儿，不光为你，也是为人，许许多多的人，给土地还债。"范少山和庞大辉又去了黑羊峪，看看他爹娘栽下的那片林子。那片钻天杨老高老高了。走在林子里，庞大辉不住感叹："你们范家对我有恩啊！不光替我还了债，还照顾俺干娘。说实话，过去，我庞大辉做了不少亏心事儿。从今往后，好好做人，知恩图报。你们白羊峪的光伏发电设备和安装，全部免费，交的钱，让马玉刚退回来。你给我个报恩的机会行吗？"范少山说："我说了，不会跟你提光伏发电的事儿。"庞大辉说："是我主动提到。我知道，你又想跟我说尊严。一个企业家，免费为一个村庄安装光伏发电，这个村庄的村民才最有尊严！我还知道，你就是想不给我报恩的机会，让我愧疚一辈子。这才是对我的最大惩罚！你够狠！"范少山"呵呵"两声。

范少山说："你的东西就是钱，它可不是大风刮来的。"

庞大辉说："回报社会是我们应该的。"

范少山说："你不心疼？"

庞大辉说："我心安。"

范少山说："俺们不要同情，不要施舍。"

庞大辉说："是尊敬。"

范少山说："要心甘情愿。"

庞大辉说："心甘情愿。"

范少山说："不要……"

庞大辉："别人都是求我捐助，到你这儿，我还要求你呀！我都快六十啦！"

范少山想，俺是不是过分啦？

范少山跟余来锁把这事儿说了，余来锁乐得直蹦。费大贵召开了全村大会。

会上，庞大辉讲话。庞大辉动了情，说："娘在哪儿，家就在哪儿。我的亲娘没了，我的老家黑羊峪没了。可是我的干娘还在，她老人家就在白羊峪，从今后，白羊峪就是我的家！少山的残疾爹娘去黑羊峪种树，替我赎罪，白羊峪有那么多的好人，赡养着我的干娘，你们就是我的亲人！"庞大辉向全村人鞠躬。大伙把巴掌都拍红了。接下来，庞大辉就讲了光伏发电的好处，大伙听得入神。庞大辉在白羊峪吃了顿金谷子饭，连说好吃。他说："我们泛美科技是中美合资企业，已经参与了国家的'一带一路'国际光伏业务开发，业务马上拓展到印度，印度人喜欢谷子，我要把中国燕山的金谷子带到印度去。"庞大辉要把泰奶奶接到北京，为她老人家养老送终。泰奶奶不去。说，就埋在这儿了。庞大辉要给泰奶奶留下一笔钱，泰奶奶不要，说，花不出去了。李国芳给庞大辉用脚做了个枕头，里头装满了金谷子，给了庞大辉。庞大辉接过沉甸甸的枕头，一步一回头，跟班前面走，他在后面跟。下山了。

三十五

马玉刚发了一通火。他有意见不敢跟庞大辉讲，关在屋子里跟自己唠叨。你庞大辉啥意思？连跟俺商量一下都没有，就把白羊峪的设备和安装费全免啦？你倒是充了好人了，俺马玉刚闹了个里外不是人啊！这不让白羊峪人看俺的笑话吗？对了，你不是免设备费、安装费吗？没说免运输费啊，这运输费俺还收，这面子俺得找回来。这边，马玉刚正盘算着收运输费的事儿，那边，白羊峪的闫杏儿，跟范少山说："我告诉你，马玉刚这人肯定还得管咱们收运输费。依我看，人家泛美科技付出得够多的了，这件事还是我们来吧。"范少山说："你是说咱们动手把电池板运上来？对呀！俺咋没想到呢？"范少山拍拍脑门儿，"这事儿，有门儿。"

范少山和余来锁又去了一趟县城，找马玉刚。一是把交了的钱拿回来，二是跟马玉刚说，运输的事儿不用他操心了，由俺们来干。一路上，余来锁不住地嘱咐范少山，千万不要吵架，更不能动手。"你这人就是敏感，自尊心强，忒爱惜自己个儿的羽毛了。激怒你，俺看挺容易。一生气，就要动手。这是弱者的表现。在这点上，你得当诸葛亮。想当年，周瑜嫉妒诸葛亮的才华，设下计谋，但都被诸葛亮一一破解了，留下了'三气周瑜'的故事。这一气，周瑜想攻下南郡，诸葛亮也答应不抢南郡，但他私底下叫赵云坐收渔翁之利，趁乱夺下了南郡。这下，周瑜被气得头晕目眩。这二气，周瑜用美人计将孙尚香许配给刘备，骗刘备来东吴，将刘备抓住，逼诸葛亮拿荆州来交换。不料，诸葛亮让夫人撑场面，让刘备与夫人安然回到蜀国，周瑜'赔了夫人又折兵'。周瑜大怒，口吐鲜血，伤口崩发。这三气，周瑜一计不成，再生一计。以假借取西川之名夺回荆州，但被诸葛亮的慧眼识破，大败而归，周瑜旧伤复发，死了。留下了'既生瑜何生亮'这句名言。你看，生气，真能把人气死啊。人家马玉刚就抓住了你的这一点，专门用话惹怒你。你生气了，他就赢了。"范少山说："俺不是周瑜，他也不是诸葛亮。"余来锁说："你当诸葛亮啊？做人，格局要大。"范少山说："来锁哥，你最了解俺了。俺一定改。俺的入党申请书也交了，今后更得严格要求。"

到了马玉刚那儿，马玉刚说："这光伏发电的事儿，俺当不了董事长的家，依着俺，早就给白羊峪免了，咋说也是乡里乡亲的。这事儿，搞得俺形象不太好。"余来锁说："这事儿不怪你，你也尽力了。"马玉刚说："对了，你们去财务室，把退款领了。"余来锁说："俺去吧。"他跟范少山使个眼色，让他好好说话。马玉刚说："今天迟春英没来，感冒了，输液呢，拽着俺的手，不想让俺来上班，还撒娇呢！真拿她没办法。"范少山说："马总，俺们大老远地跑来，不想听你秀恩爱。说正经的吧，这光伏发电设备运输的事儿，俺们来干。"马玉刚说："你们咋干，肩扛人抬？那么险，那么窄的山路上得去吗？俺请专家考察了，吊车都没法作业，你们有三头六臂呀？"范少山说："交给俺们，你就不用管了。"马玉刚说："出了事儿算谁的？"范少山说："算俺们的。"马玉刚说："那好，这份钱俺也不想赚了。咱们就签一份协议。设备和安装由我公司完成，运输由你们白羊峪来做。如发生事故，我公司概不负责。"正说着，迟春英从里屋出来，和范少山打了声招呼。范少山问："你不是感冒输液了吗？"迟春英瞪了马玉刚一眼："你就怕俺不有病吧？"马玉刚打着哈哈，对迟春英说："往后你再去白羊峪，漫长的黑夜就没有了，可以随时拉灯。"范少山讨厌他的阴阳怪气，说："我们签协议吧。"

协议签了，钱也退了。马玉刚让人用卡车把设备运到兽医站院内，卸了，不管了。范少山和余来锁看了一阵子硅料、硅片、电池板，又到山脚下，看了一阵子"鬼难登"，不好运。硅料、硅片块儿小，还好说，电池板大呀，竖起来，和山道的宽度差不多，又是玻璃的，一碰就碎，娇嫩着呢！还有，万一掉下来砸到人，可不是闹的。要不人家马玉刚跟你签协议呢！这事儿，得有个万全之策啊！范少山先带人把硅料、硅片背了上去，剩下电池板这大件儿了，再想办法。想来想去，还是老办法，用绳子拉！也只能用绳子拉了。范老井和泰奶奶那两口棺材，就是用绳子拉上来的。这么多年，白羊峪人家买个家具，村里买个水泵啥的，不都得用绳子拉吗？你还能指望电池板能飞上去？可这拉法，跟别的不一样，你得慢，你得缓，你得准。因为稍不留意，这边歪一点儿，那边歪一点儿，就碰到电池板了，两边都是石头，能不要电池板的命吗？另外，你拴得还得牢靠，下面一帮搬东西、拴绳子的人呢。东西掉下来，可了不得。这样想来，得有三拨人。一是上面，得有人拉；二是中间，得有人随着货物走，顺着台阶上山，扶着货物；三是山下一拨人，拴好电池板。这三拨人，都挺重要。尤其是山上，用力气，人少了，不中；中间，你得不断地上来、下去；下边这拨，关键是绳子拴牢，系紧。这三拨人，中间最重要，你得扶住货物，不能跑偏，你还要跟着走呢。累呀！范少山负责。下面拴货物，要个稳重人，余来锁负责。上边，拉货物，田新仓负责。开会，分了工。第二天一早，就运货。

夜里，范少山把这事儿跟杏儿说了，杏儿不干了。她说："你在中间，扶着电池板，太危险了。电池板掉下来，先砸你。砸在你身上，就得把你砸下去。下面是几百米的深渊，你掉下去，有好吗？"范少山说："怎么可能的事儿啊？那绳子粗着呢！余来锁心细，一准能系紧喽。"杏儿说："你想让我守寡，让明明没爸爸呀？"范少山火了："你胡说啥呢？啊？"杏儿说："我怎么胡说了？不怕一万，就怕万一。运货可以，你不能在中间儿。"范少山说："俺不在中间，在哪儿？"杏儿说："你在山顶，指挥，那儿安全。"范少山说："哪儿安全，俺在哪儿，哪儿清闲，俺在哪儿，那俺还回白羊峪干啥？俺在北京卖菜，比这不强？多省心啊？"杏儿说："那你就回去呗。"范少山说："俺入党的事儿，支部通过了，正是考验俺的时候，你别扯俺后腿啊！"杏儿说："看你积极的。"范少山说："我福大命大造化大，放一万个心吧！刚才让你一说，把俺整牺牲了。"杏儿呸呸几声，去晦气。杏儿说："好啦。明天放心上路吧！对了，一定要系安全绳！"范少山说："上路？好像……"杏儿又赶紧呸呸起来。

范少山想，上路就上路！悲壮就悲壮！俺打北京回来，就是为扶贫而来，如今，国家精准扶贫，支持俺们上光伏发电，庞大辉又援助了这个项目，这是在帮助俺自己个儿啊！只要乡亲们过上好日子，俺不冲在前头，谁冲在前头？俺在昌平卖菜，那是个小平台。而这儿，白羊峪是个大舞台，他人生的大舞台。他可以尽情舞蹈，尽情歌唱。他从心底里感到了从未有过的畅快。

第二天一早，村民们都来了。田新仓带着一帮老弱病残、妇女们拉绳子。怕力量不够，他还找来了一头牛。余来锁抱来了自家的棉被，用来包裹电池板。又粗又长的绳子一直伸到山脚下，山上这头，在一棵松树上绕了一圈，往上拉的时候，绳子通过树干勒绞，防止人万一拉不住，货物、绳子掉下去。余来锁在山下拴好了电池板，高喊一声："开始！"人们就开始拉了。范少山沿着台阶，扶着电池板往上走，不时指挥着。不中！开始还以为能沿着台阶边缘拉上去，没想到，台阶时陡、时缓，根本不听你的，变得磕磕碰碰，有时电池板还游来荡去，撞向崖壁。非常危险。咋办？为了电池板的安全，只能一层一层地吊起，拉一段，倒一段。正是礼拜六，欧阳老师也来了。她参加了拉绳子的队伍，还对拉运电池板进行了网上直播，给足了范少山特写镜头。范少山戴着安全帽，吹着哨子，挥着红旗，指挥着。那风采，帅呀！欧阳老师说："范少山是我们白羊峪的灵魂，他才是真正的强者！"杏儿也在拉绳子的人群中。中途休息的时候，她通过手机，看了欧阳老师的直播。这直播做的，给力呀！欧阳老师说："嫂子，别吃醋啊！"杏儿说："你喜欢，带走！"两个女子嬉笑着打闹。运电池板，三天五天忙不完，为了集中精力，"白腿儿"带着几名妇女在山顶搭灶做饭，杀了一头猪。晌午，大伙都聚在一块，吃猪肉炖粉条，雪白的大馒头，热气腾腾的。

"鬼难登"的半路，是个拐弯儿。电池板经过这块，得十二分小心。因为这儿正好有棵柏树，柏树长得奇形怪状，很容易挂住绳子。这天，绳子拉得急了，被挂在了胳膊粗的树枝上，捆扎电池板的绳子断了，电池板咣地从台阶滑了下来。人们啊的一阵惊呼！范少山大喊下面的人："闪开——"自己用肩头死死抵住滑下来的电池板。电池板的冲击力大啊，范少山的脚步也跟着往下滑，一步，两步。范少山的腰上拴着安全绳呢！由于路形复杂，他的脚差一点悬空，有点吃不上劲儿了。若是脚下吃不住劲儿，身子就没力气，就顶不住滑下来的电池板。范少山瞄准了一块高一点的石头，脚踩上去，给力啊！正赶上一块宽石台阶，范少山用尽全力，把电池板扑倒，电池板咣的一声，稳稳躺在了台阶上。范少山也一屁股坐在台阶上，一头的汗，摸摸，冰凉。亏了那安全绳啊！是杏儿提出来的，起初他还不肯，只说没事儿，后来是杏儿几回说，他才叫人们给自己加了安全绳。刚才，滑下的电池板冲得他身子后仰，若是没有安全绳，他就掉下山涧了，后果不堪设想啊！范少山想，听老婆的话没错，杏儿给了他第二条生命啊！不光救了他自己，电池板要掉下去，下面还有一帮人呢！余来锁来了！就在刚才，余来锁喊下边的人躲开的时候，自己个儿却上了山。对，迎着滑下来的电池板，迎着跌下来的范少山。他要迎上去，帮范少山一把，两人共同把电池板制服，把险情化解。可这是多危险啊！他没有安全绳，若是范少山扛不住，电池板掉下来，砸中的一准是他！难道他不知道吗？知道。正是因为知道，他才要往前冲啊！他不能让群众受到危害！就在余来锁差几步赶到时，范少山自己化解了险情。余来锁看到范少山的肩膀被玻璃扎伤了，撕破自己的衬衫给少山包扎伤口。范少山这才想到，刚才，余来锁是冒着多大的危险来帮他，自己身处险境之时，只有他来了，一路小跑而来。范少山说："来锁哥，你来帮俺干啥？多危险啊！"余来锁淡淡地说："俺是党员。"范少山心头一热，紧紧地抱住了余来锁。

那一刻，乡亲们傻了。杏儿傻了。欧阳老师傻了，她在做直播，忘了。拿手机的手，放了。若不是手机背后的指环，紧紧套在她的食指上，手机早就落下去了。手机套在欧阳老师的食指上，手机还在直播，还在网络发布。范少山死死抵住电池板，救了山下乡亲的画面，感动了网友。人们纷纷点赞，留言，称范少山是"山村英雄"。

范少山偷着乐了。说实话，他回白羊峪，不图利，名还是图的，起码得让人说你好吧。乡亲们说你好，在意。网民们说你好，也在意。总比骂你强吧！做人嘛，总得图点儿啥，不图名，不图利，也得图个心里安好吧！说话间，白羊峪的光伏电池板都运上来了，进了村。这可是稀罕事儿啊！这燕山一带，像白羊峪这样的村，不光这一个，有好几个村都在山顶上呢！除了白羊峪，都没把电池板运上山。白羊峪成了蝎子，独一份。网络直播，红了，布谷镇葛书记还在会上点名表扬。费大贵参加了镇上的会，听了书记的夸奖，各村书记都跟着竖大拇哥，费大贵嘿嘿笑。嘴上说没啥没啥，心里头却不得不佩服范少山和余来锁。因为他没参加运电池板，自己在镇上，输了几天液，血压高了。

泛美公司进驻了白羊峪，安装光伏电池板。马玉刚来了，迟春英也来了。一帮工程技术人员，吃住在白羊峪。费大贵专门腾出几间空房，安排田新仓给师傅们做饭。马玉刚是总经理，不能老待在这儿，人家就看看，吩咐吩咐，走了。马玉刚去总公司开会了，把迟春英留下了，这也是没办法的事儿，庞大辉临时叫他。马玉刚这人反复无常，和迟春英的关系时好时坏，他一开心，就安排迟春英担任总经理助理。他一走，助理就得干事儿。再说了，他也见了，杏儿在白羊峪呢！范少山也不敢动歪脑筋。当然，这都是马玉刚瞎琢磨的，反正，他走了。他前脚刚走，杏儿也赌气走了。咋回事儿？安装电池板入户，迟春英总得和范少山打交道吧？杏儿看着迟春英像个影子，跟着范少山，心里头就硌了石子。这天，迟春英犯了迷糊，差点晕倒，被范少山扶住。咋办啊？范少山没多想，背起迟春英就走，去了娘的住处。这当口儿，杏儿跟婆婆唠嗑呢，就见范少山背着迟春英进来。范少山把迟春英放在炕上，躺下。范少山说："她犯晕了。"杏儿笑着说："是你犯晕了吧？"范少山苦笑，赶紧给余来锁打电话。余来锁来了，把把脉，说："谁有糖啊？"杏儿说："我有。"说着，从口袋里掏出一块巧克力，给了余来锁。余来锁把巧克力放进迟春英的嘴里。余来锁说："身体虚弱，这几天劳累的，低血糖犯了。"迟春英吃了巧克力，清醒了。就为这事儿，杏儿和范少山吵了一架，吵得凶。杏儿说："我算明白你为啥不愿意回城了，跟前妻黏糊上了，想干吗呀？旧社会啊，大房二房啊？我也看见了，迟春英看你的眼神儿就不对！你俩想好，我就成全你们！"范少山说："杏儿，俺知道应该避嫌，可俺不能眼看着她摔倒在地呀！当时又没别人，俺能不救人吗？你咋还吃她的醋啊？她能和你比吗？"杏儿说："人家温柔，可人。我是女汉子！我给你们腾地，干脆把小雪也接回来，这个家就团圆啦。我是多余的！"范少山说："你这是气话，说这有啥用？"杏儿说："不是气话。这样吧，要么你跟我回北京，要么离婚！"范少山也火了："离就离！谁怕谁呀？"范少山这句话，可捅了马蜂窝了，杏儿眼里可不揉沙子。好啊！我说离婚，你还敢拿话怼我，我能干吗？杏儿留下话："我们贵州姑娘可不是好欺负的！范少山，我不跟你离婚不姓闫！"这话，每个字都像石头砸的，吭吭的。杏儿走了。

这架是在少山和杏儿的房子里吵的。杏儿懂事儿，不当着公公婆婆的面吵架，更不当着迟春英的面闹翻。杏儿觉着，夫妻的事儿，就夫妻解决。这回，她是气急了。在婆婆屋子里，她压了火，还给了迟春英巧克力，回到自己个儿的屋子，当了少山的面，她像点着的二踢脚，头一响，就蹿上了天。这年头，好多小夫妻离婚，没啥大事儿，都是鸡毛蒜皮的小事儿，有时候，就是话赶话，她说离婚，你说离就离。就离了。回北京的路上，杏儿流泪了。杏儿轻易不流泪，尤其不在别人跟前流泪。杏儿想想这几年跟了范少山，心里头的委屈泛滥了。人就是这样，开心的时候，委屈不叫委屈，叫委婉的幸福。不开心了，啥事涌上心头，都是委屈了。想想自己风里雨里卖菜，想想范少山不在身边，想想卖菜的钱搭给了白羊峪，想想自己为范少山拉扯这女儿……这一想，最终留下来几个字："我图什么呀？"就这几个字，多少女人，流了多少泪水呀！想想，就铁了心。杏儿拨通了范少山的手机："姓范的，我们法庭见！"

范少山再打电话时，杏儿已经关机了。得知儿媳和儿子吵了一架，走了，李国芳踢了范少山一脚。这一踢，范少山一个趔趄，疼得龇牙咧嘴，原地转了三圈儿。李国芳脚力大，那是能扛起男人的脚啊。踢在身上，没轻没重的。一般人谁受得了啊？撸开裤管一看，小腿青了一块。当娘的后悔了，不住地给儿子揉。李国芳说："俺没留春英住在这儿，就是怕人误会，怕惹杏儿生气。俺知道，她俩不对付。这事儿，全都是你惹下的，你不背春英就没这事儿。"范少山说："谁让俺赶上了呢！"李国芳说："万一杏儿以为春英是装的，也说不定。"范少山说："娘，你咋这样说呀？余来锁不是号脉了嘛，低血糖。"李国芳说："俺是怕杏儿起疑心。这事儿，说大不大，说小不小。婚姻面前就没小事儿。杏儿走了，还甩下话，你回北京就离婚！杏儿那秉性，咬钢锉铁，说到做到。你赶紧下山，回北京给杏儿赔不是，多说好听的，暖过三春的，一准要把杏儿给央好。女人啊，架不住男人几句好话。和男人过一辈子，得提多少回散伙啊，我跟你爹提了起码五六十回，这不还没散嘛。说到底，你俩有感情，把她的心给俺暖回来！"

范少山说："走的时候，她撂下话，非要俺回去，不回去就离婚。走到半路，又打了电话，说法庭见。这啥意思？也就是说，回北京也不和解了，还得和你打离婚。这人，小孩脸儿，一会儿一变啊！"李国芳说："这不是催着你去北京吗？多待几天。"范少山说："不能惯她这毛病。"正说着，范德忠进来了，气呼呼的。这当口儿，村里头都传开了。说杏儿和范少山吵了一架，范少山若是不离开白羊峪，杏儿就和他离婚。杏儿赌气出走的事儿，范德忠耳朵里都灌满了。范德忠冲着范少山吼了一嗓子："都是你这个混蛋惹下的！赶紧回北京！"接下来就是一阵子叨咕，"放着好日子不过，败家呢？好好的媳妇，让你给气跑了。

人家还要离婚啊！你非得背个二婚三婚的臭名声啊？赶紧回北京，别回来丢人现眼啦！"李国芳说："少山，你爹说得对，现在白羊峪的日子好过了，村子年年分红，乡亲们手里头也有了点儿活钱。听小雪、黑桃说考的成绩都不错。俺孙子明明的身板也壮实了。你就好好地在城里跟杏儿过日子吧！逢年过节的再过来看看你爹你娘，看看你爷爷，看看乡亲们。"听着爹娘的话，范少山忽地流下泪来，他说："爹，娘，若是俺这时候走了，不管村里头的事儿了，那不是把乡亲们撂了吗？乡亲们会咋看俺啊？眼下，村里头正在安装光伏发电，俺离不开啊！俺和杏儿感情牢靠，俺心里头有根，俺俩离不开。回头，俺给杏儿打个电话，好好安慰安慰。放心吧。等忙过这一阵，俺再回去。"

光伏发电的安装紧锣密鼓，成了白羊峪的头号工程。范少山每天像抽打的陀螺，转个不停，走了这家，进那家。眼看工程进度过半，出事了。这天，下了一场雨，田新仓进屋发现，他家的屋顶漏雨了，滴滴答答漏个不停，还有节奏感。一看，傻了！放在炕上的吉他遭殃了！雨滴正好砸在琴弦上，雨水流进了琴孔里，再一看，差不多满了！这还了得，这可是田新仓的心头肉啊！田新仓跳着脚去找林师傅。

前头提到，这回工程队吃住在村，费大贵就安排了田新仓做饭。田新仓和师傅们一个锅里抢马勺，自然和他们打得火热。其中的林师傅，爱好音乐，也是单身。空闲时，田新仓总想找他切磋切磋，可林师傅傲着呢！说自己个儿参加过《中国好声音》，不理睬你。田新仓就看林师傅不顺眼，盛给林师傅的菜不是少几块肉，就是多两勺盐。这事儿，林师傅向费大贵反映过情况，费大贵也做过田新仓的思想工作，人家是客，要高看一眼，厚爱一层。田新仓嘴上答应，可心里头却是七个不忿，八个不含糊。该着田新仓家安装光伏板了，施工的正是林师傅这拨。田新仓这心里头就打鼓，这小子，会不会给俺偷工减料啊？果然应验了！雨水还漏湿了俺的吉他，你小子这不是存心吗？田新仓去了工程队的住处。这时，师傅们正在睡午觉，雨天，不能施工了，就是休息。田新仓把林师傅捅醒，说："外边有人找你。"林师傅睡得五迷三道，出来了。田新仓把他一把推到雨中，像一头雄狮扑了上去。一阵子雨中厮杀，田新仓和林师傅都成了泥人。田新仓站着，林师傅坐着。林师傅说："我不是故意的，不是，我很有职业操守的。我参加《中国好声音》那是吹吹牛啦，其实我不会唱歌，上来五音不全，听见唱歌好的人就嫉妒……"

等余来锁和范少山赶到时，工程队的人早把田新仓围了，要打他。你打人家的人，就是欺负人家工程队，人家能干吗？有人吵吵着要走，把工程撂了。范少山说："各位师傅，你们来到俺们这穷乡僻壤，为俺们白羊峪谋福利，你们都是俺的亲人！师傅们，都别着急。若是相信俺，俺一定把事情处理好，让各位满意！"范少山提出，先给林师傅看伤。眼巴前，余来锁就在呢！验林师傅的伤。当着这么多人的面，林师傅不承认受伤，不屑地说："先给他验！"范少山一听，心里头有了底。这林师傅自尊心强，不认输，不会讹人。余来锁都给双方验了，就是软组织伤，青一块，紫一块的，林师傅的多几块。余来锁这一说，林师傅不满意了："分明是他身上的伤多！"余来锁、范少山和对方的工友们都扑哧笑了。

打架的事儿，范少山让田新仓给林师傅道了歉。接下来的事儿，就严肃了。范少山对工程队长说："邢队长，工程质量第一，这是你当初承诺的，必须保证！若是俺们住着漏雨的屋子，发电还有啥用？"田新仓说："是啊！俺的吉他都装满水了，得赔俺。"天一晴，邢队长、范少山就去了田新仓家，上了房顶。邢队长一看，原因找到了，两只固定电池板支架和房顶的膨胀螺丝没弄好，击穿了屋顶的防渗层，房子就漏了。邢队长不护短，承认是责任事故，扣了林师傅当月的奖金，并向户主赔礼道歉，赔补损失，限期整改。这下，田新仓不干了，你这不是公报私仇吗？还要找林师傅理论，被范少山踹了一脚："杀人不过头点地。别忒过分。"田新仓知劝，看着林师傅把房顶修好了，忙得满头大汗，也有点儿过意不去。对林师傅说："那把吉他，我拿出来晾了晾，还能用，你就不用赔了。"林师傅说："对不起了，我真不是故意害你。"田新仓说："俺信！"村里决定撤了田新仓，换别人做饭。工程队都乐意，林师傅却不干了，求范少山把田新仓留下来。范少山去找邢队长。邢队长一听是林师傅的意见，说了句："这不贱骨头吗？"范少山笑着说："不打不成交嘛！"

第十二章

——

白羊峪的一唱三叹

三十六

光伏发电安装完了，进入了调试阶段，事儿少了，范少山悄没声地回了北京。这些天，范少山每天晚上都要给杏儿发短信，赔不是。又是爱又是恋，又是思又是念。这时候，范少山就想起了杏儿的种种好来。比如，前些天，往山上运电池板，若是不听杏儿的话，不拴安全绳的话，这条小命还有吗？连救你命的事儿，吵架的时候，也抛到九霄云外去了。每天晚上，范少山就是发信息，杏儿一条不回。

这天，范少山收到了杏儿的离婚起诉书。

嗡的一下，范少山的脑子不灵光了。有人问他寄的啥东西。他稳了稳，说："光伏发电资料。"

这杏儿是咋回事儿啊？来真的了？这得让俺想想。这些个日子，俺忙起来脚不沾地儿，也没顾上去北京看看杏儿，发些个微信，也是三言两语，就俺这水平，也说不到人家心坎上。可俺跟她是两口子啊？哪有铲子不碰锅沿儿的？平日里感情不赖，一块闯过风雨。不能说拉倒就拉倒吧？再说了，俺俩还有个儿子范明儿呢！咋安排呀？起诉书说了，孩子归她杏儿。这就剩下俺，剩下小雪和黑桃了。这不是活生生把一家人拆散了吗？离婚？俺范少山不离！不离！对了，这里面是不是有啥事儿啊？先从自己个儿身上捋，迟春英犯低血糖，自己背了她，让杏儿看见了，点着了醋火，可她应该知道，俺和迟春英啥事儿没有啊！她闹也闹了，这事儿也就过去。从杏儿身上捋，杏儿原来是"北漂"画家思文的，他见过。就是说过"男人都是弱势群体"的那位。那时候，杏儿和思文的感情有多深？范少山也能猜到，开始那阵儿，和范少山相处的时候，杏儿时常走神儿。喜欢看画展。是不是想思文了？人家是画家，你范少山算个啥？白羊峪的农民，北京卖菜的，读的那些个书，认的那些个字，都顺着汗水流走了。你跟人家思文没可比性啊！一时半会儿，杏儿的心里头有思文，范少山也能理解。这就是人嘛！想想自己个儿，还有这么好的命，一个二婚头，摊上个大姑娘，人家图你个啥呀？人家的心思能一下子跑到你身上吗？这事儿得慢慢来。范少山能等，也等来这一天了。可思文毕竟是她的初恋，人家是搞艺术的，懂女人心思，听说搞艺术的总是隔三岔五地换女人，不懂女人，你能换得那么勤吗？人家郎才女貌，说不定杏儿哪一天小念想就爆发了，正好撞上思文，这能不燃烧吗？

范少山坐不住，揣着离婚起诉书去了北京。杏儿寄起诉书这事儿，他谁也不敢告诉。这还了得？白羊峪还不炸了窝啊？到了昌平，天刚擦黑儿，进了楼道，敲门，没人开。找钥匙，心哆嗦了一下，空了。开门，手哆嗦了，怎么也插不进锁孔，心怦怦跳。喘口气，平静平静，继续开锁，锁还是打不开，咋回事儿？杏儿换锁了？

换锁了。范少山进不了家了。敢情杏儿和俺离婚是真的了！范少山脑子嗡嗡响，像是蜜蜂在里面搭了巢。他忙不迭地去了菜市场。杏儿不在。摊位上没人。跟人打听，说杏儿走了。干啥去了？不知道。也许就在这会儿，杏儿回家了？范少山又回到小区，敲门还是没人应。范少山一下瘫了，咕咚坐在了地上。他眼里在放礼花。他看着看着，晕了过去。

杏儿回来了，看到楼道里半躺着一个人。这不是范少山吗？杏儿赶紧俯下身："老公，老公，你怎么啦？"范少山醒了。杏儿就在眼前。范少山愣愣地问："你……你真的是杏儿吗？"杏儿说："我还能是谁呀，跟你吃苦的女人。"范少山哇地哭出声来，紧紧抱着杏儿，不松开。

杏儿扶着范少山，掏出钥匙打开门，进了屋。

范少山清醒了，老盯着那把钥匙，说："杏儿，给俺一把呗。"

杏儿说："啥？"

范少山说："钥……钥匙。"

杏儿说："你的钥匙呢？"

范少山说："打不开。"

杏儿拿过范少山的一串钥匙，找到一个，插进锁芯，一拧，开了。

范少山瞪大了眼睛："你没换锁啊？"

杏儿说："换锁？我还想换人呢！"

范少山这才明白，刚才开门的时候试着急了，拿错了钥匙，能打得开吗？

杏儿也想到了这一点，心里头扑哧一笑，表面还是板着脸。

范少山到了昌平，得知杏儿生意做得好，仁孩子照顾得也好，啥事都没耽误，心里头一块石头落了地。这哪像要离婚的样子？这哪像生他气的样子？

杏儿说完这些，完了吗？没有。杏儿说："收到起诉书了吗？"

一听这个，范少山的心又没边没沿儿了，说："收到了。俺不跟你分开。不分开。"

杏儿黑着脸说："必须离。"

范少山说："杏儿，你别吓俺，俺胆小。"

杏儿说："范少山，我杏儿离开你，照样活得滋滋润润。"

范少山说："俺知道。可也不该起诉俺呀？再说了，起诉的缘由也不对啊？"

杏儿说："有什么不对的？"

范少山："你说俺对你不忠，感情出轨，有这事儿吗？"

杏儿说："你跟迟春英搂搂抱抱的，怎么回事儿？范少山，我跟你吃苦怎么都行，可我不能吃这样的委屈。别以为我杏儿离开你就得寻死觅活的。我也能自立，拉扯着孩子们照样干事业！"

范少山说："俺知道你离开俺行，可俺离不开你呀！"

杏儿说："你不说离婚吗？我答应你，明天就去。"范少山说："俺啥时候说离婚啦？"杏儿说："你说了。"范少山说："不是你先提的吗？还起诉俺呢！"杏儿说："是你逼的。"范少山说："俺啥时候逼着你离婚了？"杏儿说："就是你逼着的。"范少山说："好好好，俺逼着你起诉俺了。"杏儿说："承认了吧？好一个范少山，你竟然和我离婚？好！我成全你。"范少山这一秃噜嘴，杏儿不依了。明明是杏儿写的起诉书，这下落在范少山身上了。人家杏儿成了受害者，就是要整整你。杏儿说："财产怎么分？孩子归谁？"范少山说："俺不离！"杏儿说："刚才都承认了，转眼不认账。你说，我闺杏儿哪儿做得不对？哪儿对不起你？"范少山说："哪儿做得都对，哪儿都对得起俺。"杏儿说："那你为啥还要和我离婚？你摸摸良心，还在吗？"范少山想，这是杏儿借口舌之快，给你立"家法"呢，索性，认。范少山摸心口说："没啦。"杏儿说："去哪儿啦？"范少山大惊失色："让狗吃了！"杏儿噗地笑了出来。"女汉子"也会小鸟依人，杏儿躲进范少山的怀里："以后，不准你跟迟春英卿卿我我的，知道不？以后不能在我面前再提'离婚'两个字，知道不？"范少山说："知道，知道。"心里说，俺啥时候干过呀？俺啥时候说过啊？杏儿说："这次回来，是回家，再回白羊峪，就是探亲，知道不？"范少山说："知……知道。"杏儿又问："知道不？"范少山大声说："知道！"

范少山想想，问："你的手机咋打不通啊？"

杏儿说："知道你要来，关机了。"

回到北京，范少山重新和杏儿卖菜。一些老同行都过来打听农村的事儿，问他是不是发财了。范少山摇摇头。卖菜的老范说："还跟我装。咱俩在一个菜市场卖菜七八年了，是你不知道我呀，还是我不知道你呀？听说你承包了几百亩地，种上了金谷子，发啦。这还瞒得了谁呀？你有钱，我又不跟你借，怎么就不透句实话呢？"范少山说："农场是村集体的。"老范说："你傻呀？"范少山说："我是傻。"老范说了句："有钱人，谁露富啊？穷人就卖菜的命。"走了，边走边晃动着手里的塑料大茶杯。你看看，说句实话，还把人得罪了。你回白羊峪三年，你没成有钱人，反而比过去还穷了。谁信啊？你也不能解释，解释不清楚。人家问，你只能打哈哈。杏儿就随着人家说。人家问范少山发财了吧？杏儿说："发了。不发财谁去家乡干啊？傻呀？怎么也得赚几千万吧？"让人家听得眼红，恨不得把你的菜摊给掀翻，再踢你几脚。

范少山做梦都想回到白羊峪。离开那爷爷和爹娘，离开那石头房子，离开那片土地，离开那黄灿灿的金谷子，离开余来锁、田新仓那些个乡亲们，他在北京就水土不服。他睡不好觉，却要装作打呼噜，一入睡就是白羊峪。一醒来，打着呼噜，想的还是白羊峪。他变得不爱说话。在杏儿面前，一张笑脸也像是贴上去的，有点假。菜摊大了，小兰还是照看明明，又雇了两个帮手。卸货啥的粗活儿有人干，可范少山总是冲在前，肩扛手搬。杏儿说："你就别干了。当老板有个老板的样子。"范少山擦一把汗，说："劳动光荣，劳动快乐。"杏儿说："把在白羊峪的作风都带过来了。"

在菜市场，范少山再次见到了乐亭的雷小军。雷小军说："大哥，我有个喜事儿告诉你，我刚被选为全省十大农民。全省几千万农民，我代表十分之一。行吧？"范少山没想到，雷小军厉害了。他整天忙，也很少上网看新闻。全省十大农民，这是多高的成就啊！范少山眼热呀！问人家手里有多少亩土地，人家淡淡地说，两万多亩。啥？两万多亩？这得坐着飞机看啊！俺范少山开了农场，三百多亩，就有点儿轻飘飘的了。酒桌上，范少山说了自己个儿在白羊峪的经历。雷小军说："我佩服你呀！你解决了家乡温饱问题，这比我带着乡亲们致富，难得多。我那里，一马平川，地理条件好。我种一千亩地，比你种一亩地都容易。不过，现如今，光艰苦奋斗不行，致富发展，必须抓住灵魂。你到我那里看看就知道了。"雷小军走了，邀请他到乐亭去看看。

范少山琢磨：雷小军说的话啥意思？艰苦奋斗只能解决脱贫问题，而要致富发展，艰苦奋斗就不够了，就像雄鹰只有一只翅膀，飞不起来了。是这意思吗？俺范少山眼里的白羊峪，光满足温饱，就知足了吗？俺还得往前奔，向着好日子跑呢！可一只翅膀，俺还短一只啊！到底是啥？一转眼，范少山在北京待了二十天了，没音信。手机让杏儿没收了。杏儿就是想着让少山在这儿踏踏实实陪她几天，再把手机还给他。说实在的，杏儿也没指望范少山长长久久地留下来，那可能吗？她就想着，起码这些天，少山在北京待得踏实。你开着手机，白羊峪断不了每天找你，你心上长了草，还能待得下去吗？

再说白羊峪。二十来天没见范少山，乡亲们坐不住了。白羊峪人情厚，知感恩。眼下的日子好多了，细米白面上桌了，手头的零花钱也有了。光伏发电安上了，没花钱，也是人家少山说合的这事儿。电足了，家电都用上了，剩的电还能卖钱，天底下哪有这等好事儿啊？这光景谁带来的，乡亲们心里头能没数吗？听说范少山回北京了，不回来了。这可咋好？乡亲们心里头空落落的没底。问费大贵，费大贵说，应该回来吧？模棱两可。问余来锁，余来锁说，肯定回来。又问啥时候回来？余来锁答不上来。这不是哄俺们吗？人们直接去了范家。范德忠和李国芳去了地里。家里只有范老井，正在背诵《白羊峪村训》。问少山啥时回来，范老井说："俺孙子哪都没去，就在白羊峪呢！"又问在白羊峪哪个地儿。范老井说："俺孙子就在鹿场呢！前天俺爷俩还一块打狼来着。俺一猎枪就撂倒一个。对了，俺的猎枪呢？"说着，范老井就往门外走。人们知道老爷子这是犯病了，赶紧把他拦下。田新仓从墙边捡起一根木棍，递给范老井："爷爷，这是您的猎枪。"范老井接过棍子，说："俺可说呢，原来在这儿呢！"范老井抱着"猎枪"坐在门槛上，继续背着《白羊峪村训》。

范德忠和李国芳回来了。田新仓说："你老俩咋把老爷子一个人放在家啦？"李国芳说："出门的时候好好的，坐在门槛上背村训呢。咋啦？刚才出啥事儿啦？"田新仓说："一提到俺少山哥，他就想到了鹿场，想到了猎枪，非要出门去找。"范德忠扶起范老井，把他怀里的棍子丢到一边，说："爹，咱进屋歇着吧。"范老井说："猎枪，俺的猎枪。"范德忠只得把棍子重又递给范老井，扶着老爷子进屋了。李国芳看看田新仓，看看屋子里的七八个人，说："俺家又没唱戏，又没唱皮影，咋把你们都请过来了？都坐吧！"田新仓说："不坐了。俺们问句话就走。"李国芳说："啥话啊？"田新仓说："俺少山哥走，也没跟俺们打声招呼。如今一个来月过去了，打手机，也关了，连个音信都没有。有人说，他不再回来了，是真的吗？大妈。"李国芳说："假的。他石头缝儿蹦出来的？他爷爷，他爹娘都在这儿，他能不回来啦？"田新仓听出李国芳有点不往话上搁，就说："大妈，这不少山哥跟俺嫂子吵了一架嘛。听说嫂子下了军令状，不回去，就离婚。少山哥就是为这个回去的。他这一回去，就把白羊峪的事儿撂了。再回来，还得等过年，他带着老婆孩子回白羊峪，跟爷爷、大伯和您拜年了。是这样吗？大妈。"李国芳支支吾吾，说不出话来了。跟着的几个人，都问李国芳，是不是这回事儿。这当口儿，范德忠从里屋出来了，说："是这么回事儿。如今他正在北京陪着老婆孩子呢，做的生意也不小。他的家在那儿，早晚得回去。"这下，田新仓和几个人都愣了。谁也不说话，走了。范德忠和李国芳也愣了，你看看俺，俺看看你，谁也不说话。

田新仓没回家，耷拉着脑袋，去了余来锁家，找余来锁喝酒。田新仓急眼了："没想到范少山是这样的人！俺们正跟着他穿过羊肠小道，奔阳关大道呢，没想到他把咱们撂半道了，自己个儿跑了。眼下，阳关大道在哪儿，咱是找不到了。弄不好，还得向后转，顺着羊肠小道往回走。"余来锁说："要俺觉着吧，少山不是那样的人。他就是不再回来了，也不会不声不响地走了，起码跟乡亲们有个交代吧？再说了，他当初为啥要回白羊峪呀？就为了不明不白地半路跑了？哪能啊！俺觉着吧，两口子闹点矛盾，他得跟人家化解呀，还不需要些日子？"田新仓说："刚才，德忠叔说得真真的，回去陪老婆孩子了。"余来锁说："放心吧，过几天，少山一准回来了。这些天，费大贵书记也回家了，这白羊峪有俺，放心。"田新仓急了："你算老几呀？你有人家范少山的脑袋瓜吗？你有人家那魄力吗？要不是为了'白腿儿'，你早跑到城里去了。你留在白羊峪，是私心。白羊峪要是指着你，都得饿肚子。当然，你比费大贵强，这人当书记，这不扯淡吗？到村里来过几回呀？哪件事儿是他干的？怕俺调皮捣蛋，让俺给安装光伏发电的师傅们做饭，这俺就服他啦？要说咱白羊峪，俺就服范少山！人家干的事儿，都摆在那儿呢。桩桩件件，谁能说个不字？"余来锁听田新仓损自己，脸发烧，可也没话怼他。可不是为了"白腿儿"嘛，要不然捆着绑着，他也得下山。

余来锁来到了范少山家。问范德忠："叔，少山不回来了，是你说的？"范德忠说："是俺说的。"余来锁说："真的假的？"范德忠说："真的。"李国芳说："来锁，说实在的，俺们都老了，打心眼儿里想让少山留在白羊峪，好在身边有个照应。可又想着他在北京还有一大家子人呢，也不能老在这儿扎着。我和你叔跟他说，往后就以北京那边为主。"余来锁喝了酒，激动了："不中啊！叔，婶，白羊峪需要他呀！起码他得开手机吧？咯噔一下，联系不上了，让俺们咋受得了啊？明天俺到北京找他去。"范德忠说："来锁，少山为白羊峪做的还不够啊？就不许人家有点那个私人空间？"余来锁说："他是白羊峪的，他属于白羊峪。白羊峪才是他的世界。这世界，你不懂。"

第二天，余来锁真的下了山。听说去北京，田新仓也跟来了。余来锁知道范少山住在哪儿，前年还是买药材种子的时候，去过他家。当然，那种子是假的。车上，田新仓老说范少山，余来锁说："烦着呢，今儿个就能见到了。说点儿开心的。"田新仓说："开心的？那俺就得说'白腿儿'了。俺一说'白腿儿'，你又不开心了。"余来锁说："俺有啥不开心的？"田新仓说："前天在街上，俺遇到'白腿儿'，仔细打量打量，还是细皮嫩肉的，脸上一点褶子都没有。那身条儿，那腰肢儿，一看，俺就心疼了。这样的女人，不就是让男人来爱的吗？俺不爱她，谁爱她？你说是不是？"余来锁嗓子有点干，手有点抖，拧开矿泉水瓶，却喝不到嘴里，洒了一身。田新仓说："你不让俺说点儿开心的吗？受不了吧？"余来锁说："你说啥啦，俺都没听见。"

到了北京，天黑了，直接去了范少山的住处。敲门，杏儿开的，愣住了：

"你俩怎么来了?"余来锁说:"不欢迎啊?"杏儿说:"快进屋吧!"这时候,范少山也迎了上来:"哎呀,来锁哥,新仓,没想到是你俩!"人家一家刚吃完饭,坐在沙发上看电视呢。小雪和黑桃懂事儿地和来锁、新仓打了招呼,进屋做作业去了。杏儿下厨房,炒了几个菜,摆上桌,三人喝上了。杏儿也坐下,陪着喝两杯。茅台可是真的,杏儿从老家带过来的,她的家乡酒。田新仓说:"少山哥,听说你不回去了,全村人的心里头没滋没味儿,没着没落的。打手机也不通,俺们以为你早把俺们忘了呢!"杏儿说:"他才没忘呢,白天愣神儿,夜里装睡,打的呼噜响着呢。我就纳闷了,他平常不呼噜啊?原来是装的,琢磨事儿呢!"范少山愣了:"啊?俺平常不打呼噜啊?俺咋不知道呢?"杏儿说:"你睡成了死猪,你怎么知道?"几个人都笑了。杏儿说:"我算认识那句话了。留住他的人,留不住他的心啊!这些天,我就看他表演,表演开心,表演睡得好,我就看他演到啥时候。这两天演不下去了,向我要手机。我心里头气,我就不明白了,和我在一起,他怎么就乐不起来呢?"余来锁说:"弟妹,人家少山是做大事儿的人。若是他整天儿女情长的,守着你不出门,你稀罕啊?"盐从哪儿咸,醋从哪儿酸。余来锁明白这理儿。他压低声音,生怕隔壁做作业的小雪听见:"弟妹呀,据俺了解,少山和迟春英就是正常的工作接触,没有走板儿的。他若是敢对不起你,俺头一个不干。俺还是他的入党介绍人呢!俺能发展这样花心大萝卜的人入党吗?"杏儿把手机还给了范少山,范少山开机,当时就给余来锁拨了个电话:"喂,来锁哥吗?"余来锁说:"是俺。少山啊?"范少山说:"是俺是俺。"余来锁说:"少山啊,你这一走快一个月了。一点信儿都没有。俺们想你呀!"两人打着手机,一个像是在北京,一个像是在白羊峪。两人的眼里都闪着泪光。

范少山又回家了。他和余来锁、田新仓上了山。远远就看到,高大的银杏树下,站满了乡亲,乡亲们都来迎接范少山回家啦!这人群里,也站着范老井、范德忠和李国芳。得知余来锁和田新仓去了北京,这老俩就知道,儿子快回来了。他们怕儿子回来,杏儿不乐意,两口子伤感情;又怕儿子不回来。少山这一走,老俩心里头空了,整天连句话也没有,范家立马没活气了。加上每天都有乡亲们来,打听少山啥时回来,能不烦吗?回来了,就踏实了。范少山在人群中看到了爷爷、看到了爹娘,看到了那么多熟悉的脸庞,他泪眼婆娑,不由得加快了脚步,迎了上去。

范少山一个来月和白羊峪断了音信儿，好多事还等着他呢！你以为你真能脱得开呀？这金谷农场沈老板找他，冲他发了一通火："你这董事长还挂着名呢！有事儿我得找你商量，你倒好，一个来月，连个影儿都没有，有你这样的吗？男人，事业为重，不能一个女人叫你围着团团转。"人家沈老板是老大哥，对推广金谷子有贡献。你白羊峪那点儿集体积累，都是靠沈老板赚的。再说了，人家也说得在理儿，你还能怼回去？范少山说："俺这人就一个毛病，喜欢女人。"沈老板说："废话！谁不喜欢女人啊？"说完，两人笑了。

沈老板说："我本想把金谷子垄断了，谁知道，做不到。听说太行山区也有金谷子在生产，也走高端路线。这下，金谷子价格就下来了。这到底咋回事儿？"范少山心一沉，俺和余来锁往虎头村送金谷子的事儿，该不是让他知道了？俺不说，余来锁不说，应该没人知道。他说："沈老板，俺跟你说过，这金谷子的种子就是从太行山淘换来的。从俺老姑爷爷坟里头取的时候，俺留了半罐给了俺表兄牛成。如今牛成当了村主任了，带着村民发展生产，这金谷子一准是他种下的。也没多少，形不成规模，对咱们形不成冲击。"沈老板说："星星之火，可以燎原啊！我知道，这是早晚的事儿，可我希望来得越晚越好。这事儿，也遂了你的愿了。你不是一直想推广非外国种子的中国种子吗？"范少山说："一码是一码。俺的理想是另一码事儿。俺遵守合同，不干涉你经营。"沈老板说："当初那会儿，金谷子还是大熊猫，再过两年，就成家猫了。"范少山说："金谷子是中国种子，一开始金贵，最后要走上中国百姓的餐桌，这也是俺想的。你若是明年不签协议了，俺们自己个儿干。俺想过，赚大钱不是俺的初心。俺们只卖种子，让各地的农民去种出谷子，脱壳去糠，做成小米饭。香啊！"沈老板说："那你就把金谷子糟践了！金谷子的产量不高，价钱又贵，农民谁不取种杂交谷子？留在我手上，金谷子还是金谷子，离开了我，金谷子就像多年前的'文革'一样，没了。中国一定会被外国种子的洪流淹没。你信不信。"这一问，范少山没了底气，不知道该咋回答沈老板的话。这心里头沉甸甸的。以为沈老板就说金谷子的事儿，不想这只是说书前，先唱两嗓子，再入正题。沈老板还有话呢！啥事儿啊？沈老板叹口气，好像有点儿麻烦。

三十七

这事儿是他引起的。就是"白腿儿"的儿子高辉。前头说到，高辉被安排到农场当副场长了，负责日常工作，包括招工这块儿，他代表着白羊峪呢！肩上的担子重呀。这样一来，他就得常住在农场，一个月也难得回趟家。农场办公室有两人，女的。一个四十来岁，一个二十多岁。都是高辉招来的。四十来岁的，凭能力，二十多岁的，凭颜值。这一说，都明白了，这里面，就没四十来岁女人的事儿了。

这二十多岁的女孩，叫李小婉。李小婉是大王庄的，高中没毕业，去了北京，当北漂。长得好看，能歌善舞。有两个剧组，副导演答应她上戏，条件是得潜规则一把。李小婉没答应，戏没演成。李小婉就等那不潜规则的。等来了，没台词，让她躺在尸首堆里，装死人，不敢出气。装了几回，李小婉觉得自己都快死了。李小婉不干北漂了，回了家，大王庄。李小婉好看，好看的女孩能没人追吗？有人。李小婉谈过三回恋爱，但她有一个底线，拉拉手，亲亲嘴还中，干别的，免谈。这都啥年头了？人家搞对象，刚认识三天，就搬到一块儿住了。你还这样？你是当过北漂的，做过演员的，谁信啊？这不是拿俺耍吗？这不光是让不让睡的事儿，这背后指不定有啥事儿呢！前两回，俩小子都因为把持不住，动手动脚，拉倒了。谈第三个的时候，这小子出绝招了。吃饭的时候，给李小婉饭里下了迷药。李小婉多聪明啊，看着对方表情不对，就说："这碗饭是我吃呢，还是你吃呢？"小伙子说："你吃你吃。"李小婉说："我吃了，就打110，说你给我下迷药，这可就涉嫌强奸了。"小伙子傻了，愣了愣说："我吃我吃。"小伙子端起饭碗，三扒拉两咽，全吃了。李小婉一笑，走了。就这样，这三段恋情，都分手了。就是因为李小婉坚持，不结婚，不上床。这事儿，想想，没错啊！那得放在老辈子。现如今，人家就觉着你有病。过去是好饭不怕晚，如今是有酒先喝着。李小婉是处女，她二十三岁了。爹娘嘴碎，整天念叨，要么找个正经工作，要么早点嫁人，搞得她心烦意乱。金谷农场在县城招工，她陪着表姐去了。招工的高辉眼亮了。那女孩忒清纯啊！谁呀？不是来应聘的表姐，而是陪着表姐来应聘的表妹李小婉。高辉说："你来不来我们农场工作？"李小婉愣了："我？我高中都没毕业呀？我表姐是大本。"高辉说："金谷农场欢迎你。"这啥意思？后边争着应聘的还一大溜呢，这就定了？李小婉一打听，金谷农场就在家跟前，待遇优厚啊！你想啊，若是个一般的小工能去县城招吗？那是办公室文秘。李小婉说："我去！"

李小婉还是有点儿文秘功底的，人家是文艺女青年。会写心灵鸡汤，经常在微信朋友圈发发。农场有多少文秘事儿啊？没多少。就是写写宣传报道，管管农场网站，来了客人，沏茶倒水啥的。闲下来的时候，李小婉就那么坐着，一手托腮，望着窗外的金谷子，想事情。工作时间，李小婉挺认真，不玩手机，不和旁人说笑，然后，想事情。这时候，高辉盯上她了。在这儿说"盯"字也不忒合适，好像狼看着小白兔似的。应该是，高辉注意到她了。能不注意吗？查没查，考没考，就把李小婉招进来了，他就想李小婉在这个农场，每天能见到她。因为她清纯。清纯得不食人间烟火，每天只吃一瓣冰山雪莲。

在农场，李小婉和高辉不怎么接近，平常也没啥交集。李小婉在办公室，高辉在副总经理室。四十来岁的女人是办公室主任，李小婉从主任手里领任务，主任从高辉手里领任务，隔着一层呢！绕过这一层，你就要找借口了。高辉不想找借口，他想自然而然，顺其自然。高辉对李小婉有啥想法？他可是有老婆孩子啊？那个想法，高辉还不敢有，他就是喜欢看这个女孩，想了解一个女孩，想有和她单独相处的机会。

终于，这机会来了。主任请了假，老公做手术，她得去医院陪床。这样，办公室就剩下一个人，李小婉。李小婉直接听高辉的指示，每天上班就去领任务，今天干啥事儿？干完了，就向高辉汇报。这事儿完成了，或者是这事儿没能完成，卡在哪儿了，告诉他。这样一来，高辉每天至少能见两回李小婉，熟了。有的事儿，要跑腿儿。比如接园艺师过来，看看金谷子，看看大棚菜。对了，高辉还分管着大棚菜呢。高辉就开车，带上李小婉一块去，车上，李小婉坐副驾驶。看着李小婉的侧脸，细腻粉嫩。若是他回过头去，吹一下，破了。两人有共同的话题，都当过北漂。当年落脚的地方也不远，也在昌平。北京的影视基地多，大大小小不下二三十个，其中一个就在昌平。李小婉在那里扮演死尸的时候，高辉正在一家网吧当陪练呢！有了北漂的经历，这话就多了，话题也宽了。一开始只能说点北漂的事儿，渐渐地，就说感情的事儿了。高辉说起媳妇小兰，在北京呢，在范少山家照顾孩子。小兰没多少文化，初中没毕业。也是从农村出来的，在网吧当服务员。李小婉问："我想问一个问题，结婚前，你们住在一起了吗？"高辉说："住在一起了。"李小婉说："也就是说，你们在婚前就发生了……"高辉先脸红了，再看李小婉，没脸红，就像问今儿个的天气。这是忒清纯了，还是……高辉说："该发生的，都发生了。"李小婉说："是你主动的吗？"啊？连这都问？高辉支支吾吾："算是吧。"李小婉说："性，对你们男人这么重要吗？"高辉想，这话题，尺度这么大了吗？他的心怦怦乱跳。高辉说："可能重要吧……反正挺重要。有人说，男人是靠下半身思考的物种。"李小婉说："我的一个闺蜜，坚持不结婚，不上床。谈了三个对象，为这个，都吹了。你知道为什么吗？"高辉说："那是因为，她没遇到真正爱她的男人。"这句话，像雷电，把李小婉击中了。她想想，真是这样，这三个男孩，哪个能让她爱得死去活来呀！听了这句话，李小婉不说话了。对，几天没和高辉聊天。每天，领了任务就走，办完了，告知一声，走了。这咋回事呢？高辉也摸不着头脑。想想性的话题，也不是自己个儿先提的。你这一说，俺还不好意思呢。想了半天，没毛病。

有一天天擦黑儿，下雨了，雷阵雨。左一个闪电，右一个响雷。老天张牙舞爪的，发脾气了。下雨之前，下班了，人们都走了。高辉值班。下雨了，他得各屋看看，门有没有锁好，窗子有没有关。他就看着办公室的门开着。走过去，想把门锁好，正好一个闪电，照亮了屋子，他看见屋子里坐着一个人，谁？李小婉。高辉说："小婉，你咋没回家啊？"李小婉说话低沉，像只小猫："写稿子晚了。下雨了，灯泡也烧了……"高辉走进屋，说："俺开车送你回去吧！"李小婉嗯了一声，起身，就站在了高辉身边，碰着了高辉的手。这时候，有一个火星儿，就能腾地烧起来。黑暗中，一转身，撞到了高辉的怀里。亿万个荷尔蒙，化作了成群的野蜂，在高辉的身体里嗡嗡地飞。高辉一把抱住李小婉，亲吻起来。李小婉也死死地抱着高辉，喃喃说："我的亲啊……"这个雨夜，在这个黑暗的办公室里，李小婉把她的第一次交给了这个男人，他叫高辉。高辉傻了，他不知道李小婉还是黄花闺女。高辉哭了，他感动，这女孩把第一次给了自己。你说这李小婉，咋就看上高辉了呢？谁说得清啊？男女这事儿，有了头一回，就有第二回。那种关系，是盖不住的，外人一看，就看得出来。李小婉时常住在场里，高辉也长时间不回北京。范少山不在，沈老板是总经理，就找高辉谈话，挺严肃："你找女人，到外边去找。兔子还不吃窝边草呢！你们这种关系，整天眉来眼去的，怎么工作？农场是你们家的？"沈老板建议开除李小婉。高辉不干，和沈老板杠上了。沈老板说："那就请范少山回来做决定吧！"一听范少山仨字，高辉跑了，带着李小婉！

范少山气炸了！高辉这个混蛋，当初他赌博、骗钱，就该把他送进去，也免得有今天。怪不得在北京这些日子，小兰跟他念叨，高辉几个月没回去了。当时他没走心，说农场工作忙，说自己个儿回白羊峪后，就叫他回来。这下可好，带着一个姑娘跑了！"白腿儿"在白羊峪，高辉经常不回家。这事儿，她这当娘的，还不知道呢！可李小婉不回家，家人能不知道吗？人家是在农场丢的，得管农场要人啊！三日两头到农场闹，沈老板受不了了。这回，沈老板把这事儿一说，走了，撂下话："高辉是你任命的副总，你管吧！"

这下，范少山摊上事儿了！第二天一早，大王庄来人了，领头的是许支书。后边跟着李小婉的爹娘、七大姑、八大姨。娘家人厉害了，有的日爹骂娘，有的哭天抢地。许支书是范少山的老熟人，给面子，大吼一声："都别闹了！"七八个人都静了音。许支书说："少山啊，别的俺就不说了。你来了，俺就有指望了。那个沈老板，他跟你拿歪理，还说李小婉把你们副总勾搭跑了。你说这是人话吗？李小婉是黄花闺女，你高辉是有孩子老婆的，谁勾搭谁呀？"范少山说："小婉是俺农场的员工，怨俺没把她照顾好，俺忒对不起孩子的家长，说声抱歉。"范少山深深地给来人鞠了一躬。"这事儿，要怪都怪高辉那混蛋，俺一准饶不了他。可话说回来，这两人是两情相悦，又不是把小婉姑娘拐跑了，那可就是刑事案件了。俺想，小婉也是一时冲动，年轻人，谁还没有个一念之差，办错事儿啊！俺告诉小婉的爹娘，高辉不光有老婆孩子，还好赌，一屁股饥荒。小婉一旦认清他，一准回来。"小婉娘说："没听说高辉赌钱啊？他有条件，北京还有房子呢！要不然，就让俺闺女嫁了高辉。她如今这样，谁还娶她呀？范老板说得对，人家是两情相悦，就成全他们。"这叫啥事儿啊？范少山连忙挥手："使不得，使不得。嫁给高辉，那鲜花就插在牛粪上了。"许支书说："鲜花牛粪是好搭配，依俺看是个办法。让高辉离婚吧。"范少山急了："你这啥意思？把人家好好的家庭拆了，合适吗？"许支书说："这有啥不合适的？你好好的家庭，也不是让别人拆了吗？依俺看，这叫有情人终成眷属。天作之合。你联系上高辉，就跟他说，他就是大王庄的姑爷了。先回北京，把婚离了，就和李小婉把婚事儿办了！"撂下话，一帮人走了。本想着一帮人来闹事，要回李小婉，惩治高辉，没承想闹了这一出。这人都咋啦？

若是前一种情况，好办，可以不让小兰知道，农场内部处理，不显山，不露水。眼下这情况，可咋好？最起码得让小兰知道吧？小兰能不埋怨自己吗？毕竟高辉是他请回白羊峪的。范少山六神无主，他给杏儿打电话，说了这事儿。杏儿跳了："这高辉怎么回事儿啊？知道这事儿，小兰还不寻死觅活的？人家在北京辛辛苦苦的，他倒好，和姑娘私奔了。有你们男人这样的吗？"这话说的，连范少山也跟着吃了挂落了。范少山想，就杏儿那直筒子脾气，这事儿说不利落，就说："你先别告诉小兰，先等等再说。"范少山又把余来锁叫了过来，让他拿个主意。余来锁说："高辉这事儿，白羊峪还不知道。三天两天中，日子长了，'白腿儿'能不找儿子吗？得先告诉她，起码有个心理准备。高辉和这闺女走了，不可能不留下蛛丝马迹。又不是违法犯罪，人家警察不管这事儿。你不能干等着啊，你得查呀！"

这句话，给范少山提了醒儿。范少山打开高辉的电脑，查信息，又打开办公室的电脑，查李小婉的 QQ 号。你还别说，有眉目了。李小婉的 QQ 号叫"忧郁的雪莲"，这两天，有更新。她在空间里写道："来到这里十八天了。我来干什么？当初知道，现在却有些想不清楚。我就在这迷失的环境里，迷失吧。""忽然想起北漂的日子。我说得最多的台词是三个字：'不知道。''你来了。''吃饭吧。''别管我。'还有一句五个字的'我死给你看'，然后，就真死了……后来不干了。现在想想那段时光，挺有意思。我想当演员。我想，我是个演员。"李小婉眼下的生活虽也漂着，但她却想着做北漂。范少山一看这个，有门儿。为啥呢？都是漂，不一样。眼下的漂，迷迷糊糊的。而北漂毕竟还是有梦的，有梦，就有希望啊。他想起一个朋友，大老板，有小蜜。有一天，他又看上另一个女孩儿。咋办？他就想把小蜜甩开。勾搭女孩容易，小学没毕业就中，可甩就难了，哪的博士后啊！甩不掉，女孩死缠烂打。大老板想了个办法，送小蜜去读商学院。小蜜想，这好啊，读成了，回来管理企业啊。去了。读商学院的多是富二代，年轻啊，小蜜去了，有人追。很快和一高富帅好上了。谁还找你这糟老头子啊？嘿嘿，正中大老板下怀。老头偷偷乐了。你范少山咋办？能帮人家实现演员梦？人家是不接受潜规则的。再说了，你除了在城里卖菜，就是在乡下种地，跟影视圈也不沾边啊？他就想着若是李小婉当了演员，那她不就抛开高辉了吗？就得这么办。范少山就跟她聊天。说自己个儿是导演，正要导演一部农村戏《大山之子》。外景地就在燕山一带。李小婉是从影视圈摸爬滚打过来的，能随便上你的当？导演，把剧本发我邮箱。哪有剧本啊？聊不下去了。干脆挑明：孩子，俺是金谷子农场的董事长范少山。你的少山大哥。回来吧，农场欢迎你回家！

李小婉真的回来了。回哪儿啦？回到了农场，见到范少山一笑："董事长，我去度了个假，回来了。还能在这儿上班吗？"范少山说："刚度完假，就想辞职啊？正常上班！"李小婉咋一个人回来啦？高辉呢？再说高辉，那天听沈老板提到等范少山回来处置他，怕了！咋怕了呢？上次人家范少山没报案，帮他还了饥荒，还让他当场长，多大恩情啊？这回跟人家小姑娘有了婚外情，他哪敢面对范少山，脑袋一激灵，跑。李小婉说，我跟你一起走。走！私奔是多少男人想干的事儿啊。两人夜里跑了。挺悲壮的。去哪儿？高辉认识一个朋友，河南安阳的，用手机联系上了。这网友过去也是电玩高手，上了年岁，玩不动了，就开了一家网吧。两人坐火车到了安阳，朋友就陪他俩玩。看了殷墟，又游红旗渠。朋友知道高辉是带着女朋友跑出来的，问他往下有啥打算。高辉说："俺这心里头忒乱，不知道咋办。"他身上没多少钱，不能带着女朋友游山玩水啊。朋友说："不如就在我的网吧里做陪练吧！你是高手。嫂子就做个服务员。我不会亏待朋友。改日你们有了更好的打算再说。"就这样，高辉带着李小婉留在网吧，稀里糊涂地给朋友打工了。李小婉想过，私奔是多么自由、多么浪漫、多么美妙的事儿，那应该是行走江湖的神仙眷侣啊！她就是没想到窝在这网吧里。每天卖矿泉水、面包。网吧里的空气污浊不堪，呛得她不住咳嗽。而高辉呢？崩溃了！他和李小婉住在网吧里一间宿舍，自己没日没夜地陪练，让他想到了自己在北京网吧的日子，和小兰、孩子一家三口住在网吧里，小兰做服务员，就和李小婉一样。他想小兰，想儿子，更觉得对不住李小婉。这一天，高辉对李小婉说："俺们回去吧！"李小婉哭了："回去，回去。"她想到了范少山说给她的话。到了北京，高辉把身上的钱都掏给了李小婉，说："俺不能跟你走了。俺对不起你。"高辉抹抹眼泪，下车了。李小婉攥着一把钱，顺着车窗，撒了出去，就像出殡的车，撒着纸钱。她用来祭奠她的青春，她的短暂爱情。李小婉呜呜哭起来。

高辉回到了北京的家。他丈人、丈母娘正在照看他的小儿子呢！高辉回了家，小兰心里乐开了花。高辉说："不想回白羊峪了。那里忒累。还有，挺想你。"小兰诧异："跟少山大哥说好了吗？"高辉说："说好了。我想在北京创业。"小兰把高辉回来的事儿跟杏儿说了。杏儿也挺意外。心想，这混蛋回北京了？一准是跟那女孩分开了，又不敢回白羊峪。杏儿憋不住话，有好几回想说高辉和女孩私奔的事儿，幸好没秃噜出去。杏儿说："是少山同意的。回来也好。范明也大了，我送他去托儿所。你先回去夫妻团聚，想回菜摊儿上班，就回来。"杏儿把高辉回到北京的事儿，跟范少山说了。范少山大骂高辉败类！人渣！杏儿说："你啥意思？你还指望他不回来啊？带着人家女孩儿海角天涯呀？"你看，女人的思维和男人一样吗？范少山是骂高辉对不起李小婉，杏儿却想的是这个。范少山说："高辉是死是活，跟俺没关系了。"

高辉半路跑了，把李小婉甩了。人家李家人能干吗？找到范少山，要么给人，要么给钱。给人咋说？就是高辉你得负责任，娶了李小婉。你要是不娶李小婉，就得赔钱。李小婉是黄花大闺女，不能说糟蹋就糟蹋了。范少山说："你们荒唐不荒唐啊！像高辉这样的姑爷你们也敢要？他能对小婉负责吗？你们这是把小婉往火坑里推啊！"李家人想想，也是。那就赔补青春损失费吧！找不到高辉，你们农场得管，他是副总吧？没办法，范少山和沈老板一商量，给了李家两万，把事儿了了。按下葫芦，瓢又起来了。这边"白腿儿"不干了。余来锁把高辉带着女孩私奔的事儿说了。"白腿儿"就跳了脚。她护犊子，不骂儿子，骂人家女孩，骂女孩儿是潘金莲。余来锁说："那高辉不就成西门庆了吗？""白腿儿"想想也是。又骂女孩儿是妓女。余来锁说："那高辉不成嫖客了吗？""白腿儿"哭了："我那可怜的儿子，让这个狐狸精给害惨了！"

后来，高辉回到北京，开了手机，联系上了。得知高辉不在农场干了，"白腿儿"又急了。高辉在白羊峪拿的是最高的工资啊！这钱说没就没了。他在北京没有工作，咋养家啊？思来想去，根子还是在那狐狸精身上。她就没想过，高辉还有没有脸回来，范少山还要不要他。"白腿儿"不干了！去农场找狐狸精算账！余来锁劝不住，不敢惹，只得相跟着。范少山开车回家，半路正好遇到这两人。停车，问咋回事儿？"白腿儿"就把事儿说了。范少山气的，肺都裂纹了，大骂："'白腿儿'，你想干啥？是你儿子勾搭黄花闺女，又把人家甩了，你还有脸去找人家？若她是你闺女，你咋办？羞不羞啊？愧不愧啊！"一看余来锁，范少山气更大了："你余来锁像个党员吗？连个普通群众都不如。'白腿儿'犯浑，你还保驾护航啊？你们俩，都给我滚回去！"余来锁想说啥，没说出口。"白腿儿"也被吓住了，说："少山，俺不找了。就是看能不能让高辉回来呀，他在北京没着没落的，日子咋过啊？"范少山说："他活该！高辉已经被俺们农场罢免了副总经理职务。他跟农场没关系了。就算让他回来，他敢面对俺吗？""白腿儿"说："俺儿子堂堂正正的，有啥不敢回来？不就是为了个小姑娘吗？咋啦？说明俺儿子有本事！"余来锁跟"白腿儿"使眼色，那意思，别说啦。范少山说："事到如今，俺也不瞒你了。俺告诉你，你儿子，我请错了！这回他带小姑娘跑了，回来半路跑了。人家爹娘不干，找他赔补损失。最后是农场赔了两万。还有，他赌博，骗钱，还想偷盗村委会的保险柜，这些，俺和来锁都给他瞒下了。这回俺之所以告诉你，就是你不能护着他了！""白腿儿"急眼了："不可能！范少山，你不要高辉就算了，但你不能含血喷人啊！"范少山说："你问余来锁。""白腿儿"说："来锁，真有这事儿？"余来锁说："真有。到如今骗那十万块钱，还有五万没还给少山呢！""白腿儿"傻了，愣愣往回走，脚下绊了一下，险些摔倒，被余来锁扶住了。范少山有点后悔说了这事儿，高辉从小娇生惯养，一听这话，"白腿儿"哪受得了啊！范少山说："嫂子，都怨俺，把高辉弄到老家来了，又没管教好他。""白腿儿"说："不怨你。他想赌，在哪儿都能赌。怨俺，把他惯坏了。这样吧，那五万块钱俺还你。"范少山说："还了五万，俺跟高辉说了，够了。那一半是俺的过。"范少山让余来锁、"白腿儿"上车。范少山开了车，回了白羊峪。

李小婉属于文艺。这片金谷子地好像和她不沾边。办公室主任还在医院照顾丈夫，没上班，就剩下了李小婉一个人。李小婉里里外外忙，不闲着。她是在洗涤爱情给她带来的污浊吗，还是报答范少山的宽容和接纳？范少山看在眼里，心里头沉甸甸的。这姑娘在这儿被荒废了。

县里有个歌舞团，是一家大钢厂出资的。大钢厂进了中国五百强了，有钱，办文体。成立了篮球俱乐部，成立了歌舞团。歌舞团的团员都开工资，办了"五险"，也不用跑乡下演出，风餐露宿的。就是领导来了，厂庆、年会演一演，清闲。就是你得条件好，好多是中国音乐学院、北京舞蹈学院毕业的，科班出身。范少山认识钢厂张老板，是高中时的同学。人家都成亿万富翁了，自己个儿还在种地。这人跟人咋比呢？范少山去了，带了一袋金谷子小米。人家瞧得上吗？稀罕。他说老娘就爱吃小米粥。张老板和范少山提到了当年追的女孩儿，校花啊，结果谁都没追到。让一个老实巴交的栓子给抢走了。这栓子如今在县城炸油条呢。栓子用刀刚刚地剁，将两条面粘在一块，下油锅，校花就用大长筷子翻来翻去，将炸好的油条放在铁筐里，就卖了。张老板看着校花的脸被油烟呛得有点脱皮，就想帮帮她，吃了两根油条，放下一万块钱。栓子忒警惕："你啥意思？拿走！"你看，到如今还严防死守呢！两人笑笑，叹口气。张老板又夸范少山："当农民，种地，多好啊！我最羡慕了。开这么大厂子有啥用？就是累人。"范少山想，人有钱，话咋说都中。这当口儿，秘书推门，说经理们都到了，会还开不开。张老板说，再等五分钟。范少山赶紧说事儿，推荐李小婉进歌舞团，并拿出手机让他看照片。张老板连手机都没看，说："这事儿啊？你说中就中。明天让她上班吧！"范少山没想到，张老板这么痛快，一个劲儿地感谢。张老板说："这么大厂子，多个把人，算啥呀？"这事儿，他事先没跟李小婉说。你跟人家说了，万一成不了咋办？人家多失落呀。回到农场，范少山找到李小婉，告诉她被歌舞团录取了。李小婉愣了。范少山说："去干你喜欢的事儿吧！这儿不属于你。"李小婉说："大哥，你是我的恩人！"李小婉流泪了。

李小婉走了，离开金谷农场这个伤心之地。

三十八

再说范老井和泰奶奶。这两个老人奇了怪了。范老井犯病的时候，泰奶奶精神着呢。泰奶奶病了，范老井又头脑清醒了，啥都正常了。反正，这老俩，总有一个好的。一个好了，就看望另一个病的。有人说，这要是老两口，就好了，彼此有个照应。老了，人们也不说闲话了，说的是实话。老了，也不怕人传闲话了，一辈子都是为别人活着，最后几年，留给自己个儿吧。平常，范少山安排了俩妇女，照顾泰奶奶起居，生怕老人家有个好歹。学校操场上平摊着一片金谷子，日头照着，金灿灿，暖洋洋的。这时的金谷子，被秋阳晒热了，就像热炕头。泰奶奶躺在金谷子上，全身的筋骨嗞嗞响，像长出芽来，舒服啊！这金谷子舒筋活血，治病呢！泰奶奶在金谷子上躺着，范老井在一旁坐着。泰奶奶说："老井，你老伴儿走了多少年了？"范老井说："三十多年了。"

范老井想起了老伴儿，叫桂英。那时解放没多少日子。桂英是媒人介绍的，小王庄人。桂英也是穷人家的，苦水泡大的。前头不是说过，范老井给泰奶奶家扛活嘛，后来闹土改，他就离开了泰奶奶家，回了白羊峪。待了两三年，就有人提亲了。范老井娶了桂英。桂英贤惠，为他生了两男一女。白羊峪闭塞，缺医少药，一男一女闹了病，没活下来，就剩下了范德忠。桂英是个好女人啊！待他知冷知热的，就是俩孩子死了，她整天哭，受了病。那时生产队，还要下地干活儿。妇女能顶半边天啊！得和男人一样，搬石头，修梯田。有一回，桂英眼前一黑，栽倒了。醒来时，眼睛就看不见了。桂英成了瞎子，下不了地了。桂英就在家里摸索着做饭，洗衣，还能喂猪。整天磕磕绊绊的，浑身是伤。后来，她就习惯了。进门出门，走得挺顺溜儿。家里穷，范德忠抽羊角风，得治。没钱啊，咋办？她就做豆腐。瞎子做豆腐？范老井呢？范老井是生产队长，带领社员学大寨呢！那时候，就这样，你得大公无私。每天半夜，桂英起床，拉磨，磨豆浆。之后就将豆浆放在大锅里煮，把煮好的豆浆用纱布过滤、点卤，这就成豆腐脑了。又把豆腐脑舀入木框里成形，盖好盖子，压上石头，再等三四个钟头，豆腐就做成了。这时候，天也亮了，桂英把做好的豆腐，放在门口的石凳上，高喊一声："卖豆腐喽——"做豆腐，对个瞎子来说，最难的是啥？烧火煮浆。火大火小有讲究，稍不注意，豆浆就沸了，潽上锅台，流到灶下，这豆腐就做不了了。桂英没有眼，她哪看得见啊？一开始，桂英总是将豆浆煮沸，潽出去。不光白忙，还浪费了豆子，心疼啊！慢慢地，她就靠耳朵，能听出豆浆是不是要沸了。就在豆浆煮开的眨眼工夫，撤了灶膛里的火。村里人都说："桂英是凭着良心和感觉做豆腐。"四十六岁的时候，桂英死了。那天，她没起床做豆腐。桂英对范老井说："俺忒累呀！该歇歇了。你再找一个吧！"说完，咽了气。范老井傻了！老婆没病没灾的，咋就死了？后来，范老井才知道，老婆得了癌症，熬不动了。范老井哭成泪人，越想越哭。桂英得了癌症，没告诉他，他不知道，也没问过。在他眼里，桂英就是个劳动机器，他疼过她吗？怜惜过她吗？她做豆腐的时候，帮过忙吗？没有。范老井为了公家，干了一辈子，他的心里头是没有家的。桂英死了，还不到五十岁的他，没有再娶。想着想着，范老井的眼角，蚯蚓一样爬出两条浑浊的眼泪。他对泰奶奶说："她没享过一天福，俺有罪呀！"泰奶奶坐了起来，说："人来到这世上，就是来受苦的。俺们这一辈，都是做牛马的，就愿意黑桃、小雪她们好起来。"范老井说："孩子好了，俺就能闭上眼了。"

校园静静的。两位老人坐在操场上，日头照在他俩的背上，看着就暖和。这当口儿，余来锁从校园路过，站住，看着老人的背影。走了。诗意像一只兔子，乱撞着余来锁的心房。余来锁边走边朗诵：

日头足足的

照着范老井，照着泰奶奶

他们的背影，金黄

仿佛，日头变成了聚光灯

在全世界

只照着两位老人

他们坐着，像两尊石像

他们站起，是两棵青松

他们的身旁，是躺下的金谷子

一粒一粒，那都是生命啊

它们说，有俺在，两位老人，就能活

……

　　五奶奶病倒了。前头提到，五奶奶拉扯了大军过日子，大军脑袋不灵光，做饭，洗衣，有时下地都是五奶奶干的。七十多的人了，哪禁得住这么折腾啊！这不，淋了一场雨，不起炕了。五奶奶做不了饭，大军又不会做，娘俩饿了两天。大军扛不住了，跑到院子里拔萝卜，带着泥土就啃。又拔了俩给五奶奶。五奶奶那牙口，啃得动吗？只能饿着。第三天，被邻居发现了，要不然，五奶奶还不知咋样呢！这事儿，把范少山的心戳疼了。他去看了五奶奶，又让人给五奶奶包了顿饺子。范少山想，俺留在白羊峪为啥？光是种金谷子、开农场吗？村里头这么多老弱病残，得管起来呀！若不管他们，种多少金谷子，保不齐还得发生老德安那样的悲剧。这事儿，不能等啊！范少山找到费大贵、余来锁，说了自己个儿的心思：在村里头办个食堂，供养着老弱病残，起码让他们吃得上饭。是个好事儿，可钱从哪来？金谷农场的金谷子、大棚菜赚了些钱，都入了集体的账，可以拿出来用来办食堂。办食堂不是一天两天，钱万一哪天断了，也就开不成了，不能虎头蛇尾啊。范少山说若是没钱了，俺去拉赞助。费大贵说："'大跃进'那年份，村里头也办过食堂，结果呢，没几天就吃黄了，如今想起来，简直是乱搞。咱可不能像过去那样子。"范少山说："到食堂吃饭的人，得是孤寡老人，残疾人，像五奶奶、大军这样的，俺掰着指头算了算，也就十几个人。好办。咱把吃饭人的名单，叫村民代表会讨论通过。"余来锁说："做饭的人挺重要。一是得会做，二是得态度好，有爱心，会照顾老人。"费大贵说："还是田新仓吧！安装光伏发电时，不是他做的吗？"余来锁说："他跟人家打了一架，你忘啦？"费大贵说："人家不是变好了吗？不能老揪着人家小辫子不放。"范少山说："要不就让'白腿儿'来。"费大贵说："女人家干不了重活儿，扛个米呀面呀都不中，要不把田新仓也算上，他俩。"一听这话，范少山扑哧笑了。余来锁跳了："那不中！他俩天天在一块，那还不得出事儿啊？"费大贵常年在布谷镇，不知道余来锁惦着"白腿儿"呢，就说："能出啥事儿啊？一个寡妇，一个光棍，出事儿，也是好事儿。"范少山说："这样吧，就叫田新仓做饭吧。"余来锁立马说："俺同意。"费大贵一愣："你咋又同意啦？"

食堂办起来了。范少山起名：爱心食堂。食堂就在小学校。一来这儿有富余房，二来方便泰奶奶吃饭。食堂就在两间厢房里。厢房原是仓库，装的都是乱七八糟，好些年了，还有批林批孔大会的会标呢！把仓库清了，刷了白粉，干干净净。摆了两张桌子，十几个凳子。还有一只碗橱。另一间呢，就是厨房了，厨房里用的是沼气灶，干净。田新仓穿着白大褂，戴着厨师帽，上任了。十二个人的饭，对田新仓来说，不难。给安装光伏发电工程队做饭的那会儿，四五十人，照做。范少山给他制定了菜谱，一个礼拜不重样儿。让用餐者吃得营养，吃得开心。菜谱上墙，餐具进橱。每个人都有个抽屉，抽屉上写着自己的名字。吃饭的时候，打开抽屉，拿走碗筷。卫生啊。别看田新仓这人平常吊儿郎当，做饭是把子好手，干净利索。不过，头一顿饭，就出错儿了。蒸了两屉馒头，炒了几个菜。田新仓想等他们吃完，自己再吃。这会儿，田新仓坐在厨房门口，弹着吉他，就见大军拿着饭盆从餐厅过来了。大军向田新仓行了个军礼："敬礼！馒头。"田新仓一愣，赶紧去餐厅看。人家吃饱走了，就剩下了大军，一桌饭菜都干了，两屉馒头也没了。更要命的是，大军还没吃饱。田新仓苦叹一声，又做了一锅凉面，西红柿鸡蛋打卤。自己吃了两碗，大军又吃了大半锅。

"白腿儿"来找田新仓。干啥？吃饭？"白腿儿"是寡妇，可她还年轻，不够吃饭资格。全村的寡妇，就丢下她了，她心里头不乐意。自己个儿孤身一人，要下地，要忙家务，一个人的饭，懒得做。她找田新仓，用塑料袋装点儿饭菜回去。正是开饭前，食堂没别人。田新仓能不给吗？"白腿儿"来了，还有求于他，田新仓心里头痒痒啊！本来食堂就一顿晌午饭，田新仓给"白腿儿"盛得多，连晚饭都有了。赶着人们吃饭之前，"白腿儿"拎着塑料袋，走了。去了几回，田新仓免不了要摸一下手啥的，"白腿儿"就啪地捆他的手："讨厌！"这一句讨厌，更让田新仓醉了。这一回，余来锁想去食堂看看，看看田新仓有没有偷懒儿。去了，田新仓没偷懒儿，正给"白腿儿"装饭呢！这事儿，让余来锁撞上了。咋说？余来锁腾地脸红了，说了句："你们忙。"走了。余来锁上火了，就像看了不该看的事儿。他眼里的"白腿儿"是个挺正直的人啊，咋就为了一顿饭菜，违反村里的规定呢，咋就为了一顿饭菜，就和田新仓黏黏糊糊呢？余来锁想不通，他也没法跟别人说。他自己个儿躲在村外的大石头后边，想心事儿。俺爱"白腿儿"，是不是爱错了？俺追求"白腿儿"这么多年，连个手都没摸着，还不如田新仓呢？看她跟田新仓亲亲热热，说不定都亲过嘴。余来锁越想，心里头越是别扭，跟范少山打了个电话，说去趟他哥家，去了布谷镇。

到了哥家门口，刚要敲门，停下了。他想，进去后，哥哥嫂子肯定要问他的婚事儿，自己还跟上回似的，说跟"白腿儿"要结婚了？原来说这句话，还有门儿，如今变得没影儿了。余来锁找了家小旅馆，住下，疗疗伤。

在食堂，余来锁去了，吓坏了田新仓和"白腿儿"。田新仓想，余来锁大小是个村干部，这事儿让他知道了，还能好吗？捅到费大贵、范少山那儿去，俺这厨师还能当吗？下回"白腿儿"再来，决不能开口子了。"白腿儿"想，俺求田新仓，来食堂取饭菜，余来锁会咋想？会不会觉得俺跟田新仓好上了？下回再也不去了。田新仓想的是自己的差事儿，一个月一千块钱，轻轻松松赚了，他没想到会伤害余来锁。反正"白腿儿"又不是你的女人，干你啥事儿啊？你看，各有各的想法。

余来锁在布谷镇住了三天，想通了。俺爱了"白腿儿"这么多年了，不能禁不住风吹草动，爱的路上哪会没有沟沟坎坎啊？就算田新仓追，俺也不放弃，只要她不和田新仓结婚，俺就奉陪到底。这样一想，"白腿儿"找田新仓取饭，占村集体的便宜，不仅可以原谅，还有点儿小可爱了。

这社会变化啊，都是因为人和事儿往前推的。这五奶奶和大军的遭遇，就促成了白羊峪的食堂。布谷镇一带，外出打工的农民不少，留下了一群空巢老人、鳏寡孤独，这些人，有时候连饭都吃不上。在村里办食堂，是个不错的办法。葛书记带了各村书记到白羊峪参观，推广白羊峪的经验。葛书记说："养老是大事儿，吃饭是头等大事儿。民以食为天！白羊峪的办法不错，现在有条件的村办起来，镇上给一定的补贴。"葛书记表扬了费大贵，老书记了，还在发挥余热，不简单。费大贵嘿嘿笑，应该的，应该的。余来锁说："这事儿，主要是范少山的主意。"葛书记握住范少山的手说："年轻有为，年轻有为啊！"事后，范少山埋怨余来锁："就让大贵书记露个脸有啥呀？你就非得多一嘴？"余来锁说："实事求是嘛。"不过，葛书记夸了自己个儿，范少山这心里头挺熨帖。

三十九

再说苹果园。上百亩的苹果园三年没结果了。每年，范少山都带人去打沼气液，分着阶段，按着比例打。一直没使农药。果园里，长起了荒草，荒草里蜻蜓飞着，蚂蚱蹦着，蛐蛐叫着。这还叫苹果园吗？糟改啊！青蛙爷爷余庆余见了，一个劲儿叹气。一叹气，就往自己个儿的果树上可劲儿洒农药。不打农药，苹果树不开花，不结果，这都明白。可你得给果园薅薅草，松松土吧？不对。不打农药的苹果就是要和这些野草、蜻蜓、蚂蚱、蛐蛐形成一个生态系统。你把草拔了，那些个昆虫跑了，就毁了。这些个知识，都是孙教授告诉的。这个，只有范少山和杏儿知道。不光余庆余，做了不打农药苹果试验的村民见了，也都摇头。好在杏儿每年给他们发补贴，也就不好说啥。要不然，谁干啊？这么糟践土地，老天答应吗？

余庆余回到了白羊峪，日子过得挺好。青蛙上学了，余庆余做饭用上了沼气，晚上用上了电灯。知足。余庆余是余来锁的二叔。这老头各色，不合群。他有三十多棵苹果树，就是不搞无农药苹果，年年打药，农药乱飘。你说，让人家的无农药苹果咋搞啊？余来锁不乐意，就做余庆余的工作，让他加入无农药苹果的试验。余庆余是个倔头，不同意。总觉着余来锁没安好心，想赠受他的苹果园。说实话，这几年，余庆余去了北京，这地，一直是余来锁种着。余庆余回村了，余来锁就乖乖把地让出来了。这心里头也有点不平衡，自己个儿这么多年，剪枝啊、施肥啊，容易吗？这果园，说没就没了。有时候，他心里头对范少山还有点儿小埋怨：你把老头带回白羊峪干啥呀？不管咋说，地是人家的，你心里头再不乐意，也得给人家不是？可余庆余毕竟老了，余来锁就想自己个儿代管他的苹果园。这样，就可以进入无农药苹果的试验田了。可余庆余就说了俩字："不中！"

余来锁说："二叔，您老在首都北京也待了几年，觉悟应该比俺们高啊？"

余庆余说："你是党员，你觉悟比俺高吧？咋不把你的苹果树给俺？"

一句话，把余来锁怼了回去。

余来锁跟范少山说："俺那二叔，榆木脑袋，不开窍。你出马吧！"

范少山说："依俺看，俺去找他也不中。咱得另想办法啊！"

余来锁说："啥办法？"

范少山说："变！"

范少山和余来锁在村里走，在田野走，绕了一大圈儿。范少山问："你有啥感觉？"余来锁呼呼直喘："累。"范少山提高嗓门儿："你看到了啥？"余来锁说："石头和庄稼。"范少山说："亏你还是诗人呢！一点儿悟性都没有。"余来锁说："石头房子和梯田。"范少山给气笑了，说："俺告诉你。俺们走过两条街，一家一户，有几家年轻人？有多少老弱病残？你再看看这地，还能种不少的庄稼呢！过去的承包地，一家一户经营，家家户户都有硬劳力，没事儿。如今没人了，走的走，散的散。剩下的，老的老，残的残。白羊峪靠吃国家救济也能活，可那活得没滋味儿啊！就跟混吃等死一样。这样下去，白羊峪脱不了贫，而且随着人口的减少，会越来越困难。"余来锁说："那咋办？""咱得走集体化道路。"余来锁一愣："那不是又回到人民公社啦？"范少山说："俺说前门楼子，你说胯骨轴子。那能一样吗？那时候，农民没有土地，土地是集体的，人家孙教授说，我国农村改革，是从调整农民和土地的关系开始的。要继续深化农村改革，主线还是处理好农民和土地的关系。咱就得在这上面做文章。抓住了土地，就抓住了百姓的心。要不然，你二叔那几十棵苹果树，还是要打农药。"

这话题，多大呀，越聊越热，心里头痒痒啊。回到家，范少山和余来锁聊了一宿。范少山说："外地有成型的经验，人家土地流转，搞确权登记，乡亲们带着土地入股，年底分红啊！"余来锁说："咱们种地能值多少钱啊？靠啥分红？"范少山说："眼下有金谷农场，咱村集体有些收入。咱不是去过虎头村吗？人家都搞旅游了，将来咱也搞旅游，办农家乐。"余来锁说："就咱们二三十户人家，农家乐办得起来吗？"范少山说："咱把那些搬走了的人再叫回来呀！"余来锁说："那不中。走了的人都是逃兵。白羊峪发展好了，还叫他们回来？你猪脑子？"范少山说："人家终归是白羊峪的户口，房子还在。当初也是因为穷，待不下去了，咱得理解不是？"余来锁说："咱苦巴苦业地把家业创下了，他们不是抢占胜利果实吗？俺想不通。"范少山说："想不通，就先撂着，慢慢想，反正眼下还没到时候。"

春天的地气噌噌地长，催得万物在泥土中，扭着秧歌儿钻了出来。范少山几乎每天早晨跑步，都要经过苹果园，摸摸苹果树，跟苹果树说说话。摸摸苹果树，这都好理解，跟苹果树说说话？范少山让这苹果树折腾的，是不是脑子不忒好啦？你当苹果树是人啊？范少山的脑子还是那个脑子，不忒灵光，也不忒笨。对了，他就拿苹果树当人了。你干成一件事儿，就得跟傻子一样。他站在这儿，就当苹果林是一列列队伍，这队伍浩浩荡荡的，提气呀！走进苹果园，他就像检阅仪仗队呢！他喊一声："苹果树们，你们帅帅哒！"范少山就听苹果树们说："还是首长帅帅哒。"范少山总是走着走着，经过一棵棵光秃秃的树，走不动了，坐下来，和苹果树说话。说啥呢？就像和杏儿谈恋爱时那样，说得掏心掏肺，说得浓情蜜意。每一回，都说不一样的话题，每一棵苹果树都听懂了他的心，都听懂了白羊峪。苹果树们，能不顽强地活吗？能不可劲儿地长吗？这个早晨，和苹果说完话，他困了，靠着一棵苹果树，打盹儿。梦里，他看见苹果树开花了，花开得绚丽啊，灼眼睛。花香扑鼻，熏得他出不来气。醒了。这是在梦里吗？他真的看见苹果树开花了！每棵树上都挂着白色的花，那五个瓣花朵像喇叭呀，漂亮啊，让人的心都醉了。范少山在苹果园里奔跑，边跑边喊："你们辛苦啦——谢谢你们——"范少山一直跑到村庄，在街上喊，"开花啦——苹果树开花啦——"

听说苹果树开花了，村民都拥向果园看新鲜。余来锁来了，"白腿儿"来了，田新仓来了，五奶奶和大军也来了。范少山把这个消息告诉了杏儿，在手机里，杏儿看到了洁白的苹果花，在电话里，杏儿嘤嘤哭出声来。四年了，杏儿为白羊峪的无农药苹果操碎了心。她和村民是订了合同的，即便不结果，也要给村民发补贴，一年就两万多。她就想着把中国的无农药苹果摆上自己的菜摊儿，送上电子交易平台。能开花，就会结果，这梦，就实现了。

杏儿来到了白羊峪，带着小雪和黑桃，来看苹果花。俩孩子看得眼都花了，一个劲地说好看。杏儿忽地想唱歌，就在这果园里，就在苹果花旁，杏儿唱开了贵州民歌《初相会》：

　　　　燕子初会哪高楼台
　　　　燕子初会哪高楼灯
　　　　我妹初会哪献花台

　　这边，范少山接上了。在北京卖菜的时候，杏儿总哼贵州民歌，范少山都记住了。

　　　　山比天高水更长呦
　　　　盼来一年走姑娘
　　　　绿水绕青山画一样
　　　　阿妹醉在画中央

　　　　脸儿泛红光手中忙
　　　　风雨桥头望情郎
　　　　挑花刺绣忙嫁衣裳
　　　　打好油茶带客访

　　杏儿唱：

　　　　初相会
　　　　牛会操场哪马会街
　　　　鸬鹚得会哪长江水
　　　　我妹得会哪聪明人
　　　　……

　　白羊峪的苹果不打农药，就打沼气液，用沼气液杀虫。沼气液含有丰富的氮、磷、钾、硒等成分和微量元素，促进农作物生长，能防治一些病虫害，被称为生物农药，这就在白羊峪的苹果身上起作用了。这沼气液杀虫，配比上有讲究，啥虫子一冒头，该兑多少水喷，有讲究。这配比，范少山都记着呢。问题是，你打了三年的沼气液，为啥没开花呢？还不是让虫子吃了？可这回，咋就开花了？不仅开花了，树身上还没多少虫子。打沼气液也是偶尔的事儿。你说新鲜不？熬过了这几年，这苹果树需要多么顽强的生命力啊！它已经百毒不侵了。余庆余看人家的无农药苹果树开花了，他也眼热了。人家的一个苹果六七十块，你的苹果，六七十块得用车拉呀！能比吗？想想这两年花了不少农药钱，心疼啊。余庆余找到范少山，也要拉上三十棵果树，加入试验田，不再打农药了。原以为，等完成土地流转后，余庆余的苹果树自然而然就归过来了。想不到这苹果花开，也管用。范少山说："青蛙爷爷，这就对了。"他总是记不住余庆余的名字。

费大贵又上山了，累得满头是汗。费大贵在布谷镇的家养了一只鹦鹉，稀罕物儿。鹦鹉待他可亲了，一进门就叫："欢迎费书记，费书记辛苦了！"费大贵稀罕得不行，这回镇上让书记归位，他回白羊峪，就想带上鹦鹉，又怕影响不好，就没带。可他心里头惦着，怕家里人慢待了鹦鹉，不踏实。隔三岔五地下山，多半是回家看鹦鹉的。费大贵快七十了，这上上下下的，累得他够呛。今儿个他发话了："咱白羊峪别的事儿，都是小事儿。最大的事儿，就是把路修通。不要等冬天了，眼下就着手干。要不然，俺死前，怕是也看不到路能通了。"费大贵说得挺悲壮，撞击着余来锁和范少山的心。人家说得在理儿啊，可你不在农闲的时候干，把地里的庄稼都扔下吗？再说了，白羊峪也没多余的人手啊？费大贵说："靠咱们一准不中，得想办法。"

范少山忽然想到了雷小军说的一句话，说是这时代光靠艰苦奋斗不中了，那是一只翅膀，飞不起来。那只翅膀是啥，人家没说，让你去看。可眼下忙着不打农药的苹果，去不了啊。余来锁说："大贵书记说得对。俺同意。咱们这条隧道，没纳入政府的支农项目，若是上了这项目，就不用俺们开山了，政府给咱们开。俺想过，路的后半段是个平缓的山坡，凿下去两尺，汽车就能开上来。再穿过隧道进入白羊峪，也就不到两里路。咱以后发展旅游，就方便了。"范少山说："来锁哥，真没想到，你还惦着这事儿呢？俺早忘了。对了，在隧道楼隧道口旁边，开辟一个大型停车场，方便旅游大巴停车，齐了！"费大贵一听，乐了："往后上班，俺就可以开着车来了。"余来锁说："爱哭的孩子有奶吃。如今干事儿，你不能闷着干，你得让人家知道，人家不知道你干啥，咋帮你呀？你看，雷锋那么多照片，都是做好事儿的时候拍的，要不然谁知道雷锋啊？"范少山说："这样吧，来锁哥，俺俩就跑县城，办修隧道的事儿。村里就让大贵叔坐镇吧！"这一说，三人都同意。

白羊峪这地方，属于金安县，金安县城在金安镇。去了县城，两人见到了县农工部的一位副部长，姓马。马部长说查看了登记表，有点为难，说："虽说镇上首肯你们不搬迁，可你们白羊峪还在全县的搬迁村名录里。"范少山说："马部长，你见过金谷子吗？"马部长摇摇头。范少山又说："你见过光伏发电吗？"马部长说："听说过。"范少山说："你看你这部长当的，俺们白羊峪的金谷子，都卖到外国去了，你都不知道？俺们白羊峪都安上光伏发电了，你还让俺搬下山？俺白羊峪那山，那水，那树，你见了，保准都舍不得走。"马部长说："你的心情我理解。可开山毕竟是个大项目。要是正常，国家有政策，省市县都要跟上配套资金，要在上年度的年底前上报。你们就算纳入了盘子，时间也来不及了。这样吧，我们积极争取把白羊峪纳入不搬迁贫困村，如果成功，最早明年就可以帮你们修路了。"

听这话，有点哄着孩子不哭。没办法，政府这条路，算是指不上了。从政府大院出来，晌午了，两人去了一家面馆，就着大蒜吃面。本来应该喝点儿，可范少山开着车，不敢喝。余来锁一个人喝酒，没劲，也就不喝了。范少山问余来锁："连马部长都不知道白羊峪的金谷子，啥意思？不是电视上有广告吗，还是明星做的。"余来锁说："人家当官的谁看这个啊？"范少山说："当官的看啥？"余来锁说："先看《新闻联播》，再看当地新闻。人家不追剧，也看不到电视剧中间播的广告。"范少山说："咱们的金谷子上过金安台呀？"余来锁说："就一晃那两分钟，当官的记得住吗？"

范少山想到了欧阳老师。欧阳老师在村里支教两年了，是个网红。她做直播，有大量的白羊峪视频，种金谷子的，开山修路，运电池板的，泰奶奶守着棺材教书的……海量啊。一从县城回来，范少山就去了学校。学校又走了一拨学生，还剩下青蛙等三个孩子。山里的孩子笨啊，欧阳老师有耐心，手把手地教。见范少山来了，欧阳老师离开教室，去了办公室。欧阳老师说："大哥，有事儿啊？"范少山说："就是来看看欧阳老师。"欧阳老师笑了："我见你每次到校园，看看泰奶奶就走，连我这儿都没瞄一眼。"范少山说："算是俺的错。你是白羊峪最尊贵的人，俺做得不够。这些天，把这日子都放在苹果树和农场了。"欧阳老师说："听说苹果树开花了，我也去看了。正赶上你和嫂子唱山歌呢！我就录上了放在网上，都是好评啊！"欧阳老师拿出手机让范少山看。范少山说：

"俺咋没看见你啊？"欧阳老师说："你们正秀恩爱呢，哪看得见我呀？"范少山嘿嘿说："都老夫老妻了。"欧阳老师说："我把苹果树开花的消息告诉孙教授了。他高兴地说：'这是一场苹果革命！'"范少山说："俺不如你，比你晚。孙教授也说了这句话。他还说，要把这件事儿写进书里。"欧阳老师说："找我肯定有事儿。说吧。"范少山说："不好意思，又得求你。你不是有白羊峪好多视频吗？俺想能不能整理成一个专题片，配上音。俺想送到金安电视台去，宣传宣传白羊峪，说不定，那条隧道就修通了。"欧阳老师说："这好办。我对你有了个新的认识，学会变通了。这就对了，你不借助政府的力量，那条路还要修个十年八年的，什么事都耽误了。"

电视专题片《白羊峪之路》，由欧阳老师制作完成了。欧阳老师写的解说词，欧阳老师解说的。送电视台前，范少山把自家电视摆在院子里，招呼乡亲们来看，乡亲们边看边流泪，都说拍得好。视频资料送电视台，范少山为难了。不认识啊！人家能给你播吗？人家天天播放肛肠肛瘘广告呢，专在吃晚饭时候播，那得赚多少钱？你这二十分钟专题片，相当于一百条广告了，不光不赚钱，还占用了广告时间，人家没脑子？去了电视台，别说送片子，连门口都进不去，俩保安在那儿站着呢！余来锁说："俺说了不中吧！还得托关系。"范少山说："咱们的关系都是庄稼人，挖下祖宗八代，哪有跟电视台沾边儿的？"余来锁说："你有个同学不是钢厂老板吗？俺看电视上有广告。叫啥来着？"范少山说："张小强？"余来锁说："对了。金安钢强钢铁公司总经理张小强先生祝全县人民幸福安康！对了，就这句。《金安新闻》这个栏目，是人家赞助的。"范少山眼睛亮了："上高中的时候，俺俩追过一个女孩啊！走！"

去了钢强钢铁厂，张小强正在办公室泡澡。办公室泡澡？对了，人家办公室大，对门间就是个浴池。每天泡一澡，雷打不动。张小强看过显微镜，人的皮肤爬着密密麻麻的寄生虫，受不了了，总觉着浑身痒，洗完澡，好受多了。张小强在那边浴室洗澡，范少山就和余来锁在这边的办公室等着。一会儿，张小强披着浴巾出来了。范少山赶紧迎上去，介绍了余来锁。张小强说："又找我有事儿吧？反正你说的都是小事儿，好解决。"范少山说："你眼里的小事儿，在俺们眼里可是大事儿啊！"张小强说："花不了一个亿的事儿，都是小事儿。"范少山就把专题片上电视台的打算，对张小强说了。张小强说："你看，小事儿吧？电视台靠我的广告费养着呢！我给钱台打个电话。"张小强打手机："钱台啊，白羊峪有个电视片，你给播了，就这两天。对了，安排黄金时间。"听到钱台在电话里说："没问题，送过来吧！"张小强说："狗蹦子来例假，多大点事儿啊？"范少山、余来锁连声感谢，要走，去送片子。张小强拉住范少山："还用你跑一趟？"说话间，秘书进门了，带了资料走了。张小强说："你先别走，说说那些年咱们追过的女孩儿。"

《白羊峪之路》在金安电视台播了，火了。应观众的强烈要求，播放了三遍。观众给电视台打电话，网上留言，都说金安还有一个白羊峪，白羊峪还有一群为心中梦想奋斗的人。他们感谢电视台，终于播出了这么正能量的作品。压了好多场肛肠肛瘘广告，医院都找上门来了，钱台长正为这事儿烦恼呢，哪顾得上能量正不正的事儿。没想到，县里开大会，县委毕书记点名表扬了电视台，说《白羊峪之路》拍得好！播得好！反响好！毕书记连用了三个好。毕书记说："电视台的作风转变非常好！过去，肛肠肛瘘的广告多，专门在观众吃饭的时候播，让人家怎么吃饭？这些天，那些广告不见了！换成了《白羊峪之路》，换成了观众访谈。路子走对了。电视台就是要弘扬我们金安人民的奋斗精神！"毕书记一表扬，人们都向钱台长投来了敬佩的眼光，这钱台长心里头受用，心想，我进常委，当宣传部长有门儿了。马上跟进，设了《走进白羊峪》栏目，全方位宣传。

再说费大贵，在布谷镇家里看的《白羊峪之路》。看了两遍，电视上没他的影儿，解说词没他的字儿。这咋回事儿啊？费大贵气得把茶杯摔了！说："俺是书记，咋没镜头呢！"这一说，鹦鹉记住了，立马说："费书记，没镜头。费书记，没镜头……"费书记给余来锁打电话，训了一通："余来锁，俺费大贵还是不是白羊峪的书记？白羊峪还是不是在俺的领导下？你们拍的那个片子，为啥对俺只字不提？你们眼里还有俺这个书记吗？"余来锁说："费书记，片子里反映的金谷子、开隧道、运电池板这些个事儿，哪一样你也没参加呀？没留下资料，再说了，欧阳老师你都没见过。这事儿不是宣传哪个人，是宣传白羊峪，想引起区领导的注意，把咱们的道路修通。你应该理解呀！"费大贵没话了，气得在院子里绕了一圈儿。回到屋，鹦鹉说话了："费书记，没镜头。费书记，没镜头……"

费大贵的高血压犯了，赶紧吞了两片药。

鹦鹉还在念叨："费书记，没镜头。费书记，没镜头……"

第十三章

泰奶奶走了，风来了

四十

　　范少山和余来锁靠着银杏树，想心事。两棵银杏树，一人一棵。事情也不顺，修路的事儿，没影了。下雨了，淅淅沥沥。范少山看着雨，不由得朗诵起来："春雨唰唰地下着。透过外面淌着雨水的玻璃车窗，看见秦岭西部太白山的远峰、松坡，渭河上游的平原、竹林、乡村和市镇，百里烟波，都笼罩在白茫茫的春雨中。当潼关到宝鸡的列车进站的时候，暮色正向郭县车站和车站旁边同铁路垂直相对的小街合拢来。在两分钟里头，列车把一些下车的旅客，倒在被雨淋着的小站上，就只管自己顶着雨毫不迟疑地向西冲去了。"这是啥？《创业史》第一部第五章梁生宝买稻种的开头。而今，他已经背得滚瓜烂熟，融化在血液里了。"他想：在这里美美睡上一夜，明日一早过渭河，到太白山下的产稻区买稻种呀！但是，也许是过分的兴奋，也许是异乡的情调，这个远离家乡的庄稼人，睡不着觉……"范少山一字不落地背完了整个章节，他也不知道，这个时候，为啥要背诵这篇文字，也许是因为下雨了，也许是想起了这几年的困难，他的心里头住着的那个梁生宝一直没有离开。余来锁是文化人，也是读过《创业史》的，也稀罕"梁生宝买稻种"这段，他接道："票房的玻璃门窗外头，是风声，是雨声，是渭河的流水声……"朗诵到最后，范少山流下了眼泪，滚烫滚烫的。

沉寂了几天，白羊峪忽地热闹了。县委毕书记来了，带着四大班子登上了白羊峪。毕书记一来，各局局长也来了，布谷镇葛书记来了，费大贵能不来吗？他得陪着，介绍情况。领导们先参观，后现场办公。在金谷子地、不打药的苹果园走了一遭，又看了村食堂，向田新仓询问了情况。田新仓激动，跟毕书记说起来没个完，费大贵只得打断了他。接下来，就到了隧道，现场办公了。毕书记说："看到了吧，这条隧道，是白羊峪人在寒冷的冬天，一锤一钎凿出来的。这是他们艰苦奋斗的象征。我们党和政府，是为人民谋利益的，不能看着他们一代一代人凿下去，而坐视不管。我们都是从'鬼难登'爬上来的人，上了山，谁不是腿打战，一身汗啊？这条路，白羊峪祖祖辈辈在走，一直走到我们这个时代，我们党和政府是有责任和担当的，还能让他们再走那条路吗？"现场敲定了，工程由县交通局承办，财政局拨付支农资金，托底。抓紧组织施工。你说这宣传，多大力量？要多大，就有多大。这个在半个月前，还是白羊峪人做梦都不敢想的事儿。

费大贵这回陪着县领导视察，看电视有了镜头，乐了："白羊峪的费书记，有镜头了。"可鹦鹉改不了口了："费书记，没镜头。费书记，没镜头……"

交通局拿走了余来锁设计的图纸，改了。咋改的？改成了汽车直接通到了白羊峪。这还了得，多大工程啊？余来锁激动得流泪了。开工了，全是开山机、劈裂机等机械化设备，不用炸药，为了安全。人家在现场搭了帐篷，吃住在那里。余来锁带着白羊峪人送去一头猪，又抬了回来。人家不收，说有纪律。这样的话，不用白羊峪人干活儿，也不用白羊峪供吃的，就等着走那条隧道了。隧道那边，就是一条省级公路，到了那儿，就通向世界了。

按照工期，三个月就通车。轰轰烈烈干到八十一天，停了。白羊峪人掰着指头算，挨着天数，还等着通车呢！忽地就听不到响声了。过来看，施工队撤了，施工机械没影儿了，就留了一个大洞，一片石头。这咋回事儿啊？原来县委毕书记调走了，到市里当财政局长去了。他这一走，就听说他当书记时一些项目批得违规，恐怕新书记不满意。新书记在一次讲话中，专门提到要把支农项目谋划好，落实好，确保每一分钱都花在百姓身上。一定要严格审批！这啥意思？白羊峪修路可是毕书记批的临时资金啊，是不是新书记有所指啊？到时候可别弄个连带责任啊。交通局长下令，把白羊峪的工程撤下来。撤下来？过几天就要通车了呀？让你撤，你就撤。你还以为人家干工程，是为你白羊峪谋福祉呢？都是为领导干呢！领导叫干就干，领导不叫干，就不干。你老百姓算个啥呀？说撤就撤，干净利落。不就是再干个十天八天的事儿吗？不中，一天也不中。

毕书记这一走，白羊峪就凉了。各级领导不来了，电视台的系列节目也停播了，肛肠肛瘘广告又来了，还是观众吃晚饭的时候播。人家还真不是专门恶心你，因为只有人们吃饭的时候，全家人围坐在一起，看电视，收视率才高。官场的风吹草动，影响着整个社会，更牵扯着老百姓的利益。你说，这叫啥事儿啊？

施工队修的隧道是从东往西修的，和白羊峪凿洞的方向正好相反。也就是说，这两端都通了，中间就剩下一堵墙了。咋办？白羊峪这一冷，费大贵干脆也不来上班了，在布谷镇的家待着，摆弄鹦鹉，叫它说些个新词儿："祝费书记身体健康！""祝费书记寿比南山。"老婆看不惯他在家整天费书记费书记的，插了一句："啥费书记啊，你该废了。"这下，鹦鹉记住了："费书记废了，费书记废了……"这天，范少山和余来锁下山，来到费大贵家，一进门，叫了一声费书记，鹦鹉立马接话："费书记废了，费书记废了……"两人没憋住，笑了。费大贵说："这孩子调皮。"两人来，就是跟费书记商量修路的事儿，把工程队留下的半拉子工程收收尾。费大贵叹气："人家说走就走了，连吱一声都没有。"余来锁说："如今官场都是对上负责，谁对下负责啊。"费大贵说："俺觉着，县委新来的书记是不了解情况，若是了解情况，也不至于把工程停喽。咱不要有怨气，毕竟这条路，一大半是政府开的。"范少山说："求人不如求己。隧道中间还剩下个二三十米，咱自己个儿把它修通吧。"费大贵说："好，还是自力更生稳妥。"

人家施工队有全套的机械化装备，你咋干？不能光靠铁锤和钢钎吧？还得用炸药。范少山去找杨老板。杨老板和白羊峪是合作伙伴，金谷农场的副总，经营着畜牧呢！他的采石场还运作着，炸药是断不了的。不过，杨老板说："这些个日子，上面查得严，你也不能多用。"范少山说："放个三炮四炮的，也就通了。"杨老板说："三炮吧！"说干就干！白羊峪的人去上工了。还是搭灶起火做饭，"白腿儿"牵头，操持伙食。采石场的技术员带着炸药过来，负责安装操作。炸药响了，硝烟散尽，人们就进了隧道往外推石块。都是熟练工，干起活儿来也不吃劲儿了。吃饭的时候，热气腾腾的，田新仓现场表演，弹着吉他唱歌，第一首歌一准是献给"白腿儿"的："第一首歌，献给俺们美丽的厨师长，'白腿儿'女士。""白腿儿"一听，笑着鼓掌。余来锁拉了脸子，端着碗，躲到一边去吃了。这田新仓不是给老人食堂做饭呢吗？咋跑这儿来了？这不是工地用人嘛，余来锁就让费来运先顶着。费来运在学校打更，白天也没啥事儿，正好。

这期间，发生了一件事儿。啥事儿？马半山来了。他卖假农药，让范少山举报了，不是半路跑了吗？没跑几天，听说老婆进去了，心疼，就投案自首了。马半山判了一年，出来了。农药没法卖了，总得干点儿营生。干啥呢？在原来的农药店，开了间油坊，卖花生油。也不知道他咋想的，过去的农药店里榨油，人们能不忌讳吗？再说了，马半山是名声不好，顾客少，油坊冷冷清清的。马半山就卖油下乡，串着村卖。听到白羊峪跟前在开山，炮声隆隆的，肯定有人吃饭，就来了。这一来，就和范少山打了个照面。范少山愣了："你你你不是跑了吗？"马半山也吓了一跳，没想到范少山在这里。若是知道他在，他才不来呢！马半山说："范总，这都是老辈子的事儿了。如今我干的是正经生意，守法经营。"马半山拎着一桶油，让范少山看："纯花生油，滴滴浓香啊！"范少山瞄了一眼，说："俺们这儿不用。"走了。范少山不想跟马半山打交道，他能卖假农药，就能卖假花生油。这样的人，他再也不信了。马半山拎着一桶油，站在那儿，没人理他。他只得再拎着油回到车上。马半山一踩油门，骂道："走着瞧！"你看这人，卖假农药，人家受害了，告发你，没错吧？你卖花生油，人家不买，没错吧？在他眼里，你就成坏人了。好几天，马半山觉着这个坎儿过不去，得想个法子，治治范少山。可人家安分守己的，你一个卖油的，有法子治他？说说大话，撒撒气，也就过去了。

费大贵上了山，搬不动石头，就背着手四处绕绕。到这儿说两句，到那儿说两句，总指挥的样子。过了年，党支部就要换届选举了，这个书记，他还想当。如今实行"两推一选"，就是党员推荐，群众推荐，党内选举。哪方面照顾不到也不中。这天，费大贵在大伙工间歇着的时候，宣布了一个决定："俺宣布，范少山同志的预备党员已经期满，经白羊峪党支部研究决定，已经转为正式党员了！"

这话一出，大伙一个劲儿地拍巴掌，向范少山道贺。费大贵说："少山，你说两句吧！"范少山有点儿扭扭捏捏了。大伙儿又鼓掌。范少山说："俺不会说啥，就是横竖一条心，让咱白羊峪脱下穷棉袄，过上好日子。"费大贵想，俺这一宣布，起码范少山这一票稳稳的了。大伙一听，范少山入党是他一手办的，能不推荐他吗？范少山在群众心里的地位，谁能撼动啊？

第三炮一炸，隧道也就快通了，人们都干了十来天了，再干三四天，也就打通了。再修修整整，也就通车了。可就这会儿，稀奇事儿出现了，交通局的施工队，又杀回来了！这来来回回的，咋回事儿啊？新来的县委书记不是说工程停下来吗？这可不是新来的县委书记说的，是交通局长说的，他是"揣摩圣意"做的决定，还是局里有人反映到了区委。你看白羊峪没反映，是你局长手下反映的，敌人就出在内部嘛！新书记"龙颜大怒"："还有这事儿？这不是让老百姓骂娘吗？马上开工！"可这封反映信，到了书记手里时，都过去俩仨月了。这不，冒着寒风，工程队重返工地，看见一帮村民在推石头，急了，队长说："都回去，都给我回去，我们是专业施工队，我们来干！用炸药崩石头，你们这不瞎干吗？统统走！"你听听，这啥意思，你们说走就走，连个招呼都不打。找你们，你们说不干了。俺们干，该修通了，你们又来了。来了就对俺们吹胡子瞪眼，往外轰，这份气谁受啊？范少山说："你还是队长呢？有你这么说话的吗？让人寒心啊！"白羊峪人和工程队的人吵了起来，各说各的理儿。费大贵对村民们说："大伙犯不上跟他们置气，回家吧，还是家里头暖和啊，家里喝着小酒，看着电视多好？就让这帮土鳖遭罪吧！"人们收拾东西，往回走。范少山走得晚，俩警察朝他走过来，对他说："你叫范少山吧？跟我们走一趟。"范少山怔怔："吵个架还惊动警察了？咱就说理，也没动手啊？"警察说："不是吵架的事儿。"范少山跟着警察上了警车。到底犯了啥事儿？他哪知道啊？

再说这马半山，那一天，他忽地想起了白羊峪隧道的爆炸声，觉得哪儿不对劲儿。对呀，如今国家炸药管控多严啊？你小小的白羊峪就弄到炸药啦？一准有问题。他听说这隧道就是范少山主张干的，这炸药跟他脱不了干系。对，就从炸药上整起，炸他个人仰马翻。他给县公安局打电话，举报白羊峪村的范少山用炸药开山，要求公安部门将其绳之以法。公安局查了查，白羊峪没有炸药管理许可证啊，就化装成便衣实地看，真的在炸。炸药哪来的呢？非法制造？再一查，是附近采石场的。这事儿得搞搞清楚了。几乎同时，把杨老板、范少山传进去了。这事儿，还真不是闹着玩儿的。《民用爆炸物品安全管理条例》明确规定：严禁转让、出借、转借、抵押、赠送、私藏或者非法持有民用爆炸物品。范少山和杨老板这边，就属于赠送了，当然不行。范少山哪知道这事儿啊，心里一个劲儿后悔，这下，把杨老板给害了。杨老板应该知道法规啊，人家是合法经营，技术员带证上岗，人家冒着风险赠给你炸药，你还老说给钱给钱，一直也没给。没给钱就对了，若是收了钱，问题比这还严重。范少山一个劲儿地把责任往自己身上揽，说炸药是俺逼着他给的，没他啥事儿。人家问怎么逼的，他说用刀。用刀？这不成抢劫了吗？可是刑事案件啊！真的用刀？真的用刀！再问杨老板，没影的事儿。本来人家对范少山批评教育两句也就算了，这下成了作假证了。行政拘留七天。杨老板赠人炸药，用于开山修路，情有可原，行政拘留七天，罚款五万元。这事儿搞的。范少山蹲了七天，就觉着心里头这内疚轻了。放风的时候，还能看见杨老板，两人一笑，都明白了。

这边白羊峪闹翻江了。修路都回来了，就差范少山。起初还以为是让工程队给扣住了。余来锁带着乡亲们去工地要人。工程队长说："你拿我们是黑社会呀！我们怎么能扣人呢？那会儿跟你们吵架，是我挨了局长一顿剋，骂我不该撤下来，我想，不是你让我撤的吗？不敢说。局长被撤职了，有火。我心里也有火啊，就撤给你们了。对不起了。"队长朝乡亲们鞠了一躬，又说，"你们要找的那个人，被警察带走了。"警察带走了？为啥呀？乡亲们都愣了。余来锁打电话给派出所，派出所说范少山没在这儿。没在派出所，那就是在县公安局。范德忠、李国芳一听，儿子被抓走了，都慌了。李国芳差点儿晕过去，幸好被人扶住了。余来锁让田新仓照顾好李国芳，和乡亲们先回，他到布谷镇坐公交去了县城。到了公安局一打听，范少山在拘留所。一听拘留所，余来锁踏实了，没大事儿。去了，不让见。一打听，是炸药的事儿，拘留七天。还有五六天呢，余来锁等不起，赶紧打电话把这信儿告诉田新仓，转给范家，省得家人着急。又赶了末班车往回返。

一听说范少山是为了修路蹲了拘留，乡亲们拎着鸡蛋、水果都来了范家，看李国芳。李国芳病倒了。范德忠一个劲儿安慰："没事儿没事儿，又不是蹲监狱。你儿子过几天就回来了。"范少山的手机被没收了，杏儿打不通电话，就打给了余来锁，余来锁只得道出了实情，让她别着急。杏儿那脾气，能不着急吗？紧着赶着就过来了，照顾婆婆，安抚公公。说来也巧，范少山出来那天，正赶上白羊峪的隧道修通了。余来锁带着一帮人敲锣打鼓庆祝，从隧道口那边就走过来一个人，他的身后是一排汽车。这人就是范少山！锣鼓声中，田新仓点了鞭炮，噼噼啪啪地响。范德忠擂着鼓，鼓槌砸得更响了。站在人群中，李国芳流着眼泪，杏儿的眼里也闪着泪光。范少山走过来，张开双臂，紧紧抱住了李国芳和杏儿！

　　再说说不打农药的金苹果。今年苹果园不是开花了吗？开花总要结果吧，结了多少？因为是头一年，每棵树上稀稀拉拉二十多个，总共结了八千多个。这不打农药的苹果，注定产量低，果实小。范少山不是说一只果六十八块吗？这可是五十多万啊！人家说是日本产的。咱中国的无农药苹果还没上市呢，杏儿也摸不准。春天一开花，杏儿在网上，在电子平台上，发布了大量消息、图片，号称中国第一个无农药苹果，永不腐烂的苹果，也没引起多大轰动。这年头，骗子多，你就是打农药，谁也看不见啊！你得先和农户下订单啊，每个二十块。这就是说，一棵树的苹果能卖四百多。打农药的苹果，一棵树撑死卖三百块。这下农户乐了。不打药，省钱，不咋拾掇，省工。天下哪有这样的好事儿啊！这几年人家杏儿往里搭了不少，你也得让人家挣钱啊？订单下去了，农户们家家派专人看守自家的果园，生怕丢了果子。这边，杏儿看网上不行，就去找富人区的徐太太，请她组织"太太团"，到白羊峪参观金苹果。徐太太的微信群好几百人啊，人家是大姐大，一呼百应，一下来了两个大轿子车。白羊峪的路也修通了，太太们也累不着。正是苹果成熟季节，太太们进了苹果园，看了都稀奇，这苹果长得不一般啊，像个小姑娘，脸蛋红扑扑的，是健康色，不像普通苹果，像是化了妆，涂了彩的。村民们热情，请太太们品尝。太太们摘了苹果，放在嘴里，咬一口，又香又甜，心都化了。来之前，杏儿和农户定好了，一个苹果五十块。要不农户不急呢！杏儿又组织了北京三四家商场的经理，来这儿参观。加上网上宣传，这八千多个苹果，都订完了。多少钱一个？三十块。金苹果到底啥滋味，白羊峪人没尝过。二十块钱一个，可以买十几斤普通苹果啊！谁舍得吃啊！再说了，都订出去了，也没富余啊。范少山偷偷从自家树上摘了两个，一个送给了泰奶奶，另一个送给了欧阳老师。人家是咱白羊峪的客人啊！

　　这一年，路通了，金苹果结果了。除去村集体的提留，乡亲们平均每人从地里赚了三四千，历史上收入最多。杏儿过去三年，给乡亲们发补贴，这窟窿算是堵上了。再加上这些年范少山搭进去的钱，也回来了。算算，还赚了四五万。杏儿的摊子大了，不仅有小兰，还把高辉叫过去了，专门搞电商。不过，她还没把这事儿告诉范少山，等等再说。在白羊峪有人赚了钱，有人还穷着。五奶奶家、大虎家这样的贫苦户还有不少呢！这些人家，最牵挂范少山的心。他想，这几年，有的人家脱贫了，有的人家富了，可有的人家还是穷啊，虽说得了精准扶贫款，也是有数的钱。再说了，花这钱，哪有自己赚的硬气？下一步，可得出实招儿了！

再说这余来锁，和"白腿儿"的婚事老没影儿。一个二茬子光棍，一个四十多岁的寡妇，不是说干柴烈火吗？可有时候，难着呢，要不余来锁追了"白腿儿"这么多年？那是余来锁没找准脉，乱开药。哪能中啊？医不好旧病上面添新病了。这天，"白腿儿"丈夫高连生的忌日，"白腿儿"照例去上坟了。"白腿儿"跪在坟前，烧纸，嘴里默念着心里话，对丈夫说。就在这时，一个大活人也扑通跪了，跪在了坟前，和"白腿儿"并排跪在一块。"白腿儿"吓了一跳，差点叫出声来。就听余来锁说："连生大哥，俺爱慧凤，会好好待她，不让她受半点儿委屈。俺知道，不如你做得好，可保证跟你学，向你看齐！大哥，你就放心把慧凤交给俺吧！俺一准让她过上好日子，让她的每一天，都写满'幸福'二字！若是俺对不起她，你就早早叫俺，给你来做伴！大哥，俺给你磕头了！"余来锁咚咚咚，磕了三个响头。这里顺便说一句，慧凤就是"白腿儿"的名字。这场合，多严肃的事儿啊，你不能叫"白腿儿"啊！余来锁的这一出，击中"白腿儿"的软肋了，"白腿儿"立马哭出声来。

这么多年，"白腿儿"没有再嫁，当然是心里还被连生占着呢，别人没挤进去。"白腿儿"虽是中意余来锁，可这男人既不托媒，又不自己说，就知道当着她的面朗诵诗，朗诵完就走，就是不捅破这层窗户纸，难道还得让"白腿儿"直接跟你说，俺要嫁给你呀！话又说回来，余来锁坟前一跪，这个点子是谁想出的？这事儿，范少山替余来锁着急，只是干着急，使不上劲儿。人家余来锁一口唾沫一个钉地说了，不用媒人，自己谈恋爱。那意思，不着急，等机缘。范少山说："等吧，别等老了，话都说不动了，你还咋谈恋爱啊？黄昏恋啊！"余来锁说："那俺也不找人做媒。"范少山说："俺告诉你，像'白腿儿'这样的女人，想得到她的心，不容易啊！比打动十八岁姑娘的心难多了。十八岁的姑娘，你给她一块巧克力，她就动心了，那颗年轻的心多柔软啊！'白腿儿'呢，你给她一座金山也不一定动心。那颗心坚硬啊！锥子扎，不出血，你得用刀捅，让她疼，让她感到扎了心了，这就有门儿了。像雾像雨又像风的，不中。"余来锁愣愣地看范少山一眼："真是情场高手啊！"范少山说："我？我就不懂女人，没女人缘儿。俺不是为你的事儿着急嘛，在北京的时候，俺跟杏儿请教的。依俺看，还是女人最懂女人。"这话没白说，余来锁吃心里了。要让"白腿儿"爱上你，你就得在心口上"捅一刀"，干别的，都没用。余来锁就围绕着"白腿儿"想了半天，连她家养的兔子都想到了，都不是下刀的地方。那会儿，他忽地想起了"白腿儿"的丈夫连生，一拍大腿，有了！

余来锁上坟，就是当着连生的面，向"白腿儿"求婚啊！虽说"白腿儿"没答应，可这一哭，不比答应还准吗？过了两天，晚上，余来锁夯着胆子又去敲"白腿儿"家的门儿。

"白腿儿"问："谁呀？"

余来锁压低嗓门儿说："俺，来锁。"

"白腿儿"的声音也压低了："你来干啥？"

余来锁说："俺来，俺来是想给你读一首诗，刚写的，你给提提意见。"余来锁的口袋里真的装着诗歌呢。大半夜的，找人家寡妇，总得有借口吧。

"白腿儿"把门打开了，伸出头，看看街上，没人，"进来。"

院子里黑，两人往屋里走。余来锁想抱住"白腿儿"，亲她，下死劲儿里亲。可，没敢。

"白腿儿"问："读诗？"

余来锁说："读诗。"

进了屋子，黑着灯。"白腿儿"说："开灯不？"

余来锁热血上涌，一下抱住"白腿儿"就亲，粗喘着说："不开灯，俺爱黑，天不要亮才好呢……"一边说着，一边解"白腿儿"的衣扣儿。"白腿儿"发出猫叫似的声音："咋不读诗了？"余来锁说："你就是诗，我读你千遍也不够。""白腿儿"说："诗人，一点儿也不斯文……"余来锁说："诗人就是流氓。"冬夜长，余来锁和"白腿儿"都折腾得够呛。这都多少年的储备啦？咋也得挥霍几回不是？天快亮的时候，余来锁又做了一回，说："把被'四人帮'耽误的损失，补回来。"

这半夜里来来回回的，不方便。"白腿儿"说："选个日子，咱们结婚吧！"余来锁说："你去吧。俺是党员，算命影响不好。""白腿儿"不乐意了："有人问你，你就说去布谷镇办事儿，谁知道你去算命了？"余来锁想想，也是。还没结婚呢，不能啥事儿都让"白腿儿"跑。算命的叫"小神仙"，有准儿，人就住布谷镇呢！修通了路，余来锁买了辆电瓶车，方便多了。余来锁骑着车，闯过隧道，直奔布谷镇。到了"小神仙"的家，门口排着十几号的人呢！你看看这都啥年代了，人们还信这个。想想过去，穷的时候，没人算命，就知道没粮食，饿肚子。如今富了，人们都用上手机了，算命的却越来越多了。余来锁夹在队伍里，低着头，生怕被人认出来。轮到他了，"小神仙"得知是求择婚吉日，要了男女的生辰八字，这就叽里咕噜，念叨上了，余来锁也没认真听。"小神仙"七十多了，本来就是个磕巴，一说话就着急，一着急就流口水，脖子上系的毛巾湿漉漉的。"小神仙"说："先……别急着选……选好日子……"余来锁问："先生，为啥？""小神仙"说："你媳妇……克……克夫。"余来锁嗡了一下，后面的话也没听，交了钱，就走了。这不明摆着吗，余来锁怕被克死，又在娶"白腿儿"这事儿上拿不准了。这老头难道真的是"小神仙"？高连生死了，是"白腿儿"克的？余来锁没急着回去，在镇上吃了碗板儿面，这事儿得容他想想。你回去没法跟"白腿儿"交代啊？你看看余来锁这人，当初想娶"白腿儿"的时候，哪怕过一天日子，死也值了。前几天还在人家连生坟前跪了，发誓对"白腿儿"好，这回又想打退堂鼓啦？你是党员，还信迷信啊？余来锁加了辣子，满头是汗，他用袖子擦了擦，心一横，克就克，死就死，一准娶"白腿儿"。不过，俺得去找趟"小神仙"，不能让他宣扬封建迷信！

　　余来锁去了，午饭后这会儿，没人。余来锁进去了。"小神仙"刚吃过饭，正在剔牙。"小神仙"说："你又来了，坐。"余来锁说："你前晌说陈慧凤克夫，不是胡说八道吗？""小神仙"一听对方说话硬，立马就不磕巴了。这人，听不得温柔软语。"小神仙"说："凡是年轻时丈夫死了的女人，卦象上都这么说。"余来锁说："你咋知道她丈夫死了？""小神仙"说："她不是'白腿儿'吗？是不是啊？"余来锁"啊"了一声。"小神仙"说："我还知道你克媳妇呢！你叫余来锁吧！"可不？你余来锁年纪轻轻，媳妇就死了，你咋从来没想过是你克的？余来锁赶紧问："一个克夫，一个克媳妇，还能在一块过日子吗？""小神仙"说："互相克，就谁也克不成了，这是一等一的姻缘，好着呢！"这一听，余来锁乐得蹦，又向"小神仙"手里塞了一千块。"小神仙"说："眼下就你一人，我给你交个底儿，我有眼线……"你看，人就是一句话的事儿。前一会儿，余来锁还心塞呢，生怕被克死。这会儿，再听"小神仙"一说，心里头这团乱麻掏出来了；刚才，还想着骂"小神仙"一顿，再报警。这会儿，刚出门口，就来人了。人家问："大哥，有准儿吗？"余来锁说："准着呢，去吧！"

半夜，余来锁又去敲"白腿儿"家的门了。院子里黑，两人往屋里走。余来锁抱住"白腿儿"，亲她，下死劲儿里亲。

到了屋子，灯开着。余来锁恍惚了一下，对了，你叫门，"白腿儿"一准是从屋子里出来去开门啊，屋子里肯定是亮的。你不能关了灯，再出去开门吧？这不科学啊？余来锁想想前两回，"白腿儿"是故意的，她就知道半夜来的人，是余来锁。也就是说，黑灯瞎火的，你余来锁想干啥，就干啥。想到这儿，余来锁激动了，又亲了"白腿儿"两口。

日子是"小神仙"定的，遂"白腿儿"的心。就在年根儿前儿，顺便把年货都办了。两人先去镇上，把结婚证办了，回来，才敢公开。乡亲们都乐，说余来锁这杆生了锈的老枪，终于有地方擦了；"白腿儿"这口干井，终于蹿上水来了。结婚那天，全村人都去了，热闹。费大贵是证婚人，范少山是大操。田新仓礼到了，人没到。田新仓怕去了，喝多了，控制不住自己。撒酒疯，掀桌子？那倒不是，现如今田新仓成文明人儿了，能干这个？他就是怕控制不住自己个儿的眼泪，在人家大喜事儿上流泪，丢人啊！人家都在喝喜酒，田新仓一个人在家喝闷酒。喝口酒想想自己个儿，就流一行泪。流着泪喝酒，心更疼。说实话，田新仓知道，"白腿儿"不会嫁给他，知道"白腿儿"早早晚晚是余来锁的人，可等这一天真的来到时，还是扛不住了。他想着"白腿儿"的大白腿，老想摸一下，没敢，再也摸不着了。想着"白腿儿"身上那股子风骚劲儿，哪儿去找啊？越想，越失落。

范少山在婚礼现场忙了一阵，看田新仓没来，一准一个人喝闷酒呢！就来了。范少山陪田新仓喝酒，问："'白腿儿'有啥好的，招得你和余来锁争来争去？"田新仓说："她腿好看，人风骚。俺就喜欢这样的女人。"一听这话，范少山的酒没下去，卡在嗓子眼儿了。你说，人家搞对象，不是说人家长得俊，就是心眼好啊！这腿好看，风骚都成优点啦？难道人老实、会写诗的余来锁也是因为这个？田新仓说："他是因为啥俺不知道。可俺就是因为这个。俺的这想法，三观不正，有点儿流氓。俺在你少山哥面前不装。"范少山说："这想法也没啥，合理合法。"田新仓说："少山哥，说实话，男人谁不稀罕'白腿儿'那样的？你不稀罕？"范少山说："白，俺稀罕。风骚不中，俺不放心啊！"田新仓说："若是只对你一个人风骚呢？"范少山喝杯酒说："兄弟，还是你有品位啊！不过，人家'白腿儿'跟余来锁结婚了，从今往后，你就别惦着了，看着人家好好过日子。"田新仓说："少山哥你放心，俺田新仓行得正，走得直。"范少山想让田新仓去农场上班，管理大棚菜，把高辉那摊儿接过来。大棚菜那儿，干活儿的妇女不少，说不定还能搞一个。田新仓不去，他说："俺从小就懒得干农活儿。为这，俺爹没少打俺。如今路修通了，白羊峪和哪儿都一样了，俺哪也不去了，就守着白羊峪。往后机遇多了，俺也得发展，娶个好女人。"范少山说："应该说，娶个风骚女人。"田新仓说："咋听着怪怪的？"

四十一

过了年，还有俩月，就要支部选举了。费大贵来了，他提议，先把范少山提的土地流转这事儿办了。费大贵来白羊峪方便了，开着轿车呢！车后座放着鹦鹉笼子。下车前，跟鹦鹉打个招呼，就下了车。脚刚一迈，下面有块小石头。有人喊了一声："费书记，别跌倒了。"鹦鹉记住了，也跟着喊一声："费书记跌倒，费书记跌倒。"这个倒霉的鹦鹉，看电视的时候，说俺没镜头，后来有镜头了，又说俺废了。这回俺要再选书记了，又说俺跌倒，哪句话是吉利的？费大贵狠狠瞪了鹦鹉一眼，啪地关上了车门。范少山当了支部委员，支部会上，听费大贵提出土地流转的事儿，觉着费书记开明，打心里头高兴。余来锁不同意。为啥？从白羊峪搬走了的人，土地是和村委会签过协议的，自愿放弃。村里也是给了补偿的。你还让他回来？这不没事儿找事儿吗？费大贵说："回来，他把土地入股了，也是集体经营，他也不能想种啥种啥。"余来锁说："他得真正在村里头生活。不能入了股就走，到年头干拿钱。"范少山说："来锁哥说得有道理，土地流转之后，咱们还要干好些事儿呢，村里头缺人手啊！咱得制定个规矩。公平，还能留住人。"费大贵说："在金安县的、在唐山的，咱就给他们信儿。搬到南方了、东北了，就算了。哪回村两委换届找他们，来过？对了，就找能回来参加村里活动的，其他人，别管了。反正这点儿地，也打不到人家眼窝里。"其实，费大贵有自己的小九九。土地流转，村里的白羊峪人，村外的白羊峪人，都得往村里聚，这事儿多得民心啊！党员、群众能不推荐你当书记吗？紧接着，党支部这不就换届了嘛！

说是土地流转，不简单，要做就做精。不能是三天两早晨的事儿。因为在全镇还是新鲜事儿，镇政府也来了一位副镇长，要把白羊峪做成标杆，在全镇推广。先是成立了白羊峪土地流转中心，对村里土地经营地点承包权、林权等等进行了确权登记，让乡亲们把产权揣进了兜里。这下，土地的所有权、承包权、经营权就明确了。农民带着经营权参社入股，利润分成也讲得透亮：合作社百分之三十，村集体百分之三十，村民百分之四十。村民拿大头。这发展模式叫"党支部＋合作社＋公司＋农户"。这咋解释？党支部好说，白羊峪党支部。合作社呢，就是白羊峪经济发展合作社。公司呢，先是成立了俩公司，一个是金苹果公司，另一个是金谷子公司。农户，就是一家一户了。在这里，可不是单干的农户啊，而是入了社，进了公司的农户，人家在集体组织里。这些机构都朝着一个走向，市场，就是把地里的东西卖成钱。这是王道！咋开拓农产品市场？营销模式就是"互联网＋农产品""合作社＋物流"。对了，前头提到过，过去，白羊峪有合作社了啊，咋还成立？可土地没确权啊！啥都不理顺，合作社就是个摆设。这回，都顺当了。一句话，要想唱大戏，你得先把台搭好喽。

这回土地流转，能叫回来的，都叫回来了。愿意把地要回去的，退回原来的补助，还得缴纳部分管理费。这样一来，也就有个十来户，愿意要。剩下的，看了看，觉得没多大意思，别耽误了城里的生意，拍拍屁股走了。土地入股，村里人就可以做点买卖等营生了。村集体就能把老年人养起来，除了开食堂，供吃，还有事儿呢！范少山还有想法呢！

大虎娘想把大虎从城里叫回来。大虎，前头提到过。就是在林子里养猪，家猪当野猪卖的那小子，范少山跟他打了一架，后来进城打工去了。大虎娘打通电话，没想到大虎在电话那头哭了，不说话。大虎娘急了，就去找范少山。范少山也急，就再打电话，还是不通，他直奔了大虎打工的天津。

再说大虎干了几年，自己也成了个小包工头。这小子捡了钱啦？他没钱，真正的包工头是老包头。老包头看着这小子有点野，有点虎，就接近他。请他喝喝酒，耍耍女人，这就铁了。大虎是个为朋友两肋插刀的主儿，让他干啥就干啥。老包头就把不好干的活儿再包给他，然后，就拖欠他的工钱，不给。不好干的活儿包给他，质量上放心。拖着工钱不给他，他也不好意思要。有一回，被工人逼急了，他去找老包头。老包头正在歌厅搂着小姐唱《穷人的孩子早当家》呢。大虎就把老包头叫到外边，说了工钱的事儿。老包头嘬了牙花子："眼下确实困难。有点钱，我得先给别人，你得给我先顶着，谁让咱俩是亲兄弟呢！你说，你不帮我，谁帮我？"大虎想想，也对。两肋插刀嘛！就对老包头说："哥，没耽误你唱歌吧？"老包头说："没耽误，没耽误。"大虎说："大哥一定开心啊！"老包头进了歌厅。大虎就回了工地，让工人们再等两天。工人们也没说话。晚上，大虎心里头不痛快，一个人出去喝酒。回来的时候，被人塞住了嘴，头上套了蛇皮袋，几个人不言声，抡起棒子，专往腿上打，折了！大虎疼昏过去，被人发现时天亮了。报了警，那地段，四不着天，没视频，没目击者。大虎怀疑是手下工人干的。警察调查，一个工人都没跑。一问，都说不知道。这咋查，撂了。人家工人们到医院去了，要工资。大虎没有，他说是给老包头干的，要他们去找老包头。工人们都知道，老包头把工程包给你大虎了，你又找的我们干，蒙谁呀？卖酒的你得跟拿着瓶子的人要钱，我们找老包头，找得上吗？这下完了！老包头让大虎包点工程，是在酒桌上说的，既没签协议，又没给他一分钱。他用这几年攒的钱垫底，买材料。拉来一帮人就干，攒的那点钱一万两万的，哪够啊？还赊了不少材料费呢！大虎折了一条腿，接上了，还是有点儿瘸。他架着拐杖，去找老包头。老包头正在办公室搓麻将呢，大虎走到跟前，站稳，老包头装作没看见，继续搓麻。大虎说："大哥，把钱给俺吧，你看俺都这样了。"老包头一愣，惊讶地说："这不是大虎吗？腿怎么啦？"大虎说："大哥，把钱给俺！"老包头边出牌边说："啥钱啊？"大虎说："你知道。"老包头说："有欠条吗？拿来。"大虎说："你清楚。工程是你让俺做的。"老包头说："有协议吗？"大虎说："你说过。"老包头说："我说过？这不笑话吗？我就知道你叫大虎，在我的工程队里干过。你的工资我都结清了。你还来要啥钱？我该你的呀？我告诉你，你可涉嫌敲诈了啊！你走不走？"大虎抡起拐杖要打老包头，早被身边的保安夺下拐杖，架着大虎的胳膊，被拖了出去，拐杖被摔在了地上。大虎哇地哭出声来。

这一幕，被那几个工人看到了。觉着大虎不光是真没钱，还是受害者。人，打错了。几个人掏光了身上的钱，送给了大虎。让他保重，我们只能帮到你这儿了。大虎更是激动得流泪，连声说："好人，好人啊！"

范少山找到大虎时，大虎正在医院里。大虎没钱付医疗费，人家能让他走吗？上回就是医院从老包头办公室门口把他抓回来的。大虎一见范少山，抓着他的手就哭。范少山说："哭啥？能解决事儿吗？你平常的那点虎劲儿呢！"大虎说："这回俺才知道，虎一点用都没有。虎的人傻，虎的人吃亏。"大虎就把老包头骗他的事儿说了。范少山气得肚子鼓鼓的："天底下还有这么坏的人，你咋不报警啊？"大虎说："俺没证据啊！"范少山说："绝不能便宜了这混蛋！"范少山用自己的卡把账结了，办了出院手续。又带大虎一块儿在旅馆住下，就开始搜集证据了。

　　老包头分包给大虎的工程，是住宅楼卫生间的防水工程，一共做了一百多个。这住宅楼还没交活儿呢，大虎就带着范少山挨着屋子走，拍了好多卫生间的资料。这哪够啊，他们又去了大虎买防水材料的商店，店老板证实，大虎是为老包头的工程赊的材料。这些，都偷偷录了。起初，大虎不敢来，还欠人家二十多万呢！范少山说："你跑得了吗？总得面对。"这一来，店老板当然要钱。范少山卡上还有十来万，当场给了五万，说过几天老包头给了钱，就全付清了。老板答应了。加上这证据够吗？大虎想起了一个人，老包头让他分包工程的时候，这人就在现场，姓郭，是个副总。那当口儿，他们三人正在泡温泉呢！郭总是老包头的手下，人家能跟你一个鼻孔出气？后来确实出了点事儿，老包头和这个郭总闹掰了，为啥？老包头有个女人，被郭总睡了。那女人又美又勾魂，郭总没把持住，就给老包头戴了绿帽子。这绿帽子有点沉，老包头感觉到了。这女人，老包头舍不得，就得舍副总了。为朋友两肋插刀，老包头做不到，为女人插朋友两刀，老包头做得来。就这样，郭总被扫地出门了。这郭总是个情种，没两天，又和这女人联系上了，要带女人走。女人就把这事儿跟老包头说了。老包头让女人去赴约，让手下人悄悄跟着。到了约会地点，女人演技爆棚，又和郭总亲嘴，又让郭总摸那两坨肉。这时候，一帮人就冲了上来，将郭总打翻在地了。过去，大虎常和郭总喝酒，两人挺谈得来。这回，大虎又把郭总约了出来。对大虎受骗的事儿，郭总早就料到了，就是没提醒他。那时候，郭总正睡着老包头的女人呢！想想，睡了人家女人，还胳膊肘往外扭，不合适。这回，还有啥顾忌的？郭总喝了酒，大骂老包头抢了他的女人。这女人到底是谁的？这得有多迷人啊！他说："老包头设计骗你，我知道。当时他跟我说过，说你傻，好骗。"范少山说："郭总，你怕不怕他？"郭总说："我怕他？最恨抢我女人的人！见一回，打一回！"录了视频，又问郭总："你可愿意作证？"郭总说："没问题！"

范少山带着大虎，到跟前的公安局报警。公安局受理了，很快把老包头抓了，把所有钱都给大虎补上了。就是打断大虎腿的案子没破，好在大虎把拐丢了，就是走路有点儿踮脚，不耽误干活儿。大虎回到了家，带回两三万块钱，都是给老包头的工程垫款，全都交给了娘，让她买吃的，买穿的。大虎娘哪儿舍得呀，她还要攒着给儿子娶媳妇呢！

接下来，就党支部换届了。两推一选，没啥意外，费大贵选上了书记。乡村是人情社会，毕竟老书记干了这么多年了。余来锁、范少山和搬回村的范德海、费勤俭当选了支部委员。选举结果往上报的时候，出事了，费大贵填报的年龄比身份证上的年龄小了五岁！费大贵六十七周岁了，他写的是六十二。上面要求，新当选的村书记年龄不能超过六十五岁，也就是说选举结果无效，还得重新选举。聪明反被聪明误。这下，费大贵傻了，不光书记给撸了，连支委也当不成了，还背了个欺骗组织的名声儿。这还咋说？灰溜溜地走了。上了车，鹦鹉叫了一声："费书记跌倒——费书记跌倒——"费大贵苦笑一声，说："让你小子说中了，是跌倒了。"

重新选举，余来锁当了书记，范少山当选了副书记。两人都表了态，白羊峪两年内彻底甩掉贫困的帽子，第三年，白羊峪迈向富裕。再说余来锁和范少山，两人当上了白羊峪的一二把手，都没想到。对了，村主任呢？白羊峪没有村主任，这回就让范少山先代理着。会散了，人走了，屋子里就剩下余来锁和范少山这两人。余来锁、范少山你看看俺，俺看看你，都不好意思了。余来锁说："俺是书记？"范少山说："余书记，余书记。"范少山说："俺是副书记？"余来锁说："范书记，范书记。"余来锁说："这稀里糊涂的，都当上书记了。俺会啥呀？这担子，挑得起来吗？可不敢把乡亲们、党员们的期望给辜负喽。"范少山说："你当之无愧啊！"又说，"当了副书记，俺也云里雾里的，比起你来，俺就更不中了。"余来锁说："你就别谦虚了！你要是不从北京回来，白羊峪还不知道啥姥姥样呢！说实话，选书记那一票，我投给你了。"范少山说："往后，咱俩摽着膀子干吧！"范少山把自己当了副书记这事儿，告诉了杏儿，"杏儿，叫俺范书记吧，俺找找感觉。"杏儿就在电话里噼里啪啦，连着叫了十几声，叫得范少山有点儿晕。杏儿说："晕了吧？你这官迷！"

按照分工，余来锁任白羊峪经济发展合作社社长，范少山任副社长。同时，余来锁和范少山还担任着金苹果公司、金谷子公司的经理。又加了一个公司，绿蔬蔬菜公司，由支委范德海任经理。过去一家一户的承包地，全部入股，重归集体经营。他们重新划分区域，山上重点种植苹果树和金谷子，山下的农场，重点是大棚菜。这样一来，管理起来，方便多了。

金苹果这边，好办，已经有了订单了，杏儿负责收购，就看管理上心不上心了。金谷子这儿，出了岔子，沈老板和白羊峪签的金谷子收购协议三年到期，人家不签了。不要金谷子啦？沈老板的贸易公司、酒厂都在保定，他在白洋淀边上租了几百亩地，种金谷子，过去还以为金谷子离不了白羊峪，这两年试验，在平原长得也不赖。这样，省了好多成本。说实话，金谷子的实力，还在沈老板这儿，人家有种子啊！想种多少，种多少。白羊峪这边，亏得多留个心眼儿，没全卖给沈老板，山上这三百多亩，总算种满了。

如今种地，你得找订单啊！你得把东西卖出去。过去，金谷子卖给了沈老板，不管了，干拿钱。如今沈老板走了，你就成了无依无靠的孤儿，得自己个儿想办法，找市场。咋办？范少山一遍一遍地看金谷子广告：皇上专业户，明星啊！龙袍一穿，端起小米粥一喝："金谷子做的小米粥，我的最爱！"又冲着太监喊了一声，"再来一碗——"范少山一遍一遍地看。他想，沈老板走的都是高端路线，专供五星级酒店的。这样的话，一般老百姓是吃不着，也吃不起的。他要走中低端路线，让老百姓吃得上。这样的话，价格就得下来。范少山听沈老板提起，金谷子的行情每斤还在三十多块。他觉得每斤在十八块，还能有七八块钱的利润空间。外国种子谷子每亩产五六百公斤，而金谷子每亩三四百公斤。这样的话，除去成本，每亩金谷子能赚到三四千元，成了经济作物了。金谷子面向城市，走大商场、高档小区。一定要做成礼品盒，写上"白羊峪金谷子"几个大字，背景是一片山峦、银杏树……范少山想着，心里头淌了蜜。

扎扎实实做农业，你就得买机械，你就得打井。买机械不急，眼下小苗才露头。打井这事儿得办。范少山看了信息，今年春天干旱，一缺水，金谷子都得旱死。打井是一准儿的事儿。这白羊峪能打井吗？咋不能？村里的那口吃水井就是打出来的。前些个年头，田里头也打了两口井，后来枯死了。白羊峪过去山顶有瀑布的，后来水少了，瀑布没了。这说明啥？白羊峪不缺水。好年景儿，你在山上走着走着，就看到石头缝儿里冒水呢！白羊峪不光是石头，有的地就是一片一片的土，往下老深呢！这样的地儿，才能打井。当然，比不得别的地方一打就出水。在这儿，打几口干窟窿是常事儿。这下，贷款方便了。合作社将土地承包权、林权等产权进行抵押担保，就能从银行贷出二十万来。打井，关键在于找水源。布谷镇钻井队的谢队长，外号"谢老钻"，打井三四十年了，找水源是把好手。这回，自然把"谢老钻"请来了。

"谢老钻"在地里走，盯着翻上来的地气，神神秘秘地直走，横走，绕圈走。啥意思？这都快清明了，早就过了上地气的季节了，他还能看到地气？人家说，看得真真的。哪里冒的地气重，哪里就有水，要不人家叫"谢老钻"呢！来到一个地儿，离西边的林子不远。"谢老钻"紧走两步，人咣地往那里一站："这里有水！"范少山一看他的脚下，傻了。都是大青石啊？能打出水来？"谢老钻"说："准准的。"那就打吧！队伍、机械都上来了，岩石钻井机，都是真家伙！打到二十多米，出事儿了！就听轰隆一声，塌下去了，吓得"谢老钻"和队员们躲出两丈多远。这咋回事儿啊？惹了山神了？"谢老钻"马上跪地磕头："山神爷爷，俺们都是穷苦人，找到您老人家的门上讨口水喝，我们不懂事儿，冒犯您了。您老人家大恩大量，您就放过我们吧！"几个人夯着胆子，慢慢凑过去一看，一个大黑洞，黑咕隆咚的，一眼看不到底。这是啥玩意儿啊？赶紧报告白羊峪。余来锁来了，范少山来了，好多村民都来看热闹。一看，就是个黑窟窿，不知里面是啥，范少山问"谢老钻"："你不是说这里有水吗？""谢老钻"说："我看着这儿的地气重。现在想来，这儿的地气是深蓝色的。有水的地气是浅蓝色的，我搞混了。千里马还有失蹄的时候呢！"到底啥情况，得找人下去看看啊！余来锁拿块小石头往下一丢，过了一会儿，才听到咚的一声。深啊！余来锁看看范少山，范少山吓得腿直打战："俺胆儿小……"余来锁说："那那……那俺下去吧。""白腿儿"过来一把拉住他："你还想叫俺守寡啊？"田新仓来了："俺下去！反正俺光棍一条，一个人吃饱了全家不饿。死了，给俺定个见义勇为啊！"

田新仓戴上了矿灯，这还是开掘隧道那会儿用过的。他在腰间拴了绳子，地面上的人都拽着。"白腿儿"忽地掉泪了："新仓，你小心啊！""白腿儿"知道，这个比她小的男人，爱她啊！可她啥都没为他做过。田新仓看见了"白腿儿"的眼泪，心都化了。他冲"白腿儿"伸出了大拇指。绳子慢慢往下续，终于，田新仓到底了，下面传来喊声"到了——"紧接着，就听田新仓叫起来。范少山戴上矿灯，在腰间系了绳子："放俺下去！"人们愣了一下，只得拽住绳子，将范少山慢慢放了下去。到底了。范少山喊了一声："到了——"接着，就听范少山叫了起来："啊——""啊——"上面的人赶紧拉绳子啊！一拉，空的。范少山把身上的绳子解了！余来锁朝着洞口往下喊："少山——你好吗？""少山，拴好绳子，快上来——"范少山的声音已经走远了："啊——""啊——"这到底咋回事儿啊？余来锁说："大伙先别急。若是遇到怪物，也就啊一声，人没了。不能老啊呀。依俺看，他俩一准是发现稀奇物儿了，对！就像大前年冬天，一场大雪，咱们一打开家门，先啊———声。你们看，是不是这个理儿？""白腿儿"上去就是一脚："这都啥时候了？你还分析起这个来了。赶紧救人啊！"余来锁想想，也是。自己戴了矿灯帽，腰间系了绳子，下洞。这回，"白腿儿"没拦，说："放心，有伴儿。"到底儿了。紧接着，余来锁没喊啊，而是喊了一声："俺操！"又一声儿，"俺操！"操着操着，人走远了。

这黑咕隆咚的窟窿，到底是个啥玩意儿？田新仓、范少山、余来锁他们看到了啥？天然岩洞！这岩洞里的东西，让三人惊呆了！这里面自然形成的熔岩造型别提多好看了！范少山、田新仓不会捅词儿，还是余来锁用了几个成语来形容："千奇百怪，晶莹剔透，五彩斑斓，巧夺天工。"这么说吧，到了这儿，你就像进入了另一个世界。洞中的熔岩形态各异，有的像小山，有的像粮仓，有圆锥状、雄狮状、弥勒佛状、蛟龙出海状、大鹏展翅状、金鸡啼鸣状，岩壁上有喷涌而出的岩瀑，寒光四射的利剑，刚毅挺拔的玉柱，珍珠玛瑙汇成的鳞片，色彩斑斓的花团，凝玉堆积的雪花，浩浩荡荡的长河，或翠绿，或雪白，或深褐，或姹紫，或血红，或青黄，看得你眼花缭乱，你脱口而出的就是"啊！"就是"俺操！"这都正常！这岩洞，跟人住的房子似的，有客厅，有卧室。这"客厅"就有三四百平方米，还有大大小小的"卧室"呢！岩洞高六七米，南北走向，洞长多少，三人走了走。得有个一百多米吧！洞内空气有点潮湿，岩壁上有露珠，还不时听到滴水声呢！啥都不说了，就像水晶宫啊！

三人出了洞。给村民们放视频，发图片。乡亲们都沸腾了。"谢老钻"一听这事儿，赶忙说："我发现的，我发现的。看看我这双眼，不光能找水源，还能找溶洞。神了！这事儿，国家一准有奖金，记着奖金全归我啊！"范少山说："国家不给，俺给！""谢老钻"乐呵呵地又去找水源了。

余来锁、范少山、田新仓高兴，乡亲们欢呼。为啥？这可是发展旅游业的宝贝呀！没有这个溶洞，白羊峪也通车了，自驾游的人多了，可没形成势头。

为啥？白羊峪就是个山村，虽说有山有水，跟别的山村有啥区别？你就是生长在山顶上而已。要想成为旅游村，你还得打造几个景点，除了石头，就是树，你让人家看啥？如今发现了溶洞，来由头了，正打盹儿呢，飞来个枕头。要不然，白羊峪距今上千年了，祖祖辈辈都没发现这个溶洞，今儿个才忽地冒出来了？白羊峪要脱贫，要致富，老天都帮忙啊！

四十二

范少山在溶洞口守了三天三宿，生怕有人来玩儿，给祸祸了。地质部门的来了，人家是北京的，县旅游局的人也来了。两拨人，一连考察了三天。都说难得，都说了不起。范少山不大关心地质部门，只是拉住旅游头头的手不放："啥时候，俺们能开发成旅游景点啊？"头头说："得听地质部门的考察结果。旅游项目是一定要开发的，但由谁来开发，由谁来经营到时候再研究。"啥意思？溶洞在白羊峪的土地上，是白羊峪人发现的，还不一定让白羊峪开发经营？得交给别人赚钱？天下哪有这条子理呀？范少山说："让别人在俺的地盘上赚钱，那可不中啊！"头头说："别着急，到时候再说。"

人家地质的、旅游的，都要回去研究。这边白羊峪人就把岩洞路口围了起来。以为这都管用呢。谁知道，围挡被拆下一块。不光有人看那个黑咕隆咚的洞口，还有人把绳子拴在那边树上，下了洞。范少山一听，火了！开着摩托跑了过来。一问，下去一男一女。他冲着洞口大骂："赶紧给俺上来！你要是胆敢碰俺的溶洞一指头，俺扒了你们的皮！"上来了，先是一个小伙子，一脸胡子。范少山问："你干啥啦？"小伙子说："我们只用了眼睛，什么也没动。太美了！"正说着，女的上来了。范少山吓了一跳：欧阳老师！

路通了，布谷镇学校大巴开到了白羊峪，每天往返，接送学生。从前天起，白羊峪小学完成了它的使命。欧阳老师要离开了。就在前些天，她认识了这个来白羊峪游玩的摄影家，挺谈得来，就决定和他浪迹天涯了。人生是一场说走就走的旅行啊！这两天，他们在白羊峪绕来绕去，没走。今天决定走了，偷偷看看溶洞，以这种方式告别白羊峪。没想到，让范少山撞上了，挨了一通骂。

范少山一想，这些天事儿多，还没顾上跟欧阳老师道个别，就请欧阳老师和她男朋友吃顿饭吧。来回来去的人多了，"白腿儿"在路边开了一家饭店。三人去了。范少山的心里头像撒了把沙子。如今这女孩，不按常理出牌啊，刚认识三天，就要跟人家闯天涯了，你了解他吗？范少山是真心希望欧阳老师幸福啊！小伙子叫莫说。这让范少山想起了作家莫言。范少山说："俺不管你说不说的，好好待欧阳老师，你若是欺负她，我决饶不了你。"莫说说："大哥放心。"欧阳老师说："认识他三天，就像认识了一辈子。"范少山说："好好的。"欧阳老师流了泪，说："好好的。"

学校解散之前，泰奶奶给学生们上了最后一课，《生命》。那天，泰奶奶精神啊！泰奶奶要给学生们上课，泰奶奶有好多天没上课了。泰奶奶给孩子们讲的这一课是《生命》，课本里没有。泰奶奶说："孩子们，生命是什么？生命就是一棵树啊！每棵树，都有春天发芽吐绿的时候，每棵树都有夏天枝繁叶茂的时候，每棵树都有在秋风中落叶的时候，每棵树都有在冬天裸露枝条的时候。于是，人们看到，在秋的尽头，在冬的深处，生命仿佛停滞，难道真的是这样的吗？不是。树还活着，它是以另一种方式而存在。它裸露着枝条，始终展现真实的自我，是在坦然地面对自己。走过深秋与寒冬，树才能成熟与坚强。四季轮回，我们不会总在春夏里安逸地生，也不会总在秋冬里痛苦地长。正如顺境与逆境，总会交替出现。所以你们要坦然一些，坦然面对一切。走过岁月的坎坷，你们会更加成熟，更加坚强。孩子们，希望你们每个人都应该好好珍惜自己的宝贵生命，认真对待生命，做生活中的强者。做一个热爱生活、热爱生命的人。"这课讲的，真提气呀！余来锁、范少山也在后面听着呢！和学生们一个劲儿地拍巴掌。看着泰奶奶出彩儿啊！还得活个三年五载的。没问题！

可就在送走欧阳老师的第二天早上，负责照顾泰奶奶的长太媳妇跑来了，说："泰奶奶死了！"

四十三

泰奶奶死了。她坐在教室里，坐在讲台的椅子上，两手搭在一块，走得安详。

范少山走进教室，扑通跪在地上，一把抱住泰奶奶，号啕大哭。

泰奶奶死了，死在空荡荡的教室，死在了空荡荡的学校。泰奶奶多么稀罕那口棺材。平日里总是睡在棺材里啊！但死前，她选择了教室。教室里没有孩子了，也没谁可以打扰了。这里安静啊！泰奶奶给学生点名了，点着点着，睡着了。再也不醒了，不醒了。

泰奶奶死了。这样一个苦命的女人，她像油灯一样，燃尽了，耗干了，灭了。范老井时而明白，时而糊涂。泰奶奶死了，他明白了，打这以后，再也没有糊涂过。范老井说："泰奶奶，你走好啊——"一声下来，老泪滔滔了。杏儿来了，黑桃来了，小雪来了，全村人都来了，为泰奶奶送行。这天，白羊峪的时间凝固了。大悲啊！像雾，笼罩着整个村子，像水，浸润着每个村民的心。泰奶奶是大葬。叫了两拨吹鼓手，对垒。九十二岁走了，应该是喜丧。可每个人心里头都乐不起来。吹鼓手本想吹点喜乐调儿，可听了泰奶奶的事儿，吹不动了，找不着调了。再吹起来，吹的都是大悲调啊！开始时，泰奶奶说过，死了，埋在黑羊峪的长城脚下，那里有她的爹娘呢！后来，泰奶奶说，死了，就埋在白羊峪，就看着白羊峪长个儿。泰奶奶死前，没能看看修通的隧道。这回，送葬的队伍从隧道走过去，又绕了回来。泰奶奶的亲人，只有重孙女黑桃。可白羊峪都是她老人家的亲人啊！范少山为泰奶奶打幡儿，摔盆子。全村人都为她戴了孝，纸钱纷纷扬扬的。出殡前，余来锁为泰奶奶献上了一首诗：

中国好女人
生在燕山脉
路长长，远远走
刚刚歇一歇脚
却再也走不动了，走不动了
中国苦女人
出自燕山脉
苦水泡，黄连熬
刚刚喝了一口糖水
却再也撑不住了，撑不住了
俺们的泰奶奶
从今天起
您不用，再走了
您不用，再撑了

您就好好看着白羊峪长大吧！

因为俺知道，您从未离开，一直在这儿

　　读到最后，余来锁哽咽了，乡亲们哭声一片。一大群乌鸦，黑压压的，在天空盘旋，它们是来为泰奶奶送行的吗？喇叭声咽，两拨人，吹爆了。泰奶奶被埋在了林子里。那里是白羊峪的公墓。在这里，泰奶奶进入了白羊峪的另一个世界。天都快黑了，黑桃还跪在奶奶的坟头不起来，嗓子哭哑了。范少山强行抱起黑桃，往林子外面走。黑桃说："爹，太奶奶孤独啊！"范少山说："不孤独，这儿也都是白羊峪的人，都能一块唠唠嗑。"

　　对了，泰奶奶死了，庞大辉也来了，哭了一场。

　　泰奶奶走后第二天，老天爷呱嗒一下，翻脸了！本来是个爆晴天，没想到，呜的一声，接着，哗啦！啪！不知谁家的光伏发电的电池掉下来了，碎了。刮大风了！大风卷着黄沙，把天挡住了，将日头遮住了。大风越刮越大，天地间像万头老牛在叫，夹杂着稀里哗啦的响声。范老井瞪大了眼睛，嘴唇一哆嗦一哆嗦地朝着窗外大喊："老天爷啊——消停点儿吧！可别让白羊峪再遭殃了——"范老井正喊着，院子里的一棵槐树，咔嚓，倒了。这风不长，也就刮了一袋烟工夫，好像把这白羊峪刮到了半空，又重重摔了下来。你说，白羊峪刚好过一点儿，你能让俺们安生一会儿不？大风来得突然，连天气预报也没吱一声。范老井说，在他的记忆里，就刮过两三回这样的大风。老头正在街上走呢！谁家的锅盖从树上掉了下来，咣当落在老爷子脚下。老爷子捡起锅盖说："铁锅离不开锅盖，老头离不开老太。这锅盖，谁家的？"村里有几棵树倒了，有一半人家的光伏电池板掀了，几家的门窗破了。田新仓正在家呢，屋外喂鸡的盆子刮了进来，咣地扣在了他头上，还有半盆鸡食呢！一点儿没剩，从头到脖子，到全身，都让鸡食淋了。满身鸡食的田新仓跑出屋外，站在风中，大喊："风，你是来逗俺的吗？"

　　受灾最大的是农田。刚挂果的金苹果被风吹去一半。金谷子倒伏，铁定减产。大王庄金谷农场的大棚菜也遭殃了，塑料布被吹跑了，几个棚也倒了。支委范德海正在大棚里，一下被塑料布蒙住了，揭了半天，揭不下去，跟怪物似的，在风里打滚儿。

　　风灾过后，街上走着的范老井，忽地想起了儿媳妇，李国芳呢？咋没见她？赶忙回家一看，没了。大风起，李国芳出来收衣服，就被昏天黑地的大风卷走了。李国芳没有手，她又不能抓住点儿啥，撑住自己个儿，只能任着风吹。去哪儿啦？不知道。

大风刮跑了李国芳，惊动了整个白羊峪。这年头坏啦？老天爷刚收走了泰奶奶，李国芳又没了。这可都是白羊峪一等一的好女人，也都是苦命的女人啊！老天爷呀，你咋不睁眼呢！乡亲们找，范家人更是找不停。找到了"鬼难登"，又找到了白羊峪，满山谷地喊李国芳的名字，没人影，没回音。半夜，回到家，明天接着找。在家里，谁也吃不下饭。范少山一个劲儿地流泪。范德忠说："咱这白羊峪，周围山涧多啊！就怕你娘掉进山沟里，找都找不到。你娘万一有个好歹，也就省得在人间受罪了。她活着，就得给俺当梯子，她死了，俺就去了半条命了。"范德忠的喉咙呜呜响，眼泪扑簌簌流。范老井说："别说那丧气话！大风把大活人能刮到山涧里去？咱白羊峪周围都是树，哪能一出溜就到沟里了？再说了，大风也不能把人卷跑了，少山他娘，一准是迷路了。这一迷路，可能就走远了。你老顺着风的方向找，找得到吗？天一亮，跟俺去找！"第二天，天一放亮，范老井就带着儿子、孙子出发了。边走边有乡亲们跟上来，队伍拉了好长。来到长城边，范老井站住了。范少山向前方望去。长城上，坐着一个人，是娘，是娘啊！范少山叫着娘，往她跟前奔，余来锁、田新仓等人都跟着，人们一起把李国芳扶到田新仓的肩上，人们扶着捧着，把李国芳送回了家。余来锁一检查，李国芳没有一点伤，就是受了风寒，有点感冒。事后，人们想想，去往长城的路，多少沟沟坎坎啊？别说李国芳一个没有双手的老年人，就是年轻人登上去，也得一身汗。这咋回事儿啊？一阵大风，李国芳到了六七里外的长城，谁能想到啊？还有，范老井是咋知道儿媳妇到了长城的呢？

这事儿，不说啦。

风灾过后，最要紧的是修房子。余庆余等几家的房顶都被掀翻了，五奶奶等几家的窗子玻璃都碎了，费来运等几家的门都给吹跑了。范少山带着人，挨家挨户地修。这些，都是集体花钱。平常你可以不管，这是救灾呀！你就得当主角了，锣鼓点都敲响了，你得登台呀！这场风，损失最大的就是光伏发电设备。掉下来七八台，没掉下来的，也吹散了架。歪歪扭扭，横七竖八。这可咋好啊？余来锁说："修起来，这得多少钱啊？"范少山说："咋也得七万八万的。你当书记的，想想办法。"余来锁说："俺哪有法子，把俺卖了，也不值那么多钱啊？"范少山说："'白腿儿'舍得？咋样？听说你们要二胎了？"余来锁跳了起来："谁说的？俺俩都啥岁数了？"范少山说："结婚还不到一年呢，没事儿啦？"余来锁说："刚开始那阵子，还中。如今不中了，吃钢钎也不硬了……对了，你问这干吗？这不说电池板的事儿呢嘛，有点正经的没有？"范少山笑了："光伏发电上了保险了。泛美公司一会儿就过来修，人家找保险公司结账。"余来锁给了范少山一拳："你小子，在这儿等着呢！这俺就放心了。对了，俺和你嫂子吧……"范少山白了余来锁一眼："有点儿正经的没有。"余来锁说："干活儿，干活儿。"范少山凑过去："你小声点儿说……"余来锁说："去！你看着这儿，俺去农场，看看大棚修得咋样了。"

这回，马玉刚态度不错，亲自带队来修电池板了。马玉刚对范少山说："你知道我为啥来吗？"范少山说："俺哪儿知道马总的心思啊？"马玉刚说："我就是为了看一看隧道，通车了！说实话，我没敢想。我娘住在北京，她老人家总打听修路的事儿。她年轻的时候，下过一趟山，赶上下大雨，差点儿让雨点拍下去，打那以后，就再也没敢下过山。我家搬走的时候，我背她下山，她都没敢睁眼睛。如今，娘老了，出不来了。我拍了几张隧道照片，给她老人家的手机发过去了，把她老人家乐坏了。说实话，白羊峪我服谁呀？我就服你范少山！"范少山笑笑："白羊峪走出去的，俺服你。"马玉刚说："服我啥？"范少山说："有钱呗。"马玉刚说："有钱算什么！不就是比别人多几套别墅吗？不就是比别人多几辆车吗？不就是比别人多去几趟马尔代夫吗？不就是……"马玉刚一看，范少山走了。

农场的大棚菜，损失的主要是菜。黄瓜架、西红柿秧都被吹散了架，茄子、豆角七零八落。蔬菜受灾没保险，你得自己个儿扛着。好在大棚菜的钢架有保险，人家能赔百分之八十，每亩大棚能赔六七千，一个农场下来，就是几十万。重新建大棚，余来锁、范少山都来了。人手不够，雇了大王庄、小王庄的村民，忙了四五天，农场才恢复了原样。算了算损失，大了，起码二十几万。

杏儿来了。一进村，看了公婆一眼，就扑去了金苹果。一进园子，傻了。草地上掉了不少小苹果，跟青枣似的，树上还有，稀稀拉拉的。可果树，一棵没倒。连林子里碗口粗的松树都倒了好几棵，这苹果树为啥没倒呢？你不打农药，苹果树的根就一直往下扎，往深里扎。这根的深度，比树干还高。大风你就可劲儿吹，甩开膀子吹！苹果树不尿你！余庆余看着果园，猫腰捡着青果子，说:"造孽啊！这都是钱啊！一个能换一筐馒头，一场大风，掉了，你说坑人不坑人。"杏儿说:"大叔，有啥好办法没有？"余庆余说:"侄媳妇，俺跟你说啊，要是打农药的苹果，俺有办法，打几遍药，苹果一准个大，咋着也能找补点儿损失。这不打农药的苹果，只能干着急，没办法。要不金贵呢！"杏儿说:"大叔，不能打农药。"余庆余说:"可不可以追肥呀！"杏儿说:"不能追肥。"余庆余说:"也不能锄草吧？"杏儿说:"大叔，这事儿没人告诉你？"余庆余笑了:"俺是想考考你呢！"杏儿咯咯笑了，说:"大叔，草已经和苹果树形成一个生态系统了。拔了，就把生态系统破坏了。还有，地上还有蚂蚁和昆虫呢，施了肥，就把它们烧死了。"余庆余说:"那总得浇水吧？"杏儿:"干旱了当然要浇水，树下虫子还要喝呢！"余庆余说:"满分！"余庆余也是老果农，懂行。如今果园归了集体了，他看果园，精心着呢。杏儿说:"大叔，这果园您老照看好喽，年底我给你发红包啊！"余庆余说:"可不敢怠慢，这就相当于守着金库啊！"杏儿估算了一下，去年结了八千多个，今年果树有了井水浇，没旱着，个头也能大一点儿，也就能结五六千个。不烂的苹果，就白羊峪一家，网上，没行情。杏儿得参考去年的价格定价，和白羊峪村委会签订单。土地流转的时候，有些村民不愿意把果园分了，这可是他们的小银行啊！余来锁和范少山考虑到，万一有的农户偷偷打药施肥咋办？不好控制，必须得统起来。最终还是按照大多数村民的意见，没分。

听说杏儿来了，范少山从农场赶了过来。他说:"种这金苹果，你就得等，就得耐住性子，遭了灾你得认，吃了亏你得服。你不能催它，不能不理它，你得哄着它，陪它说话，受伤了，你更得安慰它，陪它疗伤，让它坚强。那金苹果就是个孩子，你是咋对待你家孩子的，你就咋样对它，中了吧？也不行，你的孩子不听话了，可以打两下，骂几句。对待金苹果不中。那要怎样，你得待它如初恋。"这话听得明白，可最后一句，杏儿不乐意了:"你是说，你待金苹果就像待迟春英啊？"范少山跳了起来:"这话你都能挑出理来？俺就是打个比方。"范少山忽地看着杏儿，杏儿说:"你看我干啥？"范少山说:"这话，你好像也说过……"杏儿明白了，朝着范少山打了一拳:"你真坏！我也是打个比方。"范少山说:"那往后跟人介绍的时候，俺就说，俺待金苹果，就像对待闫杏儿一样。"杏儿说:"今后，我跟人介绍的时候，就说，我对待金苹果，就像对待范少山一般。"范少山说:"合作成功！"说完紧紧握住了杏儿的手。两人忽地笑作一团，追打着跑出了果园。

回到家，杏儿安慰婆婆李国芳几句，刚听说被风刮丢了，杏儿问："妈，你怎么跑到长城上去了？"李国芳说："俺哪知道啊？反正稀里糊涂，晕晕乎乎就到那儿了。"杏儿想起一件事儿，赶紧翻包，从里面拿出一个红色本本，递给范少山："看看。"范少山一看，是金苹果的鉴定证书，证实白羊峪的苹果，是永不腐烂的苹果。这是省林业科学院果树研究所鉴定的。范少山说："大半年了，鉴定刚出来？"杏儿说："人家得在常温条件下放着，看放多久，会不会腐烂。还得看最终能不能成为果脯，就得这么长时间。人家专家说了，白羊峪的金苹果，好吃得要流泪。"范少山说："好啊，咱就用这句广告词：'白羊峪的金苹果，好吃得要流泪。'多好啊！"范老井说："今年不利啊。先是死了泰奶奶，接着就来了一场大风，得当心了。这年景，要是放着前几年，白羊峪人就吃不上饭了。走的走，逃的逃，可就真的没有白羊峪了。俺孙子干得不赖，咱白羊峪村志上得有你一篇啊！"老爷子乐得胡子都撅起来了。范德忠说："爹，你别光夸他。俺看这里面杏儿的功劳也不小。给咱拉扯着孙子，又卖村里的金苹果，又卖菜……"李国芳插嘴："今年还要卖金谷子呢！"范德忠说："对！还有金谷子。要不，白羊峪靠啥换钱啊！"这说着说着，就成了范少山和杏儿的表扬会了。好话，谁不乐意听啊？范少山和杏儿乐得合不拢嘴了。范少山清清嗓子，说："俺代表杏儿表个态吧！表扬对俺们来说，是最大的激励和鼓舞！俺们一定再接再厉，发扬成绩，再创辉煌，携手前进，争取更大光荣！"范德忠朝他脑门儿打了一筷子："说人话！"范少山说："俺们以后好好的。"一家人都笑了。

金谷子虽说遭了灾，还没到抽穗的时候，还有救，你得把它扶起来，再踩几脚根部，将谷秧固定住。这得需要人手啊！这回，范少山发现大问题了：缺人手！人，才是最大的资源啊！白羊峪在外打工的青壮劳力，不光大虎，还有五六十个呢！这些人都回来，顶多大事儿啊！余来锁对这些人回村，总是摇脑袋，总觉得他们占了便宜。这下可好，遭灾的时候没人手，还得从布谷镇去雇，人家扛得硬，一口价，一天八十。这要是白羊峪人干，还能还还价。就是不还价，这笔钱，落在白羊峪人的口袋也好啊！范少山跟余来锁说："咱不能把人口当负担啊，没有人，咱能办成事儿吗？"余来锁说："咱不能亏了老户啊，生生死死一块过来的。容易吗？他们回来了，咋对待，咱得制定个政策，听听村民的意见。"这事儿，一说就搁下了。忙活十来天，这救灾的事儿，也就过去了。

再说溶洞这事儿。地质部门的结果出来了。一大摞纸，怎样形成的，范少山也看不懂，他就找"硬货"：狭长 632.1 米，高度在 5.2 米至 8.5 米之间，是中国北方品质一流的溶洞，具有很高的科研价值和旅游价值。这下，范少山乐疯了。原来他用步量了一下，一百多米。人家专家一准是发现了里面拐弯还有溶洞呢！有了这亮点，白羊峪可要顺着势走，做做旅游文章了！

这当口儿，田中二喜来了。这位日本商人是从白羊峪走的，心里头就没放下，老想着开发旅游的事儿，路不通，办不成。这回路通了，他就想着来看看。又从网上看到白羊峪发现了极品溶洞，再也坐不住了。田中二喜下到溶洞，看了看，看傻了，嘴巴半晌没合拢。田中二喜说："我们合作吧！我们公司是专门设计开发旅游景观的。不久的将来，这里将变成一个更加璀璨的世界。"田中二喜又在白羊峪绕了一圈儿，说："白羊峪要成为旅游区，首先必须要有景点。你看，废弃了的'鬼难登'，可以开发成攀岩，旁边的绝壁上，开发蹦极项目。这就两个了，加上溶洞，三个，还有古长城，四个，银杏村，五个，再加个有个文化底蕴的，就更好了。"范少山说："有啊！俺们村有块石碑，刻着《白羊峪村训》呢！是康熙亲自写的村训，还是他手书的呢！"田中二喜惊呆了，眼睛放光："真的？那可是宝贝啊！在哪儿？"范少山说："如今，俺们只找到石碑的一个角，整个碑还没找到。"田中二喜说："这太重要了。一定要找到。六个景点，都把它规划好，就成了。当然吃住要跟上。农家乐一定要办好！"这日本商人敞亮啊！人家把规划都告诉你了，没收一分钱啊！范少山说："田中先生，你就不怕俺们用了你的创意，却不用你的公司来做？"田中二喜说："范先生是我最尊重的中国农民。无论你做出什么样的决定，我都欣然接受。"

这样说来，田中二喜的公司不是组织旅游的，而是开发旅游项目的。田中二喜说："我也承办旅游线路。你要愿意，我的公司，也可以接待游客。"范少山一想，你把游客都接走了，俺们白羊峪就只能喝汤了。不中。田中二喜拿出了各个景点的设计图，给力啊！这回，白羊峪可要申请旅游开发了。跑手续，多着呢！可只跑了一家，人家说了，不用跑了，有人办了。啥意思？俺手里攥着土地使用证呢，没这个证，谁给办的？一打听，镇政府！

四十四

去布谷镇，找葛书记。葛书记你得给俺个说法吧？葛书记说："白羊峪的溶洞是国家珍贵资源，是不可再生的。上面要求我们保护第一，开发第二。本着这个原则，镇党委、政府考虑，以镇为主导，承接溶洞工程，开发旅游业。"余来锁说："溶洞在白羊峪的土地上，俺们经营天经地义。"葛书记说："村民素质低，破坏了资源，谁负得起这个责任？你当村书记的，就要无条件地服从镇党委决定。"一听说村民素质低，范少山不干了："葛书记，你说村民素质低，让俺们寒心啊！自打溶洞被发现，乡亲们没日没夜地守着洞口，就是怕有人进去，破坏溶洞。这些，你都知道吗？就你们当领导的素质高？高在哪儿？跟俺们一声不吭，暗地里去开发办办手续，你们眼里哪有老百姓啊？白羊峪的土地使用证在这里，你们是咋拿到审批手续的？"范少山举着《土地使用证》，在葛书记面前晃了晃。葛书记话头软了："项目呢，算镇政府与白羊峪共同开发。到时候签个协议，收入五五分成。说句实话，这钱也装不到我的兜里，这形势，谁敢啊？镇财政有点吃紧，一些民生项目没钱投入啊！不当家不知柴米贵啊！"范少山说："葛书记，那是你的责任，不能让俺们承担。再说了，俺白羊峪还是个贫困村。"葛书记油盐不进，不松口。余来锁、范少山也咬住不放。

一听说镇政府要开发溶洞，村民们不干了。自发组成了护洞队，守着洞口。田新仓把行李都搬过去，夜里就住在窝棚里。镇里来了个副镇长，人家主抓这工程的，想下洞看看。不中，被人们轰出了村。余来锁、范少山坐不住了，他们想这事儿咋办。余来锁说："这事儿，咱得仔细分析啊，镇政府要经营溶洞，你不能书记、镇长亲自来做吧？你也不能副镇长、政府干部来做吧？因为公务员是不能办商业的，你办了，就是违法。俺想，最终得交给某个公司、某个人。这就对了。这个公司，这个人就代表镇政府了。"范少山说："对了，这里面一准有利益牵扯。弄不好，葛书记就得犯错误。说实话，葛书记这人不赖，帮过白羊峪不少忙，咱不能眼看着他出事儿啊！"余来锁说："那咋办？"范少山说："告状！"余来锁一愣："告哪儿？"范少山说："镇政府。"余来锁对告状这事儿有点犹豫，你告镇政府，往后这关系还咋处啊？你不能向上反映吗？范少山说："向上反映，一层层的，跟蜗牛差不多。还是告状快，快刀斩乱麻，兴许就把葛书记帮了。"找了律师，递了状子，可就在开庭的头一天晚上，出事儿了。

葛书记的小舅子姓朱，大名朱仁义。名字不赖，就是人不仁义。朱仁义从小有一大爱好，打架。打着打着就大了。大了，没能再上学，就只能往社会上出溜儿。干啥呢？还是打架。人家老百姓正盖房呢，他来了，带着一车水泥，卖给你。人家盖房，能不备足水泥吗？不买。卸车！给不给钱？不给？打架。强买强卖。听说是葛书记的小舅子，谁敢惹呀！说实在的，葛书记也不惯着，下令派出所抓。派出所整理了材料，还不够入刑标准，只得抓进去劳教。出来后，名声大了。就想干点儿大事儿，找项目。朱仁义不敢找姐夫，姐夫不给他好脸子，惹急了真敢揍他。当官的，谁不怕亲戚惹事啊？干啥呢？又干起老本行。有一回，朱仁义给一人家送来一车沙子，盖房用的。房主二话没说，收下了，一分不少，付了账。这买卖做的，清爽啊！谁知道，朱仁义的姐姐知道兄弟要把沙子卖给房主，早就把钱给了人家了。比市场价高了百分之三十。姐姐想，父母都没了，就这么一个兄弟，能不依着吗？知道姐姐也难，朱仁义不再干强买强卖的事儿了。姐姐觉得也不能耽误兄弟的前程啊，这孩子，只有钱能拴得住他。总得让他干点儿跟钱有关的事儿吧！恰在这时候，白羊峪的溶洞出现了。姐姐就想着成立公司，让弟弟当总经理，自己当董事长。这事儿哪儿那么好干的，溶洞有范少山横着呢！还要和镇政府打官司，明儿个就开庭了。朱仁义坐不住了。总不能眼睁睁一块肥肉，吃不到嘴里呀！朱仁义感觉肩膀上压了块石头，那是使命。你除了吃喝，啥都不懂。姐姐让你当老总，让你吃五喝六，姐姐图个啥呀？你还不能为姐姐打冲锋啊？

带着使命感，朱仁义截住了范少山。范少山问："兄弟，你是哪儿的？找俺啥事儿啊？"朱仁义说："哥，我叫朱仁义。葛书记是我姐夫。找你没事儿，就是喝喝酒，聊聊天。"范少山听说过朱仁义，不是善茬儿，晃着膀子走路，是葛书记的小舅子。还不容范少山说啥，上来俩人，就把范少山拥进了车里。

车开到了一家灯火通明的饭店。范少山有点儿晕，有点胆儿突的，心里头想，葛书记也忒不地道了，使这损招儿，逼俺撤诉啊？朱仁义给范少山倒了一杯茅台，自己也倒了一杯。"哥，我先干为敬啊！"朱仁义先把酒干了。一大杯啊，足有四两。范少山说："兄弟，这么好的酒你得慢慢品啊？一下干了，尝出滋味没？"朱仁义说："有点辣。"范少山说："有点辣？你吃辣椒不更好吗？"朱仁义说："有道理，上辣椒。"辣椒就茅台，这啥料理啊？朱仁义说："哥，我就跟你直说吧。那个溶洞，你别要了。让我们公司干，包你有好处。"又咬了一口辣椒，辣呀，一个劲儿咳嗽。范少山慢慢品着茅台："哎呀，好几年没喝这么好的酒了。舒服。兄弟，那溶洞不是俺的，也不是你的。"朱仁义止住咳："那谁的？"范少山说："白羊峪的，白羊峪老百姓的。"朱仁义又咳嗽起来，忙用茅台压辣。朱仁义说："哥，我这脾气全燕山都知道，跟这辣椒一个样儿。道理我讲不过你，我也不是讲理的人。今儿个我来是不辱使命的。知道你和政府打官司，你大概能赢。你赢了，溶洞我就干不成了。"范少山说："咱得听法律的，法律说了算。"朱仁义说："你说的这俩字，我听着硌得慌。和你这么说吧，明儿个开庭，你就撤诉。这官司不打了。中不？"范少山说："不中啊，这事儿俺没法跟乡亲们交代呀！"朱仁义说："中，还是不中？"两个描龙画凤的小伙子冲上来，就要动手。范少山赶忙求饶："兄弟，你别打俺，俺怕疼。"朱仁义说："今天你若是不答应，说啥也要给你留个记号。"范少山说："让俺想想中不？"范少山知道遇上茬了。这人是葛书记的小舅子，这事儿，跟葛书记脱不了关系。刚才，在车里那会儿，他还偷偷用手机短信骂了葛书记。后来手机就被收走了，关机了。这会儿，范少山反倒不害怕了。你们就打算打俺一顿，那又咋样？只不过出点儿血，只不过腿瘸了，只不过胳膊烂了，只不过死了。泰奶奶说过，人大不了生死嘛。就是死，也不能白让这些人看笑话，也不能让白羊峪受损失。朱仁义给范少山数数呢："1、2、3……10答应不答应？"范少山说："不答应。你们能不能轻点儿？"朱仁义轻轻捆捆范少山的脸："哥，你说打哪儿？"范少山说："打……打空气……"朱仁义飞起一脚踹在了范少山的小肚子上。范少山跌出去五六步远。

门开了。葛书记走了进来，身后跟着几个警察。葛书记说了一声："抓！"朱仁义和几个人就被拎走了。葛书记走过来，扶起倒在地上的范少山。这一脚，范少山疼得龇牙咧嘴，弯着腰，捂着肚子直哼哼，嘴上还说："让驴踢了，让驴踢了。"

葛书记要带范少山去医院检查，范少山说没事儿，他懒得理葛书记，捂着肚子，走了。没走几步，他哇哇呕吐起来。葛书记赶了过来，把范少山送进了医院。在医院，做了彩超，还好，朱仁义是踹的。踹，用的是鞋底，踢，用的是鞋尖儿，力度差多了。若是踢的，这一脚，非引起内出血不可。那就要做手术了。呕吐，可能是肠道痉挛了。大夫给范少山输液，葛书记守着，又拿来热水袋，给范少山热敷肚子。到了天亮，都说了一百个对不起了。这时候，肚子也不那么疼了，范少山要去喝碗豆浆，吃两根油条，再去法庭，一大摊子事儿正等着他呢！葛书记想说啥，停住了。范少山说："你放心，这码事我谁也不告诉，烂在肚子里了。"

开庭了。范少山作为白羊峪的代理村委会主任，法人代表，是原告。被告布谷镇政府来了个镇长。原告要求撤销镇政府开发白羊峪的各种手续。法庭调查了，各项手续缺项，违规。最终判决无效。村委会告镇政府，在整个金安县还是头一回，轰动了。这下，范少山在布谷镇成了争议人物。你说你写写信，上上访，都能理解，你咋能告你的上级呢！你不就是喜欢出风头，夺人眼球吗？

过了几天，葛书记来了。葛书记就一个人开车来的。啥意思？兴师问罪来了？葛书记没去村委会，直接去了范少山的家，送给范老井两盒人参，范德忠和李国芳两盒棋子烧饼，弄得范少山和家人云里雾里，礼物收也不是，不收也不是。接着，去了范少山住的房子，从车后备厢拿出一瓶酒，一袋花生米。喝酒。你不开车来的吗？酒驾呀？葛书记说："我在你这儿住一宿。明天双休日，不碍事。对了，你把余来锁给我叫过来。"余来锁来了，从"白腿儿"饭店里端了盆小鸡炖蘑菇。三人喝上了。

余来锁和范少山不知葛书记葫芦里卖的啥药，就喝酒，不说话。葛书记说："你俩怎么不说话啊？"余来锁嘿嘿一笑："俺白羊峪告镇政府的事儿，有点不好意思了，书记多海涵啊！"范少山也说："对对对，俺也是这个意思。"葛书记啪地把两只筷子往桌上一拍："我就是为这事儿来的！"余来锁说："告都告了，来有啥用？"葛书记说："少山啊，我记得你给我打过一个电话，说告我就是帮我。对了。镇里想开发经营溶洞，确实是我拍的板。我是书记，我定了，安排由一名副镇长主抓。也就没不同声音了。说实话，我本人就是个法盲，过去干企业，挥大巴掌惯了，当了书记，没朋友了，眼看着是个坑儿，谁提醒你啊？这一次，真是万幸啊！为啥呢？我发现，我老婆组建了公司，七大姑八大姨入了股份，由他们直接代表镇政府管理溶洞，收钱。这事儿，副镇长就答应了！现在想想，太可怕了！我老婆瞒着我办公司，直接落实我的决策，我还蒙在鼓里呢！幸亏没有成为事实，幸亏你们告了状，帮了我。这事儿多大呀！这不是属于不收手的吗？我肯定得折进去！所以说，今天我来，一是感谢你们二位，让我悬崖勒马。二是请求二位，在今后的工作中，多多监督我。我是真心话。三是镇党委、政府大力支持白羊峪开发溶洞项目，遇山开路，遇水架桥。"虽说，开发溶洞这事儿，为葛书记省去了大麻烦，可他错误决策，属于行政乱作为，为此，他背了个党内警告处分。余来锁、范少山宽慰葛书记，余来锁说："总比当罪犯强吧？"范少山说："总比吃牢饭强吧？"余来锁说："发展下去，不光这一件事儿啊，你还得养情人呢？"范少山说："养情人就不止一个。又费钱，又糟践身板。对了，还得生养几个孩子，多操心啊！"余来锁说："弄不好，后半生就在监狱里过了，要多惨，有多惨！"这话，你让葛书记咋接啊？葛书记连连说喝酒，喝酒。

溶洞开发，也不是三天两早晨的事儿，光手续都十几项，都得等着批。这当口儿，范少山打算把试验田上的种子全送出去，因为溶洞的位置正好在那一片上。这就是说，往后白羊峪再也没有试验田了。这些可都是非外国种子的老种子！范少山、范德忠、杏儿、余来锁辛辛苦苦淘换来的，在白羊峪这片地儿上，种了四年。范少山不想赚钱，就想让十里八庄的乡亲们种在地里，让他们吃上香喷喷的中国老粮食。村民代表同意，这几年，低价卖出去不少。如今，还剩下一石头房子呢！足有一千多斤。他把它送给了县种子公司，由他们发放到农民手中，让老种子在金安的大地上生根、拔节。

溶洞开发着，这眼瞅着就要成景点儿了。村里赶紧成立了旅游公司，利用旅游扶贫。今年年景不好，指着土地不中。要让村民的钱袋子鼓一鼓，你就得从别处想辙，这时候，村里头还有费来运、余庆余、五奶奶、大军等二十几口贫困人口呢！经村委会请示，国家把扶贫款直接发给了旅游公司，给贫困乡亲入上了股份。这多好啊，收入稳定，长期有效啊！贫困户手里都攥上了股权证了，心里头不乐开花了？这旅游公司，除了贫困人口的股份，还有一般村民花钱入股，村集体占了百分之三十。支委费勤俭当了旅游公司经理，副经理呢？田新仓。大虎也进了公司，开电瓶车。这差事不赖，大虎不用下车，人们也看不出他腿瘸来。田新仓也挺关心他："大虎，没事儿少下车，别影响白羊峪形象啊！"听听这话，像关心的吗？大虎也不急，说："有啥丢人的？俺作为农民工，为了城市建设负伤，光荣！"

电力局来人了，要给白羊峪安装火电。过去，白羊峪人找了电力局多少回，电杆上不来，不给领线。说实话，这是一方面，你没几户人家，人家把电领进来了，多大成本啊，你能用几度电啊？这回知道白羊峪要开发旅游了，得用电啊！光伏发电那是居民用的，景观用电量多大呀！再说了，白羊峪路都通了，还愁电杆上不去？范少山说："不用俺们花电杆钱吧？"人家说："我们电力也搞精准扶贫。高压电杆电线不用你们承担，进了村的低压线、变压器你们承担一部分。"余来锁说："那中那中。这样一来，俺们的隧道里就可以安上电灯了，金谷子就可以用电机浇水了。"提到白羊峪点灯，几辈人都是油灯啊！范少山回到家乡的四年前，就是点着蜡烛过的年。因为蜡烛比油灯亮啊，过年了，才多花这几块钱。之后，有了金谷子，人家沈老板给安装了台发电机，烧柴油，贼贵啊！再后来，村里办了沼气，点上了沼气灯，那点电，点灯中，家用电器不敢买，带不动。这去年，安上了光伏发电，不光家里的可劲儿用了，还并了网，把富余电卖给国家，有钱赚了。如今，火电上山，发展农业、旅游，就靠它了。你说白羊峪的变化，不就是电灯的变化嘛。

　　白羊峪溶洞开发，资金预算七百多万。这不光是溶洞内景的事儿，得修路，得建停车场，公共卫生间、商店、饭店等配套设施。这钱，从哪来呀？把白羊峪的钱都加起来，还差着十万八千里呢！余来锁开了支部会，又开全村会，意见一致，不找合作伙伴，分几期工程，每年开一点儿。这块肥肉，白羊峪人要自己个儿吃到嘴里。范少山有点儿犯难，这工程，战线一拉就是几年，游客每年看一点儿，能不看烦吗？就像有一桌好菜，你就允许人家夹两个，人家心里头能痛快吗？而且，头一年贷的款一百万，做基础工程都没够。这样下去，哪年能看到溶洞的全景啊？范少山打算找合伙人，让溶洞尽快营业。忙活几个月，人们也没看到溶洞长得啥模样，观光车总是在银杏树、古长城跟前绕，没赚几个钱。乡亲们不干了，又找余来锁和范少山，催促溶洞早点儿接游客。这下，余来锁也动摇了，同意找人合资。你得找有钱人啊！田中先生中不？开门见山问了，田中先生是日本商人，人家不可能干脆蹦出一个字："行！"人家的表现犹犹豫豫的，模棱两可的。反正是你求我，不是我求你搞景区设计。人家有钱，就拖着你，猫玩老鼠一样。跟你要项目的时候夸夸其谈，说我最尊重你，还故意透露点设计信息，你就不好意思再找别人了。你求他的时候，人家就支支吾吾了。范少山这才看到，这田中先生哪儿敞亮啊？心机重着呢！范少山有点烦，说："田中先生，中不中的，给个痛快话儿。"田中还不着急："我再和日本的家人商量商量。"这都谈了两回了，还要商量。再一次找田中，这回答案肯定了。

可以，但你得降低分成比例。由过去的五五分成，改为六四？不，改为三七。啥？田中先生终于说了一句整话："到时候，我会联系日本游客过来，家乡人很喜欢溶洞的，我希望我们合作成功。"范少山一笑，笑得难看，嘴角有点颤："我觉着吧，有些人经商之前，应该好好学会做人。"田中先生一听，脸涨成了猪肝色。

你说，这位田中先生，年岁不大，心思重得像白羊峪后山的大石头。余来锁和范少山躺在银杏树下，有风刮过，他俩听着呼啦啦的叶子拍打声，清脆，像是有巴掌掴在他俩的脸上，连连掴，声声响。余来锁一连用了四个成语："趁火打劫，乘人之危，落井下石，见死不救。"范少山说："俺后悔了，后悔打了机井。要是不打机井，就发现不了溶洞。没有溶洞，哪儿来的这么多事儿啊？踏踏实实地种俺的金谷子、金苹果多好，钱不多，过日子踏实啊！赶明儿，咱把洞口填上，就当啥事儿都没发生过。"余来锁说："你填洞口，属于破坏国家珍贵地质资源。抓了就判，判了就押。你填洞口，乡亲们骂你三辈祖宗，过去做的好事儿一笔勾销了。你看着办。"范少山说："人家撒撒火，说说气话也不中吗？你当书记的，会做耐心细致的思想工作吗？"余来锁说："这两年俺咋听不到你的口头禅啦？"范少山说："啥口头禅？"余来锁说："这都不是事儿！"范少山说："早就忘了。说说这句口头禅，给自己个儿壮壮胆。说实话，就是心虚的表现。这几年，走过来，哪有不是事儿的事儿啊？说出来就不是小事儿。俺都不敢吹牛啦！一件事儿，一件事儿，逼着俺做了老实本分的人。一句不敢吹了。俺知道，吹牛上税呀！"余来锁呵呵笑："这都让生活折磨成啥样了。"范少山说："你看这两棵银杏树，老夫老妻的多好啊！不怕风，不怕雨，不怕雪，啥都不怕了。一千三百多年了，无忧无虑，幸福甜蜜。下辈子俺不要做人了，就做一棵树。对，做一棵树。"余来锁说："那杏儿咋办？"范少山说："她若是来世为树，就和俺站成一排吧；她若是来世为人，就给俺浇点水吧；她若是来世为鸟，就在俺树杈上做窝吧！"余来锁一听，忽地坐了起来，说："这才是诗啊！少山，你是啥时候写诗的？"范少山说："这是诗？俺就随便说说。"余来锁说："当然是诗，还是好诗！"范少山愣愣地问："照你这么说，俺一不留神儿，成了诗人啦？"

范少山想到了张小强，他的高中同学，钢强钢铁公司的老板。现如今，钢铁没有过去的西洋镜看了。搞环保，去产能。张小强搬进了一间办公室，早就不天天洗澡了，更不能披着浴巾，端着红酒了，身上也不痒了。金安县这块，钢铁企业不少，差不多一半没法干了，张小强也在寻找商机转行。范少山去找张小强，张小强显得有点儿烦，也顾不上跟他聊当年追过的女孩了，就问啥事儿。范少山就把手机里的溶洞照片给他看。张小强问："这是哪儿？"范少山说："我家白羊峪。"张小强说："我怎么没听说过？"范少山说："你哪顾得上听这个呀！新发现的，中国北方品质最好的溶洞，就是这个了。"张小强说："好啊，范少山，这回你发财了！"范少山说："这不正等着开发呢嘛！咱们合伙咋样？"张小强嗑了牙花子："这要搁前两年钢铁兴旺那会儿，我分分钟就敲定。如今，钢铁不景气，我们是勒紧裤带过日子，此一时，彼一时了。过去，老爷子不主事儿。如今，老爷子出山了，转型的项目都得经过他敲定。反正我们已经定了，往现代农业、旅游业方向转。"范少山说："俺们白羊峪都符合啊！带着老爷子去看看吧！"张小强说："老爷子世界各地哪儿没跑过，就怕提不起他的兴趣啊。"范少山说："老爷子有啥爱好没有？"张小强说："爱好嘛，登山。好像有钱人都登山，就差珠峰了。对了，你该不是让他登白羊峪吧？"范少山说："老爷子还有啥爱好？"张小强说："喜欢收集皮影人儿，是个乐子。"

过去，范少山总觉着啥都得靠自己，自己开隧道，哪怕开个二三十年，也成。如今想想，这不是笑话吗？这个年头，想干大事儿，你离得了谁呀？你不借力中吗？张氏钢铁家族，是上了全国千富榜的。眼下正要钢铁转型，你若是搭上这辆车，白羊峪的旅游业就带起来了。你光用蛮力，不用脑子，挪不了窝啊！还有一个月，就是九月九了，老人登高节。白羊峪和县体育局搞一个登山活动节："登上白羊峪，各路英雄聚"。奖品呢？一等奖，白羊峪珍宝箱。其他的都是电饭锅、电水壶、毛巾被。广告打出去了，网上有了，报上有了，电视上也有了。张小强的爹张国强看到了，觉着有点怪，问儿子张小强："珍宝箱是啥？"张小强说："听说这是那个山村最珍贵的东西。他们要送给第一个登上白羊峪的英雄。"张国强说："这还有悬念啊？"张小强说："我听说是老东西。我猜这东西跟文化有关。山村最珍贵的东西，不能是土豆白薯吧？"张国强说："你这不扯吗？那是啥呢？"张小强说："我给你问问体育局长啊。"张小强打通了局长的电话："尹局长啊，我是张小强。我看到你们要办的九九登高广告了，对，是白羊峪那场。我就想问问，一等奖珍宝箱到底是啥呀？"就听对方说："呵呵就是一箱老皮影人儿。"张小强说："嗨！我还以为啥金银财宝呢！"电话挂了。张国强说："老皮影，真是珍贵啊。"张小强说："爸，要不我给你买来。"张国强说："那不行，那不行。人家是奖品嘛！"张小强说："那就没办法了。"张小强轻叹一声，说，"这叫啥广告啊？登上白羊峪，各路英雄聚。不登白羊峪的人就不是英雄啦？"这一说，老头激动了："给我报名。"张小强说："爸，您老人家可是登过泰山、黄山、九华山的，哪座名山您没登过啊？就差一座珠峰了。这就功成名就了，您去登几百米的白羊峪？您可想好了啊！"张国强说："你是英雄，就得首先让家乡人认你！再说，那箱皮影，应该不错。"

不管咋样，登山活动，能提高白羊峪的知名度。奖品都是小家电、毛巾床单什么的，花不了几个钱。不过，这一等奖，有点难。人家张国强稀罕皮影人儿，你白羊峪有吗？你若是有皮影人儿，倒好。若是没皮影人儿，那不是骗人家吗？别着急，还真有。范少山就想到了爷爷范老井，他有？没有。范老井说过泰奶奶的身世。泰奶奶的头一个丈夫叫泰山松，死了。后来她又嫁给了一个公社修造站的工人。这工人姓么，就是手艺人，刻皮影。不光能刻，还能耍能唱。"文革"时，这都是"四旧"啊，不能刻了，不能耍了，也不能唱了。一箱子的皮影，就被他藏起来了，红卫兵抄家，他说烧了。老么是个手艺人，不唱皮影了，就去了公社修造站。用拿刻刀、耍皮影的手，拿上了焊枪。有一回焊接钢梁，从上面掉了下来，死了。工人老么，手巧心细，疼老婆。泰奶奶没忘了他。他的东西啥也没留，就留了一箱皮影人儿。从黑羊峪带到白羊峪，人走了，皮影带不走了，就留在学校的石头房子里。如今，学校没人了，那箱皮影还在吗？范老井带着范少山去找。那间校长办公室里，东西还都摆得整整齐齐，就像泰奶奶刚刚办过公。如今，费来运负责老人食堂，学校不用打更了，范少山就让把泰奶奶的宿舍、办公室管理好。将来要办成白羊峪的传统教育基地呢！范老井说："泰奶奶，俺们来取你留下来的皮影箱了。俺知道，那东西是你一个念想。你走了，就把这份念想留给白羊峪了。眼下，白羊峪的日子要往前奔啊，用上了。泰奶奶，俺们全村人感谢你啊！"说完这句话，就开始找。泰奶奶留了半屋子东西。旧书旧报，各种资料，文具箱子。找到了，在最底层，墙旮旯。擦去尘土，打开箱盖儿。一整箱的驴皮影，干净，一个一个的。范少山说："泰奶奶，么爷爷，俺谢谢你们啊！"你说这事儿，若是泰奶奶没留下这箱皮影，咋办啊？范少山早就想好了，到皮影之乡乐亭、滦南一带农村蹚摸去，一准能找到。只要有恒心，还有办不成的事儿吗？这张国强，只要有爱好，就好办。就怕他光爱钱，你就没辙了。

四十五

　　九月九，一朵朵白云，就在山顶上躺着呢，秋风爽人，人的心里头滋滋的美。白羊峪登山节开始了。体育局尹局长来了，发令。范少山也说了几句，都是客套话。张国强昨晚就来了，开来一辆房车，停在山脚下，带着保镖、厨子，在车上吃的，住的，就为这一等奖，珍宝箱。其他一些老头老太太，也是为了奖品来的。不是有电饭锅、电水壶呢嘛，多实用啊。报名的时候，人家都打听好了，一等奖是一箱皮影人儿，一听这个，谁也不往前冲了。皮影人有啥用啊？不能吃，不能嚼。如今也没唱皮影的了，放在家里还占地方。这不，人们都不急，腰来腿不来的。张国强较真儿，还蹦蹦跳跳，热身呢！也没人认出他是大老板。发令枪响了，都没人急着往上跑。张国强一看，当仁不让啊。头一个走在前头。后边的人还拉他的一角："老头，别打头啊，你还不知道吧，一等奖是皮影人儿。"这张国强一听，更急了，一溜烟地往上跑。后边的人看着他的背影："听不懂人话。"人家张国强是登过十大名山的，这白羊峪的"鬼难登"对人家来说，这不属于在平地上小跑吗？一下就落人家好远。这回，张国强一想，不对，你落人家好远，显摆呀？低调儿，低调儿。张国强就慢慢悠悠，有意等等后面人。后面人赶上了，也不超他，而是跟在他身后，他走多快，人家就走多快。这咋回事儿啊？咋跟公司举办运动会似的，他总是拿冠军啊！难道这里面有埋伏？是儿子张小强安排的？这一想，老爷子火了，赌气不走了。他不走，后面人也不走。张国强说："你们为啥不走？"后面一老人说："谁让你第一个打头呢？你就只能得那珍宝箱了。走吧走吧，我还等着领电饭锅呢？"另一老人说："你呀，心往宽处想。那皮影人儿还可以生炉子嘛。"这一听，张国强明白了，是这么回事儿啊。老爷子脚下生风，三步并作两步，往上跑了。后面的人说："老头不错，愿赌服输嘛！"另一个说："会不会是受刺激啦？"

　　再说这山顶上，一帮人正迎接着各路英雄呢！见有人上来，马上敲锣打鼓，放鞭炮。一帮妇女，手举花环，蹦蹦跳跳地喊："欢迎欢迎，真心英雄！""白腿儿"手捧鲜花，送给了张国强。张小强、范少山、余来锁还有白羊峪好多乡亲都在这儿呢！一上山，张国强就有点傻，这可是在金安的土地上，头一回受到乡亲们这么热烈的欢迎，有点儿眼睛不够使了。一帮在山上等着的记者，更没想到在这儿见到金安县首富，都过来采访。电视台女记者站在张国强的身边说："登上白羊峪，各路英雄聚。今天，我们意外又荣幸地见到了第一位登上山来的张国强先生，他就是我们的财富英雄！"都采访完了，后面的登山者才三三两两地上山来。

第一名，没悬念，当然是张国强。范少山发奖，把皮影箱交给了老爷子，老爷子激动啊，说："这礼物太重了。"那些得了电饭锅、电热壶的，都朝他笑。

张国强在白羊峪走了一遭。白羊峪，他只听说过，从没来过。看了金谷子，尝了金苹果，看了银杏树，溶洞虽没对外开放，却也架了梯子。人家登山的，上下不费劲儿。看了洞里风光，一个劲儿说好。到了吃饭的点儿，"白腿儿"的饭店早就摆好了农家菜，等着贵客呢！张国强却说谢了，我要回去看皮影。坐上房车，走了。本来打算吃饭的时候，再说招商引资的事儿，这下可好，大老板走了，张小强也走了。范少山傻了，余来锁愣了，田新仓蔫了，"白腿儿"糊涂了。醒过神儿来，余来锁说话了："本来俺就不赞成办这个登山节。你看看，偷鸡不成蚀把米吧？"范少山火了："余来锁你啥意思？开支部会的时候，你反对了吗？你当书记的，有点担当没有？""白腿儿"说："他这人就是又想吃，又怕烫。少山，别跟他一般见识。"田新仓说："可惜了的'白腿儿'，咋跟你了？这肩膀软，扛不住事儿。"余来锁也觉着这话说得没劲，赶紧跟范少山解释："咱村不是家底薄嘛，俺就是心疼钱，小家子气。"田新仓说："少山哥，算了算了。原谅他一时冲动，口无遮拦。对了，你俩是白羊峪的一、二把手，不能一人一把号，各吹各的调。要多演将相和，不能唱对台戏。你俩的一举一动，可关乎民心啊！"说着说着，田新仓就背起手来，踱着方步，越发像上级领导了。"白腿儿"过去擂了他一拳。这下，几个人都笑了。范少山说："都别走，这桌饭，俺请了。""白腿儿"笑了："这就对了。该吃吃，该喝喝，啥事儿别往心里搁。"范少山问了饭菜价格，先结了账，他怕喝完酒忘了，又跟"白腿儿"说："你跟店里的乡亲们说啊，这桌饭，俺花钱啦。""白腿儿"说："你就吃你的呗，你越咋呼，人家越怀疑你用的是公款。你傻呀你？再说了，你范少山是谁呀？大老远的，就为从北京吃这一顿饭来？"余来锁说："喝酒吧，不想那些烂事儿了。让人家从兜里头掏钱，难啊！招商引资的事儿，咱再从长计议。"田新仓说："咱白羊峪不同往日了，咱有梧桐树，还愁引不来金凤凰？"范少山说："咱又不是抢他钱，又不是让他捐款。合作共赢嘛！"

　　正说着，进来一个人。谁？张小强。人家手里拎着一瓶茅台呢！张小强一来，范少山他们都愣了。范少山说："你咋来了？"张小强说："找你喝点酒呗！"说着，就把酒瓶往桌子上一放。余来锁有点儿不高兴，说了声："你们喝吧。"起身走了。田新仓倒了半杯茅台，一口喝了："好酒好酒。"嘻嘻一笑，也走了。张小强给范少山倒满酒，自己也倒上了。说："这回就我们俩了，老同学，这回得拉拉当年我们在学校追的那些女孩了。对了，下周日同学聚会，凯悦酒店。你一定到啊！"范少山说："你们都是非富即贵。俺一个农民，种地的，就不去了。去了，也是在人堆里淹了，有俺不多，没俺不少。那些个女同学们，都轮着向你敬酒，俺一个人喝闷酒，这是俩心情啊！"张小强说："那不对。人生看什么？看你赚了多少钱？应该看有没有实现自我价值。我的价值是啥？就是一堆钢，赶上行情，赚俩钱，价格一走低，就是一堆柴火。你就不一样了，一个金谷子，一个金苹果，这人生就站住了。而且，都不是为自己，是为乡亲，这境界就出来了。"范少山想，你小子跑过来喝酒，就为夸俺几句？招商引资的事儿，老爷子到底咋说的？你没看到余来锁生着气走啦？张小强不急："所以说，跟你这样有德的人打交道，肯定不会吃亏。"范少山说："你小子别净说好听的。拉正题。"张小强说："你以为我夸你呀？这话都是老爷子说的！"啊？范少山愣了："这么说，老爷子同意投资啦？"张小强说："没表态。"范少山心里头又凉了半截。张小强说："在白羊峪投资这件事儿上，他不管了，全部交给我。"一听这话，范少山心里头开花了，一大朵，一大朵的。张小强说："刚才心里头骂我了吧？干事情，得沉得住气。"范少山嘿嘿笑着，敬老同学酒。门外拥进来余来锁、田新仓和"白腿儿"，都来敬张小强。原来，余来锁和田新仓没走，刚才在门外听着呢！张小强喝多了，一把拉住范少山的胳膊："别走，咱俩说说当年追过的那些女孩。"

　　除了溶洞，钢强公司还要参与白羊峪其他旅游项目的开发，采用了田中二喜的设计。那一回，田中二喜对范少山说："范先生，其实我对你本人是钦佩的，这一点，请先生不要误会。"范少山想了想，深深点了点头。

　　眼看着白羊峪的事儿，又拐过了这道弯儿。余来锁和范少山就想着去看看费大贵。费大贵不是书记了，不是支委了，挨了个全县通报批评，好些日子没回过白羊峪了。可人家毕竟当了那么多年书记，也掏钱帮助过困难乡亲，赞助过修路，人也不赖。就是支部换届，他动了点儿心思，这一辈子的名节，染上个污点儿，虽说芝麻粒儿大，也不好洗了。

去了费大贵家，人却不在正屋。费大贵的媳妇说："整天烦着呢，俺把他轰到厢房去了。"进了厢房，迎面就是办公桌，两边挂着国旗和党旗。费大贵正襟危坐，戴着老花镜，看《党建》杂志。鹦鹉先开口了："费书记，写检讨。费书记，写检讨……"原来，就为更改年龄这事儿，镇党委让他做检讨。费大贵认真，写了一份又一份，每写完一份，都要念一遍，鹦鹉都熟了。有时半夜爬起来就写，写完就念。老婆嫌烦，把他赶到厢房去了。你说这费书记，这得有多大压力呀！余来锁跟他说了些村子里的事儿，费大贵激动了："没想到你们还记着俺。"范少山说："咋能忘了您呢！老书记，您老可不要背包袱啊！这事儿早就过去了，就别想它了。有空回白羊峪看看，您还是党员，还是村民，村里还有您的股份呢！这些日子，乡亲们没少念叨您。"费大贵说："真的？"余来锁说："可不真的？"费大贵松口气："俺还觉着，再也没人理俺了。俺做的那事儿，丢人啊！如今想想，再干一届就那么遂心如意？还干得动吗？交给年轻人，比啥不强啊？事实都摆在那儿嘛，你俩干得比俺强。"费大贵也算想开了，与其躲在这厢房里，不如去白羊峪清静几天。过了几天，他开着车，带着鹦鹉，回村了。到了家门口，一下车，一条野狗蹿了出来，跑了。费大贵吓了一跳，骂道："真不是好东西！"

第十四章

最见人心的日子

四十六

再说杏儿。电商专做白羊峪品牌，蔬菜、金苹果。金苹果做了一个网上直播，一天二十四小时，让广大网友见证一只永不腐烂的苹果，而今已经十个多月了，苹果已经蔫了，正在萎缩，就快形成果脯了。广大网友纷纷留言：太神奇了！简直就是奇迹！从未想过还有这样的苹果！厉害了，我的姐！这样的苹果，你上哪儿找去？只有白羊峪网店才有。绝对没有假货！人家送老人的，送恋人的，谁还在乎多几个钱啊？今年每个苹果五十八块，比去年贵了五块。今年个儿比去年稍稍大一点儿。遭了灾，产量少啊！物以稀为贵。金谷子呢？在北京各大超市推。按照范少山的意思，走中低端路线，让老百姓吃得起。礼品盒是杏儿定做的，上面写着"康熙御膳金谷子"几个大字，背景画了康熙皇上，一片山峦，银杏树……杏儿觉得还是要走"皇帝"路线，有历史，有文化，抢眼球，上面有白羊峪商标图案，也就中了。

订货订到半路，出事儿了，市面上出了一批金谷子，人家价格才八块。也是"康熙御膳金谷子"的商标，和杏儿做的一模一样。这下，杏儿急了，向公安局报了案。她到商场打假，当着顾客面，教顾客辨真假，看包装，看色泽。

真的金谷子，金灿灿的，是本色。假的金谷子，也金灿灿的，用手一撵，手黄了，掺了食用色素。你说，这不坑人吗？顾客买了假货，回家做小米粥，一淘米，水黄了，那人家能干吗？把超市围了。一下，形成了社会热点。电视上播了："一批假金谷子小米流入我市。"范少山看到了，风风火火赶了过来。这些天的奔波，把杏儿累散架了，发烧。躺在床上，起不来了。范少山陪着她。杏儿拉着范少山的手，病好了一半。还好，卖假金谷子的商场只有一家，工商部门很快查封了这批假货，货是从山西那边流过来的，造假分子和商场业务员勾结，两人已经被抓了。这俩造假者，砸了金谷子的牌子。好多人不敢买金谷子，咋办？杏儿一咬牙，不降价，还是按照原价扛。后来，觉得不中，这小米你卖到明年后年，就成陈米了，不那么香了。没办法，只能降价销售。这一年，杏儿经营金谷子，赔了。范少山种金谷子，赚了。为啥呢？高进低走呗。也就是说，丈夫赚了老婆的钱。这让范少山咋说呢？冲着杏儿一个劲儿地挠后脑勺，一个劲儿地嘿嘿嘿。

金谷子的事儿，有完没完了。白羊峪的金谷子在北京走超市，卖十几块钱一斤，比人家沈老板低了一半，人家不干了。沈老板打电话训斥范少山："范老板，你讲不讲规矩？你把价格拉低了，我还能卖得动吗？人家大酒店都不进我的货啦！"范少山被人家训得有点儿脸热。可想到白羊峪能吃饱肚子的第一块干粮是人家给的，人家还帮你建了农场呢！这回，把金谷子打入超市，拉低价格，你也没跟人家吱一声。你想种给老百姓吃，他想种给有钱人吃，俩想法啊！范少山说："沈老板，这金谷子就是谷子，就是小米，就是老百姓吃的。它不是金子，有成本的，价格高，咱这金谷子的成本在哪儿啊？到末了，还是要回到比普通谷子高一点儿的位置上。"沈老板说："你说的这些我都懂，你总得让我先赚几年钱吧？你总得先给我打个招呼吧？你应该想想，当初我是怎么帮你们白羊峪的。你们白羊峪没电，我给你们买了台发电机呀！到头来你插我一刀，够意思吗你？"范少山说："沈老板，白羊峪头一回点上电灯，就是托你的福，俺们白羊峪人都记着呢！可咱们因为金谷子合作，你也赚了一桶金吧？这是双赢。如今是市场经济，做生意，谁也不给谁留面子，生意之外，咱们还是好哥们儿。"这回，沈老板没话了。本来嘛，这金谷子，你做你的，俺做俺的，都是奔着赚钱的道儿。

高辉留在了杏儿的公司，人家懂电商，样样拿得起。杏儿也挺赏识他。没多久，小兰就知道了高辉从白羊峪回来的缘由，原来是带着姑娘私奔，半路回来了，没脸回白羊峪了。在小兰眼里，那高辉就是一棵笔管条直的白桦树啊，又英俊，又纯洁，他怎可能爱上别的女人呢？他怎么可能婚内出轨呢？不可能！一准是那个姑娘勾引他的，逼着他私奔的！末了，高辉还是挣脱枷锁，逃回到了她的身边。

一想到这儿，小兰就对高辉格外疼顾，为他疗伤。看着高辉有时愣神儿，她就想，这都被那姑娘折磨成啥样了？真是害人精啊！她就时常给丈夫熬汤，补身子。高辉一直没敢回白羊峪，连他娘和余来锁结婚也没回去，只是给娘打了个电话。他主要是没法面对范少山啊！这期间，电视和网络都传播了一个消息，广东一个县的菠萝滞销，卖不动了。一毛钱一斤，也没人买。视频里的果农流泪了。记者呼吁水果经销商帮帮他们。杏儿看了，除了心疼，还发现了商机。她想进一批菠萝，既帮了果农，自己还能赚钱。你想啊，就算两毛钱一斤，起码得卖一块多吧？能翻五六倍，能不心动嘛！就这样，带上高辉去南方。这阵子，电商都知道了这个信息，都来到了"菠萝之乡"，走在菠萝地里，杏儿挺激动。东拼西凑，带了三十万，打算都买了。见到的却是中间商，就想和人家谈。高辉拦了，说再看看。杏儿那脾气，看啥看？这价格，过了这个村，还有这店吗？商场如战场，商机稍纵即逝啊！懂不懂？高辉说："婶子，事情不简单啊，我偷偷调查了，他们这里的菠萝滞销，卖不动价的多为二级果，也就是我们常说的次果，口感差呀。再说了，咱们只见中间商，见不到农民，心里头没底呀！我再跟你算笔账，几毛钱一斤，这是收购价，咱还要包装，还要运输，从南方到北方。再加上人工等成本，那得合多少钱一斤啊？"杏儿说："这还用你说？我能不算账吗？"高辉说："婶子，媒体这一报道，这两天菠萝价格涨了，从两三毛涨到七八毛了。"杏儿说："别啰唆了。再不买，还得涨！"杏儿急眼了，和中间商谈判去了。谈着谈着，就要签协议了，就要拿定金了。就在杏儿要签自己名字的时候，一旁的高辉，将满满的一杯咖啡哗地洒到了纸上，洒得杏儿的手上、衣袖上都是。杏儿急了："高辉你小子混蛋！"高辉管范少山叫叔，当然得管杏儿叫婶子。在燕山一带农村，叔叔和婶子都可以骂侄子。杏儿骂高辉，是理所当然的事儿。这协议，没签成。人家中间商也不求你，这媒体一炒，菠萝价眼瞅着涨，一赌气，杏儿回来了。一路上也没理高辉。高辉只是赔着小心，嘿嘿乐。

后来，这件事儿成为南方"菠萝事件"，令杏儿倒吸一口凉气。咋回事？一个叫"果果乐"的电商倒闭了！等这家电商收购的时候，菠萝已经从两三毛涨到一块五了！而且大多是二级果。这类果本就不适合长途运输，半路就坏了。而这当口儿，海南的香水菠萝、台湾的金钻凤梨也上市了，人家那价格，那口感，都有保障啊！"果果乐"呢，直接从中间商手里买的，人家掺了熟透了的，你知道吗？你再运回去，再打包，再发快递，到了客户手里，菠萝全烂了！你得赔人家，一个菠萝五块。"果果乐"损失了五十多万，一个不大的电商，就这样倒闭了。"果果乐"这个平台，和杏儿做得差不多。若是不听高辉的话，她要买三十万的菠萝，你还得赔人家，损失就不止三十万了！破产了，还得把房子押上。杏儿和范少山呢？还得从摆菜摊儿做起。通过这件事儿，杏儿挺感激高辉，也恨自己个儿的急脾气，遇事儿，沉不住气。高辉说："我是这样理解的，干啥，你得把这事儿先弄明白。比如说，你懂菠萝吗？菠萝的保质期只有几天时间。怎么做品控？都要考虑到。二级果风险大，最好不要买。还有，媒体一报道，各路电商都去救市，人家中间商、人家农民肯定要涨价，这没错吧？你就会想，赶紧买，赶紧运，抢时间。这时候，最容易忽略的就是细节，比如菠萝的成熟度。这就是压垮骆驼的最后一根稻草。"杏儿想，幸亏高辉从白羊峪回来了，要不然她这电商还做得下去吗？人家说得对啊，对你不懂的东西，你就别做。你看，杏儿懂金苹果，永不腐烂的苹果，所以，生意稳定，做得好。杏儿把去南方进菠萝的事儿和范少山说了。范少山说："你这五马长枪的脾气，可得改改了。这回多亏了高辉，没想到这小子是天生的生意人。告诉他，白羊峪欢迎他回来。"杏儿说："休想从我这儿挖人啊。"范少山笑了："吓唬吓唬你。"说者无心，听者有意。杏儿还真怕高辉被人挖走了。就是不被挖走，人家自己挑一摊儿，也成啊，没钱借呗。关键是脑子。想到这儿，杏儿拿出五万块钱奖励高辉，小兰满脸都是笑，替高辉接下了，高辉一把从小兰手里夺过钞票，又给了杏儿。高辉说："婶子，这钱我不能要。"杏儿说："你还跟婶子客气啥？"高辉说："是这样，我还欠着少山叔五万块钱呢！"高辉这一说，小兰不干了："你怎么欠了五万块钱啊？"杏儿知道范少山帮高辉还赌债的事儿，这事儿说漏了，小兰能不跳脚吗？于是，赶紧说："是这样，白羊峪入股，他叔帮他垫上了。一码是一码，这钱你先收着。等村上分了红，你再还给你叔。"小兰龇牙笑了，接过钱说："这还差不多！"小兰向杏儿鞠了一躬："婶子，往后我们两口子就是给你当牛做马，也乐意。"杏儿说："你这一说，回到旧社会了，我成地主婆了。"三人都笑了。

前头说到，范少山把外国种子当成冤家，白羊峪免入。他在白羊峪种的果树、庄稼，都是非外国种子的。为了溶洞旅游，他把试验田的种子全部赠给了县种子公司。如今，那些个种子呢？是不是都送给农民，种在金安这片热土上了？范少山有时想起，就想问问，但经常就因为别的事儿给忘了。这天，他去县城找张小强商量旅游的事儿，顺便去了一趟种子公司，问人家白羊峪种子的事儿。经理慢条斯理，不紧不慢，首先感谢范少山对公司的信任。其次，原谅公司没把这批种子送出去，为啥呢？从人家种子公司出去的种子，都是要有质量合格证的。你白羊峪的种子，没有。没有合格证，就算白送，公司也不敢收。因为万一种子不发芽，或是出了啥问题，你种子公司得担着。种子这东西，比不得别的，出事儿就不是小事儿，你要耽误农民一年啊！听听，人家说得好有道理啊，可你当初为啥收了？经理告诉范少山，他当初没在家，是副经理收的。如今种子一颗没动，都在仓库里呢！去了仓库，范少山一把抓起大粒儿的"白马牙"玉米，眼泪唰地流了下来。这就是现实。你反外国种子，你就只能种自己个儿的老种子，就只能种在白羊峪的土地上，你影响不了谁，你就是一个普普通通的农民，你就是大地里的一块土坷垃，你就是大山里的一颗小石子。这几年，你也送出去、低价卖出去一些种子，如今还有人种吗？范少山不知道。种子公司经理说："我们也钦佩你的这项义举。但现代人最现实，啥高产他就种啥。我们也无能为力。"

范少山把这些老种子拉了回来。他在村的北面，又开辟了几十亩地，把这些玉米、大豆、小麦等种子重新种在白羊峪。这些个庄稼，包括金谷子，打下收成，白羊峪人自己吃。那些个老玉米、老大豆，还有金谷子，香啊！那些个中老年人都找到了童年的味道，儿时的回忆，孩子们嚼着自然的香味儿，能感到自己的身体在咔咔拔节，长啊长。这些粮食，成了白羊峪走亲访友的好礼物，人家都稀罕着呢！这年头，谁不吃个健康啊！

没多少日子，县农业局种子公司来人了，要收购金谷子，在全县推广。你这啥意思？俺们的玉米、大豆你不用，说没有种子合格证，不能给农民，你咋盯上俺的金谷子啦？人家说，我们一直关注白羊峪的金谷子，各方面指标都合格，值得推广。范少山来了一句："俺这金谷子没有合格证啊！"经理拧着鸭子腿说："合格证我们发，我们说合格就合格。"你说气人不？这不存心绕腾人吗？俺们把种子白白送你，你说不合格，原来合格证在你手里攥着呢。你说合格就合格，你这是一边的理呀！俺们农民把一粒粒的种子种出来，容易吗？那是汗珠子摔八瓣啊！你对种子有过一丝敬畏没有？你对农民有过半点尊重没有？就是轻飘飘的一笑而过？范少山急了，当场拍了桌子。镇驻村干部小李也看不下去了，说公司的人对农民、对土地没感情。拍了视频，要发网上。

这下，经理慌了，掏出文件，递给范少山，文件是县农业局发的，《关于推广谷子品种"金谷子"的通知》。通知说，由县种子公司收购白羊峪金谷子，作为经济作物，由全县农民自由选种，促进农业增效，农民增收。收购价格多少？八块一斤。卖给农民呢？经理不说。人家一准要赚钱啊！金谷子是稀罕物儿，在大城市一斤还卖十八呢，人家沈经理卖得更贵。你种子公司出的钱也忒低啦，不在价上啊。这口子一开，白羊峪的金谷子还卖得动吗？明年也跟着落到七八块了。余来锁说："不中，价格不是你定的，得由俺们来定，别拿政府文件压俺们。俺们就不卖给你，你能把俺咋样？"范少山说："俺们希望更多的农民种金谷子。种子就在仓库里，谁愿意买就来买。多你个种子公司有啥用？你们低价进，高价出，两头坑啊！"经理说："你们没权利卖种子。你卖种子，我们就要查封你！"范少山说："没有合格证是吧？俺们不卖种子，卖余粮，中不？农民买了金谷子熬小米粥，做小米饭，你管得着吗？"经理哑口无言。这不明摆着吗？人家买了金谷子，种在地里，你知道？种子公司把全县的种子垄断了，像话吗？见没好果子吃，种子公司的人灰溜溜地走了。

白羊峪集体化了，杂七杂八的事儿就少了吧？谁说的？照样按下葫芦起了瓢。街坊四邻吵架拌嘴，东家长西家短的事儿，多着呢！人是这样，吃饱了肚子，事儿就多了。过去，白羊峪人穷的时候，你借他一斗米，他借你二斤糠，都和和气气的。都饿着，没心思吵架，也没那个力气。吵架最耗粮食，不吵架，吃俩馍馍，一吵架，得吃四个，这账，掰着指头都算得过来。如今，不同以往了，吃上白馍了，手里攥着俩钱了，腰杆儿就硬了。谁动谁一指头，就吹胡子瞪眼睛。这不，余来锁家跟隔壁闹上了。

余来锁不是村支部书记吗？还吵架？他不吵，他媳妇吵啊！对，"白腿儿"。隔壁是谁？青蛙的爷爷，二槐的爹，余庆余。余庆余新盖了个猪圈，圈墙往余来锁家这边过了点儿，多少？两寸。余来锁没放眼窝里，自家二叔嘛，两寸地，还能占多大便宜？他知道，二叔有贪小便宜的毛病，田新仓养过鸡，卖鸡蛋，余庆余买了仨。有买仨鸡蛋的？人家余庆余就买三个鸡蛋。这还不算，非要田新仓饶一个。田新仓不干，余庆余拿了个鸡蛋就走。田新仓追上就抢，生生把鸡蛋从他手里抠碎了。余庆余赶紧把蛋清蛋黄折进嘴里，一点儿没浪费。对了，这样的人，咋还让他看苹果园啊？这就是范少山的用人之处，他小气，就当果园是自家的，你敢动试试？还有，余庆余不吃苹果，咋回事儿？过敏。一吃苹果嗓子痒，嘴唇肿。用他保险吧！但这原因不能明说，有点儿损。再回到猪圈这事儿上，余来锁默认了，"白腿儿"不干了。在白羊峪，"白腿儿"风情万种，迷倒了好多男人，可也是个厉害茬子。人家不欺负人，谁也不敢欺负她。为了这两寸地儿，跟余庆余杠上了。二话不说，把余庆余的猪圈推倒了。这下可好，新下的一窝小猪跑了，老母猪急了，也跳出圈来找孩子。这个乱啊！余来锁、田新仓都帮着逮猪，好不容易把猪归拢到圈里，堵上豁子，这边，余庆余把余来锁家的玻璃给砸了。这下，"白腿儿"跳了脚，骂余庆余："你个老东西，生个儿子也坑人害人，是个坐大牢的！"这还得了？这不是专往余庆余的痛处戳嘛！余庆余拎着棍子冲了过来，照着"白腿儿"就打，余来锁赶忙拦了："二叔，二叔，您消消气，别跟她一般见识。"啥意思？俺这女人见识就低啦？"白腿儿"不干了："余来锁，你还有个男人样吗？眼看自己个儿的女人挨欺负，你就管不了啊！你当初跟俺咋说的，照顾俺，疼俺，你都忘了吗？""白腿儿"你这话就没道理了，你还让余来锁去打他亲叔啊！"白腿儿"这一说，余来锁愣了一下神儿，余庆余找到了机会，照着"白腿儿"的白腿就抽了一下。这下"白腿儿"急了，捡了块砖头，砸在了余庆余的后腰上。田新仓一看，"白腿儿"裙子下的白腿红了一条子，心疼了，上去一把夺过余庆余的棍子，将他推了个"屁股蹲"。这下热闹了。本来是两家打架，变成了三家。余庆余从地上爬起来，又去追打田新仓。这场面，挺好看。

余来锁是书记，他能解决家庭问题吗？"白腿儿"早先把他解决了。想当初，迷"白腿儿"迷得魂儿都丢了，如今娶到手，知道滋味儿了吧？这不是个省油的灯啊！范少山来了，大喊一声："再打再闹，年底谁也别想着分红！"这句话，管用了，场面一下静了。人最怕动他的钱，相当于剌他的肉。余来锁一五一十地跟范少山说了事情经过。既没护着老婆，也没向着二叔。范少山说："余来锁，余书记，你书记家和人打架，真光彩啊！"余来锁咧咧嘴，没说话。

范少山对余庆余说："二叔，你说你，多大见识啊？把猪圈挪过来两寸，能多养几头猪啊？还是你身上多长块肉啊？知道占小便宜吃大亏的道理吧？"余庆余不说话。范少山又对"白腿儿"说："嫂子，不就两寸地方吗？你还能种一架黄瓜啊？这还是你叔公公呢！让他两寸又能咋地？俺讲个故事啊。说是清朝的时候，在安徽桐城有个鼎鼎大名的家族，父子两代为相……"田新仓插话："相是啥？大象啊？"范少山说："反正就是大官。有权有势。就是张家张英、张廷玉父子。话说清康熙年间，张英在朝廷当礼部尚书。他老家桐城的老宅和老吴家是邻居。这两家院子中间有个过道，是供两家走的。后来老吴家盖房，要占用这个过道。你想啊，过道是两家的，你占了，人家张家能同意吗？打官司。张家想啊，咱有理呀，朝廷里头还有人，官司能不赢嘛！张家人就写信给京城当大官的张英，要求张英出面，干涉这件事儿。张英收到信后，给家里回信，写了四句话：千里来书只为墙，让他三尺又何妨？万里长城今犹在，不见当年秦始皇。这家人一看，懂了，主动让出三尺空地，这老吴家也感动了，也让出了三尺房基地，这就行成了一条六尺的巷子。这就成为美谈了，到如今还传颂呢！看看人家，两家一让，让出了六尺巷子，你们两家呢？为了两寸宽的地方，闹得鸡犬不宁。丢人不丢人！""白腿儿"说："这两寸地，俺让了。可他把我的腿打伤了，这咋算？俺的腿是白羊峪的标志，白羊峪的亮点……"田新仓说："对，也是男人们的最爱。""白腿儿"说："他必须赔偿俺！"一听这话，余庆余摸着后腰，哎哟起来："她这一砖头，把俺砸的，砸得腰椎间盘突出了！俺得住院，俺得做全身检查。指不定砸出啥病来了。心脏病、肺病、肝病、肾病、老胃病……"田新仓说："还有癌症。这么说吧，干脆拉你去坟地得了，省事儿。"余庆余开骂了："田新仓，俺咒你打一辈子光棍。"田新仓嘿嘿一笑："打一辈子光棍，也比蹲在牢里强。"一听这一句，余庆余骂得更凶了。范少山说："打住！给俺打住。"两人闭了嘴。

范少山说："田新仓，你瞎跟着掺和个啥？"田新仓说："他打'白腿儿'就不中，俺就得管！""白腿儿"对余来锁说："你看看人家。"余来锁朝田新仓翻白眼，没办法。各说各的理，各要各的钱。一棍子，一砖头。各不相让。范少山说："这样吧，俺来断。谁给谁多少钱，中不？""白腿儿"说："中。"余庆余说："中。"范少山说："在俺断之前，你们都得认识到自己个儿的错误，向对方道歉。""白腿儿"说："叔，是俺不对，请多担待。往后咱两家好好相处。俺这腿，就是红了一条儿，赶明儿就好了。"余庆余说："侄儿媳妇，俺这个人爱贪个小便宜，是俺不对，你就原谅俺。俺这腰本来疼着呢，你这一砸，好了。窗子玻璃，后晌俺给你换上。""白腿儿"说："不用不用，俺正想砸了换新的呢！"范少山说："道歉完毕。现在请听俺的判决。'白腿儿'嫂子赔偿余庆余损失费一千元。""白腿儿"张大了嘴："啊？"余庆余说："这多不好意思。"范少山说："判决余庆余赔偿'白腿儿'嫂子损失费五百元……"余庆余一听，刚一龇牙，范少山说话了："再加五百元。"田新仓说："少山哥，你还真会判。"范少山说："把你忘了，掺和打架，向庆余叔道歉。"田新仓来得快，立马向余庆余鞠躬："对不起了。"范少山掏出一百块钱，给了田新仓。田新仓高兴了："俺打架还有奖？"范少山说："美得你。你去买玻璃，把玻璃换上。"田新仓说："好嘞。"余来锁一把夺过钱："不用你换，俺来。"田新仓愣了，这咋回事？"白腿儿"在家呢，田新仓换玻璃，余来锁能放心吗？

四十七

　　再说范老井。自打泰奶奶死后，范老井人硬朗了，有精气神儿了。好像老天爷有意安排，这两人，得留一个。白羊峪成了旅游村，规划了养鹿区。就在范老井过去养鹿的地儿，就是大多了。过去是圈养，怕狼啊！如今狼也不见了，改散养了，规划出一片草地，让梅花鹿在上面啃青，散步。这就适合旅游了，游客买门票进入鹿场，能和鹿合个影儿。这鹿，可不光是看的，还生产鹿血酒呢，大补。游客来了，都买上一两瓶。说实话，这就是生意。现如今，管鹿场的是年轻人，费勤俭的儿子费小翔，长得跟费翔有点像，帅哥，小鲜肉。高中毕业，也不愿出去打工，就在家里耗着，玩游戏。费勤俭脑瓜疼。这回，范少山安排他管鹿场，乐了。像他这样的，还有两三个。范老井呢？鹿场顾问。老爷子懂技术啊，鹿打个喷嚏，他都知道啥病。老爷子稀罕鹿，鹿也稀罕他。范老井一进鹿场，鹿就往他身边聚，拿身子蹭他，用舌头舔他。你说怪不怪！费小翔说："太爷爷，您老的前世是鹿王吧？俺怎么看着这群鹿见了您，像宫女见了皇上似的？"范老井哈哈笑："俺哪有那福分啊？"游客也觉得奇怪，都掏出手机拍照，录视频。这范老井，也成了鹿场一景了。

　　这天，范老井忽地想起个事儿，啥事呢？就是那块《白羊峪村训》的石碑一角。前头不是说了吗，范老井从老德安家的炕洞里找出来一角石碑，他乐呵呵搬到了范少山跟前，后来，忘记了，忘记这块石碑一角是从哪里找到的了。范少山也找。村里找，村外找，林子里找，长城上找，找不到。他想不清楚，爷爷咋就找到石碑一角的。之后这些日子，范少山一直想着石碑的事儿。眼看着白羊峪成旅游村了，白羊峪的历史文化全在那碑上呢，哪能没有它呢！还是让爷爷找。那一角从哪儿来的，哪儿就有整个石碑。老爷子整天寻寻觅觅，神神道道，走了东家串西家，没找到。这天，老爷子的脑子里闪了一道光，金光闪闪的。老德安家！他忘了石碑一角是在哪儿发现的了，就跑到老德安家四处找，找了厢房找正房，找了猪圈找鸡窝。后来，范老井顺着梯子上了房。老爷子有点儿蒙。那石碑能藏在房顶上吗？这时候，范老井眼前闪出这一幕：土炕轰地塌了！对，炕洞。老爷子下了房，直奔东屋。东屋的炕塌了，老爷子跳过炕沿，将土坯一块一块往外甩，黑黑的炕烟尘呼呼往外冒，染黑了范老井的衣服和脸。范老井想起，就在前年，自己个儿就是这样，在这儿找到石碑一角的。那整块石碑一准就在这儿。范老井寻到了炕底，他双手拂去烟尘，露出了青色的石头，石头上刻着字迹，正是《白羊峪村训》石碑！范老井忽地热泪滚滚，泪滴噗噗溅在石碑上。

　　听说石碑找到了，范少山来了，余来锁来了，乡亲们都来了。人们把石碑从炕洞搬出来，洗刷干净，又把那石碑一角找出来，正好对上了，严丝合缝。这可是康熙皇上撰文、御笔的《白羊峪村训》啊！它从三百多年前来，从北京的紫禁城到燕山的白羊峪，从银杏树下，到炕洞里，经历了多少风雨，又有多少传奇？可这石碑还在，字迹有点斑驳，可还看得清呢！"长城脚下，白羊峪村，三十二家，村旁四方，葱绿燕山，百树护村，做善积福，毁木霸地，作恶招祸，天地有眼，会有报应，好人好报，恶人恶报，厚德养灵，福为善庆，子孙万代，永远传承。"范老井、范少山、余来锁、田新仓齐声朗诵起来。

　　这好端端的石碑，立在银杏树下几百年，咋就到了老德安家的炕洞里了呢？按着范老井的回忆，一九六六年，闹"文革"了，出了一帮红卫兵，破"四旧"，立"四新"。白羊峪的红卫兵还有所顾忌，都是邻里乡亲，不敢撕破脸皮，主要是布谷镇的红卫兵上来了，戴着红箍，打着大旗，唱着战歌，还背着枪呢！到了白羊峪。为啥来白羊峪呢？人家知道，白羊峪在康熙年间就是给皇上种金谷子的，"封资修"的老物件少不了。头一件，村训石碑，康熙题写的，准准的"四旧"啊！砸！必须砸！有人扛着大锤来了。想着砸完石碑，再找点儿可砸的东西。可到了村口，到了银杏树下，傻了，石碑没了。全村找了个遍，没有，这几百斤的石碑呢，咋说没就没啦？长了翅膀啦？这来都来了，总得毁点儿啥吧？这红卫兵就有了"贼不走空"的心理。想到了，金谷子！金谷子过去是皇帝老儿的好嚼谷儿，这不是"封资修"是啥？红卫兵冲进生产队，踹开仓库的门，搬出两麻袋金谷子，放在当院就点着了。这金谷子可是来年的种子！就这样烧了！村里人听说金谷子是"封资修"，不敢留，也不敢吃，都喂鸡喂猪了。这就有了前头说的，金谷子绝迹的故事。话再说回来，石碑是咋没的呢？一宿之间就没了。范老井记得清清的，前一天，石碑还戳得好好的，就跟为银杏树站岗的哨兵似的。第二天，就不见了。全村问遍了，都说不知道。这就怪了，石碑就算长了脚，也下不了"鬼难登"啊？咋也走不出白羊峪。可它在哪呢？过了两天，红卫兵上来了。范老井和乡亲们想，幸亏石碑没了，要不就成碎块了。这石碑一准是有人藏起来了，这人是个有心人啊！谁呢？他把石碑藏在哪儿了？谁也不知道。如今知道答案了，是老德安把石碑藏了起来，藏在了自家炕洞里。那么，问题来了，老德安为啥要藏碑，那么大一块石头，他咋弄得动呢？

老德安肚子里没墨水，却会唱好多民歌。不会写字，却对白羊峪的历史有研究，说出来，头头是道。没事儿的时候，经常去看石碑，仔细端详，嘴里念叨，一会儿摸摸字迹，一会儿摸摸碑身，脸上一副爱怜的模样。老德安还会拓片。人家先把石碑表面清洗干净，用石碑大小的宣纸盖上，把纸轻轻润湿，然后在湿纸上蒙一层厚点儿的宣纸，用毛刷轻轻敲，轻轻捶，这样一来，湿纸就黏附在石碑表面了，宣纸上就看出了凹凸的字迹。这回，揭去蒙上的那层纸，等湿纸稍干，再用扑子蘸适量的墨汁儿，敷匀在扑子面上，在突起的地方儿轻轻扑打，黑白分明的拓片就成了。这拓片，老德安拓过一两回。他不敢拓多了，石碑损寿。范老井看过他拓片，问过他："德安，你是个睁眼瞎，弄这个做啥？"老德安说："稀罕，稀罕。"知道老德安拿石碑当了心头肉，可他是咋听到风声的？又是咋赶在红卫兵到来之前，把石碑保护起来的？范老井回忆，就在石碑没了的前两天，布谷镇大集，老德安和范老井结伴儿赶集去了。集上，乱了。红卫兵把庙里的佛像抬出来，砸了；把青铜鼎抬出来，砸了。见了这阵势，老德安吓得浑身哆嗦。范老井心里头也胆突的。爷俩集都没赶，回家了。

一路上，老德安一句话都没说。到了村口，路过那块石碑，老德安走过去，摸了摸石碑顶儿，也没说话，走了。就在这个黑天里，石碑就不见了。佛像和鼎都让人砸了，石碑还能留住吗？他当时是这么想的吗？于是，就动手了。是这样吗？可石碑是咋运到他家的呢？老德安家是富农，生产队派不到好活儿，挑粪。有一阵儿，他还当了饲养员，喂牲口。他是替人家的。原来的饲养员，老贫农。马看他不顺眼，踢他，踢了裤裆处，老贫农一声惨叫，喂不了了。一时半会儿，找不到人，就让老德安替几天。富农是不能当饲养员的，你把牲口喂死咋办？这可是破坏革命生产啊！所以说，老德安只能替几天。范老井想起来了，石碑正是那几天丢的。老德安喂牲口，用牲口方便，黑天了套上牲口拉石碑，也不是没可能。范德安把石碑拉到家里，藏在哪儿，哪儿都不保险，红卫兵能不挨家挨户查吗？对，就揭开炕坯，把石碑藏进了炕洞里。挪动石碑进屋，要经过门框，灶台，还有一些个家什，这会儿，牲口就帮不上忙了，他得一点点挪进去。这还不算啥，还得翻过一米多高的炕沿墙，把石碑放进炕洞里，这得多大力气？他咋做到的？石碑为啥断了一角？这谁知道啊？还有，最要紧的，"文革"都过去了，日子安稳了，老德安为啥没把石碑的事儿告诉乡亲，把炕拆了，把石碑起出来，放回银杏树下？而且临死前也没把这事儿告诉别人？老德安胆小，他怕新一拨的红卫兵再杀回来，老德安爱石碑，就想把石碑永远留在他家？这就是个谜了。范老井猜不透，白羊峪的人，谁也猜不透。

反正，康熙年间的《白羊峪村训》碑，就这样重见天日了。白羊峪人感谢老德安，没有他，石碑早就碎了，散落在天地间了；白羊峪人感谢范老井，没有他，石碑还在老德安的炕洞里埋着呢，啥时候是个头啊？

石碑是文物，康熙年间的，康熙亲自撰文并题写的，这文物价值多高啊！你得上报文物部门，可文物部门来了，人家一鉴定，国家或是省级文物，这石碑还能在白羊峪安生吗？一准被运到博物馆去了。你白羊峪还指望它教育村民呢，还指望它成为旅游景点呢，咋办？余来锁说："这事儿可得想好。藏起来不中，立起来也够呛，咋办？"范少山说："反正这石碑是咱白羊峪的，咱粘接好了，就立到银杏树下去。"余来锁说："这不中啊，你不向文物部门报告，恐怕公安就得找上门来啊。对了，先保密，别走漏风声啊！"田新仓面有难色："俺已经发朋友圈了。"余来锁可找到机会了，上去就给了田新仓一脚："让你小子手欠。"这些年，你小子一直惦着俺媳妇，让俺一直睡不成一个踏实觉，俺再给你一脚。踢空了，田新仓躲开了，说了一句："你公报私仇。"范少山说："这事儿，咋也瞒不住，新仓发了朋友圈，这转来转去，估计半个中国都知道了。随它去。选个好日子，咱就立碑！"

田新仓这一发朋友圈，头一个来的人，不是文物部门的人，谁？田中二喜。石碑藏在了范少山的房子里，睡觉都想枕着，生怕出个好歹的。这些日子，田中二喜常来白羊峪，人家是白羊峪旅游项目的设计，来还需要理由吗？人家早就听说石碑了，挺感兴趣，这回要看看，也正常。田中一看，傻了，真是康熙的手笔啊！田中二喜是中国通，人家还是收藏家，专收中国的老物件儿。而且都是大件儿，邮票啦，钱币啦，烟标啦，不收，专收青铜器、佛像、瓷器啥的，也包括石碑。好多石碑都是墓碑，他也忌讳，不收，专买摩崖、佛经、佛像之类，有历史文化内涵的。在承德总部有一个大院子呢！田中二喜套路深，满心狂喜，脸上却满不在乎，嘴上说："一般一般，是不是康熙的手笔还很难说，很难说。"范少山挺烦他这套的，学着他说："一般一般。"田中二喜说："范先生，不过这个碑呢，还是有些价值的。"范少山说："起码对俺们白羊峪有价值吧？"田中二喜说："其实传统的乡规民约，对现代指导意义不大。"范少山说："你这是啥话？《白羊峪村训》影响了俺村一代代人，教化了民风啊！没有规矩不能成方圆。过几天俺们重新竖起来，既能用它滋润人心，又能成为旅游景点，两全其美。"田中二喜说："其实，有村训也不一定见诸石刻，潜移默化就好。还有，游客到了白羊峪，也不一定看石碑。"范少山说："你到底啥意思？田中先生，你知道俺不稀罕你啥不？绕弯子。说件事儿，要拐十八道弯儿。有话你直说中不？你们日本人都这么不直爽啊？"田中二喜说："那我就直说了。我搞收藏，喜欢这块石碑，打算买了。"范少山两眼直直看着田中二喜，看得他心里有点儿发毛："我不运回日本去，你可别拿影视桥段看我啊！我就怕你们中国人往爱国上联系。"范少山说："田中先生，俺就想说，你怎么想得出来呢？俺们白羊峪人穷疯啊？把祖宗立的碑都给卖了？"田中二喜说："价格上好商量。"范少山说："你听不懂中国话呀？对了，你是日本人。俺告诉你，不卖！"田中二喜说："价格高呢？"范少山说："多少钱也不卖，听明白了吗？"田中二喜说："那就遗憾了。"日本商人的想法还真是出奇，人家觉着啥都可以用钱说话。这要是中国商人，连想都不想。人家的村训石碑是镇村之宝啊！不可能卖呀！这是常识。你看田中先生，就动了这么多脑子。

　　三月初八，良辰吉日。白羊峪重新立碑啦！这天，天蓝透了，再蓝一点儿，就黑了。地熟透了，再熟一点，就开了。那地气噌噌冒着呢！余来锁、范少山、田新仓、范德海四个人走出了村口，他们肩上抬着两副杠子，杠子上拴着绳子，绳子上拴着石碑。石碑躺着，碑顶用红绸布扎了一朵大红花。他们的身后，跟着全村的乡亲，人们口里念诵着《白羊峪村训》："长城脚下，白羊峪村，三十二家，村旁四方，葱绿燕山，百树护村，做善积福，毁木霸地，作恶招祸，天地有眼，会有报应，好人好报，恶人恶报，厚德养灵，福为善庆，子孙万代，永远传承。"来到银杏树下，范老井高喊一声："立碑！"基座早就修好了，再加点水泥，石碑往上一稳，成了。范老井又高喊一声："三月初八，良辰吉日。苍天在上，银杏为证。《白羊峪村训》碑，重新立此！望白羊峪村民铭记在心，恪守不渝！"全村人齐喊："铭记在心，恪守不渝！"再看银杏树，神了，本来没风，这当口儿却有一阵风刮过，叶子哗啦哗啦响。多少年过去了，两位银杏老人，重新见到了老朋友，能不高兴吗？这会儿，放鞭炮，噼噼啪啪地响。

　　这场面，是早就设计好了。日子早在白羊峪旅游网发布出去了。游客都来看热闹，拿着手机拍照。杏儿也来了，带着小雪、黑桃，一直跟在队伍里。念《白羊峪村训》，喊："铭记在心，恪守不渝！"她们都是白羊峪人，感到做白羊峪人，真豪气呀！

　　这会儿，白羊峪人正对着石碑行礼呢，游客拍得兴致正浓，出事儿了。文物部门的来了，警察也来了。这还用问吗？人家冲着石碑来了！文物部门的倒好理解，人家考察鉴定啊，警察来干啥？文物部门的来了几个专家，看看碑身，摸摸字迹，用放大镜一个字一个字看了，又拍了几张照片。人家专家跟警察不是一拨的。警察问范少山："你们发现文物怎么不报告？你们是在哪儿发现的？是不是发现古墓了？古墓在哪儿？"你说这警察，问的哪儿跟哪儿啊？范少山说："在炕洞里发现的。"警察说："炕洞里？炕洞下面发现古墓啦？"范少山说："拜托你们看好喽，这是《白羊峪村训》石碑，怎么可能出现在古墓里啊？"警察说："那你们发现了为啥不报告？"余来锁说："这块碑原本就立在这儿，闹'文革'，红卫兵要砸碑，有人把它藏起来了。这回是重新发现的。不知道还要报告，俺们不懂。"警察的旁边，跟着镇上的文管员小肖呢！范少山认识，冲他火了："你还是文物管理员？够格吗？是你说的石碑是从古墓里挖出来的吧？你好有想象力啊！你还报警了。可以，石碑这事儿，是俺没让报告，你们想咋办咋办吧！"警察说："到派出所说话。像你这样的，起码要行政拘留，还要罚款！"说着，就要带范少山走。

这会儿，一位专家站了出来，老爷子头发全白了，根根直立着，一看就有脾气："慢着慢着，你们警察怎么随便抓人啊？你们懂得《文物法》吗？你们知道这块石碑的价值吗？这么好的一块石碑，是载入史册的。"老先生拿出《中国石碑史》打开画页，上面有《白羊峪村训》石碑的照片。"你们看看，这多么珍贵！因为它在'文革'中失踪，作者多次来白羊峪寻找，没有找到，他痛心疾首，多次流泪。而今，石碑重见天日，正是白羊峪人保护的结果！白羊峪没罪，而且有功啊！在这里，我给白羊峪的父老乡亲鞠一躬，谢谢你们！"老专家向乡亲们深深鞠了一躬，泪水扑簌簌流了下来。一看这场面，小肖和警察钻进车，走了。警察里有个副所长，朝着小肖大骂："你是怎么想出来的？说报警就报警？这么多乡亲，这么多游客，多少视频，都发网上了，我这副所长还能当吗？"小肖在镇上当文管员，还兼着不少职务呢，都是跑东跑西的事儿，谁都吩咐他，谁都骂两句。夜里加班写稿子，出现了幻觉，就找派出所。这回知道自己个儿做错了，挨骂也不敢吭声。

专家姓司马，是省文物局的，早就退休了。那部书就是他的著作。范老井看他面熟，想不起来了。正一愣神儿，司马过来了，一把抓住范老井的手："你是老井大哥吧？"范老井揉揉眼睛："你是司马？"两位老人的手就紧紧握住一起了。"文革"前，司马就来过，那时他还年轻，给石碑拍照片，听老人们讲石碑的故事。那时范老井的爹还活着，每次回来，都住范老井家。范老井大司马先生七八岁，司马就叫老井大哥。"文革"后，来得更勤了。石碑不是没了吗？他找石碑。挨家挨户地找，连点儿线索都没有。村里还有人说，玉皇大帝怕石碑被红卫兵毁了，派了个神仙下凡，把石碑背走了。要不然石碑呢？司马也找不出理由，听了这个传说，心里头也释然了。这回，再回到白羊峪时，已经过了三十多年了。司马教授也快八十了。听说是范老井找到了石碑，一个劲儿地冲范老井竖大拇指。范老井担心石碑留不住，会被国家收走，一个劲儿跟司马教授说："可别把石碑收走啊！"司马教授说："老哥放心，放心。"碑能留住，最好。文物局的副局长说："这块碑一定要保护好。省文物局将出资为石碑修碑亭，避免石碑风吹雨打。石碑要戴上玻璃罩，防止有人拓片，更防止游客乱刻乱画。眼下，石碑要有人看守，待一切保护措施到位，再对外开放。"你看人家文物管理部门，到位吧？要修碑亭，戴上玻璃罩呢！这个，白羊峪人没想到。因为这石碑从来就是露天里放着的，也没想到会有人刻上"某某某到此一游"，这样的话，石碑就惨了。

先是围了铁栅栏，游客可以通过缝隙看到石碑，给石碑拍照。石碑旁搭了活动房子，晚上，范少山、田新仓就轮流执勤。范少山的媳妇在城里，田新仓没媳妇。两人反正都是一个人睡，在哪儿睡都是睡。没多日子，碑亭修成了，石碑安了玻璃罩子。石碑被评为国家文物，银杏树被评为一级古树。

这回，游客更多了。

四十八

秋天又来了。这个季节不省心。你看看"秋"这个字，下面一个心，就是愁了。又出啥事啦？白羊峪回来一帮人，常年在外打工的，都是些在城里混得不咋样的。他们像浮萍在城里飘来荡去，扎不下根。城市是那么好混的？有几个能像范少山混个菜摊儿，混个二手房的？你在高处，就是浇筑大楼的；你在低处，就是掏下水道的；你在平处，就是炸油条卖煎饼的。人家城里的好位置给你留着？本来，混着，熬着，也过得去。这么多日子，风风雨雨的，不也熬过来了嘛。无非是城里人坐着你站着，城里人闲着你干着，城里人吃着你看着。不对，人家吃饭你看不着。可城里人也有混得惨的，为了两毛钱，跟你讨价还价，为买降价货，把商场门挤破，又把头打破的。为给儿子买房，捡烂菜叶子填肚子的。想想他们，白羊峪的外地人，就是活下去的指望。有时候，喝点酒，哥几个就笑话生活在棚户区的城里人，顶着个城里的名声，白活了。不管咋样，看了街上有豪车开过，看着有钱人油头粉面，挎着美女，心里平衡不了。咒几句，骂几句，心里头想着，自己个儿有一天也能变成他们的样子，被人骂八辈祖宗都乐意。生活在最底层，被踩着，被压着，能有好心情吗？戾气重。

老德安的儿子范少军，早就离开了白羊峪，十几岁就出门打工，后来回了白羊峪，娶了媳妇，有了孩子，又带着媳妇和孩子去了南方。本来是要带走老德安的，老德安不去，人家三口走了，这一走，就没信儿了，散落在天涯海角了。范少军有啥手艺吗？就会种地。听说海南人不会种菜，他就去了，在一处农场打工。范少军人老实本分，懂种菜的活儿。老板也是燕山一带的人，也不亏待他。少军媳妇干啥呢？卖菜。范少军从农场批发些菜，就让媳妇去卖。孩子也上了学，日子还算过得去。可后来，出事儿了。少军媳妇的菜摊是摆在街边的，让两个城管看见了，城管脾气不好，上去就掀翻了摊子，白菜萝卜撒了一地，还有人上去踩了几脚。这当口儿，范少军回来了，看到媳妇号啕大哭，范少军的心里头的火苗蹿出了脑瓜顶儿，对着城管大喊："你们给俺捡起来！"城管掀小贩摊子，都习惯了，人家还给你捡起来？可能吗？城管说："你'俺俺'的俺啥呀？"两个人都笑了。这分明是笑话你山里人的口音呢！范少军冲上去将那人推倒在地，坐在身上，抡拳就打，另一个城管怎么都拉不开。范少军魁梧啊，几拳就把城管打晕了，肋骨还被坐折了几根。城管重伤，范少军被抓了，判了，故意伤害罪，八年。他在监狱里，老德安死了。出狱后，知道爹死了的信儿，也没想回白羊峪，老头反正死了，回去了，也活不了。还好，老婆孩子都在，老婆这几年给人当保姆，伺候病人，拉扯孩子长大，等他等得苦啊！范少军还是帮人种菜，可心里头总是结了疙瘩，赌了口气，憋屈。从网上看到白羊峪不同以往了，通了汽车了，成为旅游村了，范少军觉得机会来了。他要带着老婆孩子杀回去！人家在手机上建立了"白羊峪微信群"，这帮人都零零散散地在各省市呢，有三十多个，都是拉家带口的，商量着，回去就得一块回去。以啥姿态回去？以主人翁的姿态回去。范少军说："白羊峪有咱的房，有咱的地，咱就得光明正大地回去。不仅光明正大地回去，还得给他们立点儿规矩，让村里人怵咱们，听咱们的。"这是啥意思呢？范少军不是老实人吗？是个老实人，可从打了城管，坐了牢，他就想明白了，老实人吃亏，老实人挨欺负，他再也不想做老实人了。俺爹老德安老实一辈子，还不是上吊死了？活得不如一条狗啊！范少军的话，挺鼓动人。对呀，咱在城里没少挨欺负，回了村，还能挨欺负吗？咋也得给乡亲们立点威吧？就这么办。定好了日子，这帮人同一天进了村，把行李家眷往家里一放，十来个壮汉谁也没见，走出家门，干啥？去果园摘金苹果。金苹果马上就要熟了，几个人冲了进来，啃一口扔了，又摘几个，装进口袋。余庆余看着果园呢，一见这情景，抄起棍子就追："这可是金苹果啊，容不得你们这么糟蹋！"范少军用苹果砸余庆余："这果园有俺一份儿！你管不着！"余庆余这才认出是老德安的儿子，大骂："你个畜生！你爹死你都没照面，进了村就祸害人！"范少军说："老东西，你等着瞧！"这帮人出了果园，又奔林子里砍树。反正就是给你白羊峪添点儿乱，加点脏。这帮人的各家老小都没安顿好呢！先出来捣乱，立威要趁早啊！余庆余捡着地上咬了一口就扔的苹果，哭出声来。他用老年人手机给余来锁打了电话，说："老德安的儿子是土匪，他回来了！"范少军早就计划好了。先摘金苹果，后砍树。为啥呢？他们知道金苹果金贵，先让你心疼，疼得掉泪。再去砍树，破坏村训。皇上定的村训俺都敢违，祖上立的规矩俺都敢反，你看看，在白羊峪，俺还有啥可怕的？你们服不服？可这没多一会儿，就被抓了。咋回事儿？难道白羊峪的世道变了？范少军还指望书记、村主任过来央求哄哄他们呢，给他们找点好营生干干呢！要放在过去，出来一个横的，谁敢管啊！大雷子在白羊峪横行那么多年，见了范少军先踢两脚，没惹他，这两脚，人家就是问候你，你好的意思。对大雷子，连书记费大贵都让他三分。最后，也没事儿，还是人家主动搬下山的。可你范少军拿着旧皇历看今儿个的日子，能有准儿吗？

余庆余打电话的时候，余来锁和范少山正在村委会呢。余来锁慌了："这可咋办啊？咱们得劝劝去呀？"范少山说："劝啥劝？报警！"当即拨了110。余来锁有点担心："报警中吗？听说范少军坐过牢，他会不会报复啊？"范少山说："坐过牢的人，见了警察都。你去劝他，他倒拿你一把。他想给咱们立威，咱就给他颜色瞧瞧。"警车来了，来了三辆。余来锁对范少山说："你带着去吧！"范少山说："你是书记，正是给他立个下马威的时候，要不他们服你吗？上车！"范少山把余来锁推上了车。车上，范少山说："到那儿，你要大声喊。"余来锁脸有点白，说："喊啥？"警车去了林子，这帮人正砍树呢！余来锁下车，说："给俺抓！"又大喊了一句，"给俺抓——"一旁的范少山偷偷笑了。

警车把这帮人带走了。范少山和余来锁走着回村，余来锁说："这辈子俺就喊了最痛快的仨字：给俺抓。真痛快。说句实的，俺就不适合当这个书记，胆小怕事，不敢担当啊！"范少山说："刚才你胆儿不小啊，多担当啊！就得这样！"再说范少军几个人，糟蹋了四十一个苹果，砍了二十三棵树。人家不是把一棵树生生连根砍倒，而是每棵树上砍两斧子，就是捣乱。这帮人寻衅滋事，被行政拘留十五天。

范少军这帮人的丑事儿在村里炸了。不光违犯村训，还触犯了法律。村民们不干了，要求召开村民代表会，将这帮人赶出村。听到这信儿，一群老婆孩子哭哭啼啼拥进了村委会，孩子们只是哭，女人们边哭边说，她们真的不知道男人们搞破坏的事儿，现如今男人有话，谁跟自己的女人说呀？更何况是背着人的事儿？女人都说要留在白羊峪，别赶自己的男人走。男人走了，家就散了，俺也不活了，留下孩子，孤苦伶仃的，你们村委会拉扯吧！你看看，这都唱成一出戏了。

余来锁后悔了，后悔把那几个人抓进去了。如果当初劝劝，把事儿压下，村民们兴许还不知道，也就没这么多啰唆事儿了。村民们要开会，咋办？范少山说："那就开呗。"余来锁说："俺不知道说啥呀！"范少山说："俺说。"说话间，村民代表到齐了。范少山说："大伙都知道，范少军他们几个犯事儿了。到果园糟蹋了四十多个果子，朝着二十三棵树，砍了四十六斧子。四十一个果子，他们啃的啃，扔的扔，装的装，树呢，留下四十六道白印儿。这就是说，咱的果园没伤着，咱的树也就破了点皮儿。没事儿。要不然，他们就不是行政拘留了，都得蹲大牢。这帮人可恨在哪儿，不是糟蹋了东西，而是扰乱了人心，想让村民不得安生，听他们摆布！对这样的害群之马，村两委能不管吗？一准处罚他们。范少军他们，这回回来，触犯了众怒，大伙想把他们赶出去。可俺们冷静下来想想，人家的房还在，人家的地还在，人家的身份证、户口本上写的还是金安县布谷镇白羊峪人。咱凭啥把人家赶跑啊？他们违反了治安管理，要在拘留所关十五天，回到村，村委会还要罚他们金苹果钱，罚他们把树砍伤的钱，还要当着全村父老乡亲的面赔不是。这也就差不多了。他们千里迢迢从南方赶过来，回老家来了，咱们还能把他们赶到哪儿去？不管他们到哪儿落脚，人家一打听，这人是被白羊峪赶出来的。咱白羊峪也不光彩呀！还有，你把这几家的顶梁柱赶走了，人家老婆孩子没错吧？不能跟着吃挂落儿吧？也跟着走？还有一条，最关键的，咱们白羊峪摊子大，正缺人手呢！要不还得上外村雇人去，哪赶得上用咱们自家人啊？乡亲们，你们说是不是这个理儿？"话说到这个份儿上，还有啥说的。余来锁还没征求意见呢，都悄悄退了，台下都散了。

原来党支部开会，范少山就提议，给回村户修房子，通过了。这几户人家还没落脚呢，房子有的顶漏了，有的屋子里除了尘土就是蜘蛛网，咋住？先安排在小学校的教室安身，立马给他们修房子。村集体买材料，花工钱。这几家的女人见了，又哭了，感激的。赶在几个男人从拘留所出来之前，都搬进了亮堂堂的房子。范少军几个回来了，是大虎的旅游车接来的。车停在了银杏树下，余来锁、范少山正等着呢！下了车，几个人不敢抬头。范少山说："我说少军大哥呀，咋就连头都不敢抬啦？跳进果园捋苹果，进了林子挥斧子，那股嚣张劲儿，哪儿去了？多年不见，长本事了。我记得你在村里的时候，一脚踹不出个屁来呀！出来的感觉不错吧？坐着旅游车，风风光光的，提气吧？露脸吧？"范少军朝自己的脸掴了一巴掌："兄弟，俺鬼迷心窍了，没脸见人啦。"范少山说："还有石头、二牛、三狗子、腰里硬你们几个，里面吃得饱不？睡得香不？俺告诉你们，过去，你们在城里，俺管不着。你们既然奔着白羊峪来了，俺就得管你们！让你们从这儿下车知道啥意思吗？"范少军和几个人摇头。余来锁说："都过来，过来。"几个人跟着余来锁来到石碑前。余来锁指着石碑说："知道这是啥吗？"几个人说："《白羊峪村训》。"余来锁说："俺们白羊峪既有老的村训，又有新的村规。你们先给我背好，再进村。"

　　第二天，范少军带老婆孩子去给老德安上坟。这回，他听媳妇说，爹死了，是人家范少山披麻戴孝，打的幡儿。是范老井把自己的棺材让给了爹。全村人都来了，风风光光把爹送走了。范少军心里头愧呀，一把一把的针在扎，恨不得找个地缝儿钻进去。范少军不知爹的坟在哪儿，也不好意思跟人打听。咋打听啊？谁告诉你个逆子啊？就见范少山在不远处走。他就相跟着，来到了林子边上，一座坟。有块高大的石碑，上面刻着"护碑英雄范德安之墓"，落款是白羊峪村党支部、村委会。这是《白羊峪村训》碑重又发现后，为了纪念老德安，村两委为他立的碑。碑的后面说老德安的护碑事迹，是余来锁刻写的。老德安，富农出身，"文革"挨斗，一生穷困。末了，他用一根绳子结束了自己个儿的一生。谁会想到，他的护碑故事却如此传奇！还有他的死，深深震撼了范少山，范少山最终决定留下来，和乡亲们一块抱团取暖，寻找指望。这段日子，范少山常来老德安坟前站一会儿，说说话，想些啥。过去，范少山在老德安坟前，是要跪下烧纸的。如今，定了村规，不准烧纸，怕把林子毁了。范少山时常想，老德安这个人，在白羊峪的村志里，是断断不能少的。他让余来锁把他写成了篇章。

　　范少军一家，跪在坟前，哭了。范少军哭，骂自己个儿是个畜生，对爹不管不顾。爹当年受的那些苦，死得可怜。爹冒着风险保住了村训碑，就在石碑重新立好之后，自己个儿却头一个违犯了村训。一家人，稀里哗啦的。范少山知道范少军一家会出门给老德安上坟，一准不知道坟在哪儿，就等了，在前面领着走，不吱声。他不想主动搭理范少军，也不想因没人愿意告诉他，让他难堪。见时候不短了，范少山说："别哭了，都起来吧。"起来了，范少军就介绍儿子范顺风。小伙子二十来岁，满脸的胡楂，一口一个叔地叫着。范少军说："兄弟，你侄子不上学了，想着他叔给他碗饭吃。"范少山往回走，范少军一家人后边跟着。范少山说："大哥，不光顺风有饭吃，你有饭吃，俺嫂子有饭吃，回白羊峪的乡亲，都要有饭吃，过上好日子。"一听这话，范少军兴奋地搓着手，老婆眼睛也有了神。范少山说："大哥，村里商量了，你有种菜的手艺，就到咱的农场去干活儿。嫂子，这些天金苹果要采摘，你就去果园干活儿。还有，范顺风。"范顺风立马答了声到，跑到范少山的面前，敬了个军礼。范少山说："你这名字好啊。旅游是新兴产业，年轻人的事业。明天就到旅游公司找副总田新仓上班。祝你一路顺风。"这几句话的工夫，一家三口，都有了工作，激动的一家人，要给范少山下跪。范少山说："使不得，使不得。你们刚才给俺德安叔跪完了，又要跪俺，这合适吗？"范少山和一家人都笑了。

第十五章

手心手背都有情啊!

四十九

　　杏儿在北京昌平，撤了菜摊儿，专门做电商。从过去的一家写字楼，搬到一处底商。门楣牌匾的一边，是范少山一手捧着金谷穗，一手拿着金苹果的照片。村委会换届，范少山当了村主任。杏儿就要少山当代言人。照片上写着："范少山，白羊峪村主任。金谷子的发现者，金苹果的培育者。"照片上的范少山挺光鲜，牙齿跟白玉似的，不光白，一颗一颗地排着，密实。可现实中，范少山有点儿邋遢。有时候忙起来，脸都顾不上洗。前年因为金苹果的事儿，为护着杏儿，和藏獒干了一仗，他的一颗门牙，"走失"了。他许过愿，永不腐烂的苹果在白羊峪成功了，就把那颗牙镶好。如今，两年过去了，他的牙还豁着。这哪儿像个三十几岁年轻人啊？还好，这回电子商务新址开业，范少山早来两天，把牙镶上了。买了身西服，又去理发店捯饬捯饬。一出来，焕然一新了。在开业仪式上，范少山向各位来宾讲了话。他说："俺们白羊峪，每一个金苹果都有故事，每一粒金谷子都是传奇，每一段长城都浸满了历史，每一张笑脸都书写着奇迹。俺们白羊峪，如今是旅游村了。欢迎各位到白羊峪做客，好山好水好乡亲，等着你们啊！说到白羊峪的农产品，我在这里就说一句话，白羊峪的农民干啥？种地！俺们只种纯天然、无公害、非外国种子的！只种绿色食品认证的！别的，俺们没兴趣！"这话说得，多大气啊！来宾都鼓掌。

在人群中，范少山看到了迟春英。这当口儿，迟春英走到话筒前，她要说啥？议程里没有啊？迟春英说："今天是范少山村主任的生日，我想，杏儿一定准备了蛋糕，请大家一起吃！"你看，迟春英这心思，她记着范少山的生日呢，故意当众说出来，给杏儿挖个坑儿。你若是不记得范少山的生日，你就尴尬；你若是记得范少山的生日，我就抢先了。范少山还蒙在鼓里呢，他忙得生日都忘了。他想，你迟春英不是咸吃萝卜淡操心吗？你来这一出干啥？这可咋好啊？若是杏儿也忘了，没有准备蛋糕咋办？连个台阶下的都没有。他一想，有话了："谢谢各位，俺过的是阳历生日，早在前几天，就在白羊峪过了。当时我的爱人闫杏儿给我买了蛋糕。"就在这时候，杏儿推着蛋糕出来了，她说："老公，阳历生日过完了，今天是阴历生日。给你过两回，双喜临门好不好？"大家都鼓掌。接下来，就吃蛋糕了。倒也没看出迟春英有打脸的感觉，人家冲着话筒说一句："祝少山生日快乐。"就过去吃蛋糕了。原来还说少山村主任，这会儿就改成少山了。这叫给自己个儿拿回了一程。

仪式结束了，在公司总经理办公室，就杏儿和范少山两人。杏儿说："不简单啊，人家还记着你的生日呢！"范少山说："别多心。俺没记着她的生日不就结了？"杏儿说："开个玩笑嘛，看你认真的。没想到，你越来越智慧了，会救场了。"范少山说："没想到，你越来越包容了，脾气也绵多了。"杏儿说："可不，你说这个迟春英多讨厌啊！要搁在过去，当场不撕她，散场也不饶她。现在的我，压得住火了。想想也挺好，人家还真的以为我给你过了两个生日呢！显得恩爱。"两人都笑了。

两人正说笑着，有人敲门，杏儿还以为是工作人员，说了声："请进。"有人推门进来了，是迟春英。杏儿说："原来是大姐啊，坐坐坐。蛋糕好吃吗？你看，你记着人家的生日，人家可不一定记着你的生日啊。刚才我问了，他说不知道。"迟春英一笑："马玉刚记得就好。"范少山一听这话，起身想走，被迟春英叫住了："少山，你俩都在。我来是想跟你们说说小雪的事儿。"对了，小雪和黑桃姐妹花已经升入了昌平第三中学，两人住宿，成绩不错。迟春英说："我想让小雪转学，上王府国际学校。在国内读了初中，读高中，然后让她直接去美国。老马答应了，学费他出。"杏儿说："这不行，小雪和黑桃就像亲姐妹，你不能把她俩分开。"范少山说："说得对。小雪是你的闺女，也是我的闺女，黑桃更是我的闺女，你想拆散她俩，合适吗？"迟春英说："我也不想拆散她俩，可更想让小雪接受最好的教育。在贵族学校，一个学生，一年的学费就是十五万。公司要是我当家，我就给黑桃出了，也无所谓。对了，少山，你又卖金谷子，又卖金苹果的，这些钱应该拿得出来吧？"范少山说："俺们白羊峪走的是集体化道路，钱是大伙的。这笔钱俺拿不出来。依俺的心思，小雪还小，就别让她上贵族学校了，让她在普通学校，多接触些普通家庭的孩子，多吃点苦，有好处。等她大学毕业了，那时候也长大了，翅膀也硬了，她愿意去美国，去德国，俺没意见。"杏儿说："你先听听小雪的意见吧！"

过了两天，双休日。黑桃被范少山接回了家，小雪却被迟春英接走了。想着小雪有可能答应去贵族学校，这样的话就和黑桃分开了，两口子不说话，一个劲儿给黑桃碗里夹菜。黑桃冰雪聪明，说："爸，妈，你们心里有事儿吧？"范少山说："没事儿，没事儿。这不正想着……对了，你还没去过你姥爷姥姥家呢，等放了寒假，咱全家去贵州，看风景，唱山歌。好不好？"黑桃乐得直跳："太好了，我早就想去看姥爷姥姥了。"可黑桃看到杏儿正愣神儿，问："妈，我爸说的好像不是这事儿啊？"杏儿说："是这事儿，是这事儿。到时候，妈带着你、小雪、范明，还有你爸，一起去贵州。"范少山唉了声："就怕到时候小雪不去喽。"范少山说秃噜了，杏儿瞪了范少山一眼。黑桃说："爸，妈，你们有啥事儿瞒着我啊？"范少山说："桃儿啊，你也长大了，越来越懂事儿了。有些事儿，要面对。小雪呢，有可能转学，离开你……"只见黑桃眼里大颗大颗的泪珠滴到了碗里，她把筷子一放，跑进了屋子，关上了房门。杏儿对范少山说："都怪你。"范少山说："俺琢磨着，小雪不会答应。万一呢？那是亲妈呀！先给黑桃打个防疫针。"

敲门。杏儿跑去开门，门外站着小雪、迟春英。小雪叫了一声妈，迟疑了一下，进了屋。迟春英也迟疑了一下，转身走了。杏儿关上门。这当口儿，小雪已经进了和黑桃同住的房间，关上了门。范少山走过来，守在门旁，听着。只听小雪说："姐，我不走，我不走。这么大的姐姐了，还哭鼻子，我给你擦擦……"黑桃说："不用不用……谁哭鼻子啦？人家是风泪眼。"小雪说："这屋子哪有风啊，又没窗子。"黑桃说："就是风泪眼嘛！"范少山捂着嘴乐，悄悄离开了。

　　孙教授回来了。他的书《乡村中国·白羊峪》出版了，在北京的图书节上举办了首发式，请了好多专家、学者。白羊峪的范老井、范德忠、李国芳、范少山、杏儿、余来锁、"白腿儿"都来了，被主办方安排在了大饭店，照顾得周到啊！这些人都是书中的人物。孙教授遗憾，泰奶奶没能等到这部书的出版，他在书中为泰奶奶着了好多笔墨呢！会上，孙教授说了许多感慨的话。他说，白羊峪就是中国农村的缩影，就是中国农村变革的见证。白羊峪农民，是我最尊敬的中国农民！孙教授向范老井等人深深地鞠了一躬。

　　孙教授和一些专家、学者去了白羊峪。看了白羊峪的变化，孙教授连连点头。后来，他问起了欧阳春兰的情况。范少山如实说了。自打白羊峪小学解散后，欧阳老师就跟一见钟情的莫说闯天涯去了。听听，还有这么浪漫的吗？可好景不长，没几个月，两人分手了。她是从西藏只身回来的。啥原因，人家没说。这些个，范少山咋知道的？人家和欧阳有微信，范少山能看到，但从没和她聊过天，范少山不想打扰她。微信朋友圈就像一扇窗子，你能看见对方在哪儿，在干啥，还能体味对方的心路历程。孙教授说："这孩子就像一只鹰，她就想自由地飞。我想，终归她还是要回到农业上，那才是她的本分。有机会，你帮帮她。"范少山深深点头。孙教授和专家走了。每人两个金苹果，二斤金谷子小米。专家们啥礼物没见过？就这两样没见过，这些老学究，高兴得像个孩子。

　　一转眼，天儿就凉了。西北风下来了，飕飕地刮。人这物种，热了不中，冷了也不是。一到冬天，都扛不住，出门得穿棉的皮的，进屋得有暖气炉火。对了，睡觉还得插电褥子。电褥子上面有开关，睡前打开，醒了，你得关了。青蛙都上六年级了，嫌屋子冷。爷爷余庆余总是把煤面和成泥，将火封上，省煤呀！省煤不就是省钱嘛！青蛙偷偷买了个电褥子，睡觉就插上。这事儿要是让余庆余知道了，那还了得？电费比煤还贵呢！这天青蛙起晚了，着急赶校车，一起炕，揣了一个馍，跑了。另一间屋子的余庆余吃完饭，也出了门。眼下，苹果收了，果园也没活儿了。可余庆余每天都去看看，和果树说说话。他心疼果树在寒风里站着。这不，家里没人了，电褥子还开着，冒烟了。先是被子着了，后来就烧家具。玻璃炸了，火苗从窗子蹿出来了。这隔壁余来锁家也没人，余来锁去了村委会，"白腿儿"在饭店呢！还是费来运头一个见了，赶紧大喊救火，村民们都来了，泼水，泼水，还是泼水。范少山来了，要冲进去抢点东西，轰的一声，房顶塌了。火灭了，屋里的东西一点儿没剩。幸好发现得早，要不隔壁余来锁家也得连上，损失可就大了。

余庆余得到信儿赶来，一下躺倒在地，瘫了，连气都没了。余来锁掐人中，余庆余醒了头一句就是："钱、钱、钱……俺的钱啊！"原来，余庆余口挪肚攒，一万多块不存银行，信不过，把俺的钱花了咋办？还是放在家里踏实。放哪啦？柜子底下。范少山、余来锁就从柜子的木炭里扒拉，连张纸片都没有。你想，连柜子都没了，钞票还能有吗？听了这信儿，余庆余哇的一声哭出来："老天爷呀，俺余庆余没坑过谁，没害过谁。你为啥不开眼啊！是谁缺了八辈子德的放火烧俺家呀！东西没了，钱也没了，俺的一万多块呀！都化成灰了。这可是往死里坑俺呀！"这就奇了，火从哪儿来呢？谁都是丈二和尚，摸不着头脑。报警了。警察来了，元凶找到了，电褥子。余庆余说："是谁拿着电褥子到俺家放火的？"这话问的，人家这要烧你家，还用拿电褥子？余庆余明白了，电褥子是孙子买的。余庆余一跺脚："这个孽种！俺饶不了他！"青蛙在学校呢，被叫回来了。一看房子烧没了，吓得直哭。余庆余抄起扁担，要抡，被人拦下了。警察问电褥子的来历，青蛙说从集上买的。警察问他有没有发票，青蛙摇头。问他还记不记得卖家。青蛙想了想，又摇头："人太多，忘了。"警察说："火是电褥子没关引起的。我们怀疑电褥子是三无产品。若是有发票，我们可以追究他的责任。若是认识卖家，我们可以让工商部门查他，拿到证据。这样吧，明天布谷镇大集，你带我们警察去找一找。"转天，去了，集市上，卖电褥子的上百家呢，青蛙看着哪个都像，看着哪个都不像。完了。

范少山宽慰余庆余，只要人没事儿，就是没事儿。房子烧了，咱们再建，家具没了，咱再买。村两委绝对保障你和青蛙吃得饱，睡得安。余庆余说："俺那一万多块还能补上？"范少山说："谁让你把存款放在家里啦？补不上。"余庆余又一阵捶胸顿足。范少山把余庆余和青蛙先安顿在自己的房子里，跟着范家吃饭。捐款，余来锁、范少山掏了两千，党员们一千，田新仓不是党员，也掏了五百元。乡亲都伸了手，三百的，二百的，一百的，五十的。反正家家户户都捐了。这样一合计，两万多了。余庆余乐了，钱回来了，还有富余。范少山说："这钱你买家具和锅碗瓢盆吧！国家扶贫有危房改造资金，不足的村里补，帮你把房子建起来。"这时候，范少山想起一件事，去年帮扶干部小李动员各家各户入家庭财产保险，没有多少人家入，余庆余就更不掏钱了。他跟小李说："俺家石头房子，地震都倒不了，保啥保？那不是花冤枉钱吗？"现在想来，扶贫得跟着保险捆绑在一块。你刚摘了贫困帽子，一场意外，又戴上了。你还没摘贫困帽子，一场意外，又戴上一顶。沉了，压得慌。他和余来锁一商量，村集体出钱，给全村每家都办上家庭财产保险，多加一道保险绳。余庆余的房子修缮一新，也拉来了新家具。村里人都送礼物，有送粮食的，有送鸡蛋的，有送衣服的……田新仓也送了一件东西，余庆余乐呵呵打开一看，电褥子，当场晕了过去。

日子一天一天地过。范少山这个农民，从乡村到城市，从城市到乡村，循环往复，不停不歇。他还是正经八百的农民吗？白羊峪正经八百的农民是范老井和他的上辈人，种地、打猎。到了范德忠这一辈，为了养家糊口，还是去城里打工的，农忙的时候，再回来。到了范少山、高辉这一辈，他们在城里漂着漂着，就找到了港湾，他们在城里有了房子，老婆有事儿做，孩子有学上。但他们在农村，还有家人，还有房子，还有土地。他们就像渤海湾里的梭鱼，生活在沿海靠近河流的地方，"两合水"生存，既能喝海水，又能喝淡水。看似超脱，但他们穿梭的背影疲惫又无奈呀！范少山，你苦巴苦业，为啥要留住白羊峪呢？想着想着，范少山流泪了。他对自己说："俺留住了白羊峪，就是留住了乡愁啊！"余来锁说："好诗好诗！留住了白羊峪，就是留住了乡愁。这句诗就给俺的诗集作序了！"

那只瘸腿老狼还在，还是躲在黑羊峪的空房间里。有时拉着一条腿出来绕绕，晒晒日头。屋子里风吹不着，雨淋不着，比林子里不赖。主要是就它这身子骨，基本上也就告别林子了。住在房子里，吃啥？有人送，过去范少山开着摩托车，隔三岔五地丢几只鸡、家兔啥的，后来，范老井也想起来，就去几回，断不了拿些吃食，念叨两句，就走。念叨啥呢？俺把你的家人害了，俺养你老，给你送终。一报还一报啊！这天，丢下一块猪肉，又念叨两句，养你老，给你送终，走了。没想到，老狼一瘸一拐地跟了出来，就跟在他身后。范老井转过身说："到俺家吧，吃住都方便，给你养老送终。"老狼就紧赶慢赶几步，和范老井并排走在了一块。一人，一狼，一个拄着拐杖，一个拉着一条后腿，走在山路上。

范老井带着狼回了白羊峪。人们惊着了。银杏树下还有一帮游客呢！吓得嗷嗷叫，跑着还不忘拍视频。范老井说："大家不要慌，这只狼不伤人！它是俺的老伙计，俺要把它带回家，养着。"一听这话，不怕了，还凑过来和狼玩自拍。狼也温顺，低眉顺眼的。它都抓不住一只鸡了，只能吃割下来的肉，还咋伤人啊？逗留一会儿，就和狼进了村。这老爷子，莫非疯啦？咋就带着狼进了村子啦？街上的人乱跑，进了家的就关门。范老井说："不怕不怕，狼不伤人。"狼不伤人，兔子伤人啊？谁信呀？不一会儿，范老井就把狼带进了自家院子。院子里有个窝棚，过去养过狗，狼一下钻了进去，躺下了。范老井说："你先歇着。开饭的时候，俺给你送来。"范老井就关上了门子。

"范老井把狼带回了家"这消息，在白羊峪炸了窝。范少山回家了，见狼关在了狗窝里，闭目养神呢。爷爷正炖红烧肉呢！嘴里还说："狼老了，牙口不好。多炖点儿，全家人也跟着沾沾光。"看这意思，狼倒成了贵客了。范少山说："爷爷，您老的心情我懂。可您不能吓唬乡亲们啊！搞得人心惶惶的，人家咋看您？"范老井说："俺把它家人杀了，俺就得养它老。"范德忠、李国芳也知道狼来了，都在屋子里闷闷的。李国芳对范少山说："你爷爷老糊涂了。你说他带只狼回来干啥呀？"范少山说："俺知道这只狼，它不会伤人了。"范德忠说："乡亲们不知道啊！谁还敢上咱家来呀？你还当着村主任，别让乡亲们跟咱生分。"范少山想了想，就用手机做了个直播："白羊峪的父老乡亲们，俺是范少山。这里是俺家的院子。被我爷爷带回来的那只老狼就在这里。大伙看到了吧，它正在吃俺爷爷做的红烧肉。前些年，俺和爷爷打狼，把它的老婆和两个孩子打死了，它也断了一条腿。后来，俺和爷爷都挺愧疚，一直供养着它。如今它老了，没多少天好日子了。爷爷就把它带回了家，养它老。眼下，它在这儿关着，不会伤人。请乡亲们尽管放心！"范少山把直播放到白羊峪公众号了。乡亲们看了，都点赞。不一会儿，好多人都来了，看狼，拍照。有的拿了炖肘子，有的拿了小鸡炖蘑菇，反正都是熟菜。都想着老狼的牙口呢！范老井见了，捋着胡子呵呵笑。老狼在范家住了半个月。一天早上，范老井再去喂饭的时候，发现它死了。范老井长叹一声，把它装进一个木箱里，让范少山扛着木箱，自己个儿拎着个铁锹，去了林子里，埋了。范老井边填土边说："你呀，跟人一样，没有受不了的罪，只有享不了的福啊！俺要是不带你回俺家，说不定你还得活几年呢！"说着，眼角一滴老泪掉了下来。

为了点缀旅游村，白羊峪又搞了大棚葡萄和草莓。还有，农家乐还没兴起来。为啥呢？村民自己手里头没钱。范少山就联系小额贷款，开了两家。余庆余房子烧了，修缮一新，家具也是新的。范少山就动员他办农家乐，再帮他添俩人手。余庆余胆小，怕贷了款，还不上，不干。这当口儿，二槐回来了。二槐不是判了十年吗？是判了十年，人家五年半就出来了。凭啥？重大立功表现。二槐在监狱里老老实实，接受改造，平常对狱友也和和气气，警察和犯人对他的印象都不错。有一个犯人姓卢，二十多岁，也是诈骗进来的。这小子奸猾，平常狱友看他不顺眼，就用拳头和脚修理他，只有二槐待他好。小卢就觉得遇到了贵人，平常也待二槐像亲大哥。两人交心啊，能说话的时候，总拉点儿私密嗑儿。有一回，小卢告诉二槐，他是杀过人的，前些年和人打架，捅人家两刀，死了。小卢就跑了，改名换姓，又干上了诈骗勾当，进来了。你说这不是作死吗？这还不算，小卢还有个更大胆的想法，越狱！和二槐一块走，哥俩亡命天涯。你说二槐脑子多灵光的人啊？能跟你走？反正，假装答应。这就私下里告诉警察了。越狱那天，二槐也假装跟着行动，人家是配合警察，小卢来真的，抓个正着。看着二槐没事儿，小卢哭了："大哥，你让我今后相信谁呀？"二槐说："除了自己，谁也别信。"越狱是真的，一查，杀人也是真的。你看看二槐，天上掉馅饼了。减刑四年半。这不，出来了。

这一出来，北京早就没他待的地儿了，只能回白羊峪。进了村，先到村部报到。一进门就喊首长好！余来锁、范少山吓了一跳，还以为是五奶奶的孙子大军呢！二槐拿出了在监狱的立功证书，就跟战场杀敌归来似的。他说："俺这一出手，揪出个杀人犯，逮住个越狱犯。俺给白羊峪增光添彩了吧？不瞒你们二位说，俺二槐到哪儿都不给白羊峪抹黑，不给白羊峪人丢脸！"余来锁逗乐了："兄弟，俺说你啥好呢？"二槐说："请首长批评。"范少山说："二槐，你这证书上咋没印着见义勇为几个字啊？"二槐说："下回再领证书，就是见义勇为了。"范少山说："你想在白羊峪干，就得遵纪守法，明白不？"二槐说："请首长放心，俺一辈子做个清清白白的人！"敬完礼，走了。这不有病吗？这都快半辈子污点啦，上哪找一辈子清白去？二槐听说办农家乐，老爹不干，他急了："爹，有钱不赚，你傻呀？俺管炒菜，你管客房，赚钱不是分分钟的事儿吗？"余庆余抹抹眼泪说："那时候，你不是还在监狱里吗？这活儿俺哪干得了啊？"二槐说："这回你儿子不是回来了嘛！立了功。风风光光地回来了。"余庆余说："风光啥呀？说到底，你也是从监狱的门口出来的。俺说得没错吧？"二槐说："你让俺有点自豪感中不？"

二槐心气高，一准要把农家乐搞得有声有色。他把院子改建了，用贷款加了一层房子,住宿房间就有八个,餐厅有三个包间,一个大厅。从村里雇了几个女人,帮着料理。人家二槐干事儿有模有样,出手不低呀!二槐说:"这都是里面培养的结果。"听这话,好像在哪所大学深造过。平常,二槐举着牌子到溶洞等景点招徕游客。牌子上写着:"幸福农家乐,来的都是客。"二槐开的就叫"幸福农家乐饭店",听起来,挺幸福的。开了农家乐,天天有进项。余庆余管账,算盘打得啪啪响,天天龇着牙乐。余庆余盘算着,再给儿子说个媳妇。二槐说:"俺是成功人士,非白富美不谈。"二槐在经营上真动心思,啥心思呢?不明码标价。比如说,游客问,这个鱼香肉丝多少钱?二槐说十八,到了结账的时候,变成二十五了。游客喝得醉醺醺,也察觉不出来。看着有的游客喝得不少,再加上二百。结账的时候,送人家一个小物件儿,十二属相,两三块的事儿,哄得人家乐呵呵走了。日子长了,这能不露馅吗?这一回,一游客跟他杠上了,人家一桌菜二百八十块,二槐要人家三百六。游客问:"错了吧?"二槐说:"是错了,本来应给三百六十四,那个四不吉利,俺给你抹了。"这下游客炸了,你明明多收了俺的钱,还得让俺感谢你啊!打电话报了官。旅游局、物价局来了,二槐还是一脸无辜,人家早就给你录像了,你还咋说。责令改正,停业整顿,罚款一千块,通报全县。

这下,二槐丢人了。这事儿,二槐办了多少回了,余庆余哪知道啊?跳着脚骂:"丢人现眼的东西!你爹爱财是爱财,可从来没坑过谁,害过谁。照这样下去,你还得进监狱。"二槐说:"俺不就想着早点还上贷款,发家致富吗?"余庆余说:"咱不能赚昧心钱啊!"二槐说:"等再开业,俺一准明码标价,中了吧?"范少山来了,对二槐说:"幸福农家乐,来了都是客。说得好啊!你是白羊峪的头一家农家乐,代表着咱白羊峪的形象。你这儿欺骗游客了,人不知道你二槐,人家说是白羊峪坑人。你看看,给白羊峪抹黑了吧?"二槐说:"这点儿俺忽略了。"范少山说:"往后开店,我送你八个字:明码标价,童叟无欺。"二槐说:"知道知道。"

五十

秋后,早晚凉了,露水重了。架上的黄瓜秧有点儿打蔫儿,像犯困的老人。黄瓜有点儿皮,咬一口面面的,一点儿都不脆。这个时候,范德忠过生日。早在两个月前，地里的玉米正嫩，劈下来，蒸一锅，吃起来香啊。那个时候，是李国芳的生日。按她的说法，这个季节的生日，命苦。这个季节，好像全天下的人都在啃玉米，俺这命，就是挨人啃的。范德忠的生日，季节好吗？李国芳说，也不好。下霜了。有句话叫霜打的茄子。范少山出生在春天，好吗？李国芳说："好啊！春回大地，万物复苏。"杏儿出生在夏天，好吗？李国芳说："好啊！繁花似锦，草长莺飞。"李国芳咋还甩上成语了。实际上，李国芳还是上过几年学的，成语也能说个一两条。只是，最近看了电视上的成语比赛，她记住了不少。反正，孩子们的生日，哪个季节、哪个日子都是好的。若是冬天的呢，她就说瑞雪纷飞，冰清玉洁。她就想，自己个儿和老伴儿，都是苦命人。黄连水里泡大的，到老了，还没捞出来。两位老人，都是六十八岁。一个比一个小俩月，一个比一个大俩月。

在范德忠的生日这天，杏儿宣布了一件事儿："从今天起，咱爹咱娘再也不搭人梯了！你们出门，并排着走；你们干点儿轻活儿，也并排着干。从今往后，白羊峪的'神雕侠侣'，只能心和心连在一起。二老操劳了一辈子，该安度晚年了。"一桌人都安静了，没人说话。范老井愣了，范德忠愣了，李国芳愣了，范少山更愣了。范德忠、李国芳两人一只手，两人登高干活儿，只能一个人踩着另一个人肩膀。多少年了，这对"神雕侠侣"，从年轻踩到中年，又从中年踩到老年。他们上房扫雪、救灾，他们升上了小学校的五星红旗，他们栽下的白杨树染绿了黑羊峪的土地。他们才是不一样的传奇。范德忠、李国芳都没想到，儿媳会说这样的话。他俩老了，搭人梯忒吃力了，但有时候，还得咬着牙干。村里人对"神雕侠侣"搭档已经见怪不怪了，家里人也习惯了，从没人想过，他俩也会老，也有搭不动人梯的那一天。唯有儿媳杏儿看到了，心疼了，决定再也不要公婆做"神雕侠侣"了。他们要做的事情，由儿子、儿媳来做。范少山脊背冒汗了，他也没想过让爹娘停下来，歇一歇。当儿子的不孝啊！比起杏儿来，自己个儿不止差了十万八千里。他说："爹、娘，俺这个当儿子的对你们关心不够，还是杏儿想得周全。往后登高的活儿你们就别干了。有俺呢！若是赶上俺在城里，会安排别人替俺。"杏儿说："如今都集体化了，地里的活儿不用干了，家里的活儿也少干。我也不常在家，依我看找个保姆，照顾爹娘，照顾爷爷。这样，咱俩也放心了！"范少山说："那敢情好，就这么办。就把范少军的媳妇找来吧，眼下正在家里待着呢！这人心细，又是咱本家。"再看老两口，边抹泪边说："使不得，使不得，这得花多少钱啊？俺们不登高了，操持家、照顾你爷爷还中！"杏儿说："钱的事儿，二老别操心。二老和爷爷辛苦了大半辈子，也该享享清福了。"就这样，当天就请了少军媳妇，做饭洗衣、收拾屋子，照顾三位老人。范少山和杏儿进了城，再也不用担心了。

沈雄来了。沈雄就是沈老板，白羊峪金谷子的合伙人，当过金谷农场的总经理那位。人家不光在白洋淀种了几千亩的金谷子，还经营着一家贸易公司。"一带一路"，沈老板瞄准了机会，"走出去"，取得了出口经营权。人家把金谷子出口到欧洲。欧洲一检测，金谷子营养丰富，一订就是二百吨，价格还不低。这趟来，就是买白羊峪的金谷子来了。范少山兴奋了，没想到自己个儿淘换来的金谷子，还搭上了"一带一路"这趟快车了。庞大辉去印度拓展光伏发电市场，帮着经营了一部分金谷子，但效果不忒好。印度贫民多，价格高了，人家不接受。欧洲就不一样了，富裕。可问题来了，北美人不爱喝粥啊，北美人熬小米粥，没见过。可北美人注重养生，他们把金谷子小米磨成粉，装进盒子里，像牛奶一样，冲着喝。金灿灿的小米粉，多有食欲啊。这和孙教授想的一样，范少山注册了，还没开发呢！他做过市场调研。中国人觉得，好好的小米做粥多好啊，你磨成粉不就糟蹋了吗？你看看，中国人跟外国人，能一样嘛！

今年的金谷子，白羊峪卖得差不多了。这回，人家沈老板跟你订明年的。白羊峪顶多产两三万斤金谷子。人家至少要二十吨，差得远。范少山就想到了山下的村庄，把金谷子发展下去。余来锁急了："少山，白羊峪盛不下你啦？还把手伸到外村去？"范少山说："沈老板人家有出口权，若是俺有，俺就直接出口了，比这个干得还要大。余书记，俺告诉你，白羊峪的机遇来了。"余来锁说："你懂种地吗？"范少山说："金谷子不就是俺种出来的嘛！"余来锁说："钱从哪儿来？你吹糖人呢？"范少山说："俺想办法。"余来锁说："咱俩好好地把白羊峪的事情办好，就中了，听俺一句，操那个心干啥呀？"范少山说："这样吧，俺先找钱。找到钱，先上支部会，通过了，就上党员会，再通过了就上村民代表会。都通过了，俺就干。"上哪去找钱？土地抵押的贷款还在还息呢！农业是长线投资，只能一靠贷款，二靠国家政策。眼下，范少山就想打破这个"魔咒"，让第三方的资金投进来。他头一个想到了田中二喜，人家是投资农业的。可这人忒贪，耍心眼儿，和他谈判，不来痛快的。人家就像猫，拿你当老鼠要来要去，既不咬死你，也不放过你，你不可能有钱赚。范少山还是想到了同学张小强。可人家投资了白羊峪的旅游项目，还能再投农业吗？

自打旅游项目建成后，范少山跟张小强很少走动，一方面，觉着人家是大老板，事儿多，别打扰人家，另一方面，也难，张小强一见面就跟他说那些年追过的女孩儿。实际上，人家女同学能看得上山里的穷孩子？漂亮女生谁不稀罕啊？只能看着人家张小强追，自己个儿敢做那个梦吗？每回见面都拉着话，他只能编了。咋编，只能说自己个儿也追过，拉过女孩的手。这回，张小强兴致来了，光拉手啦？抱了没有？亲了没有？睡了没有？范少山只能摇头。张小强一见，就哈哈大笑。这回，他又想了一个和女生的故事，就去找张小强。心里头想，就靠这个故事谈项目了。进了办公室，张小强没跟他说当年追女孩的事儿。他说农业。他的钢企正在做生态农业，不光因为国家对生态农业有各项补贴政策，还要让行业外资本进入。他打算在燕山开垦一万亩的荒山，种上果树，让社会认领。凡是认领一亩果园就可以购买企业一万股原始股，企业上市的时候它就等于股票，具有投资价值。这种模式就是把消费者变成一个投资者，让他通过认领方式关注到农业，进入到农业领域。厉害了，小强，人家在商言商啊，几天不见，都变成农业行家了。人家一说就是万亩果园，你这小小的金谷子，人家看得上吗？范少山说了金谷子的事儿。张小强说："他和你签订单没有？"范少山说："还没呢。"张小强说："你应该办理自营出口权啊！"范少山说："俺也能办吗？"张小强说："当然可以，而且门槛不高。不过，关键是你在国外有一定的市场。现在你可以依托这个沈老板，将来你一定要接触外商，争取自营出口权。"张小强说着说着，想起点啥，还是当年他追的一个女孩儿，校花，就是如今在县城街头炸油条的那个女人，叫刘潇潇。你看看，末了，还是要谈当年追过的女孩。

刘潇潇高中时浑身散发着阳光的味道，她的笑，银铃摇两下，声音停了，笑纹却未退。就像青草上的露珠，晶亮晶亮，滚来滚去，说不出的美。那时候，同学们都说张小强追刘潇潇。张小强家有钱，刘潇潇的生日都是包机飞香港过的。反正，同学间，传得挺疯的。后来，毕业了，范少山自知没那气力，出了校门，进城打工、做小生意。人家张小强、刘潇潇都考进了大学。一个南京，一个北京。一年多，刘潇潇被退学了。为啥？她暑假回家，她坐了一辆黑车，黑车就把她拉到了山沟，逼她嫁给了一个四十多岁的光棍。半年后，她逃了出来，脑子就有点不好了。她不再上学，就在家里头猫着。后来就嫁了，再后来有了孩子，人好多了。炸油条，又有了笑容，不过，没有摇两下银铃了，没有青草上的露珠那样的笑纹了。笑纹是嘎噔一下消失的。刘潇潇这时候，干啥呢？肺癌晚期。她在家里躺着。其实，刘潇潇家境不错，住在楼房里。男方家平改了，得了四套楼房。那为啥两口子还要炸油条呢？不知道。有的人就是劳碌命。只知道的是，她如今炸不动了，医院也不收了，在家里，等着。刘潇潇瘦得已经没了人形儿，没法想象。疾病是啥？就是毁了你的身体，毁了你的容颜。刘潇潇还能认出范少山、张小强，就说了一句："你俩啊？"刘潇潇笑了，没有声音。但她的笑纹漫长，就像青草上的露珠，晶亮晶亮，滚来滚去，说不出的美。范少山背过脸去，两行热泪滚落。她身边的丈夫，不说话，只是抹泪儿。就这样坐了一会儿，像过了好几辈子，生生死死的时光。走了，张小强把车开到僻静处，哇地哭出声来。范少山说："你为啥不帮她呢？"张小强说："一束花就够了，给她钱她能要吗？"范少山说："俺是说当初，那个暑假……你若是去接她，她的命运，还能是这样吗？"张小强说："我告诉你吧，我俩从来就没谈过恋爱。"范少山愣住了。张小强说："当年，我觉得她那么美，我没资格。想过，不止一次地想过，没敢。我挺后悔的。所以常跟你说当年我们追过的女孩儿，其实，一个也没有。"范少山说："俺也没有。"打那以后，范少山和张小强见面的时候，当年我们追过的女孩儿的话题，再也没了。

探望了校花，金谷子的事儿还没说呢。刚想开口，张小强说："东南亚人喜欢吃小米。我钢铁出口哪里，金谷子就往哪里打，应该不成问题。你这里，一是品质，绝对的绿色食品。二是数量，一个订单就是二三百吨。三是对外宣传，金谷子在国内有一定知名度，要打造中国第一谷子，必须出现在外国媒体上。"范少山说："品质没问题，已经取得了绿色食品证书，总产量还不够。国外宣传没想过，再说需要钱嘛！"张小强说："中国是个谷子产量大国，你打造了中国第一谷子，你就是世界第一谷子。别担心多了价格会降下来，金谷子价格暂时不会低于普通谷子的四倍。东南亚的中文媒体我有朋友，让他们宣传。钱的事儿不用担心，到时候，给他们几袋小米就行。"原来，张小强早就研究金谷子了，也打算做出口贸易，只是时机不恣成熟。他让范少山先跟沈老板签一年的合同，等来年就办自营出口。投资，张小强答应了。

范少山就去山下的大王庄、小王庄、蛮子坨等村庄，和村民签订单，把金谷子种子交给农民播种，一下就发展了四千多亩。白羊峪的金谷子合作社社员扩大到了外村。

这样一来，他和农民签订单，沈老板和他签订单，金谷子就跑到北美人的餐桌上去了。说起"一带一路"挺大的，白羊峪和周围的庄稼人，都沾上边儿了。沈老板后悔了："我跟你说这些干啥呀？我自己直接跟那些村民签订单不就结了吗？范老板，你眼里真有商机啊！"范少山笑而不答。

签金谷子订单，这件事儿忙活了一年。范少山东跑西颠，去了那个村，又跑那块地，累呀！不光累，还打乱仗。余来锁对这事儿意见大了，班子会上就不同意。你范少山把白羊峪的事儿管好就中了，手还伸那么长干啥？这不是没病找病吗？你看看你整天忙的，脚后跟踢后脑勺儿，也没弄出个四制来。范少山忽地想起了雷小军，人家的合作社有两万亩地，像俺这样干，早就累死了。

范少山、张小强和余来锁去了乐亭。雷小军在总部迎接他们。范少山和余来锁一见，傻了。他的总部有六层大楼。宽大的液晶电子显示屏挂在墙上。液晶屏通过农田、大棚等处密集分布的摄像头和监测设备传回的数据，实时监测各个地块、各种农作物的温度、湿度和生长状况。雷小军说，如果消费者对买到的农产品不放心，只要扫一扫农产品上附带的二维码，这套物联网系统就将奉上农产品最详尽的"前世今生"。雷小军还是农民吗？自己泥里水里跑，人家西装革履，一尘不染。他告诉范少山，自己在农美专业合作社已有社员三千多户，土地两万多亩。怎么干？雷小军说了一句："像办企业一样种地。"张小强的眼睛就放光了。

雷小军不急。请三人吃海鲜，看乐亭大鼓。这乐亭大鼓，范少山还是小时候看过，稀罕着呢！那年，他去老姑奶奶家取金谷子，就敲着柜板给老姑奶奶唱了一段《双锁山》。这回，来到了乐亭大鼓的故乡，他就醉倒在说书场了。他想学说书，雷小军就安排老师教他。末了，老师还送他一架大鼓，一副钢板。范少山乐的，后脑勺都笑了。可这几天，雷小军光陪着喝酒、听书了，他的地是咋种的？雷小军一句话，更让三人傻了："用手机种地！"这手机是咋回事儿呢？人家雷小军开发了适合农民需求的手机 APP，遴选了一千多名农机服务人员、专业大户、家庭农场、农业职业经理人等作为首批用户，统一配备智能手机。手机 APP 与电脑信息网络服务平台同步运行，社员农户通过扫描二维码下载应用程序，利用手机平台实现"线上"销售、技术咨询，"线下"收购、技术服务。在乐亭，已有一万多农民，下载了这种"种地神器"。

雷小军说："现在，借助'农兴'这款手机应用程序，我们不仅实现了'互联网＋服务'，还实现了'互联网＋技术'和'互联网＋销售'。比如'互联网＋技术'，就是指的农民如果出现不能解决的技术问题，只要掏出手机拍张照片或录一段视频，传到平台上，坐诊专家会根据发送的图片和视频，把脉诊断、开方配药，并及时传回农户的手机。同时，手机客户端还能够实现对自然灾害的监测和预警。而'互联网＋销售'，是把农民的商品，挂到服务平台上去，农户生产的农产品也会被上传到这个互联网平台上。足不出户，他们就能将农产品远销各地。"成立了这么大专业合作社有啥优势吗？雷小军说："因为土地面积大，保险公司结合国家政策，保费由一亩地二十块降到四块。大面积的土地也使合作社能够享受银行贷款优惠、涉农金融服务。"雷小军掰着指头跟他们算账，"土地流转后，就形成了集约化经营优势，就能让科技进步带来明显变化。我们合作社粮食生产基地连续多年创全县小麦、玉米高产纪录；跟普通农户相比较，平均每亩种子、化肥、农药、农膜等生产资料成本降低一百五十块，农机服务费成本降低三十块，标准化生产产量增加百分之十五到二十，订单种植产值增加三四百块；周边五万农户十五万亩粮田受到辐射带动，小麦平均亩增产四十到五十公斤，玉米平均亩增产五十到八十公斤，年亩增收二百五十块以上。"

"白露早，寒露迟，秋分种麦最当时。"看看人家雷小军咋种麦吧？大地，一眼望不到头。墒情好啊，像是插根筷子就能长成树。高大的播种机在土地上轰鸣，行走。雷小军说："走这一趟，就把播种、施肥两件事儿都干了。"农美专业合作社理事长雷小军，站在地头，目光追逐着播种机，他说："这些播种机，一播就是四层，一层种、三层肥，既不会烧苗，还能在小麦生长过程中持续供给养分。我们七万六千亩农田的秋播任务，五十台播种机，十几天便能轻松搞定。"

打住。你不是说合作社有两万多亩土地吗？咋多出五万多亩啦？人家合作社发展代耕、代种等项目，别人家的土地提供全程社会化托管服务。他说："深耕每亩四十五、播种每亩二十、收割每亩六十……"全程社会化托管服务涉及农资供应、深耕、播种、绿色防控、收获、秸秆还田、销售等各个环节，每项服务都明码标价。除了"单点"，还有"套餐"——"小麦从深松到耕种，到收获，每亩只需三百块"。雷小军说："托管就是农户当地主，我来打工。"

在乐亭待了三天，听不够，看不够。看看人家，才知道自己个儿差多少。人家都像办企业一样种地了，用手机种地了，咱们还在东跑西颠，邋里邋遢，泥里水里呢！范少山这才想起雷小军说过的话，白羊峪缺少一只翅膀，飞不起来。虽说金苹果、金谷子也有网上销售，可人家的"互联网+"一条龙啊！差的不是一星半点儿啊！你守着白羊峪，也就凑合了，可你要下山发展，人家就是样板啊！人家就是方向啊！范少山和张小强兴奋啊，摩拳擦掌，余来锁也服了，不再阻拦金谷子的事儿了。范少山引进了雷小军的手机APP，给种金谷子的农户、农机手安上了。与专家孙教授、农科院的两名教授联网了，教授们不出家门，就可以看到农户提供的病虫害的图片，提出防治措施。

范少山去看欧阳春兰。她正闲得没事儿，在家里的工厂和几名女工轧螺丝钉呢！欧阳见了范少山，愣了："少山哥？怎么是你？"在一家饭店里，范少山和欧阳吃饭。欧阳说："这些日子没事儿，父母也不管我。在家待着没意思，就来工厂轧螺丝。每天耳边咯噔咯噔的，挺有意思。"范少山说："耳边轰隆轰隆的，那有啥意思？还能比绿色田野更有意思？"欧阳说："省得胡思乱想啊！"范少山说："有些人，有些事儿，不必记得。"欧阳说："我总相信一见钟情。没想到，他半夜跑到隔壁女游客的房间里。一大早又和那个女游客跑了。有这样的人吗？你叫我怎么相信爱情？然后，我从西藏，一路哭着回来……"欧阳眼圈红了。范少山说："这样的人渣早甩早干净。"欧阳说："是他甩了我。"范少山说："你就别老想这事儿了。到白羊峪看看吧！这两年变化挺大的。你去了，心情一准儿好。"欧阳说："其实我早就想去了，就是怕你们把我忘了。"范少山说："你是白羊峪的恩人啊！俺们能忘吗？"

欧阳老师回来了！开了欢迎晚会。田新仓、"白腿儿"唱了歌，范少山说了乐亭大鼓，范少军说了快板书……反正挺热闹，然后，白羊峪家家户户请她吃饭，欧阳成了白羊峪的座上宾。她教的白羊峪孩子，在布谷镇小学都成尖子生啦！这不是鸡窝里飞出来金凤凰嘛！这回，欧阳老师继续直播，白羊峪又热了。欧阳还是有想法的，她打算考大学生村干部，再回到白羊峪。她支教的时候，就在学校入党了。有了这个条件，当村干部就容易了。挺顺利，考上了。来到白羊峪，当了村党支部副书记。这回，人家就是地地道道的白羊峪人了，当然要抓金谷子的农业技术。

五十一

　　人生是不可控的。范少山回到白羊峪，刚开始就想着让乡亲们吃饱穿暖，做个体体面面的农民。自己个儿在小院还能养几只鸡，种两畦菜，夏天养两个叫蝈蝈儿，呱呱叫着，好听，消暑；冬天养只小乌龟，不动，心静。西北风下来了，就在屋子里喝点小酒，看着窗外的雪飘，那滋味，美呀！这过的啥日子？神仙都羞得慌啊！可如今呢！收不住了。那样的日子只能想想了。范少山自打从乐亭回来，就觉着土地流转的规模小了，金谷子种的少了，还要扩大面积，多种金谷子！让全国人民都吃上金谷子的小米粥，让金谷子的香气弥漫在"一带一路"上。他想咋干？再把大王庄邻村万家庄、百里村的土地流转过来，都种上黄灿灿的金谷子。让这五个村的近万亩土地连成片，一眼两眼望不到边，这才适合机械化作业。过去，虽说流转了三个村的四千亩土地，可还是有零散地块，就像打了补丁的衣服，不提气。关键是种和收都不方便啊！可他这想法靠谱吗？头一关就是钱，你要交租地钱，你要添置机械，你要招聘管理人员，你要购买化肥，你要给农民开工资，都得钱，钱！还得找合作伙伴，同学张小强。这事儿，范少山憋在心里头，没说。你得先搭锅垒灶，等做熟了饭，再揭锅。他知道，余来锁压根儿就不会同意。那人就是小富即安，守着"白腿儿"，开着饭店，这日子就足了。你跟他说种大片的金谷子，他就有点儿压得慌，喘不过气来。

　　范少山先找张小强，说成片土地流转的想法，扩大金谷子的种植面积。没想到，办成了另一件事儿，这件事儿又提速了土地流转。人家张小强虽说是富豪，也不是你说啥人家就听啥，同学再好，你从他手里拿钱，也像拿刀子拉他的肉，能干吗？人家是中国五百强的企业老总，精明着呢！原来四千亩的金谷子投资，嘴上说交给范少山去做，人家还请了私人的农业投资顾问，也时常到地里转悠转悠，心里头底数门儿清。

　　这阵子，张小强正和一女星谈恋爱呢，心情好。咋着？张小强都三十多了，刚谈恋爱？人家有钱的世界你就不懂了，你谈恋爱以结婚为目的，人家谈恋爱以谈恋爱为目的，和女星谈恋爱，脸上放光啊！一说，和哪个明星睡过，男人的理想就实现了一多半。张小强谈的恋爱多了，数不清，把持住了，就是不结婚。这回和女星谈恋爱，也是悄悄地进村，打枪的不要。人家女星也不想露馅儿，一听说你有了男朋友，还是个没啥文化的土豪，你的粉丝就跑了。明星嘛，全靠粉丝活着呢！就像人，全靠一口气撑着，没了这口气，还有啥？范少山知道张小强女朋友多，走马灯似的，也不知道他最近交了女星。去了，就见一女孩戴着墨镜在办公室坐着呢！张小强说："正好，我给你介绍一位名人，心绮。"女孩摘下墨镜，朝范少山笑笑，过来握住范少山的手："大哥好。"张小强说："这位是我同学，范少山，响当当的村主任！"女星的手软啊，好像再握一会儿就化了。有一会儿，范少山没松开，好像世界都停摆了。范少山直愣愣地说："你不是那谁吗？演《甄嬛传》里那个！"女星说："《甄嬛传》不是我演的。"范少山说："你不是那谁吗？演《还珠格格》那个！对了，紫薇。"女星扑哧一笑，说："那也不是我。"中国这个绮那个涵的明星多了，谁对得上号啊！张小强说："好啦好啦，你也不看影视剧，把手松开吧。"范少山赶紧松开手，为掩盖尴尬，说："握住明星手，往后啥都有。"张小强说："和嫂子的手咋样？"范少山说："那卖菜的手，都是茧子，磨得慌。"范少山和明星合个影，发给杏儿，显摆显摆。又起了标题《美女与野兽》。本来是说土地流转的事儿，遇到明星在这儿，就别跟着掺和了。范少山想走，张小强不让，说："心绮也是自家人，有事儿你就说吧。对了，心绮喜欢农村，你给她讲讲白羊峪的事儿。"心绮说："是啊，大哥，等我将来演不动了，就跟你去种地吧！"人家就是说说，范少山还当真了："没问题，俺们白羊峪好山好水的，养人啊！啥时候来，俺们都欢迎！"心绮说："那我就当你们村的村民。"这可让范少山逮住机会了，请心绮当白羊峪的形象代言人。人家明星做广告，起码一百万呀！请得起吗？话赶话僵在这儿了。心绮说："我是白羊峪的村民，为家乡代言，应该的。"你看这姑娘，心地善良啊！范少山说："可俺们没钱啊！"心绮说："不要钱。听小强说金谷子和金苹果是白羊峪的特产，就想尝尝。"范少山说："这好办，俺给你送一车。"心绮说："这两天我正好有空。过两天就要进组了。"又问小强，"可以吗？"张小强也不知咋回答，哼哼两声。惊喜来得忒快呀！心绮要当白羊峪的形象代言人！大牌明星啊！花钱都请不到啊，一句两句话，就让范少山给办了。这真是有心栽花花不开，无心插柳柳成荫。一会儿工夫，屋子里灌满了人，保镖、助理、摄影师，十来个人。范少山傻了。心绮淡淡地说："明天去白羊峪。"

　　第二天一大早，白羊峪就陆陆续续来了几辆车，都是记者。这记者都是北京的，听说心绮要去白羊峪，燕山一带的贫困村，干啥？为白羊峪代言，慰问贫困户，连夜都赶过来了。人家是大明星，宣传策划都跟着呢！消息一发，记者都到了。跟着记者来的，是金安县的警车，来了十几辆，下来七八十个警察。公安局副局长都来了，人家可不是看热闹来的，是维持治安的。副局长找村书记，一把手，把余来锁训了一通："你们请明星一定要提前上报公安，出了问题咋办？你村书记负责得了吗？"余来锁咋说，他能说是村主任找的吗？只能受着。余来锁想，这么虎视眈眈的，至于吗？不就是个演员吗？还能比"白腿儿"俊哪儿去！没想到，心绮的车一停，记者和游客呼啦啦往上拥，就跟闹蝗灾的蚂蚱似的。警察冲上去推搡人群，留下一小块空地，容下心绮的身体。记者的长枪短炮，都对准了明星，就像猫瞄准一只耗子。余来锁远远一看，额头冒汗了，擦擦，凉的。

游客大喊："心绮，我爱你！"就跟在精神病院撒欢儿似的。人们前呼后拥，心绮看了银杏树，看了村训碑，看了金谷子，进了金苹果园。对记者说："我是影视演员心绮，我为白羊峪代言。美丽的村庄，有梦的地方，我喜欢。"范少山把白羊峪荣誉村民的大红证书，交到了心绮的手里。心绮说："我找到家了。"最后，范少山领着心绮来到了五奶奶家，拉着五奶奶的手，将一万块钱递到老人家的手里，还拉了几句家常。五奶奶的孙子大军呢？在一旁立正，大喊一声："敬礼！"闹了一个多钟头，走了。警察累得气喘吁吁的，上了警车。副局长又从车上下来了，对余来锁说："往后少给我们找事儿！"上车，走了。余来锁心里头憋得慌！咋回事儿啊？这事儿是我找的？人家范少山就是跟我打了声招呼，说明星来。俺连明星的正脸都没瞧上，是范少山陪了全程啊！挨撸的却是俺，哪有这条子理啊！这会儿，范少山过来了，乐呵呵的。余来锁说："高兴不？"范少山说："高兴。"余来锁说："开心不？"范少山说："开心。"余来锁说："你高兴了，你开心了，想过别人没？"范少山说："本来想给你介绍介绍明星，这人一多，全乱了。全是俺的错。"余来锁说："俺不是这意思。你就是介绍给俺又能咋样？她能记住我呀？一转眼就忘了。再说了，我远远看了，她比俺家'白腿儿'长得差远了，模样和身材都比不上。"范少山说："那是那是，俺'白腿儿'嫂子是西施再生啊！"余来锁说："少跟俺嬉皮笑脸的。你是村主任，懂得点儿组织程序不？请明星这事儿，你跟谁商量啦？"范少山说："俺不是跟你说了吗？"余来锁说："你那是商量吗？你那是打招呼！你眼里还有没有俺这书记？"看着余来锁真的急了，范少山也板起了脸，说："情况来不及了，人家就今天上午有时间，过了这个村，就没这个店了。"余来锁说："有用吗？"范少山说："咋没用？明星效应大了。找人家代言，没个百八十万下得来吗？"余来锁说："这么说，你为白羊峪省了百八十万？"范少山说："也可以这么说。"余来锁说："全村人还得对你感恩戴德啊！"范少山说："来锁哥，俺不该抢你的风头。"余来锁急了："你这样的风头俺不要，你知道吗，你美了，我倒挨了一通训！"范少山说："露脸的事儿我来，背黑锅你去。谁让你是书记呢！"明星代言的事儿就这样成了。想想，人家明星为贫困山村代言，访问救济贫苦户，热心公益，形象大大提升了。出了一万块钱给五奶奶，是张小强掏的。心绮没让张小强参加，狗仔队都来了，怕把她恋爱的事儿捅出去，搞得张小强有点儿小郁闷。

心绮来到白羊峪的事儿，上了娱乐头条。白羊峪在村口竖起了大幅广告牌，上面是心绮的照片。下写一行字："我为白羊峪代言。美丽的村庄，有梦的地方，我喜欢。"还别说，好多游客冲着心绮来了。天南的，海北的，都往白羊峪聚，人多了，景点，农家乐都火了。这还不算，因为心绮站在金谷子地里拍了照，录了像，没听说过金谷子的就好奇了，这是啥谷子？比普通谷子黄啊，为啥大明星这么喜欢呢！大明星喜欢，谁不喜欢啊？人家是引导潮流的。有少男少女就找当地粮店，要吃金谷子做的饭。好多地方没有啊，上哪淘换去？好几个省市的粮食经销商都来到了白羊峪，订购金谷子。这下，金谷子供不应求了，价格噌噌涨。你说，一个女孩，一个漂亮女孩，一个演员，一个成了明星的演员，她有多大威力啊！想不到，稀奇不？

这下，范少山和张小强都坐不住了。一拍即合，土地流转，扩大金谷子种植面积，建立万亩"燕山金谷子种植基地"。支部会上，余来锁说："把一万亩土地连成片？誓把山河重安排啊？你这想象力比俺这诗人丰富啊！做梦吧！"范少山说："人做梦，就有盼头。金谷子就是俺做梦梦出来的。"范少山跟余来锁掰着指头算，"俺查了，这五个村共有土地九千二百多亩。若是都连成片，能达到一万亩。"余来锁说："你这属于卖肉的不给人分量啊，多出一块自家吃是不？"范少山说："余书记，你是不是庄稼人啊？"余来锁说："我不是庄稼人，你是庄稼人？你种过几亩地呀？"范少山说："你连这都不懂？告诉你，耕地是咋多出来的。土地连成片后，那个沟沟坎坎、坑坑洼洼、撂荒地就都成了农田了，耕地就这样多出来了，对村庄来说这可是好事情啊！"余来锁说："耕地一成片，家家户户责任田的地界都找不到了，群众能干？"范少山说："承包地的主体没变，还是农民的。地界找不到了，地又没长腿，怕啥？"余来锁说："少山啊，赚钱总有够的时候，赚多少算多呀！老祖宗说，两亩地一头牛，老婆孩子热炕头，这才叫幸福日子。如今，咱白羊峪实现了，还受那个累干啥？啥叫幸福？活得舒服就是幸福。不是你有多少地，多少房，钱赚得再多，累死你！"范少山说："余书记，钱，当然要赚，可得赚得有意义。这土地流转不光咱村赚钱，张小强赚钱，几个村的富余劳力还有工资赚，年底还能分红。你说赚这样的钱，多开心啊！"余来锁说："野心比人都大，你要是当了哪个国的国王，一准嫌国土小，非侵略别的国家不可！"范少山说："你这啥意思？俺这叫雄心好不好？把俺比喻成侵略者了，用词不当吧？"余来锁说："差不离儿。"这两人，无论啥场合，总是用话怼来怼去的。就这样，支部会上，余来锁勉强举了手，这事儿就算通过了。

在全村大会上，范少山说："不想成为土地主人的农民，不是真正的农民！不想拥有更多土地的农民，不是有出息的农民！"这话说得，像砸石头，一个字一个坑儿。会后，余来锁说："这话说得有劲！"范少山说："比你的诗歌不赖吧！"

余来锁坐镇，负责白羊峪的日常工作。土地流转这事儿，由村主任范少山负责，副书记欧阳协助工作。范少山和欧阳去布谷镇找葛书记，葛书记一听，倒吸一口凉气："范少山啊，你小子越来越精啦。布谷镇就这五个村的地肥，你想一口都吃掉啊！"范少山说："我胃口大，少了不够吃。"葛书记心里头有点小兴奋。县里头正抓土地流转的典型呢，这下，一万亩成片的土地流转，全县拿第一了，市里头也挂上号了，说不定自己个儿还能上上位。你要流转土地，手续烦琐着呢。一万亩，你要面对几千户的农民，光做工作就得费几缸唾沫。按上面规定，政府对流转土地种粮有补贴，一亩地补助一百元。一万亩补钱一百万。流转土地超过五百亩，承租人就不用直接面对村民，由镇政府搭桥，白羊峪村金谷子合作社和大王庄、小王庄、孙家坨、万家庄、百里村五个村委会签协议，村委会再和村民签协议。其中，大王庄、小王庄、孙家坨是签过协议的，由于耕地连片后，耕地亩数和承包人都有了变化，需要重新签协议。租金多少？白羊峪、镇政府、各村的村委会得坐下来商量。范少山当然想少花钱，村上当然想多得钱。镇政府一碗水端平，不便宜了承租人，也不能亏了农民。商量来，商量去，每亩耕地九百块。若是农民自己种，收入也超不过一千。这下农民从土地上解放出来了，能出去打工赚钱，也能留在家里头种地拿工资。想想，也是一举多得的事儿，协议也该顺顺利利签了。哪儿啊？难着呢！

布谷镇葛书记动真招儿了，把土地流转作为全镇的头等大事儿。成立了土地流转领导小组，他当组长。安排一名副书记具体抓，包村干部驻村做工作。这回，和村民签协议的事儿都落在了村两委身上，有的村干部不淡定了。大王庄和范少山打交道最多，也是最先土地流转的，这回要连成片，大王庄除了几十亩种菜的地，就都成了金谷子了。许支书就想了，这地都让你范少山收了，我咋领导村里人啊？要想抓住男人的心，你就先得抓住男人的胃呀！你要抓住村里人的心，你就得抓住土地。咋抓呢？你得用水浇地吧，有先浇后浇的事儿，你得买种子化肥农药吧，有优惠不优惠的事儿，你卖粮有个价高价低的事儿，这些，支书都能掌控，能笼络人心。人家把地租了，这些个都没影了，谁还尿你呀！反正，许支书是这么想的。这一想，工作就不积极了。当支书的不能明着来呀，只能来暗的。明面上，人家是头一个签了协议，暗地里，鼓捣别人抵抗，不签。鼓捣谁呀？元宝。元宝是谁？就是当年在金谷农场砸范少山汽车那小伙子。当年，元宝砸了车，范少山没有报警，而是打电话给许支书，许支书来了，把元宝领走了。若没有许支书，元宝就进了派出所了。元宝记着这份恩情呢！许支书也知道元宝知恩图报，一准听话。就这样，许支书大会小会喊土地流转，动员家家户户签协议。元宝却背地里走家串户，说土地流转的坏话，这还能推得动？眼看着小王庄的协议签完了，大王庄还没签一半呢！范少山急了，和欧阳一块，带了酒菜和五粮液去找许支书，喝酒。

许支书打开了话匣子："难啊！现如今，支书说话都不好使了，没人听。不是说干部身先士卒吗？给群众做出表率吗？我头一个签了协议，也没人跟着做。啥都不好使了。人心散了，队伍不好带了。说实话，还是过去生产队的时候好使，一敲钟，都得上工，晚了扣工分，社员们都服服帖帖的。眼下你看看，神仙来了都不好使了，就是一帮刁民！"范少山说："地价是商量着来的，合理呀！为啥有些农户就不签协议呢！"许支书说："我比你还着急呀！谁知道他们啥想法呢！咱猜不透啊！"欧阳没喝酒，吃了半截饭就走了。干啥？她要去串串门，向农户了解了解情况，讲讲土地流转的好处。在街上走着，被元宝盯上了，这范少山一来，许支书就给元宝通风了，注意动向。欧阳进了农户王吉祥家。王吉祥家有三亩地，还没签协议。欧阳问咋回事儿，王吉祥说："听说承租方种上三年，就把土地收走。还有，那个白羊峪范少山吃喝嫖赌，净干不正经的事儿，把地交给他的手里，糟蹋了。"欧阳大吃一惊："这是谁说的？"就在这当口儿，元宝闯进来了，王吉祥立马住了口。元宝对王吉祥说："大叔，哪来的亲戚呀？长得这么俊？我这儿还打着光棍呢？给我介绍介绍吧！"王吉祥说："别瞎说！人家是白羊峪的欧阳书记。"元宝嬉皮笑脸起来："原来是大学生村干部啊！你嫁给我，就广阔天地扎下根了。"说着，元宝就摸了一下欧阳的脸。欧阳岂是个省油的灯？上去就给了元宝一个大嘴巴。这嘴巴抽的，元宝捂着腮帮子原地转了仨圈儿。元宝嘴欠，人，当时就哭了。人家一哭就找妈，就跟小时候挨了欺负一样。掏出手机哭着说："妈，有人打我……"

元宝的妈妈外号"鬼见愁"。你听听，白羊峪有个"鬼难登"，大王庄有个"鬼见愁"，都是难缠的主儿。"鬼见愁"大嗓门，一路骂着来了："到底是哪个天杀的玩意儿欺负我儿子？我家元宝不招谁，不惹谁，这么老实厚道的孩子你都敢欺负？没天理啦？这是哪个混蛋缺了八辈子德的？今儿个碰到老娘了，我要骂得你胳膊腿儿抽筋儿，治不好，浑身抽风，止不住。我要骂得你一身烂疮，我要骂得你十种癌症，我要骂得你百样灾祸，我要骂得你千刀万剐。最后，我要把你骂成植物人，火葬场不收，直接拉到乱葬岗，让狗啃，让猫叼！"你听听这架势，骂了半条街，才进王吉祥家院子。这边，王吉祥早就催着欧阳快走，欧阳偏要会会"鬼见愁"。听着骂过来，欧阳慌了。"鬼见愁"不动手，就是骂。欧阳咋跟她对垒？也跟泼妇似的骂街？人家三天三宿不重样？你赶得上吗？元宝哭着跑了过来："妈，就是这女的。""鬼见愁"骂街有"套餐"呢！有骂老人的，有骂年轻人的，有骂中年人的，有骂媳妇的，有骂姑娘的，各有各的功能。这回，她把骂姑娘的"版本"端出来了。最难听的就是这套了，辣眼睛，脏耳朵。破鞋呀，养汉啊，欧阳哪儿受过这个，哭了。

就这当口儿，许支书和范少山来了。许支书大喊一声："住口！"院子里立马鸦雀无声了。许支书上去踢了元宝两脚，元宝不敢哭，憋着。许支书对"鬼见愁"说："你骂我，骂！"许支书又踢了元宝一脚，冲"鬼见愁"："骂！"见元宝和"鬼见愁"都低了头，许支书说："想造反啊？大王庄党支部还在，支部书记还在，谁都别想着翻天！人家欧阳书记为了咱村的土地流转辛苦工作，体察民情，了解民意，你们就这样对待人家？良心何在？现在，你们娘俩立马向欧阳书记道歉。"元宝和"鬼见愁"对着欧阳书记鞠了一躬，说了声："对不起了！"许支书说了声："滚回去！"范少山站了出来："慢！别走！"许支书说："范总，给我个面子。"范少山说："不中，这么辱骂俺们欧阳书记，说声对不起就算了？俺已经报警了。"许支书一愣："范总，乡下老娘们儿，骂个街嘛，再说了，她要说没骂，也没证据不是？"范少山打开手机，传出"鬼见愁"的骂街声。许支书大喊一声："你们娘俩还不给范总跪下？"元宝和"鬼见愁"扑通给范少山跪下了："范总，饶了我们吧，再也不敢了。"范少山不说话，不看他们，脸色铁青。

警车来了，把元宝和"鬼见愁"带走了，许支书愣住了。警察对范少山说："你们也去一趟。"范少山走到欧阳跟前，拍了拍她的肩膀，说："咱们走吧。"

范少山开车，拉着欧阳去了派出所。回来后，欧阳挺伤感的，说："没想到，农村还有这样的女人。"范少山说："泼妇哪儿都有，农村有，城里也有。俺想城里的女人有文化，骂人会拐弯，不直接骂。农村就不管不顾了，啥难听骂啥。对这样的人不能惯，你上去就该撕烂她的嘴！"欧阳说："她把我骂蒙了，太恶毒了。今儿多亏了大哥，给我讨了公道。要依着许支书，道完歉就算了。"范少山说："他许支书想混过去，不中！白羊峪人不可辱。俺不做主谁做主？你看见没？这里面元宝和许支书有猫腻，一准是给土地流转使绊子。我已经在电话里向葛书记汇报了，葛书记已经责成纪检调查这件事儿。你呢，这事儿别放在心上，就当被蚊子咬了一口。为这些人置气，不值当！"欧阳心里头暖暖的，说："大哥，我知道。"

过了三天，葛书记来到了大王庄，召开全体党员会，严厉批评了许支书扰乱生产秩序的行为，宣布撤销许支书的职务，留党察看，安排一名副镇长代理村党支部书记。葛书记告诉了大家公安部门的行政处罚决定，分别对元宝和"鬼见愁"拘留十五天和七天。这下，药到病除，只用了三天，大王庄的土地流转协议全部签完。

土地流转当然是自愿的，人家不愿意，你就不能强迫。万家庄在大王庄东边，不大，没有一万家。说是万家庄，主要是庄里姓万的是大户。开会的时候，支书万胜金刚一说土地流转的事儿，万满囤头一个跳出来反对："我的地不卖！卖了地我吃啥？"头一炮一打，直接影响会议的走向。万满囤一句话，一呼百应，人就议论开了："不种地我们干什么？""往后让我们怎么生活？""没有了土地以后我们咋办？"反正乱糟糟的，会开不下去了。万胜金是个直肠子，道道少，也说不出个子丑寅卯来，只得散会。

第二天，万胜金找到范少山，让他去给讲讲。范少山跟大伙说："你们不是卖地，是往外租地。把地租给俺们，俺们给你租金。俺给大伙算笔账啊！眼下，咱村的土地是种稻谷的，每亩稻谷能产九百斤，按稻谷出米率百分之七十、大米市场价两块五一斤计算，刨去成本，每亩地的纯利多少？七百七十五块。流转后，每亩地的租金是九百块，你说，你们能吃亏吗？还有，签完协议后，马上付给你头一年的租金。"万满囤说："我家儿子媳妇、小孙子都没有地啊，这咋解决？"范少山说："这最好解决了。土地流转最大的好处是将多年的土地问题全部'清零'。你看啊，《农村土地承包法》明确规定，土地承包三十年不变。增人不增地，减人不减地。这就产生了一些不公平，比如村里老人去世后，他的地还在；有的家里新添了人口，但没有地。土地全流转，让这些问题都迎刃而解了。咋解决呢？就是只要户口在万家庄，就可以获得集体土地收益，按土地入股，按照户口本的实有人口分红。比如你万满囤家，原来有三口人，儿子结婚后，有了儿媳和孙子，变成了五口，可你家还是三亩地呀？没变。土地流转后，按人口数分配土地收益，你家就有五口人分红了。"一听这话，万满囤乐了："原来这样啊！天大的好事儿啊！我签！"你看，人家范少山把话掰开了，揉碎了说，村民听得明明白白的，这工作就做下来了。

再说百里庄。百里庄也没有百里，一条最长的街不过两里地。百里庄的村民担心，土地流转后没活儿干，手里还是没钱。范少山来了，带着两辆旅游观光车，拉上村民去了小王庄。小王庄土地流转金谷子，眼下金谷子地里正在锄草，雇的农民挥着锄头正在劳作。这些个农民就是给白羊峪的金谷子合作社打工的。百里庄的村民下了车，范少山说："你们看，小王庄的农民被俺们'返聘'回来了，给俺们打工。把土地租给俺们，俺们给租金；到地里来干活儿，俺们给工资。"百里庄的村民们到了金谷子地里，向小王庄的村民问这问那。小王庄的村民在这儿劳动，每天工资六十块，一年就能挣两万多，比自己死守着那两亩地强多了。这叫现身说法，这啥成色？百里庄的土地流转是最快的。

啥事儿都是这样，一旦破了头儿，就顺了。范少山和余来锁成立了白羊峪生态农业发展有限公司。对了，前头金谷子、金苹果、旅游都成立过公司，七事八事，有点乱。这回成立了生态农业发展有限公司，把这些都囊括了。这不就理顺了嘛！说不定还一顺百顺呢！

五十二

收了庄稼，秋风下来了，有点儿凉，有点儿硬。秋风吹着大地上的玉米叶子，哗啦哗啦响，从这垧地跳到那垧地；秋风吹着稻草毛子，没声儿，一卷一卷地跑，从这条沟骨碌到另一条沟。这时候，你就会想到，大地上该发生点什么了。除了秋风，还应该有点儿别的动静才对。你不能这样苍凉地等着冬天再等着春天吧？说不过去呀！一个早上，几百辆推土机、铲车开进了这片万亩平原，隆隆震天。秋风退了，不好意思刮了。万亩地连片后，要形成新的农田路网系统。范少山找农业专家，对农田重新规划。哪里打井、哪里修路、哪里安变压器，都有位置。公路旁的大广告牌上写着"燕山金谷子种植基地"，背景是明星心绮。

万家庄的万满囤，是个勤快人。人家种地最注重啥呢？田埂。对，就是和邻地的地边儿。不就是个记号吗？这有啥注重的。这你就不懂了，这田埂重要着呢，不光是个地界，还能保护水呀肥呀，不跑到隔壁去。这不，每年开春头一件事儿，万满囤就是带着老婆、儿子、儿媳夯实田埂，人家的田埂用脚踩踩就中了，万满囤不中，他踩过几遍，还得用木夯砸实。在万家庄，万满囤家的田埂是出了名的。高高的、壮壮的，一看就结实啊！人家说，就算发洪水，万满囤家的田埂也冲不开。田埂做得好，也是万满囤引以为自豪的事儿。可这回土地流转了，万满囤眼瞅着推土机把他和家人踩过、夯实过的田埂推倒，轧了过去，就像推土机的铲子铲过了他的心头，疼啊！他看不下去了，转身回家了。第二天，想着自家的地，也不知咋样了，万满囤又去了。可地呢？推土机过后，是旋耕机，大地旋耕过的土壤，新鲜地裸露着，散发着泥土的芳香，万满囤不由得深吸了一口。可他家的田埂呢？没有了。他家的地呢？找不到，一大片土地，一眼望不到头。万满囤双腿一屈，扑通跪倒，哭了："我的地呀！我的地！"范少山刚好打这儿经过，他走到万满囤身边，看他哭成了泪人，心里头也不是滋味儿。他拉起跪着的万满囤："满囤叔，起来吧。"万满囤一把抓住范少山的手："告诉我，我的地还有没？"范少山说："满囤叔，你的地就在脚下，你永远是地的主人。俺是租你的，放心吧！"

　　一万亩金谷子，得用多少生产资料啊！种子自己个儿有，不使用农药，化肥得用啊！光化肥就得四五百吨。如今，厂家实行农企对接。这不，厂家、经销商闻着风都来了，推销自家产品。燕山金谷子种植基地的网站招标公告说了，不使用农药，可还是有几家农药商来了，都说自己的农药高效低毒，还有说毒性等于零，跟矿泉水差不多的。听听，这都赶上饮料了，喝喝更健康。范少山只得在临时的办公院子里贴上告示："农药推销者一律不接待。"这可就成了化肥的天下了。厂家扎了堆，也不知选啥化肥好。范少山知道用有机肥，化肥导致土壤板结。可有机肥企业和经销商也不少。他定出了三个标准：一是质量，二是价格，三是服务效率。也就是说，同样的质量比价格，同样的价格比质量，在价格和质量都相差不多时，比服务。就在货比三家时，基地办公室来了一个熟人。谁呀？田中二喜。田中二喜对范少山耳语了四个字："且慢，且慢。"啥意思？他也来推销化肥？不是。田中二喜告诉范少山，在购买肥料前，你得先做一件事儿，测土配方。说白了，就是用科学的手段，对地块的肥力、酸碱性、微生物等情况进行分析，最终总结出这一地块对所种庄稼所需的各种肥料和用量。就是金谷子吃啥，咱就喂啥，能吃多少，咱就喂多少。不能瞎喂呀！这事儿，欧阳跟范少山提起过，范少山觉得咱又不用化肥，有机肥不都一样吗？他生怕把施肥的事儿耽误了。经这田中一说，范少山醒了。人家是种粮大户，能不懂吗？田中二喜有科研工作室，安排技术人员带着检测仪器在地里奔走，采样儿，化验，忙活了三四天。结果出来了，这块土地缺磷，还缺一些微量元素。你看看，你不知土壤配方，瞎买肥料中吗？测土配方，田中二喜不收钱，说是朋友帮忙。这回，田中二喜开出了方子，用金谷子基地的土壤配方，专门制作配方化肥！想想，范少山额头上冒了冷汗，还多亏了人家田中二喜。田中二喜要帮金谷子种植基地建科研工作室，请范少山去他的承德总部去参观考察，范少山哪有空啊，就派欧阳去了。

　　这边，范少山定下了化肥厂，加紧生产配方化肥，这眼瞅着就要开播了，种金谷子的基肥要用。欧阳认识田中二喜，也听范少山说过他的一些事儿。她觉着田中这人，不像是那么慷慨的人，人家帮你检测土壤配方，没要钱，总得图点儿别的。啥呢？欧阳问："田中先生，你打算在我们基地建工作室吧？"这话的意思，他帮你建工作室，设备仪器都添置好了，人家再管你要钱，这是生意。田中说："没有没有，工作室你们自己建，完全用不着我。我只是朋友帮忙。"参观了工作室，带了不少资料，欧阳想走。田中说："来了就是客，多玩儿两天。"又带着欧阳到避暑山庄、外八庙游玩。田中热情，周到。欧阳觉得这个日本年轻人挺不错的。欧阳对他，出口必称田中先生，田中显得有些不适应，那回，漫步在外八庙，一对对情侣走过，田中说："欧阳，你能不能叫我小田？"欧阳一听，扑哧笑了。"小田？这怎么行呢？你比我还大几岁呢！"田中脸有点儿红，嘴唇有点儿颤："那就叫我田大哥。"欧阳说："好，田大哥。"田大哥？这称呼咋觉得怪怪的。田中说："要不叫我二喜吧。"二喜，听起来像个村里人，亲切。欧阳说："我们小区有个大哥就叫二喜，我就叫你二喜哥吧！"田中笑了："就叫二喜哥，这个好！"田中二喜又带欧阳去了木兰围场草原。

坝上天高气爽，芳草如茵，群羊如云，骏马奔腾。环顾四野，在茂密的绿草甸子上，点缀着繁星般的野花。大片大片的白桦林，浓妆玉肌，层层叠叠的枝叶间，漏下斑斑点点的日影。欧阳躺在草原上，白云就擦着她脸飘。她想采一把云彩，坐上去，随着云彩飘，融化在蓝天里。白云飘了，来了野花，一束野花，是田中二喜采给她的。她接过野花，闻了闻，香啊！田中请她去骑马。欧阳没骑过，可她生猛，不怕，骑上枣红马就跑。田中骑着白马在后面追，说："慢点儿，慢点儿。"欧阳也想慢点儿，可马哪儿听她的，跑，感觉就是个没骑过马的小姑娘，我能让你好好骑吗？给你个下马威。一看马越跑越快，欧阳傻了，大喊："二喜哥，救我——"田中一挥马鞭，飞奔而去，到了近前，一鞭子抽在了枣红马的额头，大喊一声："吁——"枣红马前蹄扬起，一声长嘶，停下了。田中下马，从枣红马上抱下欧阳，欧阳抹抹泪，说："谢谢二喜哥。"田中说："谢什么，保护美女是男子汉的天职！"

那天晚上，在饭桌上，田中二喜和欧阳喝着红酒，讲起了他的故事。他说，上高中时，他爱上了校花，后来校花车祸死了。他酒后开车撞上了大树，自己也受了伤。打那以后，十几年过去了，他再也没有谈过恋爱。说着说着，田中就流泪了，喝了红酒眼神有些迷离，说："欧阳，我知道你的故事，你单飞呢吧？"欧阳说："我是'单身狗'，挺好。"田中笑了："我是男生，我才叫'单身狗'呢！"欧阳说："那我叫'狗不理'。"两人哈哈大笑起来。欧阳要回白羊峪了，田中依依不舍，上车前，他突然揪下自己制服的第二颗扣子，交给欧阳。欧阳一看，没收，说："二喜哥，扣子就不收了，我也没有合适的衣服。回去把扣子钉好。"给一颗扣子，啥意思？而且还是第二颗扣子？这你就不懂了。这是日本男人向心爱的女人表达爱意的象征，也是定情之物。因为第二颗扣子最靠近心脏，表示愿意把真心交给你。欧阳知道这事儿，一个女生向她喜欢的日本留学生要第二颗扣子，这套路她能不懂吗？问题是，找田中做男朋友，像是风马牛不相及啊！于是，她就装糊涂，把这尴尬事儿掩盖了，乐呵呵地走了。田中手里捧着扣子，呆呆地站在马路中央。这件事儿，欧阳没有告诉任何人，她这个二喜哥也挺好的，生怕伤害到他。

俗话说"地种三年亲似母"，范少山把金谷子种植基地当着祖宗侍候着。他多少天没回家了，白天，在地里奔走，晚上就在基地的办公大院住着。范少山是个回归传统的农人，他的金谷子不用化肥、农药，不用除草剂，完全采取传统的种植方式。在当下，这一显得有些独行特立的生产方式，更是一种人与自然相和谐的生活态度与精神追求。不用农药，金谷子地里，蟋蟀在地里叫唤，蚂蚱在田垄里蹦跶。当然，害虫也跟着来了。啥害虫？黏虫，专吃金谷子叶子。看着叶子枯萎了，村民们着急，找范少山，赶紧喷农药啊！范少山摇头。有人说，范少山哪儿会种地呀！这不糟践庄稼吗？种了几年金谷子，范少山做了多少回试验，还是土法治虫。啥办法？沼气液里泡烟叶儿。这啥配方？反正就治这黏虫。这五个村，家家都有沼气池，户户都种烟叶，把烟叶在沼气池里浸泡至少七天，成了。合作社收购土农药，往谷子上喷洒，虫子就死了八成，剩下壮实的，接着吃。啥意思呢？土办法比不得农药，农药一喷，虫子没了，可农药残留了。土农药没毒，不可能把害虫一扫光。范少山就用这样的"笨"办法种金谷子。金谷子不高产，但它品质好，等成熟的时候，它满地飘香。你看看，小米还在谷壳里包着呢，就能透出香来，那小米该有多香啊！就这样，金谷子本来的芳香，找回来了。

这年秋天，在万亩金谷子地里，人们纷纷传扬："见到谷仙了！"见到谷仙的有老人，有年轻人，有孩子。有男有女。谷仙就和范老井说的一样，一个头插谷穗的、身着白色衣裙的美女，在半空飘来飘去。范少山跟余来锁说："我整天在谷子地转悠，咋没看见过谷仙啊？"余来锁说："你能看透世间那点儿事儿，就等于开天眼了。"范少山说："你不也没看见吗？"余来锁说："俺相信科学，俺相信真理。"你听听这话，这哪像当年结婚找人算命的余来锁啊？人不能总看老皇历嘛！范少山偷偷去了趟县志办。县志办主任姓郭，也是范少山的同学。

提到谷仙，金安县历史上没记载。却出过一本《金安民间传说集》，送给了范少山。上面写的故事，跟爷爷范老井讲的一模一样。范少山说："俺们那旮旯，又传说谷仙出现了。"郭主任说："谷仙是美好的传说，吉祥的象征。谷仙穿越到当代，故事多美呀，多神奇啊！"范少山说："若是真的，你信不信？"郭主任说："谷仙福佑人间，多么美好啊！我怎么不信？谷仙就是真的。"范少山连说："真的，真的！"

金谷子收割了。金谷子卖了。除了沈老板按合同收购，还有各地的金谷子订单，价钱不赖。这不，秋凉了，西北风下来了。金谷子种植基地的股东，分红了！对了，为了留住谷仙，顺应村民的美好愿景，生态农业发展有限公司在金谷子种植基地竖起了一尊汉白玉雕像"大地谷仙"。人们都说，像！范老井说："像！真像！"

金谷子合作社的钱存在信用社呢！要分红，得先把钱取出来，放在种植基地办公楼里，然后再分。多少钱？两千八百万！范少山找了辆厢式货车，自己开着，押车的都是自己信得过的人：余来锁、田新仓和基地的齐会计。不张扬，不显山，不露水，把整整一箱的钞票拉进了基地大院。卸车，钞票进了办公室。这时候，就不光是他们几个人了。院子里站了八个精壮劳力，大门关死，门口还站了四个人。办公室里呢？三个人，范少山、余来锁、田新仓。这可是白羊峪的铁三角啊！

钱呢？铺成了床。两千二百万的床铺，六百万的枕头。三人都心慌，倒不是怕出啥意外，就是从来没见过这么多钱，心跳得压不住。田新仓拎了一捆十万块，放在电子秤上称，二斤四两。两千八百万，这得多少斤啊？三人躺在钱床上，这哪睡得着啊？田新仓坐了起来，下了钱炕，到了门口，扒着玻璃门往外看，说："俺这心里不踏实，总觉着眨眼的工夫，一帮劫匪端着枪就闯进来了。"范少山说："万一来了劫匪，你咋办？"田新仓说："誓死保卫集体财产啊！"余来锁说："要是女劫匪呢！"田新仓说："你俩撤！俺掩护，誓与劫匪共存亡。"三人都笑。田新仓叉着腰，看着钱床，说："做梦都没梦到有这么多钱啊！这钱要都是俺的，俺是不是也能像张小强那样，和明星谈场恋爱了？"余来锁踹了他一脚："想得美！"提到心绮，范少山说："张小强跟心绮分手啦。"田新仓说："咋回事啊？分手啦？张小强是富二代，心绮还嫌他穷啊？"范少山说："这你就不懂。关键是人家心绮不缺钱！张小强说，和不缺钱的女孩谈恋爱，他就胆儿突的，不知道人家图他啥，没自信。这些，跟你说，你也不懂。"田新仓说："俺咋不懂啊？有钱人的心理复杂着呢！再多的钱不一定找到真爱是不是？"田新仓手捧一捆钞票，说："你说这玩意儿，不就是一堆纸吗？就为这，有人拼搏了一生，得不到。有人却搭上了性命。有人拿它救命，有人用它害人。钱，你到底是个啥玩意儿啊？"余来锁说："在好人手里，就是好玩意儿，在坏人手里，就是坏玩意儿。"范少山说："钱没错，错在人。"聊到半夜，饿了。办公室有方便面，三人一人沏了一碗，坐在钱堆上吃。田新仓把这难忘的场面拍了下来，说了一句："坐在钱堆上吃方便面，想不开。"后半夜，三人睡了。田新仓迷迷糊糊醒了："啥玩意儿啊，这么硌得慌？"余来锁也迷迷糊糊地说："钱，钱……"田新仓立马睡踏实了，打起了呼噜。

天蒙蒙亮时，出事儿了。来了七八辆警车，把基地大院给围了！下来一帮警察，就往院子里闯。基地的保安负责任啊，不让进。县公安局的副局长掏出了枪："警察办案。闪开！"没办法，只得把大门打开了。院子里还站着人呢，赶紧跑进办公室，把余来锁、范少山、田新仓叫了起来："快醒醒，出事儿啦。"余来锁头一个跑了出来，迎面碰上副局长。副局长说："又是你！上回你们请明星，我们派了几十个警察，忙得焦头烂额。这回你们从银行支走了两千多万，不向公安报告，吓得人家信用社主任睡不着，半夜报警了。"你看看，余来锁这运气，每回总是他挨训。范少山说："警察同志，俺自己个儿去，自己个儿来取，不违法吧？"副局长说："不违法。可是这样大宗的现金非常危险，警察有责任保护取款人和现金的安全！不能有半点闪失！"说话的工夫，警察都找好位置了。放钞票的办公室、院子里、大门口都站好了人，威风凛凛的。范少山这才知道副局长的良苦用心，向人家道歉，人家也没看他，说了一句："分红该怎么分，怎么分。"

第二天一早，这算拉开场面了。田新仓打开广播喇叭，播放歌曲《好日子》。范少山请的报社、电视台记者都来了。院子里打起了红色横幅："燕山金谷子种植基地股东分红大会"。为烘托气氛，范少山请了两拨秧歌队，在院子里扭秧歌，红红火火的。大王庄等五个村的村民家家都来了人，排了一长溜儿，足有一里多地。天有点儿冷，场面热腾腾的，人脸上都挂着笑。

九点钟，秧歌停了，场面静了。人们抬着筐从办公室走了出来，里面装的全是钞票。一筐，两筐，三筐……人们欢呼着。钞票摆上了桌子，砌成了城墙，足有四五米长，霸气十足。不少村民激动啊，纷纷上前摆造型，合影留念。记者们更是长枪短炮，一阵招呼。九点半，范少山拿着喇叭喊了一声："燕山金谷子种植基地股东分红大会，现在开始！"这下，桌子旁的十几个工作人员，忙碌起来。田新仓喊到谁的名字，谁就上台领钱，成捆成捆的人民币，就这样装进了提包里。这可是村民的"年终奖"啊！

万满囤来了，他领了五万多块，天冷，手冻僵了，手数软了，数了半天，没数清楚。范少山说："满囤叔，还满意吧？"万满囤一见是范少山，拉着他的手，说："我开心啊！"范少山问："大叔，这一年跟往年有啥区别？"万满囤说："要说区别大了，除了收入多了，最主要的是省心了。往年种地，操心着呢！怕旱了，怕涝了，怕虫灾，怕草荒，多了，哪能睡个踏实觉呢！就像金谷子闹黏虫，我不睡觉也得去喷农药。如今入了股，由你掌着舵，我们不用操心，就出个力气，日子踏实啊！"

排着排着队，有一帮人插进来了，谁？于庄子和李家庄村的人。这是咋回事儿，分红也没你们的事儿啊，这不添乱吗？田新仓维持秩序，就往院外轰。院子里都是钱，闲杂人等不得入内，万一有个闪失，咋办？这俩村的人，有二十几个，硬往里闯，要找范少山。范少山来了，一见里面有两个村的书记，对田新仓说："让他们进来。"范少山把一帮人请进了办公室。一进屋，人就嚷嚷："俺们村也要流转，种金谷子。""俺们也要分红。"范少山笑了，问于庄子和李家庄书记情况。于庄子的于书记说："一听说你们这儿分红，乡亲们眼热了，就去找我，嫌我不中用，没能把土地流转出去。"李家庄的李书记说："可不？我劝不住，非要请求我找范总把土地流转的事儿办了。开始呢，我还以为他们要上访，吓得不敢让他们动。后来一听说是找范总，才松了一口气。"村民们淳朴啊，在外边吵吵嚷嚷，一进屋，坐在沙发上，端上热茶，都不好意思了，不说话了。范少山说："乡亲们，只要你们愿意，只要金谷子还有市场，土地流转的事儿就撂不下。你们俩村，紧挨着金谷子种植基地，只要俺们扩大规模，一准把你们划进来。"这下，乡亲们急了："啥时候啊？"范少山说："这事儿，俺自己个儿说了不算，还得找合伙人商量。放心，俺会争取的。大伙先回去吧！"李书记说："正分红，范总忙着呢！快走吧！"人们这才走了。范少山想，这俩村哪够啊？还有七八个村呢！

欧阳做了分红大会直播。网友们纷纷留言，不少网友对"土豪""羡慕嫉妒恨"："土豪，我们做朋友吧！""弱弱地问一句，你们村还有入户名额没？""跪求嫁到你村入户分红。""我要去种金谷子！"……

五十三

再说费来运。费来运回了村，先是给小学校打更，后来就给老人食堂做饭，老头身体好，做事儿井井有条。这天，俩儿子、俩儿媳都来了，看费来运。啥意思呢？接老人回家？不是。知道白羊峪这两年搞得不错，费来运在村集体混着差事儿，一准赚了不少钱，就想把这钱从老头手里抠出来。他们当然不想接老头去镇上，回了镇上，哪还有赚钱的路啊？他们也不想回白羊峪，人家住的别墅，都开着门市呢！咋都比白羊峪强。这两男两女哭穷，一个子都没了，家里头揭不开锅了。费来运说："那就回白羊峪。回来了，保你们有吃喝。"几个人又说，吃不了那苦，眼下就缺钱。说得可怜见的，费来运心眼有点儿活。这几年他赚工资、领分红，手头攒了两三万块，就想着拿出去算了。

范少山听说费来运的儿子儿媳来了，心想准没好事儿，就奔着老年食堂来了。费来运刚想掏钱，范少山进来了："哥俩、妯娌俩咋回事儿？想老人了？是不是接回去住啊？难得你们一片孝心啊！咋样？老人的房子腾出来了吗？屋子暖和不暖和？老人生活方便不方便？来运伯年岁大了，也该享享清福了。"哥俩、妯娌俩支支吾吾，费来运面带难色。范少山明知道人家不是来接老人，才故意这么说。"不是来接老人的？那是给老人送钱还是送东西？也不错，惦记着老爹呢！"四个人不说话。费来运憋不住了："他们哪有那好心啊？找俺要钱的。"范少山说："啥？找您老要钱？你们四个人咋想的？当初是你们不养他，从镇上的家里把你爹赶了出来，你爹只得回到白羊峪落脚。这几年，老人凭着劳动赚了些钱，你们想起你爹来了？摸摸，你们的良心在哪儿？赶老人出来，你们就犯了遗弃罪！不知悔改，又来骗老人的钱，你们就罪加一等！老人完全可以起诉你们！"见势不妙，四个人钻进轿车，跑了。大伙都喊："滚吧！滚！"费来运还是高兴不起来。他想，自己个儿如今还能干点儿活儿，等将来挪不动了，还得回到儿子身边去，咋办？真的打官司，老子告儿子，好说不好听啊！范少山说："你要不想回去，白羊峪给你养老送终。你看，咱这老年食堂办得不错。咱还想着办一所养老院，把孤寡老人都收进来。这件事儿，咱村有规划，今年选址，明年开工。将来呀，连食堂一块搬过去。"一听这个，费来运乐了，说："儿子儿媳的，俺再也不想见他们了。"

"白腿儿"呢？在马路边开饭店呢！买卖挺红火。自打和余来锁结婚后，村会计就不当了，避嫌。老公当书记，老婆当会计，不合规矩。人家就一心一意地做生意，南来北往的客，都往这儿聚，钱也就往这儿跑，"白腿儿"乐得做梦都笑醒了。这几天，"白腿儿"老咳嗽，浑身不得劲儿，干不动了。余来锁就带她去了县医院，一检查，不得了，余来锁像被人打了一闷棍，差点儿栽倒。啥病？肺癌。大夫不让留院，还有仨月，回家等着，想吃点儿啥吃点儿啥吧！回到家，余来锁拉着"白腿儿"的手，哭了："俺对不起你，俺不该和你结婚。俺的媳妇啊！"本来，大夫还说瞒着病人，若是告诉她，仨月变俩月了。这倒好，余来锁想到了自己个儿头一个媳妇的死，受不了了，觉得责任都在自己个儿头上，憋不住了。"白腿儿"一听自己个儿得了绝症，狠捶了余来锁几拳，哭着说："俺一个人过得好好的，你偏偏勾搭俺，给人家读诗，一首一首的，进了俺的屋子，就手忙脚乱，急着关灯。你说你，明明知道自己个儿克女人，非得让俺送死啊？俺哪里对不起你啦？你狼心狗肺呀！告诉你，俺做鬼也不放过你！"这番话，让余来锁心里结了霜花。听说"白腿儿"得了癌症，全村人都来看她，范少山来了，田新仓来了。田新仓坐在"白腿儿"身边，两眼直愣愣的，嘴里叨叨几个字："你不能死……你不能死……"看那意思，田新仓的痛苦，不比余来锁少。后来，田新仓说："当初，你若是嫁给我，何苦受这罪啊！"田新仓哭，"白腿儿"也哭。余来锁想，早知这样，还不如当初就让给田新仓。想着，余来锁走了。

余来锁去了哪儿？在村里村外地绕，像个无头苍蝇。他想，自己个儿都打了半辈子光棍了，咬咬牙，就挺过去了，何苦再娶呀？自己个儿死就死了，别坑人家"白腿儿"呀！那么好的女人，本来好好的，跟了俺，就变了，眼看就没命了。夜里，余来锁在银杏树下跪，求树爷爷、树奶奶保佑，让"白腿儿"挺过这一关。又去林子里，在高连生的坟前跪了，说对不住连生，没把"白腿儿"照顾好。反正，余来锁神神道道，丢了魂儿了。后来，余来锁想起了一个人，一件事儿，谁？布谷镇算命的"小神仙"。啥事儿？当初他和"白腿儿"结婚之前，余来锁找"小神仙"算过命的。人家说余来锁克媳妇，"白腿儿"克夫。余来锁当时问："一个克夫，一个克媳妇，还能在一块过日子吗？""小神仙"说："互相克，就谁也克不成了，这是一等一的姻缘，好着呢！"对，他就是这么说的。结果呢？一年多点儿，"白腿儿"就得了肺癌！你是咋算的？俺非把你的香案砸了不可！余来锁骑了电瓶车，先去了派出所报案。人家派出所早就知道"小神仙"的事儿，不愿管。这回是村书记报案，火气挺大，不管不中了。余来锁带着俩警察去了，人家"小神仙"家一帮人正排队呢！余来锁头一个冲了进去，对着香案说："给俺砸！砸！"你瞧瞧，余书记这脾气。当初人家说你和"白腿儿"是一等一的婚姻时，你可是眉开眼笑，直往人家手里塞钱啊！警察办案是有程序的，能砸吗？撤了香案，轰走了看香的人，又把"小神仙"叫去了派出所。临上车前，"小神仙"问余来锁咋回事儿，余来锁说："你个骗子，俺媳妇得病快死了！""小神仙"说："不能够，不能够。"余来锁说："多关他几年！"人家警察能听你的吗？拘留五天，回来了。

范少山知道了这件事儿，连说："荒唐，荒唐。余来锁，你是党员，村书记，咋就干这事儿呢？"余来锁说："俺干对了，就是要和封建迷信做斗争。"范少山被噎住了，说："你当初咋不做斗争？咋信啦？亏你还是个文化人。"余来锁说："敢情你媳妇没死。"这像话吗？范少山急眼了，说："你咋犯浑啊！"余来锁叹口气，说："俺把前头的媳妇克死了，如今，'白腿儿'也快了。俺也不想活了。"说完，余来锁就呜呜哭了。这是啥心思啊？余来锁就认定自己个儿克老婆，要不然人家不死媳妇，你咋死媳妇呢？可他是诗人啊！他的诗歌满满正能量啊！人啊，说有多复杂，就多复杂。范少山说："这都啥年代了，你咋还信克媳妇呢？"余来锁说："这不明摆着吗？你前头的嫂子没了，这个也快了，眼看着就俩了。"范少山说："别的少说，赶紧带嫂子去北京大医院瞧瞧。"余来锁不想去瞧，认命了。跟"白腿儿"说："你等着我，我很快就去找你。""白腿儿"说："你别找俺，找不到。俺要和连生埋在一块。俺俩活着的时候，没做多少年夫妻，死了，就是永远的夫妻了。"这话说得，让余来锁更生无可恋了。

高辉来了，是范少山打电话叫过来的。这高辉，自打闹着和李小婉的事儿，就再也没回来过，他娘和余来锁结婚也没来。高辉对范少山说："叔，过去对不住您的事儿，我就先不说了。我先得送我娘去北京看看，到底啥病！若真是肺癌，也只能面对了。"范少山说："说得对！不能再拖了。俺也去！"当下，拉着"白腿儿"去了北京。余来锁、范少山、田新仓都跟着，都惦记着"白腿儿"

的病情呢！到了医院一检查，留院治疗了。难道真的是肺癌？大夫说："谁说是肺癌？这是结核性胸膜炎。发热、咳嗽、胸痛、呼吸困难，症状和肺癌差不多，可这绝不是肺癌呀？你们那儿是不是出庸医啊？"听说肺癌纯属误诊，大伙都乐了。"白腿儿"对余来锁说："原来'小神仙'算对了。咱们互相克，就谁也克不成了。一等一的婚姻啊！回去后，你去找'小神仙'，好好谢谢人家。"余来锁没敢告诉"白腿儿"把'小神仙'送进拘留所了，只是一个劲儿地点头。范少山对余来锁说："登门给人家赔个不是，再送一面锦旗，上写神机妙算四个大字。"余来锁知道范少山拿他开涮，就说："你也不能揪住人家小辫子不放啊！""白腿儿"的胸膜炎治好了，回到了白羊峪，重又开起了饭店。余来锁呢？因为封建迷信，在班子会上作了检讨。现场作诗一首：

俺生在长在白羊峪

觉得自己朴实，就像大山里的一块石头

坚硬而纯洁

现在想来，自己怎敢比作石头？

石头，是容不得半点杂质的

俺没有做到

俺成了绊脚石

往后的日子

俺做一块好石头

戳起来就是房

躺下来就是路

余来锁想到了当初"白腿儿"对自己的各种埋怨，骂自己追求她，是狼心狗肺，想着"白腿儿"说死后要和连生埋在一块，做永远的夫妻，想着"白腿儿"和田新仓拉着手痛哭，这心里头就不淡定了。他挚爱的"白腿儿"，他向往的爱情，在现实面前，不堪一击。可"白腿儿"倒不觉得自己个儿说的有啥不妥，当她想这件事儿的时候，依旧和他说说笑笑。他跟范少山谈起了自己个儿的心事儿。范少山想了想，说："你想咋样？人家'白腿儿'跟你说，俺想牵你的手直到世界的尽头，无论生命何时结束，有你，俺都不再有遗憾。等俺走后，你再找一个疼你的人！这样是不是就好了？为啥会出这样的事儿呢？俺觉得吧，一是你用迷信定承诺。二是你们在一块的时间还不够长。爱，需要长长久久的陪伴。"余来锁说："你也会炖鸡汤啦？"范少山说："俺就瞎说，不懂女人。"余来锁说："不想那么多了，就搭帮过日子呗。"范少山说："还是不对，还得有爱吧？"余来锁说："就这样过吧！"正说着，"白腿儿"来到了村部，手里拿着件皮坎肩，嘴里叨叨："外面风大，不知道你犯腰疼啊？还当你十八呢？穿上！"说着，就把坎肩给余来锁穿上，又系好了扣子，转身走了。余来锁叹口气："到哪儿去找爱呀！凑合着过吧！"范少山狠狠瞪了他一眼。

到了年底，算总账。白羊峪村民人均纯收入达到了一万两千多，人人摘掉了贫困帽子。来年开春，范少山忙了起来。他是农民，但他不是传统意义上的农民。他奔走于城乡之间，不扛锄头，只用手机。他在茶室里谈生意，比去的田间地头多。除了白羊峪，他还拥抱了在山外的平原大地，带着更多的农民奔好日子。就在四年前，贫穷还像一盘深扎进白羊峪土壤的老树。他留了下来，和村民一道挖穷根，寻富路。开始时，他想凭自己个儿的努力，证明不中；后又靠自己的努力加政府的救济，也难啊。再后来，引进了企业投资，活泛多了。看来，单打独斗不中啊！精准扶贫得打"组合拳"。靠自己个儿的力量中吗？别的不说，到现在你还开凿出山的隧道呢吧？没有路，穷帽子就总压着你。而今，范少山离不开农村，也离不开城市。就像杏儿在北京的电商"白羊峪"品牌，农村有城市，城市有农村，你中有我，我中有你，分得清吗？这四年的风风雨雨，把范少山锻造成了一个不怕事儿，敢担当的人。晚上，睡不着的时候，他常常走进林子，在老德安、泰奶奶的坟前说点啥。他觉得，死去的人，黑夜是醒着的，和他们说话，他们听得见。他还常去银杏树下，一坐就是半宿，他说几句话，树叶就哗哗响几声。他知道，这是银杏树的回应。人和树，就这么说着，拉着。日子有点儿安逸了。范少山还是喜欢看《创业史》，提醒自己个儿过紧日子，做一个像梁生宝那样的农村带头人。他时常住在苹果园的房子里，和余庆余守着果园。这天晚上，下雨了，他向果园走去，边走边念叨："踏着土街上的泥泞，生宝从饭铺跑到车站票房了。一九五三年间，渭河平原的陇海沿线，小站还没电灯哩。夜间，火车一过，车站和旁的地方一样，陷落在黑暗中去了。没有火车的时候，这公共场所反而是个寂寞僻陋的去处。生宝划着一根洋火，观察了票房的全部情况。他划第二根洋火，选定他睡觉的地方。划了第三根洋火，他才把麻袋在砖墁脚地上铺开来了。"

这天，白羊峪来了一个人。谁？李小婉。那个和高辉私奔过的那女孩，后来，不是被范少山推荐给了钢铁厂的歌舞团了吗？那时钢铁火，不光养歌舞团，还养篮球队。后来人家转型了，把歌舞团、篮球队都解散。李小婉呢？当了副团长，没被就地解散，安排在企业的开发办了。也就是说，蹦蹦跳跳的李小婉，重又回到了企业接接电话，写写材料，跑跑腿。这天，白羊峪办事处的主任老么给撸了。咋回事儿？这儿还有白羊峪办事处呢？人家钢强钢铁投资白羊峪旅游、农业几个亿呢，能没办事处吗？老么呢，也不老，三十几岁，研究生。他去镇上的酒吧喝多了，砸了人酒吧，还把女服务员的脸蛋划伤了，成了刑事案件，抓了。老么本来前途一片光明，当个副总也不成问题，这下倒好，进去了。老么走了，谁来干，副总就推荐了李小婉。总经理张小强不认识，但他相信副总，定了。李小婉来了。来到了她熟悉的白羊峪。这两年，李小婉变了吗？还是那么美，清新、脱俗。她和余来锁、范少山都认识，好开展工作。尤其是范少山，在她人生最低谷的时候，把她推荐给了歌舞团。这叫啥？知遇之恩啊！而今，李小婉感觉自己有点儿老了，挺稀罕这份工作的。唱歌跳舞的，那是年轻时候的事儿。白羊峪旅游村建成一周年，村里和办事处共同办场文艺晚会。李小婉是主任，当然要出节目。她唱，吉他手弹吉他，早就排练好了。到演出时，吉他手没来，病了，你看这寸劲儿。救场如救火呀！旅游公司副总田新仓来了，抱着自己个儿的吉他，上场了。

田新仓差点儿就瘫倒在了舞台上。他见到了李小婉，那样美丽的女孩。当天夜里，失眠了。咋办？去找范少山。范少山在家睡得正香，一见田新仓来了，这个气呀！上去就给了一脚。田新仓跟他说演出的事儿，问范少山弹的吉他咋样。范少山昏昏沉沉，说："唱得不错。"这一句，田新仓来了兴致，说："人家唱得忒好了，俺那吉他，弹得啥都不是。"范少山说："对对对……"田新仓说："李小婉主任，歌唱得好，人家那气质，那范儿，只有谁有？'白腿儿'年轻的时候。"一听这话，范少山嗖地坐了起来，愣愣地看着田新仓："你小子，不是又看上人家了吧？"田新仓说："俺知道，俺是癞蛤蟆想吃天鹅肉。可，万一，吃成了呢？"你看看田新仓，白羊峪的资深光棍，追过"白腿儿"，暗恋过欧阳春兰，如今，又打起了李小婉的主意。人家眼中的女人，哪个不漂亮？哪个没风韵？范少山说："这方面，你小子眼光倒不差。"田新仓是旅游公司副总经理，实际上，就是每天跟着旅游车跑，跟售票员差不多。李小婉呢？住在白羊峪新建的大楼里办公，风吹不着，雨淋不着，日头晒不着，这差距，忒大了。两个世界的人啊！关键是，还知不知道，人家有没有男朋友。再说了，你田新仓多大了？起码比人家大七八岁吧？这都不可能的事儿。田新仓说："依俺看，这事儿成了一半儿了。"范少山说："咋讲？"田新仓说："俺这儿同意了，不就成了一半啦？"

有一回，在办公室，范少山问起了李小婉的个人问题。李小婉说谈过两个男朋友，没找到感觉，都算了。范少山说："打算找个啥样的？"李小婉落落大方："年龄大一点吧，能谈得来。"范少山想到了田新仓，不过没敢说。田新仓大人家七八岁呢！再说了，哪儿哪儿都不般配呀！没想到，李小婉问："那回晚会上弹吉他的那人是谁呀？"范少山愣了："田新仓，旅游公司副总。俺村的资深光棍。"范少山想，李小婉谈过几个男朋友，没找到感觉，田新仓这样的，能找到感觉吗？那不是日头从西边出来了？可没想到，李小婉要了田新仓的手机号码，当场就加了微信。半个月后的一天早上，范少山在街上走着，从田新仓家路过，忽地发现了李小婉从田新仓家出来，范少山像自己个儿做了见不得人的事儿，撒腿就跑。

谁能想到呢？李小婉田新仓就真的谈起了恋爱，而且人家谈着谈着，就住到一块去了。田新仓追求大几岁的"白腿儿"没成，却追成了小几岁的李小婉。人家命中注定就是有个风情万种的女人。

几天后，张小强来了，见到了公司驻白羊峪办事处主任李小婉，张小强愣了："你是谁？"李小婉说："张总，我是李小婉。"原来，张小强从来没见过这个女孩儿。他也被李小婉的绰约风姿惊呆了。范少山悄声说："人家有对象了。"张小强这才缓过神儿来："干得不错，干得不错。"

第十六章

——

无边无际的早晨

五十四

迟春英来了。她来干啥？看看光伏发电设备运转情况。这两年，迟春英上位挺快。庞大辉的生意往国外拓展，马玉刚被派去了东南亚，国内的大部分业务就交给了迟春英打理。迟春英出门，也前呼后拥了。到了白羊峪，副县长、镇书记都陪着，风光啊！范少山、欧阳春兰从地里追过来，迟春英见过欧阳春兰，还是当年她当老师的时候，如今人家当了大学生村干部了，村党支部副书记，白羊峪的农业技术总指导。范少山和欧阳春兰站在一块，范少山衣服上沾着根线头，欧阳伸手轻轻地拿掉。这一幕，恰好被迟春英看到了。迟春英联想就丰富了，就附到欧阳耳边说："欧阳，你和范少山挺般配呀！"这话说得，你不是惹事儿吗？欧阳笑了："迟总，我俩是工作上的拍档，当然般配了。"

说实在的，欧阳决定当大学生村干部，留在白羊峪，多半是为了范少山。自打当了村干部，她对范少山就有一种依赖，出门总是跟着他，他去哪儿，她跟到哪儿，发微信，宣传范少山。余来锁见了，心里头不太舒服，俺是白羊峪的书记呀，你整天宣传范少山干啥？班子会上，余来锁说："有人搞个人崇拜，好像白羊峪的事业都是他一个人干的，这种做法很危险，很危险！"欧阳说：

"余书记，照片是我发的。这哪儿叫个人崇拜呀？少山就是个村主任，又不是领导人。我为啥要发呢？我觉得有人格魅力，可以代表白羊峪，宣传白羊峪，这有啥不好的？"这一说，班子其他成员，也说有道理，说余来锁有点儿心胸狭隘了。可范少山、欧阳春兰老绑在一块，真的好吗？散了会，余来锁对范少山说："俺是对你好，给你敲敲边鼓。"范少山说："俺俩都是为了工作。有时候，她就是搭个顺风车。俺去地里头，她管农业技术，跟着车，正常。发发微信俺觉得也没啥，你倒好，这就成了个人崇拜了！"余来锁说："可能用词不忒准确。"范少山说："是忒不准确！"欧阳春兰呢？单纯。刚来的时候，自己个儿懒得做饭，就到范少山家吃，开始，范老井、范德忠、李国芳态度挺好，客客气气的。后来，就没好脸子了。欧阳春兰也看得出眉眼高低，不去了。但照样跟着范少山出行，拍照片，发微信，上网。标题是啥呢？"我们白羊峪的村主任，是最棒的！""范少山，他为白羊峪代言！""范少山，白羊峪改天换地的英雄农民！"范少山进了家，范德忠拉着脸，哼了一声。这是让李国芳说话呢！李国芳说了："少山啊，人家欧阳是大姑娘，你可不敢打人家主意啊！"范少山跳了："您老说的是啥呀？您儿子是那样的人吗？俺和欧阳都是工作上的事儿。"范德忠说："说你两句，你不爱听啦？当村主任了，就了不起啦？你就是当了省长，也是俺儿子，俺也有权管你。为啥跟你说呢？你有前科。娶了杏儿，还跟人家迟春英扯不断。这回，又惦记人家欧阳啦？告诉你，你要是敢做对不起杏儿的事儿，俺打断你的腿！"这"前科"都出来了，范少山也说不清。李国芳说："如今这村上有传言，说你和欧阳走得近，好长时间都没回北京了。"范少山一想，还真有二十多天没回北京了，就说："放心，俺和杏儿天天手机聊天。欧阳是副书记，我们常在一块也正常。"范德忠说："正常个屁！余来锁还是书记呢，你村主任和他在一块不是更正常吗？咋着？你和余来锁是不是生分啦？你俩要是闹生分，白羊峪还能好吗？"范少山说："请二老放心，俺和欧阳是工作关系。如今是，将来也是。还有，俺和余来锁像亲兄弟，闹不了生分。"范少山出了门，想着爹的话："……你俩要是闹生分，白羊峪还能好吗？"他坐不住了。想想这些日子，自己个儿抛头露面比较多，余来锁心里头不舒服，毕竟人家是书记呀！说句实在的，余来锁一心为公，没啥私心，就是心眼儿小点儿。你看，欧阳发了范少山的照片到网上，他就提到个人崇拜了，至于吗？

范少山去找余来锁。天都黑了。余来锁在饭店呢！当服务员，收拾碗筷，擦桌子上菜。范少山去了，余来锁、"白腿儿"赶紧过来招呼，炒了两个菜，来了一瓶酒，余来锁说请客，让范少山先喝着，自己个儿招呼招呼客人就来。范少山自斟自喝，忙了一天了，难得放松。一会儿，余来锁过来了，坐在了对面，说："俺追上。"就把一杯干了。范少山说："买卖咋样？"余来锁说："凑合吧！"范少山说："听说嫂子要生二胎啦？"余来锁说："你咋知道？"范少山说："啊？真的？"余来锁说："原来你没话找话啊？"范少山说："是真的吗？"余来锁说："不瞒你说，你嫂子四十七，例假正常，怀孕没问题。"范少山说："你有问题。"余来锁说："啥意思？俺刚五十就不中啦？还能交差。"范少山说："这么说，嫂子怀上啦？"余来锁说："可不？你嫂子不让说，这么大岁数了，还怀了孩子，怕人笑话。再说了，让高辉知道了咋想？"范少山说："好事啊！你这老来得子，大喜呀！"

这声音一高，让"白腿儿"听见了。"白腿儿"过来，白了余来锁一眼："肚子里存不住二两香油。"范少山说："嫂子，如今国家政策允许，你跟来锁哥光明正大，怕啥？""白腿儿"说："俺本来不想要，就是他瞎折腾。"范少山说："嫂子，大哥咋折腾的？""白腿儿"说了句："你们男人都一样。"走了。范少山和余来锁开始说白羊峪的事儿了。范少山看着桌上的几个菜，说："你看看，就咱俩，上这么多菜干啥？虽说是你请客，也浪费呀。"余来锁说："如今条件好了，吃点儿喝点儿，没啥。"范少山说起了两人当年揣着乡亲们的集资款，去北京买药材，蹲在街头吃烧饼，睡在地下室旅馆的事儿。那时候，两人多简单，多淳朴啊！这又让他想起了柳青，想起了梁生宝。他老想着去一趟陕西长安的皇甫村，当年，柳青就是住在那个村写作《创业史》的。那时候的条件多艰苦啊！他对余来锁说："这样，余书记，咱们村还要制定一套接待制度。不光咱们班子成员不能公款吃喝，来了客人，也得有接待标准，既热情，又节俭。"余来锁说："中！俺起草一下，上班子会。"范少山说："这几天，村里事儿不多，俺请个假，明天出趟门儿。"余来锁说："去哪儿？"范少山说："出远门儿，走亲戚。"

范少山忽地想起，应该去了，到柳青写成《创业史》的皇甫村去！《创业史》中的梁生宝买稻种，他先是在中学时学了这篇课文，又是不识字的爷爷把这本书交到他的手上。于是，他带着这本书走南闯北，开始了创业生涯。他回到白羊峪，更是多次翻看这本书，将"梁生宝买稻种"的故事烂熟于心，汲取着精神力量。而今，他几回想去的地方，决心已定，一准要去，就一个人去，一个人。他坐了火车，去了陕西西安，又坐汽车前往长安区皇甫村。皇甫村位于滈河北岸，神禾塬西南坡上。范少山踏上了柳青笔下的"蛤蟆滩"，去凭吊柳青墓。在柳青的墓前，他磕了三个响头。不远处，有一个放羊的村民，他走过去打听柳青的故居在哪儿，老人用粗糙的手指着神禾塬的半崖，说："原来在那里，如今没了。"范少山又问："王家斌还健在吗？"王家斌是谁？梁生宝的原型。除了《创业史》，范少山还读过好多关于柳青的资料呢！老人叹口气："好人啊！早就走了。"老人告诉他，王家斌去世的时间是一九九〇年六月十三日，柳青去世十二年后的同一天。范少山这样静静地站着，看看天空，天空有两朵白云。一个著名的作家柳青，一个一心为集体的"梁生宝"，都走了。虽然范少山不懂"互助组""合作化"，但是柳青和"梁生宝"的创业精神却始终激励着他。老人问："你是作家吧？"范少山说："俺是柳青的书迷，俺是个农民。"范少山寻访柳青，站在终南山下，万亩麦田中，他仿佛看到柳青向他走来。范少山喃喃道："他是矮瘦的身材，黧黑的脸膛，和关中农民一样，剃了光头，冬天戴毡帽，夏天戴草帽。他穿的是对襟袄、中式裤、纳底布鞋。这样的作家，怎能不叫人敬佩？怎能不叫人永远怀念？"

五十五

迟春英回到北京，去见闺女小雪，给杏儿带了件化妆品。杏儿本不想收，为了缓和关系，收了。迟春英说女人就得多保养，要不然男人就对别的女孩动心思了。杏儿说："你们家老马没事儿吧？"迟春英说："我家老马又帅又有钱，能没事吗？过去就有个小姑娘老追他。老马心上就长了草，两人住到一块了。这事儿被我知道了，就吵。你吵吧，他不怕，嚷着离婚。你说男人有良心吗？当初我是怎么跟了他的……"杏儿说："打住打住。当初的事儿，就别说了。丢人。"迟春英说："我说短点儿。我一看没办法了，得保卫婚姻啊！就找这个小三，和小三谈判。送她一百万，让她离开，一百万啊，她能不动心吗？当天晚上就离开公司跑了。"杏儿说："你大战小三挺牛的。"迟春英说："我们嫁给了成功男人，指不定哪会儿就冒出个小三来。花点钱，能把人保住，值！"杏儿说："你防你的。你嫁的是成功男人，我嫁的是农民，跟我说没意义。"迟春英说：

"对女人都有意义。"杏儿说:"大姐,你拐弯抹角的,想说啥呀?"迟春英支支吾吾:"我真的是为你好……你知道欧阳春兰吧?"杏儿说:"知道啊。我俩还是微信朋友圈的呢!"迟春英说:"前些天我去白羊峪,看他们挺近的。两人从一辆车上下来,欧阳的眼神儿也不对。要防微杜渐啊!"杏儿火了:"迟春英,你可不能捕风捉影胡说啊!"你看这脾气,刚才还是大姐,这会儿就直呼其名了。迟春英说:"就怕你发脾气。我真的是为你好。起码,我不想范少山被别的女人抢走。"

前头说过,杏儿疑心范少山和欧阳好,曾去找过欧阳,但被欧阳的直率打动了。人家说过,有那么一刹那,就爱上范少山了,一刹那过了,就又是大哥了。多坦诚啊!人家把心掏出来,让你看了。误会消除了,两人就成了朋友了。如今,还是微信朋友圈的呢!想着,杏儿立马翻看欧阳的微信,大部分是宣传白羊峪的,大部分中的大部分是范少山的图片和文字。这些,往日她都浏览过,还挺高兴呢!眼下一看,这就有毛病了,你整天没事儿发一个男人的照片干啥?是不是表达爱呢?还有,你是大学生村干部,在哪儿当不好,为啥偏偏去白羊峪?虽说范少山天天向她发微信问好,可他到底干啥,你看得见吗?说话也有二十多天没回来了,你就算天天电话,也不如天天见面啊,一个村主任,一个大学生村干部,能不天天在一块吗?越想,这事儿就严重。咋办?不能闹,你也没攥住人家的把柄,到底有没有形成事实,你也拿不准,不过一准有苗头。你也看了微信了,迟春英也向你反映了。迟春英说的那句话她信了:"我不想范少山被别的女人抢走。"可这问题咋解决呢?对,不能闹,那就显得没素质了。本来没事儿,你一闹,倒把人家闹到一块了。就跟迟春英一样,找小三谈判,给她一百万……可没那么多钱啊?听说欧阳总坐范少山的车?对!那就送她一辆车,二十几万的,不错了。迟春英说得对,花点钱,能把人保住。值!这样他俩就不能成双入对了。这样的大手笔,她还好意思抢你男人吗?

杏儿去了布谷镇的一家宾馆,给欧阳打电话,让她过来坐坐。欧阳问她,为啥不来白羊峪呢?杏儿说:"不方便,不方便。不要告诉别人,就你一人来。"欧阳正在开会呢,开完会,说有点急事,就往布谷镇赶。范少山不知啥急事儿,还说要开车送她,她没让,坐的公交。到了宾馆,杏儿正在大厅等她,一见欧阳过来就是一个拥抱,笑着说:"妹妹,越来越漂亮了。"欧阳说:"嫂子,我一个庄稼人,整天风吹日晒的,还能漂亮哪去?"两人坐在了大厅的沙发上。杏儿说:"咱俩好长时间没见面了,是嫂子对你关心不够。"欧阳说:"嫂子,你我是微信圈的朋友,虽说没聊过天,可也天天能看到你的动态。你电商做得太好了,总听大哥提起你。"杏儿说:"哪像妹妹你呀,年轻漂亮,家境优越,又是高才生。大学生村干部。真正的'白富美'呀!我呢,就一卖水果的。整天风吹日晒,老脸老皮的。"欧阳说:"嫂子,咱俩才差几岁呀?你说你是卖水果的,我不就是个种地的吗?嫂子,咱俩就别互相表扬啦,你说,找我啥事儿?"杏儿迟疑了一下,说:"嫂子想送你一辆车,喜欢什么牌子的?要不,我出钱,你自己去挑?"欧阳说:"嫂子,你发了,送我一辆车?为什么?"杏儿说:"咱姐俩好,应该的。"欧阳说:"少山大哥知道吗?"杏儿说:"不能让他知道。咱女人的事儿。"刚才还是姐俩,这会儿就是女人了,有味道了。欧阳心细如发,好像有点察觉,说:"嫂子,你有钱,不如给白羊峪每家发一辆吧。"杏儿说:"我只送你。"接下来,杏儿不知道说些啥。咋说?你离开白羊峪?你躲开范少山?好像都不合适。没啥,就是想送你一辆车?那就更不对了,那不是脑子有病嘛!杏儿说了句:"你懂得。"只能意会,不可言传?你让人家懂啥?欧阳的脸色有点难看,说:"嫂子,你有话直说。"这回,看你还咋绕弯子?杏儿向来就是个直性子,这阵子绕来绕去,快把她逼疯了。她说话了:"妹妹,离你大哥远点儿。"这一说,杏儿吐了一口气,轻松了。欧阳一笑,说:"这事儿啊?你看你绕来绕去的。我和大哥是一个班子的,相处共事,不能远。还有,你永远是我嫂子。"欧阳走了。杏儿愣在了原地。欧阳直接去了镇上的4S店提了一辆五十多万的轿车,开到了白羊峪。人家是富家女,早就考得驾驶证了,卡上能没钱吗?欧阳低调蹭车,除了欣赏范少山,又能跟范少山学习,又宣传白羊峪。车停到了村委会大院,范少山见了,说:"你着急忙慌的是去提车啦?买这么好的车干啥呀?有事儿坐我的车不就中了吗?你炫富啊!"欧阳只是笑。范少山拍了车的照片,发给了杏儿。拟的题目是:"欧阳买车啦!"杏儿差点儿把手机摔了。

这事儿,杏儿做的尴尬。可不能不做。她想,总比丢了丈夫强。今儿个,也算给她提了个醒儿。杏儿又想了半天,不对。欧阳开着新车回去,范少山问:咋想起买新车了?欧阳说:还不是让你老婆气的?欧阳说着就掉眼泪,范少山动了情,给她去擦。这样一来,俩人更近了,情况更糟了。杏儿夜里不睡觉,上网,搜索《对付丈夫出轨的绝招儿》。三天后,范少山回昌平了。一进家门,杏儿、小雪、范明,齐刷刷地站在两边,举着小旗子喊:"欢迎爸爸回家!欢迎爸爸回家！！"范少山看傻了，这咋回事儿啊，我是外宾啊？看着这些个可爱的儿女们欢迎你回家，你还舍得撇下他们，去找别的女人啊？杏儿呢？在厨房造厨呢！这当口儿，笑盈盈地出来了，端出了一条大鲤鱼。接着就是煎炒烹炸，十几个菜。满满一大桌。要想抓住一个男人的心，首先抓住男人的胃。杏儿这做饭煲汤的手艺，你舍得离开她？孩子们把范少山往桌上按，杏儿嘭地打开了红酒，给范少山倒了一杯。这情景，看着就醉了。范少山有点晕。往常，范少山回到家，杏儿跟你拉生意上的事儿，婆婆妈妈。天黑了再去厨房胡乱做点儿啥，有时候就去楼下饭店吃点儿。小雪和黑桃也是猫在房间里写作业。今儿个是咋啦？太阳从西边出来啦？范少山喝的红酒，杏儿倒一杯，小雪倒一杯，黑桃倒一杯，范明倒一杯，一杯又一杯，范少山哈哈笑，夸了这个，夸那个。夜里，杏儿找出范少山的手机，打算给欧阳发条微信："丽丽，想你了。"啥意思呢？这是她从《绝招儿》里学的。让小三儿以为对方还和别的女人保持着暧昧关系。这下子，能不吵架吗？这一吵架，感情就淡了。正打算发微信时，杏儿愣住了！我这是怎么啦？忽地，汗水从杏儿的头顶滴答下来。我这不是贱骨头吗？我这不是自找吗？我这不是害人吗？杏儿回头想想，这事儿是咋发生的。听了迟春英的话吗？细想想，人家也不是挑拨你。人家有斗小三儿的经历，给你提个醒儿，怕范少山让别的女人抢走了，也不是别有用心的。你给范少山打个电话，提个醒儿，也就是了。你爱他，就得信任他啊！就是听了迟春英的话后，自己个儿想得忒多了，像雨后的青草一样，疯长了。有时候，女人比男人更容易做错事，因为她们凭感觉，凭想象。这事儿丢人啊！不能跟人说，连自己个儿也不想记得。

世上有件事儿最瞒不住。啥事儿？男女的事儿。这边，田新仓和李小婉处对象、住一块的事儿，在白羊峪炸了窝，都传扬开了。还有呢！人们都知道这个李小婉，就是跟着高辉私奔的那个女孩儿。这下，村里人有话题了。这一说，田新仓、高辉、"白腿儿"都连起来了。你看啊，田新仓爱过"白腿儿"，没成，这回和李小婉成了，李小婉呢，还是当年高辉的相好，而高辉呢，正是"白腿儿"的儿子。有意思吧？别人说说，都是扯闲篇。到了"白腿儿"这儿，不干了。她想，你田新仓娶了李小婉，李小婉就是白羊峪的人了，让俺咋面对？让儿子高辉还咋进村？就算进了村，再让那个狐狸精勾走咋办？这事儿说啥也不能成，得给它搅和散了。"白腿儿"去找田新仓。田新仓看"白腿儿"的眼神儿变了，没有往日的火辣辣了，跟看别的女人没啥区别了。"白腿儿"心里头不舒服了，年头俺有病那会儿，还拉着俺的手哭呢！这不明摆着吗？有李小婉了。田新仓说："你来干啥？""白腿儿"说："听说你搞上对象了，来给你道个喜。"田新仓说："你又不跟俺，俺也不能打一辈子光棍吧？""白腿儿"说："俺这人老珠黄的你还要？有白白净净的小姑娘呢。可俺告诉你，那姑娘不干净。她跟俺儿子高辉在一起睡过。你若是要了她，丢人啊！"田新仓说："这俺知道。她跟别的男人睡过，正常。我不嫌。俺田新仓没有处女情结。你说俺要她丢人，你儿子高辉把人家睡了，后来自己个儿跑了，谁更丢人？"田新仓爱了"白腿儿"十来年，从未在她跟前说过硬话，这回，说了。这也怪"白腿儿"，说的话刻薄啊。"白腿儿"想了想，软了下来，说："新仓，你是旅游公司副总，找个对象还不容易？非得要这样的？"田新仓说："俺就稀罕她。""白腿儿"没话说了，气哼哼地走了。田新仓看着"白腿儿"风摆杨柳的背影，叹了口气。

余来锁知道"白腿儿"去找田新仓，还以为是拦着田新仓搞对象，吃醋了，和"白腿儿"吵了一架。"白腿儿"解释半天，余来锁才消停。余来锁说："宁拆十座庙，不毁一桩婚。你办的这叫啥事儿啊？""白腿儿"说："她是个狐狸精，专门勾引男人，要是留在白羊峪，整个村子都得地震。"余来锁说："纯粹胡说八道！"

说实在的，这些天，李小婉和田新仓处得也不忒愉快。刚开始的时候，还中，那回，她唱歌的时候，一个小伙子上了台，弹吉他，小伙子帅呀，亮瞎了眼，吉他弹得好啊！让李小婉找到了心跳的感觉。这是谁？不认识。问了范少山，才知道叫田新仓，旅游公司副总经理，还是单身，又要了手机，就有了微信聊天。那天晚上，她去了田新仓家里，田新仓弹吉他，她唱歌，那个开心啊！夜深了，田新仓留她，她就住下了，两人就有了头一回。后来处着处着，就发现田新仓有点懒，有点邋遢，有点粗俗，有点大男子主义……讲人家是优点，讲田新仓是缺点，李小婉的心气就低了。后来两人只是手机聊天，再也没见过面，住在一块，也就只有一回。为啥这么轻易地就和田新仓睡了呢？李小婉已经不是认识高辉之前的李小婉了。高辉这个男人，改变了李小婉，高辉让这女孩觉得，啥都不重要了。可这些，高辉知道吗？这边李小婉呢，知道了白羊峪的风言风语，愣了。她从不知道高辉是白羊峪人，一直以为高辉是北京的，高辉也说自己是北京人。她还知道了田新仓还爱过高辉的母亲，崩溃了，决绝地和田新仓分了手。人也不在白羊峪干了，回到了公司总部，当上了总经理助理。走之前，李小婉对范少山说："其实，重要的是，我和田新仓不合适。"

酒桌上，田新仓哭了，眼泪哗哗的，他说："俺就是打光棍儿的命啊！"范少山说："有的人留不住，有的爱留不住。"田新仓说："村里人就是看俺打光棍儿高兴，这回遂了他们的愿了。"余来锁说："是不像话。"范少山说："有人搞对象，有人议论。正常，下去一百年，也会有。爱一个人，总有办法，不爱，总有理由。"余来锁说："有道理。大不了私奔嘛！古来有之嘛！"田新仓急了："你俩啥意思？你是说李小婉不爱俺？她不爱俺能让俺看那白白的身子吗？能跟俺睡在一条炕上吗？"余来锁说："就凭你这样，人家也不跟你就对了。"田新仓又哇地哭了。范少山想着，把村里的文化广场建起来，还要有图书馆，让乡亲们多读读书，用文化滋养心灵，省得整天东家长西家短的。慢慢地，村民的素质就提高了。

五十六

这阵子，余来锁正忙着呢！人家参加了全国农民诗歌大赛，得了个二等奖。接到通知，余来锁高兴坏了，立马在微信公众号上展示了领奖通知，村民们都乐了，都留言，有的说，余书记写了一辈子诗，这回熬出头了。有的说，书记得奖了，还能在白羊峪待得住吗？还不调省城，调北京的？"白腿儿"风光了，成了大城市人了！有的说，书记当了大诗人，还能要"白腿儿"？还不找城里的小姑娘？"白腿儿"见了留言，生气了，也写了一句："俺是他的影子，想甩也甩不掉。"你看，人家自信啊！为了"白腿儿"，余来锁苦等了多少年啊！这天，余来锁领奖去了，在哪儿？西北的一个镇子。不是说全国农民诗歌大赛吗？不是首都北京举办的？人家镇子为了知名度，搞的活动。二等奖，奖金一万块，不算少，关键是人家管吃管住管玩儿，通知上写得明明白白的。过了几天，余来锁回来了。走前，早就许愿了，用一万块请乡亲们吃饭。这下，家家都来人了，都到了"白腿儿"家的饭店。余来锁在院子里摆了几桌，开了一坛酒，有四五斤，喝，上头啊！都喝倒了。余来锁跟范少山说："这酒就是奖品。不是一万块钱吗？换成酒了，就是一万块钱的酒。敢情大奖赛是一家酒厂赞助的。"余来锁坐了火车坐汽车，下了汽车坐三轮，下了三轮坐驴车，下了驴车又走了三里的羊肠小道，赶到了领奖地点，一个小山村。人家主办方说了，农民诗歌大赛，就得在农村发奖。后来拿出车票报销时，人家就给报销火车票，汽车、三轮车、驴车都免了。一开始的时候，余来锁还想能不能不去领奖，让主办方把一万块钱寄过来。如今想来让人家咋寄，给你寄一坛酒？这回请客，人们都说余书记不够意思，一万块钱呢！不上茅台也得上五粮液吧，不知从哪儿弄了一坛散白酒，喝得人吐的吐，倒的倒，你说这叫办的啥事儿啊！你让余来锁咋说？有苦说不出啊！

不过，也算没白去。这一趟，余来锁认识了一个大诗人，野草。野草过去也是农民，写诗，每一首的头一句都是"啊！"人家啊着啊着，就往上走了，进了省作协了。野草在余来锁眼里，如雷贯耳啊！有段时间，蹲在茅厕里就背野草的诗歌，啊！立马就不便秘了。野草最近忙啥？组织"中国农民诗人丛书"呢！一听这个，余来锁心跳了，把带来的金谷子小米，几个金苹果都给了野草。野草高兴，不过对苹果不大感兴趣，嫌少，嫌个小。余来锁说："这可是中国第一个永不腐烂的苹果，每个卖五十块。"这一说，野草激动了，"啊！啊！"了两声，余来锁的肛门动了两动。野草顺手就把一个苹果给了身边的年轻女诗人，说："听到没有，中国第一，就像我的心。"余来锁就跟野草说了自己也想出诗集的事儿，野草说："没问题！有钱就行！对了，你一个苹果就卖五十块，能没钱吗？余来锁，你就是这部丛书的第一本，打头阵！"这话硬啊！余来锁的心里装了小白兔，又蹦又跳的。

回来后，余来锁就操持出诗集的事儿，跟"白腿儿"一说钱的事儿，白腿儿痛快答应了。"白腿儿"虽说不懂诗，可懂余来锁，知道这些年，为了写诗不易，老想着出诗集。上回，还被人家骗走了两三千。"白腿儿"说："这回咱可得找准喽！"余来锁说："差不了，大诗人野草组织的。俺查了，正经出版社。差不了。"多少钱？审稿费、书号费、印刷费加起来五万块。一听这事儿，范少山高兴了，因为余来锁答应过，拿他的几句诗作序的。范少山说："你说的序，俺重新润色润色。两句诗哪像序呀？俺重新写。"余来锁说："序？啥序？"范少山说："你不是说让俺给你书作序吗？"余来锁说："这事儿啊？人家野草说官员作序，起码副部级。问俺请的哪一级？俺说是村主任。野草说开啥玩笑！请著名诗人给你作序，再加五千。俺就告诉人家，不要序了。"范少山有点失落，说："闹半天，花了钱，你也说了不算啊！""白腿儿"在边上一听，说："这序一准要作。俺花了！"你听听"白腿儿"这口气，财大气粗啊！这饭店开的，赚翻了。余来锁给野草打电话，说是请著名诗人作序。"白腿儿"一把夺下电话，说："野草，这本书，就请俺们村主任作序，俺愿意加钱。要不然，俺们不出了！""白腿儿"啪地撂了电话。"白腿儿"说："啥野草，都是喂驴的货！"又对范少山说，"少山，俺不懂啥序不序的，俺就知道你和来锁亲如兄弟，对俺两口子好！你不作序谁作序？"范少山说："嫂子，俺就是凑热闹，作啥序呀？会写啥？"没想到，野草把电话打过来了，答应村主任作序，还说村主任作序有意义。他还说，这套农民诗人丛书，每本书的作者，都是当地村主任作序，有意义，有味道。范少山为余来锁的诗集写了序，是这样的："他来自燕山，他来自白羊峪，他是农民，是党支部书记，是村医，更是诗人！他叫余来锁，一个淳朴的名字，一个淳朴的人。他的脸庞像山里的石头，他的身体像山里的树，他的心却像金子那样璀璨，像丝绸那样柔软。他的诗是写农民的，是写给农民的。他的诗，是拿着一支笔写的，更是捧着一颗心写的！"

白羊峪的北山脚下，是一段古长城，已经近千年了。这段长城，已经毁得差不多了。范老井告诉范少山："长城这些年遭殃了，如今看着心疼啊。记得学大寨那年份，村里开发荒坡，修梯田，村民们就把城砖拆了，运回家盖猪圈，砌围墙。俺和你爹都拆过，也不知道违法，这是头一回。第二回呢，唐山地震那年份，村里发了一场山洪，人们又是砌墙、垒猪圈。家家住的房子呢，都是石头的，结实。就是猪圈、围墙、牲口棚长城砖多。想想当年，俺和你爹去扒城砖的事儿，心里头后悔着呢！第三回呢！闹市场了。有人偷偷拆砖，跑到城里去卖，卖给城里人，卖给外国人。那时候，夜里还能听到撬城砖的声音，天亮了出去一看，一段城墙被人撬倒了，城砖也被人连夜运走了。二槐他爹余庆余是个活跃分子，偷了不少砖，也换了不少钱。这第三回，就没俺和你爹啥事儿了，咱不赚那昧心钱。"

"后来呢，上面不住地宣传，村里人也懂法了，拆城砖的少了。这些年，不光村里人不拆城砖了，看见有人拆，还管呢！就跟拆自家房子似的。前几年俺扛着枪，常去长城转悠，偷砖的一看扛枪的来了，放下砖就跑，呵呵。"自打范少山回了白羊峪，就当上了长城保护的宣传员。不光在村里宣传，也在长城上竖上了各种宣传保护标志。如今，长城成了白羊峪的旅游景点，常有游客拆砖带走，拿回家"镇邪"。他在景区竖起了报警电话，不让游客拿走长城的一草一木，一砖一瓦。

范少山常常走在村街上，看那些城砖修的院墙，垒的猪圈，盖的牲口棚。有多少长城砖啊！起码几万块砖啊！他想，能不能把这些资源开发出来，对破损的长城进行修复。对白羊峪人过去犯下的错误进行弥补，为保护长城尽一份责任，尽一份力。范少山找余来锁商量长城砖的事儿。余来锁说："你要拆人家墙，扒人家砖，人家能干吗？还不找你拼命？"范少山说："可咱欠城砖的债，咱得还啊！"余来锁说："这话在理。可咱得想个办法。是用新砖换城砖，还是给人家一定的补偿？这些都得开会研究。对了，如果决定拆，俺头一个把俺家院墙拆了。"范少山老想着拆砖还债的事儿，头一步咋走，想来想去，还得找专家，让人家出个主意。

县文物局的来了，范少山带着各家各户看，拍了好多照片。说要反映上去，听上面的决策。文物局的走了，余庆余带三四个人来了。听说村里头要拆城砖，二槐动了心思，上了网，查了查，不得了，就立马告诉爹余庆余到村里头讨说法。他自己个儿为啥不来呢？他不是前些个日子开农家乐，蒙骗游客被罚了，在村里头形象不好，怕范少山训他吗？老爹余庆余就不一样了，在村里头看着果园呢！也算有头有脸的，在范少山眼里头有位置。就把城砖能卖钱的事儿告诉了老爹，叫他到村里头找范少山，咋找呢，带上人找，要钱。可找来找去，只有三四个人，二槐人缘差。咋说呢？不能软，软了，不管用。口气要硬。这回，在村委会，余庆余叫板了，说俺家的院墙不能拆！为啥不能拆？"俺家的院墙四千多块砖，一块长城砖国际市场价八十美元，多钱？二百多万！要拆也中，先把钱给了！"后边的人也跟着吵吵嚷嚷。一句话，不能拆，拆也好，钱拿来！范少山火了，一拍桌子："胡说八道！余庆余，是谁告诉你的？二槐吧？八十美元一块城砖，那俺们白羊峪村都发了，谁家没有几块长城砖啊？可问题是，这些城砖是你家的吗？那是国家的东西，是文物！那些个砖在长城上待得好好的，是飞到你家的？那是偷来的！对于这些个长城砖，你心里头应该有负罪感！你倒好，还想卖美元，你卖一块试试，那叫倒卖文物，俺报警立马抓你！偷的东西，还想着趾高气扬地卖个好价钱，你们是咋想的？"这一说，余庆余后面的几个人，悄悄退了。余庆余站在那儿，腿直哆嗦。范少山过去扶着余庆余在沙发上坐下，又倒了杯茶，放在茶几上，范少山说："大叔，原谅俺对你发脾气了。可你想想，你这样做，不是要挟村委会吗？拆砖的事儿村里还没决定,国家也没逼着咱拆,是咱觉得过去错了,对不住长城啊!大叔,长城是国家的,每块砖也是国家的。就算拆了,这些砖也是还到长城去,村上也不白拆你。"余庆余说:"少山,你对俺好啊,俺是一时糊涂啊。俺是被二槐骗了。俺咋养了这么个儿子!"余庆余跺跺脚,走了。回到家,余庆余抡起棒子,追着二槐满院打,"你给你爹挖坑啊!"还有几桌游客正吃饭呢!游客乐了,乡村打架的,平日难得一见,纷纷拍照,录像。好不热闹,二槐挨了几下,跪下连连求饶。有的游客以为是节目,都说表演真实,打是真打。表示,下回还来这家农家乐吃饭。

县文物局来人了,带来了省文物局的答复:"建议保持白羊峪现有的长城资源和长城文化,不赞同将长城砖拆除后重建长城。因为那样会对本来脆弱的长城砖进行二次破坏,同时还可能对长城遗址造成损害。像白羊峪这样的'长城村'代表了一个时代,代表了长城文化,应该保持这样的原貌留给后人,警示后人。"这就是说,长城砖不必拆了,保持原貌,白羊峪这也是长城的一部分。范少山将答复发到了白羊峪微信公众号。大伙留言,都说有愧,对不起长城。范少山提议,村两委班子商量通过,在村头立碑——"知耻碑"!碑文由余来锁撰写:"过去,我们大错铸成,拆长城砖砌畜圈垒墙院,国宝当作自家物,羞愧难当,无地自容!而今,我们幡然醒悟,迷途知返。为了被我们拆走的长城城砖,立下此碑,刻上心中的痛,以明耻辱,警后世。白羊峪村村民 2016 年 10月 26 日"。知耻碑的矗立,再次教育了每一个村民,也给了游客警示。游客来到这儿,拍照留念。

这白羊峪的故事,快讲完了吧?还没呢?这小小的白羊峪,连着黑羊峪,连着燕山脉,连着大中国呢!哪能说完就完啊!这天,范少山耳鸣,蚊子嗡嗡叫。就想着出去转转,去哪儿?黑羊峪。看看爹娘栽下的那片林子。白羊峪的"神雕侠侣",那是大英雄啊!爹娘在黑羊峪,栽了多少棵树啊?数不尽,算不清。风大。走在林子里,树叶哗啦哗啦拍巴掌,跟迎接首长似的。响啊!范少山看着林子,好像哪儿都是人,有点晕。走着走着,出界了。再往北,是哪儿?废矿区,庞大辉开矿走了,留下的烂摊子。

掌声结束。耳鸣响起,震响啊!像直升机!

范少山惊住了!风大呀!这儿粉尘飞扬,沙土四起,呼啦啦,昏天黑地,啥都看不见了。范少山连滚带爬下了岗子,直往风沙里面走。迈过一堆堆石头,走进了排岩区。排岩区是啥地方？就是当年采矿的时候，丢下的废料，乱石。这块排岩区，长啊，足有七八里地。到处都是石头，到处都是石渣。尘土抽打着范少山的脸，堵塞了鼻孔，灌满了嘴巴。范少山一个趔趄，忽地躺在乱石堆上，躺在风沙里，用嘶哑的嗓子喊出一声："庞大辉！你给俺滚回来呀！"

范少山很少到这儿来。他知道庞大辉开采过的铁矿，成为废矿。但他不知道废矿变成了这番模样。他来过这儿，但不是大风天，沙土躲在石头缝儿里，还睡着呢。今儿个，自己个儿的耳朵为啥嗡嗡叫，就是让废矿的沙石惊着了！

一连好几天，范少山乐不起来。他跟余来锁说了这件事儿。想找庞大辉治理废矿。余来锁说："这就不好办了。那废矿的地方不是白羊峪的。整个白羊峪有黑羊峪的林子挡着，矿上的风沙一丁点吹不进来，跟你白羊峪一毛钱关系没有。你找庞大辉治理，人家会说，你哪儿的呀？跟你有关系吗？少山，咱白羊峪刚过上两天好日子，找那病干啥？"

范少山说："来锁哥，你这话俺就不爱听了。咱们干的事儿，是光为白羊峪过好日子吗？咱这土地流转了，不是还为了好多村庄的乡亲们呢嘛！打个比方，你余来锁过了好日子，能忍心看着田新仓拄着棍子要饭？就在家门口，咱就忍心看着燕山乌烟瘴气？再说了，这孽是庞大辉做下的，就得让他还！"余来锁说："这工程大呀！弄好了，还不得上亿啊？"范少山说："若不是钱多，花个几十万，咱白羊峪人就干了！他花上亿，他从矿山得了十几个亿呀！"

范少山给庞大辉打电话。庞大辉忙，在美国呢。范少山请他过来看看。庞大辉说："听说你在白羊峪搞得好，是老百姓的福分。祝贺呀！"庞大辉推托嘛，不想来。范少山说有个大项目等你投资，一个亿的绿化项目。绿化不就是栽栽树嘛，一个亿？好办。若是几千万，免谈。庞大辉答应了。还是看了范少山的面子。

订好了到白羊峪的时间，庞大辉来了。这天正好是大风。范少山早就看好天气预报了。就是让你庞大辉看"风景"来了。庞大辉还想着在哪个宾馆签约呢？汽车直接开到了废矿区。下车。一群人站在遮天蔽日的风沙里。庞大辉站着不动，像是谷子地里的稻草人，任风沙抽打。最后撑不住了，一头栽倒在乱石堆里。

这场"签约"仪式，谁都没有一句话。

后来，庞大辉对范少山说："好些年了，我的梦里总是沙尘滚滚，我就站在那里，沙石割得我脸生疼，满脸渗血，我都变成鬼啦！醒来就一直坐到天亮，早就神经衰弱了。我总不明白是啥意思。这回，我明白了。我欠下的生态账，一定要还！"庞大辉从北京找了专家，搞了矿山修复整体规划和设计，确立了建设森林公园的思路。整个园区分为森林景观休养区、特色产业区、芳香植物区、森林文化体验区四大区域。你看看，人家庞大辉是生意人，这里面有买卖呢！这么大工程，怎么也得三年五载的。怎么也得先把风沙治了。庞大辉买了防沙网，把排岩区全都罩住。七八里长的排岩区，这得多少网子？大卡车往废矿区拉了好几天。再起风，沙尘挪不了窝儿了。经过降坡、覆土、平整等环节，一期的植树工程很快就完成了。栽树的时候，范少山带着白羊峪的青壮年劳力，都去了。田新仓还打了一面红旗，上写"白羊峪绿化队"。一连干了三天。都是义务啊！忘说了，范德忠、李国芳这对"神雕侠侣"，被庞大辉请去当了绿化顾问。还有，修复矿区的项目投资，正好一个亿。

这回，白羊峪、黑羊峪和老矿山都绿了，绿成一条线，绿成大片了。刮风的时候，树枝摇，树叶抖，抖成了掌声，哗啦哗啦一大片啊！这才是绿水青山啊！迷人啊！真美呀！

谁说啥事都是一顺百顺啊？这不，白羊峪的糟心事儿来了！这回，晴天霹雳！大白天的生生把天炸了一道大口子。范少山蒙了。白羊峪人蒙了。噌噌生长的金谷子也不撒欢儿了，都低着头，不动，像是等待着啥。

这是咋啦？这一年，金谷子的风头变了。本来是花枝招展的千金小姐，一转眼就成了脏兮兮的乞丐了。忽地一阵风，不知从哪里冒出那么多金谷子，挤满了粮市的犄角旮旯。原来价格是普通谷子的四五倍，如今跟普通谷子也就一两倍了。这还不算，金谷子颗粒小了，颜色淡了，口感差了。这还是金谷子吗？难道是假的？这风头是从白洋淀那边刮来的，人家沈雄的金谷子大本营啊。那还有假？

燕山的金谷子，跟着沈老板走的欧洲订单。沈老板被退了回来，范少山的也吃了挂落儿。这一下，白羊峪唰地进了寒冬腊月。西北风从天而降，嗖嗖地如刀子。下雪了，雪花比棉絮还大。一车车的金谷子小米被退回来，卸车，进库。一袋袋码在仓库里，堆成了山。范少山就躺在山上。寂静的大仓库就他一个人，一眨眼工夫，他的嘴唇就起了燎泡，嗓子肿得没缝儿了。手机静音了，打开，好几个未接电话，有杏儿的，余来锁的，有田新仓的，还有欧阳的。这些人和他一样，心里头都惦记着金谷子。他范少山咋面对人家啊，跟人家说些个啥？躺在金谷子上，范少山像是躺在芒刺上，脊背上被扎得密密麻麻，疼得火烧火燎。他想，干脆翻一下身，下去吧。下面足有十几米。世界就安静了。

范少山的燎泡长个了，大圈儿套小圈儿。嗓子着了火，说不出话。他走出粮库，围着金谷子地一圈一圈地走。脑子已煮成糨糊，还在咕嘟咕嘟响。

就在前几年，范少山去了涉县，从老姑爷爷的坟里挖出了金谷子，种在了白羊峪，又从白羊峪种到了大王庄，再从大王庄种到了附近几个村的土地，燕山万亩金谷子基地在全省冒了头儿。一开始，虽说金谷子走的是高端路线，白羊峪也挖到了第一桶金。但范少山的初心，就是让金谷子端上普通百姓的餐桌。终于百姓尝到了，味道香啊，跟别的小米不像一个妈生的。知道有钱赚，人家就在自家地里种呗。没人拦着你。这样，不光沈老板种了，听说内蒙古、山西、陕西那边也有了金谷子。金谷子长了翅膀，可他们的金谷子有点儿杂，跟咱纯正的燕山金谷子，差的不是一星半点啊！

可咱燕山的金谷子，还是屈打成招了。卖出去的谷子又回来了。它们堆在仓库里。小米比不得小麦，小麦存上四五年，磨成面，照样能蒸出香喷喷的馒头。小米身子不经折腾，存上两三年，小米粥就没金黄色了，味道也赖。小米存不住，你不能砸在手里呀！这事儿，才急呀！这眼瞅着，新谷子又下来了，都挤成一团了，还拔开麻吗？

杏儿来了。听说了金谷子的坏消息。杏儿紧追慢赶，回到白羊峪，一路上打电话，一路上没人接。人在哪儿，后来杏儿找到了金谷子地里。杏儿远远地就看见了一个人在谷子地里走着，像是丢了魂儿，又像是找不到家了。杏儿三步并作两步，走过去，两眼直勾勾看着范少山。范少山一咧嘴，满嘴的燎泡，艳艳地开了花儿。范少山叫了一声："杏儿。"声音听不清，像是山顶洞人在叫。杏儿说："少山，你怎么啦？"范少山又咧咧嘴。杏儿紧紧抱住范少山，哇地哭出声来。

谷子就要抽穗了。像是听说了金谷子不招人待见，它们也打不起精神，一副可怜见的样儿。听到杏儿的哭声，它们变得更安静了，叶子也不摇了。听着听着，一阵风刮过，哗的一声，金谷子像是在哭。

范少山说不出话，只得拍着杏儿的肩膀。范少山也想哭，但眼泪不能在女人跟前流下来。他呜啦呜啦地说："没事儿，没事儿。"

　　两人回到白羊峪，自家门前已围了好多人。范少山知道，都是来找他的。如今他一嘴的燎泡，又哑了嗓子，咋见人啊？只能示意让杏儿说。他就傻傻地站在边上。杏儿说："乡亲们，少山着急上火，嗓子哑了，说不成话。眼下金谷子虽说遇到了困难，但我想是暂时的。我们正在想办法，闯过这一关。"听说正在想办法，人们吵吵开了，你想的啥办法啊？说说看。杏儿也说不出来，范少山急得嗓子呜呜叫。这当口儿，范老井上来了："大伙都别闹，听俺说。这小米养了咱中国人几千年啦，能说断就断啦？八路军靠啥打跑了小鬼子？"田新仓说："爷爷，这还用问？靠枪杆子呗！"范老井说："你小子只说对了一半。那一半是啥呢？"老爷子从衣裳口袋里掏出一把小米，摊在手心，让大伙看。田新仓说："小米？"范老井说："对了。小米加步枪，一样都不能缺。这就是打跑小鬼子的法宝啊！那年头，八路军最稀罕咱们白羊峪的金谷子，俺们就磨成小米，送给八路军。八路军吃了金谷子磨的小米，打胜仗啊！咱们这金谷子，都进了功劳簿了。它还能在好年月的时候撂挑子吗？俺信金谷子，俺信俺孙子少山。当年，金谷子被埋在坟地里，眼看着就断了，这普天下就没了。这当口，被俺孙子挖了出来，种在这暖暖的地里，发芽啦！是俺孙子给金谷子续的命啊，金谷子舍得撇下救命恩人不管吗？俺告诉你们，金谷子命硬着呢！"

　　范老井一番话，赢得了一片喝彩，也把人心稳了。

　　人们走了，范少山和余来锁还躲在墙角说话。范少山说不出来，只得听余来锁嘀嘀咕咕："少山啊，依俺看，就把这批金谷子处理了算了。你拖得越久，谷子越陈，就没人要了。明年呢，咱就种大棚菜，虽说没技术，咱拾掇拾掇，也不少来钱。若实在不中，咱就把地再还回去，让各村收了，分给大伙……"范少山忽地用胳膊搡了余来锁一下，余来锁没站稳，差点跌个跟头。余来锁说："你看看你看看，还急了。"杏儿在跟前听着呢！说话了："余书记，你这出的啥主意啊？馊主意！你看少山都急成啥样啦？有你这么劝人的吗？你这是往他心窝里捅啊！金谷子到底发生了什么事儿，还没搞清楚，你就想立新章程？让你这么一说，金谷子成了杂谷子，说没就没了。你知道金谷子是啥吗？它是范少山的命！"余来锁说："弟妹，俺也就这么说说。"走了。

　　范少山拉住杏儿的手，紧紧攥了三下。杏儿知道，这是"我爱你"。

　　晚上，说不了话的范少山在白羊峪微信圈，写了这样的话："俺的亲们：谷子，古称粟，为'五谷之首'。在中国已经有八千年的历史了。中国也是世界第一大谷子主产国，产量占世界百分之八十以上。俺们的金谷子，从营养学上讲，不亚于鸡蛋。俺们种的万亩金谷子种植基地，在全国也是数一数二的。俺爷爷说得好啊，当年咱八路军靠啥打跑了小鬼子，小米加步枪！当年，八路军最稀罕咱们白羊峪的金谷子。他们吃了金谷子小米，打胜仗啊！如今，金谷子能在白羊峪生根，能在燕山抽穗，透着乡亲们的汗水啊！眼下，金谷子遇到了难处，俺们很着急。但俺们相信，没有过不去的火焰山。金谷子就在俺们的手里，就在俺们的怀抱里！"范少山的文章，赢得了全村人点赞。余来锁留言："咱是得好好想想啊！"

这一晚上，杏儿又是熬药，又是安抚，哄着范少山睡下，自己却睡不着了。往下，该咋办呢？

第二天，金谷子种植基地办公大院，拥进了上千人。人们吵吵嚷嚷，要把地收回去。还说金谷子不中了，今年分不了红，干脆把土地分了，各家各户想种点儿啥种点啥。这上千人，都是每家每户的代表，背后可是上万人呢！站在台上，范少山嗓子哑着，只能比画，杏儿就做起了翻译，说给大伙听。最后，杏儿说："董事长让我告诉乡亲们，今年年底的分红，不会比去年少！"这一说，人们吃了"定心丸"，散去一多半。还有一少半，不踏实。你说分红不比去年少，就不比去年少？钱呢？

好不容易将大伙劝走，刚松口气，张小强来了。张小强就和范少山谈，别人都得回避。两人进了办公室。张小强说："少山，市场是残酷的，没有永久的金字招牌。我们得找出应对措施啊！"范少山开口了，嗓子哑得像破锣："俺知道，金谷子这块金字招牌还没倒下。"张小强笑笑："你不要感情用事。"范少山说："俺一个卖菜的，见过啥大世面啊？说实话，金谷子卖不动，呼啦啦地退货，吓着俺了。当初，俺是拿命来种它的，俺不想让它有个闪失。眼下金谷子有难，这里面肯定有问题，俺一定要查清啊！"张小强说："兵来将挡，水来土掩。小米常温贮藏时间短，搞深加工，延伸产业链。找营养专家，做中老年金小米粉、婴幼儿金小米粉，还要开发米糠油等金小米食品。"范少山的嗓子忽地通畅了，像拔了塞子。他说："就算在金谷子上绣花，咱也得绣得漂漂亮亮的！"张小强说："这是我替你说的。你都跟我说过八百遍了。"这一说，范少山的心结了冰碴。张小强说："我知道这是你的梦想。但我觉着，金谷子风险大，市场不稳定。

明年咱们可以种大棚菜。"范少山脑袋嗡地一下："那俺的金谷子呢？"张小强说："什么赚钱种什么。你想想，这一万亩大棚菜，可以种多少东西？咱规划规划，草莓呀，蓝莓呀，菇娘呀，还可以种花卉……"范少山说："这上万个农民，熟悉了金谷子，会播会收会管理。乍冷的，他们也不会摆弄大棚菜呀？再说了，那些个大型农业机械，能开进大棚吗？"张小强说："少山，我知道你和金谷子有感情，可金谷子已经在北方大地四处抽穗了，这不挺好吗？"张小强让范少山想想，走了。

听到张小强说"金谷子在北方大地四处抽穗了"这句话，范少山心里头又犯了嘀咕。对了，市场的劣质金谷子，都是去年的货。最大生产商是沈雄沈老板啊。他在白洋淀呢！这事儿不闹清楚，白羊峪的金谷子就没有出头之日。范少山坐不住了，他要去趟白洋淀。杏儿开车，一同去的还有余来锁。一路上，余来锁不说话，范少山嗓子疼，也不说。杏儿觉得昨个对余来锁说话有点儿重，就递了块奶糖给余来锁。余来锁白了范少山一眼，把奶糖放进嘴里，滋啦滋啦地吸来吸去，故意弄得很响。范少山说："猴儿就这样。"

到了白洋淀，见到了沈老板。沈老板一脸泥点子，他正带着黑压压的人，在金谷子地里拔劣质谷子呢！啥意思？就是说，金谷子里掺了劣质谷子，播下去看不出来，等抽出穗来才能见分晓。由于没有种子田，去年谷子脱粒时大意了，将脱过其他谷子的脱粒机开来上工，掺和了。这样一来，播下去的金谷子就不纯了。去年的金谷子不纯，欧洲客商不收，只得流放到了内地市场。这下，白羊峪的金谷子跟着遭了不白之冤。你说这事儿，上哪儿说理去？今年，沈老板决心重返国际市场，建一个纯种的金谷子基地。范少山一听这缘由，气得大骂沈老板："姓沈的，有你这么干事的吗？我那好生生的金谷子，也跟着你上了断头台呀！"沈老板两手一摊，摇摇头，很无辜的样子。范少山说："沈老板，你得向公众说明情况啊，对了，俺要召开记者会，你在会上说说是咋回事儿。"沈老板连连摆手："可不行可不行。上了电视，我就永世不得翻身了！"

回来的半道，范少山联系了媒体，要召开记者会，给金谷子维权。可金谷子早就过了当年的风头了，记者们嘴上应着，到时候来不来，谁说的准啊？范少山又想到了张小强，电话里说了金谷子的真相，又想请他的明星女朋友心绮，上电视为白羊峪的金谷子说几句好话。这张小强翻毛转性，对真相已经没啥兴趣了。他告诉范少山："心绮早就不是我女朋友了。让她为金谷子说句话也行，起码得一百万吧！"说完，挂了电话。

余来锁说："少山，咱们金谷子地里，没有杂谷子吧？"

范少山说："感谢欧阳，是她提出建立种子田。没有她，俺们的金谷子也完了！俺们白羊峪，一准要把金谷子的种源保护好，要种就种中国最纯种的金谷子！对了，明儿都去地里，瞪大眼睛找杂谷子，一旦发现有杂谷子，格杀勿论！"

余来锁说："电话里听张小强好像不提神儿啊。"

范少山轻轻嗯了一声。

余来锁说："他跟俺说过种大棚菜的事儿，俺才……"

范少山说："俺种金谷子不光它是中国谷子，还因为它投资少，见效快，回报率高。别处的金谷子品种不纯了，俺们就保持最纯正的原味，天下第一，这不是好事儿吗？"

余来锁说："你说的，今年分红不低于去年，办得到吗？"

范少山说："就算贷款，也要把钱分下去。俺估摸着，问题不大。"

余来锁说："你种金谷子，他要种大棚菜，谈不拢，就怕张小强撤资啊！"

范少山说："金谷子是金字招牌，不能不明不白的就这么砸了。"

余来锁说："少山，俺当你助理中不中啊？"

范少山说："咋不中……那哪儿中呢？你是书记，我这不正向你汇报呢嘛。"

余来锁说："俺咋听着，是你向俺做指示呢！"

范少山嘿嘿笑。这一不留神儿，差点儿越了界。

余来锁说："那就好，回去咱先开一个班子会，就金谷子的事儿商议商议。张小强呢，人家有钱任性，金谷子的新鲜劲儿过了，就想着干别的，是块难啃的骨头啊。"

范少山想，发布会的事儿不能再拖了。大不了给记者多送些个金谷子。还有，杏儿、欧阳等人，都对自媒体精通着呢，要用上啊！这层窗户纸，不光要捅个窟窿，还要彻底撕烂，让它透透亮亮的。还有，自营出口这事儿，不能依托沈老板了，要另立门户，把更多的金谷子卖到国外去。还有金谷子的深加工，还要唱出戏……

想着想着，汽车开进了白羊峪。

　　这天，仨孩子忽地想爹娘了，从北京坐了高铁到了金安，又坐汽车来到了白羊峪。孩子们提前连个招呼都没打，这是送惊喜的节奏吗？在银杏树下，孩子们站在村训碑前，大声朗诵着《白羊峪村训》。范明五岁了，不识几个字，碑文更是不认得，村训是娘教的。

　　听到信儿，范少山和杏儿朝着孩子们走去。